王政 著

中国古典戏剧审美理论史略

科学出版社

北京

内 容 简 介

本书考察中国古典戏剧审美理论的历史发展，共分为四个时期。第一，先秦汉魏六朝——理论史的"观念期"或"史前期"。这一时期的戏剧艺术的属性在生长阶段，人们关于戏剧艺术体式的观念也在生长期。第二，唐宋时期，戏剧形式已初熟，初熟之形式已产生许多的评说，评说中已潜含着审美的成分。第三个时期是元代，杂剧剧本及演出宣告了中国戏剧的成熟化时代。关于杂剧的文学批评与演出批评都出现了专门的论述与论著，戏剧理论出现了一个雏形系统。第四个时期是明清两代，即古典戏剧审美理论的繁荣期。这一时期，戏剧活动随社会审美思潮涌激变幻，各种倾向与偏好争奇斗艳，故中国古典戏剧审美理论赢来了它的"流派化"、"倾向化"的充分发展时期。最后，在李渔的手下，戏剧审美理论完成了系统化表述，中国古典戏剧审美理论告以终结。

图书在版编目（CIP）数据

中国古典戏剧审美理论史略 / 王政著. —北京：科学出版社，2016.12
ISBN 978-7-03-051470-7

Ⅰ.①中… Ⅱ.①王… Ⅲ.①古典戏剧–艺术美学–戏剧研究–中国
Ⅳ.①I207.37

中国版本图书馆CIP数据核字(2016)第319316号

责任编辑：王洪秀/责任校对：刘亚琦
责任印制：张欣秀/封面设计：铭轩堂

科 学 出 版 社 出版
北京东黄城根北街 16 号
邮政编码：100717
http://www.sciencep.com
北京京华虎彩印刷有限公司 印刷
科学出版社发行 各地新华书店经销
*
2016 年 12 月第 一 版 开本：720×1000 B5
2016 年 12 月第一次印刷 印张：20 1/2
字数：400 000
定价：88.00 元
(如有印装质量问题，我社负责调换)

本书是国家社科基金重大项目"全清戏曲整理编纂及文献研究"（11&ZD107）成果

前　言

中国古典戏剧审美理论主要蕴存在三类文献材料中，一是古典曲论著述（如《录鬼簿》《曲律》《曲品》等），二是古典戏曲评点，三是古典戏曲序跋（包括题词、题记等）。本书考察中国古典戏剧审美理论的历史发展，即从上述三类材料出发。

中国古典戏剧审美理论与中国古典戏剧理论是有差别的。后者所研究的是古典戏剧艺术的本质特征、独特艺术属性以及形态、形式的发展活动规律，等等，与前者有叠合；但对于戏剧活动的内在局部、枝节性问题（如声腔技法技巧等），前者则可以不讨论。

从这个角度，我们关注的是如下五点：①伴随着中国戏剧艺术的萌生、初熟，作为戏剧艺术的门类性艺术属性究何生长、成熟并演积成规律的？②我国戏剧艺术区别于其他文学艺术样式的独特属性是什么？③元代以后社会审美思潮如何对戏剧活动产生着渗透与作用的？④元明清三代"文学美学"思潮是怎样对戏剧家个体创作倾向及作品产生影响或形成戏曲流派的？⑤宋元明清以来，对于戏剧活动（作品创作、导演演员舞台创作、读者与观众接受）的美学批评是如何发展的？这五个问题，是本书重新解读中国古代曲论、评点、序跋等文献的出发点。我们由此建构中国古典戏剧审美理论的主要框架及内涵。这是从研究内容的筋络上看。

从史的线索看，中国古典戏剧审美理论可分作四个时期。第一，先秦汉魏六朝——理论史的"观念期"或"史前期"。这一时期的特点是：戏剧艺术的属性处于生长阶段，人们关于戏剧艺术体式的观念也在生长期。这种属性的生长及对属性的认识，涉及一门独立艺术的内在本质特征及规律，故这已是步入美学殿堂的了。因为美学是艺术哲学的。第二，唐宋时期，戏剧形式已初熟，关于初熟之形式已产生许多的评说，评说中已潜含着审美的成分。故戏剧审美活动已迈开步履，审美的观念与理论已萌坼根芽。这是新兴的生命胚胎。第三个时期是元代，杂剧剧本及演出宣告了中国戏剧的成熟化时代。关于杂剧的文学批评与演出批评都出现了专门的论述与论著，戏剧理论出现了一个雏形系统。这中间就有一部分与审美意识相关，故元代是中国古典戏剧审美理论的初熟期。第四个时期是明清两代，即古典戏剧审美理论的繁荣期。这一时期，戏剧活动随社会审美思潮涌激变幻，各种倾向与偏好争奇斗艳，故中国古典戏剧审美理论迎来了它的"流派化""倾向化"的充分发展时期。最后，在李渔的手下，戏剧审美理论完成了系统化表述，中国古典戏剧审美理论告以成熟。

还有一点特别重要，中国古代的戏剧审美理论有区别于其他民族戏剧审美理论的独到之处。即中国古典戏剧的主导形态具备以"曲"为主要形式的诗与"歌"的传达特质，中国古典戏剧通常又称为中国古典戏曲。怎样总结这一民族化的诗、"歌"化的戏剧形式（戏曲艺术）的美学特点及其观念遗产，上世纪 60 年代开始，阿甲、焦菊隐、张庚等即做了系统的研究，形成了集约性的意见。他们认为，中国戏曲的美学特点主要体现在四个方面：一、在艺术与生活的关系上，主张虚中见实，虚实结合，"虚拟"是戏曲的美学特质；二、在内容与形式的关系上，主张形神兼备，以形写神，不求形似，重形式之美；三、在演员与角色的关系上，主张表现与体验的结合，尤重表现及演员的技艺性；四、在演出与观众的关系上，认为要给观众留下充分的想象空间，引导观众参与艺术形象的创造。这四个关系的探究，均侧重于戏曲艺术的舞台表现层面，至今仍具意义。我们考察中国古典戏剧审美理论，亦当重点观照上述四个方面。只有这样，整个古典戏剧审美思想的描述，才能有别于"文学批评史"或"文学美学思想史"性质的古典曲论的探究，而多出了舞台艺术美学思考的重要层面。

目　录

第一章 先唐时期戏剧艺术审美属性的生成状态

中国古典戏剧在唐代有了雏形。之前是中国古典戏剧的史前期，也是中国戏剧艺术审美属性在先唐岁月的生成期。对于这一时期，我们主要研究唐代以前中国戏剧艺术产生过程中作为戏剧艺术独特属性、内在本质形态的萌生过程与具体性状、内涵，研究戏剧艺术生成中的支配性与限制性因素。因为美学的本质是艺术哲学的，当我们探究某种艺术特殊规律积累、成型之过程的时候，实际上也就进入该门艺术审美理论之前导，即该门艺术审美属性、艺术观念孕生过程的考察了。

第一节 中国戏剧产生的不利因素与有利因素

公元前五世纪，希腊酒神祭典的歌舞活动中，演化、蜕变出了一个崭新的艺术种类：戏剧[①]。此前与之后，中国也有一些类似酒神祭典的歌舞祭仪，如周天子《大武舞》[②]《九歌》中的迎神乐舞[③]，但是为什么迟迟地不发生演化与蜕变，直至一千多年后的唐代才出现中国戏剧的雏形呢？是希

---

① 古希腊有一种酒神祭典仪式，每年春秋都举行，主要祭祀酒神狄奥尼索斯，用于祈丰与谢神。在春天进行的播种祭典中，有化装成半人半羊的山羊神歌队，他们唱赞美酒神的颂歌，也跳舞；其中还有扮酒神的主祭官和与祭者的对唱。这种化装与角色扮饰就包含了戏剧的要素了。

② 曾永义先生认为，"周初中国的歌舞乐已经合而为一，且具有象征的意义。而这'象征的意义'实为表达'武王伐纣'的故事，所以已具有'戏剧'的意义"。（曾永义《先秦至唐代"戏剧""戏曲小戏"剧目考述》，载《台大文史哲学报》第59期。）

③ 曲六乙说："《九歌》作为巫礼型仪式戏剧，则兼容前两种的特点。以巫觋为演出主体的巫礼祭祀，自古以来形成固定不变的三段式：即在设立的神坛前降神——迎神（酬神）——送神。仪式的主旨不外是消灾避祸、祈福纳吉、人寿年丰、子孙绵长、天下太平、国泰民安。《九歌》迎来的神灵（巫觋装扮的角色），土著祈望他们降福、消灾于人间。而由神灵与巫觋在交流中演出的节目（包括人神爱恋），可多可少，可大可小，内容也可以变换，并非是祭祀仪式主旨之所必需。确切地说，巫师（代表土著）以娱神手段酬谢神灵为人间降福、灭灾。而愉悦神灵的方式（如表演人神爱恋）却非固定不变。这样看来，对于仪式活动，酬神融合于仪式，成为仪式结构的固定成分，而愉悦神灵的节目，则可以游离于仪式之外，独立演出。《九歌》本身并非反映了巫祭仪式的全部内容，作为巫祭型仪式戏剧短小剧目（节目）的集锦，它可以脱离仪式本身而独立存在，独立演出。"（《曲六乙戏剧论文集》，大众文艺出版社，2007年，第9页。）

腊人的艺术发展太快、太特殊吗？不，马克思在谈到艺术生产与特定社会阶段物质生产的关系时曾指出：

> "一个成人不能再变成儿童，否则就变得稚气了。但是，儿童的天真不使他感到愉快吗？他自己不该努力在一个更高的阶梯上把自己的真实再现出来吗？在每一个时代，它的固有的性格不是在儿童的天性中纯真地复活着吗？为什么历史上的人类童年时代，在它发展得最完美的地方，不该作为永不复返的阶段而显示出永久的魅力呢？有粗野的儿童，有早熟的儿童。古代民族中有许多是属于这一类的。希腊人是正常的儿童。他们的艺术对我们所产生的魅力，同它在其中生长的那个不发达的社会阶段并不矛盾。它倒是这个社会阶段的结果，并且是同它在其中产生而且只能在其中产生的那些未成熟的社会条件永远不能复返这一点分不开的。"①

马克思认为希腊文化艺术的产生是"正常的儿童"，他们的戏剧产生也是"正常"的。问题倒在我们自己的国度，是我们自己国度中有某种特殊的因素，影响了戏剧这个还在母体中孕生的胎儿，使她发育不良，并久久地不得降生！

这个造成中国戏剧难产的特殊因素是什么呢？

马克思在《政治经济学批判导言》中说：

> "大家知道，希腊神话不只是希腊艺术的武库，而且是它的土壤。……任何神话都是用想象和借助想象以征服自然力，支配自然力，把自然力加以形象化；因而，随着这些自然力之实际上被支配，神话也就消失了。……希腊艺术的前提是希腊神话，也就是已经通过人民的幻想用一种不自觉的艺术方式加工过的自然和社会形式本身。这是希腊艺术的素材。"②

这段话告诉我们，任何一种艺术类型（包括神话）的产生与存在，都是适应一定社会生活需要的，都以一定社会生活为前提。戏剧产生的前提是什么呢？是人们在实践中生长起来的主体性因素（意志、目的）

---

① 《马克思恩格斯全集》第46卷上，人民出版社，1979年，第549页。
② 《马克思恩格斯选集》第2卷，人民出版社，1995年版，第28-29页。

的自由性、独立性。这种自由、自为的主体力量，马克思称为"实践精神"，或"实践意识"。①它是人们在实践活动中"能动地、现实地复现自己"的同时，也"在意识中那样理智地复现自己"的表现②。它的出现标志着社会生活中的个体，已把自己肯定为具有目的性与能动性的实践力量，标志着个体已从社会中独立出来 标志着历史的地平线上已经出现了文明时代的曙光；而这种情况在历史活动的初期是不可能的。马克思说："我们越是往前追溯历史，那末，个人，因而也就是进行着生产的个人，似乎越不独立，越是隶属于一个较大的整体。"③只有到了历史活动的中期或以后，才有人们个人自由的主体力量，才形成个人与社会的对立以及特殊的个性、命运与冲突，也才构成戏剧活动发生的基本条件及其客观内容。也就是说，"戏剧是一个已经开化的民族生活的产品"，一个民族要有戏剧，民族生活中"人的目的、矛盾和命运就必须已经达到（了）自由的自觉性"④。

但是我们"中国人有一个国家的宗教，这就是皇帝的宗教，士大夫的宗教"，它"从孔子那里发挥出来的道德教训……包含有臣对君，子对父，父对子的义务以及兄弟姐妹间的义务……但当中国人如此重视的义务得到实践时，这种义务的实践只是形式的，不是自由的内心的情感，不是主观的自由"。⑤人们自由的意志、情感、目的受到这些繁琐"义务"的捆绑与钳制，无可奈何地窒息在人伦纲常的牢笼，人们的反思不敢正视出于自我本性、需要、欲望、冲动的特殊性内容，任凭它们濒临衰竭与窒息，或者俯首贴耳地皈依伦理规定，或者索性摒绝主观上的所有追求、目的与想象，让内心生活停留在忠孝悌节的观念空间，从而形成一种个人内在中的社会性心理指向，以及个人与社会的"和谐"

---

① 实践意识是意识活动系统中与人的实践活动直接相关联的要素，它是对主体和客体相互作用的实践活动过程的反映。这是把指向外部的对象意识和指向内部的自我意识一起来的直接指导实践的自由、自主意识。马克思《德意志意识形态》一书中，将人类的思维意识发展为两个阶段：第一个阶段，"和这个阶段上的社会生活本身一样，带有同样的动物性质，这是纯粹畜群的意识，这里人和绵羊不同的地方只是在于：他的意识代替了本能，或者说他的本能是被意识到了的本能"。到第二阶段是："从这时候起，意识才能真实地这样想象：它是某种和现存实践的意识不同的东西；它不用想象某种真实的东西而能够真实地想象某种东西。从这时候起，意识才能摆脱世界而去构造'纯粹的'理论、神学、哲学、道德等等。"（《马克思恩格斯全集》第8卷，第35-39页。）

② 《马克思恩格斯全集》第42卷，第97页。

③ 马克思：《政治经济学批判》，人民出版社，1955年，第147页。

④ 黑格尔：《美学》三卷下册，商务印书馆，1981年，第243页。

⑤ 黑格尔：《哲学史讲演录》一卷，商务印书馆，1987年，第125页。

（绑定化）统一。这使得人们在现实活动中特别是精神生产中，已不再是真正自由的实践主体，丧失了个人意志、个性、目的的自由与独立，已不可能按照符合自己生活基础（经济地位）的主观要求去实践、去行动，人们的活动为一种异己的神圣力量（国家宗教）所支配、驾驭与笼罩着，成了一种无主体性的实践、虚假的实践。中国戏剧之所以迟迟不得降生，正在于儒教的道德律令严重地压抑了它产生的基本条件和客观内容，即压抑了人们主体力量（意志、目的）的自由性、独立性以及由此行动所产生的与外在的冲突。所以黑格尔在涉及东方艺术（特别是戏剧）时说：

> "在东方各族中……个人意识还凝聚在'太一'和整体上面；因此……戏剧体诗还不发达，因为主体还没有发展出戏剧诗所必须要求的人物性格目的及其冲突的独立性。……中国人却没有民族史诗，因为他们的观照方式基本上是散文性的，从有史以来最早的时期就已形成一种以散文形式安排得井井有条的历史实际情况，他们的宗教观点也不适宜于艺术表现。"①

> "东方的世界观却一开始就不利于戏剧艺术的完备发展。因为真正的悲剧动作情节的前提，需要人物已意识到个人自由独立的原则，或是至少需要已意识到个人有自由自决的权利去对自己的动作及其后果负责。至于喜剧的出现还更需要主体的自由权和驾驭世界的自觉性。这两个条件在东方都不存在……因此，戏剧所需要的个人动作的辩护理由和返躬内省的主体性在东方都不存在。"②

我们之所以不嫌冗长地引出这两段话，是因为它们从未为中国戏剧史家们所注意。在这里，黑格尔从艺术（包括戏剧）是绝对理念（太一）的感性显现这一定义出发，认为东方人个人意识没有从抽象的绝对理念过渡或分化到生动、感性、个体的范畴，还谈不上通过感性具体（戏剧等艺术方式）去显现绝对理念，因此戏剧不发达。这个观点虽然顽强地表现着他的客观唯心主义艺术观，以及轻视东方艺术的成见；但不能否认，其中渗透着敏锐的观察、精辟的思想与合理的内核，那就是，东方戏剧（包括中

① 黑格尔：《美学》三卷下册，商务印书馆，1981年，第170页。
② 黑格尔：《美学》三卷下册，商务印书馆，第297页。

国戏剧）的不发达与东方人最初缺乏意志、目的的独立自由有密切关系。因为深层的戏剧内核必须建立在人的意志冲突的基点上。戏剧必须有戏剧冲突，而戏剧冲突又必是人的外在冲突（社会冲突）及内在冲突之反映。

当然中国戏剧的生长也有它的有利因素。因为中国人有一种独特的思维方式：喜欢从一种最玄妙、最抽象的意义直接连粘到一个最感性、最具体的外在形象，或者在一个生动或实存的现象上悟出或赋予一个极为深奥的义理，即所谓的"象性思维"。《周易·系辞》阐述说："古者包牺氏之王天下也，仰则观象于天，俯则观法于地；观鸟兽之文，与地之宜；近取诸身，远取诸物。于是始作八卦，以通神明之德，以类万物之情。"又说："圣人有以见天下之赜，而拟诸其形容，象其物宜，是故谓之象。"又说："象也者，像此者也。"①这种"观物取象"②"立象尽意"的思维方式，总是离不开一个"象"（现象、物象、感性形象），把"象"作为理性思维与感性思维的起点、依凭与拐杖。关于"象性思维"，马克思有近似表述，他说："人不仅通过思维，而且以全部感觉在对象世界中肯定自己。"③马克思这里讲的"思维"指的是理性思维，而用"全部感觉在对象世界中肯定自己"则是感性思维、形象思维。古代中国人的思维方式正是偏重后者，偏重用"全部感觉"及"对象世界"说明自己、表现自己、传达自己，也即以自己的全部感觉到现实中去"取象""立象""寻象以观意"④、寻象以达意，

---

① 梦远：《图文全解易经》，中国华侨出版社，2014年　第483-484页。

② 周卜商《子夏易传》卷九释"乾为天，……为老马，为瘠马，为驳马，为木果"云："老马，马之极久也。瘠马，无肤其坚骨也。驳马坚猛之至也。为木果　木圜物也，老而为实，生之本也。乾，老阳也，其道极也；故健之，极长极坚极老，皆取象也。"释"坤为地，为母，……为子母牛"云："为子母牛，顺而育也。……坤，有形之大也，物生之本也，有容藏之义焉，有生化之道焉，故是类者皆取象也。"释"震为雷，……为苍莨竹"云："苍筤竹，苍色、性贞坚，而节上虚也。……震，刚上动也，物之始生，下之坚白，皆取象也。"《周礼注疏》卷四十一"辛人为侯"郑玄注云："侯制，上广下狭，盖取象于人也。张臂八尺，张足六尺，是取象率焉。"

③ 《马克思恩格斯全集》第42卷，第125-126页。

④ 《周易略例·明象》："夫象，出意者也。言者，明象者也。（注：立象所以表出其意。作其言者，显明其象。若乾能变化，龙是变物，欲明乾象，假龙以明乾。欲明龙者，假言以象龙。龙则象之意也。）尽意莫若象，尽象莫若言。（注：象以表意，言以尽象。）言生于象，故可寻言以观象。（注：若言能生龙，寻言可以观龙。）象生于意，故可寻象以观意。（注：能明意，寻象观其意。目圜观意，一本作见意。）意以象尽，象以言著。（注：意之尽现，言以著见。）故言者所以明象，得象而忘言。象者所以存意，得意而忘象。（注：既得龙象，其言可忘；既得乾象，其龙可舍。）犹蹄者所以在兔，得兔而忘蹄；（注：蹄以喻言，兔以喻象。存蹄弃兔，'得兔''忘蹄'。）筌者所以在鱼，得鱼而忘筌也。（注：求鱼在筌，得鱼弃筌。昏圜筌，七全反。筌蹄事见《庄子》。）然则言者象之蹄也，象者意之筌也。（注：蹄以喻言，筌以比象。）是故存言者，非得象者也；存象者，非得意者也。（注：未得象者'存言'，言则非象；未得意者'存象'，象则非意。）"（魏王弼　晋韩康伯注；孔颖达，陆德明：《周易注疏》，中央编译出版社，2013年，第437页。）

用感性的对象世界去运演自己的思维"线程"。这是中国人的特点。黑格尔在讲授东方哲学时，也曾指出过古代中国人的这种特殊思维方式：

> "中国人说那些直线（八卦）……是他们哲学的基础。""于是我们就可看出一个特点，即在中国人那里存在着在最深邃的、最普遍的东西与极其外在、完全偶然的东西之间的对比……那最外在最偶然的东西与最内在的东西便有了直接的结合……从抽象过渡到物质是如何的迅速……没有一个欧洲人会想到把抽象的东西放在这样接近感性的对象里……没有人会有兴趣把这些东西当作思想观察来看待，这是从最抽象的范畴一下就过渡到最感性的范畴。"①

黑格尔发现中国人即使在进行哲学的抽象思维时，也离不开最感性、最生动具体的东西，他们特别重视"取象""拟容"②，通过感性形象（而不是思辨概念）去思维、去认识、去把握客观对象，"这就是所有中国人的智慧的原则，也是一切中国学问的基础"。黑格尔老人看得十分准确。

清强汝谔《周易集义》卷七释"易者象也，象也者，像也"云："上明取象以制器之义，故以此重释于象。言易者象于万物，象者，形像之象也。夫象者，理之所著也；理无形也，因象以形之，非象则无以见。"强氏说得清楚明了，"理"的东西往往无形，通过"象"，"理"即有了形，人们就能看见它了，故"理"有了"象"，其便"著"也。

这种"取象""拟容"的思维方式，是中国文学艺术（包括戏剧）生成的肥沃土壤或有利条件。因为"取象""拟容"本身就包含着形象揭示与艺术表现的因素，它必然促进艺术活动走向发达。事实也正是这样，由于"取

---

① 黑格尔：《哲学史讲演录》一卷，商务印书馆，1987年，第120-122页。
② 刘勰《文心雕龙》卷八《比兴》："诗人比兴，触物圆览。物虽胡越，合则肝胆。拟容取心，断辞必敢。攒杂咏歌，如川之涣。""拟容"即要重视"比兴"的具体形象，"取心"即要重视形象所包含的意义，提取其精神实质。

象"，产生了"描摹物象"的诗歌①，由于"取象"，产生了"铸鼎象物"的青铜艺术②，由于"取象"，产生了"象成者"（成功之事）的音乐、舞蹈，③还是由于"取象"，产生了象神、象兽、象人的宗教仪式性活动。象神，是人装扮、摹仿神，取神之风采为形象；象兽，是人装扮、摹仿动物，取兽之形貌为形象；象人，是人装扮、摹仿一个他人，取他人情状为形象。在这三种宗教仪式性活动中，在这种摹仿神、兽、人的感性形象的创造过程中，逐渐生成、演化出了一种具有特殊审美属性的独立的艺术种类，这就是戏剧艺术了。

　　由于中国戏剧（和其他艺术样式）起源于"取象"，是在中国人重视"观物取象"这一特殊感性思维的孵化中产生出来的，所以我们看到，中古时代（以及后来）从事古史研究与注疏的学者，一接触到戏剧活动的萌芽或因素，就会提到诸如"取象""象""象人"等概念：

　　《周礼·春官》载："及葬，言鸾车象人。"郑玄注："鸾车，巾车，所饰遣车也。亦设鸾旗。郑司农云：'象人，谓以芻爲人。言，言问其不如法度者。'玄谓：言犹语也，语之者，告当行，若于生存者，于是巾车行之。

① 黄子云《野鸿诗的》："一曰《诗》言志，又曰《诗》以导情性，则情志者《诗》之根柢也。景物者，诗之枝叶也，根柢本也，枝叶末也。三百篇下迄汉魏晋言情之居多，虽有鸟兽草木藉以兴比，非仅描摹物象而已。"（清昭代丛书本）

② 《左传·宣公三年》："楚子伐陆浑之戎，遂至于雒，观兵于周疆。定王使王孙满劳楚子，楚子问鼎之大小轻重焉。对曰：'在德不在鼎。昔夏之方有德也，远方图物，贡金九牧，铸鼎象物，百物而为之备，使民知神奸。故民入川泽山林，不逢不若。螭魅罔两，莫能逢之。用能协于上下，以承天休。桀有昏德，鼎迁于商，载祀六百。商纣暴虐，鼎迁于周。"杨慎《山海经后序》："此《山海经》之所由始也。神禹既锡玄圭以成水功，遂受舜禅以家天下，于是乎收九牧之金以铸鼎。鼎之象则取远方之图，山之奇，水之奇，草之奇，木之奇，禽之奇，兽之奇。说其形，著其生，别其性，分其类。其神奇殊汇，骇世惊听者，或见，或闻，或恒有，或时有，或不必有，皆一书焉。盖经而可守者，具在《禹贡》；奇而不法者，则备在鼎。九鼎既成，以观万国，……则九鼎之图，……谓之曰《山海图》，其文则谓之《山海经》。至秦而九鼎亡，独图与经存。已今则经存而图亡。"（明杨慎：《山海经后序》，见丁锡根：《中国历代小说序跋集》，人民文学出版社 1996年版，第 7-8 页。）毕沅《山海经新校正序》中说："《海外经》四篇，《海内经》四篇，周秦所述也。禹铸鼎象物，使民知神奸，案其文有国名，有山川，有神灵奇怪之所标，是鼎所图也。鼎亡于秦，故其先时人尤能说其图而著于册。……《大荒经》四篇释《海外经》，《海内经》一篇释《海内经》（指《海内四经》——引者）。当是汉时所传，亦有《山海经图》，颇与古异。"（毕沅《山海经新校正序》，见丁锡根：《中国历代小说序跋集》，第 15 页。）阮元《山海经笺疏序》："《左传》有：'禹铸鼎象物，使民知神奸。禹鼎可见，今《山海经》或其遗象软？'（阮元《山海经笺疏序》，见丁锡根《中国历代小说序跋集》，第 22 页。）胡应麟在《少室山房笔丛》中说："《（山海经）》盖周末文人，习禹铸九鼎，图象百物，使民入山林川泽，备知神奸之说，故所记多魑魅魍魉之类。"（胡应麟：《少室山房笔丛》卷三十二《四部正伪下》，中华书局 1958 年版，第 413 页。）

③ 《礼记·乐记》："宾牟贾起，免席而请曰：'夫《武》之备戒之已久，则既闻命矣。敢问迟之迟而又久，何也？'子曰：'居，吾语女。夫乐者，象成者也。总干而山立，武王之事也。发扬蹈厉，大公之志也。《武》乱皆坐，周召之治也。且夫《武》，始而北出，再成而灭商，三成而南，四成而南国是疆。五成而分，周公左，召公右，六成复缀，以崇天子。夹振之而驷伐，盛威于中国也。分夹而进，事蚤济也。久立于缀，以待诸侯之至也。"（戴圣辑：《礼记》，北方文艺出版社，2013 年，第 25 页。）

孔子谓为刍灵者善，谓为俑者不仁，非作象人者，不殆于用生乎？"贾公彦疏："先郑云'象人谓以刍为人'者，后郑不从，以其上古有刍人至周不用而用象人，则象人与刍灵别也。……云'孔子谓为刍灵者善，谓为俑者不仁，非作象人者，不殆于用生乎'者，此《檀弓》文，彼郑云：'俑，偶人也'。谓以为木人与生人相对偶，有似于人，此则不仁。又云'非作象人不殆于用生乎哉'，是记人释孔子语，殆，近也，言用象人不近于生人乎，是孔子善古而非周人也。郑引此者，欲破先郑以刍灵与象人为一，若然，则古时有涂车刍灵，至周仍存涂车，唯改刍灵为象人。"①

《孟子·梁惠王》："始作俑者，其无后乎！为其象人而用之也。"赵岐《孟子注疏》注："俑，偶人②也，用之送死。仲尼重人类，谓秦穆公时以三良殉葬，本由有作俑者也。恶其始造，故曰此人其无后嗣乎？③"焦循《孟子正义》："俑能转动，象生人，故即名象人。"

《汉书·礼乐志》："朝贺置酒，……常从象人四人。"（注："孟康曰'象人，若今戏虾、鱼、狮子者也。'韦昭曰：'著假面者也。'师古曰'孟说是'。"）

《论衡·薄葬》："俑则偶人，象类生人。故鲁用偶人葬，孔子叹。睹用人殉之兆也④，故叹以痛之。"⑤

《本草纲目》51卷下记载由真人装扮驱邪的神（方相氏）时说："方相有四目，若二目者为魁，皆鬼物也，古人设人以象之。"⑥

这些记载，实际上已客观地告诉我们，戏剧活动的初期，是从装神弄鬼、

---

① 郑玄等：《周礼注疏》卷第二十二，清嘉庆二十年南昌府学重刊宋本十三经注疏本。《礼记·檀弓》："其曰明器，神明之也。涂车刍灵，自古有之，明器之道也。孔子谓为刍灵者善，谓为俑者不仁不殆于用人乎哉？"孙希旦《礼记集解》卷十："郑氏曰神明之神，明死者异于生人，刍灵，束茅为人马，谓之灵者，神之类。俑，偶人也，有面目，机发似于生人。孔子是古而非周。愚谓此又讥周末为俑之非也。其曰明器神明之者，言以神明之道待之而异于生人也。此二句孔子之言，记者引之，以起下文所论之事也。涂车刍灵，皆送葬之物也。涂车即遣车，以采色涂饰之，以象金玉；刍灵，束草为遣车上，御右之属，及为驾车之马。……刍灵不能运动，亦犹明器之备物而不可用也。俑，木偶人也，偶，寓也，以其寄寓人形于木，故曰偶，踊也，以其有机发而能跳踊，故谓之俑。由刍灵而为俑，盖周末之礼然也，孔子以其象人而用之，故谓为不仁。"
② 班固《汉书》卷六十六《公孙贺传》："安世（侠人）遂从狱中上书告敬声（公孙贺之子）与阳石公主私通，及使人巫祭祠诅上，且上甘泉，当驰道埋偶人。"师古注："甘泉宫在北山，故欲往皆言上也。刻木为人，象人之形，谓之偶人。偶，并也，对也。"
③ 刘安《淮南鸿烈解》卷第十六："鲁以偶人葬，而孔子叹。"许慎注："恶其象人而用之，知后世必用殉，故孔子为之长叹也。"
④ 睹用人殉之兆：意思是从这里看到了将来会用真人去殉葬的苗头。实际上在孔丘以前早已有了人殉，用偶人随葬要比人殉晚得多。根据地下发掘，早在商代，奴隶主就大量用奴隶殉葬了。
⑤ 黄晖：《论衡校释》，商务印书馆，1969年，第965页。
⑥ 李时珍：《本草纲目》，山西科学技术出版社，2014年，第1274页。

装扮他人、戴假面具、装禽兽开始的，而这些活动也都由"取象"入手①，以各种形象（神鬼形象、禽兽形象、人之形象）为基础。这就启示我们，中国戏剧的产生与中国人"观物取象"特殊思维方式的卵翼作用是分不开的。

中国戏剧的生成中，既然有它的不利因素，又有它的有利因素，它的命运或成长过程就不能不特殊。它既不可能在襁褓中夭折，也不可能迅速地长成健壮的彪形大汉，它只能在有利因素与不利因素双重力量的推移挤压之中，艰难而顽强、畸形而缓慢地生长着。而这一慢，竟慢了十几个世纪！

第二节　对神的装扮模拟

在人类野蛮时代的低级阶段，人们的宗教观念虽已分裂为许多个体化的神灵，但还不知道将神灵的形象外在化、感性化，"还不知道具体的造像，即所谓偶像"②，所以人们崇拜的仍只是模糊的宗教形象。随着社会及意识形态的发展，人们便要求使所崇拜的神灵成为实在、具体、有形象可观的东西，于是出现了化想象中的神（或精灵）为具体偶像的趋势，产生了一种宗教艺术活动：象神。

象神，是由一个人装扮成神（或精灵），赋予神（或精灵）以"人的形象"，从而作为祭神活动中的崇祀的对象。在象神活动中，装扮者把自我认定为对象（神），使自我化入对象（神），符合对象（神）的一切规定性，与对象（神）合而为一。这时，装扮者就是神，他身上作为人的一切内容，便在自我意识的抑制中暂时收敛了起来，他出现在人们的面

---

① "取象"观念起于先秦，流行于汉。周卜商撰《子夏易传》卷九"坤为地、为母、为布、为釜"，《传》云："坤为地，地有形之大，柔顺而承天也。为母有生育之功也，为布衣服之出也，为釜熟生之因也……有生化之道焉，故是类者皆取象也。"（清通志堂经解本）周辛泮撰《计然万物录》"四时"条："德取象于春夏，刑取象于秋冬。"（清茆泮林辑，清道光刻本）辛鈃《文子》下："老子曰：昔者之圣王，仰取象于天，俯取度于地，中取法于人，……以制礼乐，行仁义之道，以治人伦。"《礼记·三年问》："然则何以至期也？曰：至亲以期断。是何也？曰：天地则已易矣，四时则已变矣，其在天地之中者，莫不更始焉，以是象之也。然则何以三年也？曰：加隆焉尔也，焉使倍之，故再期也。由九月以下何也？曰：焉使弗及也。故三年以为隆，缌小功以为杀，期九月以为间。上取象于天，下取法于地，中取则于人，人之所以群居和一之理尽矣。故三年之丧，人道之至文者也，夫是之谓至隆。"汉董仲舒《春秋繁露》卷十七《天地之行》："为人君者，其法取象于天，故贵爵而臣国，……为人臣者，其法取象于地，故朝夕进退，奉职应对，所以事贵也。"汉班固《白虎通义》卷六《圣人》："圣人皆有表异，《传》曰：'伏羲氏、衡连珠、唯大目、鼻龙伏，作《易》八卦以应枢。黄帝颜，得天匡阳，上法中宿，取象文昌。颛顼戴午，是谓清明，发节移度，盖象招摇。帝喾骿齿，上法月参，康度当纪，取理阴阳。尧眉八彩，是谓通明，历象日月，璇玑玉衡。舜重瞳子，是谓玄景，上应摄提，以象三光。'"

② 恩格斯：《家庭、私有制和国家的起源》，《马克思恩格斯文集》第4卷，人民出版社，2009年，第106页。

前，俨然就是一个神而不是人了。在这里，象神者犹如传说中人与上帝的“中间人”——基督一样，成了人与神的感性媒介。他可以由一种身份进入另一种，活动完毕了又还原回来。这种活动的程序，便是演员活动的艺术逻辑了。

象神活动主要有三种类型。

一种是春秋战国时期，发生在湘沅之地的“灵”。当时楚人信鬼好祠，在祭神中由一个巫装扮成所祭之神的样子受祭。如所祭之神的神灵尚未降在巫身上时，那她就像化好了妆站在后台而未进入角色的演员一样，仍是一个巫，而不是真神，不能称之为“灵”（或灵保、神保①）；只有所祭之神的神灵降在她身上，她才进入“角色”，才成为祭祀活动中的真神，才能称为“灵”（或神保、灵保）。

《楚辞·九歌》中，有三处神灵降在巫身上，巫进入神之“角色”的情况。一处是《东皇太一》中：

> 吉日兮辰良，穆将愉兮上皇。抚长剑兮玉珥，璆锵鸣兮琳琅。瑶席兮玉瑱，盍将把兮琼芳。蕙肴蒸兮兰藉，奠桂酒兮椒浆。
>
> 扬枹兮拊鼓，疏缓节兮安歌。陈竽瑟兮浩倡，灵偃蹇兮姣服，芳菲菲兮满堂。五音纷兮繁会，君欣欣兮乐康。

第一节中，灵巫穿着神的服饰，“抚长剑兮玉珥，璆锵鸣兮琳琅”，准备着神之灵降其身。第二节，在迎神的音乐声中，神灵降在灵巫身上，他成为真实的东皇太一神，故装扮显得更娇美，散发着芬芳气息，“灵偃蹇兮姣服②，芳菲菲兮满堂”，神非常高兴地享用祭品，“欣欣兮乐康”，动作轻

---

① 朱熹《诗集传》注《小雅·楚茨》“神保是享”云：“神保，盖尸之嘉号。《楚辞》所谓‘灵保’亦以巫降神之称也。”《东君》“思灵保兮贤姱”，蒋骥《山带阁注楚辞》卷二云：“灵保，犹言神保，谓尸也。贤以德言，姱以貌言，美尸以美神也。”王夫之《楚辞通释》云：“灵保，即神保，见《诗》。谓尸也。”沈约《宋书》卷十九《乐志》载尚书左仆射建平王宏议云：“立庙居灵，四时致享，以申孝思之情。夫神升降无常，何必恒安所处？故《祭义》云：‘乐以迎来，哀以送往。’郑注云：‘迎来而乐，乐亲之来；送往而哀，哀其享否，不可知也。’《尚书》曰‘祖考来格’。又《诗》云：‘神保遹归。’注曰：‘归于天地也。’此并言神有去来，则有送迎明矣。即周《肆夏》之名，备迎送之乐。古以尸象神，故《仪礼》祝有迎尸送尸，近代虽无尸，岂可阙迎送之礼？”王国维《宋元戏曲史》：“古之祭也必有尸。宗庙之尸，以子弟为之。至天地百神之祀，用尸与否，虽不可考，然《晋语》载晋祀夏郊，以董伯为尸，则非宗庙之祀，固亦用之。《楚辞》之‘灵’，殆以巫而兼尸之用者也。其词谓巫曰‘灵’，谓神亦曰‘灵’，盖群巫之中必有像神之衣服、形貌、动作者，而视为神之所凭依，故谓之曰‘灵’，或谓之‘灵保’。余疑《楚辞》之‘灵保’，与《诗》之‘神保’，皆尸之异名。”（王国维：《宋元戏曲史》，岳麓书社，2010年，第2页。）

② 洪兴祖《楚辞补》云：“古者巫以降神。灵偃蹇兮姣服，言神降而托于巫也。”（王逸《楚辞》卷二《九歌章句》第二《离骚》，四部丛刊景明翻宋本。）

盈优雅。①朱熹说："古者巫以降神，神降而托于巫，则见其貌之美而服之好，盖身则巫，而心则神也。"②"心则神"，进入角色之谓也。

另一处是《大司命》中，巫装扮主管人们生死的大司命，衣饰高贵而斑斓，"灵衣兮被被，玉佩兮陆离"③，乘着飞龙升天而去。再一处是《东君》，日神东君拿着弧矢来享用祭品，并用北斗来酌桂花酒，他的侍卫众多，遮天蔽日，"灵之来兮蔽日"，饮酒后，便揽辔驰向东方去了。在这种巫扮神（即"灵"）的形式中，巫由一个对象进入另一个对象，由平凡的人暂为神圣的神，以自己的躯体为感性媒介把虚无缥缈的神具体化、对象化了。

这里有一点值得注意，巫对神的表现含有两种思维运动，一是通过自我意识感觉、理解那想象中神的各种特征，一是体察自我肉体对于神灵的承受是否虔敬、对于神的形象的表现是否得体。这两种思维活动互相配合、互相制约、互相反馈地扭结在一起，从而使得那想象中的神首先是他理解到位，其次是摹拟表现到位，在他的努力下，神有了形象，站在祭众的面前，神真的由彼岸世界来到了人间，由一种虚幻的存在获得了具体的感性存在了。所以巫的活动是一个"中介"过程，他站在中介点上，他的左右形成了两端、形成了一种关系。他的一端是居住在彼岸的神，一端是生活在此岸的人，他将彼岸的神纳入了自身的躯壳与灵魂，他的"纳入"抹去了人神间的距离，使人与神的关系直接成了崇拜与被崇拜、观照与被观照的关系。④在这种关系中，不是已经包裹了审美对象（神的形象）与审美主体（祭神者）、戏剧形象与戏剧观众关系的萌芽么？

① 明黄文焕《楚辞听直》卷四释云："将愉，将，……神未至，礼未行，预言之。""将愉，若可想也，神之形尚在，未降。……（灵）自谓于东皇必有合也。""缓节安歌，乐之始作而从容也，神犹未来，迟以俟之也。五音繁会，乐之合奏而大成也。神之既来，盛以娱之也　灵，即东皇也。芳菲菲者，灵之芳，所谓竟体皆芳也。兰蕙桂椒，我之迎神，以芳菲菲满堂，灵之所自芳，亦以芳气，两相合焉。神人之道不殊矣。神真可以许我矣。向之想其将愉者，今真见其悦康矣。"明崇祯十六年刻清顺治十四年增修本）
② 朱熹《楚辞集注》卷二，古逸丛书景元本。
③ 辞接着说："'一阴兮一阳，众莫知兮于所为'。"按此辞乃大司命角色说的话。清陈本礼《屈辞精义》卷五云："上皆大司命之语"，"灵衣玉佩，道帝之服。……一阴一阳者，言人之寿命莫不本乎阴阳，我虽主之，亦惟有顺帝之命，代天宣化耳；何能与造物分其权？故曰：'众莫知予所为。'此临去谕祭者之无益也。"（清嘉庆刻本）
④ 杨升庵曾说："女乐之兴，本由巫觋，《周礼》所谓以神仕者，在男曰巫，在女曰觋。巫咸在上古已有之。《汲冢周书》所谓'神巫用国'。观《楚辞·九歌》所言兮以歌舞悦神，其衣被情态，与今倡优何异。《伊尹书》云'敢于恒舞于宫，酣歌于室，时谓巫风。'巫山神女之事，流传至今，盖有以也。"（《升庵集》卷四十四"女乐本于巫觋"条，清文渊阁四库全书补配清文津阁四库全书本。）

象神活动的另一种是"尸"的形式。"尸"也是由真人装扮的神。《礼记·郊特牲》说："尸，神象也。""尸"和"灵"一样，也在祭祀活动中充当受祭的对象，所不同的是，"灵"的形式带着比较浓重的楚文化色彩，"尸"的形式则为儒家在礼教中固定下来，作为普遍遵循的东西沿袭了。

《礼记·曾子问》："曾子问曰：祭必有尸乎？"《疏》云："曾子之意，以祭神，神本虚无，无形无象……以生人象之。""人之丧者必须有尸，以成人之丧，威仪具备，必须有尸，以象神之威仪也。"《疏》文意思是，在祭祀死去的祖先神灵时，祖先神的威仪是看不见了，怎么办，就以人扮饰祖先神，以免祭祀时神之形象"虚无"。这种扮饰的祖先神就叫作"尸"，"尸"的出现能够展示死者神灵的"威仪"，成全丧祭仪程（"以成人之丧"）。

"尸"的形式主要出现在三种祭祀中：宗庙之祀、社稷之祀、郊祀[①]。宗庙之祀所祭乃先祖神，多以本宗室的子孙充当"尸"，即选子孙在那里代表先祖神接受祭祀。《礼记·曾子问》："尸必以孙，孙幼，则使人抱之，无孙则同姓可也。"[②]社稷之祀与郊祀乃祭谷神、土神、天神，内容庞杂，一般亦当以巫职人员充当"尸"，并像祭祖一样经过占筮化的确定，如《仪礼》中所谓"筮尸"云云[③]。

"尸"的形式，夏代就有，或许更早。《礼记注疏》卷二十四《礼器》云："夏立尸而卒祭，夏礼，尸有事乃坐。殷坐尸，无事犹坐。"《疏》云："夏祭乃有尸，但立，犹质，言尸是人，人不可久坐神坐，故尸唯饮食暂坐，若不饮食时，则尸倚立，以至祭竟也。殷坐尸者，此殷因夏之有立尸而损其不坐之礼，益为恒坐之法也，是殷转文也，言尸本象神，神宜安坐，不辨有事与无事皆坐。"意思是说：扮饰神者，其坐立都是有讲究的。夏代的神尸一般站在那儿，殷代的神尸一般坐在那儿。

"尸"的形式比"灵"的形式更富有戏剧性，例如下面两个有"尸"活

---

① 《礼记注疏》卷三"为君尸者大夫士见之则下之"疏云："天子祭天地社稷山川四方百物及七祀之属，皆有尸也。故《凫鹥》并云公尸。推此而言，诸侯祭社稷境内山川及大夫有采地祭五祀，皆有尸位也。"

② 《礼记注疏》卷三《曲礼上》："抱孙不抱子者，谓祭祀之礼必须尸，尸必以孙。今子孙行并皆幼弱，则必抱孙为尸，不得抱子为尸。所以然者，作记之者，既引其礼，又自解云。此言孙可以为王父尸，子不可以为父尸，故也。曾子问云：祭成丧者必有尸，尸必以孙，孙幼则使人抱之，无孙则取于同姓可也。是有抱孙之法也。"

③ 《仪礼》卷十五："宗人告事毕，前期三日之朝筮尸，如求日之仪。命筮曰：孝孙某谨其某事，适其皇祖，某子筮某之某为尸，尚飨。""主人立于尸外，门外袒兄弟立于主人之后，北面东上。尸如主人服出门左，西面。主人辟皆东面，北上。主人再拜，尸答拜。宗人摈辞如初，卒曰：'筮子为某尸，占曰吉，敢宿'。祝许诺致命，尸许诺，主人再拜稽首。"

动的祭祀场面：

> "祝迎尸于门外，主人降立于阼阶东。尸入门左，北面盥，宗人授巾。尸至于阶，祝延尸，尸升，入，祝先，主人从，尸即席坐。主人拜妥尸，尸答拜，执奠，祝馂。主人拜如初。祝命挼祭。尸左执觯，右取菹，擩于醢，祭于豆间。佐食取黍稷肺祭，授尸，尸祭之，祭酒，啐酒。"（《仪礼·特牲馈食礼》）①

> "祝迎尸，一人衰绖，奉篚，哭从尸。尸入门，丈夫踊，妇人踊。淳尸盥，宗人授巾。尸及阶，祝延尸。尸升，宗人诏踊如初，尸入户，踊如初，哭止。妇人入于房。主人及祝拜妥尸；尸拜，遂坐。从者错篚于尸左席上，立于其北。尸取奠，左执之，取菹，擩于醢，祭于豆间。祝命佐食堕祭。佐食举肺脊以授尸，尸受，振祭，哜之，左手执之，祝命佐食取黍稷肺祭授尸，尸祭之。祭奠，祝祝，主人拜如初。尸尝醴，奠之。佐食举肺脊授尸。尸受振祭，哜之，左手执。……尸饭，播余于篚。三饭，举干（脊骨肉）②，尸受，振祭，哜之，实于篚。"（《仪礼·士虞礼》）③

这两段，前者说的是诸侯国中的士人（士阶层的成员）在祖庙行祭其祖先神的过程和具体仪节；后者是士安葬其父母后返回殡宫而举行的对死者的安魂祭奉。这两处的"尸"都是指代某个祖先、某个死者受祭的扮饰者。两个场面、布局中的"尸"，其动作很有秩序，登阶、就坐、盥手、执觯、饮酒、把可食的祭品（肺脊、干）举至口齿间以示已品尝④，还把它放回竹篚里。这一连串的动作，创造了一个来接受人们祭享的祖先神、死者的形象。从礼文表述的情况看，"尸"的活动似比"灵"的活动更清晰、更明朗、更显得程式化一些。这是一个明显的特点。

另外，在"灵"的形式中，装扮神的巫，在神灵未降其身时，她只

---

① 罗宗阳：《十三经直解》第 2 卷《周礼直解·仪礼直解》，江西人民出版社，1993 年，第 897 页。

② 郑玄《仪礼》注云："饭间唅肉，安食气。"（宋李如圭《仪礼集释》卷二十五《士虞礼》，清武英殿聚珍版丛书本。）

③ 罗宗阳：《十三经直解》第 2 卷《周礼直解·仪礼直解》，江西人民出版社，1993 年，第 869 页。明汪瑗《楚辞集解·云中君》中将楚辞中的灵也解为"尸"，并以为："盖古之祠神，既有宫堂供祀之处所，则必有雕塑之神像以为之尸。故将祭之时，而奉其尸以洗饰之七。朱子注《招魂》曰：楚俗人死则设其形貌于室而祀之也。由东皇言抚剑佩玉及此沐浴衣饰之事观之，则诸神皆有所设雕塑之尸，如今俗之所为者明矣。"（明万历刻本）

④ 古代行祭礼时举祭品食器至齿以示尝。《书·顾命》："太保受同，祭哜。"孔传："太保既拜而祭，既祭受福，哜，至齿，则王亦至齿。"（元王天与《尚书纂传》卷三一八，清文渊阁四库全书本。）

是个神的空壳，她的职能仍在于迎神；神灵降后，她才是真神，才是受祭者。她的形象给观者（参加祭典的人）的印象，就有两个不同阶段与不同职能，形象在内在上有明显裂痕。这里出现了一个"祝"，"祝"以主持者身份把迎神的任务分担下来了，他的出现避免了神开始以"空壳"的形式出现，避免了神之形象的内在裂痕，使亡故的祖灵神（"尸"）的形象一出现就是进入"角色"的形象，就是个"死者"，这就增加了宗教艺术活动的真实感。①

在上面两种形式的象神活动中，装扮出的日神、河神、土地神、祖先神等形象，本质上都是"人的自我异化的神圣形象"②，都"经历着极复杂的形形色色的人格化"③。在人格化的艺术处理中，装扮者用人的躯体表现神，以人的情感灌注于神，乃至将人的性别、容貌、禀性以及各种事迹、观念、品德都放到神身上。于是代表自然力的诸神在内在意蕴中现出了种类的差别，在一片混沌中分化出了一些类型化的神的形象。尽管这些类型化的形象与后来具有艺术个性的戏剧形象无法相比，但我们把前者视为后者的端绪，也许是可以的吧？

在象神活动中弥漫着人们的惊奇感，反映着人与自然界力量相对立的矛盾状态。人在蒙昧阶段对自然事物不发生惊奇感，因为他们还没有把自己与自然界事物分别开来视为一种异在。后来，人在对自然界事物的需要中，以及在自然界力量对人们生活的影响中，渐渐意识到自己与自然界的距离、差异与对立，于是带着一种惊奇的心理，把自然界化成了"一种完全异己的、有无限威力和不可制服的力量"④，化成了可供观照的形象——由"灵"与"尸"装扮出的各种自然神。这样，人们的崇拜有了具体的对象与客观的可见物，宗教崇拜活动健全了，人们的惊奇心理也有了它的依托客体。

---

① "尸"的活动后世民间仍长期流行。宋郑樵《通志》卷一百九十上《列传》第二十二上："浚道县有唐后二山，民共祠之。众巫取百姓男女以为公姐，以男为山公，以女为山姐，犹祭之有尸主。"

有学者把"尸"理解为一种具像化。宋杨万里《诚斋集》卷八十四《书论》："盖天下之无形，莫鬼神若也。而圣人能使鬼神之有形，况于道乎？祭之有尸，所以形鬼神之无形也，道独无尸耶？尧舜禹汤文武周公者，其道之尸也。"（四部丛刊景宋写本）

② 唐晓峰：《马克思恩格斯列宁斯大林论宗教》，中国社会科学出版社，2013年，第56页。

③ 恩格斯：《反杜林论》，《马克思恩格斯论宗教》，人民出版社1954年版，第118页。

④ 马克思、恩格斯：《德意志意识形态》（1845—1846年），《马克思恩格斯全集》第8卷，人民出版社，1960年，第34-35页。

上两种象神①活动中的美感，主要是崇高。由于象神活动是一种公众性活动，活动的旨趣只能是一般化的对神灵的崇拜与乞求，不能是某个个人狭隘的私欲，所以活动的意旨本身就要求不加具体规定，具有极大的涵盖，以供参加者怎样想象都可以。这种没有明确、具体定性的意旨，便远远大于或越出用来表现它的具体形象，使人感到在神之形象的背后，仍有十分奥秘的无限内容。每个参加祭典的人都用想象来填补这神秘的空间，把自然界事物连同装神的巫都看作神的威力与风范，于是构成了对诸神形象的顶礼与仰观。然与此同时，人倒对自己及自己身旁的许多事物予以贬低、降格与小瞧了。人们审美心理的逻辑原来就是这样：是在自我的渺小中去体会神的伟大，是在自己的自卑感的基础上去构筑关于神的尊贵感、崇高感。这是自我贬抑的艺术、自我"小瞧"的艺术；大概宗教艺术的审美心理都是如此吧。

第三种形式的象神是"蚩尤戏"，带有极强的民间性。俞樾《茶香室丛钞》卷十八"蚩尤戏"条云："梁任昉《述异记》云秦汉间说蚩尤氏头有角，与轩辕斗，以角觝人，人不能自。今冀州有乐名蚩尤戏，其民两两三三头戴牛角而相抵。汉造角抵戏，盖其遗制也。按角觝，亦作觳抵（见《史记李斯传》），亦作角抵（见《汉书》武帝纪李斯传注引应劭曰：角者，角材也，抵者，相抵触也），常疑其望文生训，今读《述异记》乃知本于蚩尤戏，故表出之。又按，蚩尤戏即后世扮演古事之权舆矣。"②人们模仿上古神话中的大神蚩尤、轩辕相斗，俞樾认为此事象起源悠久，连汉代的角抵戏都当是它的"遗制"。可见，此种"象神"历史荒远。俞樾视它为后世扮演性戏剧之"权舆"，是对的。

---

① 典籍中常以"象神"表述对神的模拟。汉司马迁《史记》卷十二《孝武本纪》："其明年，齐人少翁以鬼神方见上。上有所幸王夫人，夫人卒，少翁以方术盖夜致王夫人及灶鬼之貌云，天子自帷中望见焉。於是乃拜少翁为文成将军，赏赐甚多，以客礼礼之。文成言曰：'上即欲与神通，宫室被服不象神，神物不至。'乃作画云气车，及各以胜日驾车辟恶鬼。又作甘泉宫，中为台室，画天、地、泰一诸神，而置祭具以致天神。居岁馀，其方益衰，神不至。"唐杜佑《通典》卷四十八《立尸义》："尸，神象也。祭所以有尸者，鬼神无形，因尸以节醉饱，孝子之心也。夏氏立尸而卒祭。……祝迎尸於庙门之外者，象神从外来也。天子宗庙之祭，以公卿大夫孙行者为尸。一云：天子不以公为尸，诸侯不以卿为尸，其太尊，嫌敌君。故天子以卿为尸，侯以大夫为尸。周公祭太山而以召公为尸，外神，宾主相见敬之道，不嫌也。卿大夫不以臣为尸，俱以孙为尸，避君也。天子诸侯虽以卿大夫为尸，皆取同姓之嫡也。夫妇共尸者，妇人祔从於舅，同牢而食，故共尸也。始死无尸者，尚如生，故未立也。《檀弓》云：'既封，主人赠，而祝宿虞尸。'（赠，以币送死者於圹也。於主人赠，祝先归也。封，彼验反。）《白虎通》曰：'祭所以有尸者，鬼神听之无声，视之无形，升自阼阶，仰视榱桷，俯视几筵，其器存，其人亡，虚无寂寞　思慕哀伤，无所写泄，故座尸而食之，毁损其馔，欣然若亲之饱，尸醉若神之醉矣。诗云：祖具醉止，皇尸载起。'"岳麓书社，1995年，第704页。
② 清光绪二十五年刻春在堂全书本。

第三节　对兽的装扮模拟

"人在自己的发展中得到了其他实体的支持，但这些实体不是高级实体，不是天使，而是低级的实体，是动物。由此产生了动物崇拜"①，产生了由人装扮兽的"象兽"活动。这也是戏剧人类学上常见的②。

《尚书·益稷》中记载有"象兽"活动的遗迹，云："夔曰：'戛击鸣球，搏拊琴瑟以咏，祖考来格，虞宾在位，群后德让。下管鼗鼓，合止柷敔，笙镛以间，鸟兽跄跄，《箫韶》九成，凤凰来仪。'夔曰：'于！予击石拊石，百兽率舞，庶尹允谐。'"黄伦《尚书精义》卷八释云："祖考来格，虞宾在位，群后德让，则堂上之乐；戛击鸣球，搏拊琴瑟，与夫咏歌，有以召之也，鸟兽跄跄，则堂下之乐。"又引胡氏曰："盖堂上之乐所以象宗庙朝廷之治，……堂下之乐所以象鸟兽万物。"③清简朝亮《尚书集注述疏》卷二说："跄跄，舞貌；箫与翛通，舞者所执也。"④王鸣盛《尚书后案》卷二《虞夏书》云："鸟兽跄跄，（郑）谓飞鸟走兽跄跄然而舞也。……案曰：郑以跄跄为舞者，《说文》：跄，动也。动有舞义也。"⑤按此，黄、胡、简、王皆以"鸟兽跄跄"为舞者舞动之扮像，即乐象也。又姚鼐《古文辞类纂》卷三十三《归熙甫二石说》："曰鸟兽跄跄凤凰来仪，又曰百兽率舞，此唐虞太和之景象在于宇宙之间，而特形于乐耳。"归氏亦将鸟兽舞看作一种艺术的"表现"或"再现"，即所谓"形于"。既是"表现"或"再现"的，那这里的鸟兽舞就是装弄的了。

战国兽衔环画象纹壶上，刻着人装扮鸟形，头饰如长翎，手臂如鸟翅，身后还拖着个小尾巴⑥。人们一看就知是在摹仿禽鸟的样子作舞，与《尚书》

---

① 恩格斯：《致马克思》（1846 年 10 月 18 日），《马克思恩格斯全集》第 27 卷，人民出版社，1972 年，第 63 页。
② 蔡元培谈到戏剧起源时讲过这种象兽。他说："Aleuten 人有一出哑戏。他的内容是一个人带着弓，作猎人的样子；别一个人扮了一只鸟，做出鸟的样子。猎人见了鸟，不愿害他的样子。但是鸟要逃了。猎人很着急，自己计较了许久，到底张起弓来，把鸟射死了。猎人高兴的跳舞起来。忽然，他不安了。悔了，于是就哭起来了。那只死鸟又活了。化了一个美女，与猎人挽着臂走了。澳洲人也有一出哑戏，但有一个全剧指挥人，于每幕中助以很高的歌声。第一幕，是群牛从林中走出，在草地上游戏。这些牛，都是土人扮演的，画出相当的花纹。每一牛的姿态，都很合自然。第二幕，是一群人向这牧群中来，用枪刺两牛，剥皮切肉，都做得很详细。……这些哑戏，虽然没有相当的诗词，但他们编制，很有诗的意境。"（刘东主编《近代名人文库精萃·蔡元培》，太白文艺出版社，2012 年，第 361 页。）
③ 清文渊阁四库全书本。
④ 清光绪读书堂刻本。
⑤ 清乾隆四十五年礼堂刻本。
⑥ 王克芬：《中国古代舞蹈史话》，人民音乐出版社，1980 年，附图 7。

所云乐舞中"凤凰来仪"①正相合。

欧阳修《新五代史·崔梲传》："五年，高祖诏太常复文武二舞。……武舞即八佾，六十有四人，服平巾帻 绯丝布大袖、绣裲甲金饰，……左执干，右执戚。执旌引者二人。加鼓吹十二按，负以熊豹，以象百兽率舞。"此舞中用到"负以熊豹'舞象，并言学承"象百兽率舞"之意，此亦说明后世乐人理解中的百兽率舞乃实扮之相。

象兽活动在艺术方式上与象神稍有不同。象神中，由于神的风姿、动作与品格本就无所依傍，全要人用想象来填补，故象神主要是创造，其中审美想象的因素多一些。在象兽中，由于兽的情状、模样与活动在客观现实中有它的蓝本，故主要是摹仿，审美理解的因素多一些。

象兽活动主要在百戏中，也是以人的装扮为特征的。（陈旸《乐书》卷一百八十六"散乐"条所谓"杂戏盖起于秦汉，有鱼龙蔓延，假作兽以戏"。②）活动时人的性情、情感也一定程度地摹仿禽兽的脾气、声息，人的躯体成为创造禽兽形象的物质媒介，人进入了自己的角色或对象（禽兽），身上带着对象（禽兽）的烙印；所以也是戏剧活动的滥觞。其中，最含戏剧因素的是原始宗教中的蜡祭。蜡祭中，祭猫、祭虎，也还有其他内容，而受祭的猫与虎无论如何是由人来装扮的。这一点极为重要，它符合戏剧艺术的基本表现方式与审美属性。苏轼在接触到蜡祭时，就十分敏锐地抓住了这一点，他说："祭必有尸……今蜡谓之祭，盖有尸也。猫虎之尸，谁当为之？置鹿与女，谁当为之？非倡优而谁？"由此，他得出了"八蜡，三代之戏礼"的结论③。

象兽在汉画像石上有反映。翦伯赞先生曾介绍："在南阳发见一石，今存城北阮堂，图作：'左一人戴兽面，腰间置一长矛，张手蹲地作舞姿；右一人坐以相对，左手握刀（或他种兵械）。又右端有一侍者捧物。还有一石，今存于陇西寨，此石十分诡异。左端或有角兽面的人执杖作俯蹮状，杖头

---

① 也即与乐制中的"皇舞"有延演关系。清张行言《圣门礼乐统》卷十八"奏正始"条："乐师掌国学之政，以教国子小舞。凡舞有帗舞（析五彩之缯为之），有羽舞（析重翟之羽为之），有皇舞（秉五彩扇，以象凤凰来仪），有旄舞（持旄牛之尾，以象百兽率舞）。"（清康熙四十一年万松书院刻本）张行言用"以象凤凰"来表述装扮性，说在了点子上。

② 马端临《文献通考》卷一百四十七"乐考""散乐百戏"条说："江左犹有高絙紫鹿、跂行螳食、……巨象行乳、神龟抃戏、背负灵岳……之伎。"这些"伎"中，显然皆有扮兽。

③ 苏轼：《东坡志林》，中华书局，2007年，第53页。罗愿《尔雅翼》卷二十一"猫"条："猫小畜之猛者……骐骥骐駬，倚衡负轭，一日千里，此至疾也，然使捕鼠，曾不如百钱之狸，古者蜡礼迎而祭之。……迎猫虎以祭，其所主之神，固自有尸矣。"（清文渊阁四库全书本）

有球状物。而其右面戴兽面的一人，持杖向其球作挑拨状。中部左面一戴兽面者以长矛刺其右面的大神女人。右端坐一作四起髻的贵妇和其右的侍者作谈话状。此石六人，盖每两人一组，以显出其全景的动作。'按此种画像，就是当时假面戏的表演。"①

象兽活动的初期，其内在旨趣与象神活动有联系，带着图腾色彩。人们在猪、羊、虎、熊之类活的动物身上找到了神灵的存在，把这些"动物变成了人的神灵"②。正如恩格斯所分析的，"看一看神圣的观念是怎样产生的……很有意思。神圣的东西最初是我们从动物界取来的"③，取来以后，它们就被作为人类现实活动的异己力量来崇拜了。如刚才说的蜡祭中的猫与虎，之所以"迎其神而祭之"，原因在于"猫食田鼠，虎食田豕"④，它们成了五谷丰收的守护神，成了彼岸世界的受祭的偶像。

象兽活动发展到后期（汉魏六朝），动物身上的图腾灵光暗淡了，活动的旨趣已不再是单纯的敬奉神灵，扮兽的人十分着意地表现着禽兽在生命、力、动作上的奇异特征：

汉李尤《平乐观赋》记载当时百戏中："有仙驾雀，其形蚴虬，骑驴驰射，狐兔惊走……禽兽六驳，白象朱首，鱼龙漫延，巉岩山阜。"⑤

隋薛道衡《和许给事善心戏场转韵诗》也说："万方皆集会，百戏尽来前……抑扬百兽舞，盘跚五禽戏，狻猊弄斑足，巨象垂长鼻。青羊跪复跳，白马回旋骑。"

这里反映了人们观念的迁移，投注于象兽活动中的是人们自己希求具有超人膂力的愿望⑥，以及扩大自己征服自然、征服社会之能力的理想了。

装扮动物的人有时也将人的知识、兴趣、闲情逸致分享给禽兽，令"白

① 翦伯赞：《秦汉史》，北京大学出版社，1983年，第594页。
② 马克思：《第179号"科伦日报"社论》（1842年6月29日—1842年7月4日），中国社会科学院世界宗教研究所编《马克思恩格斯列宁斯大林论宗教》，中国社会科学出版社，1979年，第55页。
③ 恩格斯：《致马克思》（1882年12月8日），中国社会科学院世界宗教研究所编《马克思恩格斯列宁斯大林论宗教》，中国社会科学出版社，1979年，第57页。
④ 蔡邕：《独断》上，《四部丛刊》三编景明弘治本。
⑤ 《全上古代三秦汉三国六朝文》第2册《后汉》，河北教育出版社，1997年，第479页。
⑥ 王谠《唐语林》卷八载："公衙即古之公朝也。字本作'牙'，《诗》曰：'祈父，予王之爪牙。'祈父，司马，掌武备。象猛兽，以爪牙为卫，故军前大旗谓'牙旗'，出师则有'建牙''祃牙'之事。是军中听号令，必至牙旗之下，称与府朝无异。近俗尚武，是以通呼'公府'为'公牙'，'府门'为'牙门'，字称讹变，转而为'衙'。《汉书·地理志》冯翊有衙县，春秋时彭衙之地，非公府之名。或云：公门外刻木为牙，立于门侧，以象兽牙；军将之行，置牙竿首，悬旗于上，其义一也。"（清惜阴轩丛书本）于此可见借猛兽显人威之心理。

虎鼓瑟，苍龙吹篪"，叫"龟蠯蟾蜍，挐琴鼓缶"，从中见出机趣与幽默。有时还把象兽视为一种艺术实践，在木偶戏中创造禽兽形象，"雕文刻镂，以象禽兽"①，有意识地寻求消遣与娱乐。总之，人们开始极力地表现自己的本质特征，人的情性、动作、心理渗透到动物的形象血肉中，与动物的自然属性羼杂在一起了。伴随着这种羼杂，动物身上的图腾意义淡化了，人的色彩渐浓；与魏晋阶段的人的自觉时代的风气亦有些相符。

　　然而，由于汉魏六朝道教与佛教的发达，象兽活动中的动物形象，又被赋予了新的神灵性。如杨衒之《洛阳伽蓝记》记载，佛家每于四月八日（是日佛降生），用车辇载各寺院佛像周行于市，受百姓瞻仰礼拜，谓之"行像"。为了招引观众，行像伴有杂戏演出及象兽活动，有"狮子导引其前"。这里人装扮狮子，不是随意为之，而是配合佛家教义宣传的。因为在佛家经典中，狮子是神灵之物，行像时扮狮子体现着一个神异的事实："佛初生时，有五百狮子从雪山来侍列门侧。"又如，汉百戏"东海黄公"，描写方士黄公，善为道术，可以"易貌分形，吞刀吐火，云雾杳冥，画地成川"②。其中人扮的动物也同样具有"奇幻倏忽"的神异性，"舍利之化仙车"，"海鳞变而成龙"，比目鱼漱水作弥天大雾，隆隆的雷声中悠然走出仙雀白象……神灵的动物在着力渲染着仙佛世界的神奇性，衬托剧事活动所要表现的佛道的幻术与玄旨。象兽活动中的动物形象与它象征的神灵性仍有扯不断的联系！只有到了唐代以后的象兽活动中，"人才作为唯一真实的东西而呈现于意识……动物生活……才不再受到尊敬"③，但那已超出我们本节探讨的范围了。

　　由于"象兽"是人们借动物把神圣的东西显现于直接观照的活动中④，活动中不直接崇拜神，而只把动物作为神灵的化身来膜拜，所以其中对

---

① 桓宽：《盐铁论》，安徽大学出版社，2012 年，第 15 页。
② 张衡：《西京赋》："大驾幸乎平乐，张甲乙而袭翠被。攒珍宝之玩好，纷瑰丽以奓靡。临迥望之广场，呈角抵之妙戏。乌获扛鼎，都卢寻橦。冲狭燕濯，胸突铦锋。跳丸剑之挥霍，走索上而相逢。华岳峨峨，冈峦参差。神木灵草，朱实离离。总会仙倡，戏豹舞罴。白虎鼓瑟，苍龙吹篪。女娥坐而长歌，声清畅而蜲蛇。洪涯立而指麾，被毛羽之襳襹。度曲未终，云起雪飞。初若飘飘，后遂霏霏。复陆重阁，转石成雷。礴砾激而增响，磅礚象乎天威。巨兽百寻，是为曼延。神山崔巍，欻从背见。熊虎升而挐攫，猿狖超而高援。怪兽陆梁，大雀踆踆。白象行孕，垂鼻磷囷。海鳞变而成龙，状蜿蜿以蟺蟺。舍利颬颬，化为仙车，骊驾四鹿，芝盖九葩。蟾蜍与龟，水人弄蛇。奇幻倏忽，易貌分形。吞刀吐火，云雾杳冥。画地成川，流渭通泾。东海黄公，赤刀粤祝。冀厌白虎，卒不能救。挟邪作蛊，于是不售。"
③ 黑格尔：《美学》二卷，第 180 页。
④ 黑格尔：《美学》二卷，第 180 页。

神灵的颂扬与敬穆显得有些隐蔽、神秘或闪烁不定。特别是这种活动的艺术处理，是从自然界动物中选取形象作为神灵依附的躯壳从而显现那神秘的宗教观念或意义。尽管被选取的动物本身也具有象征那神秘意义的某些特征，由这些特征也可以一定程度地暗示出要表达的观念或意义；但是，暗示毕竟是暗示，动物形象只在唤起想象，使人意识到它所指的那个观念或意义，动物形象与所表达的意义之间还没有固定的联系；人们只是在接触动物形象时，很自然地想到关于动物的神话传说，领悟到传说背后隐寓着的内容。这种暗示的表现方式使得仁者见仁，智者见智，形象与寓义之间的关系不无暧昧性。另外，动物形象之于所暗示的意义也不可能完全熨贴。因为动物形象虽在某一特征上与寓义相吻合，却还有一些与寓义毫不相干的东西。如蜡祭中的虎，除有对人有益的食田豕以外，还有伤害人的一面。所以动物形象本身就具有限性，动物形象既可暗示出所欲表现的内容，也可暗示出其他一些没打算表现的内容。这就使得动物形象所反映的内容以及整个象兽活动的意旨往往带上了隐晦或模棱两可的特征。

但从总体上看，有一点是明确的：象兽活动一直受着宗教观念的支配与挟携。活动中，人们无法把自己创造的形象或对象（兽）视为"人自己的本质力量的现实"，视为"他自身的对象化"；人们把自己的本质力量都"转给彼岸之神的幻影"了[①]，或者干脆说被剥夺被歪曲了。在随之而来的象人活动中，人们所创造的形象（由于是人而非神与兽），才成为"确证和实现他的个性的对象"，人们才"不致在自己的对象里面丧失自身"。[②]

第四节　人模拟一个他人的"象人"活动

"象人"，是以人的躯体、或其他介质去装扮真人或一个他人[③]。这与象

---

① 《马克思恩格斯全集》第 1 卷，第 133 页、647 页。
② 《马克思恩格斯全集》第 42 卷，第 124-126 页。
③ 王充《论衡》卷十二《谢短篇》："岁终逐疫，何驱？使立桃象人於门户，何旨？"卷十六《乱龙篇》："立春东耕，为土象人，男女各二人，秉耒把锄。"元稹有《象人》诗云："被色空成象，观空色异真。自悲人是假，那复假为人。"唐徐坚《初学记》"杂乐·叙事"引梁元帝《纂要》曰："又有百戏，起于秦汉，有鱼龙蔓延……扛鼎，象人，怪兽，舍利之戏。"夹注"象人"云："见《汉书》。韦昭曰：今之假面。"

兽活动一样偏重于摹仿，但已有细微的差别。象兽活动所摹仿的是与人异在的动物特征，故偏重效法性的摹仿，象人是表现人自己的生活内容，故偏重于再现性的摹仿。在摹仿中，摹仿者凭他的情感、意志、才智，把自己提高到历史生活的鸟瞰者的地位，作为一种艺术实践的主体、"作为一种主体能力自为地存在着"①，并将自己的心情、目的、对现实的审美认识或伦理评价反映到所摹仿的形象中去，使形象成为"我的一种本质力量的确证"②，而不再是神的力量的确证了。

象人活动有三种类型。

（1）傀儡戏形式。人们在实践活动中，渐渐意识到自我可分解为两个差异面，一个是自我的内在精神或思想（主体），另一个是自我的肉体或身躯（客体），自我的外形或躯体是自我内在思想的传达媒介。傀儡戏活动正是由这种分解出发的。它选择一种无机的东西作为媒介，指代人的有机生命，用木头刻成人的躯体代替活人的肉体，从而把人的内在精神显现出来。陈旸《乐书》卷一百八十六谓"象人之戏始于周之偃师"。《列子·汤问》记之较详：

> "周穆王西巡狩……有献工人名偃师……王荐之，曰：'若与偕来者何人邪？'对曰：'臣之所造能倡者。'穆王惊视之，趋步俯仰，信人也。巧夫！领其颐则歌合律，捧其手则舞应节，千变万化，惟意所适。王以为实人也，与盛姬内御并观之。技将终，倡者瞬其目以招王之左右侍妾，王大怒，立欲诛偃师；偃师大慑，立剖散倡者以示王，皆傅会革木胶漆白黑丹青之所为。王谛视之，内则肝胆心肺肾脾肠胃，外则筋骨支节皮毛齿发，皆假物也，而无不毕具者。合会复如初见。王试废其心，则口不能言；废其肝，则目不能视；废其肾，则足不能步。"（晋张湛注云："此皆以机关相使，去其机关之主，则不能相制御。亦如人五藏有病，皆外应七孔与四支也。"）③

这木傀儡"趋走俯仰如人，领其颐则可语，捧其手则可舞"，甚至当周

---

① 《马克思恩格斯全集》42卷，第124-126页。
② 《马克思恩格斯全集》42卷，第124-126页。
③ 陈明校点：《列子》，上海古籍出版社，2014年，第158页。

穆王与诸姬观看时，还能用眼神挑逗勾引穆王的侍姬。这记载源于佛典①，渲染化地说明：傀儡形象亦能传神表现人的某种思想与情感。当然，傀儡戏中用来进行艺术表现的木头人，毕竟是无机的东西，它不同于人的有机肉体，它在展示人的动作与活动时，要受人的控制与调节，动作显得人为而机械，外部表情也显得是附加上去的。林滋《木人赋》谈到过这种情况：

> "何伊人兮异常！爰委质以来王。想具体之初，既因于乃雕乃斫，及抱材而至，孰知其为栋为梁！原夫始自攻坚，终资假手。虽克己于小巧之下，乃成人于大朴之后。来同辟地，举趾而根柢则无；动必从绳，结舌而语言何有？必游刃兮在兹，鼻运斤兮阒遗。兀若得木公之状，块然非土偶之资。曲直不差，既无蠹于今日，短长合度，宁自伐于当时！莫不脱枯槁以前来，投胶漆而自进。低回而气岸方肃，伫立而衣裾屡振。秾华不改，对桃李而自逞芳颜；朽质莫侵，指蒲柳而讵惊衰鬓！既手舞而足蹈，必左旋而右抽。藏机关以中动，假丹粉而外周。生本林间，苟有'参乎'之美；立当君所，何惭'柴也'之俦！是则贯彼五行，超诸百戏，误穿节以瞪目，疑耸干于奋臂。如今居杞梓之上，则树德非难；若使赴汤火之前，则焚躯孔易。进退合宜，依然在斯。既无丧无得，亦不识不知。迹异草莱，其言也无莠；情同木讷，其行也有枝，可谓暗合生成，潜因习熟。虽则挫身于斤斧，曷若守株于林麓！宜乎削尔肩，刳尔腹。既有乱于真宰，宁取笑于周穆。"

所谓"根柢则无，动必从绳"，"手舞足蹈，必左旋右抽"，"机关中处，

---

① 如佛典中云："一工巧者应时国王，喜诸技术，即以木材作机械木人，形貌端正，生人无异，能歌工舞，举动如人，且能言辞，工巧者假以为其子。国王使作技，歌舞跪拜进止，胜于生人，更能眨眼色视夫人。王遥见之，心怀忿怒，促敕传者，斩其头来。工巧者知，啼泣，长跪请命曰：'吾有一子，其重爱之；坐起进退，以解忧思；愚意不及，有是失耳。假使杀者，我当共死……'王不听，工巧者复白王言：'若不活者，愿自手杀。'王以为可，工巧者乃拔一肩捎，机关解落，碎散在地，王为惊愕：'吾如何嗔一木材？'乃以此技巧天下无双……即赐金亿万两。"又《杂譬喻经》中讲："昔北天竺有一木师，大巧，作一木女，端正无双，衣带严饰，与世女无异。亦来亦去，亦能行酒看客，唯不能语耳。时南天竺有一画师，亦善能画。木师闻之，作好饮食，即请画师，画师既至，便使木女行酒擎食，从旦至夜，画师不知，谓是真女，欲心极盛，念之不忘，时日以暮，木师入宿，亦留画师令住止，以此木女，立侍其侧，便语客言：'故留此女，可共宿也。'主人已入，木女立在灯边。客更呼之，而女不来，客谓此女羞故不来，便前以手牵之，乃知是木，便自惭愧！心念口言：'主人诳我，我当报之'。"（据陈寿楠，朱树人，董苗《董每戡集》第1卷，岳麓书社，2011年，第168-170页引。）《金缕子》卷五也说："有人以优姬献周穆王，甚巧，能作木人，趋走俯仰如人，颔其颐则可语，捧其手则可舞。王与盛姬共观，木人瞋其目招王左右侍者，王大怒，欲诛优师。优师大怖，乃剖木以示王，皆附会革木所为，五脏俱具，王大悦。乃废其肝，则目不能瞋，废其心，则口不能语，废其脾，则手不能运，王厚赐之。"（清知不足斋丛书本）

假丹粉外周"云云，也是在说人们还只能使无机的媒介勉强地为象人活动服务着，以木头为材料的傀儡形象在艺术表现上有局限性。为了减少这种局限给艺术活动带来的不利影响，人们总是以静示动，因形传神，尽可能地使傀儡形象在外形上具有鲜明的色彩，动人的姿态。谢观《汉以木女解平城围赋》描绘说：

"命雕木之工，状佳人之美。假剞劂于绩事，写婵娟于容止。逐手刃今巧笑俄生，从索绚而机心暗起。动则流盼，静而直指……既拂桃脸，旋妆柳眉……摛粉藻而标格有度，傅簪裾而朴略生姿。节操坚贞，状剒别之刑无惧，称华窈窕，则削成之肩不疑。然后迥出孤域，逍遥独步，向锋刃之影稿高，秉松柏之心坚固。既而踟蹰素质，婉娩灵娥，日照颜色，风牵绮罗。睹从绳之容楚楚，混如椎之髻峨峨。有貌而自为饰诈，无情而不转横波。时也匈奴合围，嬖人兴事，故持娉婷之淑态，用挠阏氏之所忌①。果惊如剑之眸，不识运斤之鼻。观其玉立汉垒，花生女垣，香飞大漠，名动雄蕃。各揣蓑陋之姿，胡颜怙宠；竞念腥膻之质，苟且孤恩。乃储仇以极谏，并怀礼而献言。以为汉之与蕃，本为殊国，冀两地之无患，曷二主之相殛。落刁而鸣鼙自怨，中夜之重围暗失……"②

或者从现实中抽象出一些易于表现的内容加以简化，作为极有渲染力的外在特征雕在傀儡的形貌上，给观者以深刻而有趣的印象。如《颜氏家训·书证篇》载：

"或问：'俗名傀儡子为郭秃，有故实乎？'答曰：'《风俗通》云：诸郭皆讳秃。当是前代人有姓郭而病秃者，滑稽戏调，故后人为其象，呼为郭秃，犹《文康》象庾亮耳。'③"④

傀儡戏中曾演过一个性情滑稽的郭郎形象。由于根据郭郎头上的秃斑

---

① 据段安节《乐府杂录》载，传说汉高祖在平城被匈奴首领冒顿围困，谋臣陈平造木偶人舞于城墙之上。冒顿的妻子阏氏当成了活人，怕攻下城后，冒顿必纳妓女，于是谏撤兵，围遂解。
② 周绍良主编：《全唐文新编》第4部第1册，吉林文史出版社，2000年，第8930页。
③ 据《晋书·庾亮传》，晋太尉庾亮，卒谥文康。人们怀念他，装扮成他生前的模样，编成歌舞，称作《文康乐》。所以说傀儡名郭秃而非郭秃，犹《文康》象庾亮而丰庾亮也。
④ 颜之推著；张霭堂译注：《颜之推全集译注》，齐鲁书社，2004年，第359页。

"为其象",其产生的喜剧性效果就比较强烈,以致后来郭秃竟成了傀儡形象的代名了。在这里我们发现,木傀儡外形的艺术处理,运用了一种静态的夸张,这种艺术表现技巧已经和雕塑艺术携起手来了。

木傀儡的史料中已透露出"观"的意识。东汉僧人支娄迦谶所译《道行般若经》卷八提到:"譬如工匠黠师,刻作机关木人,若作杂畜,木人不能自起居,因对而摇。木人不作是念,言:'我当动摇,屈伸低仰,令观者欢欣。'何以故?木人本无念故。"①所谓"令观者欢欣",把形象及活动的对象性交代出来了。

傀儡中还有一个带有迷信色彩的分支,即"俑"的形式。这种俑不同于一般殉葬的俑(如秦始皇兵马坑中的武士俑),它设有机关,可以活动,是木傀儡的一种,同样以无机的东西展示人的风貌;用在丧礼中驱逐山精魔邪,类同大傩中的"方相氏"。

《广韵》肿韵"俑"字下注说:"木人送丧,设关而能跳跃,故名之俑。"

《旧唐书·音乐志》云:"窟儡子,亦云魁儡子,作偶人以戏。善歌舞,本丧家乐也。汉末始用之于嘉会。"刘昭注《续后汉书·五行志》引《风俗通》云:"时京师宾婚嘉会,皆作魁儡。酒酣之后,续以挽歌。魁儡丧家之乐;挽歌,执绋相偶和之者。"

《封氏见闻录》也有类似记载:"大历中,太原节度辛云京葬日,诸道节度使使人修祭。范阳祭盘②,最为高大,刻木为尉迟鄂公与突厥斗将之戏,机关动作,不异于生。祭讫,灵车欲过,使者请曰:'对数未尽。'又停车,设项羽与汉高祖会鸿门之象,良久乃毕。……(人)皆手擘布幕,收哭观

---

① 支娄迦谶译:《道行般若经》,收入《大正新修大藏经》第八册,台湾佛陀教育基金会1990年,第466页。

② 孙世文《傀儡戏起源于"俑"考》说:"从物质的遗存上,我们再对活动的歌舞俑作些考察就看得更清楚。在文化大革命中发掘的长沙马王堆一号墓出土了一批彩绘乐俑,这批彩绘乐俑很值得注意。湖南省博物馆、中国科学院考古研究所编的《长沙马王堆一号汉墓》一书在谈及出土的彩绘乐俑时云:'五件,全部放置在北边箱内。其中吹竽俑二件,鼓瑟俑三件。吹竽俑高36厘米和38厘米;手臂和手腕均为另作,并用竹钉附着于俑身。拇指分开,余四指合拢。手掌向上,作持竽状。出土时,竽已掉落。竽系模型器,吹口与斗同一木料斫出。管系竹皮削制。吹口长4.5厘米,管十四根,长5—22.5厘米。鼓瑟俑三件,均高32.5厘米。手臂与俑身同一木料雕成,手腕另作,再安装。手掌向下,五指微屈,作鼓瑟状。'这些彩绘乐俑显然比秦以前的木俑有了很大的变化。它已有了活动的关节,具备了歌舞活动俑的雏形。更为有趣的是济南市无影山出土的西汉乐舞杂技陶俑,这种'杂技陶俑烧造于一个长方形陶盘上,有二十一人,七人登场表演杂技,姿态生动','其中两人为女子,穿长袖花衣,相向起舞;两人倒立,两手着地,上身挺直。下肢前屈,头部前伸,作"拿大顶"姿态,造型矫健稳重而有力,一人腾身而起正在翻筋斗;另一人作难度很大的柔术表演,双足由身后上屈放于头侧。表演者左前方一人,穿朱色长衣,可以转动,以为指挥。有乐队七人伴奏,使用的乐器有钟、建鼓、小鼓、瑟、笙等。'"(载《吉林大学学报》1980年第1期)

戏。事毕，孝子陈语与使人：‘祭盘大好，赏马两匹。’”①

在这里，尉迟鄂公、突厥大将、项羽、刘邦都成了灵车或祭盘上的"俑"。他们有扮色与动作，并构成简单情节（尉迟斗突厥、项羽对刘邦），但相对一般的木傀儡人物缺乏行动性，更具有静观的特点。

总而言之，木傀儡的表现方式是特别的。它在人物形象外形上扬弃一些没有意义的东西，把傲慢、跋扈、娇媚、可怜、滑稽之类的表情凝定在容貌与动作上。它只是偏重于反民一些类型化的伦理内容，如善良、奸诈、正直、可怜、机智，并根据伦理内容赋予一定的外形特征，所谓"公忠者雕以正貌，奸邪者与之丑形"②。从人们审美心理活动的过程上看，木傀儡活动也是特别的。人们把自己的内在情感与理想灌注到完全异质的物质性材料（木头）里去，借助这种异质材料表达人的形状与情态，从而使自己从中看到自己的情感、理想已经对象化、具体化，已经以物质形式的客体摆在对面。于是，木头人的形象就成为人们内心生活的物态化形象。

（2）带有生活行为特点的象人活动。在这种形式里，装扮者的行为就好像生活中的真实行为一样，使自己的躯体与精神都进入自己所摹仿的对象；这里虽也蕴含着戏剧因素③，却不是纯粹扮演的戏剧演出。装扮者在装扮另一个他人时，只是主观上来一个"蝉蜕"，暂时退出自己的身份、地位以及现实中的居处情况，转入、沉浸于所摹仿对象（人）的生活情感与行动。这时，他与所有看着自己摹仿的人也进行了一次关系的"变更"，把他们变成了自己的观众。即使有自己亲兄弟在场，也因此时此刻自己在摹仿另一个人，使得兄弟关系暂时拉断了，亲兄弟也成为自己的观众了。这种情形下的"象人"，装扮者总是为某一现实目的或幽默的情趣所推动，即景生情，因势利导，去摹仿一个对象（人），以对象的一切情况为规定性。例如《史记·滑稽列传》中有段记载：

"优孟者，故楚之乐人也。……楚相孙叔敖，知其贤人也，善

---

① 封演：《封氏闻见记》，《影印文渊阁四库全书》第862册，台北商务印书馆，1986年，卷6，第447页。

② 耐得翁：《都城纪胜》，齐豫生，夏于全：《中国古典文学宝库》第68辑《逸闻轶事小说》，延边人民出版社，1999年，第272页。

③ 司马彪《后汉书·五行志》记："灵帝数游戏于西园中，令后宫采女为客舍主人，身为商贾服。行至舍，采女下酒食，因共饮食以为戏乐。此服妖也。其后天下大乱。"（《后汉书》，第3273页）此宫女扮商贾。

待之。病且死。属其子曰：'我死，汝必贫困。若往见优孟，言：我孙叔敖之子也。'居数年，其子穷困负薪，逢优孟，与言曰：'我，孙叔敖之子也……'优孟……即为孙叔敖衣冠，抵掌谈语。岁余，像孙叔敖，楚王左右不能别也。庄王置酒，优孟前为寿，庄王大惊，以为孙叔敖复生也，欲以为相。优孟曰：……楚相不足为也。如孙叔敖之为楚相……今死，其子无立锥之地……庄王谢优孟，乃召孙叔敖子，封之……"①

这就是人们津津乐道并视为戏剧先河的"优孟衣冠"②。它的性质、形式以及作为戏剧先河的意义是特殊的。因为优孟虽是一个乐人，虽充当了扮孙叔敖的"演员"，但他出现的场合是日常生活中的某一次宴席，大家都不知道他要来"这一套"，不知道他要扮演某个人，头脑中尚缺乏一个这样的假定：这里将作为一次"象人"活动的场所，孙叔敖是优孟假装的。所以假孙叔敖一出现，庄王便信以为真了。这个信以为真说明：优孟的扮演活动压根没有被庄王等人视为一次艺术活动，而以为发生了起死回生的真事③；优孟的创作，没有获得他的观众（庄王等）的承认，而是被作为一般的生活行为去理解的。另一方面，优孟在主观上也并不希望庄王以艺术（假装）的观念来理解他装扮的孙叔敖，而是想以真人真事的形式叫庄王惊讶、害怕，从而达到他政治上的目的。就是说，优孟的象人活动虽在假装、摹仿这一点上符合戏剧艺术的属性，但完全是以生活行为的方式出现的，不具备纯粹扮演的艺术特征，也没有在观者（庄王等）头脑中设定一个"假扮"的观念（"做场"的观念），因而，优孟也没有与自己的观者建立起对象与主体、被欣赏与欣赏的审美关系。

（3）纯扮演性的象人活动。这种形式比较普遍，是戏剧走向成熟的主

---

① 司马迁：《史记》，岳麓书社，2002年，第710页。

② 古人或以为"优孟衣冠"乃戏之始，然主要是象"形"，即多在形似而少于神似。胡应麟《少室山房笔丛》辛部《庄岳委谭》下："优伶戏文，自优孟抵掌孙叔，实始滥觞。"郑仲夔《玉麈新谭·耳新》卷二："夫优孟衣冠，徒刻画于形，似终逊其神耳。诚得其真神，使仲尼不死颜子如生，又何病焉。"江顺诒《词学集成》卷一："今日饾饤之学，所谓优孟衣冠，何情之有？"李渔《闲情偶寄》卷四"缩长为短"条："优孟衣冠，原非实事，妙在隐隐跃跃之间。"李中简《嘉树山房文集》卷五《鞠莲甓先生文集序》："及搁管为之，仍不过沾沾顶琐，小自附于声句之间，此与假优孟衣冠为叔敖笑啼者何异？"（清嘉庆六年嘉树山房刻本）

③ 值得注意的是，古人每以为鬼常装扮成人，这也是一个观念的基础。王充《论衡》卷第二十二《订鬼篇》："一曰：人且吉凶，妖祥先见，人之且死见百怪。鬼在百怪之中。故妖怪之动，象人之形或象人之声为应。故其妖动不离人形。"（四部丛刊景通津草堂本）

要途径。在这种形式中，象人者与观众都存在着"假定"的观念。象人者假定：我就是那个所摹仿的人；观众假定：他（演员）是在摹仿一个他人。《太平御览》五六九卷引《赵书》云：

> "石勒参军周延为馆陶令，断官绢数万匹，下狱，以八议宥之。后每大会，使俳优介帻，黄绢，单衣。优问：'汝何官，在我辈中？'曰：'我本为馆陶令。'斗数单衣，曰：'正坐取是，入汝辈中。'以为笑。"

在这里有了双重的假定，俳优假定自己为犯贪污罪的周延，抖着象征着贪污的黄绢单衣；观者也理解这是戏，在主观上假定俳优此时此地即是周延，对俳优的动作付之一笑。于是俳优对周延的装扮活动成立了，被作为一种艺术活动来欣赏了。当此之时，观众也不至于当了观众尚浑然不觉，像庄王那样，把假装的人当成生活中的真人对待了。此其一；其二，由于观众已经明确了这是场戏，明确了自己观众的身份，就构成了对俳优的制约，俳优就要力争把所摹仿的人表现得生动些，于是欣赏之于创作的制约性关系亦形成了。这一关系的形成，至关重要，它迫使俳优在象人之前就认真思考进行摹仿的方法、层次与枢架，从而使这些方法、层次、构架在艺术实践中积淀下来，化为固定的形式；这就促进了戏剧在形式上走向成熟与定型。

演员的假定性扮饰活动尤多。王琦注李白《上云乐》云："胡震亨曰：梁武帝制云乐，设西方老胡文康，生自上古者，青眼高鼻白发，导弄孔雀凤凰白鹿，慕梁朝来游，伏拜祝千岁寿。……按《隋书乐志》梁三朝乐第四十四，……乐人扮作老胡之状，率珍禽奇兽而为胡舞，以祝天子万寿，其时所歌之辞，即（周）舍所作之辞也。"[1]乐人扮作老胡[2]，亦是典型的"象人"活动。[3]

在纯扮演性的象人活动中，最精彩的形式是"弄假妇人"（由男子装扮

---

① 王琦：《李太白诗集注》卷三《上云乐》，清文渊阁四库全书本。
② 于慎行诗《上云乐》云："东厢食举百戏作，鱼龙曼衍中堂ება。华钟忽驻舞绥停，更进西方上云乐。老胡家世是文康，紫髯深目华盖方。白巾裹头火浣细，绿珠作带袜韝长……"此即可视作老胡的扮相。（清钱谦益《列朝诗集》丁集卷十一，清顺治九年毛氏汲古阁刻本）
③ 纳兰性德《渌水亭杂识》（二）："梁时大云之乐，乍一老翁演述西域神仙变化之事，优伶实始于此。"（清纳兰性德《通志堂集》卷十六，清康熙三十年徐乾学刻本）

27

女子）。如汉成帝时，甘泉時的"紫坛伪饰女乐"①，陈留王使小优作"辽东妖妇"②，南齐东昏侯"作女儿子"③。

"弄假妇人"的出现，暗示了审美情趣的转移。因为汉代百戏中的象兽、象人偏重于壮观的场面、宏大的气势、惊险的动作、高超的本领。它的场地可以绵亘数里，戏中的怪物可化为八丈长龙。它沉溺于技巧、力、运动与变化的表现，给人以强烈的刺激；叫观者先捏一把汗，然后长长地呼一口气，在紧张、放松、再紧张、再放松的过程中，生出快感。这是"力"的艺术，粗犷而壮观的美。"弄假妇人"④则偏重于性别意识，偏重于秀美的情趣。因为"秀美是女子所特有的优点，大半含几分女性的引诱"⑤，掺杂着对女性的欣赏、喜慕与希求。其中自然也伴随着一些生理性的快感，不完全属于纯审美范畴，但比起百戏中"力"的快感来，显然是趋进了。这种"趋进"是人性化审美意识的进步。

不过，"弄假妇人"形式的出现是受非难的：

桓宽《盐铁论》卷六"散不足"云："古者衣服不中制，器械不中用，不粥于市。今民间……戏弄蒲人杂妇……奇虫胡妲。"⑥（明方以智《通雅》："胡妲，即汉饰女伎，今之装旦也。"）司马师《废帝奏》："小优郭怀袁信……于观下作辽东妖妇，嬉亵过度，道路行人掩目……"（《魏书·齐王纪》裴

---

① 梅鼎祚《西汉文纪》卷十五《甘泉泰時坛议》："臣闻郊柴坛享帝之义，埽地而祭，上质也。歌大吕舞云门以竢天神，歌大簇舞咸池以竢地祇，其牲用犊，其席稾秸，其器陶匏，皆因天地之性，贵诚上质，不敢修其文也。以为神祇功德至大，虽修精微而备庶物犹不足以报功，惟至诚为可，故上质不饰，以章天德。紫坛伪饰女乐鸾骖驺驹龙马石坛之属，宜皆勿修。"（清文渊阁四库全书补配清文津阁四库全书本）
② 房玄龄《晋书》卷二《帝纪第二》："皇帝春秋已长，未亲万机，日使小优郭怀袁信等裸祖淫戏。又于广望观下作辽东妖妇，道路行人，莫不掩目。"
③ 萧子显《南齐书》卷七："是夜，帝在含德殿吹笙，歌伎女儿子。卧未熟，闻兵入，趋出北户，欲还后宫，清曜合已闭，阉人禁防，黄泰平以刀伤其膝，仆地，顾曰'奴反邪！'"
④ 段安节《乐府杂录·俳优》："咸通以来即有范传康、上官唐卿、吕敬迁等三人弄假妇人。"（案《文献通考》作有范博康）曾慥《类说》卷十六"弄参军"条："大中以来，弄假妇人。"曹学佺《蜀中广记》卷七十："《教坊记》曰：僖宗幸蜀时，戏中有刘真者善弄假妇人。后乃随驾还京，籍于教坊。胡应麟《少室山房笔丛》辛部《庄岳委谭》下："汉宦者传脂粉侍中，亦后世装旦之渐也。……范传康、上官唐卿、吕敬迁三人弄假妇人，假妇人，即后世装旦也。"俞樾《茶香室丛钞》卷十八"弄假妇人"条云："弄假妇人，按此即戏旦之滥觞也。《隋书音乐志》云：周宣帝（北周宣帝字文赟）即位，广召杂伎，好令城市少年有容貌者妇人服而歌舞，此又弄假妇人之始。"（清光绪二十五年刻春在堂全书本）
⑤ 朱光潜：《朱光潜美学文集》一卷，上海文艺出版社，1982年，第241页。
⑥ 任半塘说："其以胡人装旦戏舞。故辄以'胡'字."（任半塘：《唐戏弄》下册，上海古籍出版社，1981年，第791页。）王利器校注说："陈奇猷曰：'《说文》无妲字，征之他书当作但，《贾子·匈奴篇》：上使乐府幸假之但乐，《淮南·说林训》：使但吹笙。但盖俳优之类，胡但，胡人之为但者，其作女边旦，乃俗人妄改，犹倡之为娼、伎之为妓也.'王佩诤引吴梅《奢摩他室日记》末刻稿曰：'妲即唐五代以后剧曲中之旦字，疑《盐铁论》之胡妲，即后人之花旦'."（赵建伟：《中国古典戏曲概念范畴研究》，文化艺术出版社，2010年，第4页。）

注引）。

这大概是由于"弄假妇人"活动中，那潜在的对女性优美风姿的艳羡心理与儒家的教化思想发生了冲突，医为儒家是要求"乐而不淫"、强调艺术中审美情感完全合乎伦理情感的。

由于象人活动是在摹仿社会现实中的人，象人者的行动已经回到伦理情感中来了，所以象人者在装扮某一个人时，总是以在自己的内心设定一种伦理内容作为艺术表现全过程的基础。这种必然接近审美理想形态的伦理内容一旦设定，装扮者就在所难免地要介入到现实中各种伦理内容的差异、冲突、对立中去。因而，戏剧冲突就滋生了。戏剧冲突的产生，才是戏剧形成的关键。

这里又出现了如下几种情况。

在第一种情况中，象人活动只是部分地摹仿、呈现了现实存在中的矛盾、对立或冲突，艺术表现上仅仅选择处于现实矛盾中某一方的情状，将其纳入摹仿内容，并化成具体的艺术情境或动作，从而暗示出矛盾的另一方，暗示出完整的对立与冲突。如北齐兰陵王作战勇冠三军，容貌则姣好如妇，常戴假面具临阵对敌。齐人在歌舞戏中"效其指挥击刺之容"，以赞颂他在战争中的勇武性格[1]。这场戏虽然暗示出了兰陵王与其对手的厮杀与冲突，但并没有将冲突的另一方亦表现为具体性格、具体形象；因此这里的戏剧冲突还是单向的，还是个断臂的维纳斯！

到了第二种情况里，象人活动虽将现实中两种对立的力量都纳入了艺术内容，并转化为互相冲突的形象；但对立着的双方在质的规定性上属于不同的范畴，其中一方不具备与另一方相冲突的势均力敌的价值；因此亦不构成有价值意义的冲突。例如：

北齐时代的《拨头》戏，"出西域　胡人为猛兽所噬，其子求兽杀之"（《旧唐书·音乐志》[2]），"人父为虎所伤，遂上山寻其父尸，山有八折，故

---

[1] 刘𫗧《隋唐嘉话》云："高齐兰陵王长恭，白类美妇人，乃著假面以对敌，与周师战于金墉下，勇冠三军。齐人壮之，乃为舞，以效其指麾击刺之容，今《大面》是。"（《隋唐嘉话》卷下，三秦出版社，2004 年，第70 页。）

[2] 宋祁，欧阳修：《旧唐书》，中华书局，1975 年，第 1374 页。陈旸《乐书》卷一百七十四"乐图论·拨头舞"条："拨头出于西域。胡人为猛兽所噬，其子登八折山求兽杀之，故为舞曲有八迭。戏人被发素衣而作悲啼之容，盖象遭丧之状也。"（清文渊阁四库全书本）

曲八叠，戏者被发素衣，面作啼，盖遭丧之状也。"（《乐府杂录》[①]）

汉"东海黄公"戏，演"东海人黄公，少时为术，能制御蛇虎……及衰老气力赢惫，饮酒过度，不复能行其术……术既不行，乃为虎所杀。俗用以为戏……"（葛洪《西京杂记》）

在这两出戏中，构成情节的主要人物在性格因素上有一定的内容。胡儿孝亲、复仇、痛心疾首；黄公酗酒、气衰、懈怠于业。但他们的对立面都只是没有经过人格化艺术处理的野兽形象，在非人格化的野兽形象身上是不存在什么社会目的或性格内容的。所以戏剧冲突的双方在质的规定性上并无发生对抗的必然性，即缺乏社会性、伦理性内容。

第三种情况：象人活动中对立人物的双方，都具备内在性格的实体性、规定性，即具备特定的情操、习性与生活目的，并由这些内在规定性去行动，与他人的情操、习性与生活目的构成抵牾，于是就产生了一种带有伦理意味的冲突。例如：

《教坊记》载："《踏摇娘》，北齐有人姓苏，疱鼻，实不仕，而自号为郎中。嗜饮酗酒。每醉，辄殴其妻，妻衔悲诉于邻里。时人弄之：丈夫著妇人衣徐步入场，行歌。每一叠，旁人齐声和之云：踏摇和来，踏摇娘苦和来。以其且步且歌故谓之踏摇……及其夫至，则作殴斗之状，以为笑乐。"[②]

《蜀书·许慈传》记："先主定蜀，慈（许慈）、潜（胡潜）并为博士……相克伐，谤读论争，形于声色……（先主）使倡家假为二子之容，效其讼阅之状……初以辞义相难，终刀杖相屈……"[③]

在这里，蛮横的酒徒苏郎中与贤良悲苦的踏摇娘，傲慢无礼的许慈与自矜妒人的胡潜，皆构成习性、生活目的、个人心志上的对抗，并通过艺术场面中的"殴斗之状""刀杖相屈"，具体生动地展现这种对抗；这或是中国戏剧史前阶段孕育得比较好的戏剧冲突了。然而不能否认，它们距离元杂剧那种真正的戏剧冲突尚有一大段距离。因为这里还缺少一种完整的"戏剧动作"（即完整的事件或故事），只有有了完整的事件、故事，戏剧冲突才有自己寄生的土壤，习性、生活目的、个人心志间的对立才能随着情节、事件的推进而发展，成为

[①] 段安节：《乐府杂录》，《中国古典戏曲论著集成》第1册，中国戏剧出版社，1959年，第45页。
[②] 崔令钦：《教坊记》，《中国古典戏曲论著集成》，第1册，第18页。
[③] 王钟麒选注；王云五、朱经农主编《三国志》下册，第4版，商务印书馆，1947年，第34页。

一种过程、一种矛盾的生成、膨胀、尖锐化及其解决的过程。

除生成戏剧冲突外，象人活动中还有一个不可忽视的现象，即某种美丑观念（或伦理情感）性的东西亦渐渐地积淀在一种特定的艺术形式上，使之不再是一种单纯的形式，而成了某种美丑观念（或伦理情感）的象征、外衣或标记，特定美丑观念（或伦理情感）与特定艺术形式粘合一体，建立起固定的关系，成了某种“有意味的形式”。如象人活动中，总让那些被捉弄的角色穿上绿衣服。郑文宝《江南余载》载“括地皮”戏中的演员“绿衣大面”①，于慎行《谷城山房笔麈》记参军戏“幞头衣绿”②，岳珂《程史》卷十有“绿衣参军”之说③，赵璘《因话录》也讲“女优有弄假官戏，其绿衣秉简者谓之参军妆”。④把绿衣作为一个固定的形式放在供人取笑的角色身上是有原因的，因为春秋以来的民俗观念中，绿衣常是下贱、罪人、被贬谪、有淫行的标志：

《汉书·东方朔传》云：“主（公主）寡居，年五十余，近幸董偃……叔因是为董君画求见上之策，令主称疾不朝。上往临疾，问所欲，主辞谢曰：‘妾幸蒙陛下厚恩，先帝遗德，奉朝请之礼，备臣妾之仪，列为公主，赏赐邑人，隆天重地，死无以塞责。一日卒有不胜洒扫之职，先狗马填沟壑，窃有所恨，不胜大愿，愿陛下时忘万事，养精游神，从中掖庭回舆，枉路临妾山林，得献觞上寿，娱乐左右。如是而死，何恨之有！’上曰：‘主何忧？幸得愈。恐群臣从官多，大为主费。’上还。有顷，主疾愈，起谒，上以钱千万从主饮。后数

① 平步青《霞外攟屑》卷九《小栖霞说稗》“樊哙排君难戏”条也记此事：“若《蜀志许慈传》云：先主愍其若斯，群僚大会，使倡家假为二子之容，仿其讼阋之状。酒酣乐作，以为嬉戏。”（民国六年刻香雪崦丛书本）类似的还有郑文宝《江南余载》：“徐知训在宣州，聚敛苛暴，百姓苦之。入觐侍宴，伶人戏作绿衣大面若鬼神者。旁一人问：‘谁何？’对曰：‘我宣州土地神也。吾主入觐，和地皮掘来，故得至此。’”（顾希佳《中国古代民间故事长编宋元卷》，浙江大学出版社，2012年，第39页。）

② 于慎行《谷城山房笔麈》：“优人为优，以一人幞头衣绿，谓之参军，以一人髽角敝衣如童仆状，谓之苍鹘。徐知训与吴王为优，自为参军，使王为苍鹘，总角敝衣，执帽以从，其狎侮媟嫚无君臣之礼如此。参军之法，至宋犹然，似院本及戏文装净之状，第不知其节奏耳。”（《中华野史》编委会编《中华野史》卷九《明朝卷》下，三秦出版社，2000年，第7359页。）

③ 岳珂《程史》：“俄一绿衣参军，自称教授，前据几，二人敬质疑，曰：‘是故雷姓。’揖者大诟，袒裼奋拳，教授遽作恐惧状，曰：‘有雨头也得，无雨头也得。’坐中方失色，知其风已也。”（岳珂，王铚撰；黄益元，孔一校点：《程史 默记》，上海古籍出版社，2012年，第87页。）

④ 赵璘《因话录》：“政和公主，肃宗第三女也，降柳潭。肃宗宴于宫中，女优有弄假官戏，其绿衣秉简者，谓之参军妆。天宝末，蕃将阿布思伏法，其妻配掖庭，善为优，因使隶乐工。是日遂为假官之长。所为妆者，上及侍宴者笑乐。公主独俯首颦眉不视，上问其故，公主遂谏曰：‘禁中侍女不少，何必须得此人？使阿布思真逆人也，其妻亦同刑人，不合近至尊之座。若果冤横，又岂忍使其妻与群优杂处为笑谑之具哉？妾虽至愚，深以为不可。’上亦悯恻，遂罢戏，而免阿布思之妻。由是贤重公主。”（《中华野史》编委会编《中华野史》卷二《先秦至唐朝卷》中，三秦出版社，2000年，第1410页。）

日，上临山林，主自执宰敝膝，道入登阶就坐。坐未定，上曰：'愿谒主人翁。'主乃下殿，去簪珥，徒跣顿首谢曰：'妾无状，负陛下，身当伏诛。陛下不致之法，顿首死罪。'有诏谢。主簪履起，之东箱自引董君。董偃绿帻傅鞲，随主前，伏殿下。"①（颜师古注："绿帻，贱者之服也。"）

《新唐书·杨炎传》载："初，炎矫饰志节，颇得名。既傅会元载抵罪，俄而得政。然忮害根中，不能自止。眦睚必雠，果于用私，终以此及祸。自道州还也，家人以绿袍木简弃之，炎止曰：'吾岭上一逐吏，超登上台，可常哉？且有非常之福，必有非常之祸，安可弃是乎？'及贬。还所服。久之，诏复其官，谥肃愍。"②

元佚名《元典章·礼部》卷二《典章》二十九"娼妓服色"条："娼妓之家多与官员士庶同着衣服，不分贵贱。今拟娼妓各分等第，穿着紫皂衫子戴着冠儿。娼妓之家家长并亲属男子裹青头巾。"（元刻本）③

《艺林汇考》卷九"巫优类"引《七修类稿》云："吴人称人妻有淫污者，为绿头巾。今乐人朝制以碧绿之巾裹头，意人言拟之此也。原《唐史》：'李封为延陵令，吏人有罪，不加杖罚，但令裹碧绿巾以辱之，随所犯之重轻，以定日数。'吴人遂以著此服为耻。今吴人骂人妻有淫行者曰绿头巾④。及乐人朝制，以碧绿之巾裹头，皆此意从来。但又思当时李封，何必欲用绿巾。及见春秋时有货妻女求食者，谓之娼夫，以绿巾裹头，以别贵贱，然后知其来已远。李封亦因是以辱之，今则加于乐人耳。"⑤

从唐以前及后来的遗留演衍看，绿衣绿巾每以贱服视之。这种历史生活中长期积淀、延存的"观念形式"（绿衣）转化到戏剧活动中的滑稽角色

---

① 班固：《汉书》下，岳麓书社，2008 年，第 1066 页。

② 欧阳修，宋祁：《新唐书》，中华书局，1975 年，第 4727 页。

③ 元人拜柱《通制条格》卷十三亦载："至元八年正月，中书省照得娼妓之家多与官员士庶同着衣服，不分贵贱，拟将娼妓各分等第，穿皂衫子，戴角冠儿，娼妓之家长亲属裹青头巾。"（明钞本）

④ 俞正燮《癸巳存稿》"俗骂案解"条："今骂绿帽者何也？案，《康熙会典》云：顺治九年，定床尸黄色鼠皮帽；康熙十二年，定本色骚鼠帽。凉帽俱绿里，绿绢绿边。《明史舆服志》云：教坊司伶人常服绿色巾，以别士庶之服。案之《明会典》五十八，乐人巾服事例，为洪武十二年所定。宋时青巾为下服。《梦溪笔谈补》云，苏州有不逞子弟纱帽下着青巾，孙伯纯知州判云：巾帽用青，屠沽何异？……元则倡伎家长并青巾。今曰青服头者，元遗语也；即绿帽者，明遗语也。《封氏闻见记》，延陵令罚人裹碧头巾。吴人以为大耻。元倡夫所作词曰绿巾词，则其渐耳。赵翼《陔余丛考》卷三十九"绿头巾"条："明制，伶人例用碧绿巾裹头。故吴人以妻之有淫行者谓其夫为绿头巾，事见《七修类稿》。又《知新录》云：明制，伶人服绿色衣，良家带用绢布，妓女无带，伶人妇不带冠子，不穿褙子。然则伶人不惟裹绿巾，兼着绿衣。按《唐史》及《封氏闻见记》，李封为延陵令，吏人有罪不加杖，但令裹碧绿巾以耻之，随所犯重轻，以定日数；吴人遂以此服为耻。明之令乐人裹绿巾，或本诸此也。"（清乾隆五十五年湛贻堂刻本）谢肇淛《五杂组》卷八"国初之制，绿其巾以示辱，盖古赭衣之意，而今亡矣；然里闾间尚以绿头巾相戏也。"（明万历四十四年潘膺祉如韦馆刻本）

⑤ 沈自南：《艺林汇考》，东方出版社，2012 年，第 415 页。

的服装上了。在这里，含有低贱、卑下意义的绿衣作为一种标志和特定角色粘连在一起，成了特定角色性格内涵的一种暗示，一种不可抹去的构成因素了。这种特定美丑观念（或伦理情感）与特定艺术形式间的固定关系的出现，也从一个角度透露了戏剧艺术美学彰显能力的成熟信息。

第五节　观戏中"雅乐"审美标准的出现

对于优人弄戏，刘勰《文心雕龙·谐隐》说："优旃之讽漆城，优孟之谏葬马，并谲辞饰说，抑止昏暴。是以子长编史，列传'滑稽'，以其辞虽倾回，意归义正也。但本体不雅，其流易弊。于是东方，枚皋，哺糟啜醨，无所匡正，而诋嫚、媟弄。故其自称为赋，乃亦俳也，见视如倡，亦有悔矣。至魏文因俳说以著笑书，薛综凭宴会而发嘲调，虽忭帷席，而无益时用矣。古之嘲隐，振危释惫，虽有丝麻，无弃菅蒯。会议适时，颇益讽诫，空戏滑稽，德音大坏。"他认为，优戏之体，毕竟不雅，流演下来，其弊必显，会导致"德音大坏"的。儒家的美学标尺出来了。

又，《晋书·柳彧传》载柳彧禁戏奏疏云："臣闻昔者明王训民治国，率履法度，动由礼典。非法不服，非道不行，道路不同，男女有别，防其邪僻，纳诸轨度。窃见京邑，爰及外州，每以正月望夜，充街塞陌，聚戏朋游。鸣鼓聒天，灯炬照地，人戴兽面，男为女服，倡优杂技，诡状异形。以秽嫚为欢娱，用鄙亵为笑乐，内外共观，曾不相避。高棚跨路，广幕陵云，袨服靓妆，车马填噎，肴醑肆陈，丝竹繁会。竭赀破产，竞此一时。尽室并孥，无问贵贱，男女混杂，缁素不分。秽行因此而生，盗贼由斯而起。浸以成俗，实有由来，因循敝风，曾无先觉。非益于化，实损于民。请颁行天下，并即禁断。康哉《雅》《颂》，足美盛德之形容，鼓腹行歌，自表无为之至乐。敢有犯者，请以故违敕论。"柳乃隋文帝时的虞部侍郎。他认为，有《雅》《颂》之乐足矣，民间歌舞百戏之观赏，"非益于化"，当宜禁断。这反映了封建上层官吏对倡优戏事活动的态度。[①]

---

① 柳彧的观点在后世仍有市场。如宋王辟之《渑水燕谈录》卷八"事志"载："元祐中上元，驾幸迎祥池宴从臣，教坊伶人以先圣为戏，刑部侍郎孔宗翰奏：'唐文宗时尝有为此戏者，诏斥去之。今圣君宴犒群臣，岂宜尚容有此？'诏付伶官置于理。或曰'此细事，何足言？'孔曰：'非尔所知。天子春秋鼎盛，方且尊德乐道，而贱伎乃尔亵慢，纵而不治，岂不累圣德乎？'闻者惭羞叹报。"（清知不足斋丛书本）

第二章　唐宋时期戏剧审美理论的萌生

戏剧审美理论在唐宋时期已开始萌生，其基本特点是：雏形的戏剧艺术刺激、作用于人们的感知，启动了人们对于这一现象的认识性活动，人们在认识活动中直观地获得了关于它审美属性的感性知识与经验；而这种感性知识与经验尚未上升到理论的高度。与这一基本特点相联系的是：这一时期人们对戏剧艺术的认识活动，不是有意为之，而是夹杂、附属在戏剧欣赏活动的感受中；戏剧艺术理论家就是戏剧观众，戏剧观众就是戏剧艺术理论家，真正意义上的戏剧艺术理论家尚未出现。人们得到的感性知识与经验也不是什么主动的考察，而是一种被动的戏剧观感，此其一；其二，这种观感性的认识被文人形于文字，或流于诗词，或记入野史笔记，尽管客观上具有理论胚胎的价值意义，但并没有被他们视为一种治学对象，关于戏剧艺术的审美经验、感性知识是零散的。

下面我们从三个方面来介绍这一时期人们关于戏剧艺术美学属性的感性知识与经验。

第一节　戏剧美感与两种美的欣赏

唐宋时期的戏剧活动，作为审美对象与审美主体遇合，不是通过文学剧本的媒介，而是借搬演而实现的。所以唐宋戏剧审美活动有较宽的社会面。这一方面使得戏剧具有美感作用这一特性被广泛地认识着，并逐步成了人们的共同艺术经验；另一方面，使戏剧呈现在不同阶层的观众面前，又导致了人们美感感受的差异性。这两种现象为诗人、野史笔记家记载了下来，便是戏剧批评史上较早的对于戏剧美感力量的认识了。

人们对戏剧美感效果的表述有两种情况。一种作形象性的比拟，形容剧事的展开与了去是"来如雷霆收震怒，罢如江海含晴光"[①]。另一种则直接点明杂剧有"悦颜"[②]"悦耳目，移性情"的特点。[③]显然，后者更近于审美经验的吐露。戏剧美感差异性的命题，也刚刚进入人们的感知。如吴处厚《青箱杂记》说："今世乐亦有两般格调，若朝庙供应，则忌粗野嘲哳，至于村歌社舞，则又喜焉。"[④]吴氏指出了当时上流社会（朝庙）与下层社会（村社）在欣赏嗜好上的雅俗分异，经验性地描述和接触到了戏剧审美活动中审美趣味的差异性问题。

在中国戏剧形成的漫长道路中，自汉开始的百戏以竞技为主。在鱼龙漫延、麟凤仙人、跳丸幻术之中，欲以表现的故事反被淹没了。至唐宋一个根本的蜕变就在于戏事活动以表现情境事状为主，由演员把规定或即兴的故事敷演出来。具体有两种情形：唐之歌舞戏主要借演员声情并茂的歌唱和凄眉愁眼的舞态展示生活中的内容；唐之参军戏以及它的再发展（宋杂剧）主要靠戏谑的说白与滑稽的动作发挥智谲。随着这两种略近悲剧与喜剧风格形式的戏事活动的出现，戏剧美感的属性以及人们的审美意识也发生了演进。如果说汉以来的百戏也有一定的审美力量，那它的美感属性主要是一种惊人的观感，唐以前人们的戏剧审美意识看重的正是这种惊人的观感。人们认为百戏中的惊险技艺大有欣赏的价值，百戏就美在它的形

---

① 史浩《鄮峰真隐漫录》卷四十六"剑舞"条，记述表现故事的歌舞剧《剑器舞》的表演情形及效果云："乐部唱曲子，作舞剑器曲破一段，舞罢，二人分立两边。引二人汉装者出，对坐，桌上设酒果。竹竿子念：'伏以断蛇大泽，逐鹿中原。佩赤帝之真符，接苍姬之正统。皇威既振，天命有归，量势虽盛于重瞳；度德难胜于隆准。鸿门设会，亚父输谋，徒矜起舞之雄姿，厥有解纷之壮士。想当时之贾勇，激烈飞扬；宜后世之效颦，回翔宛转。双鸾奏技，四座胜欢。'乐部唱曲子，舞剑器曲破一段，一人左立者上相舞，有欲刺右汉装者之势，又一人舞，进前翼蔽之。舞罢，两舞者并退，汉装者亦退。复有两人唐装出，对坐，桌上设笔砚纸，舞者一人，换妇人装立相上。竹竿子念：'伏以云鬟耸苍壁，雾縠罩香肌。袖翻紫电以连轩，手握青蛇而之砾。花影不游龙自跃，锦裀上跄凤来仪，逸态横生，瑰姿谲起。倾此入神之技，诚为骇目之观。巴女心钟，燕姬色沮。岂惟张长史草书大进，抑亦杜工部丽句新成。称妙一时，流芳千古。宜呈雅态，以洽浓欢。'乐部唱曲子，舞剑器曲破一段，作龙蛇蜿蜒曼舞之势。两人唐装者起，二舞者一男一女对舞。结剑器曲破讫。竹竿子念：'项伯有功扶帝业，大娘声誉满文场，合兹二妙甚奇特。欲使嘉宾醋一觞。霍如羿射九日落，娇如群帝骖龙翔。来如雷霆收震怒，罢如江海含晴光。歌舞既终，相将好去。'"（清乾隆刻本）

② 《东坡乐语·勾杂剧词》："乐且有仪，方君臣之相得，张而不弛，岂文武之常行。欲佐欢声，宜陈善谑。金丝徐韵，杂剧来欤。舞缀暂停，歌钟少阕，必有应昌之妙，以资载笑之欢。上悦天颜，杂剧来欤。"（清王文诰辑注《苏轼诗集》，中华书局，1982年，第2502页。）

③ 史载唐太子承乾喜欢突厥人语言与服饰，挑选相貌像胡人的人，让他们穿上羊皮袄，打上辫子，五人为一部落，张设毡亭，制造五狼头大旗，分列阵势，悬挂旌旗，并设置穹庐自居，命各部落把羊交来烹煮，各人抽出佩刀割肉共吃。承乾装扮作突厥可汗死了，让众人号哭，用刀划脸表示悲哀，骑马在他周围奔跑。张玄素上书谏其云："周公大圣人，而握沐吐飧，下白屋，况下周公之人哉？殿下睿质天就，尚须学以表饰之。孔颖达、赵弘智皆宿德钜髦，兼识政机，望数召见，述古今，增懿明德。雕虫小技，正可间召，代博弈，不宜屡也。骑射畋游，亵戏耽歌，悦耳目，移情灵，不可以御。夫心为万事主，动而无节则乱，败德之原，实在于此。"（《新唐书》卷一百三《张玄素传》，中华书局，1975年，第4000页。）

④ 另一本作："今乐艺亦有两般，教坊则婀媚风流，外道则粗野嘲哳，村歌社舞抑又甚焉。"见隗芾、吴毓华《古典戏曲美学资料集》，文化艺术出版社，1992年，第40页。

式的开合变幻和内容的光怪陆离。唐宋时期的戏剧审美趣味虽然仍未完全抹去上述遗痕，但从基点上看：人们愿意接受和关注的已经不是这种"惊人"的审美观感，而是另外两种以"感人"为特征的美的基因：悲与滑稽。这个变革尤为重要，因为严格地说，"惊人"的观感只是一种低级的快感，充其量不过是粗拙的美感。唐宋戏剧把美感形态引向新的悲与滑稽的境界，让人们的审美经验开始真正过渡到艺术美的格调。这是中国戏剧审美史上的一大进步，也是中国戏剧审美批评有了端正胎体的表现。

先看人们关于悲境的欣赏以及对悲境创造的审美认识。唐代歌舞剧多悲情，如踏摇娘剧的"怨苦之辞"、悲诉之声①，麦秀两歧剧的"词凄楚"②，等等；创造悲境在当时成了艺术的追求与时尚，艺术实践的重心在关注悲境之美感。这一艺术倾向说明了当时审美主体的需求，反映了时代受众的审美习尚。事实上，人们也确实在随着艺术实践的开展而不断加深对于悲感魅力的理解，积累了一定的经验：悲境侵吞心灵，"闻之一声泪如雨"，凡人见之"低面泣"③。悲，是艺术的魔杖！人们感觉着、欣赏着并被牵制着。

欣赏不是静态的，并不是感知了悲的审美力量就完结了，而是经过多次再欣赏，胸中便有了关于悲境创造的审美要求了。其基本思想是：优人要懂得情缘事发、唱由情生的道理，声情表里地表现出戏剧的悲情。或以沈雄的风格，造成"哀吼一声观者悲"④的效果，或以柔美的格调，作出"情教细语传"⑤的幽恨的场面，一句话，都要以建筑在自己审美体会基础上的

---

① 宋祁，欧阳修《旧唐书·音乐志二》："踏摇娘，生於隋末。隋末河内有人貌恶而嗜酒，常自号郎中，醉归必殴其妻。其妻美色善歌，为怨苦之辞。河朔演其曲而被之弦管，因写其妻之容。妻悲诉，每摇顿其身，故号《踏摇娘》。近代优人颇改其制度，非旧旨也。"

② 《太平广记》卷第二百五十七《嘲诮五》"封舜卿"："朱梁封舜卿文词特异，才地兼优，恃其聪俊。率多轻薄。梁祖使聘于蜀，时岐、梁眈眈，关路不通，遂溯汉江而上，路出全州，土人全宗朝为帅。封至州，宗朝致筵于公署。封素轻其山州，多有傲睨，全之人莫敢不奉。及执罜索令，曰：'《麦秀两歧》'伶人愕然相顾：'未尝闻之，且以他曲相同代之。'封掉头曰：'不可。'曰：'《麦秀两歧》。'复无以措手。主人耻而复恶，杖其乐将。停盏移时，逡巡，盏在手，又曰：'《麦秀两歧》。'既不获，呼伶人前曰：'汝虽是山民，亦合闻大朝音律乎！'全人大以为耻。次至汉中，伶人已知全州事，忧之。及饮会，又曰《麦秀两歧》，亦如全之筵，三呼不能应。有乐将王新殿前曰：'略乞侍郎唱一遍。'封唱之未遍，已入乐工之指下矣。封大喜，吹此曲，讫席不易之。其乐工自帅曰：'此是大梁新翻，西蜀亦未尝有，请写谱一本。'急递与蜀，具言经过二州事。泊封至蜀，置设。弄参军后，长吹《麦秀两歧》于殿前，施芟麦之具，引数十辈贫儿，褴缕衣裳，携男抱女，挈筐笼而拾麦，仍合声唱，其词凄楚，及其贫苦之意，不喜人闻。封顾之，面如土色，卒无一词。惭恨而返，乃复命。历梁、汉、安、康等道，不敢更言'两歧'字。蜀人噱之。（出《王氏见闻》）"

③ 白居易：《西凉伎》。

④ 白居易：《西凉伎》。

⑤ 常非月《咏谈容娘》："举手整花钿，翻身舞锦筵。马围行处匝，人簇看场圆。歌要齐声和，情教细语传。不知心大小，容得许多怜。"（《全唐诗》卷二〇三）

艺术表现完成悲感的传递，满足观者欣赏活动中的心理渴求。这种经验性的审美要求，虽然还不可能直接对演员产生作用，但作为审美对象创造者（演员）与审美主体代言者（批评家、鉴赏家）之间的审美关系，已在这里初步构成了。

再来看人们对滑稽美的体识。唐参军戏与宋杂剧的基本美学风格是滑稽。滑稽有它自己的历史传统。春秋时代的优孟衣冠向来为人视为戏剧的起源，中经后汉石勒借优伶戏辱赃官，到唐宋滑稽演员李可及的时代，滑稽一直是戏剧艺术的命脉。因此，人们对它并不陌生，不仅深晓滑稽的感染力，而且把它视为杂剧的基本特征，认为："务在滑稽"①"巧为言笑"②"使人笑"③"满场笑"④"以长官为笑"⑤是优人杂剧创作的关键，创作杂剧就要打"猛诨入，猛诨出"⑥；滑稽，是杂剧艺术的基本审美规则。这是一方面；另一方面，滑稽本来只是一种表现方式，它是在进入了戏剧艺术形式、支持了一种艺术目的、造成了"坐客皆愧而笑"⑦的社会效果时，才产生严格意义的美学价值，才摆脱了市井谑语的低级情趣而上升至美学范畴。

藉于这种关系的逐步认识，人们的艺术要求是：要善于用滑稽的语词

① 吴自牧《梦梁录》卷二十"妓乐"条："副净色发乔　副末色打诨。或添一人，名曰'装孤'。先吹曲，破断送，谓之'把色'。大抵全以故事，务在滑稽唱念　应对通遍。此本是鉴戒，又隐于谏诤，故从便跣露，谓之'无过虫'耳。……杂扮或曰'杂班'，又名'纽元子'，又谓之'拔和'，即杂剧之后散段也。顷在汴京时，村落野夫，罕得入城，遂撰此端。多是借装为山东、河北村叟，以资笑端。今之打和鼓、拍梢子、散耍皆是也。"
② 宋陈旸《乐书》："唐时谓优人辞捷者为'斫拨'，今谓之杂剧也。有所敷叙曰'作语'，有诵辞篇曰'口号'。凡皆巧为言笑，令人主和悦。"
③ 宋人胡余学《庆寿楼记》云："大凡作文字，如装戏然。先且说一片冷语，又时时说一段可笑之话，使人笑。末说一段大可笑者，使人笑不休。"（转引自元人陈栎《勤有堂随录》（下），清文渊阁四库全书本。）
④ 陈长方《步里客谈》卷下："退之传毛颖，以文滑稽耳。正如伶人作戏，初出一诨语，满场皆笑。此语盖再出耶？"（清守山阁丛书本）
⑤ 魏泰《东轩笔录》卷三："五代任官，不权轻重，凡曹、掾、簿、尉，有醒醒无能，以至昏老，不能任驱策者，始注为县令。故天下之邑，率皆不治。甚者诛求刻剥，秽迹万状。至今天下优诨之言，多以长官为笑。"（魏泰，马永卿：《东轩笔录嬾真子录》，上海古籍出版社　2012年，第20页。）
⑥ 王正德《余师录》卷三："老杜歌行最见次第，出入本末；而东坡长句，波澜浩大，变化不测，如作杂剧，打猛诨入、却打猛诨出也。"（清文渊阁四库全书本）
⑦ 岳珂《桯史》"选人戏语"条："嘉定初，吴畏斋帅成都，从行者多选人，类以京削系念，伶知其然。一日，为古冠服数人游于庭，自称孔门弟子，交质以姓氏，或曰'常'，或'于'，或'吾'，问其所莅官，则合而应曰：'皆选人也。'固请析之，居首者率然对曰：'子乃不我知，即某县人也。'官为从事而莅以姓，固理之然。'问其次，曰：'《论语》所谓"常从事于斯矣"，即某邑之称也。'又问其次，曰：'某又《论语》"于从政乎何有？"盖即某官氏之称。'又问其次，曰：'某又《论语》十七篇所谓"吾将仕者"。'遂相与叹咤，以选调为淹抑。有愁思其旁者：'子之名不见于七十子，固圣门下第，盖十哲而受教焉？'如其言，见颜、闵方在堂，群而请益，子骞蹙颊曰：'如之何？何必改。'兗公应之曰：'然，回也不改。'众抚然不怡，曰：'无已，质诸夫子。'如之，夫子不答，久而曰：'钻遂改火，急可已矣。'坐客皆愧而笑。闻者至今启齿。优流侮圣贤，直可诛绝，特纪一时之语戏如此。"（宋岳珂，王铚撰；黄益元，孔一校点，《桯史　默记》，上海古籍出版社，2012年，第109页。）

把杂剧演好，演出彩，使作为技巧的插科打诨，获得实际的美学分量。陈善《扪虱新语》卷七说："杂剧出场，谁不打诨，只是难得切题可笑耳。"也就是说，科诨滑稽手段的运用，既要切题，又要可笑。因为切题中科诨完成质的提升，可笑里滑稽显出美感魅力，两方面缺一不可。从理论上说，既是杂剧体[①]，就不能不具此双重特点。优秀的演员应该遵循这个总的原则进行活动，一方面即时即地，"诨砌随机开口笑"[②]，完成"语言之乖异、巾帻之诡异"[③]的形象摹拟；另一方面又不应忘记自己的活动实质是在"假戏谑之言，解纷救祸"[④]，"谏主讥弊"[⑤]，"议时事、达下情"[⑥]。如此进行的科诨滑稽，才有审美价值可言。

第二节　戏剧审美特点与戏剧艺术形象

唐宋戏剧敷演的故事特别简单，它之所以能赢得观众，主要是优人粉墨登场完成的直观的形象魅力。故人们看戏，对人物形象尤记于心[⑦]，对搬演活动的认识遂亦不自觉地抓住了场上艺术形象这一戏剧活动的基本审美

① 赵翼《陔馀丛考》卷十一"《新唐书》文笔"条："《旧唐书》列传之文高下不等，其简当完善者，类多国史原文。如《郭子仪传》本褽垍所撰是也。一经修史诸人之手，辄芜杂不伦，至有市井俗语，亦一概阑入，绝不检点者。今略摘数条于此。如《王武俊传》：武俊与朱泚、田悦、李纳一同借号。《高尚传》：安禄山至东都，见官军四集，惧而责尚曰：'汝元向我道万全，今四边若此，向西至关，一步不通，万全何在？更不须见我。'《史思明传》：思明临死骂曹将军曰：'这胡误我！'此等语直是戏曲中打诨，岂可施之文字？"赵翼的观念是传统的，即"打诨"法是戏体与生俱来的特有东西，史语中是不能沾一点边的。
② 张炎《蝶恋花·题末色褚仲良写真》。《张协状元》第一出讲："苦会插科使砌，何吝搽灰抹土，歌笑满堂中。"第二出也讲："谐诨砌，酬酢仗歌谣。出入须还诗断送，中间惟有笑偏饶，教看众乐醄醄。"
③ 周南《山房集》卷四《刘先生传》："市南有不逞者三人，女伴二人，莫知其为弟兄妻姒也，以谲丐钱。市人曰：是杂剧者，冷之类也。每会聚之冲，阗咽之市，官府听讼之旁，迎神之所，画为场，恣旁观者笑之。自一钱以上皆取焉。然独不能凿空。其所仿效者、讥切者：语言之乖异者、巾帻之诡异者、步趋之伛偻者、尫者、跛者。其所为戏之所，人识而众笑之。"（民国涵芬楼秘籍本）
④ 赵璘《因话录》卷四"谐戏"条："绰，优人，假戏谑之言，警悟时主，解纷救祸之事甚众，真滑稽之雄。"（清文渊阁四库全书本）
⑤ 马令《南唐书·谈谐传》："谈谐之说，其来尚矣。秦汉之滑稽，后世因为谈谐，而为之者多出乎乐工优人。其廓人主之褊心，讥当时之弊政，必先顺其所好，以攻其所蔽。虽非君子之事，而有足书者，作谈谐传。"洪迈《夷坚志》："俳优、侏儒，固伎之最下且贱者，然亦能因戏语而箴讽时政，有合于古'矇诵''工谏'之义，世目为杂剧者是已。"
⑥ 叶梦得《避暑录话》卷四："丁仙现自言及见前朝老乐工，间有优谲及人所不敢言者，不徒为谐谑，往往因以达下情，故仙现亦时时效之。非为优戏，则容貌俨然如士大夫。"朱彧《萍洲可谈》："伶人丁先现者，在教坊数十年，每对御作俳，颇议正时事。尝在朝门与士大夫语曰：'先现衰老，无补朝廷也。'闻者哂之。"
⑦ 张戒《岁寒堂诗话》："往在柏台，郑亨仲、方公美诵张文潜《中兴碑》诗，戒曰：'此弄影戏语耳。'二公骇笑问其故，戒曰：'郭公凛凛英雄之气，金戈铁马从西来。举旗为风偃为雨，洒扫九庙无尘埃。'岂非弄影戏乎？"影戏中常弄郭公骑马挥戈形影，观者印象深刻，张文潜《中兴碑》诗也叙英雄征战事，故张戒联想之下，讥其为"弄影戏语"。

特征。在人们意识到戏场艺术形象是戏剧活动（包括审美活动）之中心的同时，关于它本身的美丑、巧拙，也相立有了一定的审美体会。要而言之，不外乎形与质两方面。

由形上说，戏中艺术形象以"似"为尚，哪怕是木偶戏中的老人，也要表现得"鸡皮鹤发与真同"①。这里，"与真同"，即是对戏剧形象审美要求的经验性概括。因为从"戏者被发素衣，面作啼"，"戏者，著绯，戴帽，面正赤"②等记载看，当时的戏剧演弄实践都在力图使艺术形象生动、真切、有戏味些。此其一。其二，"与真同"的审美要求又是时代审美习尚的反映。在唐宋时期，"形似"早已成为多种艺术部类都追寻、应用的美学范畴了。如绘画理论的"物象必在于形似，形似全在其骨气"③、诗论中的"形似微妙"④等，戏剧要求艺术形象的表态逼真，实际上正是形似问题。

唐宋时期戏剧审美经验又认为，对于艺术形象表象的审美要求是不能脱离艺术形象的内涵而存在的，即便是"弄影戏者"，亦须"公忠者雕以正貌，奸邪者刻以丑形"，艺术形象的貌与形是一定"质"的外在——"寓褒贬于其间"⑤的外在。所以唐宋戏剧审美批评中，考虑更多的是艺术形象的"质"，即艺术形象内心世界的创造问题。如白居易欣赏阿轵表达了戏中人的情（"名情"），刘言史称赞胡儿以"手中抛下葡萄盏"的动作展现了思乡心理，等等。苏东坡总结这方面的经验说："凡人意思，各有所在，或在眉目，或在鼻口。虎头云：'颊上加三毛，觉精采殊胜。'则此人意思盖在须颊间也。优孟学孙叔敖抵掌而谈，至使谓死者复生，此岂举体皆似，亦得

① 曹寅《全唐诗》卷四肃宗皇帝《傀儡吟》（一作梁锽咏木老人诗）："刻木牵丝作老翁，鸡皮鹤发与真同。须臾弄罢寂无事，还似人生一梦中。"下注："《纪事》云：'明皇为李辅国迁于西内，曾咏此诗。'"
② 段安节《乐府杂录》"鼓架部"："钵头：昔有人父为虎所伤，遂上山寻其父尸。山有八折，故曲八叠。戏者被发、素衣，面作啼。盖遭丧之状也。苏中郎：后周士人苏葩，嗜酒落魄，自号中郎。每有歌场，辄入独舞。今为戏者，著绯戴帽面正赤，盖状其醉也。"
③ 张彦远《历代名画记》卷一《论画六法》："昔谢赫云：画有六法，一曰气韵生动，二曰骨法用笔，三曰应物象形，四曰随类赋彩，五曰经营位置，六曰传模移写。自古画人罕能兼之。彦远试论之曰：古之画或遗其形似而尚其骨气，以形似之外求其画，此难与俗人道也。今之画纵得形似，而气韵不生；以气韵求其画，则形似在其间矣。上古之画，迹简意澹而雅正，顾陆之流是也。中古之画，细密精致而臻丽，展郑之流是也。近代之画，焕烂而求备，今人之画，错乱而无旨，众工之迹是也。夫象物必在于形似，形似须全其骨气，骨气形似皆本于立意，而归乎用笔。故工画者多善弓。"
④ 韩愈《韩昌黎诗集编年笺注》卷四注《醉赠张秘书》引《石林诗话》云："古今论诗者多矣。余独爱汤惠休称谢灵运为'初日芙蓉'、沈约称王筠为'弹丸脱手'两语，最当人意。退之《赠张秘书》云'君诗多态度，蔼蔼春空云'，亦是形似之微妙，古淡。"（清乾隆卢见曾雅雨堂刻本）
⑤ 吴自牧：《梦粱录》卷二十。

其意思所在而已。"①他的意思是，演员摹状现实人物或历史人物，不是要绝对形似，而只贵在神似，抓住人物的特定的"质"，"得其意思所在"即可。这是戏剧形象创造的基本原则。

不过，戏剧审美对艺术形象"质"的关注，不同于一般艺术创作的所谓神似的要求，它还对演员的性别有所考虑。戏剧舞台上的女性艺术形象，原是要女性扮演的，这对于发挥剧情，特别是掌握观众情绪尤为有力。但从陈留王使男优作"辽东妖妇"戏始②，发展到唐宋，"弄假妇人"已成为习见的艺术活动。这究竟是有利还是有弊于艺术形象的"质"的完成呢？人们的审美认识是不一致的。一种认为"弄假妇人"是一种艺术，称赞这类名优的艺术才能，欣赏他们"对桃李而自逞芳颜"③，以男性之躯创造女性艺术形象之"质"。另一种则不以为然，觉得男子"长裾锦带"的表演，终是"广额青娥亦效颦"④，破坏了艺术形象内在的魅力。可见，人们把演员的性别也考虑在艺术形象的"质"之内了。这表明戏剧艺术形象"质"的创造同一般艺术的神似要求还是有一定区别的。

第三节　对戏剧诸要素的理解

其一，值得提及的是戏味的品尝。味，从钟嵘的"滋味说"起，到唐司空图"韵味"说，已成了唐宋两代艺术审美中流行而时髦的称谓。戏剧审美自然不能不受其影响。人们起初看戏是记人记事，后也渐渐寻起"味"来，说某弄做"滋味别"⑤，某某剧丑角上台增添了戏味，"烧沙糖香药添味"⑥。人们用"味"指称戏剧的美感了，并且在品尝戏味有无中，逐步使之过渡为一种经验形态的审美要求，在艺术批评中用"咸"与"淡"两个

---

① 苏轼：《传神记》，《苏文忠公全集》卷十二，明成化本。
② 房玄龄《晋书》卷二，公卿奏太后说："（帝）所以济育群生，永安万国。皇帝春秋已长，未亲万机，日使小优郭怀袁信等裸祖淫戏。又于广望观下作辽东妖妇，道路行人，莫不掩目。"清吴士鉴《晋书斠注》卷二注云："《魏志·少帝纪》注：《魏书》曰：废捐讲学，弃辱儒士，日延小优郭怀袁信等于建始芙蓉殿前裸祖游戏，使与保林女尚等为乱，亲待后宫瞻观。又于广望观上，使怀信于观下作辽东妖妇，嬉亵过度，道路行人掩目，帝于观上以为燕笑。"清唐孙华《东江诗钞》卷四《闰三月十八日同忍庵宫赞钱瞿亭舍人王宪尹太守曹九咸明府邀韩州牧集沼庵堂中观伎》："别布氍毹开院本，枞金伐鼓声嘈嘈。西凉假面逞变态，辽东妖妇状娇娆。鬼笑灵谈各眴暧，沐猴冠狗凭轻趫。吾曾观乐到燕蓟，北客所尚多喧呶。此辈健儿好身手，俟门幕府争相邀。"
③ 林滋：《木人赋》周绍良主编：《全唐文新编》第9123页。
④ 王翰：《观蛮童为伎之作》。
⑤ 雪蓑钓隐：《青楼集》，见罗炳良卷主编，《中华野史》第6卷：《辽夏金元卷》，泰山出版社，2000年，第800页。
⑥ 黄庭坚：《鼓笛令》词，清万树《词律》卷八，清文渊阁四库全书本。

范畴来规范戏之"味"了。

"咸"与"淡"的含义，这些年来虽然考证繁重，诸说不一，但从美学角度看是不难理解的：它潜含着戏剧艺术中配置比例的意思，用它们衡量艺术表现上的隐与秀、清与腴、刚与柔、轻或重。它们是相对而言的艺术把握的比例尺。如具体到两个演员，"曹叔度、刘泉水，咸淡最妙"①，即指这两人善于一答一问的配合，答是咸，问只是淡。有了这种咸淡的配置，戏就很容易生出"味"来。此后明清戏曲理论中广泛使用"味"的概念，可以说正是由此出发的。

其二，由于戏剧审美已朴素地认识到优人的职责即扮人，其方法是摹仿，②所以关于优人与所扮的人之间的审美关系，批评活动也略有关注。人们一方面要求优人与所扮的人之间应近似，至少没有太大的距离。如说"身子魁伟"的，应"贯全付金镀钢甲，装将军"；"丑恶魁肥"的，可"装判官"或者"装钟馗"③。这样，即可各因其宜，顺其自然。另一方面又意识到，优人与艺术形象之间毕竟是有差距的，演时进入化身，罢戏则便化出，所谓"戏衫抛了，下棚去，谁笑郭郎长袖"④，表演只是在作伎，优人与所扮之人毕竟是不同的，优人贵在演技上下工夫。

其三是关于戏剧结构、戏剧语言方面的审美认识。唐宋戏剧审美中谈到的结构，都是指场上演出结构。如黄庭坚说："作杂剧，初时布置，临了须打诨，方是出场。"⑤这是因为唐宋戏剧尚停留在场上即兴表演时代，人们的审美认识不可能超脱艺术实践去谈什么文学剧本的结构。至于戏剧语言却有不同的审美

① 段安节：《乐府杂录》。金元好问《遗山集》附录赵元《书怀继元弟裕之韵》："清白傥少污，后人何所赖。初学悔大谬，篆刻工文辞。年来厌酸咸，淡爱陶潜诗。"（四部丛刊景旺弘治本）清顾景星《白茅堂集》卷三十四《和山堂诗序》："楚人操诗政，在正嘉间则李宾之，继则吴明卿，又继则袁石公钟伯敬。凡四变，而宾之明卿为正声，袁钟而后亦邻以下无讥焉。今之称诗者知石公伯敬之偏枯，亦岂莫能实之明卿之宽厚，岂真时代上下使然哉？读书不多，用心不苦，无明师胜友箴摩针砭，甫突风雅，利害茫然，以此妄冀立名，夫何可得？盖诗贵辨体，体辨而后辞工，辞工而后体由我出。古之作者，部居离立，车异轨同，及其天倪动合，妙处不传。如写盐入水，咸淡焉分；听风撼筝，宫羽若一。自非神明精究，细晰毫毛，因合求离，离离知之，其于作者，未易有当也。"（清康熙刻本）彦琮《通极论并叙》："谅为深远，实难钩致。窃闻阴阳合而万物生，咸淡和而八珍美，何废四时恒序？五味犹别。以此言之，岂真俗之混淆，隐显之云异？或有寡闻浅识，则欲智凌周孔；微庸薄宦，便欲位比帝王，强自大以立身，谓一人而已矣。"（弘学选编《中国佛教高僧名著精选》，巴蜀书社，2006年，第51页。）

② 周南《山房集》卷四《刘先生传》谈到摹仿是杂剧的基本艺术特点："市南有不逞者三人，女伴二人，莫知其为兄弟妻姒也，以谑乞钱。市人曰：'是杂剧者。'……其所仿效者，讥切者、语言之乖异者、巾帻之诡异者、步趋之伛偻者、兀者、跛者。"（民国涵芬楼秘籍本）

③ 陈元靓《岁时广记》卷四十"埋祟傩"："皇朝《东京梦华录》：除日，禁中呈大傩仪，并用皇城亲事官。诸班直戴假面，绣画色衣，执金枪龙旗。教坊使孟景初753品魁伟，贯全副金镀铜甲装将军，用镇殿将军二人，又介胄，装门神。教坊南河炭丑恶魁肥，作判官。又装钟馗、小妹、土地、灶神之类共千余人。自禁中驱祟出南熏门外转龙湾，谓之埋祟。"（津十万卷楼丛书本）

④ 刘克庄：《后村集》卷一百八十八《念奴娇》词，四部丛刊景旧钞本。

⑤ 陈善：《扪虱新话》下集卷一"作诗如作杂剧临了打军方是出场"条，民国校刻儒学警悟本。

认识，有欣赏通俗俳谐的，如张邦基《墨庄漫录》云："优词乐语，前辈以为文章余事，然鲜能得体。"所谓得体，即"语不必典雅""时近俳乃妙"。[①]也有重典雅、非议俚俗的。曾三异《因话录》说："散乐出《周礼》，注云：'野人之能乐舞者。'今乃谓之路歧人。此皆市井之谈，入士大夫之口，而当文之，岂可习为鄙俚。"明清戏曲理论中文采与本色之争，正是在这里开启的。

其四是民间戏事的娱神倾向。陈淳《上赵寺丞论淫祀》云："某窃以南人好尚淫祀，而此邦之俗为尤甚，自城邑至村墟，淫鬼之名号者至不一，而所以为庙宇者亦何啻数百所。逐庙各有迎神之礼，随月送为迎神之会，自入春首便措置排办迎神财物事例，或装土偶，名曰舍人，群呵队从，撞入人家迫胁题疏，多者索至十千，少者亦不下一千，或装土偶，名曰'急脚'……今月甲庙未偿，后月乙庙又至，又后月丙庙丁庙复张颐接卢于其后。……一庙之迎，动以十数像，……四境闻风鼓动，复为优戏队相胜以应之，人各全身新制罗帛金翠，务以悦神……"[②]这是说南人办庙会，用"优人戏队"，其目的在于"悦神"。由是可见民间对戏剧旨归的追求。

其五，由道德角度理解戏剧。由道德角度理解戏剧首先包含着严肃的功利要求，唐宋两代无例外。这种理解有"狭隘"与"通达"之分。

"狭隘"之见否定戏剧艺术存在的必要性。认为崛起于民间的杂戏，形式上为即兴游戏，无时无地，不同于崇神祀典的古乐，不合先王礼制[③]，故休之可也。所谓"本非正声……不得不变""匪韶匪夏，请并废之[④]"云云。此其一。其二，认为亵戏酣歌诱惑着封建帝王，这有令帝王耽乐误国之险；即使是封建帝王欲与民同乐，也会"扰方春之业"[⑤]。其三，认为戏剧内容

① 类此较多，如岳珂《桯史》："蜀伶多能文，俳语率杂以经史，凡制帅幕府之燕集，多用之。"周密《齐东野语》："蜀优尤能涉猎古今，援引经史，以佐口吻，资笑谈。"

② 陈淳：《北溪大全集》卷四十三。（清文渊阁四库全书本）

③ 陈旸《乐书》："圣朝尝讲习射曲燕之礼，第奏乐行酒进杂剧而已，臣恐未合先王之制也。"

④ 欧阳修《新唐书》卷一百三《孙伏伽传》载孙伏伽上高祖书云："百戏散乐，本非正声，隋末始见崇用，此谓淫风，不得不变。近太常假民裙襦五百称，以衣妓工，待玄武门游戏。臣以为非诒子孙之谋。《传》曰：放郑声，远佞人。今散妓者，匪韶匪夏，请并废之，以复雅正。"张英《渊鉴类函》卷一百八十七《乐部》四引《孔帖》云："唐武平一上书：异曲新声，哀思淫溺。"

⑤ 欧阳修《旧唐书·严挺之传》记："睿宗好乐，听之忘倦，玄宗又善音律。先天二年正月望，胡僧婆陀请夜开门燃百千灯，睿宗御延喜门观乐，凡经四日。又追作先天元年大酺，睿宗御安福门楼观百司酺宴，以夜继昼，经月余日。挺之上疏谏曰：……暴衣冠于上路，罗妓乐于中宵。杂郑、卫之音，纵倡优之乐。陛下还淳复古，宵衣旰食，不矜细行，恐非圣德所宜。臣以为一不可也。……元正首祚，大礼频光，百姓颙颙，咸谓业盛配天，功垂旷代。今陛下恩似薄于众望，酺即过于往年。王公贵人，各承微旨；州县坊曲，竞为课税。吁嗟道路，贸易家产，损万人之力，营百戏之资。适欲同其欢，而乃遗其患，复令兼夜，人何以堪？臣以为四不可也。……况自去夏霪霖，经今亢旱，农乏收成，市有腾贵。损其实，崇其虚，驰不急之务，扰方春之业。"

悖先王之道，其情"归于淫荡"，不利于"善民心，化风俗"。[①]

宋代陈淳的《上傅寺丞论淫戏》归结上述零见的认识，历数了戏剧艺术与封建经济结构、意识形态及上层建筑的不调和矛盾，云：

> "某窃以此邦陋俗，当秋收之后，优人互凑诸乡保作淫戏，号'乞冬'。群不逞少年遂结集浮浪无赖数十辈，共相唱率，号曰'戏头'，逐家裒敛钱物，豢优人作戏，或弄傀儡，筑棚于居民丛萃之地，四通八达之郊，以广会观者，至市鄽近地，四门之外，亦争为之不顾忌。今秋自七八月以来，乡下诸村，正当其时，此风正在滋炽。其名曰'戏乐'，其实所关利害甚大。（一）无故剥民膏为妄费，（二）荒民本业事游观，（三）鼓簧人家子弟，玩物丧恭谨之志，（四）诱惑深闺妇女出外动邪僻之思，（五）贪夫萌抢夺之奸，（六）后生逞斗殴之忿，（七）旷夫怨女，邂逅为淫奔之丑，（八）州县一庭，纷纷起狱讼之繁，甚至有假托私仇击杀人无所惮者，其胎殃产祸如此。若漠然不之禁，则人心波流风靡，无由而止，岂不为仁人君子德政之累？谨具申闻，欲望台判按榜市曹，明示约束，并帖四县，各依指挥，散榜诸乡保，申严止绝。如此，则民志可定，而民财可纾，民风可厚，而民讼可简，合郡四境皆实被贤侯安静和平之福，甚大幸也。"[②]

可见，"狭隘"之见者根本否定剧事活动。他们基于冷静的封建卫道者的考虑。我们说它"狭隘"只是相对"通达"者而言的。"通达"者之通达在于，不但不否定戏剧，而且意欲对戏剧予以利用。他们相信戏剧艺术可以而且能够有助于政教。因为戏剧演员的前身就是惊悟时主的俳优，或者说"工执艺事以谏"的特殊谏臣，戏剧艺术完全可以轨于这条路线，"因戏语，而箴讽时政"[③]。所以我们说，狭隘与通达，否定与利用，没有本质的差别，都是出于阶级政治的要求。

[①] 陈旸《乐书》卷一百八十六："怪兽舍利之戏，若此之类，不为不多矣。然皆诡怪百出，惊俗骇观，非所以善民心化民俗，适以滔堙心耳，归于淫荡而已。"（清文渊阁四库全书本）

[②] 陈淳《北溪大全集》卷四十三。（清文渊阁四库全书本）

[③] 洪迈《夷坚支志》乙卷四"优伶箴戏"条："俳优侏儒固伎之最下且贱者，然亦能因戏语而箴讽时政，有合于古矇诵工谏之义，世目为杂剧者是已。"

第三章　元代的戏剧审美理论

中国戏剧的发展经过长期的蹉跎、入元，进入了它的成熟期。这种艺术实践活动的本质性演进，带动了戏剧审美批评的发展，使得戏剧审美活动的形态进一步走向理论化了。本章对这种理论形成的标志、途径以及理论在内容、形式上的特点，粗陈如下。

第一节　理论的形态特征与内容特征

"每一时代的理论的思维都是一种历史的产物，在不同的时代具有非常不同的形式，并且具有非常不同的内容。"[①]作为人类思维产品的中国戏剧审美理论发展到元代，应该说有它一定的质的规定性，即特殊的形式、特殊的内容。对之作以揭示、归纳，是中国古典戏剧审美批评史研究中必须解决的重要问题。

我们认为，这一问题的解决最好从确定中国戏剧审美理论史研究的特殊对象入手。

毛泽东指出，"对于某一现象领域所特有的某一种矛盾的研究，就构成某一门科学的对象"[②]。中国戏剧审美理论史作为一种现象领域，就是古代艺术家与戏剧艺术（作为一种纯粹对象、独立艺术部类）审美特征之间认识与被认识的矛盾运动的历史，就是古代戏剧理论家与戏剧艺术创作（作为一种实践活动）中美的规律之间总结与被总结的矛盾发展的过程。这两对矛盾运动发展的研究，就构成了中国戏剧审美理论史的特殊的研究对象。

这里从第一对矛盾的运动曲线上，似乎很容易发现元代戏剧审美理论的形态特征。因为，如果说戏剧审美理论史的筋骨之一是人们对戏剧艺术

---

① 恩格斯：《自然辩证法》，《马克思恩格斯选集》第 3 卷，人民出版社，1972 年，第 465 页。
② 毛泽东：《矛盾论》，《毛泽东选集》第一卷，人民出版社，1968 年，第 284 页。

审美特征的认识运动，那么我们研究二作的实质就成了对古人认识的认识，整个理论史的发展全程就可以从人们认识的形态上，把它划为三大段：

（1）唐宋时期，人们感性、直观、生动地获得着关于戏剧艺术的多方面知识，认识到它的美学属性及其特点，但认识还停留在感性的阶段、表象的阶段，所得的知识还是感性的、没有揭露其本质内核的东西。

（2）元明时期的戏剧理论家，在考察戏剧艺术这个具体、完整事物之属性时（包括它的审美属性），由直观体识进入到"个别抽象"阶段，进入到揭示戏剧艺术审美属性某些本质特征（如审美欣赏与戏剧本色语言、作家审美理想与作品美感力量——情，等等）的阶段。但认识活动在完成"个别抽象"（专项命题、范畴）以后，便静止了，理论的贡献只是把生动、具体、完整的东西分析、分解为若干方面，而尚没有进行综合，没有全面地把握对象；因此，也没有提供关于戏剧审美属性的完整的系统性知识。

（3）清代的李渔，在认识活动上又深入了一步。他在分析、概括戏剧艺术许多美学现象的过程中，重新得出了一个"最简单的抽象"——戏剧活动中千百次重复的为人所熟知的最普遍、最基本的道理："借优人说法"[①]，即审美对象创造者（戏剧家）与审美主体（戏剧观众）间的审美关系；由此重新审视、串连、推论琐碎复杂的戏剧现象及其细部、局部（包括语言、结构、人物的塑造，等等），使戏剧活动以及戏剧属性成了美学观照中的一个完整、系统的东西，随之，他的理论表述也就成了完整、系统的东西了，他完成了戏剧美学的系统化理论构建。

从这个意义上说，一部古典戏剧审美批评史、理论史，就形态的发展看就是这样的路线：人们认识形态上初步感知的东西——"局部抽象""分解体识"的东西——系统完整的东西。由此，我们认为，刚刚进入理性范畴，处于"局部抽象"与"分解体识"阶段，就是元代戏剧审美理论及批评活动的基本特征。在它之前，批评还处在感性的萌生的阶段，严格地说还称不上理论，不过是理论的前身——审美经验、艺术观念而已。

至于元代戏剧审美批评内容上的特殊性，从第二对矛盾发展的角度观察则比较方便。因为戏剧审美理论既然是艺术实践中美的规律的发掘与总

---

① 李渔：《闲情偶寄》，浙江古籍出版社，2011年，第3页。

结，那么新内容的出现在很大程度上就不能不取决于艺术实践本身的提供。艺术实践中审美经验的积累、发展制约着审美理论的新拓展。由这一原则出发，元代戏剧活动比之唐宋时代有何新发展呢？这种发展给审美理论带来了怎样的新气象呢？我们认为，那就是元代戏剧实践出现了新的内容——戏剧作家的专门化、职业化以及随之而来的戏剧文学剧本的大量涌现。作家的专门化、职业化，完善了作家、演员、观众三者之间复杂的戏剧关系，这也是必备的戏剧关系。剧本的出现，使便于构成思想的文学要素进入了戏剧活动，从而推进、健全了戏剧艺术的内在关系。这一艺术实践的新的嬗变给了审美理论以更广阔的空间与拓展的路径。当理论的目光投诸新的对象（戏剧审美对象的根本创造者——作家在戏剧关系中的活动现象）时，中国戏剧审美理论史上第一次出现了这样的内容：

（1）戏剧创作的源泉。钟嗣成说，"盖文章政事，一代典型，乃平日之所学，而歌曲辞章，由于和顺积中，英华自然发外。自有乐章以来，得其名止于此"。[1]"和顺"指人的性情（包括气性、德性、才性），是个古老的哲学、伦理美学的概念，"积中"是说情性的修养已呈现出履中蹈和、尽善尽美的态象。钟氏用这种"态象"的外发来解释戏剧的创作，把艺术的源泉归诸作家主观的情性修积了。当然，这一阐述不新鲜，它是从《乐记》论乐的观点来的。我们之所以用珍重的情感介绍它，是由于钟氏第一次大胆涉及了戏剧理论中剧本创作与作家主观精神间的审美关系这一重要的理论命题。

（2）案头雅观与戏场聆听相"兼美"。剧本创作的出现虽给元代戏剧活动注入了新鲜血液，但本身也潜伏了与戏剧活动的集体性相游离的因素。因为剧本具有二重性，它可以是舞台创作的设计蓝图与材料，也可以独立的文学作品的形式取爱于读者，顾前者语言要俗，顾后者意境要雅，戏剧家当如何呢？周德清认为可以通过"文而不文，俗而不俗"的美的"中和"性，去调和剧本在案头被观"不文则俗"与在场上被演"太文则迂"的矛盾，[2]从而使剧辞的表达两全其美。这种"兼美"论，显然是应元代戏剧艺

---

[1] 钟嗣成：《录鬼簿》，《中国古典戏曲论著集成》第 2 册，中国戏剧出版社，1959 年版，第 124 页。

[2] 周德清《中原音韵·正语作词起例·造语》云："造语必俊，用字必熟，太文则迂，不文则俗，文而不文，俗而不俗，要耸观，又耸听，格调高，音律好，衬字无，平仄稳。不可作俗语、蛮语、谑语、嗑语、市语、方语、书生语、讥诮语、全句语、拘肆语、张打油语、双声叠韵语、六字三韵语、语病、语涩、语粗、语嫩。"（《中国古典戏曲论著集成》第 1 册，中国戏剧出版社，1959 年版，第 232 页。）

术实践之需要而出现的。

（3）剧本创作家在戏剧活动中的地位。元代戏剧家多是把握着戏场艺术规律，甚至"躬践排场"的艺术家。演员在他们面前完全失去了唐宋时代那种登场即兴创作的自由，只能按照剧本既定的艺术安排进行活动，戏剧活动的主宰变了。于是理论活动开始关注这一现象。赵孟頫说："杂剧出于鸿儒、硕士、骚人、墨客所作……倡优岂能办此？故关汉卿以为'非是他当行本事，我家生活，他不过为奴隶之役、供笑献殷、以奉我辈耳……'虽复戏言，甚合于理。"①这里虽然带着令人不好接受的正统文人的口吻，但他借关汉卿的话指出戏剧家在戏剧审美关系中所处的支配演员的中心地位，则是颇有意义的。因为这既是元代戏剧家于戏剧实践中那切切实实的主动姿态在理论图像上的显影，又是戏剧审美重心发生转移（由唐宋时代戏场优人独领风骚到元代作家作品主宰戏场②）、批评活动跟踪艺术实践新现象的一个明确体现。

以上三个新命题虽有相对的独立性和关涉问题的角度的差异，但实质都是围绕着作家审美意识及其创作与整个戏剧活动的关系而展开的。这种探讨作家审美意识及其创作与整个戏剧活动的关系的理论，就是我们所认为的相对唐宋时代而言的元代戏剧审美批评的新天地，或者说内容上的特殊性，此其一。其二，新命题的出现都是由于戏剧活动在元代插入了新因素（作家、作品）以至出现新现象要求解释、新问题要求解决而造成的，艺术实践为理论新内容的产生提供了驱动与路径，理论不能不对自己的对象发生兴趣来"拓广"一下自己的研究范围。那么于此，我们不仅看到了元代戏剧审美理论新内容产生的合理性，而且是不是可以顺便指出，元代艺术实践的催化作用是戏剧审美理论之所以在元代形成的重要原因之

---

① 臧晋叔《元曲选》卷首所附《吴兴赵子昂论曲》、朱权《太和正音谱》也强调了这种剧本创作家的地位及杂剧的文学文本意义："杂剧，俳优所扮者，谓之'娼戏'，故曰'勾栏'。子昂赵先生曰：'良家子弟所扮杂剧，谓之"行家生活"，娼优所扮者，谓之"戾家把戏"。盖人贵其耻，故扮者寡，今少矣，反以娼优扮者谓之"行家"，失之远也。或问其何故哉？则应之：杂剧出于鸿儒硕士，骚人墨客所作，皆良人也。若非我辈所作，娼优岂扮乎？推其本而明其理，故以为"戾家"也。'关汉卿曰：'非是他当行本事，我家生活，他不过为奴隶之役，供笑献勤，以奉我辈耳。子弟所扮，是我一家风月。'虽是戏言，亦合于理，故取之。"

② 王骥德《曲律》卷三："词曲本文人能事。""古之优人，第以诙谐滑稽供人主喜笑，未有并曲与白而歌舞登场如今之戏子者。又皆优人自造科套，非如今日习现成本子，俟主人拣择而日日此伎俩也。如优孟优旃后唐庄宗以迨宋之靖康绍兴史籍所记，不过葬马漆城李天下公冶长二圣环等诙语而已。即金章宗董解元所为西厢记，亦第是一人倚弦索以唱，而间以说白。至元而始有剧戏如今之所搬演者。是此窍由天地开辟以来，不知越几百千万年，俟夷狄狄主中华而于是诸词人一时林立，始称作者之圣，呜呼，异哉！"

一呢？

第二节　理论形成的基本标志与具体途径

元代出现了几本渗透着审美意识的从不同角度研究戏剧艺术的理论性著作，如周德清的《中原音韵》、燕南芝庵的《唱论》、钟嗣成的《录鬼簿》等。这虽然是元代戏剧审美批评走向理论化的一种标志，但不是主要标志。因为理论是理性思维的结果，与感性知觉只为对象（某物属性）提供经验不同，理性"为对象提供名称"①（即关于这个对象的概念、范畴与规律）。检验一种理论是否形成的关键，不是看它有无专门性论著的出现，而是要看它有无"名称"（概念、范畴与规律）的出现。由此我们发现，在唐宋两代的戏剧审美活动中，虽然也"间或出现"了个别概念（如典雅、体），有的其至接近于范畴（如虚、实），但总的来说，人们对戏剧审美特征以及戏剧活动中美的规律的把握仍是感性的，仍停留在以感性知觉把握对象、表述对象的阶段，"间或出现"毕竟还处于矛盾的次要方面。到了元代，这种次要的倾向上升为主要方面。审美批评进入到"为对象提供名称"的阶段。因此我们把元代视为戏剧审美理论的形成期，并认为形成的基本标志是：理性地考察戏剧美学特征与戏剧实践中美的规律，为之提出相应的"名称"。或者说能从中抽象出概念、使概念逼近范畴，用概念或范畴表述戏剧审美的规律性现象了。

这种理论形成的标志一确定，它形成的途径也迎刃而解了。因为所谓理论形成的途径，在这里就具体化为理论中的概念、范畴、规律性表述究竟是怎样构成的问题了。我们对这种构成的方式予以充分揭示和披露，就是给理论形成具体途径问题的具体答案了。概括地说是如下四种情况。

当戏剧活动作为一个客观对象出现在戏剧理论家的感性直观中的时候，它呈现出来的是许多单一的美学现象。每场戏有每场戏的美丑得失，

---

① 列宁《哲学笔记》摘引费尔巴哈云："理性和感觉或感觉能力之间的差别究竟是什么呢？感性知觉提供对象，理性则为对象提供名称。凡是存在于理性中的，没有不是先已存在于感性知觉中的，但是，实际上存在于感性知觉中的东西，只是在名义、名称上存在于理性之中。理性是最高的存在物，是世界的统治者，但这只是在名称上，而不是在实际上。那末名称是什么呢？名称是用来区别的符号，是某种十分显明的标志，我把它当做表明对象的特征的代表，以便从对象的整体性来设想对象。"（商英伟主编《列宁<哲学笔记>的学习与研究初稿》中册，厦门大学哲学系，1981 年，第 294 页。）

各个戏班、各个演员也各有自己的个性风采，现象杂乱无章，充满着偶然、变化和波动。戏剧理论家先以思维判定其中的内在联系与统一性，找到繁乱现象的"共同物"，即发现整个戏剧过程以及长期演剧史中包含并表现出来的比较固定的本质属性，这是第一步。然后是第二步，把这种固定的本质属性放在一定的"物质外壳"（即词）之下，这样，反映着戏剧艺术某些审美特征的理论概念就出现了。如元代戏剧理论中的"关目""工巧""节奏"，等等，都是这样产生的。此不赘述。

值得研究的是（第二步）怎样将理性抽象出的"共同物"放在一定的"物质外壳"之下？这其间有无借鉴、媒介或特殊的方式呢？回答是肯定的。情况如下：

戏剧理论家在归纳某些戏剧美学现象、为之寻求表述概念时，往往把这些戏剧美学现象同他种艺术（诗、文）中的类似现象联通思考，造成戏剧与他种艺术的"均等关系"，在由此及彼、由彼返此中，让那个为戏剧中某个属性寻找的某个概念在"这种关系中显露出来"①，从而直接引进现成的概念予以表述。如燕南芝庵引进诗文审美理论中的"格调"这一概念，用它指戏剧演唱的美学风格，从而作出"歌之格调，抑扬顿挫"的理论表述，虞集提出戏剧美刺说②，等等，都是此种办法。③

理论形成（概念出现）的另一途径是：把既有的含指着戏剧美学现象的"物质外壳"，从感性向理性，从个别向特殊、一般推移，即完成一种黑格尔式的"具体概念"④向抽象概念的质的过渡。如唐宋人讲某场木偶戏"鸡皮鹤发与真同"，某一个人玩木偶"弄得如真无二"。⑤这里的"真"虽然也在指戏剧形象的美学效果，但它只是指称着个别的（某一场、某个人的）一种经验性描述，而不是理性概念。到了元代，燕南芝庵为演员提出作为

---

① 马克思在《资本论》中说："物的属性不是由其与其他物的关系产生，而是在这种关系中显露出来……"（《资本论》，国家政治出版社，1950年，第1卷，第64页。）
② 虞集说："一代之兴，必有一代之绝艺足称于后世者。汉之文章，唐之律诗，宋之道学，国朝之今乐府，亦关于气数音律之盛。其所谓杂剧者，虽曰本于梨园之戏，中间多以古史编成，包含讽谏，无中生有，有深意焉，是亦不失为美刺之一端也。"
③ 燕南芝庵《唱论》云："凡歌之格调，有抑扬顿挫，有顶迭垛换，有萦纡牵结，有敦拖呜咽，有推题九转，有摇欠遏透。"（燕南芝庵：《唱论》，《曲谱》，中国书店，1990年，第8页。）
④ 原则上说不能称为概念，因为它是感性范畴的东西。
⑤ 见前引唐肃宗诗。吴自牧《梦粱录》"百戏伎艺"："悬丝傀儡者，起于陈平六奇解围故事也，今有金线卢大夫、陈中喜等，弄得如真无二，兼之走线者尤佳。"

演唱审美标准的（"字真句笃"中的）"真"，[①]就在继续使用"真"这个语言外壳的前提下，使之完成了抽象、摆脱了个别、进入了一般（凡演剧、凡演员都应如此）之范畴了。这种办法在元代戏剧理论形成活动中，亦很有代表性。

集合一些戏剧审美理论概念作以再抽象，扩大它的普遍性意义并增强它反映戏剧艺术美学属性的涵盖能力，使之上升为一种"范畴"，这是戏剧审美理论形成的又一途径。如元代戏剧理论中"新"这个范畴，就是建筑在许多特殊意义的"新"的概念之上的。它既指审美对象创造中那种题材内容、表现形式的不断更变，亦指审美主体由于客体的更变而不断被刷新审美欣赏中心理沉淀所产生的新鲜感，等等，是一个内在丰富的主客统一体；用它，就把剧本创作的（"一篇篇文字新"）、戏剧音律的（"新声"[②]）、舞台表演形式的（"鼎新编辑"[③]）诸多创新，统统揽括了起来。这种对戏剧活动中一种共同属性下不同侧面的涵盖与包裹，就好像在一张"网上（打个）纽结"，使人极方便地通过它去"认识和掌握……现象之网"的全部，[④]这种方式就正是知识发展过程中常见的范畴阶段的特点。也即元代戏剧批评中出现的许多范畴充当了理论形成的具体媒介，有了它们，元代戏剧审美现象才获得了一种有力的表达。

元代戏剧美学理论的概念、范畴又不是孤立的东西，当认识活动让它们发生关系时，就使得它们所揭示的各个属性方面在内在本质上建立起对立统一、互相依赖的联系。这种"联系"由概括性的语言（包括概念、范畴）固定下来，就形成了戏剧活动中一些复杂（不是单一概念或范畴就能揭示）的规律性知识

① 燕南芝庵《唱论》："歌之节奏：停声，待拍，偷吹，拽棒，字真，句笃，依腔，贴调。"（见《曲谱》，中国书店，1990年，第8页。）

② 钟嗣成《录鬼簿》记杨显之："显之前辈老先生，莫逆之交关汉卿。公末中补缺加新令，人皆号为杨补丁。有传奇乐府新声。"记孟汉卿："已斋老叟播声名，表字相同亦汉卿。魔合罗一段题张鼎，运节意脉精。有黄金商调新声，喧燕赵，响玉音，广做多行。"记吴仁卿："克斋弘道老仁卿，衣紫腰金府判开。银鞍紫马敲金镫，锦乡中，过一生。老来也，致仕心宁。《手卷记》《子房货剑》，锦乐府，天下盛行。曲海丛珠，金缕新声。"张可久《张小山小令》卷上《雪晴舟行》："芦花岸空倚高寒，把西施坠玉环。樽前看，素淡家常扮，新兴象板，清兴驴鞍。"

③ 陶宗仪《辍耕录》卷二十五："唐有传奇，宋有戏曲唱诨词说，金有院本杂剧诸宫调，院本杂剧其实一也。国朝院本杂剧始厘而二之。院本则五人，一曰副净，古谓之参军，……其间副净有散说，有道念，有筋斗，有科泛。教坊色长魏武刘三人，鼎新编辑，魏长于念诵，武长于筋斗，刘长于科泛，至今乐人皆宗之。"（四部丛刊三编景元本）

④ 列宁《黑格尔<逻辑学>一书摘要》说："在人面前是自然现象之网。本能的人，即野蛮人没有把自己同自然界区分开来，自觉的人则区分开来了。范畴是区分过程中的一些小阶段，即认识世界的过程中的一些小阶段，是帮助我们认识和掌握自然现象之网的网上纽结。"（广州军区政治部宣传部《马克思 恩格斯 列宁 斯大林 论辩证唯物主义与历史唯物主义》上册，广州军区政治部宣传部，1977年，第450页。）

了。如周德清阐述作家审美意识、情怀意蕴与作品语言、作品内容之间复杂关系，就是通过使用"言"与"意"两个概念进行表述的。所谓 "未造其语，先立其意，语、意俱高为上""辞既简、意欲尽"云云。①在这里，批评家不是静止地去看对象的某属性，而是动态地探究对象属性间的关系，不是有了理论的个别概念、范畴就止步，而是把它们联通在一起思考并表达，这样，认识戏剧审美属性的活动就来到了比概念、范畴更为深入的规律阶段了。这种规律性表述的方式，也是元代戏剧审美批评理论化的具体表现。

第三节　元代戏剧审美批评潜蕴的趋势

接下来我们要讨论的是，在元代戏剧审美理论形成过程中已经潜蕴的一个深刻的内在矛盾以及矛盾所暗示的理论发展的趋向。

如果说唐宋戏剧审美活动只是散漫化的封建文人对初步成型的戏剧艺术的感受性体识，那么到了元代，戏剧研究已成了一种专门的学问。因而，理论批评上开始有了各有所长的"一家言"现象。如周德清主谈音韵的和谐与词法的精工，钟嗣成专讲审美对象（剧本）创作者的情状，燕南芝庵则致力于戏剧演唱中美的考察。这些现象对于审美理论的形成来说，虽然不失春笋出土般的点的突破性意义，然而，他们也把个人的审美趣味溶进了审美理论。这与不以他们个人意志为转移的客观艺术实践之间便不能不有距离。如周德清注意了戏剧语言"匀肆"化，却又排斥不合文人口味的俗语乡谈！既重视了戏剧的内容（意），又雅好"忽听、一声、猛惊"之类的纯技巧②。这就构成了一种以封建文人自我审美趣味为基调的主观主义审美

---

① 周德清《中原音韵·正语作词起例·造语》："未造其语，先立其意，语、意俱高为上。短章辞既简，意欲尽，长篇要腰腹饱满，首尾相救。"

② 《西厢记》第三折《酬韵》："（莺莺云）有人在墙角吟诗。（红云）这声音便是那二十三岁，不曾娶妻的那傻角。（莺莺云）好清新之诗。红娘，我依韵和一首。（红云）小姐试和一首，红娘听波。（莺莺吟云）兰闺深寂寞，无计度芳春。料得高吟者，应怜长叹人！（张生惊喜云）是好应酬得快也呵……我撞过去，看小姐怎么？【麻郎儿】我拽起罗衫欲行，他可陪着笑脸相迎？【后】忽听一声猛惊。（红云）小姐，咱家去来，怕夫人嗔责。（莺莺、红娘关角门下）扑剌剌宿鸟飞腾，颤巍巍花梢弄影，乱纷纷落红满径。"周德清《中原音韵》论"乐府之盛、之备、之难"云："言语一科，欲作乐府，必正言语，必宗中原之音。乐府之盛，之备、之难，莫如今时。其盛，则自缙绅及闾阎歌咏者众。其备，则自关、郑、白、马一新制作，韵共守自然之音，字能通天下之语，字畅语俊，韵促音调；观其所述，曰忠，曰孝，有补于世。其难，则有六字三韵，'忽听、一声、猛惊'是也。诸公已矣，后学莫及何也？盖其不悟声分平仄，字别阴阳。夫声分平仄者，谓无入声，以入声派入平上去三声也。作平者最为紧切，施之句中，不可不谨。"沈德符《万历野获编》："元人周德清评《西厢》，云六字中三用韵，如'玉宇无尘'内'忽听、一声、猛惊'，及'玉骢娇马'内'自古、相女、配夫'，此皆三韵之难。予谓……不如'云敛晴空'内'本宫、始终、不同'，俱平声，乃上耳。然此类凡元人皆能之，不独《西厢》为然"。

理论和以现实艺术状况为基础的现实主义审美理论的对立与分异。这个对立与分异告诉我们，戏剧审美理论的前景，必然产生一种分化性的发展，"一家言"现象会有更大程度的膨胀。果然，随之而来的就是明代戏剧审美批评及理论的流派化。

第四章　明代教化派戏曲美学

明朝初期，由于朱氏贵族集团在文化思想界实行了严酷的控制，时代文化的空气是沉闷的。在戏曲园囿的入口处，也张贴了严刑峻法的告示：

"在京军官军人，但有学唱的，割了舌头。娼优演剧，除神仙、义夫节妇、孝子顺孙、劝人为善及欢乐太平不禁外，如有亵渎帝王圣贤，法司拿究。"（洪武二十二年三月二十五日榜文）

"凡乐人搬做杂剧戏文，不许妆扮历代帝王后妃、忠臣烈士、先圣先贤神像，违者杖一百；官民之家容令妆扮者同罪。其神仙道扮及义夫节妇、孝子顺孙、劝人为善者不在禁限。"（明洪武三十年五月刊本御制大明律）①

"今后人民倡优装扮杂剧，除依律神仙道扮、义夫节妇、孝子顺孙，劝人为善及欢乐太平者不禁外，但有亵渎帝王圣贤之词曲，驾头杂剧，非律该载者，敢有收藏、传诵、印卖，一时拿送法司究治。"（顾起元《客座赘语》所载"国初榜文"）②

这禁令是对戏曲创作家、戏曲批评家、戏曲演艺家下的。像浓重的乌云，遮蔽着艺术思维与审美情怀的空域，把本来在元代百花齐放、争奇斗艳的曲苑逼进了旌表道德、粉饰太平的胡同，产生了代表朱氏贵族集团政治臆愫与审美要求的戏曲流派——教化派③。这个派别，犹似植物人，缺乏

---

① 王利器：《元明清三代禁毁小说戏曲史料·中央法令》，上海古籍出版社，1981年，第12-13页。
② 类此较多。如：明俞自强《治谱》卷二"公宴"条："饮宴时不可喜扮杂剧。梨园插科打诨，多是信口胡说，不惟不雅，亦恐有嫌疑者，以我辈中心，或成大隙。此后宴饮，去此一种亦便。"（明崇祯十二年胡璇刻本）明应槚《大明律释义》卷二十六："历代帝王后妃忠臣烈士先圣先贤皆常有功德于时，为万代臣民之所瞻仰，不宜亵渎，故乐人装扮其神像者，即杖一百，官民之家容令人装扮与同罪，亦杖一百。其神仙道扮及义夫节妇孝子顺孙则以劝人为善者，则不在禁坂。"
③ 教化派是明代初期戏坛上的非现实主义的创作流派，代表作品有《琵琶记》《香囊记》《五伦全备记》等，理论代表有朱权、朱有燉、丘浚等，主要反映朱氏大贵族阶层的审美理想。这个流派，明人称之为"风化体"（明郑郧《峚阳草堂诗文集》卷九《题发祝记》："此记闻戌于张伯起之手。伯起吴中高士老于公车，思借一命以奉高堂，而遇蹇食贫，伤怀时事，竟卧不起。旷然有问道之思，乃感徐博士事为之点笔，其志洁，其行芳，其情深，其文至，读之者泪淫淫不知其下也。余爱而诵之。琵琶云'不关风化体，纵好也徒然'，如此记乃真关于风化也。"）或"时文体"，吴国钦《中国戏曲史漫话》称之为八股戏；为清楚见，我们称之为"教化派"。

生命的活力与血气，仅靠皇族意志的灵光，在戏坛上拖拖拉拉地维持了近百年。

第一节　教化派对早期儒家"乐"美思想的嗣承变异

古代的"乐"，是一种舞蹈、歌诗、人物装扮和音乐演奏的综合性艺术。春秋战国时期的儒家哲人对它的阐发、论述，形成了一个较为完整的美学体系。它影响了以后上千年中国古典美学思想的发展，也影响了后来诗歌、舞蹈、音乐、戏曲等部门美学思想的发展；而在整个戏曲美学思想史上受其影响最深的，就数教化派的观点了。

教化派的基本观点是用美学概念"和"来解释戏曲与社会生活、戏曲与现实政治的关系，从而提出自己的审美要求，去约束当时戏曲创作及戏曲家的审美意识。

"和"这个范畴的内容比较复杂，早期儒家用它阐说"乐"时，主要有两个侧面：一个是指"乐"的美感作用使人们的社会关系、社会心理在熏陶感化中达到一种和谐亲睦的程度。《乐记》认为，如果一次"乐"的演奏活动，让"长幼同听之，则莫不和顺"，"父子兄弟同听之，则莫不和亲"[1]，那么这次活动就收到了"和"的效果了。二、"和"这个范畴是就"乐"（作为一个艺术部类）对社会政治的反映关系而言的，认为"乐"的和，当是封建政治、封建社会关系和谐安定状态在艺术（乐）上的折光反映，《乐记》说："治世之音安以乐，其政和，乱世之音怨以怒，其政乖。"[2]

在教化派戏曲观点中可以找到上述思想的踪迹。朱权《太和正音谱》自序说："猗欤盛哉，天下之治久矣。礼乐之盛，声教之美，薄海内外，莫不咸被仁风于帝泽也……夫礼虽出于人心，非人心之和，无以显礼乐之和；

---

[1] 卫湜《礼记集说》卷一百："长乐陈氏曰：宗庙主乎敬，族长乡里主乎顺，闺门主乎亲。乐之主乎敬，听之莫不敬；主乎顺者，听之莫不顺；主乎亲者，听之莫不亲。……和者，乐之情，比物以饰；节者，乐之节；节奏合而成文者，乐之文。三者备矣。在闺门之内，所以合和父子也；在宗庙之中，所以合和君臣也；在族长乡里之中，所以附亲万民也。"

[2] 《礼记注疏》卷三十七【疏】云："乐随人情而动，若人情欢乐，乐音亦欢乐，若人情哀怨，乐音亦哀怨。……'是故治世之音安以乐'者，是故，谓情动于中，而有音声之异，故言治平之世，其乐音安静而欢乐也。治世之音，民既安静，以乐而感其心，故乐音亦安以乐，由其政和美故也；君政和美，使人心安乐，人心安乐，故乐声亦安以乐也。"陈旸《乐书》卷九《礼记训义·乐记》云："心以感物而动为情，情以因动而形为声，声者情之所自发，而音者又杂比而成者也。治世以道胜欲，其音安以乐，雅颂之音也，政其有不和乎？乱世以欲胜道，其音怨以怒，郑卫之音也，政其有不乖乎？"

礼乐之和，自非太平之盛，无以致人心之和也。故曰治世之音，安以乐，其政和。是以诸贤行之乐府，流行于世，脍炙人口，铿金戛玉，锵然播乎四裔，使鴂舌雕题之氓，垂发左衽之俗，闻者靡不忻悦。虽言有所异，其心则同，声音之感于人心大矣。"意思是：由于太平盛世，封建政治有了和谐状态（政和），整个社会心理也有了和谐状态（人心之和）。与礼乐一样的戏曲（乐府），只有当它反映了这种"人心之和"与"政和"的时候，才会呈现"闻者靡不忻悦"的美感效应——"和"。因而，戏曲的"和"，实际上是社会上"人心之和""政和"被戏曲家反映到作品以后再回到社会观众面前所产生的审美感应。在这里，朱权从艺术本源、艺术功效两个方面对戏曲与社会现实的密切关系进行了陈述。这个陈述很显然继承了早期儒家论"乐"的两个观点中的后一个。

基于这种审美认识，教化派对戏曲的审美要求是，戏曲创作要不违背"和"的形成规律，在戏曲中反映盛世光景，歌舞太平。①

宣德五年（1430年）三月，朱有燉看到府上的牡丹花烂漫，不由诗情勃发，油然触兴，拈出唐开元年间洛阳牡丹花会、白居易品评牡丹事以及后来司马光、欧阳修的牡丹题词等，创作了《洛阳风月牡丹仙》杂剧，寄寓了他发自内心的对朱明皇朝开国盛世的赞颂之情。剧前"自引"说：

> "尝谓太平之世，虽草木之微，亦蒙□□，恩泽所及，以遂其生成繁盛之道焉。若花中之牡丹，亦草木之钟秀者，自古以来，不遇太平而伤于蒭牧兵燹者，不知其几也。惟唐开元中，天下和平，故牡丹盛于长安……予于奉蘩之暇，牡丹数百余本。当谷雨之时，植花开之候，观其色香态度，诚不减当年洛阳牡丹之丰盛耳。因……编制传奇一帙，以为牡丹之称赏，启翠红春之清音，发天香圃之明艳，诚为太平之美事，藩府之嘉庆也。"②

正统四年（1439年）二月，朱有燉已年过花甲。闻说有菌菇类东西生于宫苑。老人以为这是灵芝，是朱明王朝天下太平的瑞兆，喜作《河嵩神

---

① 故朱权说："良家之子，有通于音律者，又生当太平之盛，乐雍熙之治，欲返古感今，以饰太平。所扮者，隋谓之'康衢戏'，唐谓之'梨园乐'，宋谓之'华林戏'，元谓之'升平乐'。"（明程明善《啸余谱》"北曲谱"卷十三"杂剧十二科"条引，明万历刻本）他直接把元之扮戏称为"升平乐"。
② 朱有燉：《朱有燉集》，齐鲁书社，2014年，第154页。

灵芝庆寿》杂剧。剧前同样有一段《自引》："仰赖圣世雍熙，天下和平，中原丰稔，雨阳时若，藩国安康，宫闱吉庆。……有灵芝生于王宫之中，佛堂之东，紫盖金茎，形大若盎，高可六寸，烨烨光辉，色如赤瑛，坚而润泽。实社稷之衍庆，河嵩之效灵，为圣朝之祥瑞，开万年太平之应。顾予菲薄，何德以堪？然有此瑞应，岂无歌咏以美之？因作传奇一帙，载歌载咏，以答荷社稷河嵩之思眷，以庆喜圣世明时之嘉祯……"①

这种强调戏曲创作表现社会政治及人心和谐状况的观点一直维持到后来丘浚、叶盛、陆容、祝允明等人的曲论中，充分反映了朱氏贵族集团要求戏曲艺术为明王朝唱赞歌的功利美学观。

早期儒家美学思想的"和"在哲学的质的规定性上，与刑、礼偏重于事物的差异、对抗相反，主要侧重于矛盾的调和、统一与转化，它是封建社会初期君臣父子、长幼尊卑等政治关系、人伦关系的理想化图影，也是那种以血缘关系为基础的"家天下"及其民主风气的一种幻想。它在明代初叶为朱氏贵族集团所重视，是有原因的。

大明帝国建立后，朱元璋为了巩固朱氏王室，忌杀功臣，使"元功宿将相继尽矣"②。紧接着，便是皇太孙朱允炆的"削藩"和燕王朱棣的"靖难"③，整个上层集团几乎都卷入了阴谋、争夺、勾结与杀伐。得势的志壮胆雄，失利的心沮意丧，统治集团内部出现了两种截然不同的心理状态。这一社会情势反映到戏曲家的审美意识中，折射出两轮色彩完全相反的光环来：一种是带着惊惧、惶恐、低沉、暗漠的消极颓废意义的审美心理，它企图逃避血腥、严酷的政治斗争，把情志投于虚无缥缈的仙佛世界和寒潭秋月的隐遁生活。朱权《冲漠子独步大罗天》之类的神仙度脱剧和那些"孤云野鹤，绝岸挂松"之类幽深奇僻的风格论，就是这种心理的鲜明写照。另一种则是充满着激扬、振奋、欢悦的积极意义的审美心理。它相信皇室新建，万民归心，升平向上是社会的主导面，站在一个更长远利益的高度，要求缓和本集团内部以及整个社会的激烈矛盾，在君臣相得，君民同乐的

---

① 朱有燉：《朱有燉集》，齐鲁书社，2014 年，第 380 页。
② 张廷玉：《明史》，中华书局，2000 年，第 2566 页。
③ 庄忠棫《周易通义》卷十："明有靖难之师，实镭宸濠之乱，封建何可复乎？"（清光绪六年冶城山馆刻本）李光地《榕村语录》卷二十二："三纲五常整顿起来，便天地日月亦觉添许多清明。明太祖知得此意，故靖难时忠烈之臣极多，至亡国犹忠义如林，一统太平二百余年。"（清道光九年利瓦伊迪刊榕村全书本）

政治气氛中，稳固地、心平气和地经营"家天下"。朱有炖那些粉饰太平的宫廷剧及其理论，朱权关于"和"的理论，便是此种心理的集中显现。这两种审美心理在当时是客观存在的，甚至矛盾地存在于一个戏曲家（或戏曲批评家）身上。前者只是戏曲家（或批评家）由于特殊生活境遇而产生的个人的审美情趣，只是一种个人意绪在艺术中的对象化；后者才是潜蕴着朱氏贵族集团长远利益的审美思想，才是一种阶级本质力量的对象化。因此，后者是矛盾的主要方面。也就是说，教化派关于"和"的美学思想是一种带有主流特征的时代审美心理在戏曲活动中的集中反映。

教化派戏曲观点关于早期儒家"和"的美学思想也有变异的一面。

其一，早期儒家论乐（特别是《乐记》），认为人们的喜怒哀乐敬爱不是生来俱在，而是"感于物而后动"①的东西。乐是"人心感于物而后动"的一种情感表现形式，由于这个"物"指具体的事物，它接近于抽象概括的哲学范畴——物质，所以这里基本构成了朴素唯物主义的美学观。教化派呢？看起来也从人们社会心理（人心之和）的角度去看戏曲活动，但他们所谓的"人心之和"并非社会客观存在。它同"仁风帝泽""后土地祇"②等一样，都有一种超脱历史生活的神秘东西（"天道"）在灌注、支配着。所以质言之，戏曲活动以及人们对于戏曲的忻悦，归根结底还是取决于驾驭社会历史生活的本质力量：天道。戏曲与社会的审美关系最终被规定为戏曲与社会背后神秘的天道关系了，戏曲的审美作用（"和"）被看作是"天下有道"的一种艺术显现。这就堕入了客观唯心主义。这一变异的形成，显然是由于客观唯心主义哲学体系程朱理学成为明代统治思想的缘故。

其二，早期儒家关于"和"的审美认识是有雅乐与俗乐之分的。雅乐是"和"的典范，俗乐则非。生于民间的戏曲若以儒家传统艺术观衡量，不过是粗陋的民乐，是毫无"和"的价值可言的。但教化派则十分重视它，并为之提出了"和"的审美要求。这一变异现象，显现了随着封建社会后

---

① 刘向《说苑》卷十九《修文》："天下有道，则礼乐征伐自天子出。夫功成制礼，治定作乐。礼乐者，行化之大者也。孔子曰：'移风易俗，莫善于乐；安上治民，莫善于礼。'是故圣王修礼文，设庠序，陈钟鼓，天子辟雍，诸侯泮宫，所以行德化。……凡音之起，由人心生也。人心之动，物使之然也。感于物而后动，故形于声。声相应，故生变。变成方，谓之音。比音而乐之，及干戚羽旄，谓之乐。乐者，音之所由生也。其本在人心之感于物。是故其哀声感者，其声噍以杀；其乐心感者，其声啴以缓；其喜心感者，其声发以散；其怒心感者，其声壮以厉；其敬心感者，其声直以廉；其爱心感者，其声和以调。人之善恶，非性也，感于物而后动，是故先王慎所以感之。"

② 朱有燉：《朱有燉集》，齐鲁书社，2014年，第1页。

期中央集权的强化，贵族阶级在意识形态领域的掠夺与吞噬也已经达到了饥不择食、皆为我用的地步。同时也说明教化派沿用儒家"和"的美学思想终究涂上了封建社会后期的时代标记。

按照早期儒家的美学思想，"乐"的审美价值，不光在它给人带来美的娱情，也在它能够传达"善"的内容。它不是仅仅供人享乐的器乐演奏（"乐云，乐云，钟鼓云乎哉？"[①]）它要在"洋洋乎盈耳"的美感诱惑中，感化陶冶人的性情，培养人的封建伦理道德。这一精神基本消溶在教化派的审美批评中了。

永乐丙申（1416）年八月，朱有燉作《关云长义勇辞金》杂剧，褒扬"忠义"。《自引》说："人之有生，惟忠孝者为始终之大节。忠孝之道，必以诚而立焉。予观自古高名大节之人，诚乎忠孝，载之简册，流芳于永世，历历可数耳。……予每读史，至关羽辞曹操而归刘备，未尝不掩卷三叹，以为云长忠义之诚，通乎神明，达乎天地焉。……予嘉其行为作传奇，以扬其忠义之大节焉。"[②]

宣德八年（1433）年十一月，朱有燉听到传闻：山东济宁有女子因丈夫死而自缢，"遂访其事实，执笔抽思"，作《赵贞姬身后团圆梦》杂剧。剧前《自引》赞颂自缢妇人"守志贞烈，为众所称"，"予……发扬其蕴奥，被之声律，以和乐于人之心焉"。[③]

到了弘治年间，文渊阁大学士丘浚，抛出了戏曲史上数得着的陈腐的封建道德说教剧《五伦全备记》。杜撰伍伦全、伍伦备两兄弟在儒家五伦关系（君臣、父子、兄弟、夫妇、朋友）方面的尽善尽美的行事；一副"代圣人立言"的道学面孔！剧本的"付末开场"说："这三纲五常，人人皆有，家家都备。只是人在世间，被那物欲牵引，私意遮蔽了，所以为子有不孝的，为臣有不忠的……是以圣贤出来，做出经书，教人习读，做出诗书，教人歌诵，无非劝化世人，使他个个都习五伦的道理。然经书却是论说道理，不如诗歌吟咏性情，容易感动人心。……近日才子所编出这场戏文，叫做《五伦全备》，发乎性情，生乎义理……搬演出来，使世人为子的看了便孝，为臣的看了便忠，为弟的看了敬其兄，为兄的看了友其弟，为夫妇的看了相和顺，为朋友的看了相敬信，为继母的看了不营前子，为徒弟的

① 张忠钢：《论语类疏》，暨南大学出版社，2014年，第177页。
② 朱有燉：《朱有燉集》，齐鲁书社，2014年，第104页。
③ 朱有燉：《朱有燉集》，齐鲁书社，2014年，第255页。

看了必念其师，妻妾看了不相嫉妒，奴婢看了不相忌害。"①

这些代表教化派艺术美学理想的理论批评，要求戏曲家主观上存有"教化"的动机，强调剧作题材的实在"风化"性，把戏曲家的艺术创作与观众观看欣赏这复杂而丰富的审美心理活动简化为教化与被教化的训诫关系；像一具抽掉了生命血液的绝代佳人的木乃伊，哪里还有美的活气与诱人的容色呢？②

第二节　教化派的具体戏曲美学观点

第一，戏曲艺术的感人力量。戏曲，不是干瘪枯槁的文化僵尸，而是诱动人心、充满感发力量的艺术形式。丘浚《五伦全备记》开场："经书却是论说道理，不如诗歌吟咏性情，容易感动人心。……近世以来做成南北戏文，用人搬演，虽非古礼，然人人观看，皆能通晓，易感动人心，使人手舞足蹈，亦不自觉。但他做的多是淫词艳曲，专说风情闺怨，非唯不足以感化人心，到反被他败坏了风俗。""编出这场戏文，叫做《五伦全备》，发乎性情，生乎义理，盖因所易晓者以感动之。""今宵搬演新编记，要使人心忽惕然。"邵灿《香囊记》家门："今即古，假为真，从教感起座间人。传奇莫作寻常看，识义从来可立身。"他们承认：戏曲，犹如诗歌，具有触发情感、感动人心的审美属性，加上通俗俚谐、妇孺通晓的特点，搬演出来，自然叫座中观众"惕然""感动""手舞足蹈"。③

第二，伦理道德为善的主导内涵。戏曲艺术既然有"感动人"的审美

---

① 邵灿和丘浚一样，也认为戏曲应教化忠孝节义，其《香囊记》开场云："【鹧鸪天】一曲清歌酒一巡，梨园风月四时新，人生得意须行乐，只恐花飞减却春。今即古，假为真。从教感起坐间人，传奇莫作寻常看，识义由来可立身。【沁园春】为臣死忠，为子死孝，死又何妨，自光岳气分。士无全节，观省名行，有缺伦常，那势则谋谟，屠沽事业，薄俗偷风更可伤。怎如那岁寒松柏，耐历冰霜。闲披汗简芸香，谩把前修发否臧，有伯奇孝行，左儒死友，爱兄王览，骂贼睢阳，孟母贤慈，共姜节义，万古名垂有耿光。因续取'五伦新传'，标记《紫香囊》。"
② 所以我们看到曲家们批评丘浚——徐复祚《三家村老委谈》云："（丘浚）《龙泉记》《五伦全备》，纯是措大书袋子语，陈腐臭烂，令人呕秽，一蟹不如一蟹矣。"王世贞《艺苑卮言》云："《五伦全备》不免腐烂。"吕天成《曲品》云："《五伦》，稍近腐。"沈德符《顾曲杂言》云："丘文三……填词尤非当行，今五伦全备，亦俚浅甚。"
③ 朱有燉曾提出戏曲与诗一样，也可以兴、观、群、怨："予观古诗若'呦呦鹿鸣'等篇，皆古人之佐樽歌曲，但以声依永，所以无分长短句，皆可以为歌曲。自汉魏以来，古风犹存，渐以字句短长分而为二，诗自诗，乐府自乐府，其句法肖同，而序事体制颇有分别……唐末宋初以来，歌曲则以词谱为主，其势则谋谟，体南曲而更以北腔，然后歌曲出自北方中原盛行之，今呼为北者也。迄此分而为二，南人歌南曲，北人唱北曲，若其吟咏情性，宣畅湮郁，和乐实发，与古之诗又何异焉。或曰：古诗为正音，今曲乃郑、卫之声，何可同日而语耶？予曰：不然。郑、卫之声虽其立意不正，声句淫佚，非具体格音响比之雅颂有不同。今时但见词曲中有《西厢记》《黑旋风》等戏谑之编为亵狎，遂一概以郑、卫之声目之，岂不冤哉！国朝集雅颂正音，中以曲子《天净沙》数阕编入名公诗列，可谓达理之见矣。体格虽不古之不同，其若可兴、可观、可群、可怨，其言志之述未尝不同也。……今曲亦诗也，但不流入于秋丽淫佚之义，又何损于诗道之道哉。"（《白鹤子·咏秋景引》）

属性，那么这种审美属性与伦理教化的要求相比，孰轻孰重、何主何从呢？高明《琵琶记》开场说："论传奇，乐人易，动人难!知音君子，这般另作眼儿看。休论插科打诨，也不寻宫数调，只看子孝共妻贤。""今来古往，其间故事几多般!少甚佳人才子，也有神仙幽怪，琐碎不堪观!正是不关风化体，纵好也徒然!"高明的观点很明白：戏曲活动的价值，不在美感的享受（"乐人"），而在通过美感（"乐"）触惹人的道德与良心的反思（"动人"）。似乎一场戏下来的最终所得，不是插科诨语的调谑趣味或寻宫数调的音律谐美，而仅仅只是"子孝妻贤"之类情节启导下的对于封建伦理纲常的领悟。这是毫不掩饰的"善"高于"美"的戏曲观，也是赤裸裸的以封建教化为内核的题材至上论。发展到丘浚，好像有了一些美善兼济的意思。他说："这本《五伦全备记》，分明假托传扬。一场戏里五伦全。备他时世曲，寓我圣贤言。""备时世曲"，乃承认戏曲的艺术诱感，肯定它的情感召唤力量，并要求在创作中保持、利用这种艺术美感特点；"寓圣贤言"，还是老调重弹，强调戏曲艺术的善及伦理教化功能。丘浚的这一表述，看起来是在说内容与形式的统一，但仔细揣摩一下，"备他"不过是手段，"寓我"才是目的。"备他"只是为了"寓我"，在一定的情况下，完全可以不"备他"，只要"寓我"。看看丘浚说的透底的话吧："书会谁将杂曲编，南腔北曲两俱全。若于伦理无关紧，纵使新奇不足传。"[①]在他看来，形式上的美（新奇）可有可无，无关紧要，只有内容上的善（伦理），才是第一重要的；离开了"善"的剧作，即使有新奇的美感效果，那也没有存在的必要。

我们知道，早期儒家论"乐"有美善相济的美学观点，似是内容与形式的统一论；但事实上，早期儒家的美学观更重视德教、礼义，《乐记》说，

---

① 关于伦理教化的戏曲观，我们在王骥德的《曲律》中仍可察见影子。王说："古人往矣，吾取古事，丽今声，华衮其贤者，粉墨其愿者，奏之场上，令观者藉为劝惩兴起，甚或扼腕裂眦，涕泗交下，而不能已，此方为有关世教文字。若徒取漫言，既已造化在手，而又未必其新奇可喜，亦何贵漫言为耶？此非腐谈，要是确论。故不关风化，纵好徒然，此《琵琶》持大头脑处；《拜月》只是宣淫，端士所不与也。"其他明人曲论中也多见。祁彪佳《孟子塞五种曲序》云："今天下之可兴，可观，可群，可怨者，其孰过于曲者哉！盖诗以道性情，而能道性情者莫如曲。曲之中有言夫忠孝节义、可亲可敬之事者焉，则虽孩童愚妇见之，无不击节而忭舞；有言夫奸邪淫慝可怒可杀之事者焉，则虽孩童愚妇见之，无不耻笑而唾骂。自古感人之深，而动人之切，无过于曲者也。"卓人月《〈西厢记〉序》云："夫剧以风世，风莫大乎使人超然于悲欢而剥然于生死。生与欢，天之所以鸩人也；悲与死，天之所以玉人也。第如世之所演，当悲而犹不忘欢，处死而犹不忘生，是悲与死亦不足以玉人矣，又何风焉？又何风焉？"后之安乐山樵《燕兰小谱》卷四亦讲："梨园虽小道，而状古来之忠孝奸顽，使人感发惩创，亦诗教也。诗人之感，在士大夫，梨园之感，及乎乡童村女，岂曰小补之哉？"到清代依然，永瑢《四库全书总目》卷一百九十九《集部》五十二"钦定曲谱"条云："其初不过四折，其后乃动至数十出。大旨亦主于叙述善恶，指陈法戒，使妇人孺子皆足以观感而奋兴，于世教实多所裨益。"（清乾隆武英殿刻本）

"德者，性之端也；乐者，德之华也。""文采节奏"等形式特征在他们眼中不过是"乐之末节"罢了。这种倾向的恶性发展，演变为后来重道轻文的偏狭美学观，朱熹说的"文，只如吃饭时下饭耳"①，就是视艺术为教化工具的典型言论。教化派批评家高明、丘浚等人以善取代美、把戏曲价值死死捆绑在封建说教上的偏狭观点，乜是同儒家美学思想一脉相承。

第三，戏曲家创作与戏曲观赏的娱情意识。一个普遍现象，明初戏曲理论家往往沿袭诗文的审美属性来谈论戏曲。朱有燉说："文章之在世，有关于风教者，有不关于风教者。其关于风教者，若《原道》《原鬼》《进学》《种树》《送穷》《乞巧》等文，皆合乎理性，精妙抑扬，无非开悟后学，使知性命之道，故有补于世也。其或有文章而无补于世，不关于风教者，若《毛颖》《南华》《天问》《河间》等篇，比乃鸿儒硕士问学有余，以文为戏，但欲驰骋于笔端之英华，发泄于胸中之藻思耳。……予亦云然!暇日观元之文人有制《偷甲》传奇者，其间形容摹写曲尽其态，此亦以文为戏，发其胸中藻思也。予乃效其体格，亦制偷儿传奇一帙，名之曰《豹子和尚自还俗》，用是以适闲中之趣，且令乐工演之，观其态度以为佐樽之一笑耳。"（《豹子和尚自还俗·自引》）②朱有燉认为文章可分两类，一类明理载道，带有封建教化的目的；一类与"风教"二字毫不关涉，纯属文人雅士才思丽藻的流露。相比之下，前者的社会功用强一些，后者的艺术审美气息浓一些。在戏曲创作中，也出现了雷同于后者的倾向。它以娱情适趣、抒发胸臆的创作心态为基质，以"适闲之趣""佐樽一笑"为指向，这也是一种创作的原动力，它的内核是审美享用的。

由此，属于戏曲家个人的生活屑事、艺术情调也就步入了戏曲作品的酝酿与构思。朱有燉《南极星度脱海棠仙·自引》云："太行山之海棠岭海棠之盛……每遇春时，满山如锦。但樵牧者折其花以为玩，斫其木以为薪耳。予……移得三十余本，植于苑中。及清明之时，奇葩艳质，百媚千娇，红紫芳菲，照耀人目，诚有睡未足之娇态之比也。特咏《海棠吟》一篇，

---

① 朱熹《答吕伯恭》："才卿问：'韩文李汉序头一句甚好。'曰：'公道好。某看来有病。'陈曰：'文者，贯道之器。且如六经是文，其中所道皆是这道理。如何有病？'曰：'不然。这文皆是从道中流出，岂有文反能贯道之理？文是文，道是道，文只如吃饭时下饭耳。若以文贯道，却是把本为末，以末为本，可乎？其后作文者皆是如此。'"（黄珅，曹姗姗注评《朱子语类》，凤凰出版社，2013 年，第 216 页。）

② 蔡毅：《中国古典戏曲序跋汇编》，齐鲁书社，1989 年，第 823 页。

以寄兴焉。……因念诗不能歌于席上，遂隐括《海棠吟》之意，假托于神仙，作《海棠仙》一帙，以为佐樽赏花云耳。"在这里，别致、优雅、精细、文人化的内心生活与赏花玩景的审美诗思，形成了剧本创作的兴致以及剧本情节的雏形。这种创作虽然"戏"味不浓，缺乏戏剧冲突或戏剧性，甚至不免有些敷衍凑合，但和伦理说教的作品相比，还是清新逸丽了许多；因它疏离了道学的面孔，而靠近了审美的情怀。

第四，创作选材的典型性。宣德八年（1933年），朱有燉在创作《刘盼春守志香囊怨》时写下了如下一段分析："近来山东卒伍中，有妇人死节于其夫，予喜新闻之事，乃为之作传奇一帙，表其行操。继而思之，彼乃良家之子，闺门之教，或所素闻，犹可以为常理耳。至构肆中女童而能死节于其良人，不尤为难耶？玄城，河南乐藉中乐工刘鸣高之女，年及笄，配于良民周生者，与之情好甚笃，而生之父母训严，苦禁其子，拘系之，不令往来，自后遂绝不通。女子亦能守志，贞洁不污。女之父母以衣食之艰，逼令其女复为迎送之事。值富商，金帛往求之，母必欲夺其志，加之捶楚，女终不从……。自缢而死。"（见剧前《自序》）[1]同是女子死节的故事，朱有燉认为体现的贞烈意义的深度有所不同。山东的死节妇人乃良家女子素受教养，为其夫殉节，乃是常理；玄城少女生于污浊的构栏瓦肆，却情有独钟，不为金帛所动，只为情郎自缢，比起前者来，显然更有典型性，所包蕴的贞烈的意义也较前者别异并有说服力。这种对于题材，乃至戏曲形象典型意义的体识，在明初曲论中还是不多见的。

第五，作品美学风格论。教化派作家共同的审美趣味是典雅富丽，翻开朱权对戏曲作品的评品，有三分之一是典雅富丽的风格[2]的形象比拟：

金瓶牡丹，凤池春色，蓝田美玉，彩凤刷羽，花间美人，天风佩环，奎壁腾辉，翠屏孔雀，朝霞散彩，九天珠玉，清庙朱瑟，玉匣昆吾，玉树临风，红鸳戏波，珠帘鹦鹉，花柳芳妍，腾空宝气，花里鸣莺。

如果说粉饰太平、宣扬教化的审美标准集中体现了朱氏贵族集团政治要求的话，那么典雅富丽的风格论则更复杂、更微妙地折射了那个贵族集

---

[1] 蔡毅：《中国古典戏曲序跋汇编》，齐鲁书社，1989年，第848页。

[2] 刘熙载：《艺概·词曲概》曾说，朱权的品词"约之只清浑、豪旷、婉丽三品。清浑如吴仁卿之'山间明月'也，豪旷如贯酸斋之'天马脱羁'也，婉丽如汤舜民之'锦屏春风'也。"（刘熙载《艺概》，上海古籍出版社，1978年，第125页。）刘氏说的婉丽，接近于我们说的典雅富丽。

团在生活风度、物质追求、宗教信仰等方面的内在气质。明初的朱元璋是强调古朴的。但随着经济的复苏，渐渐地"臣僚宴乐，以奢相尚"。[①]后来雕梁画栋的明故宫落成了，祭祀天神地灵的天坛拔地而起，明陵神道两旁摆上那么多石人石兽，以及保和殿后云龙雕石，华表上环绕的蛟龙，等等。奢侈的物质享受的骄骄意态出现了，雍容华贵富丽堂皇的审美风气形成了；而且更重要的是这种意态与风气还潜含着一种皇权神授的穆重的宗教色调。教化派典雅富丽的审美趣味可以说正是朱氏贵族阶层这种审美风度在戏曲观点中的反映。因而它同歌舞太平、风化人伦的审美要求一样，闪烁着贵族意志的灵光。

---

① 张廷玉：《明史·刘观传》，中华书局，2000年，第2783页。

第五章　明代昆山派戏曲美学

　　教化派要求戏曲为明王朝唱赞歌的功利美学观束缚了戏曲的发展。至嘉靖年间，昆山派崛起，戏坛出现生机。盖因这一群作家多是科场得意的才子文士，或仕途通达，或宦海沉浮，既有天赋的风流才调，又有生活的遭逢际遇，因而创作起来资深逢源，根情苗言，啼笑由衷，使戏曲活动跳出了封建教化与贵族意志的圈牢，贴近了现实、人生与生活，较多地反映了中小地主阶级知识分子的社会情调、文化心理与审美观点。

第一节　昆山派的主体性艺术原则

　　昆山派审美批评的个性特征受他们的艺术实践所制约。明代戏曲创作发展到这个流派，在内容、形式、审美情趣、文化意识等方面都发生了较为深刻的变化。戏曲活动的主要力量已不是朱氏贵族文人及其追随者，而是当时身处朝野、活跃于文坛的知识分子。支配创作的主要文化精神似也不是超脱于世俗生活之上的抽象的实践理性精神（封建伦理教条[①]），而是一群封建才士、"浪子"的主观意愿及其内心情感生活了。

　　　　"何暇谈名说利，漫自倚翠偎红……骥足悲伏枥，鸿翼困樊笼……伤心全寄词锋。"（梁辰鱼《浣纱记·家门》）[②]

　　　　郑之文"为孝廉时，游秦淮曲中，遂构此记（《白练裙》），备写

---

① 当然，问题都不是绝对的，我们在昆山派作家身上也还能察见一些教化理论的影子。张凤翼评《董解元西厢记》云："虽然有说焉，萧寺非媚嫠寄迹之处，僧寓非佳冶藏身之所。临围无割爱之命，则颔珠玗觊觎之端；饮盟无共席之觞，则窥香杜目成之窦。木朽而蛀生之，罅不窒而提防随之，自古记之矣。然则揽《西厢》者，宜奈何？睹佛殿之相逢，则琳室梵宇窈窕毋投足可也。或食言之启衅，则知轻诺诡盟非防微杜渐之道也。惩杯酒之酿奸，则男女之分，慎不可以中表戚属而轻于聚会也。睇来往之情词，则下婢之贱，慎不可以佻儇慧捷而使得参贰予闺姝之侧也。余谓惟君子为能感发，亦惟君子为能惩创，此之谓也。盖以古人立教之意望人，而非直以传奇为传奇也。……余以为非直饾饤补掇，传奇中之雅调也。观者能会作者之意，则庶几得古人立教之旨矣。"（秦学人，侯作卿：《中国古典编剧理论资料汇辑》，中国戏剧出版社，1984年04月第1版，第58页。）
② 梁辰鱼：《梁辰鱼集》，上海古籍出版社，2010年，第449页。

当时诸名妓，而己仍作生，且以刺马姬湘兰。"(祁彪佳《远山堂曲品》)

"张伯起新婚，伴房一月而成《红拂记》，风流自许。"(尤侗《北红拂记题词》)①

"西宁夫人有才色……屠（隆）亦能新声，颇以自炫，每剧场，辄阑入群优中作技。夫人从帘箔见之，或劳之以香茗，因以外传……近年屠作《昙花记》……自恨往时孟浪，致累宋夫人被丑声。"(沈德符《顾曲杂言》)

在这里，戏曲家们或感兴于情场的欢悦，或沉湎于旧事的牵挂，总是由"自我"特殊生活经历与具体境遇出发，萌动艺术情思，使创作情绪熔铸着生活的内容至作品中凝定。这就构成了一种偏重于反映艺术家主观情愫、偏重于捕捉事物个性特征（或具体现象）、充满了感情色彩的主体性创作原则。

郑振铎先生在研究昆山派作家屠隆的《修文记》时有一段考述：

"隆字长卿，又字纬真，号赤水，鄞县人。官至礼部主事。为俞显卿所攻讦，罢归。隆所作，于《修文》外，尚有《昙花》《彩毫》二记，而《修文记》则传本至为罕见。……《修文》为隆晚年作，所叙皆隆夫妇子女修仙事，实一部自叙传也。而以其女得道为仙，修文天上，为全传之骨干。郁蓝生《曲品》谓：赤水晚修仙，为黠者所弄。文人入魔，信以为实，故作《修文记》。然以一家夫妇子女，托名演之，已穷其幻妄之趣。钱谦益《列朝诗集》则以赤水为吴人孙荣祖所弄，并言其女死后为仙事。是此记正赤水求道入魔时之作也。此记设想荒诞，文辞酸庸，错综仙佛，杂糅人鬼，仆仆求仙，自信得道，而妻子女婿，一门并种善因，皆得超提，快意抒情，直类谵语。明代混合三教，妄意求真之徒不少。赤水殆入魔尤深者。然在戏曲史上，类此之自叙传，赤水实为始作俑者。其影响殊大。清代之《醉高歌》，《写心杂剧》等作，并皆承其余风。元明戏文，每苦质直。此记逞其想象，上碧落，下黄泉，仙福鬼趣，各穷其境，亦殊有别趣。《仇鬼》一出中之任伯嚣，即讦赤水之俞显卿也。《遇师》一出中之完初道人，孙君，即吴人孙荣祖也。生平友仇，亦已并入记中矣。"②

① 焦循：《剧说》卷四引，《中国古典戏曲论著集成》第8册，第172页。
② 郑振铎：《郑振铎文集》第五卷，人民文学出版社，1988年，第692页。

所谓"自叙传""托名演之"即在表述昆山派作家放大个人生活事实作为剧本题材的艺术现象。

又郑若庸《玉玦记》亦见自我书写痕迹。剧作描写书生王商赴临安应试后迷上了妓女李娟奴，当钱财用尽时，鸨母来了一个金蝉脱壳之计，将其撇开。王商进妓馆，见人去房空，方悟道："原来是烟花之计！早不信王便之言，如今把我囊赀哄尽，行李俱无，去住两难，怎生是好。"后李娟奴被嫖客鬼魂索命而死。第三十二出《阳勘》，王商得官后勘判鸨母道："你这烟花贱妇，哄诱善良子弟，倾家荡产，谋害性命，是何道理？……你惯哄人家子弟，亡家破产，皆由于你，兀自诮仲尼丧家之狗，记得也不记得？"

徐朔方先生考订此剧云："《蚝蜣集》卷四《祭陆贞山文》云：'余与君少就傅。余齿稍长，不同师。每辍学，遇于中途，就道院偶坐，切剧所业，心念不能先君。暨同庠校，赴棘试，多与君共事，出入进退罕相违异，亡虑数十年。乃君就延登，余去录牒，即龙蛇判焉。其迹未至大相违也。'……所云'余去录牒'，即沈德符《野获编》卷二十五《著述·类隽类函》所云'少粗侠，多作犯科事，因斥士籍'。""（《玉玦记》）第一出《标题·月下笛》自叙，'和璧悲瑕垢，恨红殒啼花，翠眉颦柳，扬州梦觉，是非一笑何有'。沈德符以为《玉玦记》当作于'多作犯科事，因斥士籍'之后。……郑氏套曲如《阻欢·珍珠马》《遣怀·梧桐树》《四时闺怨·黄莺儿》《仙吕醉扶归》《中吕瓦盆儿·闺怨》《南吕梁州小序·春闺忆别》《南吕线箱·恨别》及《仙吕入双调沉醉东风·春闺》都为狎游之作，或与犯科事及《玉玦记》第一出《月下笛》所云'和璧悲瑕垢'有关。"[①]按徐说，剧家曾因"出入妓院"而丧"士籍"，狎游使之吃了大亏，剧事融入了他"戒烟花"的痛定之思，故剧末尚有言"知几补过"也。

昆山派创作上的主体性原则夹杂了封建文人的某些不健康情趣，末流甚至演为文人嬉戏[②]，但总的来看，有它的进步意义。它推动了明代戏曲在艺术意义上的发展。因为在教化派那里，创作者或从作为"一般"的封建

---

① 徐朔方：《徐朔方集》第2卷《晚明曲家年谱》，杭州：浙江古籍出版社，1993年，第57-58页。

② 如沈德符记《白练裙》的创作由来："公（屠隆）慕狭邪寇四儿……令寇姬傍侍行酒，更作才语相向。次日，六院喧传，以为谈柄。……（郑之文）素以才自命，遂作一传奇，名曰《白练裙》，摹写屠憨态状曲尽。时吴下王百穀亦在留都，其少时曾眷名妓马湘兰名守真者，马年已将耳顺，王则望七矣，两人尚讲念衾稠之好。郑亦串入其中，备列丑态。"（《顾曲杂言》）

伦理观念出发去截取生活中的某些现象（具体事例）作为自己的血肉。一般和个别的关系是人为地颠倒的，不是先有"个别"（具体身历现象）上升到"一般"，而是先有"一般"再拉"个别"来当附庸，故作品主旨与形象的关系是"拉郎配"，剧意与具体艺术形象（艺术细节）间也显得是赋予的、分裂的，从主旨到形象都显得抽象、干枯、无生命。如《琵琶记》意欲宣扬忠孝是一回事，而具体形象所透露的"可怜二亲饥寒死，博得孩儿名利归"的意义又是一回事。由于昆山派的主体性创作原则抓住了"个别"（个人生活中的"身历"、生活的具体现象），由"个别"自为地显现"一般"（作品的主旨），所以教化派作品中那种主旨与具体形象的分裂性，即行消失了。

昆山派的主体性创作原则反映在理论上有一个鲜明的观点，那就是重才情：

> "敬夫有隽才，尤长于词曲，而傲睨多脱疏。人或谤之……御史追论敬夫，夺其官，敬夫编《杜少陵游春》传奇剧骂。"（王世贞《曲藻》）

> "伯起才无所不际……可以与三、列、邹、慎具宾主。高者醉月露，下者亦不失雄帅烟花。"（同上）

> "元有曲而无词，如虞赵诸公辈，不免以才情属曲。""（曲）虽本才情，务谐俚俗。""《王粲登楼》事实可笑，毋亦厌常喜新之病欤？'暗想当年罗帕上把章诗写'，南北大散套，是元人作，学问才情足冠诸本。""周宪王……所作杂剧凡三十余种，散曲百余，虽才情未至，而音调颇谐。"①

> "董曲今尚行世，精工巧丽，备极才情。"②

昆山派曲论家把才、才情视作戏曲家的人生价值与艺术活动的起点。它滋生着艺术情感与创作才思，把戏曲家的内在包蕴（情感、个性、人格）强有力地外化在所描述的感性事实（人物行为、事件过程与自然现象）中，并构成意韵、境界、辞藻、物态、俗情各方面的美。

在教化派那里，戏曲家的才情与剧作中的情是受压抑的因素。他们的

---

① 王世贞《弇州四部稿》卷一百五十二《艺苑卮言》附录一（明万历刻本）。类此尚有，如"陈大声……散套既多蹈袭，亦浅才情；然字句流丽，可入弦索。三弄梅花一阕，颇称作家。""谷继宗……所为乐府，微有才情。""（祝）希哲能为大套，富才情而多驳杂。"
② 胡应麟《少室山房笔丛》辛部《庄岳委谭》下，明万历刻本。

作品往往以风化、说教"凑补成篇"，乏生动情味。王世贞曾说，"《香囊》雅而不动人"，"《五伦》是文庄老大儒之作，不免腐烂"，即在点示教化派以道德说教取代剧"情"美感的弊端。所以，重才情①的观点，表明昆山派不仅在艺术实践上而且在理论上也在扬弃教化派了。

昆山派既把才情作为创作的第一要素，任其外化，那么对于戏曲的另一形式要素——音律，便不可避免地要把它摆在次位了；②所谓"贵情语不贵雅歌"。"不贵雅歌"倒不是不要戏曲音律的谐和美，而是唯恐它限制了戏曲家才情的流溢展开，影响了才情对剧作中形象、语言、结构等的膨化。所以，王世贞明白地讲，在音律、才情的关系中，音律为末，才情为本，"不当执末以议本"③。这一评说代表了昆山派的基本观点④。至于后来戏曲创作中有漠视音律形式的倾向，且日益严重，导致吴江派起来拨正，那是发展中的流弊使然，大概不能把"贵情语不贵雅歌"视为始作俑者的。

昆山派的重才情，也有它的过失，失就失在它是建立在对戏剧艺术本质的曲解上的。在戏剧这一特殊的艺术活动中，戏剧作者的"情"必通过情节人物在舞台上再现出来的，必经过舞台再现这一"中介"过程。也即：戏剧家的才情要接受戏剧形象的过滤或中转，转化成一种与舞台形象、舞台意境一体的东西，从而产生美感吸引。戏剧家情感也只能这样通过剧中人物应有的情感外化给观众，而不能把演员当"传声筒"在台上直接表露

---

① 重才情是明中叶后的戏曲、文学批评常用的范畴。臧懋循《负苞堂文选》卷三《元曲选序》："汤义仍……北曲骎骎乎涉其藩矣。独音韵少谐，不无铁绰板唱大江东去之病。南曲绝无才情，若出两手何也。"卷四《与吴公择书》："唐敬甫才情，我吴兴无两，今垂白矣。"（明天启元年臧尔炳刻本）王骥德《曲律》卷四："宛陵以词为曲，才情绮合，故是文人丽裁。"（臧晋叔）谓临川南曲绝无才情。夫临川所诎者法耳，若才情，正是其胜场，此言亦非公论。""本色一家，亦惟是奉常一人，其才情在浅深浓淡雅俗之间。"祁彪佳《远山堂曲品》评杨文炯《玉杵》："用韵亦杂，若与郁蓝之《蓝桥》较才情，此曲当退三舍。然律以场上之体裁，吾未敢尽为蓝桥许也。"评周诚斋《甄月娥春风庆朔》："周藩作妓曲，无不极才情之变，此犹少逊之；而浑朴典雅自非今人可及。"评叶宪祖《北邙说法》："合律之曲，正以不露才情为妙。"沈德符《顾曲杂言》："《牡丹亭梦》一出，家传户诵，几令西厢减价，奈不谙曲谱，用韵多任意处，乃才情自足不朽也。"明卓发之《漉篱集》卷十七《心性才情论》："圣学通乎天，俗学同乎物，在乎知与不知而已。不知则心性亦属才情，知则才情悉归心性，故曰知之一字，众妙之门也。……夫心性，主也君也，才情，客也仆也，乃可认客为主仆隶为君乎？或曰：然则心性才情分两概耶？……心性才情自是一根一茎，举世有心有性而终弗能自知，故横分作两概耳。……一切才情总归心性矣。"（明崇祯传经堂刻本）

② 沈德符《万历野获编》记昆山派作家张伯起的创作"以意用韵，便伶唱而已"。问其故，答曰："子见高则诚《琵琶记》否？予用此例，奈何讶之！"（侯百朋《琵琶记资料汇编》，书目文献出版社，1989年12月第1版，第144页）。姚燮《今乐考证》引听涛居士批评昆山派作品《玉玦记》说："安腔检韵，略而勿论，又化为钩辀格磔之声矣。"

③ 王世贞《艺苑卮言》"增补·附录"卷九，明万历十七年武林樵云书舍刻本。

④ 吴江派批评家对王氏此语很不满。徐复祚说："王弇州一代宗匠，文章之无定品者，经其品题，便可折衷，然于词曲不甚当行。其论《琵琶》也，曰'……腔调微有未谐……不当执末以议本'……腔调未谐，音律何在？若谓'不当执末以议本'，则将抹杀谱板，全取词华而已乎？"（徐复祚《曲论》）。

自己的情感。所以，写戏的人比起写其他文学样式（史诗、抒情诗词）的人似乎"更应该藏在台后"①去了。昆山派创作及理论家都忽略了这个"藏"字，忽略了上述"中介过程"及"转化"，把戏剧创作等同于一般诗文创作，以为戏剧家的才情可以像写诗填词那样直接展露②，这就错了。而且，昆山派还用这种他们以为正确的"才情"（外化）理论攻诋教化派的教化性戏曲活动，这虽然使戏坛潮流由抽象说教回到了形象、情感的路径，但这种把戏剧艺术属性混同于一般诗文属性的做法，也还是未能使戏曲艺术进入自己该进的殿堂。

和重才情相联系，昆山派的另一理论倾向是贵"情语"。才情、情思对象化后即构成"情语"。贵"情语"也衷明才情、情思不得不通过感性事实为媒介才能显现自身。从"才情""情思"到"情语"的过程，也就是戏曲家主观因素外化、浸润于艺术内容、艺术形象的过程。所以昆山派的重才情与贵情语本是互为表里的东西。

情语包括两种形态。一种是剧情中的"情语"，这种"情语"因剧情而来，因故事而来，因戏境而来。它是黏结着生动情味的人间生活之语，是剧中人物各种心态情思之语。如：

《琵琶记》第五出"南浦嘱别"，蔡伯喈遵父命赴京应试，割舍下才两个月的新婚妻子，抛撇开雪鬓霜发的八旬双亲，一场由封建科试制度引发的骨肉分离的悲剧帷幕拉开了。善良的赵五娘为自己的影只形单悲怨，也为无儿守护的公婆可怜。她唱道："有孩儿也枉然，你爹娘倒教别人看管，此情何限。"王世贞评说："此语参入情按世态，淋漓呜咽，读之一字一泪，却乃一泪一珠。"

第二十四出"宦邸忧思"，强就鸾凤的蔡伯喈身羁牛府，心驰乡关，思念双亲与贤妻，唱道："几回梦里，忽闻鸡唱。忙惊觉错呼旧妇，同问寝堂

---

① 黑格尔在谈到"戏剧诗人与听众"的关系时说："史诗的作者总是藏在背后，陈述世界。抒情诗人则跳出来表达自己。戏剧诗人比史诗诗人隐藏得更深。剧中人物都各以自己的身份说话和行事。那么，诗人在戏剧里似乎比在史诗里更应该藏在台后了。史诗作者至少还是以叙述故事的身份出现的。"（弗里德里希·黑格尔著；寇鹏程译《美学》，江苏人民出版社，2011年，第367页。）

② 张凤翼《江东白苎·小序》说："曲之兴也，发舒乎性情，而节宣其欣戚者也。自习于道听者，俚而不文；偏于炫博者，窒而弗达，失之均矣。梁伯龙多宋三之俦词，慕向长之远游，触物感怀，纾情吊古。宫商按而凌风韵生，律吕协而掷地声作，不俚不窒。虽落索数语，玲珑百言有不足谢者。"（秦学人、侯作卿：《中国古典编剧理论资料汇辑》，中国戏剧出版社，1984年，第59页。）张所言"发舒性情""节宣欣戚"，此"欣戚""性情"，当指作者主体的情志，"发舒""节宣"，亦如诗词写作的兴发与抑扬。

上。待朦胧觉来，依然新人鸳帏凤衾和象床。怎不怨香愁玉无心绪？更思想被他拦当。教我怎不悲伤？俺这里欢娱夜宿芙蓉帐，他那里寂寞偏嫌更漏长。"王世贞评说："这般恍惚心绪，似梦似醒，若有若无，舌底模糊，道不出处，却写得朗朗凄凄，真乃笔端有舌。"

第二十九出，赵五娘安葬了公婆，乞讨寻夫。为了一路逢忌辰祭奠公婆，画了公婆的像带着上路。像依凭死前的记忆。故像中的公婆形衰貌朽。她担心蔡伯喈认不出，但这毕竟就是自己最后印象中的公婆啊！她唱道："纵认不得是蔡伯喈昔日的爹娘，须认得是赵五娘近日的姑舅。"王世贞特别欣赏这两句，评说："苦口苦心，凭三寸笔尖写来，自足碎人心肠。予尝闷坐斋头，极想此二句，欲翻案作数语。毕竟他情到词到，不容人再着笔。"

第三十五出，赵五娘道出辛酸经历，赢得了牛小姐的同情礼让。王世贞评说："幻设妇女之态，描写二贤媛心口，真假假真，立谈间而涕泣感动，遂成千载之奇。便即郦生一朝说下齐七十余城，从太史公笔端描出，言犹在耳。"

最后一出，是大团圆的结局，戏中人大多登场，唱白集中。王世贞评说："各色的人各色的话头，拳脚眉眼，各肖其人，好丑浓淡，毫不出入。中间映带，句白问答，包涵万古之才。"（以上见《成裕堂绘像第七才子书琵琶记》卷一《前贤评语》）

另一种情语则是戏曲家才情、情思的较为直接的外化形式，是一种于"风月烟花之间，一语一调，……令人酸鼻而刺心，神飞而魄绝"的剧家抒情语言。[①]如果把它们单挑出来，本身也不失为漂亮流丽的诗。王世贞就喜欢这些，他把《西厢记》、元人曲隽词秀句摘在《曲藻》中加以评语。如：

> "雪浪拍长空，天际秋云卷，竹索揽浮桥，水上苍龙偃。"——世贞评："骈俪中景语。"
>
> "系春心情短柳丝长，隔花阴人远天涯近"，"香消了六朝金粉，瘦减了三楚精神"。——世贞评："骈俪中情语。"
>
> "笑撚花枝比较春，输与海棠三四分。再偷匀，一半儿胭脂一半儿粉。"——世贞评："情中冶语"。
>
> "怕黄昏不觉又黄昏，不销魂怎地不销魂？新啼痕间旧啼痕，

---

① 茅一相《曲藻·题词》。

断肠人送断肠人。"——世贞评："情中俏语"。

　　"一声梧叶一声秋，一点芭蕉一点愁，三更归梦三更后。"——世贞评："情中紧语。"

　　两种"情语"①，前者偏重于剧体文学的艺术特性，强调委曲详尽地体贴"人情"，惟妙惟肖、"不见扭造"地摹写"话头"，扣住了剧中人的"眉眼""心绪"；②后者则偏重于诗体文学的审美旧习，重视仿佛如生地描摹物态，兴致溢漾，引商激羽地抒怀铺排，着力点在于剧家创作情采的飞扬外露。

　　昆山派的主体性创作原则以及重才情贵情语的艺术观点是基于特定哲学、艺术思潮之上的。明中叶，由于农民起义和民主主义的思想的不断冲击，客观唯心主义程朱理学显出了它与世情的隔膜。王阳明"心学"兴起，成为这个时期的统治思想。王阳明心学的突出特点是否定程朱理学用外在的伦理规范来生硬地钳制人们的性情欲望，主张把封建秩序、伦理直接装在人们的心中，认为封建伦理观念不在心外，就在心中，"心即理"。王阳明的这种想法，使他的哲学一定程度地回到了感性与情感的领域，成了中国思想史上通向近代人性论的跳板。③与程朱理学把美作为绝对精神（理、道）的体现相反，王阳明开始把美与人们的主观感觉联系在一起。《传习录》记："先生游南镇，一友指岩中花树问曰：'天下无心外之物，如此花树，在深山中自开自落，于我心亦何相关？'先生曰：'你未看此花时，此花与汝心同归于寂，你来看此花时，则花颜色一时明白起来，便知此花不在你的心外。'"④在王阳明看来，"心"是决定"物"的，离开了"心"则"物"也不成其"物"。花树之美离不开人的以"心"赏视，离开了人的以"心"

---

① 明清文学批评重视"情语"之范畴。王千仞《诗经比义述》卷六："相彼投兔，尚或先之，行有死人，尚或墐之。此以投兔之得逃避、死人之免暴露作反比，直是尽情语。"丁恺曾《说书偶笔》卷四《说诗》："余谓与其摘取三百篇一二闺情语以比附近代之诗，莫若远汉魏盛唐诸大手笔以比附三百篇，发明其气脉相续之处，以示后学。"（民国望奎楼遗稿本）

② 王世贞《弇州四部稿》卷一百五十二《艺苑卮言》附录一："则成所以冠绝诸剧者，不唯其琢句之工，使事之美而已，其体贴人情，委曲必尽，描写物态，仿佛如生，问答之际，了不见扭造，所以佳耳。"

③ 李泽厚《宋明理学片论》说："王阳明著名的'无善无恶是心之体，有善有恶是意之动，知善知恶是良知，为善去恶是格物'（《传习录》下）的'四句教'和'身之主宰便是心，心之所发便是意，意之本体便是知，知之所在便是物'（同上书，上），尽管前者企图把'心'说成超实在超道德（善恶）的本体境界，但比起朱熹的逻辑主义的'理'来，它毕竟更心理主义化。王学集中地把全部问题放在身、心、知、意这种种不能脱离生理血肉之躯的主体精神、意志上，其原意本是直接求心理的伦理化，企图把封建统治秩序直接装在人民的心意之中。然而，结果却恰恰相反，因为这样一来，所谓'良知'作为'善良意志'（good will）或'道德意识'（moral conciousness）反而被染上了感性情感色调。"（载《中国社会科学》1982年第1期）

④ 王阳明：《传习录》，中国纺织出版社，2014年。第293页。

赏视，花树美色即枯寂不存在，什么亦没有。他的辩言真的刁钻。他把人们的主观感觉提到了第一位，把审美主体"片面地夸大"，使之"过分地发展（膨胀、扩大）为脱离了物质、脱离了自然、神化了的绝对"了①，似乎离开了"心"，天下即无物了。

王阳明既把封建伦理（良知）置于人的内心，便特别强调意志的自律，强调通过自我意识活动达到自我完善。他说："《韶》之九成，便是舜的一本戏子。《武》之九变，便是武王的一本戏子。圣人一生实事，俱播在乐中，所以有德者闻之，便知他尽善尽美与尽美未尽善处。若后世作乐，只是做些词调，于民俗风化绝无关涉，何以化民善俗？今要民俗返朴还淳，取今之戏子，将妖淫词调俱去了，只取忠臣孝子故事，使愚俗百姓，人人易晓，无意中感激他良知起来，却于风化有益。"②他不太看重作品客观内容本身（即审美对象）的"激"的基础，而是将目光盯在了观赏主体主观方面的"感"，似乎观赏主体能够自觉地自我完善，"感"起来，"良知起来"。这种主观唯心主义的艺术观，对当时的审美思潮影响极大。由此，那种歌功颂德的"台阁体"③失去了哲学的理论基础，前后七子的文学倡导开始正视、强调艺术活动中的主体性因素（如性情、情感等），文坛气象一变。昆山派在戏曲活动中标举才情、情语④，反对教化派，实际上与上述思想进程是基本一致的。

第二节　昆山派美学风格论

昆山派戏曲作品体现的突出特点及理论上推崇的美学风格为：错彩镂金、华艳工美。

《静志居诗话》说《浣纱记》及其效颦者："清词艳曲，流播

---

① 列宁：《谈谈辩证法问题》（1915 年），《列宁全集》第 55 卷，人民出版社，1990 年，第 308 页。

② 王阳明《传习录》（下），《王阳明全集》，张立文主编，红旗出版社，1996 年，第 917 页。

③ 王世贞《艺苑卮言》增补卷四："杨（士奇）文尚法，源出欧阳氏，以简澹和易为主，而乏充拓之功，至今贵之曰台阁体。"陈田《明诗纪事》乙签卷三："《西江诗话》：何乔远《文苑记序》云，士奇台阁之体，当世所推，良以朝廷之上，但取敷适，相沿百余年。"（清陈氏听诗斋刻本）吕留良《天盖楼四书语录》卷十八"雍也可使章"条："看可也，简三字，夫子就其问而节取之词，未尝以简而败子也。使仲弓别问一人，夫子亦以简论耶？敬简数言，道理阔远，此章所以录在此。若徒取南面临民，作台阁体面发挥，反轻点实义，直是宾主倒乱矣。"

④ 至明末而后，"情语"更受标举了。明冯梦龙《挂枝儿》"欢部"二卷《感恩》篇后评："生则愿同衾，死则愿同穴，李三郎千古情语。""私部"一卷《叮嘱》篇后评："康侯云：'亦是骂世之文，不但情语切切。'"毛先舒评徐祯卿《徐氏别稿》："他如'花间打散双蝴蝶，飞过墙儿又作团'《咏柳花诗》云'转眼东风有遗恨，并流流水是前程'，便是词家情语之最。"（清纪昀等《四库全书总目提要》卷一百七十一"集部"《迪功集》"六卷"条）

人间，今已百年。"①

张凤翼评《西厢记》诸本："其词大都蹁跹婉丽，语意含蓄，才藻高华。……余见今之轻儇子弟，恓拾艳媚新词，冀以炫耳目，娱心志，毫不谙作者劝惩大义。"评《董西厢》："余独爱其词旨婉丽……援古证今之姝肆也。"（明万历周居易《新刊合并董解元西厢记·序》，吴梅藏本）

徐勃谈他对张凤翼传奇五种的总印象："忽一披览，伯起风流，宛然在目也。"（《张凤翼〈阳春堂五传〉跋》）

昆山派这种审美趣味有它特定的艺术土壤与时尚基础。

当时正值前后七子及其支流的文学复古运动，一群自命不凡出来挽救正统文学厄运的知识分子，虽然明确知道"盛粉泽而掩质素"②，批评六朝文浮，齐梁纤绸；但也觉得韩昌黎的古文运动矫枉过正，使艺术走到了"淡乎无采"、缺乏诱色的窘境。艺术毕竟需要色彩，色彩有"种种动人"③的美的触惹。只是应该"华不欲轻艳""浓不欲脂粉"④，应该把华艳之美控制在娟丽而不妖冶、华彩而不侈靡的界限内就行了。然而这种"控制"谈何容易!堤防一开，便难休止，逞才斗藻的风气一时间飚扬起来。李调元《雨村曲话》中有一段话："梁伯龙出，始为工丽滥觞。盖其生嘉隆间，正七子雄长之会，词尚华靡，弇州……徒以维桑之谊，盛为吹嘘……故吴音一派，竟为抄袭靡词，如绣阁罗帏，铜壶银箭，紫燕黄莺，浪蝶狂蜂之类，启口即是，千篇一律。"李氏的批评基本准确，他说明了昆山派审美追求的背景。

另外，昆山派的音乐系统属于昆腔，在艺术韵味上细腻娴雅，"体局静好"⑤；在旋律上"流丽悠远"⑥"清柔而婉折"⑦，比较符合当时世俗文人

① 朱彝尊：《静志居诗话》卷十四"梁辰鱼"条，清嘉庆夫荔山房刻本。
② 屠隆：《文论》，郭绍虞主编《中国历代文论选》第 3 册第 137-138 页。
③ 屠隆：《文论》，郭绍虞主编《中国历代文论选》第 3 册第 137-138 页。
④ 屠隆说："诗道有法，昔人贵在妙悟。新不欲杜撰，旧不欲蹈袭，实不欲粘带，虚不欲空疏，浓不欲脂粉，淡不欲干枯，深不欲艰涩，浅不欲率易，奇不欲诡崟，平不欲凡陋，沉不欲寂惨，响不欲叫嚣，华不欲轻艳，质不欲俚野。如禅门之作三观，如玄门之炼九还，观熟斯现心珠，炼久斯臻衮米，岂易臻化境者！"（《鸿苞》十七）
⑤ 汤显祖《玉茗堂全集》文集卷七《宜黄县戏神清源师庙记》："此道有南北，南则昆山之次，为海盐吴浙音也，其体局静好，以拍为之节。"
⑥ 徐渭《南词叙录》："今唱家称弋阳腔，则出于江西，两京湖南闽广用之。称余姚腔者，出于会稽，常润池太扬徐用之。称海盐腔者，嘉湖温台用之。惟昆山控止于吴中，流丽悠远，出乎三腔之上，听之最足荡人，妓女尤妙此山。"
⑦ 顾启元《客座赘语》卷九"戏剧"条："今又有昆山，较海盐又为清柔而婉折，一字之长，延至数息，士大夫禀心房之精靡然从好。"（明万历四十六年自刻本）

才士的审美情趣，也诱促了风流才士们的婉丽情感的外化与发挥。所以昆山派开创者梁辰鱼在音乐大师魏良辅改造昆腔后，第一个把它作为能助翼显现才华的形式引进自己的创作，写出了戏曲史上以"雪艳"格调著称的《浣纱记》。昆山派华艳工美的艺术追求与其所依赖的"婉媚极矣"①的昆腔音乐格调也有密切关系。

教化派讲求典雅富丽，昆山派喜欢华艳工美，这之间究竟有否差别呢？几乎很难区分。

明清时代大多数戏曲理论家都不太能够说清楚。

第一种意见认为：从元剧《金安寿》"开工丽之端"始，到昆山派的《玉玦记》都是"骈骊之派"，都是一回事。（祁彪佳）

第二种意见认为：《琵琶记》"有刻意求工之境"，"开琢句修辞之端"（凌濛初），昆山派作品《昙花记》《浣纱记》《玉合记》皆其流（李调元）。

第三种意见认为：在讲究藻饰这一点上，"元末国初未有也，其弊起于《香囊记》"（徐渭），从教化派的《香囊记》开始，"遂滥觞而有文词家一体"（王骥德②），昆山派作品是其"伯仲"罢了。

以上三种意见都简单地看待教化派典雅富丽与昆山派华艳工美之间的联系，而忽略了其中质的差异。唯有明代的吕天成，在评价作品时把《琵琶记》《香囊记》（皆教化派作品）作为一条线，称为"工整"③；把《玉玦记》《玉合记》《青莲记》（皆昆山派作品）又作为一条线，称为"骈绮"④，算是做了一点直观的区别。深入地探讨这其中不同的美学内涵，尚是戏曲美学理论史有待解决的重要课题。这里仅指出两点：

第一，昆山派注重华艳工美与其主体性创作原则是相辅相成的。因为戏曲家主观上有那种表现自我才情的企图，所以才情在外化过程中就把自己转化、积淀成了一种观念性的存在形式——"文采"，从而照见着自身，而欣慰、自负、傲然了。因此这里的"文采"是与戏曲家主观因

---

① 王骥德《曲律》卷二《论腔调》云："夫南曲之始，不知作何腔调，沿至于今可三百年。世之腔调，每三十年一变，由元迄今，不知经几变更矣。大都创始之音，初变腔调，定自浑朴，渐变而之婉媚，而今之婉媚极矣。"
② 王骥德还说："同体执讯，曰于文辞一家得一人，曰宣城梅禹金：摛华揽藻，斐亹有致。"
③ 吕天成《曲品》："《香囊》词工，白整。……此派从《琵琶》来。"
④ 吕天成《曲品》："《玉玦》，典雅富丽……开后人骈绮之派。""《玉合》……词词组诗而成，从《玉玦》派来，大有色泽。伯龙极赏之。""《青莲》……派从《玉玦》来。"

素（才情、情感）紧密联系在一起的。它是才情的影子或外在性相。故胡应麟表述说：王实甫"才情逸发处，自是卢骆艳歌、温韦丽句。"①教化派的典雅富丽，则似不是由艺术家个体主观因素外化所致，而是来自皇家贵族及其帮闲者的那种附庸风雅意态的一种衬缀性东西，从中看不到艺术家的"才情"之光，而只有封建伦理内容的等值佩饰。这里有质的差异。

第二，明中叶世俗知识分子在资本主义萌芽前夜的社会物质丰盛的条件下，在朱明官僚阶层以较大规模的科举考试笼罗他们的气场中，滋生着一种自信、昂奋的社会心理。这种心理与他们本能的风流才调相结合，折光在审美趣味上便构成了一种对浅红淡绿的色的追求。所以昆山派的华艳工美与教化派典雅富丽相比较有自己独具的内容。它不像教化派那样"艳不伤雅"②，也没有教化派典雅富丽中潜蕴的神权崇拜与宗教信仰的灵光；它轻柔、偎桃，甚至放情、浮浪，反映的是没有变态的、舒意伸展着的人的意志——一种世俗文人才士在特定时代气氛中那种对物质与精神的企想性内容。

也应指出：昆山派华艳工美、缀金缕彩之趣味有几点缺失。

其一，讲究工美缀饰造成了艺术思维活动的病态。这种"讲究"的出现，标志着昆山派重视艺术情感的主体性创作原则最终违背了初衷，没有达到"预想"，于中道改辙、变调了。其中的病状颇是微妙复杂，简单地说就是：艺术情感不是倾注在剧本情节、冲突、意境、情趣及人物性格、语言上，而是痰迷心窍地用语汇、典实来显示"博洽"，"借典核以明博雅"；创作思维只顾于忙着寻找鲜丽工巧的语词来标榜才气，"假脂粉以见风姿。"③这时艺术思维活动在质上已经不再是情感型，而转成理智型了。因为清醒的理智在那里刻意安排着，时而琐碎地分类，时而严格地区别，时而工整地组合，时而妙慧地拼接。理智力在这里是勤劳的，但此时艺术情感之波却寂然不动、僵死了，遭到遗弃。正如王夫之所批评的，"但于句求巧，则性情先为外荡，生意索然矣"④。

---

① 胡应麟《少室山房笔丛》辛部《庄岳委谭》下："《西厢》虽饶本色，然才情逸发处，自是卢骆艳歌、温韦丽句。恐将来永传，竟在彼不在此。今董解元世几不庶　而花间草堂入口脍炙是其验也。"（明万历刻本）
② 祁彪佳《远山堂剧品》"艳品"条评朱有燉《踏雪寻梅》："以殊艳之词，写出淡香疏影，而艳不伤雅，以是见文章之妙。"
③ 李渔：《闲情偶寄》，卷一"忌填塞"。
④ 王夫之：《姜斋诗话》卷二（四部丛刊景船山遗书本

其二，讲究工美缀饰，既然可以使创作时的艺术情感熄火、"外荡"，那么也就易使作品意象、情味、境界、运势接不上"气"。这就好像一个雕塑家没有在人像姿态、肌体、动势的削切上做功夫，倒先忙着给它涂金施粉，此像整体的风神会有什么呢？凌濛初发现了这一点，他说："（昆山派作品）不用意修词处，不甚为词掩，颇有一二真语、土语，亦疏通；毋奈为习俗流弊所沿，一嵌故实，便堆砌拼凑，亦是仿伯龙使然耳。今试取伯龙之长调靡词行时者读之，曾有一意直下而数语连贯成文者否？多是逐句补缀。"[①]这批评是切中弊害的。

其三，工美缀饰作为戏曲艺术追求及标准也是不伦不类的。工美缀饰只能是填词写赋的某种风格。它的出现使戏曲家把戏曲当成了一般的案头文学，导致了戏曲创作中的"以词为曲"现象[②]，王骥德批评昆山派不懂"曲与诗原是两肠"[③]，凌濛初讥笑昆山派理论家王世贞对戏曲是外行，"于此道不深"，[④]都是有根据的。所以与其说昆山派的兴起使戏曲艺术实践获得了一次解放，毋宁直言不讳，它又使戏曲艺术才摆脱封建说教之工具则又变为文人才士的案头珍玩了。这亦没什么大进步！

第三节　昆山派对戏曲艺术本身理解的可取之处

如果说昆山派对明代戏曲审美理论有某种意义的推进，那么首要的就是他们对戏曲艺术审美价值、特性的理解比教化派前进了。王世贞在《曲藻·序》中第一次明确肯定元曲的美学价值，认为它是与宋词相媲美的"一代之长"，"所谓宋词元曲殆不虚也"。[⑤]为《曲藻》题词的茅一相也说，"一

---

① 凌濛初：《谭曲杂札》。

② 王骥德《曲律》卷四："词之异于诗也，曲之异于词也，道迥不侔也。诗人而以诗为曲也，文人而以词为曲也，误矣，必不可言曲也。""宛陵以词为曲，才情绮合，故是文人丽裁。"戏曲创作的案头化倾向，连昆山派作家自己于事后也曾反悔过。据徐复祚《曲论》："禹金旋亦自悔，作《长命缕》，自谓：'调切宫矣，韵谐音矣，意不必使老媪都解，而亦不必傲士夫所不知。'"

③ 王骥德《曲律》卷四："曲与诗原是两肠。故近时才士辈出，而一搦管作曲便非当家。汪司马曲，是下胶漆词耳。弇州曲不多见，特四画稿中有一塞鸿秋两画眉序，用韵既杂，亦词家语，非当行曲。"

④ 凌濛初：《谭曲杂札》。

⑤ 王世贞说："曲者，词之变。自金、元入主中国，所用胡乐，嘈杂凄紧，缓急之间，词不能按，乃更为新声以媚之。而诸君如贯酸斋、马东篱、王实甫、关汉卿、张可久、乔梦符、郑德辉、宫大用、白仁甫辈，咸富有才情，兼喜声律，以故遂擅一代之长。所谓'宋词、元曲'，殆不虚也。但大江以北，渐染胡语，时时采入，而沈约四声遂阙其一。东南之士未尽顾曲之周郎，逢掖之间，又稀辨挝之王应。稍稍复变新体，号为'南曲'。高拭则成，遂掩前后。大抵北主劲切雄丽，南主清峭柔远，虽本才情，务谐俚俗。譬之同一师承，而顿、渐分教，俱为国臣，而文、武异科。今谈曲者，往往合而举之，良可笑也。"（王世贞《弇州四部稿》卷一百五十二《艺苑卮言》附录一，明万历刻本。）

代之才，必有绝艺；汉之文，晋之字，唐之诗，宋之词，元之曲，是皆能独擅其美而不得相兼，垂千古而不可泯灭者"①。茅一相申论了王世贞的观点。也就是说，在教化派那里，戏曲之美附丽于善，戏曲有封建教化工具之嫌，而淡化了它的供人享受的审美属性；在昆山派这里，戏曲艺术的价值毫无疑问在其自身，在其是独擅其美的艺术部类，一种名副其实的审美对象（"艺"）。

王世贞还这样解释了戏曲艺术的发展。他说："词不快北耳而后有北曲，北曲不谐南耳而后有南曲。"作为一种艺术样式（或审美对象）的戏曲，它的产生原是不断适应并迎合人们欣赏习惯（即审美主体欣赏要求）的结果。这种艺术接受学角度的对戏曲发展的忽考难能可贵。王世贞还发现，戏曲体制的演进，说穿了也是艺术传达方式的演进。他从剧诗与音乐的审美关系上考察元杂剧与南戏的差异，说：元杂剧"字多而调促"，偏重以剧诗剧词达意，所以"辞情多而声情少"；南戏"字少而调缓"，主要以音乐抒发情感，故"辞情少而声情多"②。从元杂剧到南戏原来就是戏曲内容与形式、形式与形式间结构组合、搭配方式有了变动，就是戏曲创作者情感表现方式与观众接受欣赏的主要着眼点有了位移。这认识深入到戏曲艺术的审美肌理了。

胡应麟则从戏曲的搬演讨论元剧的进步。他说金代《董西厢》并非搬演性戏曲，不过"弦唱小戏"而已。到了王实甫、关汉卿，才开始大规模的"几半天下"的戏曲搬演史，"上距都邑，下讫闾阁，每奏一剧，穷夕彻旦"。元杂剧的搬演赢得了观众，占领了戏场，使得其他形式的演艺（杂戏、院本、弦索弹唱等）"几于尽废"；搬演推进了戏曲的发展与"变革"。③

----

① 中国戏曲研究院：《中国古典戏曲论著集成》第 4 册，第 38 页。

② 王世贞《艺苑卮言》"增补·附录"卷九，明万历十二年武林樵云书舍刻本。

③ 胡应麟说："今世俗搬演戏文，盖元人杂剧之变，而元人杂剧之类戏文者，又金人词说之变也。杂剧自唐、宋、金、元迄明皆有之，独戏文《西厢》作祖。《西厢》出金董解元，然实弦唱小戏之类。至元王、关所撰，乃可登场搬演，高氏一变而为南曲。承平日久，作者迭兴，古昔所谓杂剧院本，几于尽废，仅教坊中存什二三耳。诸野史稗官，纪载率不能详，荐绅先生置而勿论，嗯尝综核诸家，颇得其概，漫识于后，好事雅流，或亡讥焉！"古教坊有杂剧而无戏文者。每公家开宴，必百乐具陈。两京六代，如《乐府杂录》《教坊记》《东京梦华》《武林旧事》等，编纂颇详。唐制自歌人之外，特重舞队，歌舞之外，又有精坛器者，若琵琶、羯鼓之属。此外俳优杂剧，不过以供一笑，其用盖与傀儡不甚相远，非雅士所留意也。宋世亦然。南渡稍见净旦之目，其用无以大异前朝。浸淫胜国，崔、蔡二传奇选出，才情既富，节奏弥工，演习梨园，几半天下，上距都邑，下迄闾阁。每奏一剧，穷夕彻旦，虽有众乐，亡暇杂陈。此亦古今一大变革，人不深考耳。"（王书良，方鸣，杨慧林，金辉，胡晓林：《中国文化精华全集——艺术卷》，中国国际广播出版社，1992 年 5 月第 1 版，第 686-687 页。）

张凤翼评价《董西厢》时接触到悲欢离合的情节模式和艺术虚构的特征，他说："志则所云丧夫遭乱，与其保护周旋者，无不备至，要皆微之自己实事，则其后之踰东家墙而适所欲者，其为微之无疑也。独微之后自娶韦而崔亦竟适他人，与记中成婚还乡者不同。然悲欢离合传奇不可缺一，其诬而合也，亦多矣，亦久矣，何足深辩？"①他认为剧曲是创作的艺术，改变事实原貌，甚至由悲剧性的"离"（《会真记》中崔张结局）加工成喜剧性的"合"（《董西厢》中崔张结局），皆无可指责。因为戏曲情节的审美形态（悲欢离合），本来就是多样性的！

第四节 昆山派创作及作品作为"文本"
而被阐释出来的一些观点

由于昆山派的作品、创作思想极有影响，也由于他们的风格实践对剧坛走向不乏启示意义，所以作为一种客观的艺术存在与文化"文本"，它在当时就引发了一些与流派主导美学精神关联不太紧密而又有价值的探讨。

一、"才致"加"俗情"的公式

这是屠隆为梅禹金《玉合记》作"叙"时提出的。"才致"指戏曲家的才调情致，带有雅的色彩；"俗情"指剧情的世俗情味与语词表达的通俗易懂。元代剧作被视为才致兼得俗情的典范。屠隆表述说："元中原豪杰，不乐仕元②，而发其雄心，洸洋自恣于草泽间，载酒征歌，弹弦度曲；以其雄俊鹘爽之气，发而为缠绵婉丽之音。故泛赏则尽境，描写则尽态，体物则尽形，发响则尽节，骈丽则尽藻，谐俗则尽情……斯亦千秋之绝技。"③所谓"发其雄心，自恣草泽""雄俊鹘爽之气""骈丽尽藻"，即作家"才致"；所谓"谐俗尽情"，即文学表达与书写谐于"俗情"，合于"俗情"。

---

① 明万历周居易刻本《新刊合并董解元西厢记·序》，伏涤修，伏蒙蒙辑校：《西厢记资料汇编》上，黄山书社，2012 年，第 146 页。

② 时不乐仕元者尤多。明毛宪《畏陵人品记》卷五："王文静，宜兴人，少颖悟，耽读书，不乐仕元，隐居梅西。日从事吟咏以自娱。"明魏校《庄渠遗书》卷七："寓耕翁，讳孟庄，好读书，通五经，大义抱材，不乐仕元，孝敬行于家，信义著于乡，人称长者。生于元贞二十四年，卒洪武八年。"清邓显鹤《沅湘耆旧集前编》卷二十六《燮御史元圃二首》引云："《楚纪》又云：楚人仕元者十三人，湘仰冯子振，湘潭姜天麟，惟元称三台御史，不乐仕元。然其《锦湾》诗有云：'亭高下瞰龙藏室，天远遥瞻虎拜班'，似亦未忘情于仕者。"

③ 陈良运：《中国历代赋学曲学论著选》，百花洲文艺出版社，2002 年，第 618 页。

才致加俗情的公式的提出，是在针砭两种创作现象：一种是徒以通俗取妍于闾巷俗人，一种是搜辑周秦汉魏文赋中语词，以求雅调。前者俚音秽语，降低了戏曲艺术的格调，文人学士闻而欲呕；犹如"庄姬习冶态"，忘了个"羞"字。后者雅则雅矣，但不谐宫商，语言迂板，令人索然不知所云；好似"艳婢充夫人"，总不免拘促窘态。真正能够使剧曲优美的方式是："雅俗并陈，意调双美，有声有色，有情有态，欢则艳骨，悲则销魂，扬则色飞，怖则神奇。极才致则赏激名流，通俗情则娱快妇竖。斯其至乎!"①屠隆的这段论说，通脱允正，可以视作明末临川派思想与吴江派观点合流的先导。但是在此之后，他又把梅禹金《玉合记》当作才致与俗情兼善的范本大加恭维："其词丽而婉，其调响而俊，既不悖于雅音，复不离其本色。洄洑顿挫，凄沈掩抑，叩宫宫应，叩羽羽应，每至情语出于人口，入于人耳，人快欲狂，人悲欲绝，则至矣。"②这就有溢美之嫌了。

二、徐渭的"家常自然"说

徐渭很是看重梅禹金，在读到《昆仑奴》剧时，竟觉得好久没找到值得他评价、"棒喝"的剧作，现在就在案前了。但他很遗憾，认为《昆仑奴》艺术上已是"鹊竿尖头"，本来完全可以功德圆满、修成真身，在名剧之林"立一脚"的；然就因梅氏的"秀才家文字语"留下瑕疵，使之功亏一篑。徐渭说："语入要紧处，不可着一毫脂粉，越俗、越家常、越警醒，此才是好水碓，不杂一毫糠衣，真本色。若于此一惢缩打扮，便涉分老婆婆，犹作新妇少年哄趋，所在正不入老眼也。"特别是剧中人的散白对话，尤须随意道来，不要截多补少，求工整对仗；否则，"锦糊灯笼，玉镶刀口，非不好看……（还会）不知减却多少（剧情）悲欢。"徐渭很惋惜，按梅禹金的造诣，没有必要随众趋逐，因小失大。他完全可以点铁成金。"点铁成金者，越俗，越雅；越淡薄，越滋味；越不丑捏动人，越自动人。务浓郁者，如脔杂牲而炙以蔗浆，非不甘旨，却头舌不切当，不痛快。"徐渭的这些话后来发展成为临川派"天然"说的基础。③

---

① 屠隆：《栖真馆集》卷十一《章台柳王令记叙》，明万历十八年刻本。
② 屠隆：《章台柳玉合记叙》，编委会编：《宁波历代文选·散文卷》，宁波出版社，2010年，第204-205页。
③ 徐渭：《徐渭集》第四册《徐文长佚草》卷二《又题昆仑奴杂剧后》，中华书局，1983年，第1093页。

三、屠隆的宗教戏曲观

在《昙花记·序》中，屠隆以问答的形式告诉读者，他创作《昙》剧犹如做佛事："此，余佛事也。"（或问）"以戏为佛事，可乎？"曰："世间万缘皆假，戏又假中之假也。""子不知阎浮世界一大戏场也。世人之生老病死，一戏场中之离合悲欢也。如来岂能舍此戏场而度人作佛事乎？"佛家视尘世生活、世间诸相为虚幻、为"假"的认识模式，同戏曲对现实作虚构反映的艺术思维方法，在这儿似乎没有多大差别地类比贯通了。于是一连串佛家思想的概念走进了对戏曲现象的阐发。

1. "悟"与"损"

"悟"指对戏曲艺术的审美感发与领悟，"损"或"无损"，指受戏曲艺术感悟所生成的对人生的有益效用或无益效用。屠隆说："从假中之假（即戏曲）而悟诸缘皆假，则戏有益无损。认诸缘之假为真，而坐生尘劳则损；认假中之假为真，而欲之导、悲之增则又损。"意思是若从戏中领悟人间世相万缘皆空的佛理，这就对人有益；若视世象人生及其在戏中的投影为"真"，徒生悲欲哀想，那就对人无益了。这观点很不妥当。

2. "人"与"功"

屠隆说："世人好歌舞。余随顺其欲而潜导之"，"拔赵帜插汉帜，众人不知也，投其所好，是众所必往也。以传奇语阐佛理，理奥词显，则听者解也。导以所好，则机易入也。往而解，解而入，入而省改，千百人中有一人焉，功也。千百人中必不止一人也。"可见，"入"是指艺术客体对接受主体的浸入、进入、影响、占领，是一种艺术打动或审美感召的艺术效力、效果。主体在受"动"的基础上，观念上有所"悟解"，行为上有所"省改"，这就是"功"。所以所谓"功"，即艺术功用之谓也。

3. 精彩的"视"的概念

视，指观众用什么样的接受意识去审视他的艺术对象。屠隆说："世以戏中演圣贤为亵圣贤，何日非亵也？圣贤像率以土木为之，人以圣贤视土木，则土木亦圣贤也。登场者岂无当土木耶？人以圣贤视登场者，则登场者亦圣贤也，必也。"意谓：那种认为扮演圣贤乃亵渎圣贤的观点没有道理。庙祠中的圣贤像不是泥胎就是木头，人们把它们当作圣贤看视礼奉，它们就俨然"圣贤"。戏曲舞台上由人装扮的圣贤还能连土木偶像都不如吗？只要观众用圣贤的眼光看视它们，演员们演的圣贤也就必然如"圣贤"一般。这一段评说中闪烁着一个重要的艺术思想：观众有一种接受的"视网膜"，接受"视网膜"中有什么样的底色，则被视看的对象上就有什么样的颜色，接受主体的内在"审视底色"一定程度地"塑就"、决定着戏曲舞台形象的面貌、性质、特点。这里，他强调了接受主体的"迎受因素"及其功效问题。

4."信心"与"戏视"

屠隆说："无信心①，而直以戏视之，则亵矣。""不及斋戒而有信心，则亦功也，不斋戒又无信心，而直以戏视之，则罪也，亦余罪也。"屠隆以为，在观看、欣赏戏台上圣贤形象时，要具有"信"以为真、视其为神的虔敬心态——一种接近宗教审美的超艺术的接受意识，这叫作"信心"；与之相背，把戏中圣贤当作"戏弄""做假"，持取笑、谑待、"玩之不恭"的不诚敬态度，那就叫"戏视"，"戏视"之下，台上的圣贤就不"圣贤"了。这是接受主体内在"涵鉴"中两种截然不同的艺术接受意识，前者生"功"，后者滋"罪"。

5."斋戒"

这是屠隆为实现虔敬的艺术意识提出的辅助性要求。他说：

> "余与诸君约，登场者与观场者并斋戒为之，则功无量也。登场者斋戒，则登场者功也。观场者斋戒，则观场者功也。"（《昙花记·序》）

> "此记扮演，俱是圣贤讲说，仙宗佛法，不当以嬉戏传奇目之，各宜斋戒恭敬，必能开悟心胸，增福消罪，利益无方，不许亵秽亵狎。"（《昙花记·凡例》）

> "梨园能斋戒扮演，上善大福。如其不能，须戒食牛、犬、鳗、鲤、龟、鳖、大蒜等……，本日如有淫欲等事，不许登场。"（《昙

---

① "信心"，敬信之心。唐房玄龄《晋书》卷四十二《王浑（子济）王濬唐彬传》载"浑又腾周浚书，云濬军得吴宝物。濬表曰：'被壬戌诏书，下安东将所上扬州刺史周浚书，谓臣诸军得孙皓宝物，又谓牙门将李高放火烧皓伪宫。辄公文上尚书，具列本末。又闻浑案陷上臣。臣受性愚忠，行事举动，信心而前，期于不负神明而已。秣陵之事，皆如前所表，而恶直丑正，实繁有徒，欲构南箕，成此贝锦，公于圣世，反白为黑。'"唐释玄奘《大唐西域记》卷八《一国》十七"菩提树垣"记："婆罗门受天命，发大信心，相率而返，兄建精舍，弟凿水池，于是广修供养，勤求心愿，后咸果遂，为王大臣，凡得禄赏，皆入檀舍。"

花记·凡例》)

似乎斋戒，能够酝酿、培植、造成一种虔敬的艺术意识。虔敬的艺术意识又具体为两个层面。一个层面是对演员而言的虔敬创作意识。他们先行净化自身的情感，不亵狎、不荤秽、不嬉戏，毕恭毕敬地进入对对象（圣贤神佛）的情感体验与装扮表现。另一个层面是对观众的，比较简单，通过斋戒，观众从外在行为、生理状态、心理意欲以及环境条件几方面，获得欣赏戏曲前的虔敬的"准备心态"。与后来金圣叹讲的《西厢记》"焚香读之"，"致其恭敬"，"对雪读之"，"资其洁清"，"对花读之"，"助其娟丽"；杨恩寿讲的《续离骚》在"月晕风凄之夜，撅铁笛吹之"，《通天台》与"苦雨、凄风、灯昏、酒醒时读之"（《词余丛话》）都一脉相承。

6. 宗教意识的接受论

虔敬的艺术接受意识连带出对艺术形象的新认识，即所装扮的圣贤一旦作为艺术形象确定下来，它就是一种应予正视、不容轻忽的客观对象，就要作为"真实的存在"去看待。屠隆说："登场梨园，虽在官长贵家，须命坐扮演。缘装扮多系佛祖上真，灵神大将，慎之慎之，如好自尊。不许梨园坐演者，不必扮演。""遇圣师天将登场，诸公须坐起立观。如有官府地方体统，不便起立者，亦当怀尊敬整肃之念。不然，请演他戏。"（《昙花记·凡例》）这在观点上类于孔子思想中"祭神如神在"的宗教形象接受论，是宗教审美意识尤浓的艺术形象接受论。

余　语

昆山派审美理论在质上完成了对教化派的否定，但其自身也已蕴含了否定自身的新因素——"俗"：

"虽本才情，务谐俚俗。"

"古乐府不入俗而后以唐绝句为乐府。"

"《荆钗》近俗而动人。"（《曲藻》）①

---

① 徐渭也说："语入要紧处，……越俗越家常，越警醒，……至散白与整白不同，尤宜俗宜真，不可着一文字。"
（《题昆仑奴杂剧后》）

　　昆山派理论家已经发现并且承认"俗"作为主体（才情）的对立性东西，它出现在艺术活动中对戏剧思潮的变化有不可低估的影响。这一发现与承认，标志着戏曲审美活动经过昆山派阶段将继续前行，前行的指向便是由吴江派起来扩张"俗"的理论，枨成对昆山派的新的否定。

第六章　明代吴江派戏曲美学

吴江派是戏曲审美理论极为丰赡的流派。属于这流派的有沈璟、吕天成、王骥德、叶宪祖、范文若、袁于令、卜世臣、沈自晋、汪延讷、顾大典、沈自征等。他们开始并没有固定的团体和共拟遵守的艺术口号，只是由于师承、亲友、乡土的关系，在解决戏曲创作的音律问题中审美认识相近而形成起来的。因此在发展过程中出现出了明显的分支现象：主流在重视音律美的基础上，逐步发现了艺术情感美的重要，在不断克服自己的偏颇中走向进步。构成这个主流的主要有吕天成、王骥德、冯梦龙，他们在探索中修正沈璟，引导了吴江派的发展。支流在侈谈音律的同时，对艺术情感的美总不愿正视。代表这个倾向的主要有卜世臣、汪延讷、沈自晋，他们或拘谨师道，或固执己见，凝滞着吴江派的蜕变。我们拟用几个相继的篇目对这个流派进行探究。

第一节　格律工美与语言俚俗——吴江派戏
曲美学的重心

吴江派审美理论的重心有二：一是语言俚俗，一是格律工美[①]，都是向昆山派发难的。

嘉靖年间的"浣纱体"（效法梁辰鱼《浣纱记》的一系列作品），由于王世贞、屠隆、梅禹金等人理论及创作上的推波助澜，至万历年间，颇有滔滔之势。他们把文人学士的"积习"投诸戏曲活动，全然忘了下层市民观众的文化条件与审美趣味，剧作文绘藻饰，金碧斑斓，甚至使用僻事隐语，"使闻者不解为何语"[②]。因此，吴江派开创者沈璟提出了"本色"的审美标准，强调用通俗

[①] 明初朱权《太和正音谱》即提出解决音律谐美与文词表达的矛盾："大概作乐府切忌有伤于音律，乃作者之大病也。且如女真'风流体'等乐章；皆以女真人音声歌之，虽字有舛讹，不伤于音律者，不为害也。大抵先要明腔，后要识谱。审其音丽作之，庶不有忝于先辈焉。且如词中有字多难唱处，横放杰出者，皆是才人拴缚不住的豪气。然此若非老于文学者，则为劣调矣。"

[②] 徐复祚说："传奇之体，要在使田畯红女闻之而趯然喜，悚然惧；若徒逞其博洽，使闻者不解为何语，何异于对驴而弹琴乎？"（《曲论》）

自然的语言来写戏曲，反对昆山派作家的镂句雕文，"逞其博洽"。

我们曾经指出，昆山派审美认识中，已潜在着与自身相矛盾、对自身予以否定的因素——对"俗"的正视。从哲学的意义上说，这一潜在因素正是作为一种事物的昆山派审美意识自身的"别物"。昆山派审美意识进展到吴江派审美意识，也正是昆山派自身主导因素（尚"华艳"）与潜在因素（正视"俗"）内在矛盾运动的结果。在矛盾运动中，正视"俗"的要求作为潜在因素不断膨胀，驱使戏曲活动审美意识不得不超出原有的"自身"，而走向新的事物的规定性，即走向了另一流派（吴江派）的审美意识的一个要点——强调俚俗。所以从昆山派的尚华艳到吴江派的重俚俗，似乎也可以视作昆山派正视"俗"的潜在因素在戏曲活动中的一种发展与飞跃。

正因为吴江派强调俚俗的审美观点从昆山派那里发源，所以他们艺术思想的深层不可避免地带着昆山派作家喜欢华艳工美的痕迹。沈璟本人的创作是从浓妆艳抹转向本色俚俗的，吕天成的作品，虽然"稍流质易"，但亦保留着对昆山派作品"富丽""工丽"风格的浓厚兴趣，王骥德尽管承认戏曲要让"老妪解得"，但仍不放弃"曲以婉丽俏俊为上"[1]，并把自己的作品写得工美雅丽。他们是这般地和昆山派华美风格保持着藕断丝连的关系。他们是在封建文人传统艺术趣味与对于戏曲艺术正确阐释相矛盾的心理中，以及在这种心理支配下的审美批评和艺术创作中，非常勉强地认可了俚俗的风格应为戏曲基本审美原则的。

这一认可有重要意义。前面谈到，昆山派华艳的语言实际上是他们炫耀才情、把剧家主体因素（艺术情感）摆在首位之观念、积习的积淀形式，而吴江派强调重俚俗则是从剧家主观因素的对象（戏曲家面对的世俗生活题材）出发的。两者恰好对峙。

吴江派要求创作思维活动不把剧家主体情感放在第一位，而应把市井生活内容摆在第一位，创作时应抛掉自我情感生活及与之匹配的华丽的词语形式，从而代之以与小市民生活情调相统一的俚俗自然的语言风格。这也就是说，强调语言俚俗这一审美观点的出现，标志着吴江派把戏曲活动

---

[1] 王骥德《曲律》卷四："曲以婉丽俏俊为上。词隐谱于平仄合调处曰'某句上去妙甚''某句去上妙甚'，是取其声而不论其义可耳。至庸拙俚俗之曲，如《卧冰记》【古皂罗袍】理合敬我哥哥一曲，而曰'质古之极可爱可爱'，《王焕》传奇《黄蔷薇》'三十哥央你不来'一引而曰'大有元人遗意，可爱'，此皆打油之最者，而极口赞美，其认路头一差，所以已作诸曲路堕此一劫，为后来之误甚矣，不得不为拈出。"

的重点给改变了：由昆山派戏曲家对主观因素的关注变成了对戏曲描述对象（市井生活内容）及接受对象的关注，戏曲审美思考得到了根本的拓展，审美的空间宽阔起来，指向了活动的客体，接近了朴素唯物主义的艺术反映论，戏曲家的艺术追求与小市民艺术趣味开始亲切地携起手来了。

由于昆山派注重炫耀才情，雕章琢句，所以渐渐忽视了音律美，创作上"以意用韵，只便于俗唱"。沈璟认为，音律美是戏曲的基本特征。"名为乐府"，就要"合律依腔"，要求"词人当行，歌客守腔，大家细把音律讲"。但昆山派作家及其追随者根本不予关注，于是沈璟更偏激地说道："宁使人不鉴赏，无使人挠喉捩嗓"！①

这种偏执的观点到吕天成有所拨正。他提出"双美"论，他说："倘能守词隐先生（沈璟）之矩矱，而运以清远道人（汤显祖）之才情，岂非合之双美者乎？"他把格律和才情同视为戏曲的美学要素。但由于急着清除当时戏曲创作无视音律美的流弊（"挽时之念方殷"②），所以在实际审美批评中仍更多地坚持了沈璟的偏颇观点，"后词华而先音律"。王骥德也很矛盾，他不赞成沈璟"斤斤三尺"的格律论，主观上想摆正戏曲创作中格律与才情、格律与文采的关系，但也在创作上"务穷原谱，以取宫徵谐和，阴阳调适"，到底还是做了一个"严于法者"③。吴江派后期批评家冯梦龙，在晚明"世俗议论不及"音律的情况下仍"奉之唯谨"④，坚持"律必叶，韵必严"，推重沈璟的《南九宫谱》和王骥德的《曲律》⑤。故此可以说，

---

① 事实上沈璟苛求的音律，他自己也未能做到。王骥德《曲律》说："（沈璟）生平於声韵、宫调，言之甚毖，顾於己作，更韵、更调，每折而是，良多自恕，殆不可晓耳。"

② 吕天成《曲品》卷上"沈璟汤显祖"条。

③ 祁彪佳《远山堂曲品·雅品》"王骥德《金屋招魂》"条。

④ 冯梦龙《太霞新奏》卷八"秋思·沈伯英"条。明天启刻本。

⑤ 冯梦龙把沈璟论曲之【二郎神】套曲放在《太霞新奏》卷首，并在《太霞新奏·发凡》中说："词学三法：曰调，曰韵，曰词。不协调则歌必挨嗓，虽烂然词藻无为矣。自东嘉沿诗余之滥觞，而效颦者遂籍口不韵，不知东嘉宽于南，未尝不严于北。谓北词必韵，而南词，即东嘉亦不能以韵，故是以调协、韵严为主。二法既备，然后责其词之新丽，若其芜秽庸浊，则又不得以调谐滥竽。"冯梦龙在调、韵、词三者，首重调协韵严。《楚江情》第六折《妓馆怀集》中于叔夜有一段白和唱："歌之所重，大要在识谱。不识谱，不能明腔；不明腔，不能落板。往往以衬字混入正音，换头误为犯调，颠倒曲名，参差无定。其间阴阳平仄、换押转点之妙，又尽有未解者。蘸彩毫，费良工，推与敲，入平去上都相拗，改正了方协调。羽越清脆，黄钟最浊，正宫雄壮，商角冷落，这其间就里多微妙。"这实际上代表着冯梦龙的主张。就是对汤显祖的不守格律，冯也没有为之争护短，其《风流梦小引》云："独其填词不用韵、不按律，即若士亦云：'吾不顾挨尽天下人嗓子。'夫曲以悦性达情，其抑扬清浊，音律本乎自然。若士亦岂真以挨嗓者而未遑计，强半为才情所役耳。识者以为此案头之书，非当场之谱，欲付当场敷演，即欲不稍加窜改而不可得也。若士见改窜者，辄失笑，其诗曰：'醉汉琼筵风味殊，通仙铁笛海云孤。总饶割就时人景，却愧王维旧雪图。'若士既自护其前，而世之盲于音者，又代为若士护之。遂谓才人之笔，一字不可移动，是慕西子之极，而并以讳其不洁，何如浣灌以全其国色之为愈乎？余虽不佞甚，然于此道窃闻其略，僭删改以便当场，即不敢云若士之功臣，或不堕音律中之金刚禅云尔。"（杨晓东：《冯梦龙研究资料汇编》，广陵出版社，2007年，第109页。）

沈璟关于音律的审美要求在不断被修正中并未失去其金科玉律的规范意义，它一直充当着吴江派美学思想的核心观点和艺术实践的鲜明特征。

我们认为，在戏曲活动中总结出音律方面的规律性东西，在一定意义上反映了人们在实践活动中积淀自身心理结构、发展自身主体能力的必然性。因为人"是一种有意识的存在……他的生活对他自己是一个对象"[①]，他们在艺术实践活动中虽然受历史现实、生活地位、艺术土壤等变异性因素的作用，但其中又同时具有持续性、稳定性和非变异性的东西作为结构、框架、形式、方法等而积淀保存下来，成为一种人的主体方面的能力"框架"或内在审美心理结构、文化心理结构。吴江派注重研究戏曲音律的条条框框，正是把人们的艺术生活作为自己的对象从中总结人们自身能力"框架"及审美（或文化）心理结构的反映，所以有一定合理性。但是所有历史生活中的某种心理结构都必须是一种在现实活动中不断扬弃、不断刷新自身的"持存物"。当它作为一种持存的东西重新与现实内容发生联系时，它既要把自身既有的"形式规定性"作为剪裁现实内容的根据，又要因境制宜、因现实活动新内容而"修订"自身。吴江派的毛病就出在这儿，它让戏曲音律（这种听读唱念中的音声形式结构，也是一种审美、文化感知的心理结构）脱离了产生它的现实内容，把它凝固化、绝对化，变成不受现实活动支配与再铸的纯粹形式了。这样，吴江派重音律的审美观点便在内容与形式的关系上陷入了形而上学。这种观点完全否认了感性现象的自身联系以及给予形式的"修正性规定性"，把形式误作一种本质性的持存同真正的本质性因素（现象、内容）机械地相对立，形式不再返回自身（现象、内容），形式就是与内容不相干的外在的形式，内容也不再转化出新形式。内容与形式的本末关系及血肉联系被歪曲与割断了。

正因为吴江派关于戏曲音律的基本观点具有这种"纯粹形式"的性质，所以他们对音律的具体要求也随之出现了问题。他们的具体要求是：整齐、划一、均衡、对称。

> 臧晋叔《荆钗记·引》："从友人王延氏得周府所藏《荆钗》秘本，云是丹丘生手笔，构调工正稳……布格圆而整。"（《负苞堂

---

① 朱光潜：《美学拾穗集》，漓江出版社，2011年，第115页。

文选》卷三）①

沈璟："含宫泛徵，延声促响，把仄韵平音分几项。倘平音窘处，须巧将入韵埋藏。……若是调飞扬，把去声儿填它几字相当"。"[步步娇]首句堪为样，又须将[懒画眉]推详"，"欲度新声休走样!"（《太霞新奏》卷首）②

吕天成："国初名流……定曲板之长短……自当遵服。所谓'规矩设矣，方圆因之'"。（《曲品》卷上）

这些要求的内在逻辑，是从听觉美感出发，以声音运动中某种相同时间进行重复的感受，对对象（所要囊括的生活情感内容）起着赋予"同一性"的作用，使创作者与欣赏者均可在这种"同一性"中发现自己不时地回到了刚才的"自己"，意识到自身活动形式在不断重复（即同一性），于是产生对"自身"艺术感觉进行观照、把握的愉悦与美感。

这些要求有它们的弱点。因为格律的工整、调式的整齐、音腔的固定统一等，都以一种外表的一致性为归宿。它们一旦作为全然外在的形式框架出现就会显示出一种客体性，进入艺术活动时，便会与艺术思维中主观的勃勃生气形成不吻合，音声的"形式框架"又要求富有生机的形象思维及其语词俯首帖耳地归顺自己。这样，它们在艺术活动中占据优势，构成表面的机械的"同一性"效果，然在实质上是打乱、取消了艺术情思及其表达的自由性。这种不协调，当然是"格律框架"削足适履惹的错！临川派所以起来，强调艺术家的性情表达自由与之对抗，正是由于这个缘故。这是一。

其次，要感觉到某一种"统一"，若没有相对立的"不规则"和"不整齐"的存在，也是不可能的。只有通过不整齐一律的方面，才能显示出整齐尺度的作用。因为统一和规律是寓于偶然、错杂、参差的现象中的。所以"统一"不应把"错杂"排出自己的范围，而应让整齐一律在"不整齐一律"的东西里显现出来。吴江派死死盯住音律格调的整齐划一，恰恰是

---

① 秦学人、侯作卿：《中国古典编剧理论资料汇辑》，中国戏剧出版社，1984年，第98页。

② 沈璟论曲后被写进了剧作。明沈泰《盛明杂剧初集》卷二十五《广陵月》第二出："【二郎神】（外）重甄量，我曾向词源费审详。天地元声开宝藏，名虽小技，须教协律依腔。欲度新声休走样，忌的是挠喉捩嗓，纵才长，论此中规模，不易低昂。【前腔】参详，含宫泛徵，延声促响，把仄韵平音分几项，阴阳易混，辨来清浊微茫，识透机关人鉴赏，用不着英雄卤莽。更评章，歪扭捏徒然玷辱词场。"（民国七年诵芬室刻本）可见其影响。

忽视了"不整齐划一"的作用。

再往深层想，语言俚俗和音律工美作为吴江派确立的两条主要审美原则，在审美思维的深层本质上也是自相矛盾的。因为：前者好像是对戏曲观众接受能力的一种尊重，而后者恰恰是不买观众的账了，前者把戏曲创作拉出了昆山派泥潭，而后者则将它推向了另一种绝岸，前者闪现着帮助戏曲走出文人书桌的一个解放性要求，"不欲曲为案头书"[①]，而后者又包含着把它固定在一个可供式法的程式之中的钳制性企图，"欲世人共守画一，以成雅道"[②]。这一矛盾的现象很奇妙，我们应该怎么对待呢？看来，只能"从物质生活的矛盾中，从社会生产力和生产关系之间的现存冲突中去解释"了。[③]

明代万历年间起，萌芽状态的资本主义生产关系逐渐发展，活跃在封建都市的市民阶层以其独特的生活风习（包括经济、伦理、审美要求）出现在封建后期的社会结构中，并日益显现着自己新兴的非同一般的排他性生命机能。面对这一情势，代表封建土地占有制的封建特权阶层，仍然"爱地重于金玉"[④]，他们兼并土地，竭泽而渔，力图压抑商品经济的发展，全力维护封建地租式的旧生产关系；与此同时，这个阶级中部分"稍有心计"的中小地主则因自然经济的受分解产生了莫大的震动，以及震惊之余的对商品经济的尝试。他们固然不能不留恋传统型的"田连阡陌"，但在新经济趋势的感召和驱动下也不愿墨守陈规了，他们跃跃欲试地投机于商品活动，更现实地寻找着新的生财之道。处于新旧交替时代的中国封建地主阶级就是这样：一面是顽固、保守、执意赌注，一面是动摇、揣测、随分从时。这折射在文学领域，一方面是企图用封建文艺兴盛期既定格式"规范"现实艺术创作，修补正统文学的断井颓垣。这种精神无论在"文必秦汉，诗必盛唐"的复古口号里，还是在"抑扬开合"的唐宋文法的崇仰中，都宛然可寻。另一方面，是大胆向市民通俗文艺靠近，占有它，耕耘它。《三国演义》《水浒传》的成书，兰陵笑笑生《金瓶梅》的出现，李开先"文随俗

① 祁彪佳：《远山堂曲品·雅品》"王骥德《倩女离魂》"条。
② 王骥德：《曲律》卷四《杂论》"南九宫蒋氏旧谱"条。
③ 《马克思恩格斯文集》第 2 卷，人民出版社，2009 年，第 592 页。
④ 张羽《张来仪文集·芙蓉庄记》："吴兴为东南沃野，上居竹木材章，水居菱芡芰荷，田畴粳稌，陆地桑麻菽芡蔬果，其利皆可致千金，故富民率好为兼并爱地重于金玉，虽尺寸不以假人。"

远"的创作，等等，已由涓涓之流汇聚成江河潮汛。尤其是冯梦龙、凌濛初那些亲昵于市民文学的小说理论：

> "六经国史而外，凡著述皆小说也。而尚理或病于艰深，修词或伤于藻绘，则不足以触里耳而振恒心，此《醒世恒言》四十种所以继《明言》《通言》而刻也。明者，取其可以导愚也。通者，取其可以适俗也。"（《醒世恒言序》）①

> "大抵唐人选言，入于文心，宋人通俗，谐于里耳，天下之文心少而里耳多，则小说之资于选言者少，而资于通俗者多。"（《古今小说序》）②

这些都直接地表白了一种应对市民文学予以关注的艺术态度。这种渗透着惋惜心理的拙劣地对旧文艺的坚守和交织着猎奇兴趣的忸怩地对新文艺的染指，是当时普遍存在的两种对立的审美风潮。吴江派严守格律和语言俚俗两条审美原则存在着内在的抵牾，正是上述矛盾着的社会选择及其心理以及对立着的美学选择在戏曲活动中的烛光壁影。严守格律是以封建文艺传统的"骈""工"美学观要求戏曲文学就范于凝固的格式，是"我"化市民阶层的艺术趣味；俚俗语言则以浅白的艺术形式去赢取广大市民为知音，迎合于市民阶层的情趣要求，是市民审美观化"我"。这是多么微妙地写照了戏曲活动在向市民阶层审美趣味靠拢过程中的艰难步履，又是多么典型地反映了当时社会经济结构、社会文化心理发生变化之际那新旧趣味的交锋争夺，以及部分文人知识分子守旧与改辙的矛盾心态啊！

第二节　吕天成《曲品》与戏曲美学

吕天成，别号郁蓝生，浙江余姚人。万历间诸生。他的祖母孙氏喜好收藏戏曲，因此他从小得以博览各家作品，又得外祖父孙月峰和舅父孙如法的指授，精通了曲学和声韵。后来和沈伯时、王骥德为友，成为吴江派的重要批评家。他的《曲品》上下卷，把明代嘉靖以前剧作分为神、妙、能、具四品，把隆庆以后剧作分为九品，共评价剧本一百九十二种，为我

---

① 参见韩同文《中国历代小说论著选》上册，江西人民出版社，1982年，第217页及注。
② 参见韩同文《中国历代小说论著选》上册，江西人民出版社，1982年，第217页及注。

们留下了珍贵的审美批评材料。其主要观点如下。

一、关于戏剧艺术的审美属性

吕天成认为它的基本点是艺术之虚构。"有意驾虚，不必与事实合"。"驾虚"是戏剧家创作的根本法则，也是戏剧作品取得审美魅力的主要途径。例如，杨夷白《锦带记》写余述故事，全篇"假托"①，然"具有情致。"鹿阳外史的《双环记》，写花木兰从军，作者为花木兰"增出妇翁及夫婿"②。吕天成以为这正是"传奇法"。陈太乙《金莲记》写三苏故事，为了不使情节冷落，作者添上一个豪侠人物抱不平。吕天成赞道："正是戏法耳。"张伯起的《窃符记》，"前半真，后半假"，前半部依据历史史实，后半部凭空杜撰，吕天成说，这是为了把女侠人物写活，他"不得不尔"。

吕天成指出，戏剧艺术的虚构，并不等于不要历史的真实与艺术真实。从吕天成审美品评看，他对历史题材的作品，挑剔得很厉害。如说：吴叔华《惊鸿记》写梅妃杨妃争宠，但"以国忠相而后进太真，于事觉颠倒耳"。顾怀琳《佩印记》描写朱买臣的故事，但剧中插入人物霍山，"时代亦纠缪"。涵阳子《杖策记》描写邓禹年少时候事，插入严陵、梅福两个人物，剧中以邓禹为梅福之婿，"不知严（陵）为梅（福）女婿耳"。金怀玉《绣被记》写"东汉王纯事，而失其实，不足道也"。《桃花记》写崔护故事。"改造失真……何以为曲？"《镶环记》写蔺相如故事，"但云为平原君女婿，可笑"。秋阁居士《夺解记》写郁轮袍故事，但把主人公"附会为李林甫婿，不妙"。

这大概是因为戏剧家们所写的这些历史故事（杨贵妃、朱买臣、崔护等），大多是人们熟悉的内容。这个熟悉就给审美接受本身带来了限定，只要戏剧家稍微改变史实的细末或历史人物的关系，接受主体（观众、读者）都会有"失真"③"失实"的感觉。这会影响审美接受。

---

① 吕天成《曲品》卷下："《钗钏》，皇甫嵩事，非假托者。词简而朗。观此可为密事告友之戒。"

② 增出、添出，即艺术的虚拟添衬。吕天成《曲品》评练川《千金记》："韩信事佳，写得豪畅。……但事业有余，韵阃处太寥落，……且未增出。"评《义侠》："壮烈悲壮，具英雄气色，但武松有妻似赘，叶子盈添出，无紧要。"祁彪佳《远山堂曲品》评沈璟《四异》："巫军二姓各假男女以相赚，贾儿竟得某女，吴中曾有此事。惟谈本虚初聘于巫，后娶于贾，系是增出，以多其关目耳。"评翁子忠《镶环》："即蔺相如怀璧一事，大有侠烈之概，可传，何必增出闺阃，反入庸俗。"评秦淮墨客《折桂》："此亦传梁太素者，母与孙系添出，虽其中点缀一二，终是庸笔。"

③ 后祁彪佳《远山堂曲品》亦用此概念，评《孤儿》："今刻者演者则自改纂，益失真面目矣。"

二、审美感动

吕天成在长期的戏剧活动中，对戏剧的美感魅力自然有深厚的经验积累。他在品评中，常常描述审美感动现象，尽管使用的理论概念还不够理想。例如：

《邯郸记》"梦中苦乐之致，犹令观者神摇，莫能自主。"
《紫钗记》"描写闺妇怨夫之情，备极娇苦，真堪下泪。"
《分钱记》"事情近酸，苦境可玩。"
《白练裙》"曲未入格，然诙谐甚足味也。"
《双珠记》"情节极苦，串合最巧，观之惨然。"
《还魂记》"著意发挥，怀春慕色之情，惊心动魄。"
《牧羊记》"梨园演之，最可玩。"

象神摇、下泪、惨然、动魄，都是在指戏剧情境已经打动了接受主体（观众、读者），是在描述对象作用于主体的客观效果。而说《分钱记》可玩，《白练裙》足味，这"玩""味"就是一种双边的概念了。因为它一方面在指审美对象（戏剧情境故事）有可供人们玩赏的美感地方，是在指对象的属性，就像在说一个女子有叫人叹美的漂亮眼睛；另一方面则又指接受主体（观众）审美享用的动意、兴致，是在指主体的行为现象。

三、对创作主体情感外化方式的诗性特征予以肯定

中国古典抒情诗歌是一种创作主体审美情感直接向艺术表象透射的艺术。和这种艺术情感外化方式相比，戏剧家往往不能如此，他必须把自己的审美情感打一个"弯"，转化到人物形象身上，通过人物群体的集合，曲折地透示自己的审美倾向。但是明代戏剧创作中有一股潮流，戏剧家把剧本当作抒情诗，直接把戏剧形象当成了自我形象的替代，或在剧本中直抒胸臆。例如：

《画莺记》"乃邱文庄所撰少年遇合之事也。"
《箜篌记》"彼谓自况……乃越人证圣成生作。"
朱万山《玉瓦记》"此即君自况也。"

顾懋俭《椒觞记》写陈亮故事，"此君似有感而作"，"盖文士抱坎
坷之悲。"

车柜斋《弹铗记》"车君自况，情词其佳。"

屠赤水《彩毫记》写李白个性飞扬，"此赤水自况也。"

严格地说，这些创作是不符合戏剧艺术审美规定的，作者用"自况"
的方式表露了自我内在，更接近于诗的"外化式"传达，是在模糊戏剧与
诗的不同审美属性。吕天成没有对这种现象提出批评，而是采取了稀里糊
涂的认可态度。可见，这里他已无形中不自觉地站到了诗学批评家的立场
而不是戏剧批评家的立足点了。

四、"刺""托"理论

吕天成还用传统诗歌理论中"刺""托""媚"的概念，描述戏剧家的
创作动机以及作品艺术形象与现实存在的美学关系。例如：

评张濑宾《分钗记》，写"伍生、二兰事，必有托也"。

评《五福记》，写徐勉事，"境界平常，似人特作此以媚富翁者"。

评陆江楼《玉钗记》，写李元璧故事，"内有占紫芝园一节，必有
所指"。

评冯耳犹《双雄记》，"闻姑苏有是事，此记似为人泄愤耳"。

评汪昌期《高士记》，"似有所刺"。

评《玉环记》，"想作者有憾于外家耳'。

这里有两个问题：第一，戏剧家不应该为了讽刺或讨好、指责某一人、
某一事，展开创作，构造形象。明代戏坛出现了这种倾向，吕天成应从理
论上加以批评，进行引导，纠偏，而吕天成未能这样做。

第二，从客观效果上看，不管戏剧家的主观动机怎样，一旦他描摹的
形象在作品中站立起来（构成了一定的艺术表象），这种形象（或表象）就
不再是作者动机中的为了某一种目的存在。它就具有了普遍的现实针砭意
义。只有这样理解，才能准确把握作品形象（或表象）与现实状态的审美
关系。吕天成未意识到这一点，而是从《诗》《骚》以来的"刺""讽"以
及词创作中的"寄托""寄寓"观念出发，从作者狭隘的一私之念（媚、憾）

入眼，去看待上述作品人与事、创作主体之内在与戏剧形象之外在的复杂关系，未免使问题简单化了。

五、"快人意"理论与反悲剧意识

吕天成的审美倾向，偏重于喜剧化表达，他写的剧本如《齐东绝倒》《秀才送妾》《耍风情》《夫人大》等都是令人绝倒的闹剧。所以他在理论上提出了与创作实践相表里的"快人"说。[①]

> 评《娇红记》"以申、娇之不终合也而合之，诚快人意。"
>
> 评《十孝记》"末段徐庶返汉，曹操被擒，大快人意。"
>
> 评《四异记》"旧传吴下有嫂奸事，今演之，快然。"
>
> 金逍遥剧本《呼卢记》写刘寄奴，"据实敷衍，亦快人意。"
>
> 说《精忠》"此（岳）武穆事……演此令人愤裂。予尝欲作一剧，不受金牌之召，而直抵黄龙府，擒兀术，返二帝，归而秦桧罪正法，亦大快事也。"

由上述评论看，"快人意"包括两个方面，一方面"快"创作主体（戏剧家）之意，即发挥他的审美愿望、审美想象、审美理想，实现他的主体意志。另一方面是"快"接受主体（观众、读者）之意，使欣赏者满足心中的缺憾，摆脱悲剧情绪的缠绕，把痛感扬弃掉，产出一种快心满志的观感效果。很显然，"这样产生的快感却不是悲剧的快感"了[②]。

六、主与客（宾）

一部戏剧作品中的人物群，哪一个是人们审美注意的中心，戏剧家必须清楚。吕天成在观察戏剧形象过程中提出了一个"宾客"的概念，由此"主"的概念也就相对存在了。例如：

> 评卢鹤江《禁烟记》，写介子推事，"但撼晋重耳事甚详，嫌宾太盛耳"。

---

① 明人剧评常用"快""畅"之概念。《鸳鸯缘传奇》第二十出，明道人批云："嗟乎，八股障中，一朝跳出，岂不快哉！岂不快哉！"王衡《郁轮袍》剧首沈泰眉批："辰玉满腔愤懑，借摩诘作题目，故能言一己所欲言，畅世人所未畅。"

② 亚里士多德：《诗学》第十三章。

评章金庭《符节记》，写汲黯人品，"描写田、窦炎凉态，曲折毕尽，的是名笔，但稍觉客胜耳"。

吕氏认为卢鹤江、章金庭都未能处理好人物间的主客（宾）关系，对不是主要人物的重耳、田、窦，多费了笔墨，造了喧宾夺主的效果（"宾盛""客胜"）。到了清代，金圣叹说，"仔细算时，《西厢记》亦止为写得一个人……双文（莺莺）是也"。"其余如夫人，女法本，如白马将军，如欢郎，如法聪……应用之家伙耳"。还有李渔在《闲情偶寄》中提出"立主脑"理论，认为"一本戏中，有无数人名，究竟俱属陪宾，原其初心止为一人而设……止为一事而设，此一人一事，即作传奇之主脑也"。显然都是吕天成思想的再发展。

七、"戏局"的范畴

戏剧艺术的故事摆布俱有持殊的要求，悲欢离合，起承转换，都必须充满戏剧性。宁肯曲折，不能平铺。努力紧凑，不能松懈。关于这种具有戏剧性的故事结构形态，吕天成提出了一个新的概念，叫作"戏局"，或"局概"。吕天成认为，大凡符合戏剧艺术表演规律（"当行"）的作品，"（都）自有关节局概"，它们的恰到好处，叫做"一毫增损不得"。因此，"局"这个范畴成为吕天成品评的一个尺度。例如：

评《明珠记》"布局运思，是词坛一大将也。"
评《琵琶记》"串插甚合局段，苦乐相错……可师可法。"
评常州邵给谏作品"调防近俚，局忌入酸。"
评王雨舟作品，"颇知炼局之法，半寂半喧。"
评《孤儿记》"以赵武为岸贾子，正是戏局。"
评《龙泉记》"情节阔大，而局不紧。"

可见，"局"不是情节故事的自然堆砌，而是用心设计、摆布（"炼""运"）出来的。就作品的内在情致来说，要有悲哀与喜乐的更替交错。就给观众的观感来说，要热闹与冷寂此起彼伏。就作品的艺术构思而言，应该有自己独到新鲜之处，不要落了他人的俗套（"酸"）。这就是关于"戏局"的具体要求。

八、"古色"的审美趣味

吕天成毕竟是一个传统文化的宠儿。

在谈到元末明初的传奇作品时，他有这么一段话："描画世情，或悲或笑，存其古风……商彝、周鼎，古色照人。"在这里，"古风""古色"是作为一种审美的趣味存在的。他用商周青铜之美比似雏形初起阶段的传奇之美，并认为这种美是极可推重的传奇作品的基本风格。他的批评言论中，反复强调这一点。例如：

评《牧羊记》"词亦古质可喜，令人想念子卿之节。"

评《孤儿记》"其词太质……存其古色而已。"

评《金印记》"近俚处，具见古态。"

评《白兔记》"词极古质，味亦恬然，古色可挹。"

"古"的概念是中国传统美学的术语。司空图《二十四诗品》中设有"高古"一格。他认为"高古"之美的形态是："畸人乘真，手把芙蓉。太华夜碧，人闻清钟。"严羽《沧浪诗话》说诗有九品，"曰高，曰古，曰深，曰远……"李梦阳《驳何氏论文书》说诗文创作要有格有调，"高古者格，宛亮者调"[1]。值得注意的是，这些诗文美学概念的"古"是和"俗"正相反对的，是以典雅、传统为内涵的。孙联奎就说"高对卑言，古对俗言"[2]。（《诗品臆说》）而吕天成的"古色"之"古"，则是以质朴、质野、俚俗为内涵，他的古色不是以雅为美，而是以俗质为美，以平朴为美。这是吕天成思想的特殊之处。

中国古典曲论，从朱权《太和正音谱》那些对曲家剧作艺术风格审美化的比拟开始（诸如花间美人、天风佩环、玉树临风、金瓶牡丹等），一直到清代金圣叹、杨恩寿等人的"以文律曲"，诗学批评的价值取向始终贯穿于戏曲审美的历史发展。乃至我们在近人王国维说元杂剧"一言以蔽之，有意境"的话里，仍可窥见上述倾向的踪迹。被称为"吴江双璧"之一的吕天成《曲品》，可以说正是一部代表明后期曲坛诗学批评精

---

① 张少康：《中国文学理论批评史资料选注》，北京大学出版社，2013年，第252页。
② 张戒著；陈应鸾笺注：《岁寒堂诗话笺注》，四川大学出版社，1990年，第37页。

神的戏曲评品著作。它的特点是在揭示戏剧艺术独特审美属性的同时，又用诗的眼光去透视曲家与剧作，为我们留下了一种"双重观照"的理论财富。

第三节　王骥德《曲律》：主客兼顾的"体系"初构

吴江派主流发展的第二阶段，理论活动开始由重视戏曲家主观因素进展到重视剧本的特殊构造及其与舞台演出的关系，剧本艺术形象与戏曲观众审美要求的关系，以及戏曲艺术的内在客观规律，所谓"众美"①的艺术指向。王骥德是这一阶段的代表。他的基本戏曲观点是：艺术家审美理想、审美标准总是高于艺术实践的②，应当承认戏曲活动中艺术家审美理解与它所把握的客观现实生活内容，艺术家主观艺术追求与客观存在的观众艺术趣味之间的相互渗透、相互制约、相互依赖。这就构成了一种主客体相统一的理论范型。

（1）王骥德主客体相兼顾的艺术思想，突出表现在他对于戏曲艺术表现方式的论述上。

他谈到三种表现方式，其一是"以实而用实者也"。即：使历史生活中本来存有的某种东西在作品里得以如实反映的表现方式。这种方式近于写实主义。王氏认为昆山派那些从个人感受、经历出发的作品如《明珠》、《玉合》、《红拂》，是这种艺术活动方式的范例。其二是全不根据历史内容却能自行创造出符合历史内容本质特征的艺术形象的表现方式，"以虚而用实者也"③。这种方式近于浪漫主义，王氏举汤显祖"《还魂》'二梦'"为典例。

---

① 王骥德《曲律》卷三"论套数"云："意新语俊，字响调圆，……众美具矣。"明代流行"众美"说。如孙鼎《诗义集说》卷三："胜天下之大任者，有天下之大德者也，成天下之大德者，备天下之众美者也。夫以一人之身而备天下之众美，则天下之大德可以成，而天下之大任可以胜矣。"明唐锦《龙江集》卷八《朱母张氏墓志铭》："猗嗟，孺人实涵众美，孝慈淑均，不妄愠喜，夫享高名，允维相之。"明徐弘祖《徐霞客游记》第十册《传衣古松》："鸡山之松，以五鬣见奇，参蓼蔽陇，碧荫百里，须眉尽绿。然挺直而不虬，亘润而不古。而古者，常树也。龙鳞鹤氅，横盘倒垂，缥缈千万，独峙于传衣之前，不意众美之外，又独出此一老。"明湛若水《湛甘泉先生文集》卷十九《进天德王道第一疏并颂赋》："臣前得观永和录中载圣制《西苑视穀祗先蚕坛位赋》，臣于伏读之余，宛然如闻虞廷勃天之歌，有周《无逸》之训，岂胜欣跃，有惑于心不能已，于言谨为文一篇名曰《圣主躬肇农桑颂》，又前拟作西苑赋二篇，不自知其冒妄之罪也。臣仰观圣制之懿，具备众美，然皆本于敬天之一念，故结句亦归之于敬天焉。大哉皇言，一哉皇心，可谓至矣。臣所以谓众美皆本于敬天者何也？万善同出一原也，天也者道之大原也，盖无往而非天也。"（本节引王骥德论曲未注者均见《曲律》，《中国古典戏曲论著集成》第四集，中国戏剧出版社，1959年。）

② 王骥德《曲律》卷四："作曲如美人，须自眉目齿发，以至十笋六钩，色色妍丽，又自笄裓衣履，以至语笑行动，事事衬副，始可言曲。是故，以绳衬，而廿遂无曲也。"

③ 王骥德《曲律》卷三："剧戏之道，出之贵实，而用之贵虚。《明珠》《浣纱》《红拂》《玉合》以实而用实者也，《还魂》、"二梦"以虚而用实者也。以实而用实也易，以虚而用实也难。"

其三是本有历史内容存在，但对之有所改造的表现方式，所谓"出之贵实，而用之贵虚"，"于古人事多损益缘饰为之，然尚存梗概"，"本古史传杂说略施丹垩"。王骥德认为这种表现方式才是真正的"剧戏之道"。①因为这种表现方式虚实相间，较好地协调了戏曲创作活动中主体（艺术家审美想象）要求自身真实与客体（所反映的实际内容）也要求自身真实的矛盾，揭示了戏曲活动中主体与客体相互渗透、相互支配、相互磨瑳、相互依赖的辩证统一的关系。

（2）王骥德认为，戏曲创作和研究必须重视主体与客体的相互兼顾与统一。

这与吕天成谈戏曲结构偏重于艺术家主观心理结构的外化迥然不同。他考虑的戏曲结构，不是戏曲家主观观念中的统一，而是基于客观事物内在联系之上的观念性的统一。一方面它本质上是一种被"移入人的头脑并在人的头脑中改造过的物质的东西"②，其中包涵了现实事物存在的内在规律，即事物各部分按照它们的本质不得不联系为一体、有这一部分就有那一部分的必然关系；另一方面，好像建筑师可以在长期观察中把蜂房的结构形状映在脑中，让它作为一种"观念的形式存在着"一样，戏曲结构也可是一种从现实经验中升华出来的观念性"框架"，它明显地带有人们分析把握客观事物内在特征、内在联系的心理功能的机能。所以，他不但要求戏曲家洞识现实事物的内在发展规律，分出客体事物内在序列的"轻重"与"缓急"，"紧要"与"无紧要"，关键（"大头脑"）与结局（"著落"），作为戏曲结构的现实依据；而且同时，也启示戏曲家，利用主观心理"框架"，把现实世界的客观联系来一个抽象性的概括，生成一定的"章法""间架"或"步骤"，从而用来"剪裁""锻炼"客观生活的繁复内容。王骥德说：写戏必"先分段数"，待"何意起，何意接，何意作中段敷衍，何意作各段收煞"等都"整整在目"后，才"可（动笔）施结撰"。这样，"贵剪裁，贵锻炼——以全帙为大间架，以每折为段落，以曲白为粉垩、为丹腠，勿落套，勿不经，勿太蔓，蔓则局懈……"又说：

---

① 然古戏创作实践与此有距离，王骥德说："古戏不论事实，亦不论理之有无可否，于古人事多损益缘饰为之，然尚存梗概。后稍就实，多本古史传杂说，略施丹垩，不欲脱空杜撰。迩始有捏造无影响之事以欺妇人小儿者，然类皆优人及里巷小人所为，大雅之士亦不屑也。"

② 马克思：《资本论》第1卷，人民出版社，1975年，第24页。

"有起有止，有开有阖。须先定下间架，立下主意，排下曲调，然后遣句，然后成章。切忌凑泊，切忌将就。务如常山之蛇，首尾相应。又如鲛人之锦，不着一丝纰颣。……增减一调不得，颠倒一调不得，有规有矩，有色有声。"

"曲，当看其全体力量如何，不得以一二语偶合，而曰某人、某剧、某戏、某句、某句似元人，遂执以概其高下，寸瑜自不掩尺瑕也。"

就是说，既要避免戏曲家单凭主观结构对所写的生活内容进行任意性捏造（"不经"），又要防止对所写现象内容的一味罗列（"太蔓"）；既要掌握所写内容及构思框架的整体性（包括整体性之中的枝节联系），又不能不分轻重主次，忽略对"紧要处"①的重笔渲染。写剧曲，评价剧曲，都应从整体性（"全体力量"）出发。总之，需把所反映的内容纳入具有现实依据的观念性的整一性结构之中（即如苏轼所讲的以"成竹"之"胸"去展开"竹"）。因此，从这个意义上，所谓戏曲结构、结撰，就应是现实题材内容和戏曲家主观构思两种整一性兼而相融的东西了。

（3）王骥德认为剧作家的主观情愫要溶化在剧作艺术形象之中。

吕天成的主体性艺术原则使得他在戏曲艺术形象问题上，尤为关注艺术家可否把自身才性、情思对象化到艺术形象中去，并关注艺术形象本质意蕴与艺术家自身情感思欲是否一致，对那些直接透射创作者主观臆慨的艺术形象持有浓厚的兴趣。（这是传统的诗家的艺术轨辙）王骥德比吕天成似更高明一些，他把目光投放在剧家主观情愫怎样向艺术形象身上"转化"上。他直观地感到：剧家主观情愫借艺术形象直接反映是不可能的。艺术人物都有它自己在题材故事中的特殊个性、特定关系、特别处境。剧家主观情愫直接投影上去，往往有"不溶性"。剧家在把自身情愫转化成剧中人物意蕴时，要特别正视这种"不溶性"。剧家要根据剧中人物性格特点，寄附自身的各种情愫，即使自身情愫消溶于剧中之事、剧中之境、剧中之人。如他批评《浣纱记》说，范蠡的语言讲得像越王，而越夫人的话倒像个小

---

① 王骥德或把"紧要处"称之为"戏眼"。《曲律》卷三："插科打诨，须做得极巧，又下得恰好。如善说笑话者不动声色而令人绝倒，方妙。大略曲冷不闹场处，得净丑间插一科，可博人哄堂，亦是剧戏眼目。"

宫女①。评说《琵琶记》中赵五娘说，一个贫寂村妇思夫，其唱词中不应有宝瑟琼窗、玉鸭金炉的富贵环境②。王骥德意识到：这些地方，剧家们是按照文人的积习，把文人惯用的套语堆在了人物身上了，他们压根没有考虑人物应该说的话、应该有的处境。所以，王骥德的这些批评表明，他已经开始正视艺术人物自身的质的规定性了。

（4）王骥德的理论有一个重要的范畴："风神标韵"。这个范畴也非常鲜明地反映着他的主客观相统一的艺术原则。

> 《曲律》中说：戏曲之妙，"不在声调之中，而在字句之外。又须烟波渺漫，姿态横逸，揽之不得，抱之不尽。摹欢则令人神荡，写怨则令人断肠，不在快人，而在动人。此所谓风神，所谓标韵③，所谓动我天机。"④

风神标韵是利用富有创造性的想象力创造出来的艺术表象。这种想象力以感性形象为根基，同时也带有一定的理性意识功能。它使艺术思维活动一开始就带有一种既蕴涵感性具象又超越感性经验界限、进而能够捕捉事物内在本质的特征。

> 王骥德说："元人作剧曲中，用事每不拘时代先后。马东篱《三醉岳阳楼》赋吕纯阳事也，【寄生草】曲'这的是烧猪佛印待东坡，抵多少骑驴魏野逢潘阆'，俗子见之有不訾，以为传唐人用宋事耶？画家谓王摩诘以牡丹芙蓉莲花同画一景，画袁安高卧图

---

① 王骥德《曲律》卷三"论引子"："《浣纱》如范蠡而曰：'尊王定霸，不在桓文下。'施之越王则可。越夫人而曰：'金井辘轳鸣，上苑笙歌度，帘外忽闻宣召声，忙蹙金莲步。'是一宫人语耳。"

② 王骥德《曲律》卷三："《琵琶》工处甚多，然时有语病。如……蔡别后赵氏寂寥可想矣，而曰：'翠减祥鸾，罗幌香消，宝鸭金炉，楚馆云闲，秦楼月冷'。后又曰：'宝瑟尘埋，锦被羞铺，寂寞琼窗，萧条朱户'等语，皆过富贵，非赵所宜。"

③ 王骥德《曲律》卷二："词曲虽小道哉，然非多读书以博其见闻，发其才趣，终非大雅。须自国风、离骚、古乐府及汉魏六朝三唐诸诗，下逮花间草堂诸词、金元杂剧诸曲，以至古今诸部类书，俱博搜精采，蓄之胸中，于抽毫时摄取其神情标韵，写之律吕，令声乐自肥肠满膈中流出，自然纵横该洽，与剽袭口耳者不同。"又卷四云："顾道行先生……所著有《青衫》《葛衣》《义乳》三记，略尚标韵，第伤文弱。"

④ 王骥德评《西厢》也用到"风神"概念。其《新校注古本西厢记·自序》云："旧传是记为关汉卿氏所作，迄始有归之实甫者，则涵虚子之《正音谱》故胪列在也。独世谓汉卿续成其后，未见确证。然淄渑泾渭之辨，殊自不废两君子他作。实甫以描写，而汉卿以雕镂。描写者远摄风神，而雕镂者深刻骨貌。持此以当两君子三尺，思且过半；即有具眼者，或不以余言为孟浪出。"该校注本所附评语也云："《西厢》，风之遗也；《琵琶》，雅之遗也。《西厢》似李，《琵琶》似杜，二者无大轩轾。然《琵琶》工处可指，《西厢》无所不工；《琵琶》宫调不伦，平仄多舛，《西厢》绳削甚严，旗色不乱；《琵琶》之妙，以情以理，《西厢》之妙，以神以韵；《琵琶》以大，《西厢》以化。此二传三尺。"（秦学人、侯作卿：《中国古典编剧理论资料汇辑》，中国戏剧出版社，1984年，第166页。）

有雪里芭蕉，此不可易与人道也。"

这里即包含着超越感性经验与寻常事理的成分。它要求不限于从客体事物的感性逻辑入手，"不贵说体"，而是把所表现事物的内在本质当作活动的根据及营构的出发点（"贵说用"），从而表现、反映它们，实现一种直接直观到事物内在本质的效果；"令人如灯镜传影，了然目中。"但这种创造活动，不是简单把事物的内在根据加上一件形象的外衣，而是使形象具有某种非确定性（"不即不离，是相非相""摸捉不得""揽之不得"）的艺术表象，从而烛照事物的内核及本质特征。这里，不同于抽象理性的活动，不像理性活动那样将个别与总体、感性与知性分裂开，而是立足于感性的有限形象；也不像理性活动那样在超越感性经验界限后去获得一种确定的概念，而是在超经验、超自然因果后指向人们"烟波渺漫，姿态横逸"的想象世界，在有限的形象里凝存大大多于人们抽象活动所能把握的理性内容，所谓"挹之不尽"也。

为上述特点所决定，风神标韵这一艺术表象便具有双重化的特征。一方面风神标韵中所显现的现实内容不是按照它在现实中的"直接存在形式"出现的，而是作为艺术家主观改塑、在原形式基础上有所推演变化的东西而露面的。它们离开了现实直接存在时的那种孤零、表面状态，在艺术家的观念世界（或心理结构）中，产生了一次表与里、外与内、形与神的再度凝合。所以它使人明白地感到，艺术主体的兴趣并不在笔下"具象"（客体事物）本身，而倒在于其中所灌注的那些可供联想想象的因素及灵魂，美感中具有"渺茫多趣"的空灵特点。但另一方面，艺术家主观想象虽然力图越出感性经验界限，但它终究要以所表现的现实事物的内在特点为根据，它不可能不要事物的感性具象。所以，"风神标韵"中必然还会有可感可触的现实内容，其美感亦必是具备实际生活情味的，"摹欢则令人神荡，写怨则令人断肠"。

王骥德的风神标韵①既是戏曲理论概念，又是吸收了传统的古典美学营

---

① 明人喜用"风标"评诗文。明胡应麟《诗薮》杂编三："北朝人五言合唐律者，惟王劭《冬晚对雪》，云：'寒更唱唱晚，清镜览衰颜。隔牖风惊竹，开帘雪满山。洒空深巷静，积素广庭间。借问袁安舍，翛然尚闭关。'此诗不但体格合唐，其兴象标韵，无非唐人者。"明周复俊《泾林杂纪》卷二："人皆云，诗五言难，七言易。缘世人皆习学七言，将谓为寻常赠送之物，而风格标致、兴象华色，皆不暇顾，故自以为易耳。"明梅鼎祚《青泥莲花记》卷二："吴女盈盈"条："魏人王山能为诗，标韵清卓。"明李日华《味水轩日记》卷四："三日为山下一隐者书扇，任笔成一绝，颇有白香山风味：'林可白石醉时坐，湖面青山饱后登。三尺雏孙堪把滑，常常闲却一枝藤。'丹林持董玄宰起草册求题语，漫之。董太史玄心逸度虽仓猝酬应，语皆有标韵，正如昭阳丽人唾点落地成石竹花，长安饥儿逐韩王孙拾其堕丸，皆黄金也。"

养的范畴。从魏晋南北朝一直到盛唐，人们用神韵、神情、风韵、风神、神色等去指称那种与艺术形象外在躯体相互表里的内在精神，都以强调感性具体与精神意蕴有机结合，且前者乃后者之基础为特征。陆机的"穷形尽相"，刘勰的"巧言切状"，谢赫的"略于形色，颇得神色"，《世说新语》中用"风气韵度"品评人物精神风标，等等，皆为上述思想之反映。从中晚唐以后，封建社会走了下坡路，世俗地主阶级积极用世的热忱渐趋淡薄，转生了独善其身的弃世的社会心理，反映到艺术上便是日益扬弃外在客观与感性具体，隐缩于自我情感世界，漠视艺术形象外在形体与内在精神的血肉联系，认为后者可以不有前者并超越前者而存在。如司空图的离形"得似"，"韵外之致""象外之象"，严羽的"羚羊挂角，无迹可求""空中之音，相中之色"，即在描述这种艺术追求与美学精神。从明中叶开始由于世俗文艺（小说、传奇、评话）及审美者（小市民们）的兴趣，强调直感的艺术形象及形象发出的动作，故审美观念又开始回归，回归到对感性具体、形象外在的偏重（"各一动止"与"各一性情"①）。王骥德的"风神标韵"说，恰好处在这一阶段的前端。它的出现多少反映了"风神"说摆脱空灵（更多地具有心理的因素）、走向实体化（更多地具有生活内容）的行踪。

（5）王氏风格论中，更有思想价值的是包含着美的主客观统一的观点。

在他看来，风格是主观因素（艺术家独特的才性及表现方式）与客观因素（题材的特殊性）的融合体。他说的主观因素与传统美学思想着重强调艺术家先天特具的才性不同，乃指这种独具的才性在后天中受了锻炼的形态。他认为每一个戏曲家都从他独特的才性出发在感性世界中寻找与自己相近的有"亲缘性"的对象（某种特定题材），"人之赋才，各有所近"。在与这种"亲缘性"题材牵手并通过它们感性具体地显现自身时，主体才性首先遇到的就是对这种特殊对象（"亲缘性"题材）内在要求的适应。于是在适应中便会慢慢形成某种习惯性的表现方式（或说感性经验）。这种由特殊禀性出发去选择"亲缘"题材、掌握表现它们的特殊方式，久而久之就上升为一种介于感性与理性之间、有主观条件又有客观色彩的艺术家的固定艺术个性了。这种固定的艺术个性就是王骥德认为的风格的主观因素。

---

① 睡乡居士：《二刻拍案惊奇·序》，张少康：《中国文学理论批评史资料选注》，北京大学出版社，2013 年，第286 页。

他举例说，性近黄老的马致远最擅长写度脱飞升剧，在擅长中构成了潇洒逸放的艺术个性，故其"一遇丽情，便乃雄劲"；而王实甫呢，最喜好"花间美人"题材，所以除《西厢》而外，他的其他剧本皆"草草"。才性禀赋及与"亲缘"题材的联姻决定了他们的艺术个性及风格所长。

但另一方面，客观因素（特定题材）不仅在艺术家艺术个性形成中曲折、间接地产生作用，而且它本身的质的规定性也直接作用并规定于风格。王骥德说："《明珠记》……事极典丽"，"《西厢》组艳，《琵琶》修质，其体固然"。意思是：故事"典丽"则剧词风格必"艳"，内容淳朴则剧之体性亦"质"，作品风格乃由其题材内容本身的情况所决定的。这里，反映了王骥德的深刻思想：风格是主观的又不是纯主观的，是客观的又不是纯客观的。主观的艺术个性像是在显示着剧家的真切的内心生活，但主观艺术个性的特征又像是题材的特征；特定的对象（题材内容）好像是按照自身的内容反映出自身的形式特点，但这个特点又好像从艺术家独特艺术个性中派生来的。一方面客观对象（题材）"对于人……成为人自身的对象化，成为人的个性化的肯定和实现"，"成为人的现实性"；另一方面，人的个性又成为对象（题材）内在意义、内在本性的一种确定。艺术家的"本质力量的本性"与"对象的本性"在艺术表现中建立起一种互相渗透、互相写照、互相显现、互相肯定的关系，"正是这种关系的规定性"造就了艺术风格这种"特殊的、现实的肯定方式"①。

（6）王骥德主客体相统一的艺术原则还表现在：他要求把创作主体（戏曲家）主观兴趣与戏曲艺术客观规律以及戏曲活动的对象（观众）的审美要求统一起来。

这一点，吕天成是望尘莫及的。吕天成由于受昆山派的影响，比较偏重案头剧的审美品评，指出的是戏曲文学与其他文学种类共通的审美特征，并没有对戏曲艺术的独特个性做深入的探讨和中肯的解释。王骥德一方面已在创作实践中力图走出新路，"自尔作祖，当一变剧体"②，另一方面已在很大程度上开始把戏曲艺术当作一种"个别的运动"（"绝学"）来看待，

---

① 马克思：《1844 年经济学——哲学手稿》，《马克思恩格斯全集》第 42 卷，人民出版社，1979 年，第 125 页。
② 王骥德《曲律·杂论》引吕天成语。

并认真研究其内在的"一系列互相关联和互相转化"①的情形了。

为了强调戏曲艺术是区别于他种文学样式的独立部类，王骥德首先进行"辨体"，②指出它与其他部类艺术的差异性，辨明它是独立的体裁，它的传情有特殊性。他说：

> "曲与诗原是两肠，故近时才士辈出，而一搦管为曲，便非当家。""词之与曲，实分两途"。"词之异于诗也，曲之异于词也，道迥不侔也。诗人而以诗为曲也，文人而以词为曲也，误矣，必不可言曲也。"

"晋人言：'丝不如竹，竹不如肉。'以为渐近自然。吾谓诗不如词，词不如曲，故是渐近人情。夫诗之限于律与绝，也即不尽于意，欲为一字之益，不可得也。词之限于调也，即不尽于吻，欲为一语之益不可得也。若曲，则调可累，用字可衬增；诗与词不得以谐语方言入，而曲则惟吾意之欲至、口之欲宣，纵横出入，无之而无不可也。故吾谓：快人情者，要毋过于曲也。"

其次，提出了他的本色说。王骥德的本色说比较复杂，时而指语言俚俗，如说"作戏剧，必须令老妪解得，方入众耳，此即本色之说也"。③时而指戏剧家天然淳朴、不事雕饰的创作风格，如说"于本色一家，亦惟奉常（汤显祖）一人……其才情在深浅、浓淡、雅俗之间，为独得三昧"。还有对前贤本色说的合理继承，如说："当行本色之说，非始于元，亦非始于曲，盖本宋严沧浪之诗说。沧浪以禅喻诗，其言'禅道惟在妙悟，诗道亦在妙悟。……惟悟乃为当行，乃为本色……路头一差，越骛越远'。又云：'须以大乘正法法眼为宗，不可令人堕入声闻、辟支之果。'知此说者，可语词道矣。"严羽的本色论是反对韩愈以文为诗。王骥德借本色的概念重申

---

① 恩格斯：《自然辩证法》，《马克思恩格斯全集》第 26 卷，人民出版社，2014 年，第 579 页。

② 王骥德非常重视"体"的差异性，不仅把戏曲与诗文辨为异体，且对南戏与杂剧予以辨体，如说"凡'者'字，惟北剧有之，今人用在南曲白中，大非体也。""南曲用北韵……皆大非体。"另，王说的"体"，也涉及戏曲初生期的朴俚特性。

③ 王骥德《曲律》卷三云："《琵琶》黄门白，只是寻常话头，略加贯串，人人晓得，所以至今不废。对口白，须明白简质，用不得太文字，凡用之乎者也，俱非当家。""当家"即"当行"，其内涵也指"寻常话头，人人晓得"。又王骥德《新校注古本西厢记》附评语十六则中云："董解元倡为北词，初变诗余，用韵尚间沿词体，独以俚俗口语谱为弦索，是词家所谓本色当行之祖。实甫再变，粉饰婉媚，遂掩前人。大抵董质而俊，王雅而艳，千古而后，并称两绝。"（秦学人，侯作卿：《中国古典编剧理论资料汇辑》，中国戏剧出版社，1984 年版，第 168 页。）是亦以"俚俗口语"谱曲为"本色当行"。

戏曲的体裁个性，是批评"文词家"①（包括"时文体"与昆山派）搞乱了戏曲艺术的独特体式，意欲还戏曲体裁的本来色调，所谓"本色"也。

接着王骥德研究了戏曲艺术最独特、最基本、最重要的审美特征——戏曲艺术的艺术传达方式。

戏曲艺术的传达方式具有自己的优越性，它找到了最能达到创作家真实效果的最感性、最直观、最灵活的传达媒介——人（演员）的肉体与心灵。这一传达媒介较之语言符号具有极强的优越性。王骥德说：

> "吾取古事，丽今声，华衮其贤者，粉墨其愿者，奏之场上，令观者藉为劝惩兴起，甚或扼腕裂眦，涕洒交下而不能已。"

这里的作者（吾）、演员（华衮、粉墨者）共同完成了舞台艺术形象，即共创了审美对象，这个"对象"面转欣赏主体——"观者"，对象与主体双方遇合（"奏之场上"）了，遂出现"扼腕裂眦，涕洒交下"的美感作用。这是一个戏曲美感发生的全过程。过程的关键点在哪儿呢？即在于"奏之场上"的演出性。演出性是全部戏曲活动的关键。演员在关键点上效力，他们是创造性劳动的中轴。他们用自己全部肉体与灵魂充当着整个戏曲活动的最感性的媒介。为此，王骥德从关注戏曲的演出性美学特征以及演员媒介作用出发，做了两层思索：

其一，作者与演员。尽管他们在共同创制艺术形象中有"歌者不误而作者误"或"作者不误而习者误"两种可能，两者原则上宜以"合作"为理；然而为了表示对演员媒介作用的强调，王骥德更多地就作者一方提出了要求。他要求剧作家应尽可能地对演员"适从其便"，写的剧诗要"令优人易记"，"优人俗子既不能晓"的错字，亦应为其"正之"。②

其二，戏曲审美活动的归宿是剧作家把自己对社会生活的美丑认识推到观众面前，"华其贤，墨其愿"，剧作家与观众在演出时　"撞遇"，这才

---

① 王骥德《曲律》卷四："弇州曲不多见，特四部稿中有一【塞鸿秋】、两【画眉序】，用韵既杂，亦诃家语，非当行曲。【画眉序】和头第一字法用去声，却云'浓霜画角辽阳道，知他梦里何如'，'浓'字平声，不可唱也。"　"李空同何大复必不能曲。其时康对山王渼陂皆以曲名世　争传播，而二公绝然不闻。以是知之。即弇州所称空同'指泠凤凰笙'句，亦词家语，非曲家诗也。"

② 王骥德《曲律》卷三："剧戏之行与不行，良有其故。庸下优人遇文人之作不惟不晓，亦不易入口。村俗戏本正与其见识不相上下，又鄙猥之曲可令不识字人口授而得。故争相演习，以适从其便，以是知过施文采以供案头之积，亦非计也。"

是根本性的戏曲美学关系。所以，王骥德告诫剧家应高度关注演出、"遇合"环节。既要照顾到"士人闺妇，以及村童野老"不同的欣赏能力[①]，"（唱词）唱去（要）人人都晓，不须解说"，又要懂得"多则取厌，少则不达"的观众接受心理，处理好剧词表达与观众适应理解的审美关系。

七、与主客体统一的艺术原则相联系，王骥德表达了他的中和性美学思想。这一思想在王骥德的全部理论分析中占有重要的支配作用。王骥德的中和的美学思想主要表现在：

第一，承袭儒家"乐而不淫，哀而不伤"的思想，主张艺术情感的发挥，履中适当，恰如其分，像王实甫那样"斟酌才情"，"极其致于深浅浓淡雅俗之间"。王骥德提示，王实甫所以有"前无作者，后掩来哲"的戏曲史地位，大概与他的"斟酌"取"中"，极有关系。[②]

第二，发挥"文质彬彬"的传统观点，要求语言色泽轻重得宜，叩其两端。他说：

> "纯用本色，易觉寂寥；纯用文调，复伤雕镂。""雅俗浅深之辨，介在微茫，又在善用才者酌之而已。""宜施文藻，然忌太深。""宜用本色，然忌太俚。""好用事，失之堆积；无事可用，失之枯寂。"

第三，戏之"味"，亦要兼备。王骥德说："元朗谓其（《琵琶记》）无蒜酪气，如王公大人之席，驼峰熊掌肥腴盈前，而无蔬笋蚬蛤，遂欠风味。余谓使尽废驼峰熊掌抑可以羞王公大人耶？此亦一偏之说也。"王骥德意谓："驼峰熊掌"与"蚬蛤蒜酪"当兼有。

第四，强调审美风格"宜婉曲不宜直致"，"宜温雅不宜激烈，宜细腻不宜粗率，宜芳润不宜噍杀"，婉而成章，温柔敦厚。这是儒家中庸美学的基本思路。

王骥德"中和"美学思想发挥最充分的是他的"美听"说。他认为，

---

① 王骥德《曲律》卷三："白乐天作诗，必令老妪听之，问曰：'解否？'曰'解'，则录之；'不解'，则易。作剧戏，亦须令老妪解得。""世有不可解之诗，而不可令有不可解之曲。曲之不可解，非入方言，则用僻事之故也。'胡厮缠''两乔才'，此方言也；'韩景阳''大来头'，此僻事也。作南戏，而两语皆南人所不识，皆曲之病也。"

② 王骥德：《新校注古本西厢记序》，见蔡毅编《中国古典戏曲序跋汇编》二，齐鲁书社，1989年，第656页。

美听的秘密在于声韵内在的阴阳谐和、清浊相间。也即：在音声运动中，应发生参差——平复的规律性循环，戏剧家要将清浊、阴阳、沈响、圆涩交错使用。这样，才能造成美听的效果。"美听"①的本质，是造成音声在内在参差中滚动，造成差异的不断出现又不断消失的连续性和反复性进程。这里含有传统礼乐文化中"和"的音乐美学经验。②

综上所述，王骥德审美理论诸内容，我们可以指出两个问题：第一，王骥德的平稳、中和、主客观兼顾的戏曲艺术理论使他成了戏曲审美思想发展史上承前启后的关键性人物，他已兼顾到戏曲文学与戏曲演艺两个方面，把戏曲审美分析从案头的视角带了出来。第二，他的理论命题已较广泛深入，命题与命题之间已有串连联系。他的主要贡献是对戏曲审美理论的整体框架与体系进行了初步的构建。

第四节　冯梦龙与中国正宗戏曲理论之雏形

明代戏曲发展后期，明显地受观众艺术要求的市俗化倾向影响，更为重视戏曲活动中的客体性因素（戏曲表现的现实内容、舞台演出客观规律、观众审美情趣等），理论研究也由重在探讨戏曲文本及其传统美学之关系过渡到考察戏曲文本与面向观众演出③的美学关系。冯梦龙是这一时期的代

① 王骥德《曲律》卷二"论平仄"："上上去去，不惟叠垕　上上二字尤重，盖去去，即不美听。"卷二"论声调"："夫曲之不美听者，以不识声调故也。盖曲之调，犹诗之调。诗惟初盛之唐其音响宏丽圆转称大雅之声，中晚以后，降及宋元，渐萎偏诐，以施于曲，便索然卑下不振。故凡曲调欲其清不欲其浊，欲其圆不欲其滞，欲其响不欲其沈，欲其俊不欲其痴，欲其雅不欲其粗，欲其和不欲其杀，欲其流利轻滑而易歌不欲其乖剌艰涩而难吐。其法须先熟读唐诗，讽其句字，绎其节拍　使心灌注融液于心胸口吻之间，机括既熟，音律自谐，出之词曲，必无沾唇拗嗓之病。昔人谓孟浩然诗讽咏之久，有金石宫商之声，秦少游诗人谓其可入大石调，惟声调之美故也。"卷三"论宾白"："句字长短平仄，须调停得好，令情意宛转，音调铿锵，虽不是曲，却要美听。"卷三"杂论"："凡曲之调声各不同，已备载前。十七宫调下至各韵为声亦各不同，……最美听者，寒山桓欢，先天之雅，庚青之清，尤侯之幽次之。"

② 另，在临川、吴江音律之争问题上，王骥德也表现出了调和的色彩。《曲律》云："临川之于吴江，故自冰炭。吴江守法，斤斤三尺，不欲令一字乖律，而毫锋殊拙　临川尚趣，直是横行，组织之工，几与天孙争巧，而屈曲聱牙，多令歌者咂舌。吴江曾谓：'宁协律而不工，读之不成句，而呕之始协，是为中之之巧。'曾为临川改易《还魂》字句之不协者，吕吏部玉绳以达临川，临川不怿，复书吏部曰：'彼恶知曲意哉!余意所至，不妨拗折天下人嗓子。'其志趣不同如此。郁蓝生谓临川近狂，而吴江近狷，信然哉!"元朗谓《吕蒙正》内'红妆艳质，喜得功名遂'，《王祥》内'夏日炎炎，乒个最关情处，路远迢遥'，《杀狗》内'千红百翠'，《江流》内'崎岖去路赊'，《南西厢》内'团团皎皎'巴到西厢'，《玩江楼》内'花底黄鹂'，《子母冤家》内'东野翠烟消'，《诈妮子》内'春来丽日长'，皆上弦索，正以其辞之工也。亦未必然，此数曲昔人偶打入弦索，非字字合律也。又谓'宁声叶而辞不工，无宁辞工而声不叶'，此有激之言，夫不工莫以辞为也。"曲之尚法固矣。若仅如下算子画格眼琢埴死尸，则赵括之误父书，故不如飞将军之横行匈奴也。"

③ 如《酒雪堂传奇总评》云："是记穷极男女生死离合之情，词复婉丽可歌，较《牡丹亭》、《楚江情》未必远逊，而哀惨动人更似过之。若当场更得真正情人写出生面　定令四座泣数行下。"此"当场真正情人"即指能够把文学文本表达出的好演员。注意，冯用了一个"若"字，可见得这样的人，完成转换，亦非易事。（魏同贤等；《冯梦龙文学全集》21《墨憨斋定本传奇（下）》，上海出版社，2002年，第4页。）

表。他在自己编订的《墨憨斋定本传奇》上写了不少总评、小引、叙跋、眉批，形成了一个较为完整的以研究戏曲内容的现实性及舞台艺术客观规律为核心的理论系统。他是李渔的先声，或者说是正宗中国戏曲理论的雏形。

一、关于戏曲活动中的"事"

冯梦龙重视戏曲活动客体性因素的思想表现在：认为戏曲内容的重心不是艺术家主观的情感或思绪，而是由戏曲中人物活动构成的"事"（故事、事件）。他说："传奇曲，只……说却事情出。"[1]"凡纪事之词，全要节次清楚，而过脉绝无痕迹。……其叙事又须明显，使人一览而知，方妙。"[2]

事件是戏剧美学中"很重要的概念"，"没有事件，没有事件的连锁，即没有戏剧"。[3]黑格尔在给戏剧艺术下定义时说："用语言来表现一个本身完整的动作（情节），这个动作既要用客观的方式表现出来，又要显示出这种客观现实的内在方面……这就是戏剧艺术。"[4]所谓"用语言来表现一个完整的动作"即指戏剧要有一个完整的故事或事件。冯梦龙前后不少曲评家都意识到"事"在戏曲活动中的美学意义，但未能像冯梦龙这样把"事"放在理论的中心来分析研探。具体表现如下。

戏曲中的"事"，一个基本的要求，就是要表现为一个有起有止的过程。过程是由各个环节组结起来的整体，组结中要按照一定的外在序列及内在联系，而且，环节在展开中也要以一定现实依据发生必然性的联系。明代曲论家沈德符在谈及《太和记》时说："用六古人故事，每事必具始终。"[5]祁彪佳评《琪园六访》云："六访中惟错访、病访最有情景。曲亦具相思相见之大概。"[6]这里的"必具始终""具之大概"即指剧事发展过程起讫俱全的完整体，只是他的口吻有贬抑之意。冯梦龙则用肯定的眼光对待这种"必具始终"。他认为戏曲应该展现"事"之变化的整个过程，写世事的沧桑或者历史的沉浮，写"不尽长江前后浪，经过多少兴和丧"，写"古往

① 沈自晋《重定南词全谱凡例续记》，沈自晋著；张树英点校：《沈自晋集》，中华书局，2004年，第258页。
② 高洪钧编著：《冯梦龙集笺注》，天津古籍出版社，2006年，第167页。
③ 克尔别尼：《在动作中分析剧本和角色》，载《戏剧理论评论文集》。
④ 黑格尔：《美学》卷三。
⑤ 沈德符：《万历野获编》卷二十五"太和记"条。（清道光七年姚氏刻同治八年补修本）
⑥ 祁彪佳：《远山堂曲品·能品》"《琪园六访》南北六折"条。

今来变态，离悲合喜因缘"①，写"善恶兴衰之案"，写"贫富变于一朝，恩怨悬于千里"。②在描绘一个相对时间的故事段落中，显出客观生活的运动痕迹与推移层次，"君子落得做君子，小人落得做小人"③，透示艺术家对历史生活中美战胜丑、善驱走恶的喜悦与感慨。

既然把戏曲表现的"事"理解为一个过程，那么过程中的部分就是整体的特定环节。它也应部分地反映着整体的意旨和动向。冯梦龙编有《量江记》传奇，描写才士樊若水向宋太祖献策、造浮桥渡江灭南唐后主事。该剧第十折《渔艇索绹》表现樊若水向渔翁索借长绳准备测量江面宽度。冯梦龙认为这是整个故事的关键处，乃"全剧之主词"。又如《酒家佣》第二折李固、李燮一上场就唱了两支曲子，透露了他们的性格特点以及这种性格必然导致的结果。冯梦龙眉批："观数曲便知李固父子终身。"在这里，他不是孤立地去看具体的场次或场面，而是把它们作为整个戏曲人物故事全程的"一斑"来观察、评说的。

另外，当一个剧本故事发展到特定环节时，这个环节总是从更具体更丰富的角度来体现着整体意旨的，故事整体的意旨在这种情形下也总是处在一种特殊的形态节点上的。冯梦龙在《酒家佣》第二十八折《滕女自叹》④上有这么一句眉批："此折专表滕女之贤。不然一庸女子未当李燮佳偶。""专表"二字下得甚有意味，它告诉人们：整个戏曲故事于此进入了一个具体环节——一个不太重要的女子的贤良性格的表现。但是如果把这个环节理解为与整体剧本故事没大关系或者觉得可以没有这个环节，那就错了。因为如若没有这个滕女贤良的具体环节及意旨，作为整体故事走向的李燮生活史（李燮将娶此女为偶并得其助），就将失去可信性与必然性。

从把戏曲中的"事"视为一个完整过程的角度，王骥德、祁彪佳曾涉及"故事过程"中环节与环节、阶段与阶段谁主谁从、何轻何重的问题。王骥德《曲律》中说："传中紧要处，须重著精神，极力发挥使透。如《浣纱记》遗了越王尝胆及夫人采葛事。红拂私奔，如姬窃符，皆本传大头脑，

---

① 冯梦龙：《量江记·家门》和《酒家佣·家门》。
② 冯梦龙：《人兽关总评》。
③ 冯梦龙：《酒家佣》三十五折眉批。
④ 第二十八折《滕女自叹》滕女有一段说白："奴家冷眼觑他，见他丰仪秀整，举动端庄，不像个佣工等辈，若非涤器之马卿，定是凭钓之季子。我爹爹失了此人，却不枉了一生侠气，自古浣纱之女，识伍相于乞时，漂絮之母，辨王孙于饿困，我女孩儿家，怎学得那厮个人也。"冯批"专表滕女之贤"是就此而言的。

如何草草放过？若无紧要处，只管敷衍，又多惹人厌憎，皆不审轻重之故也。"祁彪佳《远山堂曲品》中说：《双环》"于关情之处，转觉未尽"，《玉镜台》"于紧切处，反按以极缓之节"，《玉环》"韦皋、玉箫两世姻缘，不过前后点出，而极意写韦之见逐于妇翁"，《石榴花》作者"喜为儿女传情，必有一段极精警处，令观者破涕为欢。若此记罗惜惜寻花下之盟，竟致误约是也"。①他们两人的共同特点是要求剧作家在设定故事全程时，分别轻重主从，寻找全程中那些关键环节（或是最能显现故事中心意旨的地方，或是最能反映事件走向转折的地方），浓墨重彩，尽意渲染。与王、祁不同，冯梦龙则把自己的目光专注于事件诸环节的内在因果联系。他认为若要造成某种结果，必先设定原因，"先透个消息"，"为后文张本"②；而最后出现的某种结果，也一定是先前某一环节的补笔，切不可省，也"断不可删"。这种诸环节之间有因必有果、有果必有因的联系性，冯氏称为"血脉"与"针线"③。后来李渔"密针线"的论述就是由此发展而出的。

不过，冯梦龙对戏曲故事诸环节因果联系的考察，也有误识所在。

> 《风流梦后叙》云："梅柳一段姻缘，全在互梦，故沈伯英题曰：'合梦'。"
>
> 《风流梦总评》云："两梦不约而符，所以为奇。原本生出场，便道破因梦改名，至三四折后旦始入梦。二梦悬截，索然无味。今以改名，紧随旦梦之后，方见情缘之感。《合梦》一折，全部结穴于此。"

他认为杜丽娘与柳梦梅互梦对方一事是全剧的关键，是他们终成眷属的根本原因。我们知道，一个事件走向某种结局有诸种原因，有些原因在促动事件运行中是非本质的。这种非本质的原因"不过是一种机缘，或外在激发，事件的内在精神并不需要这种机缘"。④非本质原因作为一种"导

---

① 祁彪佳论"事"，注意到人情事理，评吴仁仲《再生缘》云："此亦作意构曲者，惜转笔未快，故生动处觉少。钩弋既为李夫人后身，何为复有留子夺母之事？"评青山高士《盐梅记》："宋道光已登贤书，复改青衣之饰，人情乎？追后王媵儿伪为男妆，亦觉饶舌。总是未当家处。"
② 冯梦龙：《灌园记》二十七折眉批，《酒家佣》五折眉批。
③ 又叫"线索"，冯梦龙《风流梦·总评》云："凡传奇最忌支离。一贴旦而又翻小姑姑，不赘甚乎。今改香出家，即以代小姑姑，且为认真容张本，省却葛藤几许。又李全原非正戏，借作线索，又添金主不更赘乎，去之良是。"
④ 黑格尔：《逻辑学》，商务印书馆，1966 年，第 221 页。

因"虽然与事件发生联系，激发、促进、引导了事件的最后走向及结果，但它终究不是产生结果的内在原因或本质根据，它与结果的联系仍是外部的，非本质的。没有这"导因"，事件仍然会因其内在原因的作用而走向结果。冯梦龙将杜丽娘与柳梦梅两人素昧平生而"互梦"视为他们最后结合的根本理由，正是把一种非本质的原因（一种导因或机缘）误为本质的原因了，这是不科学的。

王骥德曾研究过怎样使戏曲中的"事"具有美感（戏味）。他从内容（事）与形式（音律）相谐调的角度说："须称事之悲欢苦乐"去使用宫调，"游赏则用仙吕、双调等类，哀怨则用商调、越调等类，以调合情，容易感动得人。"①冯梦龙也对"事"与美感的关系做了深入思考。但他不是从"事"（作为内容）与外在形式的关系来考虑，而是就"事"自身的质的规定性论述"事"怎样才是美的。

第一，他认为戏曲所写之"事"有无美感，取决于"事"自身美不美②，《永团圆叙》中曾提出"劫官劫庄"之事是不美的（"甚非美事"）。这显然受了他的封建正统观念与政治伦理思想的支配。

第二，他认为"事"中是否有美感要看它是否有戏剧性。有戏剧性就有审美效力，就能激动观众。他把"事"的戏剧性称为"波澜"（这一概念一直沿用至清），在理解上也比祁彪佳要深入得多。祁彪佳《远山堂曲品》中用"波澜"评剧有如下例证：评《繡襦》"此记波澜，只在荆公误认宋广平。"评《梨花》"再遇金莲，觉有无限波澜。"似乎故事戏剧性的产生在于戏剧家安排的（人为的）矛盾、矛盾的和解或误会巧合。冯梦龙则进了一步，他认为戏剧性产生于故事中人与人之间的必然性矛盾，产生于事端（戏剧冲突）。如《灌园记》十八折眉批说："牧童与生做对头到底，波澜妙甚!"他把戏剧性理解为故事中人物性格的不协调及其矛盾冲撞，这是接近戏曲美学本质特征的理解。

冯梦龙还谈到"事"的典型性。他批评原本《灌园记》对"王孙贾母

---

① 王骥德：《曲律》卷三。
② "事"本身有质的规定性，金圣叹评《西厢记》云："自古至今，有韵之文，吾见大抵十七皆儿女此事。此非以此事真是妙事，故中心爱之，而定欲大文也；亦诚以为文必为妙文，而非此一事，则文不能妙也。夫为文必为妙文，而妙文必借此事，然则此事其真妙事也。可也？事妙故文妙，今文妙必事妙也。"（"琴心"总批）"事"本身具有"妙"与"不妙"客观性。

子忠义、为嗣君报终天之恨"等事"弃之不录"。冯梦龙的意思是《灌园记》的主旨在标榜忠义之事，而王孙贾母子在众多忠义故事中最具类性（共性）特征，最能显现忠义，故是忠义故事中最典型的东西。戏曲家要抓住这种"最典型"，通过它突出表现忠义故事之共性，表现这类故事的本质特征。可见，在冯梦龙看来，"事"是否典型，主要取决于"事"本身是否具备该类事物的共性（类性、本质特征），是否最能代表该类事物。也就是说，他对典型的美学理解，偏重于某种事物或现象的共性（类性）。在这一点上，冯梦龙没能再进一步，祁彪佳却推进了，他要求戏曲家应根据事物类性把同类的感性事实予以典型化，即"集合压缩"，从而更有力地反映该类事实的本质规律。如《远山堂曲品》说：《清凉扇》一剧，将"有十部梨园歌舞不能尽"的事实，"约之于寸毫片楮中"；《玉扼臂》一剧，取韦将军闻歌纳妓事，又"杂之以虎易美姝事"；《莫须有》一剧，"杂取《博笑记》中事，串入巫嗣真一人"，等等，这正是冯梦龙上述思想的再深入。

二、摹写性情、形象个性及戏曲场面

所有艺术美学家都注重探究某种艺术的特别表现对象，及其表现特殊对象的特殊性能。戏曲艺术的特别表现对象为何呢？冯梦龙说："文之善达性情者，无如诗三百篇"，"自唐人用以取士而诗入于套"，"宋人用以讲学而诗入于腐"，"性情之郁，不得不变而之词曲"。[①]冯梦龙认为戏曲是人的性情外发的必然结果（"固亦性情所必至矣"[②]）。它最"足以（表）达人之性情"，[③]是一种能把人之性情的"极乐、极痴、极醒，描摹尽兴"的美学形式（冯梦龙《邯郸记总评》）。因此世俗生活中的各种真情实感，香闺旖旎，义侠胸襟，忠良气度，小人情状，妓女鸨儿，市井风情，连同戏曲家对于生活的审美体识，就成了戏曲艺术的美学表现对象。

关于戏曲艺术与人之性情的关系，一直是明代戏曲美学的要点。王世贞曾认为《琵琶记》所以冠绝诸剧，即因它"体贴人情，委曲必尽，描写物态，仿佛如生"。（王世贞《品藻》）袁箨菴说他欣赏徐坦菴《珊瑚鞭》，

---

① 冯梦龙：《太霞新奏序》，杨晓东：《冯梦龙研究资料汇编》，广陵书社，2007年，第72页。
② 冯梦龙：《步雪新声序》。
③ 冯梦龙：《太霞新奏序》。

也因这个剧本把"人生万事……收拾在春风锦绣一奚囊。英雄啼有泪，儿女笑生香。"（袁箨菴《珊瑚鞭·题词》）吕天成评价作品高下的美学尺度也是看它有无"描画世情，或悲或笑"的绝技。说得较为概括的是王骥德，他认为曲的任务在于"模写物情，本贴人理"，"诗不如词，词不如曲，故是渐近人情……快人情者，要毋过于世也。"（王骥德《曲律》）冯梦龙的观点是王骥德思想的推延。

冯梦龙重视戏曲活动客体性反映到艺术形象问题上，是承认客观生活逻辑对艺术形象内在因素的规定性。他把这种有"规定性"的艺术形象称为"有心肝"。《新灌园叙》说："奇如'灌园'，何可无传？而传奇如世所传之《灌园》，则愚谓其无可传，且忧其终不传也。夫法章以亡国之余，父死人手，身为人奴，此正孝子枕戈，志士卧薪之日。不务愤悱忧思，而汲汲焉一妇人之是获，少有心肝，必不得尔。且五六年间，音耗隔绝，骤尔黄袍加身，而父仇未报也，父骨未收也，都不一置问，而倦倦焉讯所私德之太傅，又谓有心肝乎哉？"①所谓"没心肝"，即指法章这一艺术形象在个性表现及其行为言语上缺乏现实生活的真实性，不符合一般人情的正常逻辑，因而失去了令人信服的现实根据与艺术力量。

为了演员表演②，冯梦龙运在剧本上写道："马融伪儒，亦须还他架子。俗优扮宰嚭，极其猥屑，全无大臣体面，便是不善体物处，宰嚭要还他个大臣架子，演马融要还他儒者架子，万是水墨高手。""演李固要描一段忠愤的光景，演文姬、王成、李燮要描一段忧思的光景，演吴佑、郭亮，要描一段激烈光景。"③他要求剧家要帮助演员理解人物的身份及个性，把人物的"心肝"——这种内在的因素，当作舞台艺术表现的依据，创造可信的舞台人物性格及风貌。

---

① 《新灌园》传奇原题"古吴张伯起创稿，同郡龙子犹更定"。见杨晓东：《冯梦龙研究资料汇编》，广陵出版社，2007年，第101页。

② 对演员进行教授，是明末戏剧活动的特点之一。明张岱《陶庵梦忆》卷八"阮圆海戏"条记："阮圆海家优，讲关目，讲情理，讲筋节，与他班孟浪不同。然其所打院本，又皆主人自制，笔笔勾勒，苦心尽出，与他班卤莽者又不同。故所搬演，本本出色，脚脚出色，出一出出色，句句出色，字字出色。余在其家，看《十错认》、《摩尼珠》、《燕子笺》三剧，其串架斗笋、插科打诨·意色眼目，主人细细与之讲明。知其义味，知其指归，故咬嚼吞吐，寻味不尽。至于《十错认》之龙灯、之紫姑，《摩尼珠》之走解、之猴戏，《燕子笺》之飞燕、之舞嫁、之波斯进宝，纸札装束，无不尽情刻画，故其出色也愈甚。阮圆海大有才华，恨居心太郁，其所编诸剧，骂世十七，解嘲三十，多诋毁东林，辩宥魏党，为士子君所唾弃，故其传奇不之著焉。如就戏论，则亦铳铳能新，不落窠白者也。"

③ 冯梦龙《酒家佣》第四折眉批，总评。

冯梦龙又认为，情绪是人物性格（心肝）的具体反映。人物性格的发展，伴随着情绪的变化，而情绪的变化又为事境所决定。"人到生死之际"，自然千头万绪，柳梦梅遇杜丽娘鬼魂自然有些怕，"不怕无理"。情绪，是剧中人触境随生的东西。一场戏中出现不同情境，混合着不同人物的不同情绪，一场戏结束，人物的情绪活动也就停息了，"传奇至底板，情意已尽"。因此，演员在舞台上创造人物的"心肝"，亦必须体会并着力表现出他的内在情绪。

《酒家佣》十三折眉批：演王成"全要扮得慷慨淋漓，令人感叹欲绝方妙"。

《精忠记》眉批：秦桧被骂，"大损威重……演（秦桧）者要怒中带奸方妙"。

《洒雪堂》总评："是记穷极男女生死离合之情，词复婉丽可歌，较《牡丹亭》《楚江情》未必远逊，而哀惨动人，更似过之，若当场，更得真正情人写出生面，定令四座泣数行下。"

《洒雪堂》二十四折眉批："断弦破镜与生，俱尽怨愤之极，演者亦应情泪如雨。"

《人兽关》三十一折批："层层挑出桂老'悔'心，作者大有筋节。"

他在要求演员做"真正情人"，善于在内在中体验并传达人物的情绪波动，奸诈与威重，慷慨与怨愤，"穷极"人物的"生死离合之情"，"令四座泣数行下"。不难见出，冯梦龙对艺术人物的审美批评已经转到戏曲舞台上来了。

冯梦龙对戏曲场面的分析也极精细。他始终用现实生活的真实情状为标尺品评戏曲场面的艺术水平。他把每一个戏曲场面都视为一个真实的生活场景。活动在其中的每个人物（每个演员）都要立足于这种"舞台上的生活场景"，立足于艺术情境中的所有关系。因为这时他"生活"的天地就不再是把剧场、观众都包括在内的真实的"大天地"，而是台上这块"小天地"。在这"小天地"中，他要完全沉溺到作品反映的生活"天地"及这个"天地"的人的关系中去，显得是真的生活场景中的一个独立自在的人。例如对《女丈夫》十五折《棋央雌雄》的评批，场面中有一个小净，小净表演时就应"手虽下棋"，眼神却要不时地偷觑他的对手小生，并且"时时叹息"；这才显得真实。《女丈夫》三十折有虬髯公海外称王的场面，虬髯公就应"像个海外天子"，与周围"文武宦监，极其整齐"的环境谐调，若有一丝"寒酸气"，场景就不对头了。这就是说，演员要完全忘记这场景之外还有一个对象（观众）的世界，要用沉浸于艺术情境的办法，分离与外界观众的"演观联系"，进入艺术场景中的生活联系与人际关系，使场面活起来。

有些演员在思维上常常不能分割他与观众之间的"演观联系"，不能深入艺术情境，带着一种为观众而摹拟的心理进行活动。所以他们常常跳出艺术情境的内在联系，耍噱头，扮丑态，直接去讨得观众的欢心。冯梦龙很反感，批评此类现象说，不能为了台下的哄堂大笑，把《浣纱记》开始场面中的伯嚭扮成个"小丑"，也不应该把《万事足》中的净婆演成个"吃醋泼妇"，她毕竟是个"大臣之妇"，"要略存冠冕意思"；演员到底要在戏曲场面所反映的实际"天地"中生活存在，场面才能是一个真实可信的生活画面。

对于戏曲场面中人物性格基调与其丰富性的关系，冯梦龙的思想也是辩证的。他觉得，总的说来，演员要对人物的整个性格基调（一般性）心中有数，把它作为具体场合的活动准绳。也说，"凡脚色，先认主意。如越王、田世子，无刻可忘复国；如李燮、蔡邕，无刻可忘思亲。"这个"主意"①，就是演员当把握的性格基调。

但另一方面，在戏曲场面中，艺术人物的典型意义往往不仅仅是性格基调（一般性）所反映的那种主干、笼统性的思想意旨，它必然会转化成具体场合的特殊心志、情感、意绪、信念、动作及错综繁多的心态，转化成灾难、苦痛、欣慰、死亡、爱恋、满足等一系列实情，艺术人物的内在

---

① 冯梦龙《风流梦小引》云："若士先生，千古逸才。所著'四梦'，《牡丹亭》最胜。王季重叙云：'笑者真笑，笑即有声；啼者真啼，啼即有泪；叹即真叹，叹即有气。丽娘之妖，梦梅之痴，老夫人之软，杜安抚之古执，陈最良之腐，春香之贼牢，无不从肋节窍髓，以探其七情生动之微。'此数语，直为本传点睛。"（杨晓东：《冯梦龙研究资料汇编》广陵出版社，2007年，第138页）《楚江情》第二十五折批道："叔夜之情，长公之侠，贞侯之谊，具见此折。"此"妖""痴""软""古执""腐""贼牢""情""侠""谊"，皆指人物之"主意"。

包蕴会变得尤其丰富、复杂。因此，这就给活动在舞台场面中的演员带来了这样的矛盾：表现人物性格基调（人物典型意义之一般）与表现人物感性生活的丰富性（性格基调无法包括的个别性）。冯梦龙以《酒家佣》中李固这个形象为例，提示演员该怎么做。他说李固的性格基调是"忠愤光景"，但在第十一折《李固陷狱》的场面中却应主要表现他"与寻常冤囚不同"的"刚直"性情。在冯梦龙看来，性格基调的东西要消融于具体场面的具体情态，一般必须转化寄存于个别、具体之中。

戏曲场面还可以把生活中那些摸不着看不见的东西转化为感性可触的现象。戏曲场面固然应体现作者的美的理想，但须将它变成尘世生活的实有画面，使之既是情感理性的光彩，又完全是生活中既有的。拿经过冯梦龙编订的《风流梦》来说，杜丽娘仍像汤显祖所塑造的那样，是一个"情"的典型（"以情死者"），一种理性追求美学的范型。然冯梦龙交待演员，要在表演中赋予她生活情味与感性气息，给她以"凄凉"神情，给她以"叮咛宛转"的死别泣诉，好让观众在她活动的具体场面中，为她"惨恻"哀悯。这样，她才是可信的人。

我们知道，文学剧本在表现一种纷繁共时的生活内容时，常常使用许多细节把它感性化具体化。但这些细节却不能像绘画那样一齐安放在一个平面上，共时并列地呈现于观者。它只能分散开来，先后承续地一件一件地交待描绘。这是文学剧本共时性地表现具体生活内容的一个缺陷。戏曲场面恰恰克服了这个缺陷。它可以将先后承续的生活细节转化为"并列"，共时地安放在观众抬头即见的舞台画面上，构成一幅形象、活动、整体性的生活场景。所以，冯梦龙非常注意分析这种"场景"，为演员提供表现经验。如《量江记》第五折有个一场面，其主体、中心是"君臣荒乐，如痴如狂的光景"；然同时又有许多侧面，如皇帝李主应表现其"秀才"气，而弓、皇等人则要表现他们的"帮闲"嘴脸，等等。这种共时性场面中的"一"与"杂多"并存的特征是现实生活中本来常见的，它给演员的艺术表演带来许多困难，使他们虽同处一种空间场景，但却因扮演不同身份不同性格之人，置力点要各有所向，司职也各有别。为此，冯梦龙写下了许多提示。

《万事足》第六折眉批："□（字迹不清，指男角生）无心，妇有意，演者须各□（字迹不清，估测是"认"字）主意①描写。②"

《永团圆》第十折《府堂对理》眉批："府公与贾旺、江纳问答甚长，须发付生暂退，方不冷淡，然生须在旁察听，不得径下。"

《人兽关》第十三折《施济遭宫》眉批："看命若全然说，与遭宫不贴，若太直言，又非桂生同来之意，施老又要讨流年真信，又愁说不好，此种心事，须各认脸色描之。"

就是说，每一个戏曲场面（或者说一个舞台上的生活场景）都由"情节中心"来统摄，"情节中心"由每个角色共同支撑，他们之间不仅仅是一个空间并存的简单关系，而应是一种艺术内容规定下的"关系网"，他们在"网"中建立起动作、情绪、心理要求等方面的联系，包括对立。他们若各自准确地站在自己的"网眼"上把这个"网"拉起来，这个戏曲场面（或生活场景）就是统一的活生生的了。

一个戏曲场面就是生活中的一个具体情境。从视觉感知的角度，处于情境中的人物，其特殊心理活动主要是通过他们的肢体语言——姿势、动作来表现的。但演员只要是一个活动的人，他的一颦一笑、一举一动都无不是姿势、动作，怎样在这处处皆是姿势、动作之中突出哪些是具有特别表现意义的姿势与动作呢？冯梦龙有自己的看法。

《双雄记》第二十七折眉批："董素是妓家，到底肯出头说话，不比魏氏（夫人），演者须会。"

《风流梦》第二十折《设誓明心》眉批："此折生（面对丽娘灵魂的柳梦梅）不怕，恐无此理，若太怕则情又不深，多半痴呆惊讶之状方妙。""此后生更不怕，但作恍惚之态可也。"

---

① 古诗文评中每用"主意"范畴。明顾梦麟《诗经说约》卷十五释"相彼投兔，尚或先之。行有死人，尚或墐之"诸句云："麟按，以上诸章注中，父母失爱，信谗弃逐余皆标出之者，见其主意所在也。然其实以蕴含不甚说出为佳。"（明崇祯织帘居刻本）明程明善《啸余谱》释汉短箫铙歌云："按古辞云：'君马黄，臣马苍，二马逐臣马良'，终言'美人归以南'、'以北'、'鸳车驰马'、'令我心伤'；但取第一句以命题，其主意不在马也。"（明万历刻本）明冯惟讷《古诗纪》卷一百五十四"乐府命题"条："古乐府命题皆有主意，后之人用乐府为题者，直当代其人而措辞，如公无渡河，须妻止其夫之辞，太白辈或失之，惟退之琴操得体。"（清文渊阁四库全书本）

② 李渔也谈到此种情况："此折（《琵琶·赏月》）之妙，全在共对月光，各谈心事，曲既分唱，身段即可分做，是清湊之内原有波澜；若混作同场，则无所见其情，亦无可施其态矣。"（李渔：《李渔全集》第3卷《闲情偶寄》，浙江古籍出版社，1991年，第95页。）

> 《人兽关》第二十折《狡妻劝恶》眉批："□（字迹不清）老一片良心……演者亦须用心体贴。"

冯梦龙认为演员发出非特别意义的姿势、动作时只要沉浸角色生活的正常行为即可；若遇到具有特别表现意义的姿势动作，则一定要使自己的艺术思维跳出"沉浸"，反思一下自己（"体贴""须会"），用表演意识的内在生气对外在行动发出一种强调性的支配（"作"）。经过反思而发出的具有强调意味的姿势动作，就摆脱了生活中那种偶然随意性色彩，成为灌注了演员艺术情感的、更可以满足艺术形象内在旨趣的感性化形式了。

三、舞台艺术规律与市民审美趣味

重视戏曲活动客体性因素的思想也表现为尊重舞台艺术的客观美学规律。冯梦龙要求剧本创作适合于舞台演出，不要滑向案头化。案头化剧本描写中往往花更多笔墨去描摹人们在现实中的内心状态，舞台演出性剧本则主要描绘人们外在的动作、行动及其语言，注意人们的目的或欲求在努力中如何一步步实现，注意生活中的矛盾、冲突及发展，以便在舞台上直观地予以表现。所以冯梦龙不太欣赏那些才情飙飞、充满比兴色彩的优美唱词，而是关注是否通过浅近的语言把一个完整的故事情节写成合于情理的清晰的人物行事过程（"成事体"[①]）。他说：

> "传奇曲只明白条畅，说却事情出便够，何必雕镂"[②]，"叙事……须明显，使人一览而知"[③]，但"要紧关目必须表白"，情节"大关系处必不可少"。[④]

可见，他是从戏曲以反映人的行事过程为主这一戏曲艺术的根本审美特性出发，来强调戏曲语言通俗、适宜于舞台表现，反对戏曲案头化

---

① 冯梦龙《永团圆总评》："父女岳婿借此先会一番，省得末折抖然毕聚，寒温许多不来，此针线最密处也。挫婚、看录及书斋偶语三折，俱是本传大紧要目，原本太直遂；似乎高公势逼，蔡生惧而从之，蕙芳含怨，蔡母子强而命之，不成事体。须是十分委曲，描出一番万不得已景象。"
② 此话是沈自晋转述的，沈自晋《重订南词全谱凡例续纪》中云："余无论诸家种种新裁，即玉茗、博山传奇，方诸乐府，竟一词未及。岂独沉酣于古，而未遑寄兴于今耶？抑何轻置名流也？子犹尝语予云：'人言香令词佳，我不耐看，传奇曲只明白条畅，说却事情出便傥，何必雕镂如是？'噫，此亦从肤浅言之，要非定论。愚谓：以临川之才，而时越于幅皆勿论，乃如范如王以巧笔出新裁，纵横百变而无逾先调隐之三尺，故当多取劳模，为词坛鼓吹。"（参王瑜瑜《沈自晋古今入谱词曲总目的编撰及其价值》，《古典文学知识》2013 年 1 期）
③ 冯梦龙《太霞新奏》卷十二评语。
④ 《人兽关》第一折眉批，《酒家佣》第二十六折眉批。

倾向的。

从中国戏曲美学思潮的运演过程看，明清曲论家否定案头剧多有保留，认为戏曲作品既要是案头上的文学生作，又要适合剧场搬演。王骥德《曲律》说，"其词格俱妙，大雅与当行参回，可演可传，上之上也"。这一观点一直很有市场。清代汤大奎评杨潮观戏曲时就说："昔人论制曲须是钜才，与诗词另是一付笔墨，既宜传演，又耻玲讽……斯为能事。"甚至到了近代的吴梅，仍在坚持这种"案头场上，两擅其美"论。冯梦龙是干脆彻底地否定案头剧，连有案头倾向的名剧《牡丹亭》也不放过。他说："识者以为此（《牡丹亭》）案头之书，非当场之谱。欲付当场敷演，即欲不稍加篡改而不可得也。"（冯梦龙《风流梦总评》）在这一点上，只有李渔，与他同调。

冯梦龙的理论分析还涉及舞台艺术规律中的时空环境。他认为文学剧本投入演出要解决剧本情节时空与舞台时空有限性的矛盾，办法是通过象征性、虚拟性的艺术表现，让观众想象悟解舞台表现的时空特点与实有环境。这同张岱的思想比较接近。张岱尝说刘辉吉搬演戏剧，"奇情幻想，欲补从来梨园之缺陷，如唐明皇游月宫……场上一时黑魆地暗，手起剑落，霹雳一声，黑幔忽收，露出一月，其圆如规，四下以羊角染五色云气，中坐常仪，桂树吴刚，白兔捣药，轻纱幔之内，燃'赛月明'数株，光焰青藜，色如初曙，撒布成梁，遂蹑月窟，境界神奇，忘其为戏也"。[1]冯梦龙则说，《邯郸记》"东游"一折，搬演者"累桌挂彩，以象龙舟。唐皇与群臣登之，彩女周行棹歌，略如'吴王探莲'折扮法，甚可观"。（冯氏《邯郸记》总评）[2]演员们的创作处理得很有弹性：他们根据故事情节中客观环境在角色内心引起的感觉来发出角色对环境的反应性动作或行动（"撒布成梁，遂蹑月窟"、"周行棹歌"），从而显现出他们（角色）所面临的具体真实的时空环境。观众则根据角色对环境的反应性动作（一种虚拟的显现），结合台上那些象征性道具提示（"露出一月，其圆若规"，"累桌挂彩，以象龙舟"），即可在自己的审美联想与判断中产生出一种非确定的观念性的时空环境了。

冯梦龙对戏曲活动中客体性因素（戏曲故事、内容的现实性、舞台客

① 张岱：《陶庵梦忆》，中州古籍出版社，2012 年，第135 页。
② 杨晓东：《冯梦龙研究资料汇编》，广陵书社，2007 年，第 110 页。

119

观规律、舞台场面等）的重视，一定程度地反映了地主阶级文人在向自己艺术活动的对象——市民阶级的艺术趣味靠拢。因为作为当时主要戏曲观众的小市民是不关心文人们那飘浮于"现实"之上的内心情感生活的。他们看戏不管什么意境或韵味，只爱那实在的人物活动、故事发展以及其中的生活情趣。但是冯梦龙的审美趣味与小市民的艺术理想毕竟是有差别的，他反对戏曲创作过分牵就小市民的艺术趣味。

当时的中国市民阶层有两个明显的特点，一方面这个阶层是新兴者，他们赖以生存的条件是小地盘、小规模的经济活动，对生活既充满着实在感与信念，又觉得欲望的实现力不能及，所以他们常常用幻想来弥补内心的缺憾，幻想在现实生活中得到更多的实在的满足。另一方面由于这个阶层是小经济买卖，政治上没有大的目标与欲求，所以他们往往陷于世俗生活的泥潭而乐得其所，庸俗、自私、肤浅、目光短小、琐细冗杂、低级情趣的生活内容已足以使他们自我沉醉了。由于这两方面的特点，晚明戏曲创作特别是吴江派作家的创作为了迎合他们，一是编织市民阶层乐意接受的物质生活与世俗生活的幻梦，"以奇事旧闻，不论数种，扭合一家"，或"无端巧合""愈造愈幻……即真实一事[①]，（亦）翻弄作乌有子虚"。[②]二是满足小市民们低级情趣或性爱生活的渴求，"以鄙俚为曲"，把"村妇恶声，俗夫亵谑，无一不备"[③]地搬上舞台，写"以男伪女"的俗套剧，写男女邂逅，表赠信物，月下幽会，写"香罗之合，香罗之分，香罗之分而再合"[④]，戏曲场上"悠谬粗浅"，"秽溢广坐"。[⑤]对此，冯梦龙做了两方面的议论。

第一，戏曲艺术不是一种仅供娱乐的游戏，不能有意去讨好观众或宣扬在听众中占优势而又完全荒唐浅陋的东西，戏曲艺术有自己严肃的社会目的。它要反映社会生活中有价值的内容，把人们的"悲歌慷慨，尽寄编

---

① 冯梦龙也提到幻与真，云："陈莃卿思路不幻，故小令少趣，大套亦不长于闺情，惟赠人之作，铺叙乃其胜场。"（《太霞新奏》）"玉茗堂诸作，《紫钗》《牡丹亭》以情，《南柯》以幻，独此因情入道，即幻悟真，阅之令凡夫浊子俱有厌薄尘埃之想，四梦中当推第一……通记极苦、极乐、极痴、极醒，描摩尽兴，而点缀处亦复热闹，关目甚紧。吾无间然。惟填词落调及失韵处，不得不为一窜耳。贵女安得独处，花诰岂可偷填，招贤榜非一人可袖，千片叶非一人可刺，记中种种俱碍理，然不如此，不肖梦境。"（《邯郸梦总评》，杨晓东：《冯梦龙研究资料汇编》，第 110 页）
② 凌濛初《谈曲杂札》。
③ 凌濛初《谈曲杂札》。
④ 祁彪佳《远山堂曲品》能品"《香罗》张应昌"条。
⑤ 沈德符：《顾曲杂言》"填词名手"条。

中"①，针砭世道，惩创人心②。《酒家佣叙》说："传奇之衮钺，何减春秋笔哉。世人勿但以故事阅传奇，直把作一具青铜，朝夕照自家面孔可矣。"冯氏改后的《永团圆》终场诗亦云："一段姻缘耳目新，每从节义显彝伦。当场不独矜词调，唤醒当今势利人。"③另外，从新发现的冯氏《孟子塞五种曲序》看，他也始终坚持戏曲的"情教"功能。④

第二，什么是戏曲作品的奇，奇存在的先决条件是什么？冯梦龙认为，奇的具体现象（奇人、奇事、奇语）要经得起推敲，奇是出人意料⑤，但放在作品事理中去考量，又要显得合情合理；否则，就不叫奇而叫荒诞了。《灌园记叙》说："传奇如世所传之《灌园》，则愚谓无可传。"因为其中人物"君王后，千古女侠，一再见而遂失身"，"谈何容易"？"何奇乎何传乎？"他认为旧本《灌园记》所以不奇不可传，即因其女主人公的活动不合理。按照她的身份性格不可能随便"失身"，她的活动失去了她内在性格意涵的必然性。冯梦龙的这些思想代表当时地主阶级文人中的一种审美倾向，他们不同意在戏曲活动中把自己的审美趣味完全等同于小市民的艺术要求，认为戏曲创作不应脱离现实生活的客观规律去胡编臆造，也不应表现那些无意义的琐碎的生活小节，而要反映有伦理价值的具体生活内容。

从上述可见，冯梦龙的理论贡献主要表现是：始终把戏曲活动的客体性因素（戏曲内容的现实性、舞台客观规律、社会作用等）视为检验戏曲创作的基本审美标准，比较准确地接触了舞台客观规律对文学剧本创作的支配限定作用，使戏曲理论由文学剧艺术论开始走向舞台剧艺术论，根本区别了诗文等案头文学理论，为后来李渔完成以舞台剧为中心的正宗的中国戏曲理论系统奠定了基础。另一方面，戏曲作品的审美标准不再是难以把握

---

① 冯梦龙：《双雄记·家门》。

② 冯梦龙《人兽关总评》："今移大士折于《赠金》《设誓》之后，为冥中《证誓》张本，线索始为贯串，且戒世人莫轻赌咒，大有关系。……负心变犬，……作者或有指也。因贫弃婿，传奇多有之，然未有如桂氏颠倒之甚者。始而赠之为婢，惟恐其不纳；既而绝之如仇，又惟恐其不远。贫室变为一朝，恩怨悬于千里。誓语不磨于佛殿，现报明示于冥司，宁不令负心者惕惕焉。""令负心者惕惕"，警诫也。（杨晓东《冯梦龙研究资料汇编》，广陵书社，2007年，第112页。）

③ 杨晓东：《冯梦龙研究资料汇编》，广陵书社，2007年，第114页。

④ 徐震：《20世纪冯梦龙戏曲研究综述》，《中国戏曲学院学报》，2007年第1期。

⑤ 冯梦龙《永团圆叙》："一笠庵颖资巧思，善于布景。如太守乔主婚事，情节本妙，添作二女志鹿得麈，遂生出多少离合悲欢段数。"《永团圆总评》："太守主婚事奇，中丞扭婚事更奇，二女一混，而夫不知其妻，姑不知其媳，妹不知其姊，叔父不知其女。如此意外团圆，倍觉可喜。蜃楼海市，幻想从何处得来！"（杨晓东《冯梦龙研究资料汇编》，广陵书社，2007年，第113页。）

的艺术家的主观艺术趣味,而是具有普遍意义的社会性客观性尺度——作品现实性、审美教育作用。这就结束了文人剧那种以自我审美趣味为作品基调的艺术倾向,引导戏曲家们把自我审美情趣同自我艺术对象——广大观众的审美标准统一靠拢起来,引导戏曲活动使其不再是个人的情感抒发而成为真正的社会性文化活动。

第五节 "吴江"倾向者的审美理论

在吴江派戏剧思想的发展历程中,有一批受其影响或与之同调的审美批评家,这里我们选择何良俊、徐复祚、祁彪佳三人,述评如下。

一、何良俊

关于戏曲,何良俊首先思索了一个问题:其审美力量究竟在哪里?是漂亮的词藻,是离奇的情节,还是别的因素呢?他有一段论述说:"大抵情辞易工[①]。盖人生于情,所谓'愚夫愚妇可以与知者'。观十五《国风》,大半皆发于情,可以知矣。是以作者易工,闻者亦易动听。即《西厢记》与今所唱时曲,大率皆情词也。至如《王粲登楼》第二折,摹写羁怀壮志,语多慷慨……《尧民歌》《十二月》(两曲)托物寓意,尤为妙绝,岂作调脂弄粉语者,可得窥其堂庑哉!"[②]这一段表述的意思显而易见:从流行的成功的作品看,"情"是审美活动的焦点,一个作品如果能把"人生之情"摹写出来了,它就能"动听",就能打动人。而有些戏曲家根本未悟这一点,他们以为"调脂弄粉"的华丽语言才是作品之美。这实在是"摸错门"了,误解了戏曲艺术的审美规律。

在明代曲论中,何良俊较早地标举出"本色"的概念。他说 "《西厢》全带脂粉,《琵琶》专弄学问,其本色语少。词须用本色语,方是作家"。他引出郑光祖《倩女离魂》中的唱词:"近蓼花,缆钓槎,有折蒲衰草绿兼葭。过水洼,傍浅沙,遥望烟笼寒水月笼纱,我只见茅舍两三家。"认为这一段"清丽流便,语入本色"。[③]从他这两段话揣摩"本色"的内涵,好像

---

① 重视情词是何氏论曲的一个特点。如云:"王实甫……长于情辞,有《歌舞丽春堂》杂剧。""王实甫才情富丽,真词家之雄。""郑德辉所作情词,亦自与人不同。"

② 何良俊《四友斋丛说》卷三十七《词曲》,明万历七年张仲颐刻本。

③ 同上。

不是指语言的浅显俚俗，而是指曲词创作中那种达情切意、语不甚深也不甚俗、人人都可理解的元曲的艺术神髓。

何良骏的审美理想是"清淡"。为此他推崇郑光祖而贬低王实甫。因为"郑词淡而净，王词浓而芜"。他不喜欢《西厢记》"全带脂粉"的浓艳风格，而欣赏郑光祖的语辞俗淡。王实甫的有些作品写得风格素朴一些，如《芙蓉亭》中有剧词云："想着我怀中受用，怕什么脸儿上抢白……"《丽春堂》中[落梅风]套曲唱："对青铜猛然间两鬓霜，全不似旧模样。"像这些作品，何良骏又称许了，评道："通篇皆本色，简淡可喜""句甚简淡。"①

淡，本来是传统文学美学的常用范畴。从宋代起成为审美时尚。

> 欧阳修《鉴画》："萧条淡泊，此难画之意。"
>
> 苏轼《书黄子思诗集后》："发纤浓于简古，寄至味于淡泊。"《东坡题跋·评韩柳诗》："所贵乎枯淡者，谓其外枯而中膏，似淡而实美。"
>
> 苏轼说："大凡为文当使气象峥嵘，五色绚烂，渐老渐熟，乃造平淡。"（《竹坡诗话》引）

从元明戏剧批评的发展情况看，何良骏是第一个把"淡"的风格作为一种审美标准，引进了戏剧品评。这是他的新进之点。原因大概是由于何氏是一个画家，"淡"的理论最早是从绘画美学中产生的。他的绘画每每效法以"疏淡"为美的王维，所画的竹'清逸'淡雅。他是在有意识地沟通戏剧与绘画之间的艺术理趣。他有一段话这么说："夫语关闺阁正是浓艳，须以冷言剩句出之，杂以讪笑，方才有趣；若既着相，辞复浓艳，则岂画家所谓'浓盐赤酱'者乎？画家以重设色为'浓艳赤酱'，若女子施傅粉，刻画太过，岂如靓妆素服、天然妙丽者之为胜耶！"在这里，他借绘画艺术上设色浓淡的辩证法，指出了戏剧作品过分刻画、过分浓艳反而不美的道理，而天然本色的"淡化"，恰恰是美的。

二、徐复祚

和前贤相比，徐复祚的独到见解是，戏曲艺术欣赏是时间性的审美流程，是听觉接受的特殊感受方式，它的基本要点是"不可重复性"，不像读

---

① 何良俊《四友斋丛说》卷三十七《词曲》，明万历七年张仲颐刻本。

文章，看小说，一遍不行，再来一遍。这种"不可重复性"就决定了戏曲"文本"必须便于听觉的理解。徐复祚把那些不便于听觉理解的戏曲"文本"称为"涩体"①。他说："传奇之体"要使田夫民女，或闻之喜，或听之惧。如果戏剧家在作品中堆砌学问，"使闻者不解为何语，何异对驴而弹琴乎？""乐府（戏曲）出于优伶之口，入于当筵之耳，不遑使反，何暇思维？而可涩乎哉？"他举梅禹金的《玉合记》为例，该剧第二出唱词中用了"柸触"一词。徐复祚说，他听后好长时间搞不懂。后读黄庭坚的诗中也有这一词，原来出自佛典《涅盘经》。徐氏批评道，黄山谷的诗本就十分艰涩，梅氏又把他的东西引入戏剧，饱读诗书的士大夫尚且不懂，何况一般的市民观众呢？这种做法实际上是违背戏剧艺术审美属性的（"最坏曲体"）。

徐复祚的审美认识中有见地的还有关于真假虚实的论述。他认为戏剧艺术好比"寓言"，反映的是作家主观"视镜"蒙盖后的社会现象，而不是社会上的某人某事。戏剧欣赏与阅读中，不必捕风捉影去找它的原型，"不必求其人与事以实之"。如《西厢》中张生、莺莺是否为元稹与表妹的私会往事，大可"不必核实"它。又如，俗传高明《琵琶记》描写蔡伯喈抛弃赵五娘，是在讽刺他的友人王四富贵后弃其贫贱之妻。徐复祚以为，不能作如是观，哪里真有王四"其事与人哉"？

不过艺术的真实性是要讲的。戏曲作品是否反映了时代生活与历史生活的特征，应是戏曲审美批评应该关注的话题。例如梁辰鱼的《浣纱记》描写吴越争霸史实。吴越在当时，已自称王，车马、服饰、位号、称呼都俨然天子。夫差、勾践早已不知有周天子在上了。但剧本中的人物称夫差仍叫"主公"，徐复祚认为这不符合历史的真实。（"称曰'主公'，何也？……此何异三家村童子不知其父称呼，而曰'我家老子'也，陋甚矣！"）

又如《琵琶记》"赏荷"一场，客观环境"明明是夜景"，因唱词说"卷起帘儿，明月正上"。但接下来人物又唱："昼长人静好清闲，忽被棋声惊昼眠。"这就前后矛盾。徐复祚认为，像这种艺术情境的真实性应贴近生活的本来，不可错乱。

关于戏剧的结局，中国人传统的心理是让生旦当场团圆，从而看到一

---

① 冯梦龙《古今谭概》"苦海部"卷七"涩体"条："徐彦伯为文，多变奇求新，以凤闻为鸥闽，以龙门为虬户，以金谷为铣溪，以刍狗为卉犬，以竹马为筱骖，以月兔为魄兔，以风牛为猋犊，后追效之谓之'涩体'。"

个喜剧化的完满结尾而后快。在这个问题上，徐复祚的认识真的"脱俗"了。他评《西厢记》说："《西厢》之妙，正在《草桥》一梦，似假疑真，乍离乍合，情尽而意无穷；何必金榜题名、洞房花烛而后乃愉快也？"他认为《西厢记》写到第四本，张生离莺莺去京应试途中，在草桥旅店梦见莺莺赶来相会，这种分离状态的忧思惊梦是最好的结局，大可不必再有第五本戏的中魁完婚情节，显得蛇足。后来金圣叹批点《西厢记》，坚决主张将第五本"腰斩"而去，认为第五本是"下半截美人"；其实正是徐复祚观点的延续。

三、祁彪佳

祁彪佳的戏剧批评著作是他的《远山堂曲品》和《远山堂剧品》，前者评品传奇，后者评品杂剧。

1. 对创作主体襟怀状态的观照

祁彪佳很注意透过作品去看戏曲家的创作动机与创作情绪。王元寿《北亭记》描写主人公令伯受田水月所制，处于人生困境。祁氏评道，此"乃（元寿）自寄所慨耳"。屠隆的《昙花记》中有义士"唾骂奸雄"之场面，祁氏说，这是作者"直以消其块垒"罢了。吕天成《三星记》也是其"自写壮怀"的产物。其他如，评陈与郊《樱桃梦》："先生此记，尽泄其慨世之语。"评陈情表《弹指清平》："此记多寄其感慨"，可见作者"不得志于时"也。评沈自征《鞭歌妓》："此其寄牢骚不平之意耳。"[1]评董玄《文长问天》："牢骚怒骂，不减渔阳三弄，此是天孙一腔魄礧，借文长舒写耳。吾当以斗酒浇之。"这些都是对创作主体内在因素与作品客观表象联系性的猜测与思考。

在祁彪佳对主体观照的表述中，还有一个"点醒"的概念。如评《有情痴》剧本，"点醒处机锋颇利"。评《媚童公案》，"作者唤醒之思深矣"。评《三度小桃红》，"以音乐着魔，即从音乐唤醒"。所谓"点醒"与"唤醒"，

---

[1] 类此尚有，如评朱京藩《玉珍娘》："朱君于剧中直自叙其姓名，而写其一段淋漓感慨之致，玉珍娘直寄情耳，非系情也。"评李大兰《老归正道》："李先生诸剧，大率崇儒黜释，又不若德公之逃禅，为儒觅真，绝路头也。佛法不明，多因说佛者。故词中以之寄慨。"评陈六如《九曲明珠》："吴文滋得一妓，为其负心，中道弃捐。陈六如代构此剧，舒其郁愤之气。"评陈与郊《义犬记》："先生林居时，大不得意，作此以愧门墙之负心者。葫芦先生一段穷极世态，乃王辰玉所作，先生第引入之耳。"评叶宪祖《骂座记》："灌仲孺愤愤不平之语，槲园居士以纯雅之词发之，其婉刺处有更甚于快骂者，此槲园寄意笔也。"吕天成《曲品》也有此类评，"长孺，文士之豪，寄牢骚于客舫。"长孺，即吴大震，字长儒，徽州人，作有《龙剑》。

好像是指创作主体对其意旨或主观倾向在作品中的有意点示。

祁彪佳还描述到戏剧家的构思。首先构思要合理。《完福记》中人物黄香演到最后，原来是个"仙姬之子"。祁彪佳诧异地批评说，金怀玉"何为而构此思"？其次，构思要巧妙。如《鸾书错》一剧，错中生错，喜结良缘，祁彪佳夸赞说：此乃"伯彭（王元寿）之巧思耳"。另外，构思要脱俗，要见出作者的气度。如评青山高士《盐梅记》云："构思曲折，极欲超出俗套。"评《八义记》云："运局构思，有激烈宏畅之致。"

祁彪佳的批评中，对欣赏主体或接受主体的思维现象也有所触及。他称道《靖虏记》写活了击楫渡江的祖士雅和闻鸡起舞的刘越石。他们的神采，令"千古而下，想象英雄"。又如《复落娼》一剧，把金儿一群人写得生动活脱。祁彪佳说，"啼笑纸上，即阅者①亦恍然置身戏场中。" 又评沈自征《霸亭秋》："传奇取人笑易取人哭难。有杜秀才之哭，而项王帐下之泣千载再见。有沈居士之哭，即阅者亦唏嘘欲绝矣。"评沈应召《去思》："王公铁令姑熟，保境御寇，倭贼呼之为王铁面，华荡之役卒以身殉，惜哉……遂有是记，……意境俱惬，令阅者忽而击案称快，忽而慷慨下泣。"评王元寿《紫绶记》："此记于李燮佣工处，描写诸困苦状，阅之令人酸楚。"评王元寿《石榴花》："伯彭喜为儿女子传情，必有一段极精警处，令观场者破涕为欢。"评王元寿《莫须有》："巧笑叠出，想见其胸有成竹。"评叶宪祖《团花凤》："其事仿佛鸳衾，而符女之认凤钗关目更妙，读三寄生草曲，如闻遥天鹤唳。"这里所谓"想象英雄""恍然戏场""千载再见""阅者唏嘘""击案称快""阅之酸楚""观场者欢""想见其胸""如闻鹤唳"，均在指审美欣赏中的艺术接受，是在描述欣赏主体的接受性想象及效果，是从艺术活动的终端来考虑作品美蕴实现状态的。

2. 境界论

像古典诗词中的意境一样，祁彪佳把自然环境因素也当成了戏境的重要构成。评《折梅驿使》一剧说，"惜未有冷月疏篱之致，与梅魂映带"。"梅魂"是一个幻化的女性人物，祁氏希望用一个冷月竹篱的凄清环境给形象以衬托，若这样做，戏境就产生了。又评《双栖记》说："觉汨罗江畔，暗

① 祁彪佳关注到阅者，评陈六如《九曲明珠》："其如阅者之煞风景，何词不乏纤丽，若去其骈白，更觉当行。"

雨凄风，黄陵庙前，暮色斜照，恍忽如见矣。"这是祁氏体会出的剧中境界：江岸、陵庙、暮色、风雨、斜照，俨然一幅屈子行吟图了。

祁彪佳很明了，戏境是写人的。如评史槃《朱履》云："童殺主人云：近日富春实有其事，而借南宋时人以谱之者，备诸苦境，刻肖人情。"

从哲学的规定性上看，祁彪佳的戏剧境界论兼顾了主客体两个方面。

一方面，戏境之新美取决于所写之客体内容及生活事件，"境"的审美魅力是由客观因素决定的。如评冯延年《南楼梦》："此即剑侠除倭，剧所演者，生不与旦配，张子文不以功名终，而为海外王，友人严有秋夫妇直以同溺为水仙，皆传奇未辟之境也。"作者所写的事"新"，故其有了别人"未辟之境"。评吕天成《耍风情》："传婢仆之私，取境未甚佳。"婢仆私合，内容陈腐，故戏境不佳。又评冯惟敏《僧尼共犯》："本俗境。"评《寻亲记》："词之能动人者，惟在真切，故古本必直写苦境……传出苦情。"意思同于上述例子，一个剧本一旦"事不经"，其必"堕恶境"①。特别是那些神仙道化剧，"一涉仙人之事，便无好境趣"矣。

但另一方面，境能否诱人，还要看剧家能否有意识调动或设定。这里是需要审美情感，构思机巧及艺术想象的。如《弄珠楼》剧本，作者用"染"（渲染加强）的手段，使故事、人物、境界均新奇精警，充满戏味，没有"一境落于平实"。《完福记》所写"事（虽）出意创"，然作者靠想象也摹出了"悲欢两境"。祁氏意识到，戏境的创造也是艺术概括或典型化的产物。如评《梦境记》说"此记极幻极奇，尽大地山河、古今人物，尽罗为梦中之境"。《梦境记》写黄梁梦事，老题目，然作者以其如椽之笔，跨越时空地安排了不同时代的人物活动，构成了吻合于梦境思维的特殊艺术场景，很"奇幻"，这是在通过艺术的"集合"来造境的。

从祁彪佳的评论中可以理会，他所说的"境"，连粘着现代戏剧范畴中的"戏剧性"概念。评史槃《睡红》云："叔考匠心创词，能就寻常意境层层掀翻，如一波未平一波后起。""境翻波起"，非"戏剧性"而何？又评《珠纳记》说："赵旭初遇仁宗时，止与以一缄。令两承局挟之至西川……及至，而迎者满道，承局始告之故。出其缄，则安抚文凭也。赵且惊且喜，

---

① 在祁彪佳这里，世事本身的形态被看作是决定境之质调的因素。祁彪佳《远山堂曲品》评谢天瑞《分钗》："记贾云华毁容立节，境入平庸。且悔姻分钗，在魏寓言登第之后，尤不近情。"

仓促间易贫士为贵人。此时绝妙之境，记中何以不及？"意思是：历史上赵旭发迹故事中有一个细节，即宋仁宗命人把他带到四川后，他才知道他做了西川安抚使。这是一个富有意趣的精彩的戏剧性材料，可惜《珠纳记》没有写入。祁彪佳认为，这种有意趣的材料写进戏剧，它就能构成剧本的"绝妙之境"。从这个意义上，好像"境"与戏剧性亦有联系。

戏剧境界纯美与否，还与作者的审美襟度有关。其评胡湛然《三聘记》说："俗气填于肤髓……岂得有佳境。"在他看来，一旦"作者气格卑下"，剧中境界绝不会高华。如若"作者一副谐媚肺肠"，剧中人事也必"转入庸境"。剧作者的气格对剧作境界的形成是有透射作用的。

祁彪佳认为，境界与戏剧结构有关。如果一场戏结构上"轻脱""明畅"，"先后贯串"，本身就为境界的产生提供了条件。因为戏中的"境界是逐节敷衍而成的"，"一剧中境界凡十余转"，戏剧结构若不能条贯承转，境界也就不能婉然迭出。如果一个戏中，人物"头绪纷然"，或"布置过繁，阅者费解"，情节上又"不能舒转"，那么戏中意境便无从谈起。从观众欣赏心理看，那种单一流畅的情节结构对意境构成甚有作用。它能够有条不紊地引着观众"且惊且疑，渐入佳境"。要是戏中的"转折太多，令观者索一解未尽，更索一解"，观众对故事的理解显得吃力，缺乏一种轻松体味的审美心态，剧之意境也就不能在观众的接受中生成了。

3. 关于戏剧冲突的意识

然而戏剧毕竟不同于诗。它不以境界、情韵见长。它须有曲折、热闹、叩人心弦的情节，须有离合变化的戏剧性冲突，否则便不能吸引观众。这一点祁彪佳是意识到了。他说：《樱桃梦》"炎冷合离，如浪翻波叠，不可摸捉。"《梨花记》男主人公于绝望处，"再遇（情人）金莲，觉有无限波澜"，史叔考传奇，喜安排"错认"情节[①]，"一转再转，穷想意尽"。而《双合记》

---

① 祁彪佳亦常使用"局"的概念，"局"，即关情节与戏剧性。如评朱期《玉丸记》："作南传奇者构局为难，曲白次之。此记局既散漫，且词不达意。意既蒙晦，而词遂如撞木钟扣石鼓，虽填得畅满，亦何益哉！"评吕天成《二媱》："构局攒蔟，以一部左史供其谑浪，而以浅近之白雅质之诇度之。"评陈与郊《鹦鹉洲》："评者云局段甚杂，演之觉懈，是才人语非词人手。"评范文君《花门赚》："洸脱之极，意局皆凌虚而出。"评单本《蕉帕记》："无局不新，无词不合。"评吕天成《戒珠》："局以热艳取胜。"评《金丸记》："炼局炼词，在寻常绳规之内。"评《四豪记》："记孟尝春申信陵平原四公子，……构局颇佳。"评《五福记》："韩忠宪事功甚盛，此独取其还妾一事，先后贯串，颇得构词之局。"评汪廷讷《种玉记》："调有情语，局亦简紧。"评王元寿《紫骝马》："取意于王焕百花亭剧，乃其失妇得妇处，别构一局，自是文人流利之笔。此伯彭得意作也。"评李伯华《宝剑记》："此公不识练局之法，故重复处颇多。以林冲为谏诤，而后高俅设白虎堂之计，末方出侉子谋妻一段，殊觉多费周折。"

以唐诗中人面桃花故事为题材，虽然脍炙人口，情韵悠长，但缺乏情节的一波三折（"情长而景短"），搬到舞台上，不免"寂寥"失趣，"未得大观"。[①]

4. "婉转"的风格论

在祁彪佳之前，已有剧评家提倡"婉转"。李贽《读律肤说》，"直则无情，婉转有态"。徐复祚说《琵琶记》，"委婉笃至，信口说出"。王骥德评《明珠记》"词句婉俏，而转折亦委曲可念。"冯梦龙《永团圆》第二十七折眉批："传奇恶其直遂，此剧委婉，大有情致。"

祁彪佳的"婉转"，在内在构成因素上主要指两点：一是指情节上有"曲折映带之妙"，或者由故事跌宕而构成的戏剧性。如《摘缨记》一开始就把精彩的场面写完了，接下去没有辅助性故事串连，祁氏批评说："乏婉转之致"。《题桥记》写长卿故事，但除了历史记传以外，"无所增饰"，因而情节过简而"少婉曲"。郑之文创作好取他人情节，堆砌成篇，不成体段，祁氏批评他"铺叙关目……欠婉转"。第二，婉转与题材内容有关。有些题材，只宜于阳刚与壮美，而不宜婉转风格，祁彪佳说："忠臣义士之曲，不难于激烈，难于婉转。"而一些爱情题材，自然可得婉媚之趣。如《春风吊柳七》"婉转令人魂消欲死。"《双红记》"婉丽可玩"。《霞笺记》写青楼故事，"委婉得趣"。《杏花》写男女邂逅，"何其宛而切"。《合纱记》写"儿女之情"，"婉转……洒脱"。《死生缘》写"金明池吴倩逢爱爱"，"情语婉转，言尽而态有余"。王元寿《玉桃臂》写韦将军闻歌纳妓及以虎易美妹事，"丽情婉转"。若水居士的《三妙记》明明是"写闺情而（却）乏婉转之趣"，祁氏遂批评他"不能构局"。

5. 戏剧人物性格论是祁彪佳戏剧批评的又一重心

他认为人物的性格行为，应是本人身份特点的反映，不能脱离他的社会角色构想他的戏剧行为。他曾批评王元功的《检书记》：广陵妓女轻烟，何以在最后几场让她"滇中作贼？"闺阁红粉女子贾氏，又岂能突然安排她"从戎对垒"？她们的身份作为前提，与他们发出的行动，缺乏必然性的联系。

---

① 祁彪佳也关注到了场上搬演因素。如评《孤儿》："惜乎……演者，辄自改窜，益失真面目矣。"评王元功《保主》："赵子龙为生，传事能不支蔓，但曲有繁简之宜，未必一简便属胜场。如此记，每一人立脚未定，便复下场，何以耸观者耳目。"

祁彪佳指出，人物的神情风貌要通过他们自己的个性化语言来体现。这种个性化的语言，祁彪佳给了它一个特定的概念，叫作"口角"[1]（或口吻[2]）。如评《独乐园》"妙在从君实口角中讨出神情，此于移商换羽外，别具锤炉。"评《八仙庆寿》"仙人各自有口角，从口角中各自现神情"。评《豫让吞炭》，"剧极肖口吻，遂使神情逼现"。评《四异记》"净丑用苏人乡语，谐笑杂出，口角逼肖"。评《完贞记》"说白极肖口吻，亦是词场难得"。评《狮吼记》"曲肖以儿女子絮语口角，遂无境不入趣矣"。

祁彪佳关于人物塑造的最精彩见解，是他在那个时代就涉及了典型化的理论。如评：《中流柱》"传耿朴公强项立节，而点缀崔、魏诸子，俱归之耿公，方得传奇联贯之法，觉他人传时事者，不无散漫矣。"《莫须有》"杂取《博笑记》中事[3]，串入于巫嗣真一人。"《中流柱》一剧为了塑造耿朴的气节，把不属于他的崔、魏故事，集中到了他身上；《莫须有》一剧，则把其他剧本中的人物细节，转借给了巫嗣真形象。这正是"借取种种人"来写一人的典型化方式了。

6. 祁彪佳的审美方法是辩证的

祁彪佳认识到，艺术把握中有一个"度"的问题。其评邹逢时《觅莲》云："此道明畅者，类涉肤浅；婉曲者，偏多沉晦；即使词意簇凑，又易入于小乘。所以，识者致叹于当行之难也。"明畅邻于肤浅，婉曲每陷沉晦，簇凑易入小乘，恰好者就在疵颣的边缘，一定要恰到好处。

他对一个剧家，不因其美而讳其丑，也不因其丑而弊其美，所谓"一人瑕瑜不相掩"，即使是一个作品也应该"雅俗不相贷"。如汤显祖的《紫箫记》虽然语言"鲜美"，但结构上不免"曼衍"，缺乏紧凑。

祁彪佳还从"变"的眼光去看作家作品，明代曲家风格有的"自浓而归淡"，有的"自俗而趋雅"。他们一生的创作常常处于发展的状态。因而

---

[1] 明剧评每用此范畴。明末刊本《评点凤求凰》第六出批语道："描写钱虏口角肖甚，读至'依仗我钱神好把文星屈'，竟将俗弊说透，令人大叫欲绝。"

[2] 明王骥德《曲律》卷三"论引子"："引子，须以自己之肾肠，代他人之口吻。盖一人登场，必有几句紧要说话。我设以身处其地，模写其似，却调停句法，点检字面，使一折之事头，先以数语该括尽之。勿晦，勿泛，此是上帝。""杂论"云："元人诸剧，为曲皆佳，而白则猥鄙俚亵，不似文人口吻。"

[3] 祁彪佳评《试剑记》："此以刘先主为生者，杂取诸境。"吕天成《曲品》卷下评《双鱼》："书生坎坷之状令人惨动，杂取郑申事。"评《博笑》："体与十考类，杂取《耳谈》中事谱之。"评王伯良《三槐记》："此以王公且为生者，惟真宗赐美珠一瓮事，系实录，他皆撅捏，不足为王公重。词能近人，故收入能品。"此云"撅捏"也杂取虚凑之意。

在进行剧曲品评时，就"不能设一格以绳之"。如汤显祖早期的风格为华艳，早期作品《紫钗》该放在"艳品"之列，另外三剧《牡丹亭》《邯郸记》《南柯记》，由华美转向朴素，那就应该放在"妙品"之列。对一个剧作也应持"变"的眼光。因为某一个作品经不同人的删润，格调就变了。有"因改而增其美"的，有"因改而失其真"的。前者如李开先《宝剑记》本列"能品"，但经陈禹阳润色后，就应放入"雅品"了。后者如《琵琶记》本列"妙品"，但后来经莲池大师一改，变糟了，那就只好放在"雅品"了。他以为只有这样，审美批评才能吻合作品实际，批评家对作家的审美认识也才不至于"遁之面目"。这种辩证的美学观相对吴江派早期理论的偏执倾向，无疑是一大进步。

但必须指出，在具体的剧曲审美中，他的辩证美学原则受到治学兴趣的一定影响。祁彪佳是明代藏书家淡生堂主人的儿子，父亲的淡生堂藏书是明代三大藏书所（另两大藏书所为会稽钮氏的世学楼、宁波范氏的天一阁）之一。祁彪佳作《曲品》《剧品》，力图从文献学角度逞其长，著录品评了六百七十多种剧作，确实保存了明代戏曲的丰富资料；但审美评价上毕竟力不能济，泛泛溢美之词，在所难免，从而影响了他的理论水平。这是不应为之袒护的。

第七章　明代临川派的戏曲美学

汤显祖是临川派的开拓者，也是这个流派审美理论的代表。他的创作实践与美学思想对明代后期戏剧领域产生了极大的影响。他的追随者们虽多未能得其真髓。①但能够深入、真切地理解他的，也还不乏其人，如张琦、凌濛初等。从源流上看，汤显祖之前李卓吾、徐文长的美学思想对临川派的形成也有着重要的开启作用。所以我们探讨临川派的戏剧审美批评，是须把李贽、徐渭、汤显祖、张琦等人的理论视为一种有联系的东西，从而考察其特征及其特征之下的"深藏在物质经济事实中"②的内在底蕴。

第一节　临川派审美理想"真"
与"情"的来源及典型意义

临川派的审美理想主要反映在其理论的两个核心观点上，即真与情。

《焚香记总评》说："其填词皆尚真色，所以入人最深，遂令后世之听者泪、读者颦、无情者心动、有情者肠裂。"③

《牡丹亭题词》说："人世之事，非人世所可尽。自非通人，恒以理相格耳！第云理之所必无，安知情之所必有邪！"④

---

① 如临川派后期重要作家孟称舜说，"迩来填词，更分为二，沈宁庵崇尚谐律，而汤义仍专尚工辞，二者俱为偏见，然工于词者，不失才人之胜，而专尚谐律者，则与伶人教师，登场演唱者何异？"（周贻白《中国戏剧史长编》35l 页引）

② 马克思，恩格斯：《神圣家族》，人民出版社，1958 年，第 162 页。

③ 关于《玉茗堂批评本传奇》的真伪诸说不一，本文从郑振铎说，引用《玉茗堂批评本传奇》中《焚香》《种玉》《异梦》《红梅》四记上的评、批、跋、引材料。

④ 后三妇评点《牡丹亭》即扣定"情"字。如《写真》批语："丽娘千言情痴，惟在留真一节，若无此，后无可衍矣。""游园时，好处恨无人见；写真时，美貌恐有谁知，一种深情。"《幽媾》批语："临画更痴，愈痴愈见情至。"《婚走》批语："《幽媾》云'完其前梦'，此云'梦境重开'，总与一情字不断。凡人曰在情中，即曰在梦中，二语足尽因缘幻影。"《硬拷》批语："此记奇不在丽娘，反在柳生。天下情痴女子，如丽娘之梦而死者不乏，但不复活耳。若柳生者，卧丽娘于纸上玩之，叫之，拜之；既与情鬼魂交，以为有精血而不疑；又谋诸石姑，开棺负尸而不骇；及走淮、扬道上，苦认妇翁，吃尽痛棒而不悔，斯洵奇也。"

　　《玉茗堂尺牍之四·答张梦泽》："李梦阳而下，至琅琊，气力强弱巨细不同，等赝文尔。弟何人，能为其真？不真不足行，二也。"

　　在这里，真是情的性质，情是真的实体，两者都连带着哲学思索的光环，而植根于艺术土壤，都是从李贽、徐渭那里发源而来的。

　　徐渭尚真。他要"情坦以真"①的艺术，讨厌那种掩盖了人间"真情话"的浣纱体戏曲②。他强调"只须用墨一点浓"③，"不求形似求生韵④。"郑板桥曾用徐渭的"意真"风格批评过时人的尽意"渲染"⑤。所以，徐渭尚"真"观点应是他多种艺术实践活动的经验总结。李贽也强调真。他的美学思想的精髓是"童心说"，童心即"真心"，真心之文为"至文"，否则，"假文也"。他说："天下之至文，未有不出于童心者也。诗何必古选，文何必先秦。降而为六朝，变而为近体，又一变而为传奇，变而为院本、为杂剧，为《西厢》曲……皆古今至文。⑥" 李贽以为文无体格之贵贱，但有真假之分野，即便是民间文体的"戏"，只要透写了真心，那便是至文。

　　徐渭又重意与情，认为"从人心流出"的戏曲"最不可到"⑦。它自己的创作即擅长"托意"⑧，刳肠呕心⑨，如嗔如笑，有一段不可磨灭之气⑩，光芒夜半惊鬼神⑪。

① 徐渭：《肖甫诗叙》。
② 李调元：《雨村曲话》。
③ 徐渭：《画竹与吴镇》。
④ 徐渭：《画百花卷与生甥》。
⑤ 郑燮：《板桥题画录》。
⑥ 李贽：《童心说》//李贽《焚书·续焚书》，岳麓书社，1990年，第98页。
⑦ 本章引徐渭语不注者皆见其《南词叙录》。
⑧ 西陵澄道人《四声猿》"跋"云："猿啸之哀，即三声已堕泪，而况益以四声耶？其托意可知已。"
⑨ 王骥德《曲律》说徐渭"《木兰》、《崇嘏》二剧，刳肠呕心，可泣神鬼"。
⑩ 袁宏道《徐文长传》："其所见山奔海立、沙起雷行、虹鸣树偃、幽谷大都、人物鱼鸟，一切可惊可愕之状，一一皆达之于诗。其胸中又有勃然不可磨灭之气，英雄失路、托足无门之悲。故其为诗，如嗔如笑，如水鸣峡，如种出土，如寡妇之夜哭，羁人之寒起。虽其体格时有卑者，然匠心独出，有王者气，非彼巾帼而事人者所敢望也。文有卓识，气沉而法严，不以模拟损才，不以议论伤格，韩、曾之流亚也。文长既雅不与时调合，当时所谓骚坛主盟者，文长皆叱而怒之。故其名不出于越，悲夫！"（人民文学出版社编辑部：《古文观止详注》，人民文学出版社，2014年，第736页）
⑪ 黄宗羲《青藤行》："文长曾自号青藤，青藤今在域隅乎，离奇轮菌岁月长，犹见当年读书处。忆昔元美主文盟，一奉珠盘同受记，七子五子广且续，不被他人一头地。踽踽穷巷一老生，崛起不肯从世议，破帽青衫拜孝陵，科名艺苑皆失位。叔考院本供排场，伯良《红拂》咏丽事，弟子亦可长黄池不救师门之憔悴。岂知文章有定价，未及百年见真伪，光芒夜半惊鬼神，即无郎岂肯坠？余尝山行入深谷，如此青藤亦累累，此藤苟不遇文长，篱落粪土谁人视？斯世乃忍弃文长，文长不忍一藤弃，吾友胜吉加护持，还见文章如昔比！"（徐世昌：《晚晴簃诗汇》，中华书局，1990年，第239页）

在意海情波中，他显示了自肆与任性。①

李贽也极漂亮地描述了情、意的艺术价值。他说，"胸中有如许无状可怪之事，其喉间有如许欲吐而不敢吐之物，其口头又时时有许多欲语而莫可所以告诉之处，蓄极积久，势不可遏。一旦见景生情、触目兴叹，夺他人之酒杯，浇自己之垒块，诉心中之不平，感数奇于千载。即已喷玉唾珠，昭回云汉，为章于天矣。遂亦自负，发狂大叫，流涕恸哭，不能自止。宁使见者闻者切齿咬牙，欲杀欲割，而终不忍藏于名山，投之水火……余观斯记（《西厢》），想见其为人"。②在他看来，《西厢》之类戏曲创作，原也是作者胸中有积久莫遏、不得不吐之真情之真意使然，是一种内在情、意的"兴叹"与外发。

由上观之，临川派审美理论的真与情是否承接了徐渭、李贽两人的美学思想？此问已可做肯定的回答。但值得思索的是，作为临川派审美理想的真、情的社会哲学基础究竟何在？在这个问题上，我们同郭绍虞、王文生两先生的认识有点距离。他们认为，明代经济和思想领域的"变化反映到文学上则是小说、戏剧、民歌逐渐得到重视，市民阶层的思想意识在文学领域里逐渐得到表现。而这一切带给我国审美理论的一个重要发展，就是……从重视文艺的形象性、形象思维的特点走向进一步强调艺术反映生活的真实"，"对于真也有不同的理解。有的强调生活的真实……有的强调主观的情感……这两种不同的理解体现在审美理论里，也就成了两种较然有别的倾向：一种是明代部分小说、戏剧家的理论，一种是公安、竟陵派的诗论文论"，汤显祖居于前类，认为"美是根植于生活真实的基础上的③"。这里有一个精当的见解，一个模糊的环节和一个值得推敲的划分。精当的是把明代关于真与美的审美理论分为主客观两种倾向，模糊的是这两种倾

---

① 钟人杰《四声猿》"引"云："徐文长牢骚骯脏士。当其喜怒窘穷，怨恨思慕，酣醉无聊，有动于中。一一于诗文发之。第文规诗矩，终不可逸轶旁出，于是调谑亵慢之词，入乐府而始尽。所为《四声猿》，《渔阳》鼓快吻于九泉，《翠乡》淫毒愤于再世，木兰、春桃以一女子而铭绝塞、标金闺，皆人生至奇至怪之事，使世界骇咤震动者也。文长终老，缧绁蹈踣死狱，负奇穷，不可遏灭之气，得此四剧而少解，所谓峡猿啼夜、声寒神泣。"（袁宏道评点《四声猿》卷首）

② 李贽：《童心说》，李贽《焚书·续焚书》，岳麓书社 1990 年，第 98 页。李贽此论受到王骥德的批评：《西厢》，韵士而为淫词，可供骚人侠客，赏心快目，抵掌娱耳之资耳。彼端人不道，腐儒不能道，假道学心赏慕之，而嗫其口，不敢道。李卓吾至目为其人必有大不得意于君臣朋友之间，而借以发其端；又比之唐虞揖让，汤武征诛，变乱是非，颠倒天理如此，岂讲道学佛之人哉？异端之尤，不杀身何待!独云：'《西厢》化工，《琵琶》画工。'二语似稍得解。又以《拜月》居《西厢》之上，而究谓：'《琵琶》语尽而词亦尽，词竭而味索然亦随之以竭。'此又窃何元朗残沫，而大言以欺人者。死晚矣。"（《新校注古本西厢记》附评语十六则）

③ 郭绍虞、王文生：《审美理论的历史发展》，载《古代文学理论研究》丛刊第一辑。

向各自的社会内涵有无确切的实体存在？值得推敲的是，把汤显祖列在前一种倾向之中是否符合历史面貌的本来？

我们觉得，真与美理解的主客观论两种倾向的社会潜蕴是极明白的。其一，把美归诸生活态相之真的审美认识是市民阶级气质和艺术趣味的反映。在市民文学的艺术长廊中，无论是现实主义的《三言》《二拍》，还是近于自然主义的《金瓶梅》，都是以对生活态相做真雕细凿为基本特征的（"极摹人情世态之歧，备写悲欢离合之致"①）。这特征显现了市民阶级那种对世俗生活的脚踏实地的现实精神和津津玩味的享受态度；其中虽然也有一点幻想、憧憬、恣情，也不过是现实生活中自信的吹嘘和得手的激跳；他们注重的真，是切切实实的一餐一饮的生活的真，是无虚无假的一嫖一赌的人生的真。市民文学代表冯梦龙、凌濛初等人小说理论中关于真与美的表述便是这种社会现实、审美习尚的体察与结晶。其二，把美归诸人主观情感之真的审美认识，是受市民意识影响而起的地主阶级内部主观唯心主义哲学思潮的反映。王艮、颜山农、何心隐、李贽等人"掀翻天地"②的哲学革命，从根本上挫伤了程朱理学的客观唯心主义传统，在文艺领域里激起了积极浪漫主义思潮。表现在艺术实践上，是《西游记》《牡丹亭》、公安派的散文；表现在理论上，是公安派、竟陵派的诗文理论。其特点是驾驭着自我性灵的真，令生活态相为我所役，在艺术实践、艺术理论两方面映照着进步哲学浪潮的冲击力量。可见，主客观两种情况的真与美，是明中叶以后，特定社会情势下不同阶级不同审美习尚的反映。

临川派审美理论的真与情显然不属前者，"云清无俗娱，雪白自本性"的汤显祖与市民世俗生活情操尚有隔膜、间阻。尽管他也关注现实，那只是白居易、杜甫、张籍似的眼光（"精华豪家取，害气疲民受"），而不是世俗生活情愫的沾染。即使作品中也有封建阶级腐朽意识与市民阶级低级趣味的融合现象——"道觋"之类浊笔的出现，但不是全部或本质方面。他的戏剧评点里，虽也触及市井世情、妓女鸨婆的细腻场面，但只有这些场面成为"缙绅阶级不如市井小人"之命意的论证、迎合了他自厌本阶级肮

---

① 《今古奇观序》，见朱一玄《金瓶梅资料汇编》，南开大学出版社，2012年，第184页。
② 黄宗羲：《明儒学案》卷三十二《泰州学案》。

脏之心理的时候，他才感兴趣，否则，"虽极其描画，不足奇也"①。在他那里，是"原来姹紫嫣红开遍"的真实情窍第一次打开后的空前觉醒与无比振奋，而不是小市民经商投机的企想与希冀②；是封建仕女"花花草草由人恋"的个性伸展与幽情烦恼，而不是市井泼妇欲渴如狂的争风吃醋③。在他身上，主观的情致调动着客观的认知，浪漫的气质笼罩着现实的胸臆，超尘绝俗的理想比世俗生活的兴味更吸引他……一句话，是一个经过地主阶级进步哲学思潮感召的汤显祖，而不是为市井风情同化的汤显祖。他的真与情的审美命题与市民精神是无缘的，不能划在"强调生活的真实"的线下。其典型意义只有在它与吴江派审美观点落后面的对抗以及主观唯心主义哲学思潮的本质内涵中寻找答案。

吴江派审美观点的落后面首先表现在这里：他们要求"传奇命意皆主风世"④，作者动机要"愧末世之浇漓"，作品的内容要表现封建伦理理想，其效果要"挽回世道人心"。这一艺术原则就其内容看并不新鲜。从董仲舒的神学目的论开始，到朱熹的"天理"说。作为封建宗法制度核心的三纲五常，越来越被抽掉了人的内容，变成具有神圣化、宗教化（异化）意味的道德律令了。到了明代上半叶，经过王阳明简易道学的改造，更加强了宗教化（异化）的伦理教条对人们伦常关系以及生活世俗的独断统治，加强了它在"知识活动的整个领域中的无上权威"。⑤在它的统治下，人们的自然情感被异化为近似于宗教情感的伦理行为，人与人的关系也被异化为绝对的君臣父子的神圣秩序。吴江派想使戏剧成为封建教化训导人们自然情感的工具的观点，正是这种根深蒂固的封建阶级宗法思想的反映。

马克思在谈到私有制社会的异化劳动时指出，异化的劳动就是"劳动对于劳动者是外在的……在他的劳动里他不是肯定而否定他自己，不是感到快慰而是感到不幸，不是自由地发挥他的身体和精神两方面的力量，而是摧残他的身体，毁坏他的心灵……不是一种需要的满足，而只是满足外在于它的那些需要的一种手段……是自我牺牲的劳动、自我折磨的劳

---

① 汤显祖：《汤显祖集》，中华书局，1962 年，第 1486 页。
② 指《二拍》中《三救厄海神显灵》《转运汉巧遇洞庭红》之类作品。
③ 指《金瓶梅》中的潘金莲。
④ 吕天成：《义侠记序》，见张建业：《李贽研究资料汇编》，社会科学文献出版社，2013 年，第 105 页。
⑤ 恩格斯：《德国农民战争》，《马克思恩格斯全集》第七卷，人民出版社，1959 年，第 401 页。

动……是他的自我丧失"的劳动①。戏剧创作若按照吴江派的上述要求去进行，那么戏剧家的劳动（或活动）就正成了这种异化的劳动（或活动）；戏剧家将不能派出自己的真实艺术情感，把自我生活理想投诸艺术，使自己的活动确在肯定自己的本质；而恰恰柜反，戏剧家只能把外在于他的封建伦理作为艺术表现的中心，既异化了自身，亦绑架了观众的情感，使戏事成了否定人之内在本质之活动。而汤显祖认为戏剧创作的过程应该是外发自我性灵、把自我情感理想对象化为艺术内容从而肯定自我内在本质的过程。从这个意义上，他要求人的内在本质（人性、人情）的真淳，反对以封建伦理去异化它，他把人的内在本质（人性、人情）提高到本体论的高度，并视为一种实体性的存在（理性精神）去与封建伦理内容相对立，且作为它的否定面。戏剧活动的任务就在于表现这种人的真淳的内在本质（或者说回归的人性），表现人的内在本质抵抗封建伦理之异化（人性回归）的矛盾对立，以及这种"对立"下前者的光明与愿景。

吴江派审美观点的落后面又表现为，把戏曲音律凝定为具体的格式，束缚人们的审美情感，使戏剧活动守一定之规则。这一要求也有它深刻的社会原因。马克思在谈到东方国家的特点时指出："这些自给自足的村社经常以同一形式重新恢复起来，它们被破坏了，又在原处用原有名称重新产生，它们生产的简单结构就足以解释这样的秘密：为什么亚洲国家经常被破坏又经常重建、迅速地改朝换代②"。又说，"这些关闭自守的村社，无论其怎样纯良，它们始终是东方专制政体的稳固基础，它们使人的理智拘泥于最狭隘的范围内，把理智变成迷信的驯服工具，使它服从传统惯例，使它不发生什么影响，使它不能努力于历史上活动。"③就是说，东方国家自给自足的自然经济状况，保证了封建专制制度在一次次改朝换代的冲击与破坏中仍不失其继续存在的稳固基础，也使得人们的意识活动（包括审美意识）、文化心理结构长期摆脱不了传统律令与教条的框制。所以我国艺术史上常有这样的现象：当一艺术解放运动或民间艺术出现时，复古思潮总是对艺术解放精神有所节制，封建文人也总是把民间艺术纳入一定的规范

---

① 北京图书馆马列著作研究室编：《马恩列斯研究资料汇编》，书目文献出版社，1982年，第56页。
② 《马克思恩格斯论中国》，人民出版社，1950年，第5页。
③ 《马克思恩格斯论中国》，人民出版社，1950年，第5页。

之中。封建时代文化的发展一直是在这样艰难地循环往复中螺旋上升的。吴江派用音律格调框制人们的审美情感，在实质上就反映了中国封建阶级文人这种"服从传统惯例"、让自己"理智拘泥于狭隘范围"的保守的文化心理结构。临川派真与情的本质特征就在于打破这种传统一成不变的文化心理结构，反对用保守、僵死的文化心理结构钳制人们的审美理想与艺术情感。如：

> 汤显祖说："余意所至，不妨拗折天下人嗓子。"(《答吕玉绳书》)"苏子瞻画枯林竹石，绝异古今画格，乃愈奇妙。若以画格程之，几不入格……士有志于千秋，宁为狂狷，毋为乡愿。"(《合奇集序》)

> 王骥德说："松陵具词法而让词致，临川妙词情而越词检。"(见吕天成《曲品》)

> 沈德符评徐渭《四声猿》"盛行，然以词家三尺律之，犹河汉也。"(《顾曲杂言》)

> 冯梦龙说："若士亦岂真以拗嗓为奇……强半为才情所役耳。"(《风流梦后叙》)

在临川派看来，戏剧家必须以自己的内在本质（真情、真意）为实体性内容，去破除既定的艺术格套或传统的文化规则，否则，其作品就不可能才情横溢，传世千古。

临川派这种用真与情对抗吴江派观点落后面的理论倾向，是有背景的。明代中叶开始，由于封建古国生产关系的变化，资本主义因素的萌芽，新兴市民阶级的出现，意识形态领域也相应发生了变化，一个深刻的矛盾（传统儒家异化人之自然情感与人性复归的时代要求）也终于激化、爆发了，思想界出现了反异化的要求人性复归的思想解放运动。一部分地主阶级内部的进步哲人（泰州学派），把男女饮食、夏葛冬裘的生理要求解释为最高的天理天道，认为它像乌啼花落、山峙川流一样地客观存在着，就是帝王圣贤也无法超脱[1]。他们呼号人的本然利欲的真实，放情地鼓动人欲的实现，

---

[1] 黄宗羲：《明儒学案》，万有文库本，商务印书馆，1934年，第76页。

倡导人要尽性尽欲，以"自心作主宰，凡事只依本心而行"。[①]他们的呼号中潜含着一种苏醒了的"不驯"的"龙性"，他们的行动已经不是"名教之所能羁络"的了[②]。在这种思潮冲击下，"不但儒教防溃"，连"释氏绳检亦复所屑弃"了[③]。这一精神反映到文坛上，出现了焰光灼灼的公安派理论。他们喜好的是苦吐精诚的诗文歌赋，推崇的是那流自灵窦的真情实感，"强笑者不欢，强合者不亲"[④]，是他们的切实体会。真与情是他们的审美理想。他们认为陈腐的"句规字矩"束缚性情[⑤]，格与法算什么？应该"以意役法"[⑥]；艺术天生是无拘无束、不阡不陌的[⑦]。由于汤显祖是泰州学派与李贽思想的虔诚崇拜者，又是公安派的近邻[⑧]，所以呼应着文坛上公安派扫荡前后七子，他亦站出来以"真""情"去敲打戏坛上的吴江派了，他要突破的就是吴江派规范戏曲活动的繁琐的律法等。像公安派得泰州学派神髓滋助一样，汤显祖的胆识气魄、审美风度中，也潜存着彼时地主阶级主观唯心主义哲学思想、审美意识的进取性能量。他的"真""情"的典型意义就在于在戏曲领域透露了时代哲学思潮、审美思潮的变化，反映了意识形态领域的美学思想起来夺取旧美学世袭领地的尖锐斗争以及这段历史活动的整个进程。

第二节　理论重心——"情"对戏曲诸形式要素的影响

戏剧创作实践从吴江派发展到临川派的过程，是戏剧艺术表现重心又发生转移的过程。戏剧家所描摹的内容已由人们现实活动的外在具象（行动、形象、生活中的感性表象）转向了人们内在的情感、意绪、观念，戏剧家所感兴趣的已不是自己面对的外在活动而是自己的内心生活了。

---

① 黄宗羲：《明儒学案》，第 78 页。
② 冯克诚：《明代儒学教育思想与论著选读》下，人民武警出版社，2010 年，第 25 页。
③ 方保营，方鼎：《"兰陵笑笑生"李贽说与金瓶梅词话研究》，中州古籍出版社，2014 年，第 52 页。
④ 雷思霈序袁中郎：《潇碧堂集》，见周德富：《雷思需辑注》，湖北人民出版社，2014 年。
⑤ 袁中郎：《叙竹林集》，见《古典散文基本解读·续古文观止·明文》，人民武警出版社，2002 年，第 152 页。
⑥ 北京大学哲学系美学教研室编：《中国美学史资料选编》下，中华书局，1981 年，第 165 页。
⑦ 湖北省博物馆整理：《湖北文徵》第 4 卷，湖北人民出版社，2014 年，第 278 页。
⑧ 如汤显祖《寄石楚阳苏州》云："有李百泉先生者，见其《焚书》，畸人也。肯为求其书寄我骀荡否？"《答管东溟》又云："听以李百泉之杰，寻古吐属，如获美剑。"又有《叹卓老》诗云："自是精灵爱出家，钵头何必向京华，如教笑舞临刀杖，烂醉醒常雨杂花。"由此可见汤与李的关系。
又《明史·文苑传》说，归有光出，"以司马、欧阳目命，力排李、何、王、李，而徐渭、汤显祖、袁宏道、锺惺之属，亦各争鸣一时，于是宗李、何、王、李者稍衰。"由此可见汤与公安派的关系。

"人生而有情，思、欢、怒、愁，感于幽微，流乎啸歌。"（汤显祖《宜黄县戏神清源师庙记》，以下简称《庙记》）

"问我心何寄？……歌舞时作伎。"（汤显祖《书瓢笠卷示沙弥修问三怀》）

"因情成梦，因梦成戏。"（汤显祖《复甘义麓》）

"传之者，必有一种难处之情，而钟之至也、欲如其死……欲如其生。"（梅孝己《洒雪堂小引》）

"人，情种也，人而无情，不至于人矣，曷望其至人乎？ 情之为物也，役耳目、易神理、忘晦明、废饥寒、穷九洲、越八荒、穿金石、动天地、率百物；生可以生，死可以死，生可以死，死又可以不死，生又可以忘生，远远近近，悠悠漾漾，杳弗知其所之。而处此者之无聊也。借诗书以闲摄之，笔墨磬泻之，歌咏条畅之，按拍迂迟之，律吕镇定之，俾飘摇者返其居，郁沉者达其志，渐而浓郁者几于淡。"（张琦《衡曲麈谈》）

在这里戏曲创作已不必像吴江派那样拘泥于外在撷取来的史实与传闻。它只热衷根据自我内心世界（即自我审美理想、艺术情感），去抉择客观存在的某些事象，创作的动机也好像不是来自外在现实的机缘推动或激发，而主要倒是内在情思燃起的热情与想象了。"为情所使，劬于伎剧"①。因此，戏剧艺术活动的重心，就不在题材内容（事），而在于戏剧家的主体性因素（情）了。

但是，究竟怎样在艺术实践活动中把这种戏剧家的主体性因素（情），真正变为作品的旨趣或灵魂，则不是一个简单的问题。它需要多方面的条件或途径作为前提。撮其要有如下几点。

其一，由于汤显祖的"情"是一种上升到本体论高度的东西，就其在思想领域与传统意识的"理"相对立而言，它确是一个鲜明、凝炼、富有战斗性的范畴，但就其作为艺术内容、艺术想象而言，则显得有些简单抽象、缺乏感性具象的弱点，就使得戏剧家面临着一种不明确、不丰富、不外在、不好表现的困难。"世间只有情难诉。"②所以汤显祖认为，戏剧活动

---

① 汤显祖：《续栖贤莲社求友文》，见徐朔方笺校：《汤显祖集》，中华书局，1962 年，第 1161 页。

② 汤显祖：《牡丹亭·标目》。

中的"情",首先是不能脱离外在客观与感性具象而存在的,"情"在外化中,要把客观世界的丰富的感性物相吸收到主体本身(艺术情思)中来。建立主客体的交融关系,在交融中使"情"由美的观念(或理想)转化成某种有具体形象的情境、情感、意象,"情"要融入特定的生活事境并寄身其中。

> "生天生地,生鬼生神。极人物之万途,攒古今之千变。"(汤显祖《庙记》)
>
> "曲度尽传春梦景,不教人恨太惺惺。"(汤显祖《醉答君东二首》)
>
> (《邯郸记》中)"宠辱得丧生死之情甚具,大率推广焦湖祝枕事为之耳。"(汤显祖《邯郸记题词》)
>
> "重言情者,必及死生……而穷死生之梦。"(梅孝巳《洒雪堂小引》)

这样就把观念、情感与对生活的记忆性表象贯串一体,形成有筋骨(观念、思想)、又有血肉(情感、生活表象)的艺术形象或事境了。所以戏剧家外化"情"的过程,就是其审美想象由一般转化为具体,由朦胧过渡为鲜明的过程。在这个过程中,原来还仅仅是戏剧家自己所模糊意识到的观念中的东西,就经此而被提升为别人也可见可想的东西了。也即:他使他自己的内心生活成为可以描述、可供观照的对象了。

其二,临川派虽然认识到创作活动中必然要建立主客体关系,指出戏剧活动无法与感性具象领域分离,但却不是把关系的双方放在同一平面的。他们认为客体方面(自然事物以及人类现实生活内容)只应一定程度地保持它们实际的客观性相。但这种保持也基本是为了主体方面的缘故;主体性因素(审美理想"情")才是关系中的主导方面。它要渗透到那些个别特殊的事物里去,把它们变成自己的具体显现,使自己获得感性血肉与实存形态。

> "裴郎虽属多情,却有一种落魄不羁气象……可以想见作者胸襟。"(汤显祖《红梅记总评》)
>
> "作者精神命脉……在桂英《冥诉》几折。……何物情种,具

此传神手!……登程、及招婿、及报王魁凶信……星相占祷之事……
串插结构……不觉文法拖沓。"（汤显祖《焚香记总评》）

"云华附月娥事，岂但事出不经，即其姓氏名字固已自露其乌
有亡是之意……传者之事，何取于真……亦传者之情耳。"（梅孝
巳《洒雪堂小引》）

就是说戏剧家可以摆脱自己所面临的题材以及择取来的感性事物的约
束，由主体性出发，把情境、人物、动作、情感、意绪、观念统统包揽到
内在中来，构成戏剧家内在的一个主客体相统一的完满自足的世界。当它
反映进作品，就显得不再是由外在客体左右、而是由内在主体支配的艺术
整体了。因此，在这里决定艺术作品内容整一性的就不是外在客观事实的
整一性，而是艺术家内心活动与"掌握外在"的整一性了。

其三，正因为临川派并不把主客体双方放在同一平面上，所以当戏剧
家审美理想（以"情"为中心的内心生活）通过外在感性具象显现自身但
又找不到与之谐配的具象时，临川派鼓励戏剧家用表现方式的无限自由来
进行弥补。

"变中生变，错中生错……提放之巧若此!"（汤显祖《种玉
记·促晤》评语）

"既曰梦，则无不奇幻。……虽愈出愈奇，不觉其多也。"（汤
显祖《异梦记总评》）

"……不佞《牡丹亭记》，大受吕玉绳改窜……不佞哑然失
笑曰：昔有人嫌王摩诘之冬景巴蕉，割蕉加梅，冬则冬矣，然
非王摩诘冬景也!其中贻荡淫夷，转在笔墨之外耳。"（汤显祖《答
凌初成》）

"纵饶割就时人景，却愧王维旧雪图。"（汤显祖《题删牡丹亭》）

在这里，汤显祖要求打破外在感性具象的客观逻辑，用最大胆最灵幻
的虚构，去新造外界根本不存在的但却能更深入揭示自己内心生活的艺术
意象或形象。这也是他最根本的成功处。

其四，临川派提升至本体论高度的"情"与感性具体相联系，主要还
是通过戏剧艺术人物来实现的。所以，临川派戏曲理论一直围绕着戏剧家

怎样把神圣的审美理想"情"具体化为艺术中独立自足的生动的人性或尘世生活中人们具体的感觉、情绪、意欲、活动而进行思考。具体说，有这么几点：

（1）临川派认为戏剧人物活动的内在动力不应是某种实体性的因素（社会伦理规范或道德内容），而应是他个人的某种主体因素（即人主观的个人情欲、情感或目的），人物应按照自己的内在个性、情欲展开活动的道路，展开与他相对立的外在环境的冲突，展开他与外在无数特殊生活性相的联系。在冲突与联系之中，戏剧家赋予戏剧人物的内在本质（即审美理想"情"）就转化为丰富的个性细节、性格状态、离奇复杂的纠纷与突如其来的偶然性事件了。例如：

> 汤显祖在《牡丹亭题词》中说：杜丽娘，"情不知所起。一往而深，生者可以死，死者可以生。""梦其人即病，病即弥连，至手画形容传于世而后死。死三年矣，复能溟溟中求得其所梦者而生。"
>
> 范香令学步《牡丹亭》作《梦花酣》，郑氏《题词》说，"《梦花酣》与《牡丹亭》情同，而诡异过之。萧斗南者，从无名、无象中结就幻缘，安如是，危如是，生如是，死如是，受欺、受谤如是，能使无端而生者死、死者主，又无端而彼代此死、此代彼生。《榆柳》一诗，千吟百讽。蛋和尚提放傀儡，碧桃花乔作转轮，所谓'思之思之，鬼神通之'，未有如斯之如意者也。呜呼！汤比部之传《牡丹亭》，范驾部之传《梦花酣》，皆以不合时宜，而所谓'寓言十九'者，非耶？"①

从这个意义上讲，人物活动的具体内容（完整的动作情节）就不再是某种伦理内容合理性的说明，而是他的个性、情欲及其目的在特殊情境中的必然进程、必然遭遇、必然结果了。

（2）由于临川派认为人物行动的动力主要在他个人的内在个性、情欲及所抱定的目的，所以随之便要求戏剧冲突的表现方式应利于展示人物内在，要求戏剧冲突最好深刻化、内在化。具体的途径是：把人物间的矛盾冲突通过每个人的内心活动及内在世界的分裂、纠结更曲折、更细致、更有效果地反映出来。例如，汤显祖评点《种玉记》时就这样提

---

① 焦循著，韦明铧点校：《焦循论曲三种》，广陵书社　2008年，第95页。

示演员：

> 于女主角自叹处眉批："黯然!"
>
> 于男女主角相遇后评曰："两地萦神!"
>
> 于男主角被迫别离情人处眉批："情态如醉如痴，心肠欲割欲裂"，"行行想想，思人触物，对景又思人，凄凄楚楚，如怨如诉。"

汤显祖还对那种没有将戏剧冲突内在化、缺乏表现人物内心冲突、内心疑虑的戏剧场面提出批评。如《红梅记》第十出贾似道诱禁裴生，裴生见贾后，贾并不提他与卢昭容订婚事，而裴生便葫芦提答应担任相府师爷，汤显祖评说："无一言排解，就恋坐馆事，何也？""如此延师!如此坐馆!可发一笑!"所以我们读临川派作品总感到它比吴江派作品更注意激发、凸出人物的内在心绪与主观感受，加剧人物内心生活的烦恼、焦虑、分裂与矛盾。这原是有故的。

（3）吴江派作品往往在人物形象刻画上比较明确地显示出人物的某一"类性"，如忠孝、节义、廉洁、善良，等等，并把这种"类性"作为实体性内容去建构人物的性格基调与思想意义。尽管它也描述一个人的杂多的事迹、遭遇及活动，再现出许多特殊细节内容，但所有都是为了折光上述某一类性，从而通过"类性"简便、直接地显示其社会伦理价值。这种人物性格的类性（或类型）化是吴江派人物创造的重要特点。由于临川派不主张用忠孝、节义这些具有封建色彩的类性做人物性格的基素，而把人物自己的个性及情志视为他们生活的依据与性格柱石，所以在艺术人物的塑造上，临川派已经开始在理论、实践上排斥人物性格类性（类型）化的倾向。例如：

> 汤显祖评《焚香记》"所奇者，妓女有心；尤奇者龟儿有眼。"
>
> 汤显祖评《红梅记》中裴生语言（"小生年才十九，八月十五丑时建生，尚未有亲。"）为"西厢腔"。
>
> 汤显祖评《异梦记》中"张曳白拾环冒亲，颇似《钗钏》。"
>
> 张琦批评无个性化的戏剧倾向："士女口吻无辨，睽合之意多乖，人情断续而忽入俚语，笔致拗违而生吞成语。"（《衡曲麈谈》）
>
> 王思任《批点玉茗堂牡丹亭叙》："其款置数人，笑者真笑，笑即有声；啼者真啼，啼即有泪；叹者真叹，叹即有气。杜丽娘之妖也，

> 柳梦梅之痴也，老夫人之软也，杜安抚之古执也，陈最良之雾也，春
> 香之贼牢也；无不从筋节窍髓，以探其七情生动之微也。"[1]

所以认真说，临川派才真正开辟了戏剧艺术典型个性化创造的具体路径。

（4）对人物内在个性、情志的注重还影响到临川派对戏剧事件发展的认识。在吴江派的戏剧内容里，环境、外在偶然事故跟人物主体的意志同样发生着作用、决定着事件的发展，人所做的事就是外界必然要发生的事，人的行动实际上受着环境纠纷的制约和促成。人物并非自由或自为地行动，而是置身于外在世界的整体之中；比"整体"是自有自己目的的客观存在，它形成每一个个别人物的不可超脱的行动基础及动因。但在临川派这里不同了，剧情中"事"的演进的决定因素或动因则主要是戏剧人物内在个性、情志，戏中所发生的"事"当即由人物的性格及其目的来决定了。例如：

> 汤显祖评《种玉记》霍仲儒邂逅卫少儿，"虽云天缘，亦关情种。"
>
> 汤显祖评《南柯记》中淳于梦游蚁国，乃"一往之情，则为所摄"使然。（《南柯记题词》）翠娱阁本《牡丹亭》于此句下进一步铨评说，"情为梦因"。
>
> 汤显祖评《邯郸记》中卢生之所以"遇仙旅舍……得妇遇主，因入开元时人物事势，通漕于陕，拓地于番"，盖由"士方穷苦无聊，倏然而与之语出将入相之事，未尝不抚然太息"，其内在有"一遇"之欲望也。（《邯郸记题词》）

在这里，是人物心性、情志影响了事件的发展，艺术的主要兴趣不在于考量人物主观是否与外在世界中某种情势一致，而只是着重考虑艺术逻辑空间中他的行动是否合理就行了。

其五，临川派要求表现"情"的艺术理想还连带出它与吴江派强调音律形式的理论分歧。前面我们已经交待了这一分歧的社会本质意义，这里我们来看分歧的具体原因及表现。

我们知道戏剧的剧词在与观众感官发生联系时，是把音乐效果与语言文字都作为自己的感性媒介（或传达手段）的。在戏曲音乐里，声音是一

---

① 徐朔方笺校：《汤显祖集》，中华书局，1962年，第1543页。

直响下去的流动不定的，它特别需要一种时间单位来约束、分切、组合、搭配，需要一定长度的时间形式给声音运动以固定性、周旋性或规律性。但语言文字则完全不适合定出一个绝对固定的尺度（感觉中的时间长度）去机械地支配、分切、组合。因为语言是要在情感内容、语意内涵本身找到停顿点，找到实质性的界定方式、分切尺度去作为其停止、继续、流连、承转的根据。这样一来，在剧词的传达过程中，本身就存在着需要认真处理、调解的两种媒介之间的矛盾。由于吴江派偏重于音乐效果，偏重于用一定时间为尺度构成剧词表达中的固定化的音乐性（即研制好一定格律去填词），而临川派则重视情感意涵的表现，重视运用语言文字这一感性媒介，因而围绕着音律问题，两派的分歧、冲突便发生了。分歧表现在三个方面。

（1）吴江派认为，戏曲音律有独立自足的可能，它可以脱离实体内容（戏剧家情感、剧词要表现的具体艺术意涵）而存在，成为纯粹组织声音歌调参差和谐、顿挫变化之过程的固定公式，在戏剧表现中占主导、先行的地位。这就完全把戏曲音律变成空泛无意义的缺乏具体艺术情感、具体生活内容的东西了。临川派则不然，他们认为戏曲音律不能与戏剧家情感、剧词内容相分离，音律作为艺术形式恰恰产生于被表现的具体的剧家情感及剧词内容。李贽就曾把音律视为人的性情的反映，不同的性情应有不同的音律风格，"性格清彻者音调自然宣畅，性情舒徐者音调自然疏缓，旷达者自然浩荡，雄迈者自然壮烈，沈郁者自然悲酸，古怪者自然奇绝，有是格，便有是调，皆情性自然之谓也"[1]；音乐文学（包括戏曲）的创造，既"不可以一律"绳之，又不能置音律于不顾，正确的办法是顺性情之自然。汤显祖发展了这一思想，认为音律决定于剧词内容，"曲者，句字转声而已。葛天短而胡天长，时势使然。总之，偶方奇圆，节数随异。四六之言，二字而节，五言三，七言四"，唱曲者"三言四言，一字一节，故为缓音，以舒上下长句，使然而然也"。[2]所以音律只能是剧词内容的"附着物"，只能是戏剧活动中人们情感内容对象化时留在戏剧接受、感知形式上的一种物态化痕迹，艺术情感与剧词内容才是音律组合活动的根本依据。

（2）吴江派强调按谱填词，看起来是在否定音律运动的自由性，临川派认

---

[1] 李贽：《焚书·续焚书》，中华书局，1975 年，第 132 页。

[2] 汤显祖：《答凌初成》，见徐朔方笺校：《汤显祖集》，中华书局，1962 年，第 1345 页。

为音律运动要服从于具体内容的客观要求（即支配它运动的内容需求的必然性），看起来也是在否定音律运动的自主性；但这里是有本质区别的。吴江派的按谱填词本身就是基于既定安排声音运动的"先验"的格式（谱）之上的，它并不与艺术情感之波相沉浮，且是与内容需求（必然性）相分离的。临川派的声律观与此相反，它不把内容需求（必然性）看成外来的东西，而是把它作为自身赖以生成的依据或基础，服从它的需求，就好像服从自己的规律、满足自己本性一样。所以临川派的声律运动是以必然为基础、自由与必然相统一的形式。临川派理论家尤其推重这种形式，并称之为"自然"的音律，例如：

> 李贽说：音律"以自然之为美"。（《读律肤说》）
> 汤显祖说：音律乃"歌诗者自然则然"。（《答凌初成》）
> 皈依临川派的冯梦龙说："夫曲以悦性达情，其抑扬清浊，音律本于自然。"（《风流梦后叙》）
> 张琦说：音律应"因其道而治之，适于自然……期畅血气心知之性，而发喜、怒、哀、乐之常，斯已矣"。若用谱，"专在平仄间究心，乃学之而陋焉者。……如土偶人，止还其头面手足，而心灵变动毫无之有，于谱奚当焉？"（《衡曲麈谈》）

临川派这种音律自然说，对明末以及整个清代的戏剧活动是有很大影响的。[①]

（3）在吴江派那里，美的戏剧音律是节制情感及其表现的形式，它要求平稳、和谐、比例匀称，顺流下去，反对走到某一极端，欢乐之声不能流于放情，哀怨之音也要显得可以承受。但临川派的戏剧音律则是开放、畅扬、充分发挥情感的形式，它没有限制。因为临川派是以浪漫性的悲剧冲突为中心的戏剧活动，它要求与之相适应的艺术形式（包括声律风格）。它不像吴江派那样把声律定在和谐的基点上（即人为地暂时造成参差状态，然后再使它回到平复），它不需要构成回旋盘桓、循序递进的和谐的运动形式，它要把"人为的和谐"彻底扬弃掉，使它转化为伴随着情感激流荡荡

[①] 如清李黼平说："夫律则何谱之有！三百篇之与《韶》《武》，不啻远矣，而孔子弦歌以合之律，果有谱乎？予观《荆》《刘》《拜》《杀》暨玉茗诸大家，皆未尝斤斤求合于律；俗工按之，始分出衬字，以为不可歌；其实得国工发声，愈增韵折也。故曲无定，以人声之抑扬抗坠以为定。"（《梁廷楠〈曲话〉序》）杨恩寿《词余丛话》也说："盖声气之自然，本于血气心知之性而适于喜怒哀乐之节，有非人之智力所能与者。""古人制曲神明规矩，无定而有定也。……律原可通，不必拘拘工尺也。"

而行的东西，从而把深刻的悲剧意涵及浪漫性冲突感性化、明朗化、直觉化在人们的听觉面前。例如：

> 王骥德评介临川音律风格说，“临川尚趣，直是横行……郁兰生谓临川近狂，吴江近狷，信然哉”。(《曲律》)
>
> 学习临川风格的黄图珌也颇有心得地道出了临川派音律风格的真相：“浩浩荡荡、悠悠冥冥，直使高山、巨源、苍松、修竹、皆成巨响，而调亦觉自协。颇有空灵杳渺之思……”(《看山阁集闲笔》)
>
> 清代的支丰宜曾用一个“拗”字形象地描绘临川音律特点：“笠翁滑熟临川拗，毕竟谁为绝妙词？”(《曲目新编题词》)
>
> 凌濛初也说过汤显祖喜好的声腔风格是：“句调长短，声音高下，可以随心入腔。”(《谈曲杂札》)

这种无所拘束、开阖自如、高下纵横、随剧情情感而行的声律运动，可以说是烘托戏剧冲突、渲染两种理性内容（个性解放与封建纲常）尖锐斗争的颇为合适的形式。这种声律观当然是进步的。

第三节　临川派对戏曲的具体审美要求

临川派关于戏剧的具体审美要求是意、趣、神、色。

意，即指戏剧家的情志（包括他对现实世界的审美认识）溶解在剧中所构成的作品的“精神意涵”（即经艺术“塑化”了的对现实世界的审美体识）。它的理想情状是取信与取悦的高度统一，“意愕然而喜，徐理之，固应如是也”。要达到这种统一，首先要求作者善于“蓄意”，使“意”成为一种“愤积决裂”、不可不发的东西。这样，创作的含吐挥设之际，方能云涌而兴，飙然而发，“尽其意势之所必极”。人常说“善画者观猛士舞剑，善书者观担夫争道，善琴者听淋雨崩山”[①]，奥妙就在于“蓄意”，造成“意”

① 汤显祖《序丘毛伯稿》说：“天下文章所以有生气者，全在奇士。士奇则心灵，心灵则能飞动，能飞动则下上天地，来去古今，可以屈伸长短生灭如意，如意则可以无所不如。彼言天地古今之义而不能皆如者，不能自如其意者也。不能如意者，意有所滞，常人也。蛾，伏也。伏而飞焉，可以无所不至。当其蠕蠕时，不知其能至此极也。是故善画者观猛士舞剑，善书者观担夫争道，善琴者听淋雨崩山。彼其意诚欲愤积决裂，挐戾关接，尽其意势之所必极，以开发于一时。耳目不可及而怪也。吾乡丘毛伯文颇类乎是。其人心灵能出入于微眇，故其变动有象。常鼓舞而尽其词。词以立意为宗。其所立者常，若非经生之常。意愕然而可喜，徐理之，固应如是也。迫促劫牾，案衍固获，咸其自取。力足以遂之，机足以转之。如毛伯者，世之奇异人也。”（刘德清，刘宗彬：《汤显祖小品》，上海三联书店，2008 年，第 282 页）

（即作者对社会美丑的情感评价）的"必极"之势。其次，剧家的"意"与演者亦有关，演员应摆脱职业心理，摹拟出戏的大是大非、"极善极恶"来；若"因钱"学戏、无动于衷①，则剧家之"意"则毁矣。另外，欣赏者自身也要善于揣测戏"意"②，切莫"知其乐，不知其悲"③。此三方面都达到了，意，就能在整个戏剧活动中呈现出它的完善状态和有效功能了。

在明代戏剧审美中，徐复祚、沈德符、吕天成、冯梦龙都谈及戏剧的意。他们的"意"主要是作者给予社会客观现象的如实的审美评价，属于现实主义范畴。汤显祖的意，则和他的"情"的社会理想相连，经过了作者美学思考的"提升"，带着飞动的幻想的彩翼，属于浪漫主义范畴。

趣，就是美感，亦是主客体粘连物。既指称戏之内容的生动情味（"可喜可愕"），又关涉着人们对戏趣的体识。它在审美对象与审美主体"遇合"中才会显出形迹性相与价值形态。所以，汤显祖这样经验性地描绘它：舞台扮演"使天下之人，无故而喜，无故而悲，或语或嘿，或鼓或疲，或端冕而听，或侧弁而咍"④。在这里，演出活动所产生的反响——喜、悲、语、嘿、鼓、疲、端冕听、侧弁咍，等等，就是戏趣之力的写照，就是趣的具体表现。

趣，在当时是广泛运用的审美术语。在吕天成那里，是"甚有情趣""景趣新逸""逸趣寄于山水"⑤——趣生乎实写；而在汤显祖这儿，则是"关目交错，情致迂回""水直波平，便少余趣"⑥——趣源于虚拟：两人强调的"趣"感恰恰处于相对立的虚实两极。这是追求不同创作方法、按照不

---

① 汤显祖：《复甘义麓》。
② "李评"《幽闺记》第二十五出眉批道："如此等处真是有关民命，非戏言也。若作戏看，却不枉了性命！"此即提醒观者识读戏中真意。
③ 汤显祖：《答李乃始》。
④ 汤显祖《宜黄县戏神清源师庙记》："奇哉清源师，演古先神圣八能千唱之节，而为此道。初止爨弄参鹘，后稍为末泥三姑旦等杂剧传奇。长者折至半百，短者折才四耳。生天生地，生鬼生神，极人物之万途，攒古今之千变。一勾栏之上，几色目之中，无不纡徐焕眩，顿挫徘徊。恍然如见千秋之人，发梦中之事。使天下之人无故而喜，无故而悲。或语或嘿，或鼓或疲　或端冕而听，或侧弁而咍，或窥观而笑，或市涌而排。乃至贵倨弛傲，贫啬争施。瞽者欲玩，聋者欲听，哑者欲叹，跛者欲起。无情者可使有情，无声者可使有声。寂可使喧，喧可使寂，饥可使饱，醉可使醒，行可以觉，卧可以兴。鄙者欲艳，顽者欲灵。可以合君臣之节，可以浃父子之恩，可以增长幼之睦，可以动夫妇之欢，可以发宾友之仪，可以释怨毒之结，可以已愁愦之疾，可以浑庸鄙之好。"（徐朔方笺校：《汤显祖集》，中华书局，1962年，第1127页。）
⑤ 吕天成《曲品》："沈练川名重五陵，才倾万斛。纪游适则逸趣寄于山水，表勋猷则雄心畅于干戈。元老解颐而进启，词豪攒指而搁笔。"
⑥ 汤显祖评《种玉记·互醋》："曲尽儿女子情态　无比一折，几乎水直波平，便少余趣。"（《六十种曲评注》第19册《玉玦记评注　灌园记评注　种玉记评注》吉林人民出版社，第697页。）

同审美习惯观察、表现现实存在的反映。公安派也讲"趣"，他们的趣主要是人的情趣、气质、审美风度向艺术的直接灌注，所谓"诗以趣为主"[1]，趣存于人，"世人所难得者唯趣"[2]，云云。作为戏剧审美要求的汤显祖的趣，虽然也不排斥艺术家气质对作品的渗浸，但主要还是指剧家将现实存在中的有趣内容（"物之态色，时之机趣"[3]）投之作品、且经艺术处理（"几许峰峦，几许波澜"）后，呈现给观众的艺术形象的趣味。相较前者，它的特点是内容的客观性增强了，而创作主体的主观性东西则退到幕后去了。这是须指出的差别所在。[4]

神，不同于趣，只是趣的材料之一，它作为艺术形象蕴含的一种美感因素出现在观众面前，是相对自己的实体——形而言的。汤显祖主要用它指戏剧人物性格的活灵活现或者一种艺术场景的精气神的鲜明性，如某处"勃勃有生气"云云。这个神，无论指人或指场景的感觉，也总是主与客的统一，其中既有主观艺术思维的神驰意骋（"上下天地，来去古今，屈伸长短，生灭如意"[5]），又有现象界事物的风神、神理（"时物之精莹，人生之要妙"[6]）。"神"，是客观事物的神与艺术家的神在艺术作品中的有机结合体。因此这就要求戏剧家创作之际，不忘摹绘风烟草树、川流峰云之精神，状世情时能"道人意中事"[7]；同时又要求演员们在玩其绝技（"圆好如珠环，不竭如清泉"）时，"动观天地人鬼世器之变，静则思之"，对社会、自然现象的神机妙理做深入的体察。否则，戏中人的神、戏剧场景的神是不可能呈现给观众的。

---

[1] 袁中郎《西京稿序》中说："夫诗以趣为主，致多则理诎，此亦一反。然余尝读尧夫诗，语近趣遥，力敌《斜川》"。（《袁中郎全集 袁中郎文钞全稿 袁中郎文钞 序文》，第15页。）

[2] 袁中郎《叙陈正甫会心集》："世人所难得者唯趣。趣如山上之色、水中之味、花中之光、女中之态，虽善说者不能下一语，唯会心者知之。今之人慕趣之名，求趣之似，于是有辨说书画，涉猎古董以为清；寄意玄虚，脱迹尘纷以为远；又其下则有如苏州之烧香煮茶者。此等皆趣之皮毛，何关神情。夫趣得之自然者深，得之学问者浅。当其为童子也，不知有趣，然无往而非趣也。面无端容，目无定睛，口喃喃而欲语，足跳跃而不定，人生之至乐，真无逾于此时者。孟子所谓不失赤子，老子所谓能婴儿，盖指此也。趣之正等正觉最上乘也。山林之人，无拘无缚，得自在度日，故虽不求趣而趣近之。愚不肖之近趣也，以无品也，品愈卑故所求愈下，或为酒肉，或为声伎，率心而行，无所忌惮，自以为绝望于世，故举世非笑之不顾也，此又一趣也。迨夫年渐长，官渐高，品渐大，有身如梏，有心如棘，毛孔骨节俱为闻见知识所缚，入理愈深，然其去趣愈远矣。"（《袁中郎全集 袁中郎文钞全稿 袁中郎文钞 序文》，第1页。）

[3] 汤显祖：《超然楼集后序》。

[4] 李渔后来把"趣"作为剧作传演的根本性要素。《奈何天》第二十出《调美》眉批曰："巧绝，幻绝，奇绝，趣绝！传奇之妙，无有过于此者，传世何疑。"

[5] 汤显祖：《序丘毛伯稿》。

[6] 汤显祖：《学余园初集序》。

[7] 汤显祖：《玉茗堂批评董西厢叙》。

明后期是浪漫文学思潮的天地，艺术理论家们多重神味，如王世贞的"气韵超乎其表"[①]，谢榛的"以韵发端，浑然无迹"[②]，王绂的"神游象外，方能意到环中"[③]，李贽的"画不徒写形，正要形神在"[④]，等等；汤显祖把"神"作为戏剧的审美要求，与当时的艺术好尚是联动的。

色，不是一般的语言色泽要求，其中蕴涵着活跳的情采丽思，故又叫"气色"。[⑤]在这个问题上，汤显祖的审美认识前后不一，有变化。早期入世自信、得意于形色的汤显祖，自觉得"粲粲南陔路，英英白阙云"[⑥]，或倜傥于秦淮，或浪迹于烟水，"生烟翠气亍寒日，染月红云作暮霞"[⑦]，那天赋的颖异俊秀，气盛才高，使他把自己活动的客观世界消溶在"颜色正欣欣"[⑧]的主观氛围中了。这时，他和昆山派作家情投意合，最爱《红拂》作者张凤翼，看重"赤水之珠"[⑨]屠长卿，创作上以高华浓丽、彩霭流烂为美。到了晚年，汤显祖落其芬蕾，尽洗铅华，风格趋于简淡，开始以为"南中之美，何必翡翠明珠"[⑩]，审美认识起了变化，"自愧其雕饰"[⑪]的早年来。他在答罗匡湖信中说："……谓弟著作过耽绮语……二《梦》已完，绮语都尽。敬谢真爱。"这种归真返朴的审美情趣同公安派"刊华而求质"[⑫]的艺术观点虽然不无内在联系，但主要还是他个人晚年"独怀一片袈裟地"[⑬]"意

---

① 王世贞：《艺苑厄言》。

② 谢榛：《四溟诗话》。

③ 王绂：《书画传习录》。

④ 李贽：《焚书·诗画》。

⑤ 汤显祖：《答徐然明》说："体不必偶，而风神气色意亏。古今大小一也。"

⑥ 汤显祖：《扬州袁文谷思亲》。

⑦ 汤显祖：《文昌桥遇绕嵛》。

⑧ 汤显祖：《都门送袁文谷复仕黄岭》。

⑨ 汤显祖《玉茗堂全集》诗集卷四《怀戴四明先生并问署长卿》："赤水之珠屠长卿，风波宕跌还乡里。岂有妖姬解写姿，岂有狡童解咏诗。机边折齿宁妨秽，画里兆心是绝痴。古来才子多娇纵，直取歌篇足弹诵。情知宋玉有微词，不道相如为侍从。"

⑩ 汤显祖：《如兰一集序》。

⑪ 汤显祖：《答张梦泽》。

⑫ 袁中郎《行素园存稿引》："物之传者必以质，文之不传，非曰不工，质不至也。树之不实，非无花叶也，人之泽，非无肤发也，文章亦尔。行世者必真，悦俗者必媚；真久必见，媚久必厌，自然之理也。故古之所刻画而求肖者，古人皆厌离而思去之。云之为文者，刊华而求质，散精神而学之，唯恐真之不极也。博学而详说，吾已大其蓄矣，然犹未能会诸心匕。久而胸中焕然，若有所释焉，如醉之忽醒，而涨水之昌决也。每一变而去辞，再变而去理，三变而吾为文之意忽尽，如水之极于澹，而芭蕉之极于空，机境偶触，文忽生焉。风高响作，月动影随，天下翕然而文之，而古之人不自以为文也，曰是质之至焉者矣。大人之入之愈深，则其言愈质，言之愈质，则其传愈远。夫质犹面也，以为不华而饰之朱粉，妍者必减，媸者必增也。噫！今之文不传矣。嘉隆以来，矛为名工哲匠者，余皆诵其诗，读其书，而未有深好也。古者如腰，才者如莽，奇者如咶，模拟之所至，亦各自以为极，而求之质有无也。"（《晚明小品文库》第2辑第10页）

⑬ 汤显祖：《病起怀吴玺郎疏山二首》。

中空色与徘徊"①的佛老思想的派生。

意、趣、神、色四者并非各不相关的孤立存在，它们在汤显祖的观念结构中是勾连在一起的。在汤显祖看来，意是戏剧美感（趣）的核心基质，趣则主要是这一基质闪出的光焰；意是戏剧思想的精血，色则是这种精血的外在躯壳，但躯壳也将影响着精血的健康存在，影响着趣的光焰的亮度。意是戏剧内容的内在蕴含，它消溶于具体艺术场面、人物关系，而艺术场面、人物关系乃这种蕴含的借托实体；有了后者，前者才从根本上转化为艺术中可触可视的东西，使之带有有趣的可感性、可意会性的。而神（具体场面的神与人物性格的神）也正是使艺术场面、艺术人物活起来的灵魂，若离了这个灵魂，场面、人物便如泥像土偶，谁还对之有青睐呢？可见，意趣神色，盘结交错，构成了戏剧生命的和谐整体。

最后我们要交待一下临川派美学思想的矛盾性。矛盾现象最为明显地表现在李贽、徐渭、汤显祖三人对戏剧与现实审美关系的理解上。汤显祖认为戏剧是人的"情"的寄托形式，戏剧创作就是戏剧家以己之情度人之情，（《董西厢题词》说："董以董之情而索崔张之情于花月徘徊之间，余也以余之情而索董之情于笔墨烟波之间。"），戏剧的形式可以说是剧家主观之情"出入微渺"的活动的产物。至于剧作中反映的人间百态世象，似不代表戏剧写真于社会客观。在汤显祖想来，它们只是剧家受"情"驱使、"参极天人微窍、世故物情"②的结果。在这里，"世故物情"是"情"化的，而非原态客体的。这种玄谬的解释，正是汤显祖"摄之于心，运之于掌""宇宙在手，万化在身"③的主观唯心主义思想的反映；李贽在哲学上把客观存

---

① 汤显祖：《偶斋答客》。

② 汤显祖《答张梦泽》："我朝文字，宋学士而止。方逊志已弱……又其赝者，名位颇显，而家通都要区，卿相故家求文字者道便，其文事关国体，得以冠玉欺人。且多藏书，纂割盈帙，亦借以传。弟既名位沮落，复住临樊僻绝之路。间求文字者，多村翁寒儒小墓铭时义序耳。常自恨不得馆阁典制著记。余皆小文，因自颓废。不足行三也。不得与于馆阁大记，常欲作子书自见。复自循省，必参极天人微窍，世故物情，变化无余，乃可精洞弘丽，成一家言。贫病早衰，终不能尔。时为小文，则以自嬉。不足行四也。元以前文字，除名人外，不可多见。颇得天下郡县志读之，其中文字不让名人者，往往而是。然皆湮没无能为永也。名亦命也，如弟薄命，韵语自谓积精焦志，行未可知。韵语行，无容兼取。不行，则故命也。故时有小文，辄不自惜，多随手散去。在者固不足行，五也。"（徐朔方笺校：《汤显祖集》，中华书局，1962 年，第 1365 页。）

③ 汤显祖《阴符经解》："天地交合，宇宙不散。人在其中，因能见此五贼，发而制之。静则潜於思门，动则转於害机。精鬼往来，起於命蒂。推反阴阳，交割天地。所谓宇宙在手，万化在身，可以定基，可以定人。天机定也。夫内使天机者，外事不可入。……气者人之雄蛇也，存伏藏之用，故曰制在气。明于二在者，可以三反，可以反覆天地矣。五贼成禽，此真宇宙在手矣。"（徐朔方笺校：《汤显祖集》，中华书局，1962 年，第 1207-1208 页）

在的山河大地视为自己"妙明真心中一点物相"①，认为戏剧（至文）即出于这个"真心"；徐渭在哲学上把客观存在对人主观意识的拨正说成是人自己的"心之善应"②，戏剧也源于这个"善应之心"；以上观点都是同一类型。在戏曲产生的本源（戏剧与现实审美关系的第一环节）问题上，李贽、徐渭、汤显祖三人都坠入了唯心主义的审美认识。

　　然而，纵然让这种带着浓厚主观幻影的社会物相进入剧本、形之舞台。不管戏剧家本人怎样固执地认为自己是表现"情"而不是表现物，但当他的表现作为审美对象出现在审美主体面前的时候，其客观的社会的审美属性、审美作用便是明明白白的了。所以李贽、徐渭、汤显祖在这一层社会与戏剧关系上又取得了唯物主义的审美认识。李贽说："孰谓传奇不可以兴，不可以观，不可以群，不可以怨乎？饮食宴乐之间，起义动慨多矣。"③汤显祖也发现：戏虽然只在"一个勾栏之上，几个色目之中"，但观众"恍然如见千秋之人，发梦中之事"，足以认识世态，复习人生，以致使他们"贵踞驰傲，贫啬予施"，无情者变得有情起来，无言者也要倾吐发泄④。徐渭的理解似乎更细腻一些，他直观地感受了戏曲美感构成的复杂的社会性线条，他说，"听北曲使人神气鹰扬，毛发洒淅，足以作人勇往之志，信胡人之善鼓怒也，所谓'其声噍杀以立怨'，南曲则纡徐绵渺，流丽婉转，使人飘飘然丧其所守而不自觉，信南方之柔媚也，所谓'亡国之音哀以思'是也。"⑤在他看来，民族气质、社会心理、地方色彩、时代氛围、历史积沉等皆是造成美感作用差异性的因素。在这里，在对戏剧美感作用（戏剧与现实审美关系的第二环节）的分析中，三人又都承认了戏剧活动的社会性、客观性内容。同是一个戏剧与现实审美关系的命题，表述却出现了前后（即两个环节上的）不能统一的现象。

　　矛盾现象在临川派对戏剧艺术枝节问题的理解和具体要求之中，虽然

---

① 李贽：《焚书·解经文》。
② 徐渭《徐文长全集》卷三十《读龙惕书》："人心之湛然而觉、油然而生而不能自已者，也非有思虑以启之，非有作为以助之，则亦莫非自然，而又何以惕为言哉？今夫目之能视自然也，视而至于察秋毫之末亦自然也，耳之能听自然也，听而至于闻焦螟之响亦自然也。手之持而足之行自然也，其持其行而至于攀援趋走之极亦自然也。心之善应自然也，应而至于毫厘纤悉之不踰矩造次颠沛之必于是，亦自然也。"
③ 李贽：《焚书·续焚书》。
④ 汤显祖：《宜黄县戏神清源师庙记》。
⑤ 徐渭：《南词叙录》。

仍可察见，但由于毕竟是在艺术家出入自如的艺术王国的深处，所以迹象便趋于淡化了。

　　临川派美学思想的这种矛盾是有深刻的社会原因的。十六世纪中国社会情势的僵死与新生折光在启蒙思想家及其追随者身上，构成了他们的矛盾与苦闷，哲学信仰的玄想与现实路径的洞察，常常使他们"动与物忤，口与心违"①。李贽有过坦率的自白，袁中道也做了形象的描绘："本绝意仕进人也，而专谈用世之略……本狷洁白厉、操若冰霜人也，而深恶枯清自矜、刻薄琐细者……本屏绝声色，视情欲如粪土人也，而爱怜光景、于花月儿女之情状，亦极赏玩……本多怪少可、与物不和人也，而于士之有一长一能者，倾注爱慕……本息机忘世、槁木死灰人也，而与古之忠臣义士、侠儿剑客存之雅谊生死交情……"②这种现实生活中的立身原则、情操风标（包括审美意识）的矛盾，反映在他们的艺术审美活动中便形成了审美理想与实际艺术经验的严重分裂。他们总是一方面把自己的审美理想放在理论的中心位置，坚守其主观唯心主义的哲学信仰；另一方面，在具体的艺术审美活动中又不能不忠实于自己对艺术、生活的观察和理解，流露出朴素唯物论的表述来（尽管这种流露还处于矛盾的次要方面）。临川派审美思想的矛盾性，正基于这种背景之上。

----

① 李贽《自赞》："其性褊急，其色矜高，其词鄙俗，其心狂痴，其行率易，其交寡而面见亲热。其与人也，好求其过，而不悦其所长；其恶人也，既绝其人，又终身欲害其人。志在温饱，而自谓伯夷、叔齐；质本齐人，而自谓饱道妖德。分明一介不与，而以有莘藉口；分明毫毛不拔，而谓杨朱贼仁。动与物迕，口与心违。其人如此，乡人皆恶之矣。昔子贡问夫子曰：'乡人皆恶之何如？'子曰：'未可也。'若居士，其可乎哉！"（泉州市地方志编纂委员会：《泉州市志》，中国社会科学出版社，2000年，第4167页）
② 袁中郎：《珂雪斋文集·李温陵传》。

第八章　清代的戏剧审美批评

清代戏剧审美批评的发展是前一时期（明代）戏剧审美活动的深入和继续，也是本时期艺术实践的产儿与影像。我们既可以看到明代戏剧流派分化性发展中积累的理论财富，在入清后，经过集大成者李渔的概括、总结，终于深刻化、系统化了；也不难发现审美评品映照着实践活动的变化，鲜明地反映了不同创作倾向、戏剧潮流的不同审美要求和艺术原则。关于前一方面，我们将专章讨论；后一方面，先叙述如下。

第一节　"临川派"遗响

从明末至清后期，昆曲剧坛上一直回旋着"临川派"艺术精神的余韵。阮大铖、吴渠、李玉、万树、蒋士铨、黄燮清、杨恩寿、龙燮、尤侗等一大批剧曲家都"以玉茗为偶像"，[①] 邯郸学步，东施效颦，构成了后"临川"现象。这种对汤显祖神韵的学摹，事实上不仅对他们的创作裨益甚微，而且还消磨了临川派美学思想的真面目。这反映在审美批评上是尤其明显的。

作为临川派审美理论的重心闪烁着叛逆与主观色调的"情"，在清代已经出现了分支现象。一种现象是同袁枚的"性灵说"粘连一体，用性灵的概念代替"情"，从而评品戏剧作品[②]。如杨恩寿评尤西堂：

"藏园九种，为乾隆时一大著作，专以性灵为宗，具史官才学识之长，兼画家皱瘦透之妙，洋洋洒洒，笔无停机，乍读之几疑发泄无余，似少余味。究竟无语不炼，无意不新，无调不谐，无

---

① 刘大杰：《中国文学发展史》下卷，复旦大学出版社　2006年，第345页。

② 永瑢《四库全书总目》卷一百九十九《集部》五十二评《钦定曲谱》："考三百篇以至诗余，大都抒写性灵，缘情绮靡。惟南北曲则依附故实，描摹情状，连篇累牍。其体例稍殊。然国风氓之蚩蚩一篇已详叙一事之始末，乐府如焦仲卿妻诗秋胡行木兰诗并铺陈点缀，考目分明，是即传奇之滥觞矣。"（清乾隆武英殿刻本）凌霄《快园诗话》卷十五："随园师言：选诗之法当各就其性灵，各存其面目，如选戏然，生丑净旦各取其长，不可责旦不能丑、丑不能净也。若再限以门户，律以格调，是令生丑净旦尽演外矣。举部皆外，何足观哉？"（清嘉庆二十五年刻本）

韵不响，虎步龙骧，仍复周规折距。非皂西、笠翁所敢能其肩背，其诗之盛唐乎？”[①]

又评董恒岩《芝龛记》：“以秦良玉、沈云英二女帅为经，以明季事涉闺阁暨军旅者为纬，穿插野史，颇费经营。……论者谓‘轶《桃花扇》而上’，则非蒙所敢知也。第五十七出有悼南都[②]《渔歌》三折，酣畅淋漓，性灵流露，似集中仅见之作。”[③]

我们知道，袁枚的性灵说是明代公安派性灵说的再发展，而公安派的性灵说与当时临川派的审美观点在本质上又是相通的。所以，清代坚持临川派戏剧观的理论家把临川派的“情”同袁枚的性灵说结合一体，使临川派“情”的内涵没有多大变化，且延续了它的真魄。

另一种现象是仍然沿用汤显祖“情”的概念，强调它在戏剧活动中的审美价值。例如：

尤侗说：“今道学先生才说着情，便欲怒目，不知几时打破这个情字。汤若士云‘人讲性，吾讲情’，……人孰无情，无情者鸟兽耳，木石耳；奈何执鸟兽木石而呼为道学先生哉！”[④]

杨恩寿说：“胸中情不可说……则借词曲以咏之。”[⑤]

郑澍若云：“桐邑杨米人曾为二姬作《双珠记传奇》，情文并茂，惜尚秘之枕函，余未得而读之。”[⑥]

在洪升《长生殿》中，我们也见“尚情”倾向。《自序》云：“从来传奇家非言情之文，不能擅场；……借天宝遗事，缀成此剧。”《例言》云：“念情之所钟，在帝王家罕有，马嵬之变，已违夙誓，而唐人有玉妃归蓬莱仙院、明皇游月宫之说，因合用之，专写钗合情缘，以《长生殿》题名，诸

---

① 中国戏曲研究院：《中国古典戏曲论著集成》（九），中国戏剧出版社，1959年，第251页。

② “【满江红】如此江山，又见了永嘉南渡。可念取衣冠原庙，龙蟠虎踞。白水除新啼泪少，青山似洛豪华故。视耽耽定策入纶扉，奇功据。燕子叫，春灯觑，瑶池宴，迷楼住。看畴咨献纳，者般机务。蟒玉江干杨柳态，貂蝉河榭芙蓉步。召南薰歌舞奏中兴，风流足。芳乐莺声，已忘却杜鹃啼血。淆混着孤鸿群雀，淮扬旌节。半壁山川防御缓，六朝金粉征求切。问无愁天子为何愁？梨园缺。挺击变，妖书揭。红丸反，移宫掣。又重钩党祸，仍依珰辙。玉合王孙耽玉笛，金貂宦孽操金玦。听秦淮遗韵似天津，鸣鹍鴂。尘涴西风，昏惨煞台城秋柳。竟填补伏波前欠，明珠论斗。监纪、中书随地是，职方、都督盈街走。拥貂冠鱼袋出私门，多于狗。练湖佃，洋船搂。芦州课，爪仪斛。更分文斤两，旗亭税酒。礦使又差肥豕腹，宫娃再选惊螓首。唱江风鼓棹说兴衰，渔婆口。”（杨恩寿：《杨恩寿集》，岳麓书社，2010年，第318页。）

③ 杨恩寿：《杨恩寿集》，岳麓书社，2010年，第318页。

④ 尤侗：《杂俎·五九枝谈》。

⑤ 杨恩寿：《词余丛话》。

⑥ 郑澍若：《虞初续志》卷十一，清咸丰小嫏嬛山馆刻本。

同人颇赏之。……棠村相国尝称予是剧乃一部闹热《牡丹亭》，世以为知言。予自惟文采不逮临川，而恪守韵调，罔敢稍有逾越。"第一出《传概》云："今古情场，问谁个真心到底？但果有精诚不散，终成连理。万里何愁南共北，两心那论生和死。笑人间儿女怅缘悭，无情耳。感金石，回天地。昭白日，垂青史。看臣忠子孝，总由情至。先圣不曾删郑、卫，吾侪取义翻宫、徵。借太真外传谱新词，情而已。"全剧的尾声仍强调："旧霓裳，新翻弄，唱与知音心自懂，要使情留万古无穷。"①又，洪升在论及《牡丹亭》时也曾说"其中搜抉灵根，掀翻情窟，能使赫蹄为大块，碖碌为造化，不律为真宰，撰精魂而通变之"。②从这些表述看，洪在理论上也是有意识追摹临川笔下的"情"的。

也应说明，清代临川追随者所讲的情，和汤若士比，也有调和色彩。汤的"情"是与封建道学的"理"及封建意识形态的"礼"（忠孝节义）相犯的，临川遗响剧家所描述的"情"，似已调和了这一矛盾。在他们看来，"情"是能够包裹"理"及"礼"的。蒋士铨《香祖楼·录功》描写"欲界天"的帝释奉上帝敕旨，带着判官们考录人间功罪，帝释说：

"万物性含于中，情见于外。男女之事，乃情天中一件勾当，大凡五伦百行，皆起于情。有情者，为孝子忠臣、仁人、义士；无情者，为乱臣贼子、鄙夫忍人。尔等听着：[混江龙]这情字包罗天地，把三才穿贯总无遗，情羌彩是云霞日月，情惨戚是雨雪风雷。情厚重是泰华嵩衡摇不动，情活泼是江淮河海挽难回。情变换是阴阳寒暑，情反复是治乱安危。情顺逆是征诛揖让，情忠敬是夹辅维持。情刚直是臣工龙比，情友爱是兄弟夷齐。情中伦是颜曾父子，情合式是梁孟夫妻。情结纳是绨袍墓剑，情感戴是盖盖车帷。情之正有尧舜轩羲，（情之变）有桀辛幽厉。情之正有禹稷皋夔，情之变有廉来飞昺。更有那寋叔祁奚、申公伯嚭、聂政要离、汪锜钽麑、妲己褒姒、吕雉骊姬。数不尽豺声鸟喙，狐首蛾眉。一半是有情痴，一半是无情鬼。一班儿形骸发齿，一班儿胎

① 洪升：《长生殿》，人民文学出版社，1983 年，第 1 页，256 页。
② 陈同等：《吴山三妇评本牡丹亭》，上海古籍出版社，2008 年，第 152 页。

卵毛皮。"①

《临川梦·谱梦》中云："惟有忠臣孝子、义大节妇，能得其情之正②耳。"③

按蒋氏此说，"情"乃根本，有了情、且情正，即可派生孝、忠、仁、义。像比干、伯夷、叔齐、颜子、曾子、梁鸿、孟女、尧、舜、禹等皆有情人，且情正者也。李调元《雨村曲话·序》也说："情长，情短，莫不于曲寓之。人而有情，则士爱其缘，女守其介，知其则止乎礼义，而风淳俗美。人而无情，则士不爱其缘，女不守其介，不知其则而止乎礼义，而风不淳，俗不美。"④这些意见，都把临川派的情与本来与其对立的东西解说为可以互融的了。

另外，清代曲界的临川追摹者还强调：所写情事关目，应超然虚映，即要注意"情"与"幻"的关系。清乾隆间徐昆撰《碧天霞》传奇，叙书生钟景期踏青时困睡梦入"碧天霞"仙洞，见洞中玉女；后钟生又进葛御史家的"碧落园"，觉园中之况与梦境甚同，遂与葛之女明霞结情好合。卷末诗云："情场最爱真由幻，……请看泡影层层变。"⑤此即点示剧事的"情幻"色彩⑥。金圣叹也以为写情事当虚映。他讲：

> "《西厢记》不同小可，乃是天地妙文。自从有此天地，他中间便定然有此妙文。不是何人做得出来，是他天地直会自己劈空结撰而出。若定要说是一个人做出来，金圣叹便说：此一个人，即是天地现身。"⑦

> "人说《西厢记》是淫书，他止为中间有此一事耳。细思此一事，何日无之？何地无之？不成天地中间有此一事，便废却天地耶？细思此身，何自而来？便废却此身耶？一部书，有如许洒洒洋

---

① 蒋士铨：《蒋士铨戏曲集》，中华书局，1993年，第579-580页。
② 此"情正"之说，来自于经学家。张其淦《邵村学易》卷八云："礼记曰：反情以和其志。今乃知心和即志和，志之和，皆情之正矣。……礼记又曰：圣人之治七情以礼，又曰：情深而文明。夫情之深者，莫深于男女相感之情，而治以礼者，莫要于男女相交之际，使男女感应之心，皆出于正，男女感应以相与之情皆出于正，非所谓'发乎情止乎礼义'者欤？"
③ 蒋士铨：《蒋士铨戏曲集》，中华书局，1993年，第228页。
④ 中国戏曲研究院：《中国古典戏曲论著集成》10册《雨村曲话》，第5页。
⑤ 《碧天霞》传奇今存乾隆年间贮书楼刊本，北京图书馆藏。两卷四十出，卷端题"平水徐昆后山氏填词，蒲坂常庚辛位西氏评点"。
⑥ 郑以伟《灵山藏·笨庵吟》卷三《言感》："我生多病苦，早睡起常晏。死地经几回，始觉尘情幻。"臧懋循《元曲选·月明和尚度柳翠》"【旦儿云】恰才分明的杀坏了我，却又不曾死。我待道死来却又生，待道生来却又死，生死原来是幻情，幻情灭尽生死止。"
⑦ 金圣叹：《贯华堂第六才子书西厢记》，傅晓航校点本，甘肃人民出版社，1985年，第10页。

洋无数文字，便须看其如许洒洒洋洋是何文字，从何处来，到何处去，如何直行，如何打曲，如何放开，如何捏聚，何处公行，何处偷过，何处慢摇，何处飞渡。至于此一事，直须高阁起不复道。"[1]

金所谓"此一事"，即男女情爱事。他认为写这种事，在关目、细节上应有所"偷过"、有所"飞渡"。即：应超然虚化而不能太实，所谓"高阁起"之法也。也即圣叹在另一处比喻的："写花决不写到泥，非不知花定不可无泥；写酒决不写到壶，非不知酒定不可无壶。"从这种"高阁起"的观念出发，金圣叹对当时《西厢记》表演中的情事庸亵化倾向提出了批评：

"我见近今填词之家，其于生旦出场第一折中类皆肆然早作狂荡无礼之言，生必为狂且，旦必为倡女。夫然后愉快于心，以为情之所钟，在于我辈也如此……是则岂非身自愿为狂且，而以其心头之人为倡女乎？"（《惊艳》小序）[2]

"吾恨近时忤奴，于最初惊艳时，便作无数目挑心招丑态，愿天下才子，同声詈之！"（《赖婚》夹批）[3]

"自今以往，慎毋教诸忤奴于红毹毹上做尽丑态，唐突古今佳人才子哉。"（《酬韵》夹批）[4]

一句话，"情事"单元的设计及表现，应"幻化"，应有审美虚化的功夫。

另外，清代曲家亦提出创作中的"情"也当约束于"理"。万树说："曲有音、有情、有理。不通音，弗能歌，不通乎情，弗能作；理则贯乎音与情之间，可以意领不可以言宣。悟此，则为破竹，建瓴，否则终隔一膜也。"[5]万树这里虽也强调艺术之"情"在创作中的作用，但他认为"理"亦重要，当以理"贯"情，即创作中用"理"驾驭"情"。

值得注意的是，临川派的另一理论范畴"趣"，内涵也在改变。黄周星认为，剧曲家都追求使自己的作品发生美感效应，"曲之妙无他，不过三字尽之，曰：能感人"。靠什么"感人"呢？那就是"趣"。作品有"趣"了，才能打动人。因此，"趣"才是戏剧创作的根本要求："（曲）当专以趣胜……

---

① 金圣叹：《贯华堂第六才子书西厢记》，第10-11页。
② 金圣叹：《贯华堂第六才子书西厢记》，第56页。
③ 金圣叹：《贯华堂第六才子书西厢记》，第154页。
④ 金圣叹：《贯华堂第六才子书西厢记》，第100页。
⑤ 隗芾，吴毓华编：《古典戏曲美学资料集》，文化艺术出版社，1992年，第301页。

制曲之诀……仍可以一字括之，曰：'趣'。"然而造成趣的内容是什么呢？已不单单来自那种纯真执着的情事，而亦有与情相悖的东西——社会性的伦理道德故事。黄周星说："趣非独于诗酒花月中见之，凡属有情，无非趣人；忠、孝、廉、节之事，无非趣事。"[1]在这里，"趣"的内涵被填进了封建观念的内容。

这种"情"与"趣"范畴折射出的伦理光轮说明，临川派审美理论入清后产生了一定的质的变化，其神理已枯萎了半边。清代剧曲家用临川派创作精神挽救昆曲，之所以没有好结果，原因亦与此有关。他们到底没有走近临川派的艺术灵脉。当时有些有才识的文人已意识到了这一点。如叶堂说《长生殿》："性灵远逊临川。"[2]王梦楼说阮大铖步趋玉茗堂，"全未窥其毫发"[3]，等等。

那么，我们不禁要问，这种变化的原因到底在哪儿呢？

临川派美学思想的基础是泰州学派。李贽哲学思想的特点，是以主观唯心主义与离经叛道的精神去批判宋明理学。入清后，进步思想家顾炎武、黄宗羲、王夫之、戴震等人虽然继续着这一批判；然而批判的理论依托不同了。其一，泰州学派主观范畴的性情成了受物质形体影响的唯物主义范畴。顾、黄等认为人的性情是自然的物质特性，"血气心知，性之实体"[4]。它与客观的形体、生活相关，形成于后天，所谓"习成而性与成"云云[5]。其二，顾、黄等思想家收缩了泰州学派那种鞭挞名教的锋芒，并不主张人之"情"的无限制、无羁绊，而是要求用"心知"去节制它的归善。这种节制不同于程朱理学的塞源绝流，而是让"情"走上理、礼义的轨道。"欲，其物，理，其则也"[6]。他们把社会化的伦理的"必然"与日常生活中人们的自然情欲视为统一体，意欲改良封建意识形态的专制性而不是砸翻它。"由血气之自然，

---

① 蒋瑞藻：《小说考证》下，浙江古籍出版社，2016年，第569页。

② 叶堂《纳书楹曲谱》卷四评《长生殿》："按《长生殿》词极绮丽，宫谱亦谐，但性灵远逊临川，转不如四梦之不谐宫谱者，使人能别出新意也。"

③ 蒋瑞藻引《曲栏闲话》云："梦楼先生，以书法名世，尤好词曲，行无远近，必以歌伶一部相随。其辨论音律，穷极要妙。……先生斥阮大铖《燕子笺》，以尖刻为能事，自谓学玉茗堂，全未窥其毫发。笠翁恶札，徒此滥觞。是说余以为不然，圆海词笔，灵妙无匹，不得以人废言。虽不能上抗临川，又何至下同湖上。写像一出，尤非芥子园所能梦见。"（蒋瑞藻：《小说考证》，古典文学出版社，1957年，第548页。）

④ 戴震：《孟子疏证》。

⑤ 王夫之：《尚书引义》。

⑥ 戴震：《孟子疏证》。

而察之以知其必然，是之谓礼义。自然之与必然，非二事也。"①

这一哲学思潮的变化给艺术理论带来极大的影响。其一，把作为主观唯心主义哲学影象的"性灵说"同社会、自然的客观存在联系了起来，认为艺术的理想模式不应是浮薄、随意的性灵流泄，而应是客观生活内容与人之性情相互作用后的"塑型"；所谓"天地变化与人心精华交相激发"。这其中既有主观的"深情蓄积"，又当有客观的"奇遇薄射"②，既"萌拆于灵心"，又"蛰起于世运"③。因此，艺术家必须用天道之显晦、人事之治否、世变之污隆、物理之盛衰来推荡磨砺自己的襟怀及艺术活动中的"情"。其二，复兴了义理与性情"同条共贯"的文学观，认为没有"情"的作品是"理之郛廓"，然没有"理"的创作亦是"空疏把笔"。④因而，从这个意义上说，性情有两种：一是与"理"相脱离的"一时之性情"，一是与"理"相粘合的"万古之性情"。前者不过是"怨夫逐臣，触景感物"之言，而后者才是"合乎兴观群怨思无邪"的"孔子之性情"⑤。文学之美的本质即在于性情与理的结合，"艺苑还从理学求"⑥。

这就是当时哲学思潮、文艺观念的大背景。从我们"描画出（的）它的中心轴线"看，它与临川派审美理之变形的"轴线（恰恰是）接近地平

---

① 戴震：《孟子疏证》。

② 陈瑚《确庵文稿》卷十二《陆勒先诗序》："牧斋先生出而振起之，于是海内学者始知读书嗜古，一时人才群出其门下，而吾友陆子勒先者，先生之高弟子也。勒气好学深思沈酣载籍，作为诗歌，浑沦盘礴，含英咀华，得先生之教居多。尝闻先生之告勒先矣，古之诗人必有深情蓄积于内，奇遇薄射于外，轮囷结辕，朦胧萌拆，如惊澜奔湍，郁闭而不得流，长鲸苍虬偃蹇而不得伸。浑金璞玉泥沙掩匿而不得用，明星皓月云阴蔽蒙而不得出，于是发发之为诗，而其诗亦不得不工。"（清康熙毛氏汲古阁刻本）

③ 钱谦益说："夫诗文之道，萌拆于灵心，蛰启于世运，而苗长于学问。三者相值，如灯之有炷，有油，有火，而焰发焉。今将欲剔其炷，拨其油，吹其火，而推寻其何者为光，岂理也哉！方其标举兴会，经营将迎，新吾故吾，剥换于行间，心神识神，涌现于句里，如蜕斯易，如蛾斯术。心了矣，而口或茫然。手了矣，而心犹介尔。于之时，而欲镂尘画影，寻行而数墨，非虐则诬也。"（钱谦益：《题杜苍略自评诗文》，《钱牧斋全集·有学集》卷四十九，第1594-1595页。）

④ 黄宗羲《南雷文定》三集卷三《论文管见》："文必本之六经，始有根本。唯刘向曾巩多引经语，至于韩欧融圣人之意而出之，不必用经，自然经术之文也。近见巨子动将经文填塞以希经术，去之远矣。文以理为主，然而情不至则亦理之郛廓耳。庐陵之志交友，无不唔咽，子厚之言身世，莫不凄怆，郴陵川之处真州，戴刻源之入故都，其言皆能恻恻动人。古今自有一种文章，不可磨灭，真是天若有情天亦老者，而世不乏堂堂之阵正正之旗，皆以大文目之，顾其中无可以移人之悽者，所谓岿然无物者也。"

⑤ 黄宗羲《马雪航诗序》："诗以道性情，夫人而能言之，然自古以来诗之美者多矣。而知性者，何其少也。盖有一时之性情，有万古之性情。夫吴歈越唱，怨女逐臣，触景感物，言乎其所不得不言，此一时之性情也。孔子删之，以合乎兴观群怨思，无邪之旨，此万古之性情也。吾人诵法孔子，苟其言诗，亦必当以孔子之性情为性情，如徒逐逐于怨女逐臣谅其天机之自露，则一偏一曲其为性情，亦末矣。故言诗者，不可以不知性，大性岂易知也？"

⑥ 黄宗羲《南雷诗历》卷四《与唐翼修广文论文诗》："人物由来称婺女，百年冷落继前修。至文不过家书写，艺苑还从理学求。君已遍参新作手，吾方屈指旧源流。秋香习习山阴道，时有书声出画楼。"（清郑大节刻本）

行着"的①。这说明，临川派审美理论的伦理化，乃是当时哲学界理学复古思潮给戏曲批评以影响的反映。哲学，这"更高一层"②的意识形态的变化是临川派审美精神位移的直接动因。

第二节　感伤主义的戏剧观

十七世纪下半叶的中国社会，被建州女真军事集团拽进了刀剑与血泪的悲剧时代，民族的纪年翻到了"扬州十日""嘉定三屠"的沉痛章节。戏剧史也相应留下了哀绝与歌哭。如蒋士铨《冬青树》借托元灭南宋，传达志士殉国的亡国殇情。剧之三十三出《碎琴》中，一个南宋旧宫人唱了一曲[南桂枝香]："阳关同唱，离樽分饷，旅愁依塞草荣枯，乡梦与江潮消长。念梧宫久荒，念梧宫久荒，若个晓随天仗，空说露凝仙掌，漫思量那些儿宫女牵廻辇，只剩你遗民哭战场。"剧中滞留北地的汪大有辞别南宋宫人时则唱了一首[北油葫芦]："羞煞俺老戴黄冠去故乡，抱枯桐，成独往。只好买半间茆屋祀昭王，也则索吹箫乞食西湖上。说与他旧君王身无恙。着袈裟自合如来掌，草蒲团，这便是当时御床。把龙楼凤阁换了个新方丈，叫人民此后莫思量。"③这两支曲皆以"遗民"身份来"念梧宫""哭战场""祀昭王"，浓烈地抒发了故国幽怀与丘墟之痛，正所谓"丹衷"④之悲，以曲代"良史"也。

洪升《长生殿》第三十八回《弹词》中由老伶工李龟年唱出兴亡之感："【南吕一枝花】不堤防余年值乱离，逼拶得岐路遭穷败。受奔波风尘颜面黑，叹衰残霜雪鬓须白。今日个流落天涯，只留得琵琶在。揣羞脸上长街，又过短街。那里是高渐离击筑悲歌，倒做了伍子胥吹箫也那乞丐。【梁州第七】想当日奏清歌趋承金殿，度新声供应瑶阶。说不尽九重天上恩如海：幸温泉骊山雪霁，泛仙舟兴庆莲开，玩婵娟华清宫殿，赏芳菲花萼楼台。正担承雨露深泽，蓦遭逢天地奇灾：剑门关尘蒙了凤辇鸾舆，马嵬坡血污

---

① 恩格斯：《给斯他尔根堡》。
② 恩格斯：《致密特》。
③ 蒋士铨：《蒋士铨戏曲集》，中华书局，1993年，第64页。
④ 蒋士铨《冬青树·自序》云："窃观往代孤忠，当国步已移，尚间关忍死于万无可为之时，志存恢复，耿耿丹衷，卒完大节，以结国家数百年养士之局，如吾乡文、谢两公者。呜呼!难矣哉!秋夜萧然，不能成寐，剪灯谱《冬青树》院本三十八首，三日而毕。……慷慨歌呼，不自能已。庾信之赋《哀江南》曰'惟以悲哀为主'，殆或似之。"(蒋士铨《蒋士铨戏曲集》，中华书局，1993年，第2页)

了天姿国色。江南路哭杀了瘦骨穷骸。可哀落魄，只得把霓裳御谱沿门卖，有谁人喝声采！空对着六代园陵草树坦，满目兴衰。……【转调货郎儿】唱不尽兴亡梦幻，弹不尽悲伤感叹，大古里凄凉满眼对江山。"[1]

还有李玉《千钟戮·惨睹》中建文帝唱的【倾杯玉芙蓉】曲："收拾起大地山河一担装，四大皆空相。历尽了渺渺程途，漠漠平林，叠叠高山，滚滚长江。但见那寒云惨雾和愁织，受不尽苦风凄雨带怨长！雄城壮，看江山无恙，谁识我一飘一笠到襄阳。"[2]孔尚任《桃花扇》更是明言剧作乃"借离合之情，写兴亡之感"，其旨趣在于"场上歌舞，局外指点，（令人）知三百年之基业，隳于何人？败于何事？消于何年？歇于何地？"剧中人苏昆生唱道：

> 【北新水令】山松野草带花挑，猛抬头秣陵重到。残军留废垒，瘦马卧空壕；村郭萧条，城对着夕阳道。【驻马听】野火频烧，护墓长楸多半焦。山羊群跑，守陵阿监几人逃。鸽翎蝠粪满堂抛，枯枝败叶当阶罩；谁祭扫，牧儿打碎龙碑帽。【沈醉东风】横白玉八根柱倒，堕红泥半堵墙高。碎琉璃瓦片多，烂翡翠窗棂少。舞丹墀燕雀常朝，直入宫门一路蒿，住几个乞儿饿殍。【折桂令】问秦淮旧日窗寮，破纸迎风，坏槛当潮，目断魂消。当年粉黛，何处笙箫？……【离亭宴带歇拍煞】俺曾见金陵玉殿莺啼晓，秦淮水榭花开早，谁知道容易冰消！眼看他起朱楼，眼看他宴宾客，眼看他楼塌了！这青苔碧瓦堆，俺曾睡风流觉，将五十年兴亡看饱。那乌衣巷不姓王，莫愁湖鬼夜哭，凤凰台栖枭鸟。残山梦最真，旧境丢难掉，不信这舆图换稿！诌一套《哀江南》，放悲声唱到老。[3]

伽达默尔曾说："一棵由于不幸的生长条件而枯萎的树木，对我们来说就会是伤感地显现出来的，但是，这种伤感并不是自身感受到伤感的树木的表达，而且由树木的理想来看，枯萎并不就是'伤感'。"是"伤感的人"在波及"理想本身时而伤感的"。[4]上述曲词中的"宫荒""枯桐""满目衰""云

① 洪升：《长生殿》，人民文学出版社，1958年，第196-197页。
② 李玉：《李玉戏曲集》，上海古籍出版社，2004年，第1042页。
③ 王季思：《桃花扇》，人民文学出版社，1982年，第2页。
④ 伽达默尔：《真理与方法》（王才勇译），辽宁人民出版社，1987年，第69页。

惨雾愁""风凄雨怨""山残垒废",即是一种典型的"波及"现象,值得我们仔细品味。日人宫崎来城所谓"铜驼荆棘","及明社覆亡之颠末,对之触无量之感情焉"。[①]梁廷楠曾形容这种凄然之美云:"其哀处似着雨梨花。"[②]

又《桃花扇·沉江》中,扬州战败,史可法自沉江水。他死前道:"撇下俺断篷船,丢下无家犬,叫天呼地千百遍,归无路,进又难前。(登高望介)那滚滚雪浪拍天,流不尽湘累怨。(指介)有了!有了!那便是俺葬身之地。胜黄土,一丈鱼腹展。(看身介)俺史可法亡国罪臣,哪容冠裳而去!(摘帽、脱袍、靴介)摘脱下袍靴冠冕……你看茫茫世界,留着俺史可法何处安放?累死英雄,到此日,看江山换主,无可留恋。(跳入江翻滚下介)"[③]此直写明臣殉国矣。[④]

吴伟业《秣陵春》则写南唐亡于宋,以隐指明亡于清。第四十一出《仙祠》,南唐老乐官曾善才在后主李煜敕造的摄山寺遇见了后主女婿徐适,他对徐适道:"走来到寺门前,记得起初敕造。只见赭黄罗帕御床高。那壁厢摆列着官员舆皂,这壁厢铺设的法鼓钟铙。半空中一片彤云,簇捧着香烟缥缈。如今呵,新朝改换了旧朝,把御牌额尽除年号。只留得江声围古寺,塔影挂寒潮。"

徐适告诉善才,后主墓与南汉王刘𬬮墓相近,两人都做了鬼,然仍时常斗杀。曾善才道:"(外)【金菊花】俺只道石头城守得不坚牢,原来这北邙山又被兵来抄闹。老刘,你好不痴也!只看如今的世界,四海江山都姓赵,斗甚英豪。吓着鬼做黄巢。"恰巧后主李煜仙灵也由此路过,他向曹善

---

① 宫崎来城:《论中国之传奇》,载阿英编《晚清文学丛钞》,中华书局,1960 年,第 90 页。

② 中国戏曲研究院:《中国古典戏曲论著集成》8 册梁廷楠《曲话》,中国戏剧出版社,1959 年,第 270 页。

③ 王季思:《桃花扇》,第 237 页。

④ 后主之被罢官及清宫中不见演之记录,都值得寻味。孔尚任《桃花扇本末》记:"《桃花扇》本成,王公荐绅,莫不借钞,时有纸贵之誉。己卯秋夕,内侍索《桃花扇》甚急;予之缮本莫知流传何所,乃于张平州中丞家,觅得一本,午夜进之直邸,遂入内府。"(《桃花扇》6 页,人民文学出版社,1982 年)朱家溍云:"己卯即康熙三十八年,孔尚任新写成传奇《桃花扇》在京城中广为流传。太监连夜去找孔尚任索要《桃花扇》曲本,而看后未见任何评说。……翌年春,时任户部员外郎的孔尚任被罢了官,从官方到民间都没有一个明确的说法。'借离合之情,写兴亡之感'的《桃花扇》曲本中,明显有对南下清兵暴行的强烈反抗情绪和反对满族统治的倾向,相对开明的康熙帝也不会对'开国元勋留狗尾,换朝元老缩龟头'一类词句无动于衷。碍于圣人后裔的身份,只将孔尚任罢官,皇帝已算得容忍了。至今尚存的内廷演剧档案从未见演出《桃花扇》的记载,对《拒媒》《却奁》《骂筵》等单折都词曲俱佳,但从未见宫中上演《桃花扇》当然不是偶然现象,对其中的反清倾向他们绝非没有察觉,却也未加追究。""自道光朝起,内廷演剧档案基本保存完整。尤其道光年间关于演戏的旨意、演出日期、剧目以及衙署的改革和相关的谕旨均记入各种档案。恩赏日记档记载最为全面,包括了演戏时间、地点、相关谕旨以及日常事务等等,道咸年间尤其如是。""五月十七日内殿总管孙得禄交下《劝善金科》总本一套,计二十一本。《桃花扇》二本。俱无套。'按:现存档案中,未见有宫中演出《桃花扇》一戏的记录,通过这一记载可以看到内廷存有《桃花扇》曲本。"(朱家溍、丁汝芹《清代内廷演剧始末考》,中国书店出版社,2007 年,第 9 页、121 页、125 页)

才问到旧宫苑：

> "（小生）我那澄心堂呢？【后庭花】（外）澄心堂堆马草，（小
> 生）凝华宫呢？（外）凝华宫长乱蒿，（小生）御花园许多树木呢？
> （外）树木呵，砍折了当柴烧，（小生）那书籍是我最爱的。（外）
> 书呵，拆散了无人裱。……三山卷怒涛，乌鸦打树梢，城空怨鬼
> 号。怕的君王愁坐着，则把俺琵琶弹到晓。……门前不改旧山河，
> 惆怅兴亡系绮罗。……西宫旧事余残梦，南内新辞总断肠。"①

所谓"新朝换旧朝""如今的世界，四海江山都姓赵""华宫长乱蒿""城
空怨鬼号"，都是极惨痛的话，表述着剧旨的家国之悲及兴亡之恨。作者怕别
人不理会他的用意，在《金人捧露盘·观演〈秣陵春〉》词中说："喜新词，
初填就，无限恨，断人肠，为知音仔细思量。"他望读者能"思量"到他的"无
限恨"。其友钱谦益领会了，云："谁解梅村愁绝处，《秣陵春》是隔江歌。"②
所谓"隔江歌"即"隔江犹唱后庭花"之意，即此剧乃寄"亡国恨"耳。

又吴伟业《通天台》第一折描写：

> "【混江龙】赤紧的汉室官家保退院，不比个长安县令放晨衙。
> 黄门乐承值的樵歌社鼓，上林苑干遍了野草闲花。大将军掉脱了
> 腰间羽箭，病椒房瘦损却脸上铅华。山门外剩几个泪眼的金人，
> 废廊边立一匹脱缰的天马。早知道通天台斜风细雨，省多少柏梁
> 宴浪酒闲茶。……今日价两代铜驼，都化做一抔黄土。""【油葫芦】
> 石马嘶风灞水洼，那北邙山直下，茂陵池馆锁蒹葭。珠帘零落珊
> 瑚架，玉鱼沉没蛟龙匣。这的是松楸埋宝剑，那里有鸡犬护丹砂。
> 尽生前万岁虚脾话，赚杀人王母碧桃花。"

第二折沈炯梦见汉武帝后，他道：武帝说"梁皇依然极乐，自家倒无
限凄凉。正是：一曲哀歌茂陵道，汉家天子葬秋风。哪见得玉匣珠襦，……
总付之一江流水罢了。""好感伤也，只怕你故国莺花总寂寥。"武帝则叹惜
沈炯云："（他）受遇两朝，违乡万里。……只是他无国无家，欲归何处？
沈卿，……你看都是些淡烟衰草。"③

---

① 刘世珩：《暖红室汇刻传剧》第 25 种《秣陵春》2 册，第 79-85 页。
② 钱谦益：《有学集》卷十一《读豫章〈仙音谱〉曼题·绝句……》其三，《四库禁毁书丛刊》集部 115 册 606
　页，北京出版社，2000 年。
③ 王永宽：《清代杂剧选》，中州古籍出版社，1991 年，第 41-52 页。

通天台本汉武帝祭神用台，作者写剧中人物沈炯寻访到此，叹其荒败，一派伤怀。这明显寄托了对故国旧主的感念。故郑振铎云："炯之痛哭，即为作者之痛哭。盖伟业身经亡国之痛，无所泄其幽愤，不得已乃借古人之酒杯，浇自己之块垒，其用心苦矣。"①言之极是。

这种倾向直至清乾道间仍有余音。董榕《芝龛记》第五十七出道："【前调】芳乐莺声，已忘却、杜鹃啼血。淆混着、孤鸿群雀，扬淮旌节。半壁山川防御缓，六朝金粉征求切。问无愁、天子为何愁，梨园缺。梃击变，妖书揭。红丸反，移宫掣。又重钩党狱，仍依跸辙。玉合王孙耽玉笛，金貂宦孽操金玦。听秦淮、遗韵似天津，鸣鹦鹉。【前调】尘涴西风，昏惨煞、台城秋柳。"作者叹惋南明的灭亡，并陈述其原因，故蜗寄居士评说：这几支曲子"更其名曰'哀江南'可也"。道光十二年，黄燮清撰《帝女花传奇》，写崇祯死后其长女的遭遇，表象似叙"清代（的）殊恩"，而事实上"言外自见故国之感"②。作者自己亦不讳言，说他的写作是"俯仰兴亡，宇宙皆贮悲境"③。

清之戏剧批评对兴亡之伤怀也是有反映的。王源说《桃花扇》："谱宏光南渡轶事，……写兴亡之故，情辞沈漓悲宕。……俯仰天地，眷怀今昔，能不凄然泣下也。"④尤侗《梅村词序》说吴梅村《通天台》："于兴亡盛衰之感三致意焉，盖先生之遇为之也。"⑤杨恩寿则云："借沈初明流落穷边，伤今吊古，……其第一出【煞尾】云：'则想那山绕故宫寒潮向空城打，杜鹃血拣南枝直下。偏是俺立尽西风搔白发，只落得哭向天涯。伤心地付与啼鸦，谁向江头问荻花？眼呵，盼不到石头车驾！泪呵，洒不上修陵松楸！只是年年秋月听悲笳。'苦雨、凄风、灯昏、酒醒时读之，泫泫者不觉湿透青衫"。⑥梁廷楠说洪升笔下杨玉环事："铁拨铜琶，悲凉慷慨，字字倾珠落玉而出，虽铁石人不能不为之断肠，为之下泪。"⑦邹式金《杂剧三集序》

---

① 郑振铎：《郑振铎文集》第五卷，人民文学出版社，1988年，第704页。

② 王国维，吴梅：《大师的国学课·中国戏曲史》，江西教育出版社，2014年，第185页。

③ 黄燮清：《帝女花自序》。

④ 王源：《居业堂文集》卷十六《送孔东塘户部归石门山序》，陈万鼐《清孔东塘先生尚任年谱》引，台湾商务印书馆股份有限公司，1980年，第85页。

⑤ 尤侗：《西堂杂俎三集》卷三，见其《西堂全集》，清康熙间聚秀堂原刻本。

⑥ 中国戏曲研究院：《中国古典戏曲论著集成》（9册）《词余丛话》，第245页，266页。

⑦ 中国戏曲研究院：《中国古典戏曲论著集成》（8册）梁廷楠《曲话》，第269页。

亦讲："迩来世变沧桑，人多怀感。或扪郁忧愤，抒其禾黍铜驼之怨；或愤懑激烈，写其击壶弹铗之思；或月露风云，寄其饮醇近妇之情；或蛇神牛鬼，发其问天游仙之梦。"[1]他们讲的"眷怀今昔""故宫空城""铜琶落玉""禾黍铜驼"，皆指剧作中的感伤情绪。

在这种感伤主义戏剧潮流中生长而起的感伤主义戏剧观，是我们要总结、考察的问题。

感伤主义的神髓是悲哀，悲哀也是美的。梁廷楠说《桃花扇》："其哀处似着雨梨花。"[2]

感伤主义戏剧观认为，悲，是历史内容中客观存在的因素，历史素材中的悲情愈浓烈，作为戏剧题材的典型性以及它能唤起的审美感兴就愈强。戏剧家只是在某种程度上，以既往历史的悲惋、苦痛与叹息，去唤醒人们的存识。像历史上的杨贵妃，历史不公平地让她承担了她不该承担的帝王淫靡之罪，把她的躯体碾成了封建阶级政治势力内讧火并的祭品，她的遭遇原有悲剧性。洪升以这个"绝好题目作大文章"，其效果自然"悲凉慷慨，字字倾珠落玉而出，虽铁石人不能不为之断肠，为之下泪"[3]了。洪升的成功在于他敏智地开掘了题材原素中既存的悲的酵菌，从而蠕活了人们的感伤记忆而已。

但历史内容的悲，如果缺乏现实存在的呼应性，其所能唤起的感伤亦必有限，或只是短促、微弱、易逝的。只有当它在现实中找到了对应的氛围，与现实"情结"产生拍合对，剧作的悲蕴才可能深厚。感伤剧的创作，要从剧家与欣赏者两个侧面，关注这种历史内容与现存呼唤的关系。清代戏剧批评家多注意解说到前一方面的情况，如云：

"尤西堂《读离骚》……发千古不平于嬉笑怒骂中，悲壮淋漓，包以大气。"（梁廷楠《曲话》）

"吴梅村《通天台》杂剧，借尤初明流落穷边，伤今吊古，以自写其身世。至调笑汉武帝，嬉笑甚于怒骂，但觉楚楚可怜。"（杨恩寿《词余丛话》）

对于观众的接受情绪中给予剧作感伤效果的接应，批评家们语焉不详。

---

[1] 吴毓华：《中国古代戏曲序跋集》，北京：中国戏剧出版社，1990年，第459页。
[2] 李调元：《雨村曲话》。
[3] 梁廷楠：《曲话》。

这可能与清初的文网严酷有关系。

感伤主义戏剧观体现了一定的审美理想，即在作品里呈现"历史的必然要求"（故国之思与反满情绪），表现代表"历史必然要求"的正义人物及他们"要求"的破败与毁灭。如吴伟业作《临春阁》杂剧，叙隋灭陈，妃张丽华自缢。谯国夫人冼氏起兵赴江南力图恢复，然国事已不堪收拾。杨恩寿评云："哀悱顽艳，……要其用意，……盖讽明末诸帅也。词云：'俺二十年领外都知统，依旧把儿子征袍手自缝。毕竟妇人家难决雌雄，则愿你决雌雄的放出个男儿勇！'"[①]即实例。

这种"眷昔""放出个男儿勇"的理想话语在民族兴亡、江山易代、洪武臣民沦为八旗奴隶的悲剧年代，似乎有它一定的现实性与人民性。但认真考察一下，却非如此简单。因为感伤主义戏剧强调的戏剧矛盾并不能本质地反映当时的历史必然要求。我们知道，满清贵族入关后，民族矛盾与阶级矛盾的穿插，构成了阶级关系的复杂化。汉族贵族集团与满清贵族集团的矛盾，汉族地主阶级内部亲满与反满的矛盾，平民阶级、农民阶级与汉族地主阶级以及满清贵族的矛盾，极其复杂地交错、扭合在一起。其中满清贵族的民族压迫与农民阶级的反压迫才是社会的本质矛盾，李定国、孙可望、朱一贵等人领导的反清起义才是历史必然要求的集中显现，他们的失败才是历史必然要求暂时不可能实现的真正悲剧。农民阶级的抗争理应是戏剧冲突的核心，农民英雄的热血理应是戏剧感伤的祭酒；而感伤主义戏剧家恰恰歪曲了这些，他们把汉族贵族集团与满族贵族集团争夺社稷的失败，以及汉族贵族集团内部仁人志士的抗清要求与佞臣当道误国的斗争，视为时代悲剧的本质和感伤主义的本源了。

感伤主义戏剧观有它的艺术追求。

其一，要求情词凄楚，意境苍凉，忠魂烈魄一进入文学书写或登场，便起飒然悲风，构成呜咽、幽痛、伤郁的抒情基调。如《千钟禄》是典范，它"发端无限凄凉，帝子飘零……尾声既云：路迢迢心快快，何处得稳栖梧桐枝上，……忽飘来一杵钟声……令人叹绝"[②]。《桃花扇》亦更出色，剧家"谱宏光南渡轶事，借儿女之情，写兴亡之故，情辞淋漓悲宕。……

---

① 中国戏曲研究院编：《中国古典戏曲论著集成》9册《词余丛话》，第266页。
② 杨恩寿：《词余丛话》。

俯仰天地，眷怀今昔，能不凄然泣下也"①。

其二，忧伤的情调中要有渺幻、超虚的意蕴，"国在哪里，家在哪里，君在哪里，父在哪里……？！"戏象的归宿当在"太虚浮云"②。要说还有什么实在？那是入道，虔心于佛国禅寺；那是归山，静志于白云林泉。很显然，这种遁世的宗教心理、历史虚无的思想与感伤的意绪糅合在一起了。③

其三，写悲，要用映衬法。悲，可以喜映；冷，要以热衬；哀痛藏于达观之中而倍增，旷寒接在喧闹之后乃愈显，本来满本颠沛忙乱，偏以太平闲适起结，分明一台哭声泪痕，却月日丽花开背景。感伤气氛的塑造，就妙在这种"华严镜影"的艺术辩证法中。所谓"哭一回，笑一回，怒一回，骂一回"，"热闹局就是冷淡的根苗，爽快事就是牵缠的枝叶"，云云。

其四，感伤要有悲剧结局，要打破生旦团圆④，"脱去离合悲欢之熟径"，"令观者不能予拟其局面"⑤。《桃花扇》是成功的一例，曲终人杳，江流峰青，留不尽哀思伤怀于烟波石谷之间。顾彩评价说："读至卒章，见板桥残照，杨柳腰弯……虽使柳七复生，犹当下拜，而谓千古以上，千古以下，有不拍案叫绝、慷慨起舞者哉？⑥"此评，诚不过誉。

其五，感伤戏剧的欣赏，宜选择与之"同构"的环境，以加大悲情的传达。如：《续离骚》在"月晕风凄之夜，揳铁笛吹之，老重瞳必泪数行下也"，《通天台》在"苦雨、凄风、灯昏、酒醒时读之，涔涔者不觉湿透衣衫"⑦，云云。

所有这些都表明，感伤主义戏剧观普遍重视感伤情绪的表现、渲染与

---

① 王源评《桃花扇》，见王源《居业堂文集》卷十六《送孔东塘户部归石门山序》（莞城图书馆编：《容肇祖全集》五《语言历史学卷》，齐鲁书社，2013 年，第 2168 页）
② 顾彩：《桃花扇序》。
③ 这种倾向直到黄氏的《帝女花传奇》仍可见到。他把在清王朝受磨难的崇祯长女说成是佛如来座下的散花天女，她是被轮回到人世、特来经"历些治乱兴亡，悲欢离合，受诸磨练"的，完了她"自当重返灵山"（第一出《佛贬》）。故剧中的悲亡离乱，"本来（即）是幻根苗，色色空空无定准"，当作"梦幻泡影"可也（第二十出《散花》）。许丹京《帝女花传奇序》亦揭出了这一点："故国悲来，慷慨泣画眉之笔；三更噩梦，铁骑凭陵，九死余哀，鲛珠进落。萱草无忘忧之日，金屋岂贮怨之区，宜其一病恹恹，双星脉脉，参客投于水火，精气泪乎阴阳，白露既零，黄肠永闭，啜其泣矣。命实为之嗟乎？结缘有悔，不闻游戏尘寰，宝馨钟灵，何事毛生帝室？……韵珊黄君独参妙旨，郁为宏词，觉情文之相生，悟色空之即是。……借前朝之幽怨，刻羽引商，仗我佛之慈悲，惊神泣鬼，此帝女花传奇之所由作也。"（《国朝骈体正宗续编》卷五）
④ 民间亦多喜看团圆戏。焦循《观村剧》诗说："桑柘园浓闹鼓笳，是非身后属谁家。人人都道团圆好，看到团圆日已斜。"（刘瑾辉：《焦循评传》附二《焦循诗选》，广陵书社，2005 年，第 235 页）
⑤ 顾彩：《桃花扇序》。
⑥ 孔尚任：《桃花扇凡例》。
⑦ 杨恩寿：《词余丛话》。

接受。

清初感伤主义戏剧观有着广泛的社会基础。“明社既屋，士之憔悴失职，……以抒写其旧国旧君之感。大江以南，无地无之。”[①]当彼之时，有哲人“彼无我侵，我无彼虞”的声明[②]，有诗人“风景俄成惨淡天”“一杯遗恨对山河”的低吟[③]，有孤石幽竹、地老天荒的“名士的牢骚”[④]，也有“刀剑铁骑，鸟悲兽骇”的艺人的呐喊[⑤]。易代的社会形势激荡了汉族士人的心灵，他们不能马上转换社会角色，故反应激烈，如丧考妣。赵翼论诗所谓“国家不幸诗家幸，话到沧桑赋更工”[⑥]，精确地点示了当时的文学与易世的关系。[⑦]

---

① 清杨凤苞《书南山草堂遗集后》，《续修四库全书》1476册《秋室集》15页，上海：上海古籍出版社，1995年。

② 王夫之《宋论》：“语曰：王者不治夷狄，谓沙漠而北，河洮而西，日南而南，辽海而东，天有殊气，地有殊理，人有殊质，物有殊产，各生其所生、养其所养，君长其君长，部落其部落，彼无我侵，我无彼虞，各安其纪，而不相渎耳。”（王夫之《船山全书》11册（《宋论》卷六），岳麓书社，1992年，第174页。）

③ 清黄宗羲《南雷诗历》卷三《九日出北门，沿惜字庵至范文清东篱》：“两两三三郭外阡，僧房篱落共延连。高林初带冰霜气，风景俄成惨淡天。如此江山残照下，奈何心事菊花边。不须更觅登高地，只恐登高便泫然。”清吴嘉纪《陋轩诗・过史可法相国墓》：“萧萧塞马渡滹沱，几日中原尽倒戈。诸将无心留社稷，一杯遗恨对山河。秋风暮岭松篁暗，夕照荒城鼓角多。寂寞夜台谁吊问，蓬蒿满地牧童歌。”

④ 鲁迅《准风月谈・难得糊涂》“我倒记起郑板桥……颇能表现一点名士的牢骚气。”（鲁迅《准风月谈》，196页，人民文学出版社，2006年）

⑤ 清黄宗羲《南雷文定》卷十《柳敬亭传》：“敬亭既在军中久，其豪猾大侠、杀人亡命、流离遇合、破家失国之事，无不身亲见之。且五方土音，乡俗好尚，习见习闻。每发一声，使人闻之或如刀剑铁骑，飒然浮空，或如风号雨泣，鸟悲兽骇，亡国之恨顿生，檀板之声无色，有非莫生之言可尽者矣。”（许厚今编《千古传记》97页，合肥：安徽文艺出版社，2006年）

⑥ 清赵翼《瓯北集》卷三十三《题元遗山集》：“身阅兴亡浩劫空，两朝文献一衰翁。无官未害餐周粟，有史深愁失楚弓。行殿幽兰悲夜火，故都乔木泣秋风。国家不幸诗家幸，赋到沧桑句便工。”（清嘉庆十七年湛贻堂刻本）

⑦ 易世情怀在“故明文人”的散曲家中亦莫能外，他们在作品中表达了江山易主的悲怆以及盘结在心中的对旧朝的情思。且看吴绮两套曲：《南商调二郎神・旅怀》：“[南商调二郎神]归无计，向苍天问年来怎的？古寺寒钟催客起，鹴裘不暖，连朝冻雨凄其。火冷秦篝香穗细，笑煞人有身如寄。强添衣，沈郎腰知他瘦减因谁。[前腔换头]休提！司马文章，元龙意气，救不得空囊长似洗。叹人情，一似阶前雪影霏霏。转眼飘零随逝水，只落得凄凉满地。把雄心，对青觥猛可难羁。[集贤宾]平生直性无是非，又何事堪悲？惆怅青编多破碎，赚才人无故低眉。酸心冷意，受用这梅花滋味。宵梦美，醒后道声惭愧。[前腔]更残梦短空自知，总一味迷离略记。封侯孤帐底，是依然年少闻鸡。彭城古垒，问竖子成名谁比？吾倦矣，呼取绿醅沉醉。[黄莺儿]醉眼晚云垂，好乾坤战骨堆，詹前点滴是新亭泪。鼓声儿是袮，笛声儿是伊，英雄屈指今余几？漫徘徊，当年管葛，肯自老渔矶。[前腔]勉强赋归兮，便归来转自疑，南阳不是农桑地。向东篱举杯，看东山着棋，兰成赋笔非憔悴。看芳菲，无言桃李，何处可成蹊？[琥珀猫儿坠]人卑人辱，何必合适宜。得意高云失意泥，丈夫何事不雄飞。噫嘻，有知我龙泉，俗眼奚为。[前腔]今今古古，往事漫含凄。猿臂将军独数奇，蛾眉女子竟无媒。宁迟，但舌在何妨，归问山妻。[尾声]山阴访戴舟还系，休算作刘郎一例，我且自扣角南山夜掩扉。”（谢伯阳、凌景埏《全清散曲》346页，济南：齐鲁书社，2006年）

第二首曲子是《南正宫锦缠道・苏台怀古》：“[南正宫锦缠道]好江山，留不住年年艳阳。垂柳暗金阊，问梧宫当时旧梦难忘，百花洲，锦帆风，香波画桨。镇时时斗鸡陂，走狗横塘。采屧响红廊，教六宫人把采莲齐唱。东窗白玉床，浑不觉螳螂相傍，有多少水犀君子在三江！[普天乐]捕蝉惊，游鹿上。藕花残，梧叶漾。馆娃宫飞散鸳鸯，枫桥火分付渔郎。把歌筵舞场，一时儿任青山冷笑兴亡！[古轮台]叹茫茫，无端霸业水云荒。勾销不尽英雄帐，千秋悲怆！话到渔樵，依旧是繁华一样。燕语朱门，莺啼绣幌，一般儿锦缆于牙樯。又何曾停歌歇舞，向西风洒泪沧桑！只落得生公石上，要离冢畔，真娘墓下，慷慨赋诗章。更谁念，高台白露欲沾裳！[尾声]鸱夷江上笙箫响，镇年来游人玩赏，我直要替桂子荷花计久长。”（谢伯阳、凌景埏《全清散曲》345页）曲家或悲天怜世，或退守家野，或隐居山林，或咏史怀古，笔法隐蔽，情感潜寄。读这些曲，我们为作品中所郁积的激切沉痛所撼摇。它们堪称是一种真文章。

第三节　由苏州派发展干来的现实主义戏剧观

理论总爱踩上实践的脚印走。

就说现实主义戏剧理论吧，它在昡代早有了一定的基础，但浪漫主义思潮一直没给它提供适宜的生长条件，未能兴盛起来。到了明清之交，产生了以李玉为中心的现实主义艺术流派——苏州派，现实主义审美理论有了充分发展的土壤。随后，批判现实主义创作精神日益蔓延，又不断给戏剧审美理论以强烈的影响；因而，终于形成了清代戏曲审美批评中的一个重要倾向——现实主义戏剧观。

一

现实主义戏剧观的特点是凝结了一种强烈的现实主义精神，其中既含有历史地表现现实的意图，又蕴存着现实地展示历史的考虑，是史家的实录襟怀、冷隽立场与诗者的现实热忱、理性态度的结合体。换言之，我们民族戏剧的现实主义精神及其理论倾同带有鲜明的民族特征。

　　李玉《清忠谱·谱概》云："思徃事，心欲裂；挑残史，神为越。写孤忠纸上，唾壶敲缺。一传词坛标赤帜，千秋大节歌白雪。更锄奸，律吕作阳秋，锋如铁。……忠臣遭锻炼，图圄囊首，惨死堪伤。美登闻血疏，孝子名彰。璗败群奸正法，旌庐墓，宠锡幽光。清忠谱，词场正史，千载口碑香。"①

　　又其《人兽关》结尾诗云："关分人兽事偏新，描出须眉宛似真；笔底锋芒严斧钺，当场愧杀贡心人。"②

意即：笔刀利于斧钺，戏文可当信史。戏剧家的情怀正义等于史学家的实录褒贬、皮里阳秋，他们像史家批判精神一样，在褒忠，在锄奸。③李玉的这些观点，当是他"当场歌舞笑骂""寓显微阐幽旨"艺术实践的理性凝结。

南洪北孔亦倡导戏曲创作要有"史笔"，要有"情文"。这种观点推进

① [清]李玉：《李玉戏曲集》第 1291 页，上海：上海古籍出版社，2004 年。

② [清]李玉：《李玉戏曲集》，第 200 页。

③ 钱谦益《眉山秀》题词也提到李玉创作重史材，所謂"上穷典雅，下渔稗乘"。（吴毓华《中国古代戏曲序跋集》325 页，北京：中国戏剧出版社，1990 年）

了李玉的思想。《长生殿自序》说："从来传奇家非言情之文，不能擅场，……因断章取义，借天宝遗事，缀成此剧……意即寓焉。"①洪升以为"情文"能造成戏场的审美吸引，即美感效果，而"史笔"则能柔中藏骨，寄托针砭时事之"寓意"，两者都具价值，缺一不可。孔尚任也是这样认为的，《桃花扇小引》说："传奇虽小道，凡诗赋、词曲、四六、小说家，无体不备。至于摹写须眉，点染景物，乃兼画苑矣。其旨趣本于《三百篇》而义则《春秋》，用笔行文，又《左》《国》、太史公也。"②他认为戏曲在形式上犹如《诗经》，有"旨"有"趣"，但在骨子里更像《春秋》，包含着"微言大义"；故敷演撰述出来如同《左传》《国语》《史记》一样，能对历史生活、社会政治产生善善恶恶的批判。故吴梅先生曾云："（洪孔）二家既出，……词人各以征实为尚，不复为凿空之谈"矣。③卢前则云："前贤百种，其中故实，说皆虞初，而后代传奇，乃可媲美于正史，如《桃花扇》……，未可以爨弄小之者"。④

二

这种历史现实主义的旨趣，对创作中史材的书写提出了具体的要求，即有所导向矣。大体说来是如下几点：

（1）史材的书写要能够兴观群怨，有所"惩戒"。李调元《剧话序》说："剧者何？戏也。古今一戏场也；开辟以来，其为戏也，多矣。巢、由以天下戏，逢、比以躯命戏，苏、张以口舌戏，孙、吴以战阵戏，萧、曹以功名戏，班、马以笔墨戏，至若偃师之戏也以鱼龙，陈平之戏也以傀儡，优孟之戏也以衣冠，戏之为用大矣哉。孔子曰：'《诗》可以兴，可以观，可以群，可以怨。'今举贤奸忠佞，理乱兴亡，搬演於笙歌鼓吹之场，男男妇

---

① [清]洪升《长生殿》第1页。
② [清]孔尚任《桃花扇》第1页，北京：人民文学出版社，1982年。
③ 吴梅《吴梅戏曲论文集》177页，中国戏剧出版社，1983年。清剧家创作重实事，然多懂得艺术概括，使实有事象虚化。如张燮《双扣阍·自序》中云："忆余丙戌秋应征北上，设帐于王府，馆课之暇，奉内主命草撰杂剧几种，悉授家优演习，窃念素不解音律，恐终未能合腔叶调耳。今春有姻亲授余以冯氏伉俪叩阍情节，大耸耳目，属余为剧以志之。然当事者则欲述其真事，以显厥志；操管者或稍避嫌于涉世。故易其朝代更其姓氏而隐括焉。其中或前后合处，较真事稍有舛错，一则顾辞理之浃洽，一则祈观场之悦目，且习演者限于脚色之花派均匀，庶能各尽其长，噫嘻!戏者戏而戏，阅斯剧者，当会斯意，或不罪作者之妄臆也。辛卯端午月题于锦帆泾书馆"。按，张燮《双扣阍》据当时实事写成，主人公名字中含两个"马"字，寓事原型人乃"冯"姓耳。（引自杜颖陶《记玉霜籍所藏抄本戏曲》，载《剧学月刊》第二卷，第三四两期抽印本）
④ 卢前《卢前曲学四种》第6页，中华书局，2005年。

妇，善善恶恶，使人触目而惩戒生焉，岂不亦可兴、可观、可群、可怨乎？夫人生，无日不在戏中，富贵、贫贱、夭寿、穷通，攘攘百年，电光石火，离合悲欢，转眼而毕，此亦如戏之倾刻而散场也。故夫达而在上，衣冠之君子戏也；穷而在下，负贩之小人戏也。今日为古人写照，他年看我辈登场。戏也，非戏也；非戏也，戏也。尤西堂之言曰：'《二十一史》，一部大传奇也。'岂不信哉！"①这里，如果把尤氏人生、历史幻灭的感慨摆开，他所指出的剧事表现的对象是客体存在的历史活动与变灭着的社会生活、今之戏剧表现古人、未来戏剧表现做古之今人等，则是极有见地的。特别是他讲戏事必能产生"可兴、可观、可群、可怨"之效应，剧家要因之"理乱""惩戒"云云，更具意义。

（2）历史题材的作品不排除超现实性，然要处理得"信"与"实"。如嘉庆间瞿颉撰《鹤归来》传奇，写明末北京失守，瞿式耜临危受命，出守广西巡抚。至桂后，北兵又破城，瞿式耜与张居正的曾孙张同敞被俘，两人狱中以词互勉，砥砺操志，誓死不降，遂遇害。同僚收骨敛葬日，其故居飞来大鹤，人以为忠魂所化。詹应甲题词云："廖天一鹤能语，亦凄悒。"瞿颉《自序》云："其中情事，悉按《明史》及《粤行纪事》所载，以归核实。"②这里，作者虽采用了"魂化鹤"的传统事象做点缀，但他原则上仍是"按史核实"的。

类此尚多，象孔尚任《桃花扇本来》中说："予未仕时，每拟作此（《桃花扇》）传奇，恐闻见未广，有乖信史。"③吴伟业《清忠谱序》说，以东林党人周顺昌冤案"填词传奇者凡数家。李子玄玉所作《清忠谱》最晚出，独以文肃与公相映发，而事俱按实，其言亦雅训，虽云填词，目之信史可也。……余老矣，不复见他季事，不知此后填词者亦能按实谱义，使百千岁后，观者泣，闻者叹，如读李子之司否也。"康乾间董榕作《芝龛记》，写明末女将秦良玉、沈云英事，以及明灭亡始末。首出《开宗》云："修前史，昭特笔，表纯忠奇孝，照耀羲娥。"何东山评曰："《明史》特为秦良玉立传，且著于诸臣列传中，表纯忠也。流贼传载攻道州，守备沈至绪战殁，

---

① 中国戏曲研究院编：《中国古典戏曲论著集成》8册李调元《剧话》，第35页。
② 邓长风：《明清戏曲家考略》，上海：上海古籍出版社，1994年，第473页。
③ [清]孔尚任《桃花扇》第5页。

其女再战，夺父尸还，城获全，表奇孝也。记本此，而考据更博。"其五十四出《殉忠》云："[江头金桂]常恨内官纨绔，虚糜廪禄金钱，黎贼徒如同聚蚁膻，竞致长驱秦晋，犯我关垣。……屠城五日。"这些描写确有清入关之史影。故唐英于《芝圆》出评云："虽名传奇，却实是一段有声有色明史，与杨升庵《全史谭词》当并垂不朽。"黄叔琳《序》云："括明季万历、天启、崇祯三朝史事，……洵乎以曲为史矣。"①

又丁耀亢描写严嵩之败的《表忠记》出，②张炳堃题[满江红]词云："当场搬演，犹令心悸。此志由来光日月，斯文亦自关元气。算不应随例列稗官，《春秋》义。"胡风丹则云："琅琊广文丁野鹤，目击时事皆凿凿。……此记莫作传奇看，史笔森严阐贞烈。"赵执信云："碧血丹忱孰与俦？如椽史笔足千秋！"丁守存道："二百年蠹简喜重刊，标忠义。"皖人胡业宏乾隆间作《珊瑚鞭》传奇，其《例言》云："是书中迎请、复辟等，皆《明史》所有。今除太常一人……余则皆宗正史，庶几我辈立言，不尽为乌有子虚之论。"③在这些评述中我们发现：剧家处理史材的标准多是"按实谱"写，尽量用"史笔"而杜绝"乖信"，强调剧家要有史臣稗官那种"时事凿凿"的意识。

再有清宫廷剧《鼎峙春秋》写魏蜀吴三分故事，其"提纲"云："欲传其事必究其详，无如原本所传，颇多失实之处。"意谓旧戏本于史材有"失实"之弊，故改编之。还有写杨家将故事的《昭代箫韶》开场有云："杨业一门……功绩超乎今古，耀姓名于史书，昭精诚于日月。……删增旧史，点石成金。使忠义之士，须眉长在"。其《凡例》亦讲："今依《北宋传》……略增正史为纲领，创成新剧，借此感发人心。旧有《祥麟现》《女中杰》《昊天塔》等剧，亦系杨令公父子之事。既非《通鉴》正史，又非北宋演义，乃演义中节外之枝，概不取录。"明言以"正史为纲领"。这都体现了用"信史"的观念检讨剧事内容的创作倾向。

（3）在"按实"可信的基础上，对史材可进行"撮合""点染"或"审题"。

"点染"是对史材元素或细节进行强调（"点"）与发挥（"染"）。"点"是笔着墨色涂上去，"染"是笔着清水把墨色匀铺开来。前者犹缀烁光点，

---

① 吴毓华编《中国古代戏曲序跋集》，中国戏剧出版社，1990 年，第 465 页。
② 吴毓华编《中国古代戏曲序跋集》，中国戏剧出版社，1990 年，第 318 页。
③ 今存乾隆戊戌（1774）穿柳亭刻本，中国艺术研究院戏曲研究所藏。

后者则是"膨化"渲染，把光点放大。用了"点染"，剧事的意旨即凸显，戏剧的氛围可调浓[①]。如洪升说他的《长生殿》，"止按白居易《长恨歌》、陈鸿《长恨歌传》为之，而中间点染处，多采《天宝遗事》《杨妃全传》"为之[②]；孔尚任说《桃花扇》里的"女儿钟情，宾客解嘲，虽稍有点染，亦非乌有子虚"[③]，都是这个意思。

"撮合"[④]，就是撮采、聚合，带有集约性[⑤]。即把史材中分散的有艺术价值的细末枝节或事象采取归纳起来，集约在一个故事之中或一个人物身上，使艺术表现更集中，更彰显，更能突出事物的本质特征；犹如"百间之屋，非一木之材""五侯之鲭，非一鸡之跖"[⑥]一样。戏剧人物的典型行为，戏剧情节的精彩关目，戏剧场境的生动片断，都应从丰富的生活态象中选取、凝制、"撮合"而成。如：

> "《妒妇记》改本，采葛元直、房玄龄、桓范、王柳琐、简介子事归于一人，尤为惹看。"（笠阁渔翁《笠阁批评旧戏目》）

> "《买臣负薪》……言买臣既贵，妻再拜马前求合，买臣取盆水复地，示其不能更收之意，妻遂抱恨死，此则太公望事，词曲家所撮合也。"（李调元《剧话》）

---

① 古剧论中已多使用此概念。《杀狗记》家门大意："铁砚毛锥，几年向文场驰逐。任雕龙手段，俯头屈足。浪迹浑如萍逐水，虚名好似声传谷。笑半生，梦里鬓添霜，空碌碌。酒人中，聊托宿，诗社内，聊容足。惯嘲风弄月，品红评绿，点染新词，别样锦，推敲旧谱无瑕玉。管风流领袖，播千秋，英雄独步。（问答如常）"《陈眉公先生批评西厢记》第一出《佛殿奇逢》总评："'点'出狂痴疖模，令人恍惚亲睹。"孟称舜《古今名剧合选》第十五集《老生儿》总评："此剧妙处，在宛畅人情，而宾白'点化'处更好。"欤思居士《想当然传奇·卢次根本叙》说："奇缘佳遇未必是我，即是我，亦不能尽画。要以心意取之，染作墨云，绣为声谱，按拍观场。"冯梦龙《双雄记叙》说："高者浓染牡丹之色，遗却精神；卑者学画葫芦之样，不寻根本。"祁彪佳《远山堂曲品》评杨诚斋《曲江池》："才胆横轶，犹不及石君宝剧，而推敲点染尤极精工，是法胜于才也。一曲两唱，一折两调，自此始。"
② [清]洪升《长生殿》第 1 页。
③ [清]孔尚任《桃花扇》第 11 页。
④ 古人诗文评中用到撮合。释唐时《如来香》卷二《道行般若波罗蜜经序》"佛泥洹后，外国高士抄九十章为道行品，桓灵之世，塑佛赍诣京师，译为汉文，因本顺旨，转音如己。敬顺圣言，了不加饰也。然经既抄，撮合成章捐，音殊俗异，译人口传，自非三达胡能一一得本缘故乎？"王鸣盛《十七史商榷》卷九十三《断代为史错综非是》："又于其中一家兄弟子姓分仕各朝者汇聚一处，此两种新例尤谬中之谬。延寿剿袭各书，直同钞胥，未尝自吐一语，聊以穿联撮合见长。其实南北诸朝各自为代，何可合也。"姚元之《竹叶亭杂记》卷六"江西临川驿壁间有女子题……清俊绮丽，书注亦明秀，一时传颂。款署曰：姑苏女史虞桐凤。群以不知其人为惜。余亦初爱其句……莲溪先生，生活能诗赋，引见入都，为诵之，先生笑而不言。后乃知即所作也。书者为同邑顾含章坤。顾书学童以秀媚胜，兹特效女子用笔加柔苡焉。先生以桐城人，侨居姑苏时宫凤凰厅司马，撮合恰如女子之名，虞姓乃隐姚氏也。又知凡驿壁旅店女子题诗，如镶红旗下说明珠之类，皆文人一时游戏，嫁名为之耳，未可信为真也。"
⑤ 也到吴梅所说的"归"。其《豹子和尚跋》云："剧一所述张善友家，当如柳隆卿胡子传例，意是实有其人。柳胡为众恶所归，张则百善皆集。所谓'世言方朔奇，奇事皆归方朔'。"（蔡毅《中国古典戏曲序跋汇编》第 824 页）
⑥ 中国戏曲研究院编：《中国古典戏曲论著集成》8 册李调元《剧话》，第 35 页。

《长生殿》写"贿宥禄山","本李林甫事",而"移置国忠,亦因其召乱而文致之。所谓君子恶居下流,勿疑与正史相反也。"(《长生殿·贿权》[鹊桥仙]曲吴仪一批语)

"初至边城,侘傺无聊,……偶拈许旌阳除妖及湘媪、李鹬三事合一传,谱以九宫,不浃旬而三十出成焉。"(程瑞屏《龙沙剑》传奇"自叙")①

这里,或采多人事"归于"一人,或"撮"甲人之事移用于乙人,都使结撰而成的情节单元更具丰满性,亦令故事益好看、人物性格愈有血肉。这实际上就是我们平时所说的艺术概括,即典型化的方式。②

当然,"撮合"要考虑事象间的内在联系,考虑生活逻辑是否合理。否则,会弄巧成拙。李调元说:"作曲最忌出情理之外。王舜耕所撰《西楼记》于撮合不来时,拖出一须长公,杀无罪之妾以劫人之妾为友妻,结构至此,可谓自坠苦海。"③这里即在批评用"撮合"法而不顾事理逻辑关系的现象。

"审题"④,是开掘、提炼性的,即找出史材的关键性题旨。"审题"一语是杨恩寿谈的,但其含义早在孔尚任《桃花扇·小识》中已表达了出来。他说:"传奇者,传其事之奇也,事不奇则不传。桃花扇何奇乎?妓女之扇也,荡子之题也,游客之画也,皆事之鄙焉者也;为悦己容,甘劓面以誓志,亦事之细焉者也;伊其相谑,借血点而染花,亦事之轻焉者也;私物表情,密缄寄信,又事之猥亵而不足道者也。桃花扇何奇乎?其不奇而奇

---

① 程焕:《龙沙剑传奇》,黑龙江人民出版社,1983年,第12页。

② 尤侗《题北红拂记》中也言及"撮合",云:"愚谓元人北曲,若以南词关目参之亦可:两人接唱,合场和歌,中间间以苏白,插科打诨,无施不可,又为梨园弟子另辟蚕丛。此意无人解者,今于柳山(曹寅)先生遇之。唐人小说传卫公、红拂、虬髯客故事,英雄儿女各具本色。吾吴张伯起,新婚伴房,一月而成《红拂记》,风流自许;乃其命意遣词,委苏殊甚……浙中凌初成,更为北剧,笔墨排夐,颇欲睥睨前人;但一事分为三记,有叠床架屋之病;体格口吻,尚仿元人,未便阑入红牙翠管间也。柳山复取而合之,大约撮其所长,汰其所短,介白全出自运,南北斗笋,巧若天成;又添徐洪客'采药'一折,得史家附传之法,正如虎头写照,更加颊上三毫,神采倍发;岂惟青出于蓝,冰寒于水乎!柳山游越五日,倚舟脱稿,归授家伶演之,予从曲宴得寓目焉。既复示余此本,则案头之书,场上之曲,两臻其妙,虽周郎复起,安能为之一顾乎!于是击节欣赏而题其后。"(尤侗《良斋倦稿》卷九 16页)凌濛初提到过"扭合",云:"沈伯英构造极多,最喜以春事旧闻,不论数种,扭合一家,更名易姓,改头换面,而又才不足以运棹布置,掣衿露肘,茫无头绪,尤为可怪。"(《谭曲杂札》,《中国古典戏曲论著集成》4集。)

③ 中国戏曲研究院:《中国古典戏曲论著集成》第8集《雨村曲话》第20页。

④ 古诗文评每用审题概念。董平章《秦川焚余草》卷一《题画四绝序》:"张立之大令得影本名迹四帧,征诗极多,余闻而艳之。第思诗嫌着相,亦贵审题,若不从画幅落想,直是怀古伧什耳。"方玉润《诗经原始》卷十评《采苢》云:"凡作诗必先立题,题立不佳,则诗必不佳。阅诗亦必须审题,题审不真,则更不能识人诗之所以佳。"路德《柽华馆杂录·入场歌》:"进场时节如临阵,要把千人一埽空。此心都要空无物,衡鉴由来用不穷。莫把上文滑口读,审题命意看来龙。下文最怕无心犯,心气粗浮少静功。"(清光绪七年解梁刻本)

者，扇面之桃花也；桃花者，美人之血痕也；血痕者，守贞待字，碎首淋漓，不肯辱于权奸者也；权奸者，魏庵之余孽也；余孽者，进声色，罗货利，结党复仇，堕三百年之帝基者也。帝基不存，权奸安在？惟美人之血痕，扇面之桃花，啧啧在口，历历在目，比则事之不奇而奇，不必传而可传者也。人面耶？桃花耶？虽历千百春，艳红相映，问种桃之道士，且不知归何处矣。"①孔尚任的意思是：《桃花扇》所写事象——妓女、荡子、劈面、守贞、私物表情，等等，皆俗浅庸陋（鄙、轻、细、亵）。但把它们与"权奸堕帝基"的宏旨一联系，一下子点铁成金，剧事由平俗化神奇了。也即，它们客观地连通着南明王朝败亡的内在原由，俗庸细事遂"不奇而奇"了。所以，史材元素的处理，当须"审题"。"审题"是一条使故事由庸转奇，剧旨由表及里、由浅至深的艺术经验。②

三

还须说明的是：现实主义戏剧作为一定历史时期的观念形态，并不如我们想象得那么简单、谐和、有机，它在艺术风格论中就出现了不同的审美认识，一部分现实主义戏剧家要求戏剧通俗易晓，面对市井观众，"本色填词不用文"③，如李玉、张大复等；另一部分现实主义戏剧家则要求词义雅训，"宁不通俗，不肯伤雅"④，如孔尚任、洪升等。同在现实主义帜下，为什么会产生理论分歧呢？我们简单地回顾一下现实主义戏剧观的发展过程就明白了。明末至清后期的现实主义戏剧观可分为两个时期，前一个时期是以苏州派为代表，地主阶级进步知识分子感染着明末市民文学的流风，延伸了冯梦龙等人浓厚市民审美趣味的现实主义戏剧观点，从而构成了与市民意识相结合的现实主义精神。后一时期，以《桃花扇》为转折和代表，地主阶级知识分子呼吸着复古文艺的空气，在山河破碎、民族沦亡

---

① 孔尚任：《桃花扇》第 5 页。
② 当然，清剧家的历史襟怀中也有虚幻的倾向。如吴伟业《通天台》杂剧描写："（生）梁朝原乡侯尚书左丞沈炯见驾。（外）沈卿羁旅悲秋，一何憔悴至此？（生）微臣异乡失路，亡国兴哀，仰动圣怀，不胜惶悚。（外）沈卿，你家梁武帝，原是个西方古佛，恐怕那因缘缠绕，倒亏了一阵罡风，把有为世界，一齐放倒，然后撒手逍遥，天然自在。这些兴亡陈迹，不过如蒲团上一晌睡觉，竹篦子几句话头。你只管替他烦恼，为着甚来？"沈炯梦见了汉武帝，他替包括梁武帝在内的帝王们叹，汉武帝说，梁武帝是古佛，他早到西方极乐世界逍遥去了，你还在这里吊古愁什么？这就把历史消解了。（王永宽等《清代杂剧选》第 47 页，郑州：中州古籍出版社，1991）
③ 张大复：《如是观》，见朱恒夫：《后六十种曲》第 1 册，复旦大学出版社，2013 年，第 106 页。
④ 张玉芹：《孔尚任志》，山东人民出版社，2009 年，第 143 页。

的社会氛围中，回顾了本阶级楼起楼塌的沉痛教训，于是产生了悔恨情味的对于本阶级的否定和严峻的批判现实主义态度。我们上面指出的艺术风格论的矛盾，实际上正是这种现实主义戏剧观在不同时期具有不同特质的反映。

第四节　钟爱"花部"的审美理论

乾嘉以降，红氍毹上的昆曲的绮梦，把崛起于民间的"花部"的喧闹搅碎了，"黄冈俗呕，风靡天下，内庭法曲，弃若土苴"[①]。沉溺在歌扇粉香中的缙绅阔老们怒颜而起，焦灼着、牢骚着，怨怪这粗嘈的腔调打断了他们思致正甜的怡神养性，而一些慎思在文庭书殿的敏识之士又似乎悟得了更深远的忧虑，回踱着、琢磨着，考虑起防患未然的措施来。于是乎公文、奏折、告示，恫吓、斥责、诋毁一齐摔到了这戏坛新生命的身上。焦循，一个"穷习经书"举子出身的经学家，于此种社会情势下却写出了一部《花部农谭》，理论的表白"余独好之""余特喜之"[②]的态度，正如王引之、阮元所说："可谓精锐之兵"[③]"石破天惊！"[④]

一

焦循喜好花部与其基本的艺术审美观念是有关系的。在这个问题上我们与刘致中先生产生了分歧。刘先生认为，"焦循从理论上肯定了花部，支持花部，认为花部在很多方面胜过昆曲，这在一定程度上代表了资本主义关系萌芽状况的新兴市民社会力量的戏曲观点"[⑤]。我们认为，同是喜好花部剧曲，焦循与市民阶层似有艺术审美观念的质的差异；正如刘先生文中所说，"焦循认为只有义夫、贞妇、忠臣、孝子才能做戏曲作品的主角，其他'宵小市井，不得而于之'"，他有着"浓厚的封建意识"，与市民阶层处于不同的社会角度。市民阶层欣赏花部，基于他们特有的社会追求与审美

---

① 吴梅：《吴梅戏曲论文集》，中国戏剧出版社，1983 年，第 166 页。
② 焦循：《剧说》《花部农谭》·本节引文不注者，皆本此。
③ 王引之《王文简公文集》卷四《与焦理堂先生书》："引之顿首。理堂先生执事：日者奉手书，示以说易诸条，凿破混沌，扫除云雾，可谓精锐之兵矣。——推求，皆至精至实。要其法则，比例二字尽之。所谓比例者，固不在它书，而在本书也。"（民国十四年罗氏高邮王氏遗书本）
④ 焦循：《雕菰集》所附阮元手札。
⑤ 刘致中：《焦循的戏曲理论》，见《文学遗产》1980 年第 3 期。

习尚。诸如花部描写他们熟悉的民间生活，迎合了他们的俚俗情趣，剧中多用使他们欢快的"插科，行头"，等等。焦循的喜好花部，则主要与其哲学思想有关，反映的是十八世纪地主阶级内部启蒙思想家的哲学精神及其艺术态度。

　　焦循是一个"凿破混沌"[①]的哲人。他在闭门十余年的《易经》数理研究中构成了自己的形式主义的均衡论，并以之图释自然、社会、艺术现象。他认为事物均衡的途径之一是"旁通"[②]（"旁通"即指事物间相互对立关系趋于和谐秩序的法则），有了"旁通"，事物进行"当位"——"失道"——再"当位"的数位循环，矛盾的统一成为绝对，而矛盾的差异则成为暂时、相对的了。戏剧的作用正在于"旁通"，由"旁通"调节人之性情的当位与失道。他说：

　　　"人禀阴阳之气以生者也，性情中必有柔委之气寓之，有时感发，每不可遏，有词曲一途分泄之……古人一室潜修不废弦歌，其旨深微，非得阴阳之理未云与知也。"（《词说》）[③]

　　　"古人春诵夏弦，秋冬学礼读书，试思书何以云读，诗何以必弦诵，可见不能弦诵者，即非诗也。何以能弦诵，我以情发之，而又不尽发之，第长言永叹，手舞足蹈。若有不能已于言，又有言之而不能尽者，非弦而诵之，不足以通其志而达其情也。鼓无当于五音，仅用以节乐，不可与诗相和。故诗中间有一二急促之音，乃用以为节。若一诗皆然则止可以鼓，不可以弦。止可以鼓，不可以弦，则鼓词矣。周公作多士多方，反覆详尽，而东山鸱鸮之诗，则情余于意，意余于言。然则贻王何不用文，谕民何不用诗，感以情非同谕以意也。周秦汉魏以来，直至于唐杜少陵、自

① 焦循《易通释自序》："循既学洞渊九容之术，乃以数之比例求易之比例，向来所疑，渐能理解。初有所得，即就正于高邮王君伯申，伯申以为精锐，凿破混沌，弭是赞勉，遂成通释一书。"（刘瑾辉：《焦循评传》附三《文选》，广陵书社，2005年，第244页）

② 焦循：《易图略自序》："余学《易》，所悟得者有三：一曰旁通，二曰相错，三曰时行，此三者皆孔子之言也。余初不知其何为相错，实测其经文传文，而后知比例之义，出于相错，不知相错，则比例之义不明。余初不知其何为旁通，实测其经文传文，而后知升降之妙，出于旁通，不知旁通，则升降之妙不著。余初不知其何为时行，实测其经文传文，而后知变化之道，出于时行，不知时行，则变化之道不神。未实测于全《易》之先，胸中本无此三者之名，既实测于全《易》，觉经文传文有如是者，乃孔子所谓相错，有如是者，乃孔子所谓旁通，有如是者，乃孔子所谓时行。测之既久，益觉非相错非旁通非时行，则不可以解经文传文，则不可以通伏羲文王周公孔子之意。"（刘瑾辉：《焦循评传》附三《文选》，广陵书社，2005年，第245页）

③ 刘瑾辉：《焦循评传》附三《文选》，广陵书社，2005年，第254页。

香山诸名家，体格虽殊，不乖此指。晚唐以后，始尽其辞，而情不足。于是诗与文相乱，而诗之本失矣。然而人之性情，其不能已者，终不可抑遏而不宣，乃分而为词，谓之诗余。故五代之词，六朝初唐之遗音也。宋人之词，盛唐中唐之遗音也。诗亡于宋而遁于词，词亡于元而遁于曲，譬如淮水之宅，既夺于河，而淮水汇为诸湖。求淮水于桃源安东之间不可见，求淮水于白马黉社之中转可见也。……诗本于情，……被于管弦，能动荡人之血气。"（《与欧阳制美论诗书》）[①]

与"诗乃心志外发"[②]近同，"分泄"情性于"曲"，也是一种广义的"旁通"现象；犹如黄河夺淮、淮则转泄于诸湖、先"失位"又自然得其"新位"一样。人之性情"分泄"于"曲"，则使那"不可遏"之"气"走向了平和。因此，性情能否"达"（宣泄）、情志能否"通"（"旁通"），就成了焦循戏曲批评的基本审美思想，"曲无性情，即亡之曲也"[③]。

焦循也正是由这种标准评陟昆曲、花部之高低的。如花部剧曲《铁邱坟》与昆曲《八义记》，虽然情节相类，但前者"嬉笑怒骂"于剧中人，反映了"作此戏者"的主观性情，后者不过"直抄袭太史公"书，两者间喷喷动人与"板拙无聊"的美感差距便出现了。所以，他感到花部优于昆曲的所在之一，即作者胸臆积蓄了一种"悲歌慷慨之气，（能）寓于俳谐戏幻之中"，作者实现了他的"慷慨之气"的外发、"旁通"，他自己和平了，其作品的感染力也强化了。[④]

[①] 刘瑾辉：《焦循评传》附三《文选》，广陵书社，2005年，第251页。

[②] 焦循《答黄春谷论诗书》说："毛诗序曰'在心为志，发言为诗'，又曰'情动于中而形于言'。古人本事亲从兄之乐，而至于手舞足蹈，不幸遭值变故，牢愁哀怨，不可告人，均发于声音而为诗。故其哀乐之致，不必尽露于辞，而常溢于言外。譬之于琴，指已离弦，而音犹在耳，是非寄托遥深，何以有此。是故《孟子》论说诗之法，在以意逆志，而不以辞，辞外也，意志内也。"（刘瑾辉：《焦循评传》附三《文选》，广陵书社，2005年，第252页）

[③] 焦循《雕菰集》卷十八《琳雅词跋》："词之有花间尊前，犹诗之有汉魏六朝也。其北宋则初盛也，其南宋则中晚也。盖乐府之义至唐季而绝，遂通而归于词，南宋之词渐远于词矣。又遁而归于曲，故元明有曲而无词。盖诗亡而词作，词亡而曲作。诗无性情，亡之诗也，词无性情，亡之词也，曲无性情，既亡之曲也。枯骨而被以文绣，张朽革而缋以丹青，且刺之曰：吾恶夫人之有性情，但为此枯骨朽革，不亦灾怪矣乎？"

[④]《花部农谭》云："花部所演有《铁邱坟》者，……其《观画》一出，竟生吞《八义记》。……及细究其故，则妙味无穷，有非《八义记》所能及者。《观画》之后，薛氏子去之韩山，起义师，直入长安讨武氏。韩山者，邗上也，即徐敬业起兵之事也。今则曰徐敬业而曰薛交，若曰：以徐勣之子，岂得有此忠义之子，能起义兵为国讨乱？当日所谓徐敬业，实薛氏子薛交也。是徐勣之子也，而非徐勣之子也。徐勣之人，焉得有此忠义之子！作此戏者，假《八义记》而谬悠之，以嬉笑怒骂勣事。彼《八义记》者，直抄袭太史公，不且板拙无聊乎？"又《剧说》卷三云："余尝憾元人曲不及东方曼倩事，或有之而不传也。明杨升庵有《割肉遗细君》一折，又茅孝若撰'辟戟谏董偃'事，皆本正史演之。唯笨庵孙原文《饿方朔》四出，以西王母为主宰，以司马迁、卜式、李陵、终军、李夫人等串入，悲歌慷慨之气，寓于俳谐戏幻之中，最为本色。"

　　焦循形式主义均衡论在他的知识领域表现为相对主义论。他认为真理相对，损益随时，九流诸子，各有所长，唯有舍短取长者才可以"通万方之略"[1]。同时，人都有其时代性，聪明才智"各当其时"[2]，那种各执一见，"以异己者为非"是愚昧的，"执其一端为异端，执其两端为圣人"[3]。他企图以相对主义摒弃中古独断、忌讳异端的传统。这思想具体化在他关于艺术史的美学分析上了。他说：

> "商之诗仅存颂，周则备风雅颂，载诸三百篇，尚矣。而楚骚之体，则三百篇所无也，此屈宋为周末大家。……汉之赋为周秦所无，故司马相如、杨雄、班固、张衡为四百年作者……五言诗发源于汉之十九首及苏、李，而建安而后，历晋宋齐梁周隋，于此为盛。……晋宋以前未有声韵也，沈约卓然创始，指出四声。……至唐遂专以律传：杜甫、刘长卿、孟浩然、王维、李白、崔颢、白居易、李商隐等之五律七律，六朝以前未有也。……晚唐渐有词，兴于五代而盛于宋，为唐以前所无。故论宋宜取其词：前则秦、柳、苏、晁，后则周、吴、姜、蒋，足与魏之曹刘、唐之李杜相辉映焉。……词之体尽于南宋，金元乃变为曲：关汉卿、乔梦符、马东篱、张小山为一代巨手。乃谈者不取其曲，仍论其诗，失之矣。……夫一代有一代之所胜，舍其所胜，以就其所不胜，皆寄人篱下者耳。"（《易余籥录》卷十五）

　　所谓前未有、后所无，各以其胜者而胜，即贯穿了他的相对主义艺术哲学。刘致中先生于此理解为"他的文学发展的进化观点"，显然有些偏差。因为焦循的相对主义，看起来承认了历史的全部，但是像他在其他知识领域漠视知识过程自低级向高级的质的递进法则一样，其本质是把历史割裂成无数个可以彼此斗胜的东西，而忽略了它的演进属性的。我们在他的文

---

① 焦循《论语通释》"释据"条："班固论诸子曰，九家之说，蠭出并作，各引一端，崇其所善，其言虽殊，辟犹水火相灭亦相生。若能修六艺之术，而观此九家之言，舍短取长，可以通万方之略，然则九流诸子，各有所长，屏而外之，何如择而取之。"

② 焦循《雕菰集》卷七《述难》："记曰：作者之谓圣，述者之谓明。作述无等差，各当其时而已。人未知而己先知，人未觉而己先觉，因以所先知先觉者，教人使人皆知之觉之，而天下之知觉自我始。"

③ 焦循《论语通释》"异端"条："人之有技，若己有之保邦之本也。己所不知，人其舍诸，举贤之要也。知之为知之，不知为不知，力学之根也。克己则无忮，克我则有能容天下之量，有容天下之量，则仁矣。惟事事欲出乎己，则嫉忌之心生，嫉忌之心生，则不与人同，而与人异，不与人同而与人异，小道也，异端也。执其一端为异端，执其两端为圣人。"

集中可以常常发现这位经学家以相对主义为趣的"兼容并包"文化思维的一贯性。诸如"杨则冬夏皆葛也，墨则冬夏皆裘也，子莫则冬夏皆袷也，趋时者裘葛袷皆藏之于箧"①，"夏尚忠，殷尚质，周尚文，所损所益，合乎道之权"②，等等。他在以上艺术史的叙述中，把戏曲与诗词文赋相提并论，也是出于相对主义艺术哲学的一贯性，而不是什么"发展的进化观点"。不仅如此，我们也正是在这种相对主义艺术哲学所连带的审美兴趣的广泛性特点上，发现了他之所以充分估计花部戏曲美学价值的又一原因的。

焦循把形式主义均衡论引申到社会关系、人性论问题上，显出了浓重的调和意味，他既要解开人类情感的缚绳，幻想由"情"性的旁通造成社会心理关系的平衡，又要保证封建道德观念在人性社会中的均势，所谓"各行其恕，自相让而不相争，相爱而不相害"③，"以己之情度人之情，人己之情'通'，而人欲不穷，天理不灭，所谓善矣"④。他的人性、社会观点，比起戴震来更妥协、更折中。这种思想渗透于他的戏剧审美，他认为，情感作用与教化作用同是戏曲艺术的特征，"解颐"与"醒世"一并重要，戏剧可抵"宋人语录"与"经史道德大论"，那种"忠孝志节种种具备"的戏剧乃"传奇之式"⑤。这种主张教化作用与情感作用均衡的审美认识，是焦循喜好花部戏曲的又一原因：因为他发现花部戏曲不仅有逸荡性情的特征，同时"其（剧）事（也）多忠孝节义"。⑥这就是说，"解颐""醒世"两者，

---

① 焦循《雕菰集》卷九《攻乎异端解》下。
② 焦循《雕菰集》卷十《说权》："法不能无弊，有权则法无弊。权也者，变而通之之谓也。法无良，当其时则良，当极寒则济之以春，当极暑则和之以秋，此天道之权也。故为政者以宽济猛，以猛济宽，夏尚忠，殷尚质，周尚文，所损所益，合乎道之权。易之道，在于趋时，趋时则可与权矣。"
③ 焦循《雕菰集》卷九《格物解》二。
④ 焦循《易通释》卷五《性情才》："人有以通神明之德，类万物之情。类，犹似也，以己之情度人之情，人己之情通而人欲不穷，天理不灭，所为善矣。如是则尽其才而为才子，否则，所为不善，而人欲穷、天理灭，不能尽其才，而为不才子。故才者能达其情于天下者也。才能达其情，而情乃可旁通性命，乃可各正情；不旁通，故人欲穷、性不各正，故天理灭，不以己之欲，不欲通乎人之欲，不欲是无情，无情是不近乎情。"
⑤ 焦循说："元曲……其为正旦、正末者，必取义夫、贞妇、忠臣、孝子，他宵小市井，不得而于之。"（《剧说》卷一）"自会加改窜，而忠、孝、志、节，种种具备，庶几有关风化而奇可传矣。'冯氏此言，可为传奇之式。"（《剧说》卷五）"宫大用《范张鸡黍》第一折，乃一篇经史道德大论，抵多少宋人语录。"（《剧说》卷五）
⑥《花部农谭序》："梨园共尚吴音。'花部'者，其曲文俚质，共称为'乱弹'者也，乃余独好之。盖吴音繁缛，其曲虽极谐于律，而听者使未睹本文，无不茫然不知所谓。其《琵琶》《杀狗》《邯郸梦》《一捧雪》十数本外，多男女猥亵，殊无足观。花部原本于元剧，其事忠、孝、节、义，足以动人，其词直质，虽妇孺亦能解；其音慷慨，血气为之动荡。郭外各村，于二、八月间，递相演唱，农叟、渔夫，聚以为欢，由来久矣。自西蜀魏三儿倡为淫哇鄙谑之词，市井中如樊八、郝天秀之辈，转相效法，染及乡隅。近年渐反于旧。余特喜之，每携老妇、幼孙，乘驾小舟，沿湖观阅。天既炎暑，田事余闲，群坐柳阴豆棚之下，侈谭故事，多不出花部所演，余因略为解说，莫不鼓掌解颐。有村夫子笔之于册，用以示余。余曰：'此农谭耳，不足以辱大雅之目。'为芟之，存数则云尔。"

他都要。

从上面我们分析的焦循喜好花部的三个原因看，都是间接或直接与其形式主义均衡论相关的，和市民阶层的嗜好花部有着不同的思想基础。即使退一步地认为焦循的哲学思想是资本主义萌芽状态的折光，但把这折光之下的对花部戏曲的肯定直接说成是市民阶层戏曲观点，显然亦是不妥贴的。

二

焦循喜好花部戏曲是基筑于他个人艺术趣味、审美经验之上的。这里主要是两个方面。

其一，喜好花部与其经学家黜词章、尚"义理"的艺术思想有关系。焦循有这样的审美认识：花部剧曲语言风格虽近"俚质"，然其艺术逻辑的条理性、真实性却使昆曲相形见绌。我们知道：焦循论文首重"明意明事"。明事，是使天象算数、山川郡县、人之功业道德、国之兴衰隆替，以及一物之情状、一事之本末都在笔下"豪末毕著"；明意，是把主观体味以至于精微的思想赖文字"直断或婉述""引正或譬喻"地表现出来[①]。焦循认为，这种客观物理与主观思维的结合是艺术活动之大端，至于词华不过"皮毛"而已。这精神折光于戏剧审美，他把同写"雷击"的两作进行了比较。花部的《清风亭》描写张仁龟登科及第后，忘弃抚育他的义父而被雷火所焚。焦循对这一循事理的艺术处理作了"真匠手"的评价。而昆曲《双珠》描写营官李克成奸占营卒之妻，遂而又上营卒与妻完聚，事实体段并未显出悲剧之内蕴，然也设计了雷击（李克成）情节，焦循认为这是"天所不必诛"的人为安排，不合"义理"。从"义理"（具体到剧事即艺术逻辑）的

---

① 焦循《雕菰集》卷十四《与王钦莱论文书》："乃总其大要，惟有二端：曰意，曰事。意之所不能明，赖文以明之，或直断或婉述，或详引证，或设譬喻，或假赞绩，明其意而止。事之所在，或天象算数，或山川郡县，或人之功业道德、国之兴衰隆替以及一物之情状、一事之本末，亦明其事而止。其事，患于不实；明其意，患于不精。学者知明事之难于明意矣。……吾尝穷而推之，意与事不可言明，莫若琴音与算法，然言音者，先以甲乙子丑等施者图，然后指而论之；言音者，先讲明句挑吟揉之例，然后按而志之，阅二者之书，布算以推其数，抚弦以理其音，不差豪末，此文之至奇至巧至琐细而估聱者也。使避琐细估聱之名，则琴音不可记，算数不可明，周公之仪礼不必作，孔子之说卦杂卦不必撰，岂理也哉？如谓此非文则惟如韩之记毛颖苏之论范增留侯而始谓之文乎？愿是下穷文之所以然，主于明意明事，且主于意与事之所宜明，不必昌黎梅庵，不必昌黎梅庵，不必琐细估聱，不必不琐细估聱也。"

审美角度看，焦循的艺术结论是："谓花部不及昆腔者，鄙夫之见也"。[①]

其二，焦循认为花部剧能够调动接受主体，其审美效果极佳。焦循《剧说》卷六叙《吟风阁》杂剧云："有'寇莱公罢宴'一折，淋漓慷慨，音能感人。阮大中丞巡抚浙江，偶演此剧，中丞痛哭，时亦为之罢宴。盖中丞亦幼贫，太夫人实教之。阮贵，太夫人已下世，故触之生悲耳。"

在这里，接受主体"触之（舞台上的寇莱公故事）生悲"，"悲"虽来自舞台故事的作用与引发，但阮大中丞的家事记忆的主动迎受，也是"悲"产"生"的主要因素。一方面是形象客体（舞台形象）在"触"观戏者，一方面是接受主体在以自身的家事记忆来"迎"、来"生"，"触""生"结合，审美效应发生了。花部演出这种比较强的美感效果也当是焦循喜好之原由。

另外，焦循钟爱花部剧曲与当时的学风变革亦是有联系的。焦循生活的时代，乾嘉学者们已把学术思想引入了晦塞之途。当此之际，王引之、汪中、阮元等人起来予以拨正。他们改移轨辙，"扫除云雾"[②]，创建了崭新的扬州学风，使治学精神与文化趋向由偏狭变敞阔，废拘隘转圆通，改僵死为活脱。如阮元治经而外尚且留心于金石，刘毓崧校书之余又兼辑歌谣，等等，学坛老树重新有了生华如盖的气象。焦循在研读易学的同时亦探究花部戏剧，正是受到上述风气的感召。他对花部戏剧的审美考究，似乎可以看作当时那返春的学坛老树上的"一根枝条"。[③]

---

① 《花部农谭》："唐张仁龟，本张尚书之庶子，其嫡不容，尚书乃使远为张处士之子，有手书为据。仁龟稍长，渐知其为尚书子，乃窃据而逃之京师。既登第，仕为官，遂忘处士养育之义。处士以无据，郁恨而死。已而仁龟出使，自缢于驿亭，相传为张处士冥诉阴谴之。事载《北梦琐言》。花部中，演为《清风亭》剧。张处士仍姓张，仁龟则谬薛氏子，其本末略同。……乃作天雷雨状，而此坊甲者冒雨至亭下，见有披发跪者，乃雷殛死人也。视之，则前之贵官，右手持笺二百，左手持血书。坊甲乃大声数其罪而责之。此即张处士郁恨而死，仁龟得阴谴之所演也。郁恨而死，淋漓演出，改自缢为雷殛，以悚惧观，真巨手也。据昆腔剧中，雷殛二事：一为《双珠》之李克成、张有得。克成以营长谋奸营卒之妇，罗致卒死罪，致其妇以死明节。此事见《辍耕录》。卜卒虽因妇死得释，所卖子亦归，惟营长未有报，故思得天雷殛之为快耳。然作《双珠》剧者，营卒妻卖子投渊之后，既得神救不死，父子夫妻俱完聚，则李克成固亦天所不必诛也，故《双珠》之李克成、张有得虽遭雷殛，尚不足以警动观者。至《西楼》之赵不将，只以口笔之嫌构其父，父禁于叔夜不许私妓，在忿固泄私忿，而其言非不谠正，以是而遭雷殛，真为枉矣。……余忆幼时随先子观村剧，前一日演《双珠》《天打》，观者视之漠然。明日演《清风亭》，其始无不切齿，既而无大不快。铙鼓既歇，相视肃然，罔有戏色；归而称说，浃旬未已。彼谓花部不及昆腔者，鄙夫之见也。"

② 王引之：《王文简公文集》卷四《与焦理堂先生书》。

③ 傅雷《艺术哲学·序》："从种族、环境、时代三个原则出发，丹纳举出许多显著的例子说明伟大的艺术家不是孤立的，而只是一个艺术家家族的杰出代表，有如百花盛开的园林中的一朵更美艳的花，一株茂盛的植物的'一根最高的枝条'"。（傅雷：《傅雷经典作品选》，当代世界出版社，2007年版，第330页）

第五节　"以文律曲"的审美倾向

古典戏曲理论在明代初熟后本有两种倾向：一种是把戏曲当作独立的艺术部类去探讨它的独特的审美属性，如王骥德《曲律》、冯梦龙《墨憨斋定本传奇》评批；另一种是把戏曲等同于一般的诗文词曲，"以文律曲"[①]，一定程度地从"诗体文学"的角度研究它，如朱权的《太和正音谱》、吕天成的《曲品》、祁彪佳的《远山堂曲品》。到了清代，前者终于在李渔手下发展成了我国戏曲理论中正宗的理论体系；后一种倾向也由于明末世俗艺术思潮低落、封建正宗美学思想复兴，显出开阔的气象来。这种倾向的本质是那种古典型审美趣味在戏曲理论中占了世俗艺术趣味的上风，用诗论文论中那些常见的审美概念如神韵、势、气、境、味、风致等指称戏曲艺术现象，把封建士大夫阶级钟爱的含蕴、细腻、缠绵、雅驯、清艳等艺术格调作为戏曲艺术的审美标准，从而规范戏曲创作。具体说来，内容可以概括为如下几个方面。

其一，要求戏曲创作为欣赏者提供诗的审美想象的空间，牵引、调动、发挥欣赏主体的审美心理活动，使审美对象（作品）具有影响审美主体（欣赏者）的极大的能动性。这就要求戏曲在内容上敦实深沉而不纤裹轻佻，在语言上情味浓郁，"浑含包孕"[②]，在艺术构思上潜藏若虚，"情在意中，意在言外"[③]。高奕形象地描绘说，若"芙蓉映水，意态幽闲"；"鲛人泣泪，点滴成珠"；"空谷幽兰，清芬自远"[④]。这实际上是要求戏曲艺术具备一种蕴藉、娟秀、隽永的具有无限诱惑力的美感吸引特征，从而作用于读者和观众。

其二，要求戏曲艺术形象具备诗的超实感的韵致，并指出了造成韵致的艺术表现方法。杨恩寿代表了这种意见，他说："古今填词家，动谓美人、才子。所谓美者，姿色在其次，第一则在风致也。风致，非姿色可比，可

---

① 梁廷楠《曲话》卷五："其实圣叹以文律曲，故每于一字删繁就简，而不知其腔拍之不协，至一牌画分数节，拘腐最为可厌，所改纵有妥适，存而不论可也。李笠翁从而称之过矣。"

② 杨恩寿：《词余丛话》。

③ 梁廷楠《曲话》卷二："其【鹊踏枝】一曲云：'怎肯道负花期，惜芳菲粉悴胭憔，他绿暗红稀，九十日春光如过隙，怕春归，又早春归。'如此则情在意中，意在言外，含蓄不尽，斯为妙谛。惜其全篇不称也。"

④ 高奕：《新传奇品》。

意会不可言传。虽以实甫之才，仅能写双文之姿，不能写双文之致。观其'袅袅婷婷'，差有致矣，又加以'齐齐整整'。夫以整齐赞美人，不过虎丘山泥美人耳，尚何致之有！余谓善写美人之致者，惟《长生殿》耳。《惊变》一出，醉杨妃以酒，以观其致……一语一呼，声情宛转，宛如一幅'醉杨妃画图'也"①。这里，如果我们撇开杨氏评价两作的是非不论，不难发现，他是在要求戏曲艺术形象具有超乎象表的神气韵致，认为神气韵致像一种渺漠的流云霞彩，空灵飞迤，更易为审美触觉所感受与把握，而传统艺术的绘神写意法正是造成这种神气韵致的具体手段。

其三，戏曲的"味"最好接近田园、林泉、闺秀诗般的清倩、精美、轻柔与娟秀，要远离俗唱俚曲的粗鄙、简陋与浅露。戏曲审美活动中最好出现消遣、适意的玩味、品鉴心理，而不要那种被刺激、被冲撞的触动感。戏剧要有点田园牧歌的色调。例如，杨诚斋似的思致缠绵，风流缱绻，洪升似的"细腻风光，柔情如绘"②，孔尚任似的"丽而清，密而淡"，都是当时推重的风格。高奕比喻说，若"新妆越女，粉媚脂香"；"琪花瑶草，余香袭人"；"少女簪花，修容自爱"；"盆花小景，工致自佳"③。这哪里是戏曲审美，完全是诗的审美观点了。

其四，戏曲艺术要脱尽原生时代的俚俗气，温柔敦厚，典雅工美，"极瑰幻而不诡，极奇艳而不饾饤，极旋旎而不淫靡，极淘写冷笑而不伤刻虐"④。特别是言情之作尤须不伤风化，若即若离，含蓄不露。如梁廷楠批评《墙头马上》中"谁管我衾单枕独数更长？则这半床锦褥枉呼做鸳鸯被"一段唱词时说，"出语哪便如许浅露……四目相觑，闺女子公然作此种语，更属无状"⑤，即是一例。

上述探讨不能说全然无益。中国戏曲自金元脱胎后一直生长在诗的艺术土壤中，王实甫的碧云、黄花、霜林、离泪，马致远的宫墙、回廊、椒房、昏月，高则诚的新篁、槐阴、竹床、棋声，孔尚任的秦淮、莫愁、剩水、残梦……，可以说，诗化是中国古代戏曲重要的、典型的美学特征之

① 杨恩寿：《续词余丛话》卷三。
② 杨恩寿：《词余丛话》。
③ 高奕：《新传奇品》。
④ 吴秉钧：《风流棒·序》，蔡毅：《中国古典戏曲题跋汇编》，第 1645 页。
⑤ 梁廷楠：《曲话》卷二"言情之作贵在含蓄不露"条。

一，从诗的审美特征角度进行总结是完全必要的，以文律曲倾向的积极意义即表现在这里。没有这些理论做铺垫，就没有后来王国维先生"元南戏……有意境"等精彩的表述。但由于在研究戏曲诗化特色的同时，完全摒弃了戏曲自身的审美属性，过分夸大了戏曲诗化的特色，以封建士大夫阶级嗜好的古典型艺术趣味，排斥戏曲实践活动中的世俗艺术趣味，所以在当时就引起了一定的反响。

一是根本反对。有些批评家认为以文律曲"自谓别出手眼"，其实"强作解事"①"杂乱不伦"。他们强调戏曲是一种独特的艺术部类，"其体则全与诗词各别"，"若必铺叙故事，点染词华，何不竟作诗文，而立此体耶？"②

二是重申戏曲"非文人学士自吟自咏之作"的原则，认为戏曲的对象是广大城市居民，它要"述古人之言语"能使世人易于见闻。因此，它的审美标准的基调就应是市井细民的趣味及接受能力，"取直而不取曲，取俚而不取文，取显而不取隐"。否则，将如"朝服游山，艳装玩月，不但不雅，反伤俗矣"③。这两种意见都有它们的合理性。

以文律曲倾向的出现是有背景的：明中叶生长起来的资本主义因素，入清后受到严重抑制，农业与手工业相结合的自然经济仍是社会结构的支配力量。这种社会情势就造成了清代文艺领域的复古主义倾向。在创作上，产生了比《金瓶梅》《三言》减了市井粗俗风情而增了文人腻肌香泽的《红楼梦》《聊斋志异》；在理论上，王士祯的神韵说，翁方纲的肌理说，沈德潜的仰溯风雅，方苞的古文义法，都带有程度不同的拟古主义色调。"以文律曲"在戏剧领域坚持的古典型审美趣味，正是从属于这种复古主义思潮的。它是当时文艺领域的复古精神在戏曲批评中的投影。

第六节　以"情"为中心的表演论

胡彦颖《乐府传声序》云：'明之中叶以后，（演者）于昆曲刻意求工，别为'清曲'。"

笠阁渔翁《笠阁批评旧戏目》也云："吴人清唱，亦因其腔板

---

① 姚燮：《今乐考证》引董含评金圣叹语。
② 徐大椿：《乐府传声》。
③ 徐大椿：《乐府传声》。

熟落，穷力吟咏，至奉为终身首调。"

这是事实。明后期起，昆曲歌女们或在仕宦的家宴上献唱呈媚，或在阔老的戏班里讨生活，演唱多在宽敞的花厅里进行了；爷们在几步开外放上太师椅，一边啜茗，一边玩味她们袅袅的声韵、欣赏她们柔美的身姿。她们很明白，自己的目的是让他们开心，要迎合他们的心理和趣味。所以，尽管有时也唱得泪满桃腮，泣下不止，然内在的艺术情感却与戏中人物的情感有着偌大的距离或根本不沾边。她们的艺术表演主要是在呈现艺术技巧（口型、扮相、动作、吐词），并没有真正深入（也未打算深入）戏曲内容的特殊情境与人物心情。就戏曲演出的审美标准来说，这种"清唱"实在是一种形式主义的东西。清代黄幡绰的《梨园原》以及徐大椿的《乐府传声》就是在这种情势下应运而生的。他们阐述了以"情"为中心的表演论，指出了"情"之"深入"是演员表演的基本要求，也是舞台审美力量发生所必需的。

以"情"为中心的表演论认为，戏剧演员表演要用"情"。然此"情"不是一般歌者的"情"，而是所扮角色特殊具体的情感活动。戏剧演员艺术情感的抒发不是直接、自身的。他们不像诗人、歌者有直抒胸臆的自由，也不像画家那样可以挥墨自如，少有限制。他的崇高或许要表现在人物的卑贱之中，他的善良或许要表现在剧情的丑恶里面。他要同他所表现的对象（戏中人物）同呼吸、共悲欢，因此，对他们就有这样的要求：

"必唱者先设身处地，摹仿其人之性情气象，宛若其人之自述语，然后形象逼真，使听者心会神怡、若亲对其人，而忘其为度曲矣。"

就是说演员要使自己的情感活动与所表现的人物的内在性情相吻合，因其情而情，因其心而心，因其声而声，因其语而语。如果越出了艺术形象（所扮人物）内在心性、情感的轨辙，那他（她）的活动再卖力、再出色，唱得再好，做得再工，也都是失败的。戏剧演员的情感活动就是这种为艺术形象内在本质所制约的特殊形态。《梨园原》表述说："……男女角色，既妆何等人，即当作何等人自居，喜怒哀乐离合悲欢，皆须出自己衷，则能使看者触目动情，始为现身说法，可以化善惩恶。"

徐大椿、黄幡绰的表演论，虽然都以"情"字为核心，简直可以"表情论"称之，但论述则各有侧重，徐氏在着重考察情与声的关系，黄氏则力图说明情与形的关系，这就构成了"表情论"内容的两个方面。

先看情与声。情与声，是诉诸观众听觉的艺术形象内在与外在的关系，也是演员艺术表现中内容与形式的关系。情与声相互联系着，不同的声反映不同的情，不同的情造成不同的声。"声欢"者一定"心中笑"，"声悲"者势必"心中悼"；"心中恼"的人常常"声竭"；"心中燥"的人往往"白急"。声是情的外在表现形态，情是声的内容与实体。在情与声这对关系中，情是主导方面。徐大椿说："唱曲之法……得曲之情尤为重。盖声者众曲之所尽同，而情者一曲之所独异，不但生旦净丑，各殊口气，凡忠义奸邪，风流鄙俗，悲欢思慕，事各不同；使词虽工妙，而唱者不得其情，则邪正不分、悲喜无别，不但不能动人，又令听者索然无味矣。"这就揭示了情与声的美学关系及其作用、意义——在于帮助成功地创造艺术典型。演员必须明确这种"按情行腔"的创作原则，根据艺术人物的情感与性格配置相应的声调音色，"从容喜悦、风雅之人，语宜用轻；急迫恼怒及粗猛之人，语宜用重"。这样，艺术形象的内在与外在表现形式（声）之间就构成互为表里、两相统一的东西了。这是从静态上看。

从动态上看，戏曲人物的情感不是平静的一池春水。它将随着戏曲事件的发展、冲突而产生跌宕，随着人物所面临的命运的波动而波动。演员要善于抓住那些波动与跌宕的地方，着重渲染，通过声腔的顿挫进行强调。"如喜悦之处，一顿挫而和乐出；伤感之处，一顿挫而悲恨出。"这样，情感才是活的人物之情感，人物也才有生命的脉动。当然，人物情感的发展是按剧情内在逻辑进行的，是被戏曲故事进程、故事情境所规定的。或此一喜是那一悲的先导，或这一愁是那一忧的尾声。哀伤、苦闷、兴奋、快乐……往往因果而递进地出现在一个人物的性格史上。戏剧演员的声情运动要与这种内在逻辑吻合起来。徐大椿这样说："闲事宜缓，急事宜促，此时势之徐疾也；摹情玩景宜缓，辩驳趋走宜促，此情理之徐疾也。"

同声与情一样，形与情的意义也在于指导戏曲艺术形象的创造。不同的是，它是诉诸观众视觉的艺术形象的表里关系。《梨园原》有一段话：戏剧演员"将关目作家常，宛若古人一样。乐处颜开喜悦，悲哉眉目怨伤……直为真事在望"。这话很朴素，但讲得很完满。他是从视觉审美效益（"望"）

的角度，来要求艺术形象（"古人"）内在情感（乐悲）与外在形貌（颜、眉）之间有机联系的。

在一场戏中，众多的艺术典型具有纷繁的情感状态与复杂的性格内容，随之而来的它们的"外在"（形）也将是繁杂的、千奇百怪的。演员要创造内在与外形相协调的艺术人物，首先就要在生活中学会由人的外形区别各种人物。例如：

"贫者：病容、直眼、抱肩、鼻涕。

贱者：冶容、邪视、耸肩、行快。

疾者：呆容、吊眼、口张、摇头。

疯者：怒容、定眼、啼笑、乱行。"

有了这个基本功，才能在舞台上通过自己的"形"，表示不同艺术典型的情感与性格。如果具体到个别艺术典型来说，艺术典型在自己的生活中会有不同情绪，不同的情绪必须反映为不同的形貌特征。如：

人物喜，可以"摇头……俊眼，笑容"。

人物怒，可以"怒目……皱鼻、挺胸"。

人物哀，可以"闭眼……顿足，呆容"。

人物惊，可以"开口……颜赤，身战"。

戏剧演员也要体贴角色的内心世界，理智地掌握不同情势中的形与情的关系，以展开表现。

当然，以"情"为中心的表演论，不是单纯的艺术论，它最终是放在严肃的功利主义范畴加以讨论的。黄幡绰说，戏剧演员的表演，"要使看者触目动情，将为现身说法"，"现身说法，表扬忠孝节义……扬善惩恶，此亦一大美事也"。徐大椿也说，"传声者，所以传人声也……古之帝王圣哲，所以象功昭德，陶情养性之本，实不外是，此学问之大端"。他们认为：戏曲是演员演之以情、观众动之以情的情感活动，但这不是戏曲艺术的根本目的，根本目的是由之产生封建伦理教化作用。情感作用所以不可抛弃，是因为人们看戏总是先有情绪的激动，然后才会有伦理观念的领悟。情感作用是戏曲艺术达到根本目的的条件。可见，以"情"为中心的表演论亦有些道学家面孔。

第七节 金圣叹的戏剧审美批评

描述清代戏剧审美的发展线索，无论如何，不能错过金圣叹的《西厢记》评点。本节谈如下几个问题。

一、美在客观

单单从艺术反映论的视角看，金圣叹的戏剧美学观，还有一些唯物主义的色彩。他认为戏剧艺术的美不是主观之臆造，而是现实生活美的客观反映。他说"《西厢记》……乃是天地妙文。自从有此天地，他中间便定然有此妙文，不是何人做得出来，是他天地自己劈空结撰而出"。王实甫写《西厢记》"亦只是他平心敛气，向天下人心里偷出来"的。这就是说，《西厢记》作为美的艺术品（"妙文"），是现实中本就存在的内容，是"天下人心里"面的东西，戏剧家只是描摹这种客观之美，而不是创造了这种美。美是客观的，是属于生活的。金圣叹说："自古至今有韵之文，吾见大抵十七皆儿女此事，非此一事，则文不能妙也。夫为文必为妙文，而妙文必借此事……何也？事妙故文妙……事不妙，故文不妙也。"很显然，艺术的审美价值（妙），依托于生活本身（妙事）的审美价值，离开了后者，前者是无能为力的。

二、审美环境与审美愉快

金圣叹在《西厢记》"读法"中说阅读《西厢》一书，有一个环境氛围问题。

"《西厢记》必须扫地读之。扫地读之者，不得存一点尘于胸也。

《西厢记》必须焚香读之。焚香读之者，至其恭敬，以期鬼神之通也。

《西厢记》必须对雪读之。对雪读之者，资其洁清也。

《西厢记》必须对花读之。对花读之者，助其娟丽也。"

审美欣赏需要两种"境"，一是主观的心境，一是客观的场境。中国传统的美学理论对主观心境谈的较多，如荀况说："心忧恐……耳听钟鼓而不知其声，目视黼黻而不知其状。"（《荀子·正名》）至于审美欣赏要不要一个审美化的客观场境，这个客观场境对审美欣赏有无促激作用？古之贤者，所论缺焉。金圣叹这一段话的价值即在于发前人所未发，他指出扫地、焚香、对雪、对花的客观氛围，对于《西厢记》的欣赏大有助益。

在金圣叹对《西厢记》艺术分析中，经常用到"快人""快心"之类的词。这个"快"，很多地方不是指人物性格的快声快语，而是指阅读中的审美愉快。在《拷艳》一场的总批中，金圣叹又集中讨论了审美愉快问题。他说：世间有许多快心之事。盛夏七月，无风无云，汗出遍身。忽然雨如瀑布，"身汗顿收……不亦快哉"。朝眠初醒，家人报有人死去，急起问之，"乃城中第一绝有心计人，不亦快哉"。久客得归，见岸上妇童相迎，"不亦快哉"。身上长有痒疮，烧好热汤，"关门澡之，不亦快哉"。官务缠身，"打鼓退堂（之）时，不亦快哉"。毒蜂追人，"推纸窗放蜂出去，不亦快哉"。累月阴雨，忽闻众鸟弄晴，"推窗视之，日光晶荧，林木如洗，不亦快哉"。从金圣叹罗举的一系列快事来看，有的与审美有关（如久阴转晴，久客回乡），有的与审美关系不大，但都有一个共同的特点，即急急乎期望的东西，忽然之间兑现在眼前，不免喜出望外，心中大快。这实际包含了一个理论命题，即艺术欣赏中有一种审美的期待。当审美期待满足的时候，就伴随着一阵审美快感。《西厢记》写到"拷艳"一场，红娘与老夫人的冲突已势在必发，红娘必须打破老夫人的攻势，帮助莺莺张生渡过难关，这已成为阅读欣赏者的艺术期待。而在整个交涉过程中，红娘历数老夫人的"言而不信"，说清利害，迫使老夫人没奈何只好同意把莺莺配与张生。观众的紧张与期待，豁然得释，"快"，当然也就出现了。金圣叹于文中文后，反复批道："读竟请浮一大白。""只是一味快。""快然泄出，更无留难。""真所谓而今而后，心满意足，神欢人喜也。"这些都是在表述这一场戏给人带来的艺术快感。

三、艺术思维与灵感

艺术思维活动的特点是具有严格的时间性，不具备重复性。它像天上的白云，随时变化，没有定准。它是在特定时刻之下闪射出来的火花，如果再度闪射出来，两种火花绝对是不一样的。金圣叹说："仆尝思万万千年，天无日无云，然决无今日云与某日云曾同之事。何也？云只是山川所出之气，升到空中，却遭微风，荡作缕缕。既是风无成心，便是云无定规。《西厢记》正然，无非此日佳日闲窗，妙腕良笔，忽然无端，如风荡云。若使异时更作，亦不妨另自有其绝妙。"这话的意思是，《西厢记》是王实甫特定"时日"艺术思维活动的产物。要是王实甫换个"时日"，启动了艺术思维，也还会流出一部锦绣文字《西厢记》，但后一个《西厢》的妙处，自会别具一格，不会雷同前者。

艺术思维的活动是循序渐进的，思维活动的开始并非像苏轼所讲"胸有成竹"，已有一整套艺术表象在脑海口，艺术的表象是在思维活动起来后不断地生成的，描摹了前几个艺术表象之后，可能才能推衍出后几个艺术表象，故事的情节，人物的行踪、细节的出现，都是随着艺术思维一步步"逼"出来的。金圣叹这样表述说："最苦是人家子弟，未取笔，胸中先已有了文字。若未取笔胸中已有了文字，必是不会做文字人。《西厢记》无有此事。""《西厢记》正写《惊艳》一篇时，他不知道《借厢》一篇应如何；正写《借厢》一篇时，他不知道《酬韵》一篇应如何。总是写前一篇时，他不知道后一篇应如何。"《西厢记》的作者是遵循艺术思维规律的。写前一场时，他不能超前设想后一场的究竟。写后一场时，他也不能预定再后一场的情形。人物间的情感推进有它自身发展的艺术逻辑，艺术思维的劳作是"车到山前才有路"。

现代美学把艺术家创作之际的思维形态视为"角色代换"，当彼之时，艺术家已与他的笔下人物同呼吸，深入到人物的活动情境中去了。金圣叹也已经这样看。《西厢记·酬韵》一场，作者写莺莺月夜焚香，满腹心事，心理刻划，委曲到位。金圣叹批："手搦妙笔，心存妙境，身代妙人。"意思是王实甫当此之际似乎已幻觉到月华满地之境，他的情感心性俨然就是一个大家闺秀（化身妙人莺莺）了。

又如《闹简》一折，红娘有一句唱词："风静帘闲，绕窗纱麝兰香散。"这一句唱词透示，红娘是从外院走进莺莺闺房，故先感受外院无风，后再感受闺房之香，描写相当细致。金圣叹批道："此非作者笔墨精致而已……盖作者当提笔临纸之时，真遂现身于双文闺中也。"金圣叹觉得这不是什么笔致细不细的问题。应该看到，这是作者艺术思维的问题。说明作者写这一段时，他的主观感受确已深入到一个闺房庭院的幽雅环境之中了。否则，是写不出上面的场境层次的。

关于对艺术灵感的把握、捕捉，对于突然到来的艺术想象的内省与观照，金圣叹使用了一个"觑见"的概念。这一概念的使用就使得灵感与艺术想象似乎成了有形的可以看见的东西，成了诉诸艺术家"内视觉"的东西。一方面，艺术家受自我灵感、艺术想象所驱遣，另一方面艺术家又把灵感、艺术想象放到自我对象的方位上去，加以观照、加以认识，加以掌握了。金圣叹说："仆今言灵眼觑见，灵手捉住，却思人家子弟何曾不觑见，只是不捉住，盖觑见是天付，捉住须人工。……圣叹深恨前此万千年，无限妙文已是正是觑见，却捉不住遂成泥牛入海，永无消息。"

> "文章最妙，是此一刻被灵眼觑见，便于此一刻放灵手捉住。盖于略前一刻亦不见，略后一刻便亦不见，恰恰不知何故，却于此一刻忽然觑见，若不捉住，便更寻不出。今《西厢记》若干文字，皆是作者于不知何一刻中灵眼忽然觑见，便急捉住，因而直传到如今。"

这两段表述指出，人们感受到、观测到艺术灵感，艺术想象的内容（艺术表象）并不困难，困难的是把这些瞬间观察到的艺术意象把握住，摹写下来，它便是漂亮的文字，传世的佳品。此其一。其二，创作主体对自我思绪中灵感与想象的发现，带有极强的时间性，而这个时间又不可预料，不知在哪一时刻"见到"。其三，在某一时刻见到的灵感内容与想象内容（艺术意象），绝不会同于另一时刻之所见。不同时刻之所见，必然形貌各异，带上不同时刻的"胎记"。金圣叹举例说，假若让王实甫把已作的《西厢记》烧了，再做一本，那么要想从他所做的另一本中找到前一本的影子，"已是不可复得"。原因很简单，"既是别一刻所觑见（之意象），便用别样（思维）捉住，便是别样文心，别样手法，便别是一本，不复是此本也。"

四、内心"情结"与创作动因

金圣叹认为，戏剧创作的动因乃至戏剧故事的依托，不在客观存在的历史生活，而倒与创作主体的内心生活关系密切。他说："今夫提笔所写者古人……知十百千年之前真曾有其事乎……乃至其曾有其人乎？""岂不悟此一书中，所撰为古人名色如君瑞、莺莺、红娘、白马，皆是我一人心头口头吞之不能，吐之不可，搔爬无极，醉梦恐漏，而至是终竟不得已，而忽然巧借古之人之事以自传，道其胸中若干日月以来七曲八曲之委折乎？……夫天下后世之读我书者，然则深悟君瑞非他君瑞，殆即著书之人焉是也。莺莺非他莺莺，殆即著书之人之心头之人焉是也。红娘、白马悉复非他，殆即为著书之人力作周旋之人焉是也。"这里出现了一个精彩的文学思想，即戏剧家不是为了写古人而写古人，他的创作冲动缘于他本人的情感世界，他是"巧借古人之事以自传"。一般说来，戏中的主要正面人物像张君瑞，往往就是作者的投影；至少，在张君瑞的形象上对象化了作者的情感寄托。而像莺莺这样的艳美女子，往往也是作者心爱之人的一种幻想。红娘、白马将军之类人物也是作者经历中那些成人之美者的化身。这一观点和现代文学史上胡适的"自叙传"理论倒是十分合拍的。

五、悲剧意识

金圣叹哲学思想的起点是"人生暂有"的悲剧意识。他在评点《西厢记》"序一"中说，"几万万年月皆如水逝云卷，风驰电掣，无不尽去……今年今月而暂有我。此暂有之我，又无尝不水逝云卷，无端而忽然生……之我，又不容稍住……不容稍住者，又最能闻声感心，多有悲凉。嗟乎，嗟乎！"人生天地间是一种短促的时间存在，是一种"暂有之我"，而不是"永恒之我"。人的情感基调是悲凉的、易于感触的，是在"哀哀然"的心态下讨生活的。

那么面对这个"暂有"的人生，将何以度过呢？金圣叹说："暂有于此，则我将何等消遣而消遣之？"诸葛亮躬耕南阳，是一种消遣法。陶渊明飘然归去，也是一种消遣法。日中麦麻，栏下一宿的生活，也是一种消遣法。而"我与之（《西厢记》）批之刻之……又一我之消遣法也"。在这里，金圣叹提出了"消遣"的概念，"消遣"是指对待短暂的悲剧人生的乐观化审美态度，是指驱遣人生"暂有"缺憾心理的具体方法。而在金圣叹看来，他的《西厢记》评批活动就是一种人生的消遣，是他人生悲剧心理走向摆脱的一种方式。

谈到金圣叹的悲剧意识，常常与他否定《西厢记》第五本的问题牵扯在一起。金圣叹认为《西厢记》第五本崔张团圆的结局是蛇足，主张腰斩第五本，认为王实甫写到第四本的"长亭送别"（哭宴）与"草桥惊梦"，是最好的结局。学术界同仁，往往把金圣叹这一点看作是他了不起的反对大团圆结局的悲剧艺术观的体现。殊不知：这是一个误会。金圣叹并不是站在悲剧艺术观的美学基点上反对大团圆结局的，他的立足点是佛家的"虚空"观念。他说得很清楚：

《西厢记》有生有扫，春树生叶叫做生，秋风落叶叫做扫。生就是产生，扫就是寂灭。"今夫一切世间太虚空中本无有事，而忽然有之……曰生。既而一切世间妄想颠倒有若干事，忽然还无……曰扫。然则如《西厢》……最前《惊艳》一篇谓之生，最后《哭宴》（长亭送别）一篇谓之扫。盖《惊艳》以前，无有《西厢》……是太虚空也。若《哭宴》以后，亦复无《西厢》……仍太虚空也。"

金圣叹又在《长亭送别》一场批道：佛的福德境界是太虚空，人间众生每于空海之中妄想，生出颠倒的缘分，男欢女爱，"两情奔悦"，"坐着楼中，以昼为夜，以夜为昼"，其实他们正坠入"妄想颠倒"的劫中。欲使他们脱离"妄想颠倒"之海，回到虚空的福德世界，唯一之法就是"离别"。佛经云："离别名为疗痴良药，离别名为割爱慧刀。离别名为抉纲坦途，离别名为释缚恩赦……自此一别，一切都别，萧然闲居，如梦还觉，身心轻安，不亦快乎。""由是言之，然则《西厢》之终于《哭宴》一篇，岂非作者无尽（无限）婆心……乎？如徒以昌黎'欢愉难工，忧愁易好'之言目之，岂不大负前人？"

这两段是说：佛家的虚空境界是美好的福慧世界。虚空境界中会产生一些"妄想"事端，但最后仍归于寂灭，回复虚空境界。像男女情爱之事就是芸芸众生情陷"劫"中的"妄想颠倒"的生活图象。它必然通过"离别"回复到空无的世界。《西厢记》一段情事，从惊艳遇合，到哭宴相别，正是佛家思想中由"生"（生成）到"扫"（寂死）的演进过程，它的最佳的结局，就在《哭宴》崔张离别一场；再来个第五本让崔张完婚，那就不符合佛家的"生""扫"逻辑了。因此，金圣叹坚持删去。而且，他表述得很清楚，主张删去第五本，与韩愈"欢愉难工，忧愁易好"的对悲剧审美力量的推崇没有关系；他不是站在悲剧更易打动人的立场上，才主张删去第五本的。

六、艺术控制论

金圣叹曾说，他对《西厢记》批评的一个重要任务，就是要搞清楚王实甫的文思思路，"从何处来，到何处去，如何直行，如何打曲，如何放开，如何捏聚。何处公行，何处偷过，何处慢摇，何处飞渡"。这无疑是说，王实甫对自己的艺术思维不是听其自然，而是或松或紧，或急或慢，有所把握，有所控制的。

在对《西厢记》的评品中，金圣叹还提了一个"那辗"的概念，"那"就是"搓那"，"辗"就是"辗开"，"搓那"是故意转弯磨角、吞吞吐吐，不把要说破的意旨说破，"辗开"是眼看就要触及问题实质时，忽然顿挫一下，一笔荡开，并未触及问题的实质。可见"那辗"的大意，乃是创作主体对文思与运笔的有意识控制。金圣叹说，"吾由今以思，而后深信那辗之为功是唯不小。何则？……题固促，而吾文乃甚舒长也；题固急，而吾文乃甚行迟也；题固直，而吾文乃甚委折也；题固竭，而吾文乃甚悠扬也……盖那辗与不那辗，其不同有如此者"。为了说明"那辗"，金圣叹举《西厢记》第三本第一折"前候"一场为例："[村里迓鼓]不便敲门，此又一那辗法也，甚可以即便敲门也。[上马娇]不肯传去，此又一那辗法也。[后庭花]惊其不用起草，此又一那碾法也。乃至[寄生草]忽作庄语相规，此又一那辗法也。夫此篇除此数番那辗，固别无有一笔之得下也。而今止因那辗之故，果又得丽丽然如许六七百言之一大篇。"

这一场戏处于老夫人赖婚以后，莺莺让红娘瞧望张生，红娘到张生门前，作者不让她马上敲门而入，而是促她弄破窗纸，从外向内窥察张生的相思苦态，这种故意顿挫一笔，金圣叹称为"那辗法"。接着，张生央求红娘为之传送书简与莺莺，红娘装作畏难不情愿，唱了一曲[上马娇]。这是红娘有意耍弄张生，无端生出喜剧化情趣。金圣叹认为这也是一种"那辗"手段的运用。再下来，张生要给红娘金帛相谢，求其传递情书。红娘怒责张生，显出自己的人格，也构成一个小小的戏剧冲突。金圣叹也说，此为"那辗之法"。总之这一段描写本来应一分简单，红娘奉莺莺之命看一下张生回来就完了，但作者的描写，故作曲折，节外生枝，无端添出许多纠葛，使情节场面，左右盘旋，笔墨走向，避免直遂。金圣叹认为这就是有意把握（"那辗"）的功夫。

在分析莺莺与张生爱情欲望实现这一过程时，金圣叹还使用了"近纵"的概念。"近"就是作者让两人爱情的欲望向实现、成功的方向顺向发展，迈近一步，"纵"则相反。金圣叹认为，莺莺张生定情后，剧本设定了"二近三纵"。"请宴"一近,"前侯"二近,"盖近之为言,几几乎如将得之也。几几乎如将得之为言者,文章起倒变动之法也。""三纵"是:"赖婚"一纵,"赖简"二纵,"拷艳"三纵。"盖有近则有纵也,欲纵之故近之,亦欲近之故纵之,纵之为言,几几乎如将失之也,几几乎如将失之为言,终于不失也,终于不失而为此,几几乎如将失之之言者,文章起倒变动之法也。"在金氏看来,近与纵是一对矛盾体,但"近"(爱的成功与实现)是一个大前提,在这个大前提下,安设"纵"(挫折、阻碍、风波)。如果没有"纵","近"就没有意味了,文章也就没有"起倒"顺逆、山重水复之趣了。可见这里的"近纵"一说,也是艺术思维与情节艺术的控制论,和他在另一处所说的,"将笔左盘右旋、右旋左盘",既"不放脱",也"不擒住",是一个意思。

七、审美接受的主体

现代美学强调接受主体在接受作品时对作品的参与,发展出关于"接受美学"的一系列观点。其实,金圣叹批点《西厢》时,已意识到有一个"接受主体"的存在。金圣叹说,有人说《西厢》是"妙文",有人说《西厢》是"淫书",我"(金)圣叹都不与做理会。文者见之谓之文,淫者见之谓之淫耳"。意思是,《西厢记》作为一个被观视、被接受的对象,它的审美属性不仅仅决定于自身。观视它、接受它的人会从自身的审美情趣去做主观化的认识,文人雅士会欣赏它的文章之妙,淫逸之徒会把它看作淫书。接受主体的内在属性对艺术作品审美属性具有规定性作用或赋予、曲解的性质。后来鲁迅讲,一部《红楼梦》,"经学家看见《易》,道学家看见淫,才子看见缠绵,革命家看见排满,流言家看见宫闱秘事⋯⋯"正是沿袭了金圣叹的思想。

关于接受主体对艺术对象的参与,金圣叹还有一句重要的话:"天下万世锦绣才子读圣叹所批《西厢记》,是天与万世才子文字,不是圣叹文字。"金圣叹意识到,天下才子会按他们的主体意识来接受自己的《西厢记》批点文字,如此以来,他们所接受的就不是圣叹提供给他们的,而是他们自己主体生成的东西了。

第九章　李渔戏剧美学理论的系统化

李渔的戏剧理论主要见于其《闲情偶寄》"词曲部"与"演习部"，从"结构""词采""音律""宾白""科诨""格局""选剧""变调""授曲""教白""脱套"等方面讨论戏剧创作及编导、演出活动。其特点是从舞台演出角度（"填词之设，专为登场"）来考虑戏剧家的创作及其剧作的搬演，构成了中国戏剧美学理论的系统化。可以这样说，李渔的戏剧审美理论代表了中国戏剧古典美学理论的终结。

第一节　戏剧艺术美感作用形成的特殊性

任何艺术活动的全过程都是美感作用形成和发展的过程；但由于艺术部门的不同，活动方式的不同，就构成了美感作用产生过程的不同。从这个意义上看，小说、诗文、绘画、雕刻（前者）同戏曲（后者）的差异是：

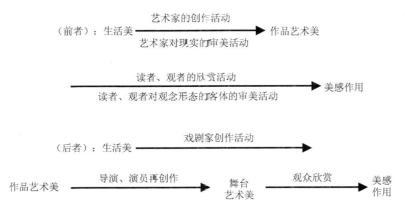

可见，小说、诗文、绘画、雕刻美感作用的产生只是两步完成式，而戏剧则是三步完成式，它把美感作用产生的过程拉长了，复杂化了：开始的审美对象是客观存在的社会生活，它的审美主体是戏剧家，戏剧家把自

己对于客观存在的审美感受、审美认识、审美理想形象化，构成戏剧文学剧本。这是第一过程。戏剧文学剧本又成为导演、演员、乐工面前的观念形态的审美对象，他们对文学剧本的表现、复制、再创作活动，是又一次审美主体承受审美对象的崭新的审美活动；在活动中他们加进了自身的审美经验、审美理想，从而把戏剧家的认识推进一步，创造出新的审美对象——舞台艺术形象。这是第二过程。当舞台艺术形象对它的审美主体即戏剧观众发生影响时，戏剧的美感作用才趋于完成。这是第三过程。李渔戏曲审美理论的基本特点，即在于系统地考察了这三个过程互相依赖、彼此制约的复杂关系，阐明了如何保持三个过程之间的平衡协调，最终在观众那里实现戏剧美感的一系列办法。

第二节　戏剧家如何活动于戏剧的第一过程

李渔在细致分析第一过程与第二过程、第三过程之间被动与主动、限制与反限制辩证关系的基础上，论述了戏剧家应该怎样在第二过程、第三过程提供的先决性、限制性条件下，能动地活动于第一过程之中。

首先，李渔发现，第二、三过程共同给戏剧家创作带来的首要问题，可以说就是舞台限制问题。舞台是一个有限的时间和空间的存在，戏剧家要表现的生活内容在时间上、空间上的却是无限的。这就构成了舞台有限时空、可表现内容之有限与生活中时空之无限、欲表现生活内容之无限的矛盾。李渔说：

"观场之事，宜晦不宜明。其说有二，优孟衣冠原非实事，妙在隐隐跃跃之间，若於日间搬弄，则太觉分明，演者难施幻巧，十分音容止作得五分，观听以耳目，声音散而不聚，故也。且人无论富贵贫贱，日间尽当行之事，阅之未免妨工；抵暮登场则主客心安，无妨时失事之虑。古人秉烛夜游，正为此也。然戏之好者必长，又不宜草草完毕，势必阐扬志趣，摹似神情，非达旦不能阕。然求其可以达旦之人，十中不得一二，非迫于来日之有事，即限于此际之欲眠，往往半部即行，使佳话截然而止。"[1]

---

① 李渔《闲情偶寄》卷四"缩长为短"条。

一方面，舞台表现是有限的，演戏不可能"达旦"，人皆"来日有事"或"限于欲眠"；另一方面，"戏好必长""不宜草草"，"佳话摹似"未便停止。这种舞台有限时空与反映对象无限时空间的矛盾，提在了作者的面前。如何解决呢？这是位于戏剧创作首端（第一过程）戏剧家就要考虑到的戏剧活动后端（第二、三过程）的难题。李渔的对策是："立主脑""减头绪"。他说：

"主脑非他，即作者立言之本意也。传奇亦然。一本戏中有无数人名，究竟俱属陪宾，原其初心，只为一人而设[①]；即此一人之身，自始至终，离合悲欢，中具无限情由，无穷关目，究竟俱属衍文，原其初心，又只为一事而设；此一人一事，即作传奇之主脑也。然必此一人一事果然奇特，实在可传而后传之，则不愧传奇之目，而其人其事与作者姓名皆千古矣。如一部《琵琶》只为蔡伯喈一人，而蔡伯喈一人又只对'重婚牛府'一事，其余枝节皆从此一事而生，二亲之遭凶，五娘之尽孝，拐儿之骗财匿书，张太公之疏财仗义皆由于此。是'重婚牛府'四字，即作《琵琶记》之主脑也。……后人作传奇，但知为一人而作，不知为一事而作，尽此一人所行之事，逐节铺陈，有如散金碎玉，以作零出则可，谓之全本，则为断线之珠，无梁之屋，作者茫然无绪，观者寂然无声，无怪乎有识梨园望之而却走也。"[②]

"头绪繁多，传奇之大病也。《荆》《刘》《拜》《杀》之得传于后，止为一线到底，并无旁见侧出之情。三尺童子观演此剧，皆能了了于心，便便于口，以其始终无二事，贯串只一人也。后来作者不讲根源，单筹枝节，谓多一人可增一人之事。事多则关目亦多，令观场者如入山阴道中，人人应接不暇。殊不知戏场脚色，止此数人，便换千百个姓名，也只此数人装扮，止在上场之勤不勤，不在姓名之换不换。与其忽张忽李，令人莫识从来，何如只扮数人，使之频上频下，易其事而不易其人，使观者各畅怀来，如逢故物之为愈乎？作传奇者，能以'头绪忌繁'四字，刻刻关

---

① 金圣叹曾讲过元杂剧中的"一人"问题。"吾观元人集剧，每一篇为四折，每折指用一人独唱，而同场诸人，仅以科白从旁挑动承接之。……夫一人有一人之传，一传有一篇之文，一文有一端之指，一指有一定之归，世人不察，乃又摇笔洒墨，纷纷来作幕官。"（《水浒传》第三十三回回前总评）
② 李渔：《李渔全集》第3卷 《闲情偶寄》，浙江古籍出版社，1991年，第9页。

心，则思路不分，文情专一，其为词也，如孤桐劲竹，直上无枝，
虽难保其必传，然已有《荆》《刘》《拜》《杀》之势矣。"①

在李渔看来，戏剧家对艺术表现的社会"人""事"之"无数"（即可表现内容的无限），应有选择性，也只应选"一人一事"表现之。在舞台上受表现内容牵带的"人"或有"千百个"，但令允上场也只应"数人"。这样，人事虽"一"、头绪虽"专"，但其所反映代表的则是"无限""无穷"。观者在有限的时空中观看表演，也才能够"了了于心，便便于口"。具体有限之个别是可以反映无限时空及人、事内容的无限的。这就是"一人一事，作传奇之主脑""头绪繁多，传奇之大病"所以提出的意义。②

其次，一种独特艺术门类的存在源于它具有独特表现手段表现现实内容的独特思维方式。任何独特艺术门类的美学理论家都应该指出本部类作家怎样在自己表现手法的表现界限之内认识现实、反映现实，独特表现手法又怎样给他的艺术思维提供着独特的路径。犹如绘画理论家就应当指导画家从构图、线条、光影的视角去把握世界一样，李渔强调剧作家应有他独特的思维方式。这种思维方式的起点、焦点、落脚点都在于剧作家不能回避的舞台——即戏剧活动第二、三过程才出现的舞台。剧作家创作虽处在第一过程，但他要从后之过程的舞台的视角去考虑自己应该如何反映现实之人事。李渔说：

> 剧作家挥毫之际，当"设身处地，既以口代优人，复以耳当听者，心口相维，询其（艺术形象的语言）好说不好说，中听不中听"，"手则握笔，口却登场，全以身代梨园，复以神魂四绕，考其关目，试其声音，好则直书，否则搁笔，此其所以观听咸宜也"③。

即他在创作之时，忽而为填词家，忽而为演员，忽而为观众，忽而为剧中人，一心当万心，思绪围绕着他臆想虚设的舞台表现，来写自己笔下的人与事。这就是"当行"剧作家思维活动的特点。这里，李渔充分考虑到了将戏剧活动的末端属性反射到初端来，对剧作家创作构成了限制性。

---

① 李渔：《李渔全集》第 3 卷 《闲情偶寄》，浙江古籍出版社，1991 年，第 12 页。
② 李渔的主脑说，明时的徐复祚提过。《曲论》中云："张伯起先生，余内子世父也，所作传奇有《红拂》……诸种，而《红拂》最先，本《虬髯客传》而作，惜其增出徐德言合镜一段，遂成两家门，头脑太多。"邑人孙氏又有名孙柚者，亦有才情，常取司马长卿以琴心挑文君事作传奇，名《琴心记》，亦俊逸可喜。……第头脑太乱，脚色太多。大伤体裁，不便于登场。"
③ 李渔：《闲情偶寄》卷三"词别繁减"条。

这种限制性，一方面使剧作家处于艰难的受约束的艺术表现境地（所谓"束缚文人"），另一方面，也正因为有此"限制"，剧作家使自己区别于小说家、诗文创作家了（所谓"私厚词人"）①。

剧作家凭此种"受限"的思维方式进行创作，似乎连面前的楮、墨、笔、砚，也不听使唤，"如假自他人"，自己的耳目心思也不为己有，处处时时"为人掣肘"，他完全失去了吟诗弄赋时那种"听我张驰""得意疾书"的自由，在"神牵鬼制"中去作八面玲珑的文字。所以李渔认为，剧作家"魂绕"舞台的思维特点是一种限制性的特点（"此种文字，作之可怜？"）②，它是戏剧活动第二、三过程"回煞"给戏剧活动第一过程的必然现象，剧作家创作的限制性亦正是戏剧艺术独特审美属性的具体表现。

再次，仅就第二过程对第一过程的作用而言，其实就是演员艺术活动要对剧作家的创作活动产生在所难免的作用与影响。在这里，作用与影响有消极的，也有积极的。

从消极方面看：戏剧演员的知识结构、智力状况，审美经验等条件是不尽相同的，它必然导致剧作家的"本子"在舞台演出中产生不同的效果。剧作家要使自己的审美考虑在下一阶段"不走样"、能兑现给观众，那他就要超前地"有备"，于写"本子"时就采取相应的措施，防止演员在活动中"变形"。拿传奇的宾白来说，原则上要"留余地以待优人"去"增益"，给他们一定的创作自由的空间，给他们以主动性、独创性；但由于"优人之中，智愚不等"，他们的"增益"绝对不可能"悉如作者之意（而）毫无赘疣"。所以，剧作家的宾白要多写一些，使优人只能减不能增。李渔说，"与

---

① 李渔："情事新奇百出，文章变化无穷，总不出谱内刊成之定格。是束缚文人而使有才不得自展者，曲谱是也；私厚词人而使有才得以独展者，亦曲谱是也。使曲无定谱，亦可日异月新，则凡属淹通文艺者皆可填词，何元人、我辈之足重哉？"（中国戏曲研究院编：《中国古典戏曲论著集成》第 7 集，中国戏剧出版社，1959 年，第 38 页）

② 李渔："作文之……最苦者，亦莫如填词。……其苦，亦有千态万状，拟之悲伤疾痛、桎梏幽囚诸逆境，殆有甚焉者。请详言之。他种文字，随人长短，听我张弛，总无限定之资格。……填词令人揽断肺肠，烦苦欲绝。此等苦法，尽勾磨人。……予襁褓识字，总角成篇，于诗书六艺之文，虽未精穷其义，然皆浅涉一过。总诸体百家而论之，觉文字之难，未有过于填词者。予童而习之，于今老矣，尚未窥见一斑。只以管窥蛙见之识，谬语同心；虚赤帜于词坛，以待将来。作者帝于此艰难文字显出奇能，字字在声音律法之中，言言无资格拘挛之苦，如莲花生在火上，仙叟弈于橘中，始大盘根错节之才，八面玲珑之笔，寿名千古，衾影何惭!而千古上下之题品文艺者，看到传奇一种，当易心换眼，并置典刑。要知此种文字作之可怜，出之不易，其楮墨笔砚非同己物，有如假自他人，耳目心思效月不能，到处为人掣肘，非若诗赋古文，容其得意疾书，不受神牵鬼制者。七分佳处，便可许作十分，若到一分，即可敌他种文字之二十分矣。予非左祖词家，实欲主持公道，如其不信，但请作者同拈一题，先作文一篇或诗一首，再作填词一曲，试其孰难孰易，谁拙谁工，即知予言之不谬矣。然难易自知，工拙必须人辨。"（中国戏曲研究院：《中国古典戏曲论著集成》第 7 集，中国戏剧出版社，1959 年，第 32 页）

其留余地以待增"，还"不若留余地以待减"，因优人"减之不当，犹存作者深心之半"①。在这里，我们看到了李渔关于演员艺术活动与剧作家创作活动之间的限制与反限制的具体表述。这里亦表明，演员在舞台的表现活动，对于剧作家艺术目的的损伤性也是客观存在的。剧作家要正视这种消极因素的客观存在并加以克服。

积极方面的主要表现是：在演员的舞台表演中，人的身段以及活的生命所构成的艺术的直感、立体、逼真性特点，对剧作家作品的艺术效果来说，无疑是增大、加强的，这是剧作家传达的有利因素。剧作家要善于利用这一"有利"因素，为演员要塑造的舞台艺术形象先备下准确、鲜明、易于把握的表象依据，特别是艺术形象的个性与神情，所谓"先宜代此一人立心"②。有了一个"心"，演员的表现就有了灵魂。演员有了剧家提供的感性内容及材料，就有可能有效地发挥摹拟，把书面文字里的人物形象丰满、生动、有血有肉地再现于舞台。可见，李渔认为从剧作家的创作活动到演员的艺术活动是一个前后相续、相互制约的过程。在这个过程中，剧作家头脑要清楚、敏智，不仅要排除演员活动中可能妨碍自己艺术目的实现的因素，而且要借演员的艺术优势，把自己的艺术目的扶向前去。

最后，具体到第三过程对第一过程将产生的作用问题，李渔的分析更详细一些。李渔已意识到，这之间存在的限制与对限制的超前掌控，实际上就是剧作家创作活动与戏剧观众欣赏活动的矛盾。就内容上说主要是两个问题：观众审美感受能力与戏剧家创作的关系；观众艺术审美趣味与戏剧家创作的关系。

---

① 李渔说："（余）只以填词自任，留余地以待优人，谓引商刻羽我为政，饰听美观彼（优人）为政，我以约略数言，示之以意，彼自能增益成文。如今世之演《琵琶》《西厢》《荆》《刘》《拜》《杀》等曲，曲则仍之，其间宾白、科诨等事，有几处合于原本，以窭娈数言塞责者乎？……予非不图省力，亦留余地以待优人，但优人之中，智愚不等，能保其增益成文者悉如作者之意，毫无赘疣蛇足于其间乎？与其留余地以待增，不若留余地以待减，减之不当，犹存作者深心之半，犹病不服药之得中医也。此予不得不若是之故也。"（李渔：《李渔全集》第 3 卷《闲情偶寄》，浙江古籍出版社，1991 年，第 49 页）

② 李渔《闲情偶寄》卷三"语求肖似"条："文字之最豪宕最风雅作之最健人脾胃者，莫过填词一种。若无此种，几于闷杀才人困死豪杰。予生忧患之中，处落魄之境，自幼至长，自长至老，总无一刻舒眉，惟于制曲填词之顷，非但郁藉以舒愠为之一解，且尝僭作两间最乐之人，觉富贵荣华其受用不过如此，未有真境之为所欲为能出幻境纵横之上者。我欲做官，则顷刻之间便臻荣贵；我欲致仕，则转盼之际又入山林；我欲作人间才子，即为杜甫李白之后身；我欲娶绝代佳人，即作王嫱西施之元配；我欲成仙作佛，则西天蓬岛即在砚池笔桌之前；我欲尽忠输忱，则君治亲年可跻尧舜彭籛之上；非若他种文字欲作寓言，必须远引曲譬，蕴藉包含，十分牢骚还须留住六七分，八斗才学止可使出二三升，稍欠和平，略施纵送，即谓失风人之旨，犯桃达之嫌，求为家弦户诵者难矣。填词一家则惟恐其蓄而不言，言之不尽。是则是矣，须知畅所欲言，亦非易事。言者心之声也，欲代此一人立言，先宜代此一人立心。……勿使雷同，弗使浮泛。"

　　我们先看前者。李渔感到：戏剧观众的审美感受能力有一定的限度。剧家创造的对象（故事、人物）通过舞台摆在观众面前时，应是观众感受能力可以把握、可以识解的一定度量的整一性东西。剧家的作品最好是小而完整的有机单位（"具五官百骸""始终无二事，贯串只一人"），对象（故事、人物）的度量不超过观众的记忆能力、感受能力所能容纳的限界。否则，滥写"一人所为之事，逐节铺陈"，拼凑一大堆"散金碎玉"，对象适宜度就被撑破了，观众的感受"限界"亦将随之被破坏。

　　观众审美感受能力的限度又表现在他注意的空间对象须有一定程度的集中性和稳定性；如果他所目击的对象老是出现过分频繁的更替交换，那么他的感受能力就会由于分散而削弱；也即：具有集中稳定性特点的观众的感受注意就会由于要不断地消除自己与新对象之间的生疏（然后才能进入"接受"）而变得断断续续，审美效果也就会由于这种"接受"（反映）的不连贯而变得不佳。一句话，剧家为观众提供的审美对象，应是相对集中化、稳定化、条理化的。故李渔说，剧要"一线到底""承上接下，血脉相连"，"与其忽张忽李，令人莫视从苤"，不"如只扮数人，使之频上频下，易其事而不易其人，使观者各畅怀来，如逢故物"[1]云云。

　　观众的感受能力最终是不能摆脱生理条件的，愈是高度集中地被审美对象所吸引，精力的消耗就愈快，疲劳倦乏的袭来也就愈快。这就要求剧作家要考虑到这一点，不断地予以掌控。李渔说：

　　　　"雅人韵士（观戏）亦有瞌睡之时，作传奇者，要善驱睡魔。睡魔一至，则后乎此（情节）者……皆付之不见不闻，如对泥人作揖、土佛谈经矣……戏文好处，全在下半本。只消三两瞌睡，便隔断一部神情。瞌睡时，上文下文已不接读，即使抖起精神再看，只好断章取义作零出观……（而）科诨，乃看戏之人参汤也，养精益神，使人不倦。"[2]

　　他分析了观众生理条件给感受能力以及审美效果带来的限制及影响，要求剧作家要有应对的措施去反作用于观众感受能力的限制性，具体的方法可用"科诨"之类，不断刺激、调节、刷新观众的精神及感受注意，从

---

① 李渔《闲情偶寄》卷一"减头绪"条。
② 李渔《闲情偶寄》卷三《科诨第五》。

而达到自己的艺术目的。有成就的象汤显祖等皆用此法（如《牡丹亭》剧有石道姑一段①）。

另外，李渔认为：观众的审美趣味也是剧家创制观赏对象（故事、人物）的无形的限制性因素。敏智的戏曲家要善于发现，把握众多戏剧观众的趣味共同点，从而作为自己的艺术创作及审美定格。李渔归纳了两点：一是新，"物唯求新"，求新是大多数人的审美习惯。这一点是早已为戏剧实践活动所证明了的。李渔说，剧事若"以尖新出之，则令人眉扬目展"，若"以老实出之，则令人意懒心灰"。一场戏中，只要"白有尖新之文，文有尖新之句，句有尖新之字"，那么，奏之场上，观众必"求归不得"，留连忘返。俗话说"尤物足以移人，尖新二字，即文中之尤物也"②。"新"，乃戏剧观众的共同追求者。这就给剧作家的创作提出了挑战，他必在广大的审美主体（"千人""万人"的）面前，满足他们的"求新"要求。否则，落人窠臼，继作东施效颦，决不能讨得赞美，"蒙千古之诮"也是可能的。二是浅显，"传奇不比文章，文章做与读书人看，故不怪其深；戏文做与读书人与不读书人看，又与不读书之妇人小儿同看，故贵浅不贵深"③。浅显，是剧作家创作中务必考虑的观众的普遍性艺术要求。

在指出观众感受能力、艺术要求对剧作家创作活动有限制性的同时，李渔又认为，剧作家的活动也有不以观众意志为转移的一面。剧作家有引导观众、充分驾驭、调动、掌控观众审美心理的可能性。这种可能性主要存在于剧作家的故事编排、情节组合、层次设计之中。若戏剧故事编制得像"暗藏一物于盆……而令人射覆"一般④，观众的欣赏过程、欣赏行为就

---

① 清赵翼《陔馀丛考》卷二十二"用《千字文》语"条："汤若士演《牡丹亭》剧，有石道姑白话一段，全用《千字文》语打诨。其实亦有所本。《太平广记》引《启颜录》有祭社语云：'社官三老等，窃闻政本于农，当须务兹稼穑。若不云腾致雨，何以税熟贡新？圣上臣伏戎羌，爱育黎首，能闰余成岁，律吕调阳。某等并景行维贤，德建名立，遂乃肆筵设席，祭祀蒸尝，鼓瑟吹笙，弦歌酒宴，上和下睦，悦豫且康，礼别尊卑，乐殊贵贱。酒则川流不息，肉则似兰斯馨，非直菜重姜姜，兼以果珍李柰。莫不矫首顿足，俱共接杯举觞。岂徒威谢欢招，信乃福缘善庆。但某索居闲处，孤陋寡闻，适复属耳垣墙，未曾摄职从政。不能坚持雅操，专欲逐物意移。忆肉则执热愿凉，思酒则骸垢想浴，老人则饱饫烹宰，某乙则饥厌糟糠。钦风则空谷传声，仰惠则虚堂习听。倘蒙仁慈隐恻，庶有济弱扶倾。希垂顾答审详，望感渠荷滴沥。某等即稽颡再拜，终冀勒碑刻铭。但知悚惧恐惶，实若临深履薄。'据此则唐人已有以此为戏者，临川特仿为之耳。"（清乾隆五十五年湛贻堂刻本）

② 李渔《闲情偶寄》卷三"意取尖新"条。

③ 李渔《闲情偶寄》卷一"忌填塞"条。

④ 李渔论"小收煞"："上半part之末出，暂摄情形，略收锣鼓，名为'小收煞'。宜紧，忌宽。宜热，忌冷。宜作郑五歇后，令人揣摩下文，不知此事何如结果。如做地戏者，暗藏一物于盆、盘、衣、袖之中，做定而令人射覆，此正做定之际，众人射覆之时也。戏法无真假，戏文无工拙，只是使人想不到、猜不着，便是好戏法、好戏文。破绽而后出之，则观者索然，作者赧然，不如藏拙之为妙矣。"（李渔：《李渔全集》第3卷 《闲情偶寄》，浙江古籍出版社，1991年，第63页）

会有"射覆"似的专注。剧作的情节若能于"水穷山尽之处",突兀挑起波澜,观众便会"或先惊而后喜,或始疑而终信",使其审美心理状态不断紧张而"不懈"。剧作的首尾,若开场"使之一见而惊,终篇加以媚语摄魂,作临去秋波那一转"[1],那么观者"看过数日"后,亦必"犹觉声音在耳,情形在目"。剧作家的剧事设计具有掌控性,能够一定程度地掌握观众的欣赏过程及心理归附,剧作家可以以自己的艺术优势征服观众。剧作家的创作活动与观众的欣赏活动是互相制约的。

第三节　关于戏剧活动的第二过程

李渔深入研究了戏剧活动的第二过程。他认为观念形态的文学形象发展成为生动、可观的舞台艺术形象,主要归功于导演与演员艰苦的艺术劳动。导演和演员,要受到第一过程中作家社会思想、艺术趣味的影响,又要受到自身艺术素养与艺术表现方式的限制,还要受到第三过程中戏剧观众社会要求与审美趣味的监督;他们都在多方面条件的制约下,以极大的能动性进行创作,有着共同的创作环境,也有着共同处境中的特殊境遇。为了叙述方便,我们把李渔关于戏剧活动的第二过程中导演、演员活动的论述分开来谈。

一、导演在第二过程中

李渔发现,导演在这一过程中,对作家与演员、作家与观众、演员与观众、演员与演员等复杂的高度集中于舞台演出中的艺术化关系起平衡作用。导演充当了戏剧活动集体成员的纽带。他在各种创作的相互交叉关系中,消灭着各种过分凸出自我在集体作用、自我个性的离心的倾向,把各方面的互相抵触转化为相互补足,从而保证戏曲活动的集体创作的"大合

---

[1] 李渔论"大收煞":"一部之内,要紧脚色共有五人,其先东西南北各自分开,到此必须会合。此理谁不知之?但其会合之故,须要自然而然,水到渠成,非由车戽。最忌无因而至,突如其来,与勉强生情,拉成一处,令观者识其有心如此,与恕其无可奈何者,皆非此道中绝技,因有包括之痕也。骨肉团聚,不过欢笑一场,以此收锣鼓,有何趣味?水穷山尽之处,偏宜突起波澜,或先惊而后喜,或始疑而终信,或喜极信极而反致惊疑,务使一折之中,七情俱备,始为到底不懈之笔,愈远愈大之才,所谓有团圆之趣者也。予训儿辈,尝云'场中作文,有倒骗主司入彀之法:开卷之初,当以奇句夺目,使之一见而惊,不敢弃去,此一法也;终篇之际,当以媚语摄魂,使之执卷流连,若难遽别,此一法也。'收场一出,即勾魂摄魄之具,使人看过数日,而犹觉声音在耳,情形在目者,全亏此出撒娇,作'临去秋波那一转也'。"(李渔:《李渔全集》第3卷《闲情偶寄》,浙江古籍出版社,1991年,第64页)

唱"特征。关于这点，李渔从如下两个方面加以论述。

（1）李渔认为导演对于第一过程中剧作家完成的审美对象——戏剧文学剧本，要坚持"仍其体质，变其丰姿"的基本原则，既重视剧作家的艺术劳动，又要进行再创作，把剧家提供的审美对象、审美认识引向新的阶段。

所以要"仍其体质"，是因为剧作家自身就是生活现象的组织者与导演者，已经按照历史生活的面貌对众角色、众形象做了第一次关键性的艺术安排，形成了相对稳定的艺术体制和自成格局的审美经验系统，导演没有理由抛开，"既费一片心血，自合常留天地之间，我与何仇必欲使之埋没？"①因此，导演对剧作家要"仍"。

只是，这个"仍"要有两个条件：导演首先要考虑原剧作的艺术格调对观众有无惊魂夺魂的审美力量。也就是，剧作若"能使人哭，能使人笑，能使人怒发冲冠，能使人惊魄欲绝"，则可以"仍"之。否则，又当别论。其次，导演要斟酌原作所反映的艺术内容是否"皆为人情所必至""说人情物理者，千古相传；凡涉荒唐怪异者，当日即朽"，导演要按此审美规律来决定对原作的"仍"否。可见，这里的导演，实际上在起剧作家艺术趣味与观众接受趣味之间的衔接作用，同时也起到了对剧作所写生活内容是否符合社会客观存在的检验作用。

所以要"变其丰姿"，原因在于剧作家的创作活动是一种人之个体的审美认识活动，既是个体认识活动，它就有局部性、时段性，就有去粗取精、去伪存真、深入续延之必然。李渔说，如旧本传奇，每有许多"缺略不全之事，刺谬难解之情，（此）非前人故为破绽，留话柄以贻后人"，只是当时"照管不到，致生漏孔"。因此，剧作每"靠后人泥补"②，乃自然耳。此其一。其二，剧作家艺术活动的情感内容总是在他生存的时代生活中汲

---

① 李渔《闲情偶寄》卷四："今之梨园购得一新本，则因其新而愈新之，饰怪妆奇不遗余力，演到旧剧则千人一辙，万人一辙，不求稍异，观者如听蒙童背书，但赏其熟，求一换耳换目之字而不得，则是古董，便为古董，却未尝易色生斑，依然是一刮磨光莹之物，我何不取旋造者观之犹觉耳目一新，何必定为村学究听蒙童背书之为乐哉？然则生斑易色，其理甚难。当用何法以处此？曰：有道焉，仍其体质，变其丰姿，如同一美人而稍更衣饰便足令人改观，不俟变形易貌，而始知别一神情也。体质维何？曲文与大段关目是已。丰姿维何？科诨与细微说白是已。曲文与大段关目不可改者，古人既费一片心血，自合常留天地之间，我与何仇？而必欲使之埋没。且时人是古非今，改之徒来讪笑。仍其大体，既慰作者之心，且杜时人之口。科诨与细微说白不可不变者，凡人作事贵于见景生情，世道迁移人心非旧，当日有当日之情态，今日有今日之情态，传奇妙在入情，即使作者至今未死，亦当与世迁移，自啭其舌，必不为胶柱鼓瑟之谈，以拂听者之耳。况古人脱稿之初，便觉其新，一经传播演过数番，即觉听熟之言，难于复听，即在当年，亦未必不自厌其繁而思陈言之务去也。我能易以新词，透入世情三昧，虽观旧剧，如阅新篇，岂非作者功臣？"

② 李渔《闲情偶寄》卷四"变旧成新"条。

取的，时过境迁，若干年后再与观众见面时，往往具隔世之感。导演从自己的艺术职责出发，要去掉这个"隔"，要增改作品。李渔这样叙述，"凡人作文，惯于见景生情。世道迁移，人心非旧；当日有当日之情态，今日有今日之情态"，故"不可不变"。假若"我（编导者）能易以新词透入世情三昧，虽观旧剧，如阅新编，岂非作者功臣？"李渔认为，编导者应改变原剧作者的东西，"易以新词"，并在此"易"中"透入（新的）世情之味"。其三，从理论上说，变是事物的发展规律，也是使美不断持续而不凋敝的唯一途径，"变则新，不变则腐，变则活，不变则板"。自然界的"花月无知"，尚且能够"自变其调"，"桃陈则李代，月满即哉生"；"出生人之口"①的戏剧，为什么独独"不能稍变"其丰姿形体呢？可见，像"仍其体质"一样，编导者"变其丰姿"的实质意义，无非也是在沟通剧作家与观众间的关系，从而引导剧作的舞台演出，获得和谐的审美效果。

（2）李渔强调，导演对本过程中的主要创作演员，要在重视其艺术活动特点的基础上，使他们不得孤立于全部戏剧活动而存在，具体做法是：导演首先要确保自己与演员之间整体与局部的主从关系，不能使自己"鹤困鸡群，与侪众无异"②。导演要把戏之全局的观念及其相关的审美感觉、艺术经验传授给演员，或"口授而身导"③，或在戏剧脚本上"用朱笔抹以细纹，如流水状"，使他们按照导演（戏之全局）的意图"登场摹拟"④，把他们的艺术表现行为凝聚在集体创作的轨道上来。其次，导演要借助观众的审美经验检审演员及活动。如李渔说：

---

① 李渔《闲情偶寄》卷四"变调"条："变调者，变古调为新调也。此事甚难，非其人不行，存此说以俟作者。才人所撰诗赋古文，与佳人所制锦绣花样，无不随时更改，变则新，不变则腐，变则活，不变则板。至于传奇一道，尤是新人耳目之事，与玩花赏月同一致也。使今日看此花，明日复看此花，昨夜对此月，今夜复对此月，则不特我厌其旧，而花与月亦自愧其不新矣。故桃陈则李代，月满即哉生，花月无知，亦能自变其调，矧词曲出生人之口，独不能稍变其音而百岁登场乃为三万六千日雷同合掌之事乎？吾每观旧剧，一则以喜，一则以惧。喜则喜其音节不乖，耳中免生芒刺，惧则惧其情事太熟，眼角如悬赘疣。学书学画者，贵在仿佛大都，而细微曲折之间正不妨增减出入，若止为依样葫芦，则是以纸印纸，虽云一线不差，少天然生动之趣矣。"
② 李渔《闲情偶寄》卷五《教白》："吾观梨园之中善唱曲者，十中必有二三，工说白者百中仅可一二。此一二人之工说白，若非本人自通文理，则其所传之师乃一读书明理之人也，故曲师不可不择教者通文识字，则学者之受益东君之省力，非止一端。苟得其人，必破优伶之格以待之，不则，鹤困鸡群，与侪众无异，孰肯抑而就之乎？"
③ 李渔《闲情偶寄》卷四《变旧成新》："当世贵人家蓄名优数辈，不得一诙谐弄笔之人，为种词林蓻草，使之刻刻忘忧。若非本人自通文理，授以黄金一斗，使得自买歌童，自编词曲，口授而身导之，则戏场关目日日更新，毡上诙谐时时变相，此种技艺，非特自能夸之天下人，亦共信之。"
④ 李渔《闲情偶寄》卷五"高低抑扬"条："优师既明此理，则授徒之际，又有一简便可行之法，索性取而予之。但于点脚本时，将宜高宜长之字用朱笔圈之，凡类衬字者不圈，至于衬中之衬，与当急煞赶下，断断不宜沾滞者，亦用朱笔抹以细纹，如流水状，使一一皆能识认，则于念剧之初，便有高低抑扬，不俟登场摹拟。如此教曲，有不妙绝天下而使百千万亿之人赞美者，吾不信也。"

"选剧授歌童，当自古本始……以旧本人人皆习，稍有谬误，即形出短长；新本偶尔一见，即有破绽，观者，听者未必尽晓"。①

观者长期的观剧接受经验可以成为导演检测演员活动是否对头的标尺。演员如在这个标尺下通过了，那么，就等于观众认可了演员所表演的，也就等于导演完成了在观众与演员间的协调任务，也就等于演员的艺术活动已融入了戏剧活动的整体，其活动没有大的挂碍，可以放心了。其三，为了使演员的创作活动成为戏剧整体活动的生动环节，导演又不可忽略演员创作的特殊方式——创作材料、创作工具不是诗人画家的纸墨笔砚，而是他个人的肉体与心灵；不是歌者、舞者部分地投入而是全部地投入自己的肉体与心灵。这就要求导演是一个严格的"选材者"："喉音清越而气长"的聘其为"正生小生"；"喉音娇婉而气足"的安排为"正旦贴旦"；"喉音清亮而稍带质朴"的让他作"外末之料"；"喉音悲壮而略近嘁杀"的，使之当"大净之料"②。导演要仔细慎重地就演员的音体素质分配其角色。

二、演员在第二过程中

在李渔看来，演员是戏剧家艺术目的的直接实现者，是整个戏剧活动的中心，因而也是戏剧活动第二过程的中心。他在第二过程中的活动，一边克服着自身艺术表现方式的局限，发挥自身艺术表现方式的优势，一边正视着第一过程、第二过程以及本过程加给自身的多种制约性条件，将之作为创作行动的指南。像剧作家、导演一样，在他的身上同样交错着戏剧关系的复杂线条。具体地分析一下，表现在如下几点上：

其一，剧作家的出现曾结束了演员表演史上的"即兴"时代，剧作家拥有有效、准确地表达思想的语言工具，所以演员的表演理应以"作者深心"为心③，以剧作的内容为内容，从而提高自身表现的审美价值与社会效

---

① 李渔《闲情偶寄》卷四"别古今"条。

② 李渔《闲情偶寄》卷七"歌舞"条：对演者，"须教之有方，导之有术，因材而施，无拂其天然之性而已矣。歌舞二字，不止谓登场演剧然，登场演剧一事，为今世所极，尚请先言其同好者。一曰取材，取材维何？优人所谓配脚色是已。喉音清越而气长者，正生小生之料也；喉音娇婉而气足者，正旦贴旦之料也；稍次则充老旦。喉音清亮而稍带质朴者，外末之料也；喉音悲壮而略近嘁杀者，大净之料也；至于丑与副净，则不论喉音，只取性情之活泼、口齿之便捷而已。然此等脚色似易实难。男优之不易得者二旦，女优之不易得者净丑。不善配脚色者，每以下选充之。殊不知妇人体态不难于庄重妖娆，而难于魁奇洒脱，苟得其人，即使面貌娉婷、喉音清婉，可居生旦之位者，亦当屈抑而为之。"

③ 李渔说："尝见《琵琶·赏月》一折，自'长空万里'以至'几处寒衣织未成'，俱作合唱之曲，谛听其声，如出一口，无高低断续之痕者，虽曰良工心苦，然作者深心，于兹埋没。"（李渔：《李渔全集》第3卷 《闲情偶寄》，浙江古籍出版社，1991年，第95页）

果。如果演员撇开了剧作文本（"文词"）对他（她）的"借助"与支配①，玩弄空洞无味的噱头，"科诨恶习……戏中串戏"②，就等于他的表演又回到了戏剧的原始时代，堕入了"殊觉可厌"的低能演技。

当然，演员和作者这种关系的确立，不是要求演员盲目地充当剧作思想的道具，李渔同时又强调了演员艺术表现的独创性、主动性。李渔认为，演员不可能机械地复制审美对象（剧本），他总是由剧作反映的客观现实而联想起他的生活原样，进而根据自己的审美经验、并结合舞台条件去复原剧本中的东西，并填补剧作家没有考虑到的东西，或者剧作家仅只提供了概念的地方。演员把观念形态的剧作再一次灌注生活的乳浆，他（她）们对剧中人、事投入了自己对其生活原型的审美思索、理解与情感，从而构成舞台上的艺术形象。故李渔说他（她）们"说某事，切某事"③，"唱时以精神贯串其中"④，所谓"切""贯串"，即指演员表现剧事人物时所进行的生活经验、艺术情感的填充。

其二，李渔主张演员活动从属于剧作家的实质，是要求演员利用自身形体直观性、情感语吻化的特点，把剧家提供的个性艺术形象装演得鲜活，有神情，把摸不着看不见的文字堆里的人物变成观众面前活生生的真人。如他在《乔复生、王再来二姬合传》中称赞乔、王两位女演员，"舞态歌容，能使当时神情，活现氍毹之上"，"换态移容若有神，登场说法现来真，须眉倏忽奇男子，粉黛依然一妇人"，即是实例。

其三，演员既要以创造艺术个性为己任，他就要解决好"现实中的自身"与"舞台中的自身"的矛盾。因为演员自身的生活行为，有其社会性，他必受现实中各种利害关系的牵引所推动。当他化身于戏中人时，与戏中人的生活行为所包含的利害关系、社会追求大多是不相一致的。演员要想

---

① 李渔说："窃怪传奇一书，昔人以代木铎，因愚夫愚妇识字知书者少，劝使为善，戒使勿恶，其道无由，故设此种文词，借优人说法，与大众齐听，谓善者如此收场，不善者如此结果，使人知所趋避，是药人寿世之方，救苦弥灾之具也！"（李渔：《李渔全集》第3卷《闲情偶寄》，浙江古籍出版社，1991年，第5页）

② 李渔《闲情偶寄》卷六"科诨恶习"条："插科打诨之，陋习更多，革之将不胜革。且见过即忘，不能悉记，略举数则而已。如两人相殴，一胜一败，有人来劝，必使被殴者走脱，而误打劝解之人，《连环·掷戟》之董卓是也。主人偷香窃玉，馆童吃醋拈酸，谓寻新不如守旧，说毕必以臀相向，如《玉簪》之进安、《西厢》之琴童是也。戏中串戏，殊觉可厌，而优人惯增此神。"

③ 李渔《闲情偶寄》卷一"戒浮泛"条："填词义理无穷，说何人肖何人，议某事切某事，文章头绪之最繁者，莫填词若矣。"

④ 李渔《闲情偶寄》卷五"解明曲意"条："欲唱好曲者，必先求明师讲明曲义。师或不解，不妨转询文人，得其义而后唱。唱时以精神贯串其中，务求酷肖。苟是，则同一唱也，同一曲也，其转腔换字之间，别有一种声口，举目回头之际，另是一副神情，较之时优　自然迥别。"

"说一人，肖一人"，就必须在艺术活动中主观地、理性地统一这种自我与角色的矛盾。李渔说：

> "无论立心端正者，我当设身处地，代生之端正之思；即遇立心邪辟者，我亦当舍经从权，暂为邪辟之思。务使心曲隐微，随口唾出。"①

即：演员在平时学演某个戏中人或在舞台上正式演他（她）时，要抛开、暂忘"现实中的自身"（"舍经"），而进入"舞台中的自身"（"从权"），要暂时地（"暂为"）使自己转化为被摹拟的人，具其"心"、具其"思"。彼"心""思"端正，我则端正"心""思"；彼"心""思"邪辟，我则邪辟"心""思"。如此"设身处地"，消溶于角色，艺术表现与舞台典型的创造才能成功。

其四，演员还要注意舞台艺术条件对自己艺术活动的影响。诸如，演员虚拟的表演"妙在隐隐跃跃"的昏灯月夜，白日不宜作戏，那"太觉分明"的光度，他是"难施幻巧"的②。演员的台词、曲段要与锣鼓"筋节"相照应；否则，锣鼓的声响就要"打断曲文""抹杀宾白"，而听者一旦"少听数句"，就会造成他们感知中的"前后情事不连"③，影响对故事、人物活动的理解。演员的服饰要同戏剧人物的类型特点相协调，妇人"贵在温柔"，可以软纱薄绡衬其歌姿曼舞态；儒师宜为庄雅，当以方巾显其"老成持重"④。光线、声响、服装都是演员舞台创作的辅助因素，演员都要细心处理，给自己的表现增加适宜的衬托。

---

① 李渔《闲情偶寄》卷三"语求肖似"条。

② 李渔《闲情偶寄》卷四"缩长为短"条："观场之事，宜晦不宜明。其说有二，优孟衣冠原非实事，妙在隐隐跃跃之间。若于日间搬弄，则太觉分明，演者难施幻巧，十分音容止作得五分，观听以耳目，声音散而不聚故也。"

③ 李渔《闲情偶寄》卷五"锣鼓忌杂"条："戏场锣鼓筋节，……足令戏文减价。此中亦具至理，非老于优孟者不知。最忌在要紧关头，忽然打断。如说白未了之际，曲调初起之时，横敲乱打，盖却声音，使听白者少听数句，以致前后情事不连，审音者未闻起调，不知以后所唱何曲，打断曲文，罪犹可恕，抹杀宾白，情理难容。予观场每见此等，故为揭出。又有一出戏文将了，止余数句宾白未完，而此未完之数句，又系关键所在，乃戏房锣鼓早已催促收场，使说与不说同者，殊可痛恨。故疾徐轻重之间，不可急讲也。场上之人将要说白，见锣鼓未歇，宜少停以待之。"

④ 李渔《闲情偶寄》卷五"衣冠恶习"条："记予幼时观场，凡遇秀才赶考及谒见当涂贵人，所衣之服皆青素圆领，未有着蓝衫者。三十年来始见此服。近则蓝衫与青衫并用，即以之别君子小人。凡以正生小生及外末脚色而为君子者照旧衣青圆领，惟以净丑脚色而为小人者则着蓝衫，此例始于何人，殊不可解。……妇人之服贵在轻柔，而近日舞衣，其坚硬有如盔甲，云肩大而且厚，面夹两层之外，又以销金锦缎围之；其下体前后二幅名曰遮羞者，必以硬布裱骨而为之，此战场所用之物，名为纸甲者是也。歌台舞榭之上，胡为乎来哉？易以轻软之衣，使得随身环绕。……方巾与有带飘巾同为儒者之服，飘巾儒雅风流，方巾老成持重，以之分别老少，可称得宜。近日梨园，每遇穷愁患难之士，即戴方巾，不知何所取义。"

结　语

综上所述，我们可以发现，在李渔的眼中戏剧活动是相互关联的，戏剧活动的第一过程、第二过程（创作活动）不是孤立存在的，它们不仅最终受第三过程（欣赏活动）的制约，而且两个过程之间以及每个过程内部都充满着纷繁的矛盾和相互制约的关系，戏剧艺术的考察要从它们之间的关系出发。李渔感到，他虽然没有理由对第三过程中观众如何看戏提出要求，也没有必要对第三过程进行孤立的探讨，但却有必要指出观众看戏是第一、二过程中如何写戏，如何演戏的参考条件，也有必要把第三过程的正确分析作为研究第一、二过程的基础。此其一。其二，他虽然可以对第一、二过程中的创造者（包括作家、导演、演员、乐工）提出一定的审美要求去统一他们之间的戏剧关系，但审美要求必须是正视第一、二过程整个艺术活动中的内在矛盾，并进行具体问题具体分析的结果。李渔所以成功，就在于他基于这种对戏剧艺术内部关系网的审美理解和研究关系网的理论方法，在详细、深入考察上述诸关系、诸矛盾的过程中，较为科学地指出了使矛盾趋于和谐、关系走向平衡的具体方法、具体途径。像公开的一座宫殿明梁暗柱、萦砌盘阶的奥秘一样，第一次完成了系统地剖析戏剧艺术复杂结构的工作。

附　　编

汪光被《芙蓉楼传奇》的时代因素及眉批价值

汪光被，字幼暗，别号有豸山、鹰山、溪鹰山、苍山子、双溪鹰山等，清初歙县人，著有《易水歌》《芙蓉楼》《广寒香》三剧①，生卒年已无可考。汪光被的戏曲创作体现了清代戏曲"以文律曲"的审美倾向，但又具有其独特的市井风情和灵动的生活气息。

《芙蓉楼》又名《芙蓉楼传奇》，现藏国家图书馆，为清康熙叩钵斋原刻初印本，书版框高 18.6 厘米，宽 12.7 厘米。剧前插图四幅，并有题词。《芙蓉楼》分上下二卷，上卷十六出，包括《开宗》《北征》《题驿》《议婚》《赏花》《旅会》《闺和》《凶啸》《舟避》《醉归》《驿遇》《窘试》《谴征》《梦圆》《双捷》《秋宴》，下卷十四出，包括《狂诉》《郊饯》《移兵》《卖画》《闹叠》《路召》《错遇》《盟心》《奸寇》《请试》《赐姻》《驰驿》《合宴》《酬花》，全剧三十出，为典型的传奇体式。笔者本文着重就剧本描写所体现的时代因素、史影以及剧本刊刻的眉批的文学艺术价值等作以论析，以求教于学界同人。

一、《芙蓉楼》的时代因素与史影

《芙蓉楼》叙写了孟珩与杜弱兰、姚若采与李蒨华两对才子佳人的姻缘。孟珩为索债北上维扬，因盘缠尽，困羁异乡；又醉酒误入豪门公子郑英之宅，被扭送官衙，幸友人姚若采救出。此时倭寇扰浙，珩之表妹李蒨华避战乱到维扬寻兄。考官卞廷元赏识孟、姚才学，科试录为前两名。郑英撺掇其父弹劾三人，指其徇私舞弊。另一女主角杜弱兰随父进京，与幼有婚

---

① 这三个剧本也有以为乃清余姚人徐沁（1626—1683）所作。《广寒香》有文治堂刊本和书带草堂刊本，署"苍山子编"；《芙蓉楼》有清康熙叩钵斋刊本，署"双溪鹰山填词"；《易水歌》有双溪原刊本，署"双溪鹰山"。《传奇汇考标目》谓"鹰山系清汪光被，号光被，字幼暗"。人民文学出版社《曲海总目提要》在《芙蓉楼》《广寒香》下加注，认为二剧为"清汪光被撰"。笔者认为，至少《易水歌》《芙蓉楼》两剧的著作权是明确的，可以定为汪光被著。

约的郑英完婚。正行拜堂礼，圣旨到，诏弱兰进宫。原来太后颁行己之赏花诗令天下才女奉和，杜弱兰、李蒨华奉和诗皆拔头筹，故诏入宫。太后亲理孟、姚二人科场案，面试他们才识真伪，请出弱兰、蒨华评点二人文章，赐二人及第，并赐婚孟珩与杜弱兰、姚若采与李蒨华。全剧情节跌宕，故事不落窠臼。然剧中言太后乃"大元皇太后赵氏"，似为虚构，找不到史实依据。《曲海总目提要》卷二十六"芙蓉楼"条云："剧云（太后赵氏）昔本帝室之宗潢，今作天朝之母后。按《元史》，历朝后妃无姓赵者。宋曹勋所记，有宗女为大金皇帝之后，然《金史》亦不载，未知的否。"

（1）《芙蓉楼》剧本，就总的时代背景来看，作者把它定在元朝。因第五出皇太后上场自报家门明确说："老身大元皇太后赵氏是也，昔本帝室之宗潢，今作天朝之母后。"[①]又剧本写女主角弱兰之父杜兆祥后为江浙行省枢密院使。这里的"行省"即"行中书省"，其制源于金。元世祖建国后，先后设立了岭北、辽阳、河南江北、陕西等十个行省，后又增设若干临时行省；故剧中才说"太后之诗刊刻颁行天下"，并"传旨十二行省等官"。

江浙行省建于至元二十一年，发展到后来，其辖境已包括今浙江、福建两省及江苏南部与江西部分地区。又，元蒙人出于进兵与军管地方的需要，与"行中书省"（即行省）近似，亦用"行枢密院"制，以专事各地军务。《元史》卷九十二《百官志》"行枢密院"条云："至元三年，伯颜右丞相奏准，于四川及湖广、江西之境，及江浙，凡三处，各置行枢密院，以镇遏好乱之民。"从元代史实看，元蒙人多是先在一个地方用"行枢密院"制，局势稍稳定，即改行枢密院为"行中书省"[②]；有时亦变来变去[③]。按《元史·百官志》，行枢密院官职设有知院、同知、佥院、院判、同佥、经历、都事、照磨、副使、断事官等，尚无"行枢密院使"之职。然《金史》卷一百十一《强伸列传》记强伸"戍陕铁岭，军溃被虏，从都尉兀林苔胡土窜归中京。时中京已破，留守兼行枢密院使内族撒合辇死之，元帅任守

---

① 不过言"大元太后赵氏"，当属虚构，检阅《元史》，并无赵氏宗室女册封元朝皇后或后妃之事，此似作者假托。
② 《元史》卷六《世祖本纪》（三）至元三年十二月"辛酉，诏改四川行枢密院为行中书省，以赛典赤、也速带儿等金行中书省事。"《元史》卷八《世祖本纪》（五）至元十一年三月辛卯，"改荆湖、淮西二行枢密院为二行中书省，伯颜、史天泽并为左丞相，阿术为平章政事，阿里海牙为右丞，吕文焕为参知政事，行中书省于荆湖……遣使代祀岳渎祠土。"
③ 《元史》卷八《世祖本纪》（五）记至元十一年八月丁未，"史天泽言：'今大师方兴，荆湖、淮西各置行省，势位既不相下，号令必不能一，后当败事。'帝是其言，复改淮西行中书省为行枢密院。"

真复立府事，以便宜署伸警巡使"。《元史》卷四十二《顺帝本纪》记至正十二年辛卯，帝曾"命脱脱台为行枢密院使"。说明元代初年沿循金朝典制，确实用过"行枢密院使"之职名；剧本写杜兆祥拜江浙行省枢密院使，是有依凭的。

（2）从剧本结撰看，除元朝外，作者尚杂糅了晋①、唐、明诸朝事，以演绎情节、点缀戏旨。而其间，又数唐事为多。

其一，太后欣赏弱兰、蒨华，召入宫为女学士，后由她二人协理殿试，所谓"女学士双司文柄"。宫中用女学士，虽见于南朝②，然实为唐代风尚。《旧唐书》卷五十二《后妃》"女学士尚宫宋氏"条记："女学士、尚宫宋氏者，名若昭，贝州清阳人。父庭芬，世为儒学，至庭芬有词藻。生五女，皆聪惠，庭芬始教以经艺，既而课为诗赋，年未及笄，皆能属文。长曰若莘，次曰若昭……贞元四年，昭义节度使李抱真表荐以闻。德宗俱召入宫，试以诗赋，兼问经史中大义，深加赏叹。德宗能诗，与侍臣唱和相属，亦令若莘姊妹应制。每进御，无不称善。……不以宫妾遇之，呼为学士先生。"又卷十六《穆宗本纪》亦记有"召故女学士宋若华妹若昭入宫掌文奏"之事。剧中写女学士"掌四库藏书"，或受唐宫旧事启示。

其二，皇太后赵氏在芙蓉楼赋诗令各地才女奉和，其诗云："筵开乌鹊渚，驾发凤凰城。路向华峯近，人从僊掌行。红衣隔浦艳，翠影入池轻。寄语涉江者，能忘结佩情？"诗中的"乌鹊渚"对"凤凰城"，明了地透露了剧家构思的"缘引事象"及文献原型。《全唐诗》卷六十一有一首李峤的《奉和初春幸太平公主南庄应制（景龙三年二月十一日）》，诗中言："主家山第接云开，天子春游动地来。羽骑参差花外转，霓旌摇曳日边回。还将石溜调琴曲，更取峰霞入酒杯。鸾辂已辞乌鹊渚，箫声犹绕凤凰台。"汪剧

① 剧中男主人翁为孟珩，其特点是"文澜倾三峡之流"、词藻"夺七襄之锦"。历史上亦确实有个文士叫孟珩，且见于正史。《晋书》卷五十三《愍怀太子传》载："愍怀太子遹，字熙祖，惠帝长子，母曰谢才人。幼而聪慧，武帝爱之，恒在左右。……宫中尝夜失火，武帝登楼望之。太子时年五岁，牵帝裾入暗中。帝问其故，太子曰：'暮夜仓卒，宜备非常，不宜令照见人君也。'由是奇之。……时望气者言广陵有天子气，故封为广陵王，邑五万户。以刘寔为师，孟珩为友，杨准、冯荪为文学。惠帝即位，立为皇太子。盛选德望，以何劭为太师，王戎为太傅，杨济为太保，裴楷为少师，张华为少傅，和峤为少保。"此"孟珩"，曾为愍怀太子之"友"（即伴读），可知亦颖慧之人。

② 《陈书》卷七《皇后传》"张贵妃"条："后主自居临春阁，张贵妃居结绮阁，龚、孔二贵嫔居望仙阁，并复道交相往来。又有王、李二美人、张、薛二淑媛、袁昭仪、何婕妤、江修容等七人，并有宠，递以游其上。以宫人有文学者袁大舍等为女学士。后主每引宾客对贵妃等游宴，则使诸贵人及女学士与狎客共赋新诗，互相赠答，采其尤艳丽者以为曲词，被以新声，选宫女有容色者以千百数，令习而歌之，分部迭进，持以相乐。"

太后赵氏笔下"乌鹊渚"与"凤凰城"，正由之化来。事实上，初盛唐之交，唐宫廷文臣因侍宴太平公主南庄而应制赋诗的有好多，《全唐诗》有著录①，可以想象那时文臣侍宴太平公主南庄乃是多么的荣耀之事，在后世当然流播为佳话。汪光被剧中只不过把"公主"换成了"皇后"，将诗之"奉和"变作了"原唱"而已。

其三，剧中弱兰所出试题之一是拟"贺表"，即以"贺表"的文体称颂荡平倭寇后在武成殿献捷；既是献捷，圣驾当亲临。而从历史记载看，皇帝驾临武成殿举行宴会、废立、册封、策试、赏赦等仪式，亦李唐王朝旧典。《旧唐书》卷三《太宗本纪》记：贞观十五年"五月壬申，……上于武成殿赐宴，……时会中有旧识上者，相与道旧以为笑乐"。卷一百九十《文苑传》记："高宗御武成殿，召诸州举人"，问兵书所云"人阵"为何？有叫员半千的道："善用兵者，恒三军之士，如父子兄弟，得人之和，此人阵也。""高宗甚嗟赏之……擢为上第。"《新唐书》卷四《中宗本纪》载：光宅元年二月，立豫王旦为帝，"改元为'文明'，赐文武官五品以上爵一等……皇太后仍临朝称制。……甲子，皇帝率群臣上尊号于武成殿。"卷七十六《后妃传》云："帝崩，中宗即位，天后称皇太后，遗诏军国大务听参决。嗣圣元年，太后废帝为庐陵王，自临朝，以睿宗即帝位。后坐武成殿，帝率群臣上号册。……太后遣册武成殿使者告五世庙室。"卷一百一十六《王綝传》记：綝"字方庆，……后尝就求羲之书，方庆奏：'十世从祖羲之书四十余番，太宗求之，先臣番上送，今所存惟一轴。……凡二十八人书共十篇。'后御武成殿遍示群臣，诏中书舍人崔融序其代阅，号《宝章集》，复以赐方庆，士人歆其宠。"卷一百二十六《元纮传》："五月五日，宴武成殿，（帝）赐群臣袭衣，特以紫服、金鱼赐元纮及萧嵩"。可见，剧本写武成殿献捷，也是根据唐宫典制进行创构的。

其四，太后聚宴在芙蓉楼，后召见若采、孟珩会试亦在芙蓉楼，"芙蓉

---

① 《全唐诗》卷五十二有宋之问《奉和春初幸太平公主南庄应制》诗，卷六十九有邵升《奉和初春幸太平公主南庄应制》诗，卷七十三有苏颋《奉和初春幸太平公主南庄应制》诗，卷九十一有韦嗣立《奉和初春幸太平公主南庄应制》诗，卷九十二有李乂《奉和初春幸太平公主南庄应制》诗，卷九十六有沈佺期《奉和春初幸太平公主南庄应制》诗，卷一〇三有赵彦昭《奉和初春幸太平公主南庄应制》诗，卷一一五有李邕《奉和初春幸太平公主南庄应制》诗，而苏颋、沈佺期诗中均寻到"凤凰楼"对"乌鹊桥"，邵升诗则简化为"凤楼"对"汉渚"，意实同。

楼"是剧情演进的关键场境。历史上，楼称"芙蓉"者有多处①，数镇江的最知名。《太平御览》卷四十六"江东诸山"条引《舆地志》："芙蓉楼，至今存焉。俗传此楼飞向江外，以铁锁縻之方已。"明徐应秋《玉芝堂谈荟》卷三十一"京口城西北楼名芙蓉。"明李贤《明一统志》卷十一"镇江府"："芙蓉楼，在府城上西北隅，与万岁楼相对。"镇江芙蓉楼所以蜚声天下，倒不是因其建于晋，年代早，②而实得益于唐王昌龄那首有"一片冰心在玉壶"之句的《芙蓉楼送辛渐》诗。所以，与其说镇江芙蓉楼为晋之名楼，还不如说实为唐之名楼。唐诗意象中的"芙蓉楼"即多指此楼。如崔峒《登润州芙蓉楼》："郡楼多逸兴，良牧谢玄晖。"皎然《买药歌送杨山人》："夜惊潮没鸬鹚堰，朝看日出芙蓉楼。"鲍溶《寄薛膺昆季》："何况芙蓉楼上客，海门江月亦相思。"储光羲《贻王侍御出台掾丹阳》："登陟芙蓉楼，为我时一赋。"丁仙芝《江南曲》："始下芙蓉楼，言发琅琊岸。"由于《芙蓉楼》剧中人物多活动在维扬、高邮一带，故汪氏取镇江芙蓉楼为剧中典型场境。就创作联想来说，这是"思与境谐"；就剧本人事而言，此又得"本地风光"之趣。而如此一来，典型的晋唐文化色彩也就随之跟进了剧本。

（3）至于剧本所写沿海倭乱、杜兆祥讨倭献功事，则明显取材于明代史实。《明史》记"倭乱"及"讨倭"较多。主要集中在三方面：一是倭寇烧杀淫掠。如《明史》卷二百八十七《文苑传》记："（何）维骐登第五十载，未尝一日服官。中更倭乱，故庐焚毁。"卷二百九十七《孝义传》记："（王在复）父被执，（在复）急趋贼所叩头求免，贼不听拔刃拟其父，在复以身蔽之，痛哭哀求，贼怒并杀之，两首坠地而手犹抱父不释。……当是时，倭乱东南，孝子以卫父母见杀者甚众。"卷三百二《列女传》记沙县王珣之妻黄氏："嘉靖中倭乱，流劫其乡。……贼至，黄跃入水中死。"此黄氏之所以"跃水死"，盖以死免辱也。二是地方官军、乡兵、僧勇等奋起抗倭。《明史》卷十八《世宗本纪》载："五月壬寅，倭掠苏州……南京兵部尚书张经总督军务讨倭。"卷九十一《兵志》云："乡兵者，……义乌为最，

---

① 《明一统志》卷六十九"叙州府"："芙蓉楼，在长宁县治西。"明何宇度撰《益部谈资》卷中："成都一名锦城……东南角楼榜曰'芙蓉楼'。名虽佳，规制不甚巨丽，宴会亦不恒到。"《大清一统志》卷二百八十五"沅州府"："芙蓉楼，在黔阳县境，唐王昌龄有《芙蓉楼送辛渐》诗。"《大清一统志》卷三百五十九"思恩府"："芙蓉楼，在宾州东城上。"

② 《元和郡县志》卷二十六"润州"条记："晋王恭为刺史，改创西南楼名万岁楼，西北楼名芙蓉楼。"

处次之，台、宁又次之，善狼筅，间以叉槊。戚继光制鸳鸯阵以破倭……而松江曹泾盐徒，嘉靖中，逐倭至岛二，焚其舟。……又僧兵，有少林、伏牛、五台。倭乱，少林僧应募者四十余人，战亦多胜。"三是有一大批官员因抗倭而得到朝廷褒奖并升迁。《明史》卷二百十四《王廷传》：时有倭乱，"廷建议以江南属镇守总兵官，专驻吴淞，江北属分守副总兵，专驻狼山；遂为定制。……（廷）以通州御倭功，加俸二级，迁南京礼部尚书"。卷二百九十《忠义传》记永嘉人王德："三十七年夏，倭自梅头至，大掠。德偕族父沛督义兵击之，……亡何，倭复至大掠，德愤怒勒所部追袭至龙湾，军败，手射杀数人，骂贼死。然倭自是不敢越德乡侵郡城矣。事闻，赠太仆少卿"。卷二百二十三《吴桂芳传》云：桂芳，新建人，嘉靖二十三年进士，"御倭有功，迁俸一级，……始历浙江左布政使，进右金都御史，巡抚福建。" 此类"倭乱"与"抗倭"是见于正史的，野史笔记及民间传闻中的当更多。汪氏借讨倭事为剧本重要关目，无疑与这些史实及素材是有密切关系的。

又，剧中写到姚若采、孟珩二人得卞廷元帮助，卞乃高邮知州。《曲海总目提要》卷二十六中讲："元时高邮是县，剧云高邮上州，失考。"按：所言甚是。高邮宋时为高邮军，元代为高邮府，[①]明代始建高邮州。《明史》卷四十《地理志》："洪武元年闰七月降（高邮府）为州，以州治高邮县省入。"清代依然为州。所以我们在明代以还的史料中方见到一些关于"高邮知州"的记述。如《明史》卷八十八《河渠志》："高邮知州韩简言：'官河上下二闸皆圮，河亦不通，……俱乞浚治。'"卷一百五十二《仪智传》载：洪武末，仪智"授高密训导，迁莘县教谕，擢知高邮州"。《清史稿》卷四百七十六《循吏传》记：康熙十八年，"福建总督姚启圣、巡抚吴兴祚素知登明，代为入赀，疏荐，起授高邮知州"。卷三百八十四《姚莹传》云：姚莹，安徽桐城人，"迁高邮知州，擢两淮监掣同知，护盐运使"。又纪昀《四库总目提要》卷七十五记《安澜文献》云："国朝沈光曾撰。光曾，秀水人，官高邮州知州。"从这个意义上，作者说卞廷元乃高邮知州，实际上亦是在

---

① 《宋史》卷八十八《地理志》云："开宝四年，以扬州高邮县为军。熙宁五年，废为县，隶扬州。元祐元年，复为军。……绍兴五年，废为县，……三十一年，复为军。"《元史》卷五十九《地理志》载："元至元十四年，升为高邮路总管府，领录事司及高邮、兴化二县。二十年，废安宜府为宝应县来属，又并录事司，改高邮路为府。"

剧本中渗入了明代以还的时代因素。

宫中用女学士，虽见于南朝①，实则为唐代风尚。《旧唐书》卷五十二《后妃》下"女学士尚宫宋氏"条记："女学士、尚宫宋氏者，名若昭，贝州清阳人。父庭芬，世为儒学，至庭芬有词藻。生五女，皆聪惠，庭芬始教以经艺，既而课为诗赋，年未及笄，皆能属文。长曰若莘，次曰若昭、若伦、若宪、若荀。若莘、若昭文尤淡丽，性复贞素闲雅，不尚纷华之饰。尝白父母，誓不从人，愿以艺学扬名显亲。若莘教诲四妹，有如严师。著女论语十篇，其言模仿论语，以韦逞母宣文君宋氏代仲尼，以曹大家等代颜、闵，其间问答，悉以妇道所尚。若昭注解，皆有理致。贞元四年，昭义节度使李抱真表荐以闻。德宗俱召入宫，试以诗赋，兼问经史中大义，深加赏叹。德宗能诗，与侍臣唱和相属，亦令若莘姊妹应制。每进御，无不称善。……不以宫妾遇之，呼为学士先生。"又《旧唐书》卷十六《穆宗本纪》载，"十二月己巳朔。戊寅，召故女学士宋若华妹若昭入宫掌文奏"。《旧唐书》卷一百七十六《李宗闵传》记：李宗闵通过"结托女学士宋若宪及知枢密杨承和，二人数称之于上前，故获征用"。

藉唐宫事创构。皇太后赵氏在芙蓉楼排宴赋诗令各地才女奉和，其诗云："筵开乌鹊渚，驾发凤凰城。路向华峯近，人从偃掌行。红衣隔浦艳，翠影入池轻。寄语涉江者，能忘结佩情？"这诗中的"乌鹊渚"对"凤凰城"，透露了剧作者构思之缘引及事象、文献之原型，《全唐诗》卷六十一有一首李峤的《奉和初春幸太平公主南庄应制（景龙三年二月十一日）》，诗中言："主家山第接云开，天子春游动地来。羽骑参差花外转，霓旌摇曳日边回。还将石溜调琴曲，更取峰霞入酒杯。鸾辂已辞乌鹊渚，箫声犹绕凤凰台。"汪剧太后赵氏笔下"乌鹊渚"与"凤凰城"，正由之化来。事实上，初盛唐之交唐宫廷文臣因侍宴太平公主南庄而应制赋诗的有好多，《全唐诗》就有著录。可以想象那时文臣侍宴太平公主南庄乃是多么的荣耀之事，在后世亦当然以佳话流播。汪光被剧中只不过把"公主"换成了"皇后"，将诗之"奉和"变作"原唱"而已。

---

① 《陈书》卷七《皇后传》"张贵妃"条："后主自居临春阁，张贵妃居结绮阁，龚、孔二贵嫔居望仙阁，并复道交相往来。又有王、李二美人，张、薛二淑媛，袁昭仪、何婕妤、江修容等七人，并有宠，递代以游其上。以宫人有文学者袁大舍等为女学士。后主每引宾客对贵妃等游宴，则使诸贵人及女学士与狎客共赋新诗，互相赠答，采其尤艳丽者以为曲词，被以新声，选宫女有容色者千百数，令习而歌之，分部迭进，持以相乐。"

二、《芙蓉楼》眉批的艺术价值

叩钵斋本《芙蓉楼》有眉批 116 条，涉及剧本情节、人物塑造、关目结构、内容意旨等方面。从卷首所刻"同人评校"看，批语出于"同人"之手。但这个"同人"究竟是汪光被自托、抑或其友人批写[①]？尚待详考。笔者本文着重就批语体现的文学艺术价值及其内涵，做以论析，以求教于戏曲文献学界的同人。

就内容而言，眉批可分为以下几个方面：

1. 眉批谈到的人物塑造及艺术手法

眉批揭示，剧本写人物，善以侧笔勾摹。如第三出，杜弱兰随父旅宿驿站，乳娘道："小姐你香闺柔丽，难受驿路风霜。想你往常时呵，纱窗日上初试妆，古渡人归才进饷，娇憨性谁主张，夜淡合月转回廊。如今出路，须比不得在家时节，劝你松钗脱绣裳，明朝重把画眉商。"由乳娘道出了弱兰的娇生惯养。同人批："从乳母口中逗出，妙绝。"又二十四出，蒨华说弱兰道："为甚花前腼腆，一点桃腮，微笑嫣然。姐姐你镇日眉儿常皱，为何说起家表兄，就回嗔作喜自言自语起来？"弱兰的相思症，由蒨华窥出并说破，处理得有技巧；故同人评曰"摹写入情，是周昉写生手。"同人把这种侧笔摹写的方式，比之为画美人背影的周昉技法。

眉批认为，人物言行描写当有生活依据。第四出，郑秋远劝姚若采娶卜知州之女为妻，云："姚兄，岂不闻关雎好逑？既有老师之冰清，不可无姚兄之玉润。想东床定是王家秀。"秋远乃纨绔子弟，此处的话则说得文绉绉的，同人批曰："秋远口吻不应如许风雅。不知从来目不识丁者，偏咬文嚼字也。"他看到，秋远的故弄"风雅"，原符合现实中有那么一干人之实际。又十一出，姚若采怀疑题壁诗非杜弱兰作而是他人托其名，同人评云："此种最多，不独谭子《化书》、庾芝寺句。"从世间多有托名之作出发，同人说明姚若采的想法原有社会基础。

同人眉批常围绕剧中角色的特性或习性展开。如十四出，弱兰对中秋圆月、思及家家夫妇月下团聚而己乃形单影只，遂生愁思，云："我杜弱兰

---

① 同人，或即清初江南以评点诗文而享誉士林的储同人。储同人，名欣，江苏宜兴人，少孤，率两弟苦读，博通经史。弱冠后，萃里中友十二人互相切磋，七八年寒暑不辍，因是知名。康熙二十九年领乡荐，试礼部，不遇，著书教授以终。有在《陆草堂集》六卷，《春秋指掌》三十卷，选有《唐宋十家文全集录》五十一卷。

呵冷冷清清，惟有影儿相对，怎捱这孤另也。〔醉扶归〕自怜独把青春误，还愁错配白丁徒。月儿呵，好去筵前助欢呼，休来枕畔添凄楚。"同人评曰："怨月，的是女儿稚气。"同人以为，此正露示女主人公心气也。又第二出孟楚臣上场，唱词颇自负："独卧闲庭无人过，常解春衣贳酒卢，疏狂谁似吾。"同人批："疏狂是才人本色。"

眉批注意到形象的典型意义。六出，孟楚臣悲慨自己有才无财、不能得意于世："苍天见说愁也增，为甚使我书剑飘零。我有才受杀无财病，镇朝昏似醉如醒。想豪门巨姓，日在那繁华驰骋。叹芳龄，惟有这嫦娥，伴我孤孽。"同人于此评曰："此病不知害杀几许才人。" 可见，同人深知，楚臣之"病"岂止一人？他是一类人的缩影与写照，他具有艺术的典型性。

十五出里，姚若采先得了捷报而孟珩尚无音息，姚的仆人银鹿道："孟相公，你看书是要用心读的。我家相公镇日埋头用功，毕竟中了。……不是我银鹿势利，孟相公读书，原比不得我家大相公，今日作赋，明日吟诗，下棋斗牌，件件着脚，此道自然生疏了。"同人批道："形容绝倒，小人势利口角，说来自有一番道理，往往类此。"同人看到，象银鹿这样的小人及言语，世上多可见闻，原有这一种（"类型"）人在，银鹿不过是此"类"嘴脸之一斑，作者摹写"绝似"，且有典型性。

又，典型性也与特别性相接结。二十出，弱兰幼时许婚郑公子，后其父虽悔，也只得令女出阁；幸巧拜堂时皇诏到，才阻断了这桩婚缘。同人评："古今恶姻缘，屈指不少，安得尽邀恩赦乎？"意思是，世间的恶姻缘千千万，弱兰配郑公子乃普遍之一斑耳；然作者安排由"恩赦"解之，实世事中不多见者。弱兰之"幸"诚为特别之典例。又第二十七出，太后亲试举子，有〔醉花阴〕一曲写她："乌云鬓，石榴裙，高坐衡文，倒比那乌纱整。"同人评曰："从来有如此主司否？云鬓榴裙，煞是好看。"同人所问"从来有否"？言下之意：此女主司考举子，也特别之典例也。

同人批语，往往点示剧中人襟怀。如第十出，孟楚臣酒后借景抒怀道："天空云豁，迸珠光、闪起栖鸦。俺呵，芸窗作赋，斑管生花，卢头买醉，玉盏流霞。效陶潜篱东访菊，笑阮籍邻北窥娃……"同人眉批："顿挫沉郁，……自泄其不平耳。"二十三出，孟、姚一段对、合唱云："〔生〕俺待要效长沙把政事规〔小生〕俺待要学董子把天人拟……〔合〕呀，再休似病相如将封禅遗,再休似莽晁错将智囊对。"同人评云:"上下千古,眼大如箕。"意谓二人胸臆宏远。

有的眉批是结合具体场面,指出人物刻画效果。如六出,孟楚臣旅舍寂寞,拿出早年所写《江上吟》吟诵自赏;忽思及无人知遇及"有钱便得官"的世道,不免悲哭起来。哭着哭着想到当年朱买臣也负过薪,久后会发迹的,又"大笑"一通。接着由功名联想到姻缘,一时兴起取出酒醉饮一番。同人于此批曰:"此出忽泣忽歌,忽笑忽饮;才人狂态,冉冉如生;何必司马青衫始湿也。"意思是:这里描摹其好,作者勾画才士那种不同常人的秉性、"狂态"、那种心绪翻转之陡剧,均栩栩如生。

眉批有时似调侃人物,或与之"对话"。如十七出,蠢公子郑秋远落榜,原在情理中,但他却说试官不公,他如何如何勤勉好学,"镇日里怀揣着中郎枕秘"。批语曰:"此枕秘何物?非五白六博,即勾栏曲院耳。"同人一语戳破其嘴脸。

同人有些眉批,似是"体贴"人物,透示出一种"共鸣"的阅读意向。如二十一出,弱兰将嫁丑公子,乳娘对老爷说:"乌云重,将皓月遮朦,还愁今夕兰房趋奉,那娇姿顿生惊恐。老爷,那新官人仪容,小姐也略知些风声了,怨侬、频促画眉峰,泪珠拭透衫儿缝。"同人批云:"我见犹怜,当以龙缣拭泪。"他道以怜惜之情、"拭泪"之悯。弱兰唱:"无限新愁,强簪钗凤羞共,拼今后和衣独拥。"同人又批道:"寥寥数语,满纸呜咽。"后拜堂时皇差到,令弱兰进京,总算冲掉了这一场婚事。同人眉批:"赖有此耳。余犹为弱兰冷汗浃背也。"这口吻完全在急剧中人之急、幸剧中人之幸了。

眉批对剧中主人公、特别是作者喜爱人物的批评,显得不护短,每每该怎么说就怎么说。如二十三出,姚若采听说杜弱兰李蒨华来京,提出要去"会会",唱词中云:"奈桃源不许外人窥,便渔郎旧客也难提。"姚于弱兰仅见过一面,于蒨华只耳闻而已,此处则自谓"渔郎旧客",未免轻薄了。故同人批曰:"竟以渔郎旧客自许,亦太无赖。"

2. 眉批论及情节结构与风格

眉批在谈到剧本情节结构时,用到"线索"一语。如十五出,孟珩欲将李蒨华媒介给姚若采,但因卞师普许以其女而不便启齿,同人批云:"此出又将前后线索拾掇一番。"此"线索"即指剧中情事或人物关系发展演衍的意脉。

二十出，皇差宋万化在找到才女李蒨华后，对其老仆云："本欲带你进京，奈杜小姐前途等候，不便同行，咱与你家小姐先去，你随后进京。"同人于此批曰："埋伏杜小姐前途等候，斗笋甚口。"①这里作者借皇差之口交待了太后所寻的另一才女亦已得之，且在"前途"了。这种对已发生而未正面描写之事的透露，同人叫作"埋伏"。又第十六出，姚、孟在卞廷元推荐下同登榜首，监临御史不知内情，一一寻问。同人眉批："'两问'埋伏中，在同门，极见针线之密。"可见，同人所谓"埋伏""斗笋""针线"，与"线索"近同，也指故事的连接与交待。

眉批把剧中情节及出与出之间的关联称为"关合"。如剧本前二十出多处写到弱兰有吟诗作赋之才，到二十一出弱兰受太后征召，唱词说她"赋重三都，诗成七步"，同人批曰："关合处巧口（联）七襄。"此"关合"即指前后照应。"关合"，有时有称之为"关会"。如第七出乳娘问兴儿："我一向有句话要问你，到也忘了，前老爷到维扬时，是你至郑家下书的，见他大相公人物生得何如？"兴儿道："短似晏婴身，体肥如伍子，腰围蜂窠凹凸，甚稀奇，满面蓬松马尾。"这里，由兴儿信口说出了弱兰未婚夫的形品陋劣，这细节很重要；因为至此，弱兰嫁陋之事，乳娘知晓了，观众亦知晓了，情节发展的"张势"必然是弱兰知后不悦，婚约将变解。兴儿的话起到对此"不悦与变解"做"埋伏"的作用。故同人批曰："前后俱有关会。"

又剧本第一出〔青玉案〕词中即标出文人生活的两个要紧处：获功名与得佳人："闷拨寒灰闲索句，朱衣无赖，赤绳多误，都倩毫尖补。"同人批云："作者大意在此。"到三十出结局〔红绣鞋〕曲唱到："文人遇合多颠倒，就是被底鸳鸯，也要福分消"；还是在说"遇合"与"鸳鸯"二事。故同人批曰："继出主意，首尾回映。"此"回映"亦"关会"之意，也是就结构技法而言的。

在艺术风格上，同人重喜剧。如二十三出，宦者征召才女归来云："驿路旌旗引，宫闱监使随，千秋旷典荣无比。女阿衡受了商王币，雌隆中中了刘公计，此去情同鱼水，献赋长扬，端不让杨云奇丽。"同人评云："用经语填词，妙在'女阿衡''雌隆中'，杜撰得妙。"同人以为"妙"在作者

---

① 第七出老旦捧茶处，同人批"接笋俱妙"。

让粗俗人物语杂书卷、弄得囫囵吞枣，而这么一来，恰巧构成了"曲"体的谐趣。第十出，孟珩酒后竟误入郑大公子帐中安歇，郑秋远亦醺醺然归，两个衣巾近似，真假莫辨，打将起来，一场闹剧。同人评云："手笔绝类贯酸斋。""笔类酸斋"，即说有贯云石的喜剧风格也。

3. 眉批的"以文律曲"倾向

同人的眉批有"以文律曲"的倾向。所谓"以文律曲"是指戏曲活动中的创作者或评批者以对待诗文的艺术标准来对待剧曲，这在明后期以来的戏曲思潮中一直存在。

《芙蓉楼》作者本有文采，好以传统的诗语词境入曲，故全剧辞藻工美，有案头化倾向。与此谐应，同人眉批，亦用了读诗文的眼光。如第三出，乳娘云："小姐，我与你随老爷进京，又到维扬了。你看，古驿萧条，栖鸦惊噪，早又黄昏人静也。"弱兰唱："增人旅况，是鼓声初动，画角轻扬。江都风景，争似旧时模样。迷楼已非隋苑筑，哀柳空随辇路长。司花女，如意娘，可怜荒草委寒塘。襄红袖，挂纸窗，临风凭吊泪千行。"同人于此评道："凭吊凄凉，可作《芜城赋》读。"又二十四出，太后上场唱："紫殿轻寒昼漏静，春光早到凤凰城。御柳初黄，宫莺乍啭，酿就昭阳风景。"同人评曰："似读唐人宫词。"本是剧曲，却当辞赋或宫词来读，说明曲中的境况渲染用了辞赋诗词的手段，否则，怎能当赋或宫词读呢？

又第九出，才女李蒨华送交了和诗卷后唱："轻携团扇，苍苔行偏，庭花碎落罗衣，粉蝶纷随金钿。荼蘼架边，荼蘼架边，差池新燕，呢喃如剪，懒裁笺，怕俏衔飞去，教人作话传。"同人批："用事隐秀，妙于不觉。"十八出，姚、孟二人为卞廷元送行，唱："名继龚黄，一路阳春随骢骊。试看花开怀悬虎，渡弘农、麦秀渔阳。清风先向御屏扬，去思惟有甘棠。仰幸附门墙，愿为霖作雨，早慰万民之望。"同人眉批："熔铸流丽，非同獭祭。"同人意谓：像这两段曲，能流畅地化用诗语典实，令人读之浑然不见痕迹，这就叫"隐秀"或"熔铸"。可见，他这是直视曲体为诗也。^①

---

① 类似情形还有：十六出，监临御史唱："龙门高跃，鹿鸣佳宴，询是千秋隆典，从来江左人文，璧合珠联。"同人评："藻丽已夺实甫一席。"第六出，孟趫臣唱维扬景况："想山山水水，南迁车驾曾到。今日啊，金屋香消环佩冷，空余剩霞峰云岭。过西冷，问舞裙歌扇，教人触处伤情。"同人眉批："荒草寒烟，使人不忍多读。"二十九出，杜兆祥唱："喜玉帛来庭，车书齐至。况看陈海错，酒进琼浆，尽是天厨珍丽。衔杯赏花吟赋，顿不觉陶然雷醉。"同人批云："雄丽，有台阁气象。"

同人眉批或用诗词中的熟境、熟意、熟语解说剧曲中的场境与意涵。如十四出，作者描写弱兰月下困睡，梦中与孟珩相会，境况灵幻而缥缈。词云："睡思浓，香闺去，怕秋来瘦影模糊，认不出巫山云雨途。"同人批云："'梦中不识路，何以慰相思'与此同意。""梦中"句乃沈约《别范安成》诗中语，同人以为与剧中人梦会境界近似；此是直接以诗境释戏曲之境了。二十出，杜兆祥入朝受封，郑鸿则由西台御史改任清源知州，其一肚子不痛快，唱道："冷落冷落来东海，远谪远谪出燕台。叹我年来梦魂乖，犹绕在金门外。看他官居开府，人民感怀，身居黄阁，君臣意谐。"同人批云："此不安寂寞语，与'琼楼高处不胜寒'词同。" 同人这里是以苏轼的词意来解释剧中人郑鸿的落魄心态。

同人眉批的"以文律曲"倾向，又表现在他用诗中有画、画中有诗的意境观念来看剧曲。应该说《芙蓉楼》作者本即善于造境，即注意剧中人心绪与景物间的关系，使其"情与景谐"。如第三出，弱兰上京路上不免有故里之思，她唱："凄凉，异故乡。看驿庭人静，茶烟微漾，关山千里，抛尽紫砚青箱……垂杨瘦马嘶古驿，野店寒、鸡栖短墙。京华远，途路长，笔尖描不尽恓徨。"这里，关山、瘦马、古驿、野店、鸡栖，都与弱兰的背井离乡、羁旅伤怀相关，客观景物映射着她的心愫，是极其漂亮的意与境合；故同人评曰："萧条如画。"它如，第五出宫女唱："苍茫，宫树萧疏，澄波清浅，一声孤雁渡横塘。风露冷，愿速进金樽琼浆。"同人评："句中有画"；第九出蒨华依门望曰："铜镮轻展，疏帘斜卷。湾湾水绕孤村，淡淡烟凝颓岸。羊牛渐远，羊牛渐远，澄江如练，栖鸦几点，倚秋千、忽听垂杨外，人声又早喧。"同人评："江村夕照，宛然在目"；都是同人欣赏剧曲中诗画之境的典例。

4.《芙蓉楼》眉批与理论概念及俗事

同人眉批中用到一些传统的文学批评理论概念。如五出，太后广求女学士，颁行己诗令各省才女奉和，同人评云："韵绝千古。"二十四出，蒨华见弱兰有伤春怀人之思，唱云："这些时庞儿倍瘦妍，似带雨海棠娇倩。春归何处，尚兀自伤春悲怨。……多管是意中人梦儿萦，情儿乱，不肯将他暂放远。"同人评曰："伤春亦自常语，翻得韵甚。"又二十七出，殿试堂上有一细节：弱兰见化名姚孟玉的孟楚臣正其梦境之意中人，不免心猿意马："你看那生风度与俺梦里人一般无二，怎生又姓姚不姓孟？"同人眉批：

"口得有韵口。"这些地方所说的"韵"：当指曲语或场境描写中那些含蓄而有意味的情趣、那些雅致又耐人品玩的包蕴。

同人批语中有"波折"一语，值得注意。第六出孟楚臣因困顿而泣，忽自想："且住，我想老天若无意于我，为何反赋我许多才情，这也未必定是困顿我辈哩……况我年方十八，讵为迟喜乎？"同人于此眉批道："波折俱妙。有此一转，才见楚臣身份。古人抱膝吟梁父，亦是自信得过也。"可见，这里的"波折"是指剧中人意绪的转折与文情的跌宕。

同人还用"顿""烟云"等范畴表述剧本的故事叙述问题。如二十七出有段刻画："〔小旦揭帘顾小生介〕呀！那生好十分英俊也，真乃是何郎傅粉，为何这般面善？俊庞儿那处亲，又不曾乞琼浆郊外叙寒温，又不曾和诗章月下寄殷勤。是了，俺在维扬驿中时侯，正遇见这生来还。记得喜孜孜觑着双鸳不转睛。"同人眉批道："顿出驿遇笔墨，无非烟云。"蒨华曾在驿站遇见姚若采而心仪之，到此出殿试又见此人，可谓夙缘再连，旧情重牵，故同人将此笔法名之为"顿"与"烟云"；"顿"，再按一笔，强调也；"烟云"，渲染也、发挥也、抒情也。

同人眉批尚使用了"文情"的概念。第二出孟楚臣自叙其身世云："世籍襄阳，侨居越郡。天才宏放，文澜倾三峡之流；丽藻妍巧，词色夺七襄之锦。争奈椿萱早逝，伏杜无依，才与数奇，诗因贫富。笑巫山未逢神女，谁温鸳社孤衾，叹泮水如隔银河，莫问蟾宫锦字。"同人评："语语关合全出，文情秀逸，当以珊瑚架笔。"十六出姚、孟登科，孟道："干戈云扰，鱼雁难前。我蒨华妹子啊，只道我无鱼弹铗、忆鲙临风，逆旅多愁怨；怎知我平步也上青天"？姚云："我想卜小姐闻知捷音，好不欢喜哩。料广寒仙子，金屋名姝，此际多怀忖。其时相会也，跨文鸾、傍妆台笑语妍。"同人于此眉批："映带蒨华与丽娟处，文情俱善。"不难理会，这里同人说的"情"乃指人物言辞中透示的情思心绪，而"文"则指表述语词的有文采、或有典实。

眉批的内容价值与古俗因素。《芙蓉楼》剧中，作者有一些对世情的批判，① 同人阅批亦往往借题发挥、针砭时俗。第十一出，姚若采说他烦死

---

① 第六出，作者借孟玭珩之口说："如今世界有钱的便得官敍，没钱的终身困守蓬门，老天老天，你好没分晓也。"作者的批评锋芒亦指向科举制度。第十二出上场一个当须老童，他自道："自十二岁出来赴考，至今五十八岁，准准考了四十六年童生，不知受过多少辛苦。每次府县定然高掇，及至道案发时，依旧不取。"这是一个被科举作践的老童生，他的道白诉尽千千万万受害者的吉辛。

了，一班俗子向他求诗求字，其实"有几个真能鉴赏的"？同人眉批："晓得慕名，尚是好处。近有一种，专求大老诗字，珍同拱璧，风斯下矣。"又如剧中李蒨华、杜弱兰相知礼让，结为姐妹。到二十七出，两人协理太后评卷时，各荐才士，据理以争，些许不让。同人眉批："李杜平日，极其绸缪。至荐士便如此争执，可谓知大义矣。以此任国家事，又何让韩范富欧也？"此也同人有感而发也。

二十四出，弱兰、蒨华得太后赏遇，太后称之"双珠相并，顿教人一见春生"。三人在合唱中有一句："还思省，雄才汉京，为甚柏梁开宴乏倾城。"太后、才女都是女人，她们共吁着一个具有深邃意义的憾问：何以柏梁宴台多是须眉，而倾城才媛就历来稀乏呢？这里隐含一种"文化女权"（亦是政治女权）的意识。同人看到了，他赞曰："奇思飙发。"

同人眉批，或就剧中事体开掘其社会意义，从而喻示、点醒后人。如二十七出，太后见郑公子、卞丽娟人品丑陋后说："恁般模样，怎生配得杜弱兰、姚若采来？若必固守常法，不特有负二人之才貌，亦非郑英、卞丽娟之福。"遂强为之改变婚约，才子配佳人，丑女配村夫。同人于此眉批："此论亦至沦（论），凡为父母与子女口（求）配者，亟口（宜）着眼。"

当然，同人之批也有迂腐处。如第十四出，弱兰梦中与孟珩相会，正情浓处，惊醒神返，她自道："我杜弱兰生于宦族，长在名门，既许郑家，岂有另字他人之理？只好付之一梦也。"同人眉批："弱兰可谓怨而不淫矣，若稍露圭角，便失风人之旨。"二十七出批："弱兰辞婚，节也；受先辞婚，义也；皆有关名教；与诲淫导冶者，相去天壤。"他坚守"名教"，主张"怨而不淫""不失风人之旨"；封建文人不能摆脱的，他亦莫能外。

《芙蓉楼》中描写到许多古俗事象①，同人眉批亦自然涉及了。如十出，孟楚臣醉入郑御史家酣睡、醒来道："梦飞琼、髻绾著双丫，倚阆苑闲弄琵琶。"他说梦中见了许飞琼似的美女，同人批曰："占梦经曰：梦见阴人有口舌，楚臣此梦，应非无是公。"按古梦书，人梦女子有是非、口舌之事。果然，楚臣在郑府被人家当贼捉拿了。同人批语的意思是：这一"梦飞琼"

---

① 如第八出有一段"打筊"卜战事的描写："〔副净袖出羊角筊、念咒打筊介〕南无三满驮，毋多难阿婆，……启大王，占得从庆元进兵大利，俺等由乌沙门一帆便可直抵城下，趁今黄道吉日，就此起兵前去。"倭首女天王倭迦倭那问军师机多罗拔当由何处进兵，罗拔用羊角筊占明从庆元进兵为吉。

的细节有古俗依据，而非子虚乌有。又剧本十四出，有月老执杖（杖上红丝系书）出场，云："鸳鸯牒结此生缘，不是飞琼亦绛仙。……自家月下老人是也。主千秋之媒妁，司万姓之婚姻。杖携绿简，任从他恩怨亲疏，尽镕我奚囊之内，真个是字值千金；手扎赤绳，随着你东西南北，总在吾掌握之间，须知道丝牵万里。小神查得└阴杜弱兰，虽许郑英，实非夫妇，弱兰乃新科状元孟珩之妻，日后会合，都在芙蓉楼上。"到了二十七出，月老的话兑现了，太后出面将弱兰配与孟珩，郑英只娶了丑女卞氏，太后唱："从今后把月中人锦囊高束紧，似俺鸳鸯乱点也么匀。"同人于此批曰："乱点鸳鸯正被月中人调弄耳。"很明白，同人是信奉月老牵婚之俗的，故他的语意是：其实太后的乱点鸳鸯，也都是由月老在暗中操控的。类此古俗事象的评批，对阅剧者理解剧情的文化幽旨是一种很必要的提示。

　　总之，汪光被的《芙蓉楼》创作在背景上杂糅晋唐元明诸朝史实与因素，化实为虚，虚中见实，妥贴地演绎了故事情节，有效实现了剧旨的表达与戏剧氛围的渲染，对作品人物性格的塑造也产生了辅翼作用；其艺术经验值得认真总结。另外，古典戏曲评点自明中期兴起发展到清康熙年间，理论内涵已臻丰富；《芙蓉楼》刻本的同人眉批正可见一斑。通过对它的阅读，能帮助我们了解明末清初戏曲批评的基本特点，其文学价值不言而喻。

梅鼎祚《玉合记》本事与艺术加工

梅鼎祚，字禹金，号汝南，别署无求居士、千秋乡人、胜乐道人。宣城人，生于明嘉靖二十八年（1549），卒于万历四十三年（1615），历世宗、穆宗、神宗三朝。《江南通志》载"梅鼎祚，字禹金，宣城人。生而癯甚，其父怜之，欲焚其笔砚，乃匿于帐中默诵。年十六，禀诸生，性不喜经。生业以古学自任，文词雅赡，海内皆知其名。阁臣申时行欲以文征明故事疏荐，辞不赴。归隐书带园，构天逸阁藏书，坐卧其中。"① 他是明代曲家之巨擘，与王世贞、汪道昆、屠隆、汤显祖、龙膺、佘翘等交好。述作颇丰，《明诗综》云"著书甚富，诗乘文纪之外，旁及书记小说，兼精传奇，所填韩君平玉合记，为词家所赏"②。《千顷堂书目》录其《石室鹿裘集》六十五卷，并编有《履斋遗稿》《古乐苑》《文纪》等。所撰戏曲三种：杂剧《昆仑奴》，传奇《玉合记》《长命缕》，皆传于世。明王骥德《曲律》卷四云："宛陵以词为曲，才情绮合，故是文人丽裁。""于文词一家得一人，曰宣城梅禹金，摘采挦华，斐亹有致。"③

《玉合记》又名《章台柳》，现存版本五种：明万历间金陵世德堂刻本，两卷；明万历年间继志斋刻本，题《章台柳玉合记》，四卷；明杭州容与斋刻本，题《李卓吾先生批评玉合记》，两卷；明末汲古阁原刻初印本，两卷；汲古阁刻《六十种曲》本。这些版本皆为四十出。《群音类选》和《月露音》等，收有《玉合记》散出。

《曲品》评曰："自《玉合》出，而诸本无色。"④ 祁彪佳《远山堂曲品》云"益信《玉合》之风流蕴藉，真不可及也。"⑤《太平广记》卷四八五所收唐代许尧佐传奇小说《柳氏传》是《玉合记》的故事源本⑥。宋人话本小说《章台柳》也与此同题材，元钟嗣成《录鬼簿续编》著录杂剧《寄情韩翃章台柳》，《九宫正始》收有宋元阙名《韩翃章台柳》残曲，《客座赘语》

① 《江南通志》（四库全书本），上海古籍出版社，1987年，卷一百六十七。
② 朱彝尊：《明诗综》（四库全书本），上海古籍出版社，1987年，卷六十七。
③ 王骥德：《曲律》（《中国古典戏曲论著集成》本），中国戏剧出版社，1959年，第166页。
④ 吕天成：《曲品》（《中国古典戏曲论著集成》本），中国戏剧出版社，1959年，第233页。
⑤ 祁彪佳：《远山堂曲品》（《中国古典戏曲论著集成》本），中国戏剧出版社，1959年，第19页。
⑥ 李昉：《太平广记》，中华书局，1961年，第3995页。

载明张四维有《章台柳传奇》。吴梅《瞿安读曲记》云："明梅鼎祚撰，鼎祚字禹金，宣城人。《玉合》谱许尧佐章台柳事，为禹金最得意笔。……此记文情秾丽，科白安雅，较《浣纱》尤纯粹。其结构谨严，除本传外，绝鲜妆点增加处，较玉茗《还魂》《紫钗》差胜，究与才人不同。……此书有三刻本：一为禹金原刻，一为富春堂本，一即汲古阁本。富春本最胜，适不在箧中，因仅据毛刻缮录中。"[①]

《玉合记》一剧，是梅禹金戏曲创作的代表，共四十出。通过韩翃柳氏悲欢离合的故事，歌颂了诚挚的爱情，从一个侧面透露了安史之乱后蕃将跋扈给人民带来的灾难。其大致情节为：唐诗人韩翃[②]应试，客居长安，与富豪李王孙挈交。李有与己未合卺的柳姬，佳丽多才，居章台，有侍女轻娥相伴。一日，韩从章台过，与柳氏一见倾心，赠家传玉合于柳氏。李王孙一心游仙，遂将柳姬配与韩翃，并赠予家产。韩婚后中进士，赴平卢节度使侯希逸幕府任参军。安史之乱爆发，叛军占洛阳，长安也兵荒马乱。轻娥和柳氏失散，入华山莲花庵做道姑；柳氏投法灵寺为尼。蕃将沙吒利计诱柳氏入府，逼之婚，柳氏宁死不从。沙母知后对柳氏予以保护。韩柳十年不通音信。平卢军渡海转淄青，又走义河阳。此时韩派家仆持金与诗至长安寻得柳氏；柳氏题诗鲛绡以复韩翃。战乱平后，韩随军回朝，巧于龙首冈见柳氏，时柳氏已身陷沙府，只得彼此归还鲛绡、玉合以为永诀。后虞侯许俊得知此事，单骑义劫柳氏，令韩柳重聚。

《玉合记》自问世后，影响广泛，所谓"士林争购之，纸为之贵"[③]。然考《玉合记》所记故事并不是梅氏的原创，而是源自于唐许尧佐的传奇《柳氏传》和孟棨的《本事诗》[④]。据傅璇琮先生的考证，许尧佐与孟棨当是同时人，许尧佐稍在前。《柳氏传》讲天宝年间韩翃贫穷落魄的时候，有一个家资豪富的李生把歌妓柳氏送给他。"翃仰柳氏之色，柳氏慕翃之才"，

① 王卫民编：《吴梅戏曲论文集》，中国戏剧出版社，1983年，第428页。
② 唐代有两个韩翃，《玉合记》描写的韩翃指的是与卢纶友善的"大历十才子"之一的韩翃。《新唐书》列传第一百二十八《文艺》（下）"卢纶"条云："纶与吉中孚、韩翃、钱起、司空曙、苗发、崔峒、耿㳟、夏侯审、李端皆能诗齐名，号'大历十才子'。""翃字君平，南阳人。侯希逸表佐淄青幕府，府罢，十年不出。李勉在宣武，复辟之。俄以驾部郎中知制诰。时有两韩翃，其一为刺史，宰相请孰与，德宗曰：'与诗人韩翃。'终中书舍人。"
③ 徐复祚：《曲论》（《中国古典戏曲论著集成》本），中国戏剧出版社，1982年，第237页。
④ 戏曲中写韩翃故事的还有钟嗣成《章台柳》、张四维《章台柳》、吴鹏《金鱼记》、吴大震《练囊记》等。清代白话小说《章台柳》（醉月轩刊本）也是根据《柳氏传》故事改编的。也有人认为该小说是由梅鼎祚的《玉合记》删削而成。（见《中国古代珍稀本小说》第一册《章台柳》前言，春风文艺出版社。）

两情相得。次年，韩翃登第后衣锦还乡，而柳氏独居京师。当此际，安史之乱起。柳氏剪发毁形，避难法灵寺。韩翃入淄青节度使侯希逸幕下为书记。韩在军中打听柳氏的消息，寄诗云："章台柳，章台柳，昔日青青今在否？纵使长条似旧垂，亦应攀折他人手。"柳氏答诗云："杨柳枝，芳菲节，所恨年年赠离别。一夜随风忽报秋，纵使君来岂堪折。"然柳氏尚未来得及与韩翃重会，就被蕃将沙吒利抢去了。虞侯许俊知后，突然闯入沙吒利的家中，设计夺回柳氏。侯希逸奏报天子，帝下诏，柳氏永归韩翃。

《本事诗》所载故事梗概与《柳氏传》略同，文字上有差异，大概由于文体的缘故，二者叙事风格上颇不同。后者竭力描写韩与柳的悲欢离合，情节曲折，文词华丽，生活气息浓郁，显出唐传奇的特点。前者则较为写实，具笔记本色。尤其是多出了韩翃任职汴梁一节，是反映韩翃后期生活的重要材料；且作者谓此事闻之于目击者大梁凤将赵唯，更标示了记述的真实性。

阅读梅鼎祚《玉合记》与许尧佐《柳氏传》可以看出，梅氏的创作意旨与许氏有相通之处，都着意歌颂美丽的爱情。在慨叹"情"的力量的同时，一并颂扬了侠义。但剧作相较传奇小说来，也有许多增饰与创意。主要体现在以下几个方面：

（1）人物设置上。从一篇千余字的小说到有四十出的戏剧作品，故事的场境大大增加，线索愈显得复杂，人物也就多了起来。《玉合记》中，多了柳氏丫鬟轻娥，沙吒利仆人沙虫儿、母亲沙夫人、原配夫人，以及法灵寺的尼姑等。这些人物的出场不仅丰富了故事情节，而且在情节展开中也相当起作用。比如丫鬟轻娥，对韩柳之间的交往就有潜在的穿针引线的作用。玉合是通过轻娥之手转交给柳氏的，也是由轻娥出面试探出韩翃乃"光棍一条"，从而让柳氏的爱慕之心和追随之意更浓更坚挚的。再如，在梅氏笔下，柳氏是一个为守护自己的贞节而不惜放弃生命的痴女子，进入沙府后面对淫威，凭她个人的力量肯定对付不了，于是有了两位沙夫人的出场。沙吒利的母亲带走柳氏，使其勉于逼迫；沙吒利悍妻在一定程度上也制约了好色之夫，保全了柳氏。祁彪佳《远山堂曲品》中曾称道《玉合记》的人物添设："《练囊》传章台柳，插入红线，与《金鱼》若出一手。自《玉合》成，而二记无色矣。"意思是：在人物设置上，也以韩柳爱情为题材的吴大震的《练囊记》和吴鹏的《金鱼记》等远不及《玉合记》。

（2）在故事情节上，梅禹金将柳氏本为李生"宠姬"的身份（《柳氏传》："其幸姬曰柳氏"），改为李王孙的"待年之妾"；同时增写了一出她怀春愁闷的戏（《玉合记》第三出《怀春》）。如此的改动使柳氏有了玉洁之身，也体现了柳氏作为少女对韩翃产生爱情的自然的过程。较之原作中柳氏"自门窥之，谓其侍者曰：'韩夫子岂长贫贱者乎？'遂属意焉"显得更可信些；也符合柳氏后来的"削发为尼"、宁死不从沙吒利的坚贞性格。第三十一出《诋节》中柳氏受沙吒利凌逼时唱"若要三杯邀盟　就把金镖刺血。中怀耿烈，海山盟旧设。破镜难圆，破镜难圆，宝簪兰折。"抗争的性格色彩，前后就一贯了。

在《柳氏传》中，柳氏被劫入沙府后被沙吒利"宠之专房"。而在《玉合记》中，由于沙母的出现，沙吒利未能亵近柳氏。梅氏作如此改动并非为了宣扬封建贞节观，而是意在突出韩柳爱情的纯净与美好。此外，梅氏还增加了李生慕道、玄宗西逃等情节。细节化地点缀了大唐帝国由盛世繁华顷刻间转为动荡不安的历史画卷。并在这样的一个大背景下来写韩柳之间的离散，增加了全剧的悲剧气氛。

（3）人物内心世界的刻画。《玉合记》的中心人物是柳氏与韩翃，二人的形象与《柳氏传》中的原型虽然基本一致，但许氏所作传奇篇幅小，在人物形象及感情世界的刻画上显得局足，未能铺展开来。孟棨《本事诗》在这方面也发挥得较少。而梅禹金则用细腻的笔墨展现了剧中人的内心情感，使人物形象丰满有血肉。整个故事以"情"字贯穿。这个"情"字在柳氏身上体现得尤为生动。第三出《怀春》中，作者就将柳氏的心思和盘托出："奴家生来二八，方且待年，长在绮罗，尽堪永日。……却也哪晓我心事来。""我性厌繁华，情眈藻翰。合欢裁扇，班婕好彤管齐名。素手缝裳，薛夜来神针可数，况且我郎君暂弥豪俊，每托游仙，咏夭桃虽则有时，叹匏瓜终当无匹。这些时日暖风恬，花明柳眉，好恼人的春色也……"正所谓"哪个少女不怀春"啊！第十七出韩翃奉诏上任，柳氏送别时唱了"榴花泣"一曲："阳关一曲，幽恨写琵琶。（悲介）和泪雨注流霞，魂随芳草绕天涯，似东西沟水争差。"表现了极度的不忍离别的伤怀意绪。在第二十九出一开始，柳氏唱的[忆秦娥]最是伤痛："空拖逗，爱离两字难参透。难参透，夜灯风外，晓钟霜候。"作者肯曲词淋漓尽致地写出了她与韩翃分别后的凄怨之情。

傩戏面具"额饰"与"额有灵穴"的巫术人类学底蕴

（一）

中国民间傩戏面具上，大多有一个典型性的细节，即傩面额部的正中，刻画具有巫术神秘意义的符号，俗称"额饰"[①]。

"额饰"的品类尤为繁复。大体上看，有三种情形：一是额间显出有一个穴口，似乎能够纳收、接托什么。贵州有种"鱼傩"面具，一条鱼从人的额头穿进去，额头似有穴窍，鱼尾巴还露在外面。壮族"木偶傩"表现勇武之神时，傩面额上画一黑色的"杯"状灵符，好象有所"接取"。藏族古傩"武相金刚"角色的傩面额部最特别，画一夸张性的女阴形；与安顺傩戏女将眉上画"尖桃"形穴道、贵州"三王"傩面额间画"海贝"以及日本甲贺郡长寿寺傩戏中黑鬼、赤鬼额上画一"竖南瓜籽"形的开口，十分近似。用意何在？耐人琢磨。另一种情形的额饰符号似有威慑性。如壮傩有种面具，额上先刻一圆圈，圈中一道闪电。贵州南阳地区傩面中的灵官形象，脑门上一簇"红火焰"，楚霸王形象眉间堆一团"黑火焰"，藏傩怒神额上则是燃烧的"青火焰"。在湖南泸溪，被称为"鸟头傩"的面具额间有缝隙，里面伸出一个张开大嘴的精怪脑袋；乍看，吓人一跳。在黔西北威宁彝族"变人戏"里有位女始祖阿达姆，她的傩面脑门画着螺。螺，巫师驱邪之法器也。再一种额饰符号有发光、探视的特征。据刘志群介绍，藏傩中温巴面具的额头佩缀着"金色的圆日或银色的月牙"。[②]其中扎西雪巴地区黄温巴面具的额饰，则由一弯赤色的月船托着一轮初升的红日。这种"光照性"的额饰，在湖南城步、武冈两地水魈傩面、贵州吞口傩面以及朝鲜半岛松台地区巫傩面上均有反映。与之相联系，眼光闪烁的"睛"，也是作为额饰的。西藏萨迦寺傩面，蓝

[①] "额饰"是南方民族的特点。杨炳南《海录》记明呀喇（即孟加拉国）土著人："男子胸盖小印数处，额上刺纹，女人皆穿鼻带环。"（清海山仙馆丛书本）朱奇龄《续文献通考补》卷三十七《疆域补》三记"车里军民司"："自古杂蛮所居，不通中国，元始置彻里路，明初改设车里军民府，寻改宣慰使司。其土俗蛮种颇淳，额上刺旗为号，其物产沉香木香，江倚浪沧境，接交趾。"顾炎武《天下郡国利病书》"车里军民宣慰使司"条："僰夷性颇淳，额上刺一旗为号，作乐以手拍羊皮长鼓，而间以铜铙铜鼓拍板。其乡村饮宴，则击大鼓吹芦笙舞牌为乐。"

[②] 刘志群：《藏戏与藏俗》，西藏人民出版社，2000年，第154页。

色的双眉间装一"金饼"形饰物，之二又有一只淡红底色的竖眼，像在盯着你。它如西藏陀林骷髅神面具、川中二郎神面具上都可看到这种竖眼形额饰。

（二）

傩面何以在额间作"饰符"？这是值得我们认真思考的巫术人类学课题。上一世纪八十年代中期四川广汉三星堆祭祀坑出土了一块巨型青铜面具（K₂②：148），考古学界有学者称之为三星堆"古傩之实证"。这一块青铜面具即有额饰痕迹，面具额间有 10.4 厘米×5.8 厘米的方孔；另一件宽约77 厘米的中型面具上，前额正中有一"勾云状饰件"，高 66 厘米，造型上像一条"高大的夔龙"。赵殿增先生由此推测，巨型青铜面具额间的方孔上，很可能原来也有类似的"勾云状（或夔龙状）饰件"，给青铜面具增加了"神秘的仙气"。[①]这一观察是准确的。日本学者林奈已夫发现，三星堆二号坑所出的铜尊上的兽面也有"额部填饰"。其形状是竖立长板状的筐形纹，和殷墟妇好墓出土的铜器、玉器、饕餮纹饰中的柱状额饰异曲同工。它们大概是供神灵上下的"若木树杆"的"一种变体"。[②]林奈已夫的理解提示我们，从殷商时代开始，巫性思维中的人面像、神巫面具、兽面像的额部好像不是作为封闭的"板块"来对待，而是作为通引"灵气"或"神魄"的神秘"穴口"存在着。这种"穴口"在巫术祭祀中能够上接天之神灵、下导"魂气"升天、或者收揽外游精魄复归本躯，是一种至关重要的"灵""魂"通道。三星堆青铜面具额间的夔龙饰（或勾云饰）以及铜尊兽面"筐纹柱"形额饰正是这种"额间灵穴"的巫术象征，反映了中国原始宗教艺术中一个十分特别的微观形态。

额有灵穴的原始宗教潜意识在民族学资料中有充分的载记。弗雷泽说，对一个人来说，外界的恶灵可能由他的面额"进入体内"，他自己的灵魂也可能由面额"逃离体外"。为了防止第一种可能，刚果黑人"用泥土在前额划一线条"，犹似设下一道'驱邪'的禁符，他们便"感到满意"放心了。为了防止后一种可能，东几内亚海岸的优若巴人，把家禽的血"涂

---

① 赵殿增：《三星堆祭祀坑文物研究》，载《三星堆与巴蜀文化》，巴蜀书社，1993 年。
② 林奈已夫：《中国古代的日晕与神话图像》，载《三星堆与巴蜀文化》。

在人的前额"，以为这就拘羁了灵魂，它不再能够飞出。在刚果河流域，被征服者的部落向征服者归顺。征服者担心这些"异类"的人身上潜带邪魔，所以总是命令他们在河中洗浴两天，再在他们前额画一个"白色印记"，意思是封住他们身上的邪灵，不让它们冒出来侵害本族人。与此相近，西非一些男人外出返家时，怕自己沾染了异乡女人传导给他的邪魅，会给妻女带来不祥，进家前请巫师在额上做禳除记号，以清扫、驱遣并"消除外乡女人在他身上施行的符咒"。据说毛利人的酋长如不自觉地用手抚摸了自己的额头，他会马上"把手指放在鼻子上用力吸"。因为他的手已无意之中由头额引出了他的"神性"与"灵气"，他必须让它们"复回原处"。①在这些民俗事象中，都潜藏了一个原始宗教想象：额间为"灵穴"，神灵、灵魂、邪魅乃至生命之精魂均可由此"穴路"出入往返。聪明的巫师可以根据这个"规律"，通过"灵符"因势利导地在"额穴"间做些封储、阻御或排出的工作。

中国民间也长期存在着"额有灵穴"的观念。李宗昉《黔记》（卷上）记新贵县广顺一带苗族男子，在未婚前为了防护、封存"童男"的"原生命力"（精魂）不外溢，均"缚楮树皮于额"，新婚后，方才解去。川滇彝族人传说，很早以前族人受异族侵伐，一男子想把父母祖灵装进口袋带走，可觉得口袋装祖灵对父母不恭；想把祖灵背到背上，但祖灵太小不好背。最后，他把祖灵顶在额上，并用头发缠住。这时，他顿觉浑身履力可以摇撼山岳。他冲向敌阵，把敌人杀得落荒而逃。由此族人悟出了一个奥秘：祖灵可以由额顶附体，给后嗣输入神力。从此他们的发式，多"笼发束于额，若角状"，俗称"英雄结"，以象征祖灵贴附在额前并时时助佑的意思。西藏的门巴族女人，以为他们的怀孕生子，需有外在"灵力"导入才行。但导入的渠道不是生殖器官，而是额头。想男孩可用头额去碰接"阳具石"，想女孩可用头额去碰触"女阴岩"。这样便可感灵怀妊，如愿以偿。据胡仲实同志的研究，原始的湘西梅山教傩仪祭典中，选女性为"梅山娘"，由她"全身裸露，女阴朝天"，去迎奉神灵降附。这种感灵降神的方式相当麻烦，迫使巫师们"想出一个剔额的主意，即在额头上划开一道口子，人工地做

① 弗雷泽：《金枝》，中国民间文艺出版社 1987 年，第 202 页。

出一个女阴的形象来，以利天人之间的感应。"① 这种解释也无形中透释了祭祀巫术中"额间穴口"的导灵降神意义。中国傩戏面具之所以在额间做文章，设计各式各样的"灵符"，显然是以上述"额有灵穴"的原始巫术想象为文化基座的。

（三）

不过，从巫术文化学的经验看，额间灵符与额穴导灵的具体内涵相当复杂。它有许多类型。一种是承接型的，它由外向内引导吉灵（佑护意义的神灵、祖灵）由额间"灵穴"进入神巫面具或巫人圣者的实际躯体。其表现符号常常是利于"接收"、承托的"开口"形状。被学者称为"早期巴蜀文化"类型的城（固）洋（县）地区出土的 D 型钺上有人面像，人鼻上贯，超出眉际，呈"Y"形额饰；明显含有求助引导祖灵下降凭依以佑其不败的巫术用意。台湾土著居民在木梳上刻人面像。像的额间为"山"形灵符。在神话巫术中，山和树都是人神沟通的天梯，所以"山"形额饰是祈请祖灵神以"山"为踩踏，进入额穴灵道。"山"形额饰比较容易见到。清乾隆《永北府志》记西番人，"男女俱额刺山字"。《太平御览》卷三百六十四"人事部·额"条引《论语摘辅象》说，"樊迟山额，有若月衡"。至温庭筠词中尚有"蕊黄无限当山额"之句（《菩萨蛮》）。从《三才会图》中可以看到，汉族民间把秦始皇想象为额有灵符的人物。灵符是一个倒"八"字，倒"八"字中又夹放一个"V"字形，说明他的额间，无时不在承收着上天给予他的圣灵之气。

第二种"额穴"符号是由内向外起镇魅作用的。当面具代表凶厉镇魅之神时，其额间灵穴透释出来的就是杀戾意味的"威灵"与煞气，其符号多为尖锥形或杀伤性物象。南京博物院藏殷代青铜盔上的人面，额中有"菱形"穴孔，外套一个"刺兵"符号；其巫术玄旨在于使戴盔者有威吓敌方的作用。河南密县汉代画像砖上，有守墓的武士像，其额饰与鼻相连，也是"刺兵"形状。四川渠县沈府阙上刻辟邪石像，额间有一"菱形"孔窍代表额穴，穴上冲起一支尖利的独角，显出整个石像内在的镇煞凶灵的属性。

---

① 胡仲实：《女阴崇拜——纵目人考》，载广西南宁《民族艺术》1995 年 3 期。

第三种额灵符号对额穴起守御意义。因为额间既有"灵穴"就必须防止恶灵由此通道窜入偷进，尤其是在黑暗的夜晚进行各种祈神求灵的活动，各种妖魅邪灵最容易与所求所请的魂灵混在一起溜进来作祟。所以我们看到许多民族的额饰多作"月亮"形状，起照鉴辨识作用。如新疆库车出土的木面具，额上画一横月；明天启《滇志》记"光头百夷"之人的习俗，"额上黥刺月芽"[①]；清曹树翘《滇南杂志》记僰夷人"额上刺月芽"等。

为了使额间灵穴在接引吉灵、阻御邪灵的工作中方便有序，巫术象征还选用既可睁开又可合闭的"眼"形额饰。"眼"形额饰能够识别何为巫术邀引来的吉灵祥神，何为应该挡在门外的恶灵中的不速之客。神话传说哪吒、闻仲、灵官、凉山彝族的马王、昆明两担石的苗王，都有这么一只眼形额饰。民国《邛崃县志》卷二记蜀地古庙中的蓝面神，"头上额中有纵目"；"纵目"，即多一只竖眼。彝族古歌《查姆》说其祖有一目在脑门顶上，大概也是"竖眼额饰"的异相。在中亚品治肯特发现的公元八世纪的祆神壁画上，栗特人守护神"维施帕卡"（veshparkar）也额有竖眼。[②]卫聚贤先生曾认为在额上做眼形额饰在西藏、不丹，过去还是一种操作于皮肉之上的实际巫术。他说："光绪三十年左右，成都有人看见有二十几个三只眼人，从西藏到北京去朝贡。路过成都，被人围观。详察正中额上的一只眼，非真的眼睛，系于幼时以刀刻划其额为一小直孔，含以黑珠，长大了珠含肉内，肉缝裂开恰似竖立的一只眼睛。"[③]这种"眼"形额饰开闭随意，收放自由，正好适应了巫术活动对外在之"灵"或接或拒、对内在之"灵"或送或收的双重需要。

傩戏面具上各种额饰在巫术内涵上大致与上面三种"额灵符号"相拍合。或者显露穴道，导引、承接吉祥神灵前来依附（如杯状额饰、女阴额饰）；或者对恶灵邪魅起阻御攻杀作用（如闪电额饰、火焰额饰）；或者对外部神灵进行照鉴、识别与查看（如日月额饰、眼睛额饰）。各种额饰符号出现在不同傩仪及宗教扮演活动中，就会与具体的戏旨相"连链"、与特定

① 鄂尔泰《〈雍正〉云南通志》卷二十四"僰夷"条："僰夷盖习车里之俗，额上黥刺月牙，所谓雕题也。"
② 康保成：《傩戏艺术源流》，广东高等教育出版社，1999年，第300页。
③ 卫聚贤：《二郎》，载《说文月刊》1943年3卷9期。

的巫术企图相呼应，从而产生原始宗教意义的特别功效。所以我们觉得，从傩戏与宗教文化的复杂关系看，额饰现象确属细小；但深究起来，同样有其深厚绵远的巫术人类学积淀。

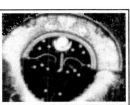

藏戏男面具

尼日利亚伊博人马乌(mmwo)神面具　阿拉斯加特林吉特tlingit人萨满面具

藏戏男面具

贵 池 傩 戏

（一）

　　傩，是古代民间逐疫驱邪的一种巫术仪式。驱赶邪魅时，人们口中不断发出"傩""傩"的镇喝之声，故而这种活动便称为"傩"[①]。由于傩仪中人们戴上面具，装扮成各种威慑精怪的神灵形象，"傩"仪中实际上已经包含了一种戏剧行为，所以"傩戏"之名也就相应产生了。

　　中国民间傩戏，现在比较集中地存留在贵州、江西、湖南、安徽四省，而贵池傩戏则是长江中下游地区傩戏文化的典型代表。贵池傩戏没有专门的"戏班子"，只是以氏族为单位，选族中喜爱傩舞、演唱的男子扮演角色，就在本族的祠堂前或社坛上演出。时间一般在每年正月初七到十五的夜间。

　　贵池人演傩戏，先是迎神，后是请神，演出结束后，还要送神。整个过程笼罩着神秘的宗教氛围。贵池傩戏在演出程序上分傩舞、傩戏、诵断三个部分。傩舞是迎请神灵的，傩戏是娱悦神灵的，诵断是与神灵"对话"，祈福祝年。

（二）

　　驱鬼祛病是贵池傩戏的主要旨意。现在留传下来的剧目《关公斩妖》《判官捉小鬼》都以逐鬼为戏剧情节。贵池源溪曹姓傩仪，选精壮男子戴上全堂面具，在村里巡走一通，名为"踩村"。意思是要把全村的瘟疫赶走。殷村傩戏快结束时，则由关羽命周仓，手舞大刀追杀三路瘟神。

　　乡间的傩事迎神，有时在有石、树为标志的社坛进行，伴随着祈子的活动。源溪曹姓在傩祭中向社神献上"灯伞"，哪家有新媳妇进门，则把傩戏照明的灯笼抢去挂在新房里。山湖村唐姓，生了儿子的人家准备八个红蛋，从傩戏人物鲍三娘、花关索的竹马下滚过，表示取得了生殖的灵力。

[①] 孔尚任《节序同风录》云："傍晚大傩，曰逐除。方相氏二人，黄金四目，蒙以熊皮，黑衣朱裳，执戈扬盾。又巫觋四人扮翁媪为傩公傩母，敲鼓鸣金，苇火照耀，又童子十二人曰侲子，皆戴面具，赤帻皂衣，持桃弧，棘矢迅发如雨，口作傩傩之声，骇目震耳，至人家逐疫而出，酬以钱物。"（清钞本）陈元靓《岁时广记》卷四十："有司傩，《论语疏》：傩，逐疫鬼也。为阴阳之气不节，疠鬼随而作祸，故天子使方相氏黄金为四目、熊皮为帽，作傩傩之声，以驱疫鬼，一年三遍为之。故《月令》季春命国傩，季秋天子乃傩，季冬命有司大傩。"

村里所有想要男孩的人家都来他家讨那八分之一的红蛋，以求得子。贵池源溪金姓家族的傩戏中，有两个头上长着肉角的神人对舞。一人执五色伞，一人执铜锣大的古钱。伞柄不断地插向古钱，做旋转，扛起一系列动作。这显然也是一种婚媾的象征。在源溪曹村，"伞、钱"对舞而后，众人把舞过的披挂在纸伞上的纸条一抢而光，回去放在乞子妇女的床上，据说有宜男之效。如果谁家妇人当年生了男孩，她家第二年就要扎一把特大的"灯伞"，灯伞为两层，每层挂十二个灯笼，共二十四盏灯，与村上傩戏面具二十四数相合，于正月十三，敲锣打鼓送到祠堂中来。

在演傩戏之前，请神降灵是一大"关目"。贵池茶溪汪氏宗族的傩事中，被请的神有社公、社母、田公、地母、山神、五显灵官、霞光大帝、妙极如来。值得注意的是，昭明圣帝（梁太子萧统）也是贵池人崇拜的对象。据清人郎遂编的《杏花村志》，池州府中八月十二举行"昭明会"①，各乡村的"傩队"都到城中的昭明祠祭拜。贵池刘街乡的青山庙也塑有萧统神像。这个情况反映了贵池人崇尚"文教"，希望子弟读书仕进的文化心理。

贵池南山刘氏宗族的傩事活动中，傩戏演完后，有一个"打社公"的节目。"社公"即土地之主，先祖之灵。届时，"社公"戴着面具出现在台上，手执竹鞭，向空中击打四次，念道："一打风调雨顺，二打国泰民安，三打满门吉庆，四打五谷丰登。"这和江淮间鞭打春牛祈求丰年的古俗又融合在一起了。

傩戏的有些剧本带有鲜明的政治倾向性。如《寻夫记》第一出，一个"吃拿卡要"的乡官上场便唱："委乡霸，管乡村，三寸羊毫吓煞人，管到大年三十晚，有酒有饭也有金银。"这个"乡官"是个"净"的角色，他自

---

① 郎遂《（康熙）杏花村志》卷九收吴非《池州迎昭明会记》一文："池故事，以八月十五日为梁昭明千秋。其朔，遣耆者一人执一仗骑而告庙，谓之列马。郡县有司则以前三日躬迎神貌于郭西庙，入郭内祝圣寺而礼之。是日，诸家扮会迎神者，所扮为关壮缪、为城隍、为七圣二郎、为玄奘。其扮也，则各骑乘奉面具或于东门之桥，或于南门之狮子口，盛妆饰仪从。惟七圣则用机械引刀穿颈贯腹，而各以旗旄鼓吹导之，步梁昭明辇于西门外杏花邨之马站坡，而骑乘以还游于通市，或及郡县之公堂，薄暮事毕，脱面具，以交于明年之扮者。无扮者，则归之庙。其妆饰仪从多自为新制，傚旧者，偶一见之。其未扮也，以是月朔旦面具于家，鼓吹喧日夕。诸知交时过从为助喧，至出会日而罢，或至十八日之晡而罢者。如雨不克，会则俟为改期，而迎昭明期不改。诸扮关壮缪者必长大之属，扮城隍者必马户之属，扮七圣二郎玄奘者则郡县胥役豪猾有力之属，不则亦市侩屠佣也。诸所扮之人，有自四五岁以至四五十余者。诸所扮之神，有复之至再至三者。宋郭西有神曰九郎，九郎即昭明，见陆游《入蜀记》。黄庭坚亦云，池人祀昭明为郭西九郎，或曰二郎七圣合之正为九，或又曰七圣为兄弟，而二郎以两神收者，又据西游记为考，皆不可知。诸一人所扮之费，有几二百金者，有少至二十余金者。要所从来，相沿已久。昔在池口二郎庙前掘地得面具。池口所扮以十二日集于郡，以十五日游于池口，是日举市欲狂，余尝寓于郡阅览之……"郎遂注云："记于赛会迎神事甚详，而实始于西庙，故人之今成废举矣。"（清康熙二十四年刻本）

己把自己的嘴脸唱出来了，也唱出了民间意识对他的贬斥。

（三）

贵池傩戏的面具一般用白杨、梧桐树刻制，把直径 22 厘米的树干锯成 35 厘米的小段，一剖为二，趁着潮湿雕刻。雕好后，放在开水里煮一煮，阴干后即不再变形。再请"杵师"（为佛像装金的漆工）油漆，描绘或安装须眉，并杀一只公鸡，将鸡血点在面具的七窍上。据说，只有这样，它才具有降附神灵的灵性。傩戏面具也分出生、旦、净三种角色形式，或二十四块或三十六块，或四十八块，又叫"社神"或"傩神菩萨"。傩戏面具陈放在祠堂的神龛中，叫做"坐堂"。傩事活动要用时，毕恭毕敬地把它取下，用酒擦拭一番（俗称"小开光"），放到面具箱中抬到活动场所去。不是专门的巫职人员不能碰面具，不允许把面具放在腰以下的部位，更不允许妇女从面具箱上迈过去。傩事活动结束后，专门举行仪式把面具"请"回庙堂"落坐"。也即是《贵池县志》所说："群饮毕，返'社神'于庙。"在盛装傩面具的木箱旁，一般有一把神伞。用五色新纸扎糊而成，一共有"十二层"，十二层象征着十二个月，五色代表着东西南北中五个方位，意思是由神伞竖立在那里，接引着五方神灵来到人们请神的场所。在这个意义上，神伞就好像迎神引灵的"路标"了。

民间演剧之近代变迁

中国农耕文明发源很早，古人基于朴素的万物有灵观念，对诸神十分尊崇，他们认为生产生活中的一切，都是神灵的馈赐，因而祭神和酬神是必不可少的仪式，而演剧这一形式隆重又热烈，可以调动全体民众的情绪，十分盛行。千百年来，民间演剧活动经久不衰，经由初始的祭神酬神，逐渐与人生礼仪、岁时节令等相关联，演剧成为古代大众娱乐的最重要的形式之一。到了近代，随着工业化的进展，古老的中国开始由传统社会向现代社会转型，由此带来了政治、经济、文化等方面的变化，民间演剧活动的演出性质、内容、形式及作用等亦随之带来了新变化。今从地方志记载略作考察。

以祭神酬神为主的古代演剧多在神庙进行，神庙自身结构所形成的内封闭空间给前来参拜的人们造成一种心理虔诚和惶恐感，从而达到宗教震慑的目的（包括酬神、祀神的目的），而演戏只是其中的手段之一，用来制造人神共娱的欢乐气氛，从而调和人与神之间的紧张关系。随着时间的推移，宋元以后文化权力逐渐下移，市民文化需求不断扩大，通俗文艺逐渐繁荣，诸种艺术都程度不同地朝向民间性、平民性的艺术本体特征回归。到了近代，民间演剧的宗教礼仪巫术性逐渐减弱，戏剧艺术逐渐从宗教仪式中分离出来，开始由娱神转向娱人，回归其作为群众性很强的艺术活动的本质，文艺化和戏剧化得到进一步加强，如民国《平乐县志》载当地三年一次的天后圣诞盛况："演剧则十昼夜……邻近男女临观者空里巷，其或远距四五十里亦偕来，大有举国若狂之概。"娱人为主的民间演剧尤以二三月间的"春台戏"为盛，《吴郡甫里志》载："自新春至四月，凡村落各有台戏，弋阳越妓，无日不演。"村民兴有"赶戏场"之习，一村有戏，方圆十多里的村民欣逢盛会，穿红戴绿，扶老携幼，赶去看戏。春台戏一直延续到新中国成立后才渐中辍，以后，电影替代了春台戏，但两者毕竟有别，电影只能夜间上映，缺少戏剧的互动环节，更乏戏场周边叫卖的热闹，所以农村不少年老者，至今仍对春台戏有着无限怀古之情。

以娱神为主的原始巫术仪式大多在节日庆典里举行，全体成员都参与演出，观众则是神灵或祖先。唐宋以后，由于民间信仰愈演愈滥，城乡神祠的数量急剧增加，凡有忠义贤孝、灵异奇变，民众都随时随处建立神庙，供奉香火，有庙就有祭，祭神的目的是讨好神灵以换得庇佑，所以民间祭祀的方式主要依靠歌舞表演。近代以来，这种情形发生了很大变化，审美因素逐渐从宗教因素中分离出来，参与者也分化为演员和观众两个群体来。演员逐渐朝向职业化发展，而观众群体除了神灵或祖先（假想的观众），更主要的则是人（现实的观众），现实的观众涵纳了社会的各个阶层，形成庞大的观众群。民国《盖平县志》载："四方来游观者，毂击肩摩，夜以继日。有周铁沟、桥台堡、乡乐庄、铁岭屯、百家塞诸村会办演秧歌、抬歌杂剧，群集山庙祝神，以祈丰年。"民国《珠河县志》载："秧歌、旱船、高脚种种跳舞，游行街市，观者塞途。"可谓是全民狂欢的最佳时刻，人们充分感受到娱乐的盛宴，同时也加强了各行业以及民众间的团结和凝聚力，人们由对神的敬畏、紧张而变得愉悦、轻松。

通过地方志的记载，我们还看到近代商业发展对于民间演剧的巨大冲击。古代民间演剧历经千年有着一成不变的模式，他们的演出从不专守一处，而是保持流动的方式，汉郑玄注《周礼·春官》所谓"散乐，野人为乐之善者"的"野人"，指的就是民间从事流动演出的艺人，而宋代苏轼词句"俯仰东西阅数州，老于歧路岂伶优"，是用艺人的奔波生活作比说明仕途之艰辛。充当演剧场所的远古神庙剧场并非专门化的演剧场所，直至宋代勾栏瓦舍的出现，中国古代剧场才正式形成，但却由于自身条件的限制，并未延续下来。近代以来，民间演剧的演出收益大大增加，如民国《遂安县志》载："民间报赛之戏一村常演数夜，全县岁费不下万余金。因剧场聚赌，曾经禁演。数载后，又倡办戏捐，仍许开演，闻每岁可得千余金云。"民国《定海县志》亦云："全邑终岁演剧之费当不下数万金，近年倡办戏捐，闻每岁可得千金云。"与以往的临场邀赏不同，这些动辄"千金""万金"的收益大大刺激了民间演剧的积极性，从而要求演出地点朝向固定化、专业化发展，出现了一些商业会馆、私家厅堂，演剧场所逐渐体现出剧场化的特征，戏园成为市民主要的娱乐场所，商业意味也愈加浓厚。如民国《分宜县志》记："城南惟七都有建万人缘者，专尚演剧，但限以十年一次，蜂拥不亚城北，今已废除。"虽未得到普及，但一定程度上反映了剧场的日趋成熟和完善。而《江苏省志·民俗志》载："戏班早先是在露天空地和大的茶馆里唱戏，后来城市中建戏园，一些有名声的戏班便进戏园演出。戏园里搭有木板铺就的戏台，台上演戏，台下乃是茶馆的格局……民国前后，各大小城市才陆续建起新戏园（俗称'大戏院'），初具剧场规模。废除方桌，一律改排长凳或椅子，场内设有一二等'清座'，还有'站席'。"可以说，戏园的建立标志着民间演剧朝向专业剧团的转型。

随着近代工商产业的发展，造就了一批新兴资本阶层，他们侈靡的生活作风影响到社会各阶层，丧礼中纷纷加入演剧活动，民间演剧的功用发生了异化。如民国《元氏县志》载："丧礼无雅乐，习俗皆以喇叭鼓吹为乐，已非其正，又有吹歌时戏或演戏者，实为恶习。"光绪《新续渭南县志》亦云："丧葬作佛事，虽于礼不合，犹其小者，甚至戏台华丽，火树辉煌，忘哀取乐……而棺椁营墓草草了事。如此恶风，所当亟革也。"丧礼中加入演剧，娱乐因子由于与治丧时期家人朋友的哀痛心情相背离，且助长了奢华之风的盛行，因此受到的批评也相当多，"恶习""恶风"等词，足见撰志者的态度。

近代中国处在"千年未有之变局"中，传统的农业文化骤然遇见以"富强"为目的的外来商业文化，始而相形见绌，继而奋起变革。作为近代文化变迁的一个缩影，民间演剧努力吸收外来文化中的有机成分，积极反映社会思想孕育的某些新因素，其中的艺术经验对发展今后的民间演艺活动或有补益，值得我们认真总结与思考。

西南少数民族地区民国间方志所见民间演剧史料辑考

我国西南少数民族地区^①的民国志书中，保留了许多民间演剧史料，内涵十分丰富。它们透视了滇黔八桂地区民族风情、习尚俗信与戏剧活动的紧密关系，揭示了传统民间演剧经久不衰、尤具生命力的社会缘由，也反映了民国初叶这一地区民间戏剧产生变化、播衍的历史状况。把这些史料辑录出来、加以探究，对于深入体识民族文学口头传播的主流模式，把握少数民族文学与汉族文化的渊源关系及交融、互动之规律，重估西南民族区域地方演剧史、剧场史，为当下及未来发展民间演艺提供可资借鉴的经验与路径，等等，都有重要意义。

一、民间剧事与岁时民俗关系表释

我国西南少数民族地区民国时期的地方志中有许多关于城乡演剧活动的记述。从这些记述看，民间演剧往往依托于民俗活动及其事象，且主要集中在传统的岁时节俗中。为清楚起见，我们先按旧志记述的岁时俗事的顺序，列出一张表来，民间剧事活动与风习节俗的融会情况即一目了然。

岁时民俗与民间剧事表

农历时日与俗信事象	文献记述	年代、版本、志书、条目（篇目）
正月装春、验土牛	"立春日，官吏彩仗迎春东郊。……扮演'进瓜'、'挂印'故事，为高抬、矮抬，异行都市，名曰装春。"	民国二十三年十二卷本《宣威县志稿》"岁时正月"条^②
	"立春前一日，郡守县令率僚属迎春于东郊，士人陈傀儡百戏，鼓乐导前。农人竞验土牛之色，以卜雨旸。"	民国九年十八卷本《续修建水县志稿》"岁时正月"条^③
正月新年	"（元日）换桃符，张灯结彩，停业三日，并陈各种杂戏及娱乐事。"	民国二十七年九卷本《昭通县志稿》"岁时正月"条^④
	"人民对于春节，或舞龙跳狮子及演戏以为乐。"	民国二十四年铅印本《罗城县志》"民族·娱乐"
正月庆升平	"上元前数日，城市乡村每夕张灯，有舞龙舞狮唱采茶等戏，亲朋会饮，以庆升平，谓之'年酒'。"	民国十三年二十四卷刻本《陆川县志》卷四"岁时正月"条^⑤

---

① 主要包括广西壮族自治区，贵州省毕节、安顺、遵义等地，云南省红河、思茅、玉溪等地。
② 丁世良、赵放：《中国地方志民俗资料汇编·西南卷》，北京：书目文献出版社，1991年，第776页。
③ 丁世良、赵放：《中国地方志民俗资料汇编·西南卷》，北京：书目文献出版社，1991年，第832页。
④ 丁世良、赵放：《中国地方志民俗资料汇编·西南卷》，北京：书目文献出版社，1991年，第740页。
⑤ 丁世良、赵放：《中国地方志民俗资料汇编·中南卷》，北京：书目文献出版社，1991年，第1063页。

续表

农历时日 与俗信事象	文献记述	年代、版本、志书、条目（篇目）
正月 看春色	"立春前一日，厢民扮戏剧鼓吹，送土牛、迎芒神于东郊，各处来观，谓'看春色'。"	民国二十五年铅印本《信都县志》卷二"节序"条
正月 大庙山会	"旧历正月十九日大庙山""建醮……演戏"	民国二十三年十卷铅印本《贺县志》卷二"风俗"
正月 闹元宵	"'元宵'，间阎张灯结彩陈鱼龙之戏。"	民国十三年十二卷本《昭通志稿》"岁时正月"条①
	"正月自初旬至'上元'后，村童竞闹锣鼓，夜燃彩灯，陈设龙灯、马灯、狮子、采茶、花鼓诸故事，沿村戏舞。"	民国二十三年本《上林县志》卷六"风尚"②
	"有为狮子戏者，或扮作耕夫、田妇为牧牛唱秧歌者。"	民国九年五十五卷本《桂平县志》"岁时正月"条③
	"自初十至十六，选清秀孩童艳妆女服，携花篮，唱采茶，或演故事。"	民国三年刻四卷本《荔浦县志》"岁时正月"条④
	"以村童饰男女装，唱采茶歌，间以杂剧者，为花灯。"	民国二十五年四卷本《余庆县志》"岁时正月"条⑤
	"（元夕）亲朋集宴，间有装扮故事以庆升平，谓之'闹元宵'。"	四卷抄本《兴业县志》"岁时正月"条⑥
正月 太平醮	"正月内建太平清醮。散醮日或装神像，绘以五彩，仿古傩礼祛疫遗风。"	八卷抄本《定远县志》"岁时正月"条⑦
正月 跳神	"十许日中，城乡各地跳神（跳法：每年以数人击鼓锣，扮《封神》或《三国》中等类人物，戴面具，执矛戈，作不规则唱跳，近戏剧》"	民国二十一年不分卷本《平坝县志》"岁时正月"条⑧
正月 灯人	"上元夜，祠庙中以通脱木杂彩绘作人匀，仿戏曲故事，引以机，动以火，谓之'灯人'。"	民国五年不分卷本《宁州志》"岁时正月"条⑨
二月 黄田社	"二月初三日黄田社""赛会之风盛行。建醮时，张灯挂彩，演戏通宵达旦"。	民国二十三年十卷铅印本《贺县志》卷二"风俗"
二月 跳神	"二月八日，乡间跳神演剧，巫上方山甂大犁，观者如堵。"	十二卷抄本《楚雄县志》"岁时二月"条⑩

① 丁世良，赵放：《中国地方志民俗资料汇编·西南卷》，第737页。
② 杨盟，黄诚沅：《上林县志》，中国方志丛书，台北：成文出版社，1968年，第384页。
③ 丁世良，赵放：《中国地方志民俗资料汇编·中南卷》，第1052页。
④ 丁世良，赵放：《中国地方志民俗资料汇编·中南卷》，第1021页。
⑤ 丁世良，赵放：《中国地方志民俗资料汇编·西南卷》，第447页。
⑥ 丁世良，赵放：《中国地方志民俗资料汇编·中南卷》，第1041页。
⑦ 丁世良，赵放：《中国地方志民俗资料汇编·西南卷》，第850页。
⑧ 丁世良，赵放：《中国地方志民俗资料汇编·西南卷》，第560页。
⑨ 丁世良，赵放：《中国地方志民俗资料汇编·西南卷》，第799页。
⑩ 丁世良，赵放：《中国地方志民俗资料汇编·西南卷》，第837页。

续表

农历时日 与俗信事象	文献记述	年代、版本、志书、条目（篇目）
二月 祀土神	"望日，土主神归殿，州官躬往祭祀，于庙旁演剧五日。近年……民间仍沿旧习。"	十四卷抄本《续修玉溪县志》"岁时二月"条①
二月 祷水	"十九日，农者祀龙于九龙池祷水，演剧三日。"	十四卷抄本《续修玉溪县志》"岁时二月"条②
二月 雷殿醮	"右眄天门，钟鼓罗列，雷殿醮坛之外，奇峰耸矗……至二月演戏，草铺茵，花叠绣，百卉争妍，禽音似管，与梨园声色相辉映……四方宾客杂沓而来观者，不知几千万也。"	民国十八年十四卷石印本《灵川县志》卷三"金陵峰庙"条
三月 真武诞	"三日，真武诞辰。设斋建醮，或俳优歌舞，乐工鼓吹三日夜，谓之'三三胜会'。"	民国二十三年十六卷铅印本《上林县志》卷六"风尚"③
三月 迎佛祈年	"汤池二十余村，于元日诣万福寺迎佛祈年，每村迎供二三四日不等，至初三日送佛归殿。每村各迎台阁一抬，演戏酬神，远近聚观。"	民国十年十卷本《宜良县志》"岁时三月"条④
三月 关帝诞	"十三日庆祝'关帝诞'，自十三至十八演戏敬神，始燃大香，观者如堵，称盛会焉。"	民国十年刊本《宜良县志》卷二"地理·风俗"⑤
三月 东岳诞	"二十八日'东岳诞'，庙前演戏，茶舍、酒馆毕集，进香者、追荐亡人者，不绝于道。"	民国十二年二十二卷石印本《景东县志稿》"岁时三月"条⑥
	"二十八日，'东岳宫会'，谈经演戏。"	十二卷抄本《楚雄县志》"岁时三月"条⑦
三月 太平会	"择日为太平会，道士上章祈保平安，与城隍庙前奏梨园伎三日，盖大会也。"	民国十七年十五卷本《禄劝县志》"岁时三月"条⑧
四月 药王会	"二十八日，'药王会'。庙中演剧，医家设筵，病愈者具财酬谢医之良者，家累数十席，获利无算。"	民国十六年四十三卷本《广安州新志》"岁时四月"条
四月 迎萧公	"一日，江西馆向有迎萧公之会，备极观瞻；今但设筵演剧。"	民国十六年四十三卷本《广安州新志》"岁时四月"条
四月 浮山会	"四月二十六日浮山""演戏，……人山人海"。	民国二十三年十卷铅印本《贺县志》卷二"风俗"
五月 龙会	"二十日为'龙会'，宜雨。二十三日为分龙，宜晴。官行礼龙神祠，观剧。"	民国十六年四十三卷本《广安州新志》"岁时五月"条
五月 寿亭侯诞	"十三日，'汉寿亭侯诞'，演戏礼祭。每岁无常，丰则举行，歉则废止。"	民国五年十卷排印本《续修马龙县志》卷三"地理·风俗"⑨

---

① 丁世良，赵放：《中国地方志民俗资料汇编·西南卷》，第 798 页。
② 丁世良，赵放：《中国地方志民俗资料汇编·西南卷》，第 798 页。
③ 杨盟，黄诚沅：《上林县志》，第 383 页。
④ 丁世良，赵放：《中国地方志民俗资料汇编·西南卷》，第 793 页。
⑤ 王槐荣，许实：《宜良县志》，中国方志丛书，台北：成文出版社，1967 年，第 44 页。
⑥ 丁世良，赵放：《中国地方志民俗资料汇编·西南卷》，第 814 页。
⑦ 丁世良，赵放：《中国地方志民俗资料汇编·西南卷》，第 837 页。
⑧ 丁世良，赵放：《中国地方志民俗资料汇编·西南卷》，第 849 页。
⑨ 丁世良，赵放：《中国地方志民俗资料汇编·西南卷》，第 796 页。

农历时日 与俗信事象	文献记述	年代、版本、志书、条目（篇目）
五月 城隍诞	"二十八日为城隍会，俗云'城隍生日'。各乡男女毕集于此城隍庙，进香、观剧，夷民尤者尤多，盖此方最盛之会云。"	民国六年·抄本《路南县志》卷一"地理·风俗"①
六月 土地会	"初六日，为土地会，于县署之左祠，于义门外右墉，面北秦梨园伎三日。"	民国十七年十五卷本《禄劝县志》"岁时六月"条②
六月 蓥华诞	"六日，……为'蓥华祖师诞'。县之旧屯场旧有蓥华会，演剧为神寿。"	民国三十六年三十卷铅印本《新繁县志》"岁时六月"条
六月 城隍会	"二十八日为'城隍会'，致祭城隍，迅经演戏，颇极热闹。"	民国十一年三十卷铅印本《元江县志稿》"岁时六月"条③
六月 斋醮	"六月，炎帝庙斋醮演戏，人民往观者众。"	民国二十五年刊本《续遵义府志》卷三十"宗教"
六月 求嗣	"六月、十月修齐演戏，放爆求嗣……循旧习也。"	民国二十三年十六卷铅印本《上林县志》卷六"风尚"④
七月 祀魁星	"初七日，祀魁星。凡文武新进入庠者，轮流办会，演戏酬神。"	民国十年十卷本《宜良县志》"岁时七月"条⑤
七月 城隍诞	"至二十四日为'城隍诞期'。……斋醮既散，则又演戏，或十日、八日不等。"	民国二十二年十卷《同正县志》"岁时七月"条⑥
八月 祀月	"八月十五日……祀月，一、五两区有迎神赛社之庆会，优巫歌舞，击缶侑神，戚友借以次聚。"	民国十八年十四卷石印本《灵川县志》卷四"礼俗"⑦
八月 还年例	"八九月各村多延师巫、鬼童于社坛前赛社，谓之'还年例'……其装演则如黄金四目，执戈扬盾之制，先于社前跳跃以遍，始入室驱邪疫瘴疠，亦古乡傩之遗意也。"	民国三年二十二卷铅印本《灵山县志》"岁时八月"条⑧
九月 城隍会	"九月二十四日也，夜演戏于城内堭堭庙，倾城往观。"	民国二十二年铅印本《同正县志》"兵制"第十"盗乱"条
九月 五显会	"二十七日，'五显会'。他处多装戏跳舞，惟施、偏独否。"	贵州省图书馆二十八卷油印本《镇远府志》"岁时九月"条⑨
九月九 跳师	"梁廉夫《城厢竹枝词》：'遥闻瓦鼓响坛墠，知是良辰九九期。三五成群携手往，都言大社看跳师。'自注：'重九日街墟尾大社跳师。'"	民国二十四年十八卷铅印本《贵县志》卷二

① 马标，杨中润：《路南县志》，中国方志丛书，台北：成文出版社，1967 年，第 39 页。
② 丁世良，赵放：《中国地方志民俗资料汇编·西南卷》，第 849 页。
③ 丁世良，赵放：《中国地方志民俗资料汇编·西南卷》，第 803。
④ 杨盟，黄诚沅：《上林县志》，第 387 页。
⑤ 丁世良，赵放：《中国地方志民俗资料汇编·西南卷》，第 794 页。
⑥ 丁世良，赵放：《中国地方志民俗资料汇编·中南卷》，第 913 页。
⑦ 李繁滋：《灵川县志》，中国方志丛书，台北：成文出版社，1975 年，第 384 页。
⑧ 丁世良，赵放：《中国地方志民俗资料汇编·中南卷》，第 1077 页。
⑨ 丁世良，赵放：《中国地方志民俗资料汇编·西南卷》，第 601 页。

续表

农历时日与俗信事象	文献记述	年代、版本、志书、条目（篇目）
十月 建醮	"是月，城乡神祠建醮，作戏剧，杂以巫觋；略与古傩礼相仿。"	民国二十五年十编铅印本《信都县志》卷二"节序"条
十一月 斋醮	"冬月打醮，以道巫为之。……此即古大傩逐疫之意，所以宣阳气，安幽灵，使不为厉也。"	民国十八年十四卷石印本《灵川县志》卷四"礼俗"①
十一月 还愿	"五区有还愿之俗，用道巫祝神，略如设醮，别以优人演神调魈。魈，山鬼也。"	民国十八年十四卷石印本《灵川县志》卷四"礼俗"
十二月 会景	"腊月二十三日为小年，……各庙神诞多装扮彩色，……舆神巡游街市及附近村乡，谓之'会景'，……庙门有戏台，并演戏祝贺。"	民国十三年二十四卷刻本《陆川县志》卷四"风俗"③
秋冬 赛会 建醮	"选童男女化妆古剧之生、旦、净、丑，曰'扮故事'。有文马康衣人各一骑，合多骑为组，而成全出之戏。其扮相人物，择剧中多用旦角者，以皎好女郎为之，曰'马故事'。有二人一组、三人一组，或坐或立，或一人以器械高托一人，或表演动作……每组位置于特制木台之上，使四人舁，曰'抬阁故事'。"	民国二十九年八卷本《平乐县志》"赛会"条④

　　透过上表可以看出，民国期间西南少数民族地区的民间演剧在过年到元宵节前后最是兴盛，且形式多样，观者会聚，妇孺老幼尽皆趋赴。演剧活动受到一种"民俗事象丛"（"迎春""祈丰""贺年""庆升平""消痘疹""观灯"）的作用，融会于节庆文化的多元旨趣及背景中了。此其一。其二，演剧依托的俗事载体或相同，然在各地进行的时日或有差异。比如跳神演剧，正月里有，二月也有；城隍会演剧，五月有，六月、七月、九月亦有。其三，依托于俗事节庆的民间演剧，在作场的时间上也不固定，有演一天、两天的，亦有演数天的。如《柳州府志》记元宵演剧，初十开始，"至十六才止"。

二、传统民间演剧何以长期持存：志书所载史料回答了这一问题

　　阅读西南少数民族地区民国志书可以发现，各地民间演剧的传统一直延续着，可以说"经久不衰"。这就使我们不能不思考一个问题，即：这种公众性文化活动有如此生命力的奥秘在哪儿？它一定有赖以持存的基础，这个基础到底是什么呢？以上表释材料及方志中的其他记述，对上述问题

---

① 李繁滋：《灵川县志》，第 385 页。
② 丁世良，赵放：《中国地方志民俗资料汇编·中南卷》，第 995 页。
③ 古济勋：《陆川县志》，民国十三年刊本，卷四，第 26 页。
④ 丁世良，赵放：《中国地方志民俗资料汇编·中南卷》，第 1016 页。

其实是有回答的；我们择出主要的几点具体来谈。

（1）西南少数民族地区的民间演剧不能看作单纯的艺术欣赏，它应该是传统农业俗信文化的组成部分，演戏的目的不光是民间聚乐，更重要的还是为了求丰祈年，为了当年的稼禾渔获、田地收成。《阳朔县志》中记：西塘"在浪石乡与桂林东乡交界地。……每逢捞鱼之期，乡人必请名班演戏建醮酬神，四方远近来观者甚众。"①很明了，这是在开渔的季节演戏酬神，目的是祈望渔获丰硕。类似的材料较多，如《续修玉溪县志》载：六月六日"祷土地，农家祀田租（祖）于田，永丰寺礼斗……演剧三日。"②《贵县志》所收裘彬《三界履历记》讲："夏四月，为三界诞，土人演剧，……余诣庙拈香，父老环而告余曰：'三界吾土之灵神也。曾……遇旱涝，祈祷立应，诚一方庇护。'"③《来宾县志》"物异"条记："某年县署正龙墟赛会演戏，……空中星陨如雨，将及地而复升，其声弗弗，有着棚架上者竟错落成声，验之又无所睹，少顷乃已。此与《公羊春秋传》庄公七年所述……星陨如雨不及地尺而复，事理绝相似。"④这里讲的祀田祖演剧、三界神庙演剧及在龙墟演戏，显然也都与日禾有关。人们是在祈求雨旸时若、不涝不旱，为雨水及庄稼的丰产考虑。像这些演剧直接关乎乡农的生计，有很强的功利性，而非徒作娱乐。

（2）西南少数民族地区的民间演剧又常贯穿在人生的礼仪活动之中，人们过生日、庆寿每每演戏。《贵县志》说："贺寿，小则蘋蘩水藻之仪，大则开筵演剧，尽贺客之欢，名曰'食回头'。"⑤《全县志》记："旧以每年生辰曰'散生'，每十周年生辰曰'整生'，然必六十以上者方有庆祝之礼。近则三十以上之生辰亦多演戏延宾，群相酬答。"⑥《清镇县志稿》收有张日晸《篝灯课子图序》一文，其中亦说："常以太夫人诞日演剧为寿，历有年矣。"⑦可见，庆诞祝寿之演剧含有酬宾之意，宾客来贺，献奉了喜钱，主家唱戏佐宴，答谢他们；亦志书所谓"回头"之义。

---

① 张岳灵：《阳朔县志》，民国三十二年石印本，卷四，第48页。
② 丁世良，赵放：《中国地方志民俗资料汇编·西南卷》，第798页。
③ 欧仰羲：《贵县志》，民国二十四年铅印本，卷二，第140页。
④ 宾上武：《来宾县志》，民国二十五年铅印本，下篇，第163页。
⑤ 欧仰羲：《贵县志》，卷二，第131页。
⑥ 丁世良，赵放：《中国地方志民俗资料汇编·中南卷》，第1000页。
⑦ 杨永泰：《清镇县志稿》，民国三十七年铅印本，卷十，第5页。

有些地方办丧事，也用到演剧。《绥阳县志》载："近有一般年少乘丧金鼓通宵，对坐高唱戏文，谓之'打围鼓'，以唁哀戚，亦谓之'坐放'。"①《平坝县志》云："将出殡之夜，则更大击金鼓，坐唱戏剧。"②这种丧事演剧的动意较为复杂，但主要可能还是为了调节、淡化一下丧事的哀氛，志书所谓"唁哀戚"也。但从滇志所载么些人遇丧"跳东八，傈僳则跳撒尼，古宗则请红黄教僧念藏经，并装傩以逐不祥"看，③少数民族（像"么些"人即纳西人、傈僳人）理丧则多用傩戏，其用意似乎偏重于遣祛"不祥"、为逝者导灵引魂，使之远去。

（3）西南少数民族地区民间演剧之所以兴盛，还在于它找到了解决活动资金的渠道。

不少志书都提到剧事的耗资问题。《河池县志》云："'唱羊戏'，涂面饰装，一如梨园，所费尤巨。"④《武鸣县志》讲："乡俗尚演戏酬神，虽费资财亦不顾惜。"⑤《融县志》记："各庙会期抬神游行，……最盛为城西香山庙酬神演戏，经旬累月耗费颇巨。"⑥《桂平县志》载：斋醮日"张灯演剧，……有不惜数千金钱挥斥于三昼夜之中"。⑦

那么，这些"颇巨"的资费是从哪里来的呢？西南少数民族地区民国志书有具体的交代。如《信都县志》云："每岁三元节，预期集百十人或数百人会，……醵钱建水陆醮，演梨园剧"。⑧《贵县志》讲："今神会之举类同陈迹，惟墟市醵资演剧，间尚有之。"⑨《镇远府志》说："歌采茶，或办杂曲，以资募化。"⑩《平坝县志》载：各村酬神，"每剧呼一堂，接神人家以堂数计，每堂酬些微金钱。"⑪《同正县志》记："（元宵）城厢及乡村则有……采茶、花鼓等乐事。先行放帖，迨夜则挨户戏之，其彩封多少不等。"⑫这些

① 胡仁：《绥阳县志》，民国十七年铅印本，卷一，第14页。
② 丁世良，赵放：《中国地方志民俗资料汇编·西南卷》，第552页。
③ 民国《云南维西县地志全编》，林超民主编《西南古籍研究》引，昆明：云南大学出版社，2012年，第138页。
④ 广西艺术研究所：《广西傩艺术论文集》引，北京：文化艺术出版社，1990年，第279页。
⑤ 丁世良，赵放：《中国地方志民俗资料汇编·中南卷》，第890页。
⑥ 丁世良，赵放：《中国地方志民俗资料汇编·中南卷》，第952页。
⑦ 丁世良，赵放：《中国地方志民俗资料汇编·中南卷》，第1056页。
⑧ 丁世良，赵放：《中国地方志民俗资料汇编·中南卷》，第1032页。
⑨ 丁世良，赵放：《中国地方志民俗资料汇编·中南卷》，第1073页。
⑩ 丁世良，赵放：《中国地方志民俗资料汇编·西南卷》，第600页。
⑪ 丁世良，赵放：《中国地方志民俗资料汇编·西南卷》，第560页。
⑫ 丁世良，赵放：《中国地方志民俗资料汇编·中南卷》，第911页。

记述中所谓"醵钱""醵资""募化""酬些钱""彩封"云云，指的都是办戏资，说明当时俗事演剧的资金主要是从民间募集来的。

又，《融县志》讲到下廊街紫佩村祀祠"三兄弟"神灵的情况：好事者"刻木偶饰以长衫马褂鞋袜，俨若美少年之形状，以祀之。……先期首事者延巫司，击长鼓短鼓，奉哥遍行县境，逐家具白米一盘、制钱一挂、油麻茶叶一撮、香楮等物以奉哥，名之曰'敛孽'。'敛孽'既毕，……饰童男数十，衣冠骑马，又以古代衣冠饰童女数人，高举丈余，抬之以行"。[①]可见，这里的"敛孽"亦是指集戏钱，戏钱未必是现银，香茶物品，皆可充资。

若醵集来的戏资一次用不完，还可积存到来年或下次用。故我们看到《昭通县志稿》中讲："各帮各艺俱有迎神赛会之举，……至其诞日而祀之。办筵演戏，有底款者则所垫少，否则皆醵资而为之。"[②]此云"底款"，当即前度募资剩余者。

地方政府解决戏资的办法是捐税摊派，名目叫做"娱乐捐"。《贺县志》载："娱乐捐，凡演戏一日，收毫币一元。"《贵县志》讲："娱乐捐，毫币五七〇；县戏剧捐、城内同乐戏院剧捐、棉村墟戏捐，均并此项。"《续遵义府志》云："民间祈神演戏奏会等费，……地方官务令习教与不习教者一律摊派。"这里就明确讲到戏资的"捐收"与"摊派"。若确实"收"上来了、"派"上来了，即用于官办的公益性戏事。

从西南少数民族地区民国志书看，当时还有专门负责集戏资的公职人员。《续遵义府志》载："（劝学员）筹款，考查迎神赛会演戏之存款。"[③]《桐梓县志》也载："逐月神会，贫者帮数十钱，曰'香钱'，须百钱数百钱得饮会酒。今则增高数倍……惟清醮、城隍等会，内道场而外演戏，起散弥月，……大都胥役为主，乃能醵及。"[④]所谓"劝学员""胥役"，当即官府专设或特地派出的筹集戏资者。

（4）当然，演剧毕竟是一种艺术活动，它的生存必有其自身法则。西南少数民族地区民国志书告诉我们，当时的民间戏事，无论从办剧方讲，还是就观戏方看，活动的内在层面埋勃跳着一种强烈的"娱乐"意识。《武

① 丁世良，赵放：《中国地方志民俗资料汇编·中南卷》，第 952 页。
② 丁世良，赵放：《中国地方志民俗资料汇编·西南卷》，第 742 页。
③ 周恭寿：《续遵义府志》，民国二十五年刊本，卷一七，第 49 页。
④ 李世祚：《桐梓县志》，民国十八年本，卷三十一，第 42 页。

宣县志》云："娱乐，盛于元旦、元宵，……常演戏以取乐。"①《宾阳县志》记："城市并有舞龙狮之戏，各家竞燃爆竹、烧龙狮，乡村亦恒有之，至今此风犹未稍息，盖居民终岁勤劳，乘过年之暇及时行乐也。"②所谓"取乐""及时行乐"，说明长期的戏剧活动已使人们具有了自觉的艺术消遣意识。这种消遣意识，也是戏事搬演的原动力。③

另外，从旧志记述看，民间演剧的艺术效果多极佳，特受民众欢迎。《平乐县志》载："演剧则十昼夜……邻近男女临观者空里巷，其或远距四五十里亦偕来，大有举国若狂之概。"④《贺县志》记："建醮时，张灯挂彩，演戏通宵达旦，人山人海。"⑤《宾阳县志》云："俗以建醮、演戏、陈设景物为赛会。观者人山人海"。⑥《贵州通志·遵义府》讲："祝于神，许酬阳戏。……皆诙谐调弄，观者哄堂。"⑦《贵县志》说："夏四月，为三界诞。土人演剧，观者如堵。"⑧这种观赏主体的热情（"举国若狂""人山人海""哄堂""如堵"），也客观上鼓励了民间演剧活动的发展。

综上，西南少数民族地区民国志书为我们回答了传统民间演剧何以长期兴盛的问题：它是植根于农耕俗信文化之上的艺术现象，它有它产生的缘发性因素与支撑性条件。它立足于人们的生产活动与生计企求，介入人生礼仪过程，并依托于具体的岁时节庆，又能处理好资金的来源问题，加上大众欣赏活动长期积淀的"娱乐"意识背景，故繁盛持久，兴隆不衰。这种活动机制与内在规律对我们当下及未来发展民间演艺不无启迪。今天社会生活方式及形态已根本不同于旧时，有些经验不能生搬硬套，但若细心总结，认真思考，这里还是给我们提供了一些可资借鉴的路径的，其经

---

① 丁世良，赵放：《中国地方志民俗资料汇编·中南卷》，第973页。
② 丁世良，赵放：《中国地方志民俗资料汇编·中南卷》，第899页。
③ 还有一种"自娱"情况较特殊。民国二十一年《平坝县志》记"龙灯戏"：扮龙灯戏送于人家，"接龙之家，亦不纯作游戏观，于龙至时，主人正式具衣冠燃香烛，向神龛跪拜，后始让龙入；及龙去，主家心理以为一切'否气'随之而去……（送灯者由）男扮之男一、女一，衣新衣，女手持扇。……至其家向神龛或主人一揖后开始演唱。男呼女为干妹，女呼男为情哥，周旋动作，往复唱和，皆男女相悦之表示，大类上演'放牛'等戏剧，……装扮之男女，以为经此一度后，己本年之前途，能得神之护佑"。（丁世良、赵放《中国地方志民俗资料汇编·西南卷》，第559页）这里，龙灯戏有人物、有情节，但它给扮戏人及接戏人家的愉悦，则非一般的艺术感染，而是潜附着除秽遣凶的宗教化慰释心理，是一种深层的开解与快悦。因戏事给接戏人家带走了"否气"，给扮戏者也添备了"前途"之愿释、"神佑"之胆气。
④ 丁世良，赵放：《中国地方志民俗资料汇编·中南卷》，第1016页。
⑤ 丁世良，赵放：《中国地方志民俗资料汇编·中南卷》，第1029页。
⑥ 丁世良，赵放：《中国地方志民俗资料汇编·中南卷》，第903页。
⑦ 丁世良，赵放：《中国地方志民俗资料汇编·西南卷》，第428页。
⑧ 欧仰羲：《贵县志》，卷二，第140页。

验对发展新时期民间演艺文化应是大有补益的。

三、西南少数民族地区民国志书所记演剧史料的其他认识价值

（1）我国西南地区，少数民族聚居。少数民族风俗文化也对传统戏剧搬演起了支撑作用。例如，《龙州县志》记："四月间，乡村男女指地为场，赛歌为戏，名曰'歌圩'。"[①]《迁江县志》载："旧历新元，与家人子妇……乘农隙趁会，演戏朝墟，互唱土歌或拨弦弄管。"[②]《凌云县志》讲："三月耕作开始前，各乡于例墟外，开特别墟演唱戏剧以乐。"[③]《三江县志》云："花炮会，多在上巳举行，……于集会地点演剧舞狮及各种游艺助兴。"[④]《雷平县志》说："民间娱乐……元宵为最。家家举酒，处处寻芳。或舞瑞狮于村街，或演戏剧于墟场，此为土人年年举行最高庆之一日也。"[⑤]所谓"歌圩""朝墟""开墟""花炮""墟场"，乃指壮、瑶、侗民间逢节庆或三、四月间例行的俗事仪典。在这里，则成了汉俗演剧的机缘、场所及承办剧事的风俗背景。当然，反过来说，活动中的传统戏剧事象亦"助兴"了少数民族俗仪的娱乐气场。这里是双赢的。钟敬文先生曾谈到，各民族在民俗上会"形成一些大体稳定的共享"东西，如民间故事就"有在各民族间相互流通、享用的现象"。[⑥]朝戈金先生亦讲，"从中华文学的整体进程而言，汉文学和少数民族文学之间是你中有我，我中有你，历史上长期相互影响"。[⑦]上述民间演剧借"圩""墟""会"而展开的实例，即反映了民族间文学及俗事活动相间融合、"流通共享""你我互有"的历史事实。

（2）和北方少数民族地区类同，西南地区民间演剧在本质上也常与特定的宗教俗信钩连在一起，说它们是后者之附庸，亦不为过。因志书所记演剧大多以敬神酬神为首务，戏事具有突出的娱神倾向。《河池县志》记："通俗多喜酬神赛会……喜乐神，每届迎茅山教于家，设坛作法，亦戴面具，演诸谑剧。"[⑧]《桐梓县志》记："祀三圣曰'阳戏'。三圣：川主、土主、

---

① 丁世良，赵放：《中国地方志民俗资料汇编·中南卷》，第921页。
② 黎祥品：《迁江县志》，第二编，第33页。
③ 丁世良，赵放：《中国地方志民俗资料汇编·中南卷》，第1088页。
④ 丁世良，赵放：《中国地方志民俗资料汇编·中南卷》，第963页。
⑤ 丁世良，赵放：《中国地方志民俗资料汇编·中南卷》，第925页。
⑥ 钟敬文：《建立中国民俗学派》，黑龙江教育出版社1999年版，第27页。
⑦ 朝戈金：《多元文化格局中的中国少数民族文学》，《百色学院学报》2009年2期。
⑧ 广西艺术研究所：《广西傩艺术论文集》引，第27页。

药王也。每灾病，力能祷者则书愿帖祝于神，许酬阳戏。既许后，验否必酬之。……预洁羊豕酒，择吉招巫优即于家……娱神。"①《余庆县志》云："俗于小儿疾患，……则延巫党于家，椎锣击鼓，装演杂剧，歌舞娱神。"②《施秉县志》道："愿有消愿、傩愿之别，许愿必还。还时，延巫多人，作剧于家，然言辞必极亵淫，而神乃喜乐。"③这里透示了戏事的动机，要么赛会，要么还愿，要么因事求于神。无论哪种，都务必使神"喜乐""欢娱"，哪怕戏辞"亵淫"，也可不顾。这种倾向性，反映了乡间剧事在很大程度上依附于民间宗教俗信的艺术旨归及文化特征。

（3）西南少数民族地区民国志书在记述各地风俗时，往往描叙一种"装扮性行为"。这些"行为"，并非严格意义的戏剧搬演，但按照艺术活动的思维看，它也一定程度地符合戏剧规律，故戏剧史家称之为"戏象"。

例如民国《平乐县志》"跳庙"条云："跳庙为古乡傩之变相，即满州俗，岁时祭如来、观音，献糕酒、鸣铃鼓，巫舞进牲祭，三日乃毕，谓之'跳神'。延道士戴假面具以肖神，冠其冠，服其服，歌唱舞蹈，如颠如痴，多操土音相问答，诙谐百出，不习其语者听之茫然也。"④可见，跳庙中的神佛由道士装扮而成。道士扮饰进入角色后，会极力发挥他的摹拟性思维，竭力表现其要表现的"对象"（神佛）。当此之时，道士已非演艺者"自身"，而是"进入"了一种被表现的对象（"他身"），他俨然就是神佛。故志书撰者称这种现象叫"肖"。从这个意义上说，这里已包含了戏剧艺术的本质属性：即扮演者表演时，在身心上暂时"游离"自身的现实"规定性"，而"身与竹化"，深入到"被表现对象"的内在特点中去，以"被表现对象"为"自我"了。这也就是说，风俗演艺中的"戏象"，在仪轨上与戏剧思维是一致的。故志书云"略与演戏相似"。

又如《麻江县志》载："七月七夕后，有少年中父母皆存者，以女装演七姑。令月下坐，二少年执簸箕扇之至身手冷，突起哭，善歌者以香纸开咽喉，歌以引之，姑因互歌。至夜静，力者抱其姑身，撵踊即醒。"⑤这个

① 李世祚：《桐梓县志》，卷三十一，第 43 页。
② 丁世良，赵放：《中国地方志民俗资料汇编·西南卷》，第 447 页。
③ 丁世良，赵放：《中国地方志民俗资料汇编·西南卷》，第 604 页。
④ 丁世良，赵放：《中国地方志民俗资料汇编·中南卷》，第 1016 页。
⑤ 丁世良，赵放：《中国地方志民俗资料汇编·西南卷》，第 617 页。

演七姑的少年处于"入定"状态，七姑神已降其身，故其"冷""哭"、与人"互歌"，完全是七姑的声口了。直至夜深演艺要结束了，人们"抱"他、"掰踊"他，他才"醒"来，俗语"返过神"之谓也。

（4）在西南少数民族民国志书记述中，古傩戏的踪迹尚可见到。《灵山县志》载："八九月各村多延师巫、鬼童于社坛前赛社，谓之'还年例'，又谓'跳岭头'。其装演则如黄金四目：执戈扬盾之制，先于社前跳跃以遍，始入室驱邪疫瘴疬，亦古乡傩之遗意也。"[1]《桂平县志》记："县城附近，岁以秋冬奉甘王、三界暨诸神次第巡行，以驱疠疫，虽妇孺必诚必敬，亦报赛行傩之遗意也。"[2]《都匀县志稿》云："岁首则迎山魈逐，村屯以为傩，妆饰如社，击鼓以唱莽歌。"《贵县志》载："乡俗，每值秋季，扮方相，打鼓唱歌，谓之'跳师'。次日，沿门逐疫，家家以黄豆、姜丝、茶果祀祖，盖犹存傩之古俗。"[3]这些史料弥足珍贵，它向我们透露，西南民族地区的"傩"，多在秋冬或岁首，其间表演的主角是巫职人员，俗所谓"师巫""公筛"者；故我们看到以上叙述中或称这种活动叫"跳师"。

（5）西南少数民族地区民国志书还记述到地方剧种、戏台以及地方戏、近代剧的传播状态。

如志书常写采茶戏。《荔浦县志》说："元宵，自初十至十六，各悬一灯，选清秀孩童艳妆女服，携花篮，唱采茶歌，……嬉戏为乐。"[4]《绥阳县志》所收《洋川竹枝词》云："声声低唤赛兰花，曾记春灯唱采茶。我是吴儿心木石，一回凝听漫咨嗟。"《新平县志》载《新平竹枝》云："音节古夷都有趣，送郎声调采茶歌。班号缁衿戏少双，儿童会唱挂须腔。"《全县志》载："以童子扮好女联臂歌采茶，笙歌鼓乐前导，在城者遍游街市，在乡者遍游邻村，邻村必备酒食、烛爆以迎之。"[5]这种采茶戏，原兴盛于赣南粤北。从上文"春灯唱""酒食烛爆以迎""嬉为乐"云云看，这种小戏清末民初已在滇黔八桂地区流行，且甚受欢迎，搬演于一年的黄金时段元宵节前后，其影响力不言而喻。

---

[1] 丁世良，赵放：《中国地方志民俗资料汇编·中南卷》，第 1077 页。
[2] 丁世良，赵放：《中国地方志民俗资料汇编·中南卷》，第 1056 页。
[3] 欧仰羲：《贵县志》，卷二，第 134 页。
[4] 丁世良，赵放：《中国地方志民俗资料汇编·中南卷》，第 1021 页。
[5] 黄昆山，唐载生：《全县志》，第 170 页。

又志书中提到桂剧，《平乐县志》讲："城厢日夕常演桂剧……一在泰山街头，一在东山街口。"①桂剧原乃湖南祁剧，传入广西后演生成了当地剧种。还有志书叙及粤剧、白话剧传入西南的情况。《宾阳县志》载：元旦"演粤剧、白话剧以取乐"②。《隆安县志》云："各处……多学习粤剧，于春秋佳节表演之。"《贺县志》记："白话戏剧，……来观者踊跃。"《宜北县志》说："近来每逢庆祝之事，……亦有表演白话剧为娱乐也。"《思恩县志》道："本县创演话剧，始于民国十六年。"在《来宾县志》中，撰志者还写到戏事"过境"之现象："戏之大者为梨园演剧。县人未有精此业者，所习采茶小剧不过优浪少年借写笑乐。其他方人过境售剧，偶一开演；或赛会酬神，则必聘诸他方。……或设帏演傀儡小戏，亦皆他方人过境所为也。"③此言"他方人过境售剧""他方人所为"，盖指弄戏者乃从外地来，而非本乡执艺人。这些史料向我们昭示，西南地区民间演剧在翻揭到民国册页后，已履新革面，接受外来，产生了不小的变化。

西南少数民族地区民国志书还有一些对戏台戏楼的记述。如《来宾县志》说：冯圣宫"大门前为戏台，台广二丈余"。城隍庙"有神殿大门各一座，大门为戏台"。④《灵川县志》载：宝峰庙"如桂殿兰宫，廊庑旁列戏台"。金陵庙，"建戏台于正面，开门向于西隅"。⑤《陆川县志》记：各庙"庙门有戏台"⑥，"寒山庙，在平乐墟戏台对面"。⑦《桂平县志》云：城隍庙"左右两庑，庙前有戏台"⑧。《崇善县志》道：镇武庙"在镇武街，……庙前有戏台一座"⑨。《续遵义府志》讲："萧曹祠，……建戏台并两廊。"⑩《清镇县志稿》曰：忠烈宫"左右书楼一，戏台一"⑪。《都匀县志稿》记永佛寺："戏台、耳楼、廊房、酒楼、厨室具备。"⑫《禄劝县志》载：萧公庙

① 丁世良，赵放：《中国地方志民俗资料汇编·中南卷》，第1015页。
② 丁世良，赵放：《中国地方志民俗资料汇编·中南卷》，第903页。
③ 宾上武：《来宾县志》，下篇233页。
④ 宾上武：《来宾县志》，下篇第235页，第241页。
⑤ 陈美文：《灵川县志》，民国十八年石印本，卷三，第13页，第18页。
⑥ 丁世良，赵放：《中国地方志民俗资料汇编·中南卷》，第1064页。
⑦ 古济勋：《陆川县志》，民国十三年刊本，卷五，第24页。
⑧ 黄占梅：《桂平县志》，民国九年铅印本，卷十五，第3页。
⑨ 吴龙辉：《崇善县志》，民国二十六年钞本，第一编，第120页。
⑩ 周恭寿：《续遵义府志》，卷四，第55页。
⑪ 杨永焘：《清镇县志稿》，卷三，第13页。
⑫ 陈矩：《都匀县志稿》，民国十四年铅印本，卷十一，第17页。

"山门戏台三间"，东岳庙"前面戏台三间，山门照壁俱备"[1]。透过这些述介，我们大体可了解那个时期戏台的特点了。它们大多依托于寺庙宫观，在选址或座落上或在寺庙一侧，或在寺庙对面，或就借托于庙门庙台，有的尚有廊庑连接。这种设置规律，显然是为了便于庙会时因地安排剧事，便于民众就近观赏，也利于借戏事之力帮衬庙会的声势排场，加大庙会的影响力。

总之，西南少数民族地区民国志书中的民间演剧史料有其丰富的内涵。它再现了川滇黔桂之地风俗民情与戏剧活动的紧密关系，透示了传统民间演剧经久不衰、富有生命力的社会根由，反映了这一区域民间戏剧在民国初叶产生变化、播衍的历史面貌。这些对于探讨民族文学口头流传的主流模式，考察西南少数民族区域地方演剧史、剧场史以及少数民族戏剧与汉民族文化的渊源互动，等等，都有重要意义，值得我们深入探究。

---

① 许实：《禄劝县志》，民国十四年铅印本，卷九，第 3 页、第 4 页。

民俗事象中的悲喜剧因素与审丑

一、民俗活动的喜剧精神

在涉及美学意义的喜剧本质时，卡尔·马克思有一段精到的表述："历史是认真地行动的，经过许多阶段才把陈旧的生活方式送进坟墓。世界历史形式的最后一个阶段就是它的喜剧。""历史的事变……都出现两次……第一次是以悲剧出现，第二次是以笑剧出现。"① 显然，这位思想敏锐的哲人，是从历史发展的角度认识问题的。他认为，一种历史的内容或形式，在它行将与人类社会告别时，往往呈现出喜剧的色彩。检索一下中国民俗文化的喜剧精神，也恰恰吻合于这一规律。

生活在大兴安岭一带的鄂伦春人，世代过着"风驰一矢山腰去，猎马长衫带血归"的游猎生活，对虎、狼、熊等野兽持敬畏心理。猎人获熊后，要摆出十分不安的模样进行祭祀，恳求"熊大人"宽恕。熊肉烧熟，全家族公社成员也都饥肠辘辘地围过来吃。但吃时要模仿乌鸦难听的噪音嘎嘎地叫上几声，并告诉熊说："这是乌鸦在吃你的肉。"好不冤枉乌鸦！熊肉吃完，还有一项使熊"善终"的"礼仪"：葬熊骨。葬时佯装悲痛，吃熊肉的人都要硬抹出两把眼泪。长期生息在嫩江流域的达斡尔人信奉萨满教，万物有灵的观念以及魔鬼附体的阴影缠绕在他们的脑际。每年正月十六，家家都用黑灰抹脸，叫精灵鬼魅认不出自己。于是万事大吉。这项活动叫作"涂额"。然而，时间久了，年轻人却拿祖宗的"防身术"当起儿戏来，少男少女相追逐，争相涂抹，以为嬉闹。

难道能怀疑这种祭熊与涂额在它的历史原初不是虔敬、严肃、真诚的图腾行为么？但是，我们也不能不承认随着历史的发展，这些图腾行为毕竟已被抽掉了政治、文化、宗教的历史基础，失去了存在的必然性，只落个空虚的架子而无实在意义了。所以整个活动犹如作戏，甚至莫名其妙，不能不给人一种虚假、伪装的感觉，而显出可笑的喜剧色彩来。

胡朴安老先生记叙的合肥传统婚俗中，也有一幅喜剧化作假的场景。

---

① 马克思，恩格斯：《马克思恩格斯文选》第 1 卷，人民出版社，1954 年，第 223 页。

娶亲夜晚，灯火烨然。男家接亲的仪仗队来到女家门口时，女家恶作剧似的将大门紧闭，接亲者便大放爆竹，名曰"催门炮"。女家在重"炮"相催下，很是无奈地打开门，放新娘子进花轿，一家人执手掩泪相送，新娘子也呜呜泣别，真是"留恋不舍"①。不难看出，这里的"夜娶""闭门""泣别"的婚仪形式，乃古代掠夺婚的历史痕迹。古代掠夺婚采取"寇"的"手段"，借沉沉夜色，在"马蹄蹴踏"声中，造成"有女啜泣"的抢夺式婚姻。所以夜娶、闭门、泣别，在它的历史原型阶段，确是骨肉分离的真实悲哀。但在上述场面中，显然已属"按章办事"，假戏真做了。宋代诗人陆游早就接触到这种类似闹剧的婚俗。他说："嫁娶先密约，乃伺女于路，劫缚以归，亦忿争叫号求救，其实皆伪也。"这个"伪"不就是在说"抢掠婚"早已过时而仍做机械摹拟所导致的虚假、空设的喜剧现象吗？

民俗活动喜剧性的另一类型是"戏谑"。戏谑，基于一种良好的意图，通过寻开心、凑热闹、搞刺激的方式，把生活的欢欣燃烧得更浓烈，把热闹的气氛调得更饱和。尽管有时在方式方法上有些出格。旧时川南的少数民族迎亲，事先准备一盆水，迎亲者一到，披头盖脸泼将过去，浇个落汤鸡，围观者哗然大笑。新娘的女伴，那些调皮的姑娘，则待到午夜时分，一哄而上，揪住来迎亲的男子的四肢，权做打地基的"夯木"，上下投掷，乱碰乱摔，弄得男子哀求释放。也有的把男子锁在房中，烧一把椒辣子粉，呛出他的眼泪鼻涕来。东乡族人的新婚之夜，伴娘围着新娘团坐。新郎的把兄弟们则寻找缝隙朝新娘身上摔枕头。若女伴们防不胜防，新娘被枕头击中，才允许拂去面巾，让大伙欣赏新娘花容。鄂西土家族迎亲，女方的歌队先在门前来个阻击战，责令男方迎亲队出员对唱。唱赢了，准许迎新娘；唱输了，男方的歌手要从桌肚下爬过去，当众受一番奚落。这些戏谑都有一个基点，帮衬、助兴、友好；都从有意取闹的喜乐心理与审美情趣出发，引来欢声笑浪，逗了喜庆氛围，把生活编织得更畅情更烂漫。

在一些幽默的习俗活动中常常出现一种"带有非本质缺点的喜剧形象"。人们对他们持轻度的否定或取笑态度。像宋元时代，都市街头每逢元宵佳节有民间舞队舞的《鲍老》《十斋郎》《耍和尚》，即属此类。鲍老是个

---

① 胡朴安：《中华全国风俗志》下篇卷五。

滑稽角色，《水浒传》里就有舞"鲍老"的，他的"身躯扭得村村势势的"，惹人发笑。十斋郎是装扮一个出钱买官做而又不懂得怎样做官、破绽百出的人。耍和尚即套上一个"大头"面具跳耍，一副愚拙憨丑之态。这些形象都能产生喜剧性的"笑"。杨亿《傀儡》诗："鲍老当筵笑郭郎，笑他舞袖太郎当。若教鲍老当筵舞，转更郎当舞袖长。"张耒《蜩阄诗集》："小儿舞袖学斋郎，大女笑看傍鼓簧。"这里的笑说明：人们不会"正儿八经"、过分"严肃"地看待这些喜剧形象的"弱点或不美"，人们会觉得它们很好玩，会觉得自己比它们高出、优长，从而采取一种俯看、小看、笑看对方的喜剧心态。正如西方喜剧理论家霍布士所讲的，"笑的情感不过是发现旁人的或自己过去的弱点，突然想到自己的某处优越"而已。[1]

二、民俗活动的悲剧意识

民俗活动既是人们社会生活的文化影像和情感思想的艺术反映，那么其中就不仅是春辉明媚欢歌笑语，也有秋雨梧桐忧思哀惋。就是说作为人类文化精神要素的悲剧意识，在习俗生活中也刻下了深深的印记。

价值的判断是影响着习俗事象中人们的悲乐情感的。在后来的习俗事象的发展中，仍然沿续着这一规律。看看牛郎织女鹊桥会的哀感吧："怅此夕之行尽，恨前秋之未归，怅宵光之不驻，泫晨露之将晞。于是，蚪水移箭，鱼关惊钥；槎客河低，针楼月落；分一筵于俄顷，解双袂于今昨。河汉忽其无梁，秋期杳其无度。衔别情而惆怅，对离居之寂寞。思缠绵于晓鸡，情顾盼于归鹊。浩长歌于耿介，吊孤影其焉托？"[2]爱的生活是美的，令人迷恋的，但分离则毁坏了这有价值的东西，七夕会习俗的离愁别绪、神黯情伤，千百年来之所以作为无数情侣、夫妇离居萧然的悲剧投影与文化共相，不就是因为它体现了一种爱的价值的破碎吗？

丧仪是悲的集中体现处。悲是丧仪中的一种内在性的情感，它同时又要求外在肌肤上的"痛"与之呼应。哈萨克人要求"破容哭丧"。"死者若是男子，其妻必须自己用指甲抓破面容哭泣，否则会被人讥笑无情无义。"维吾尔族丧俗，人死后"陈于帐祭祀。凡来吊唁的亲戚，大都要绕帐走马

---

① 上海青年幽默俱乐部编：《中外名家论喜剧、幽默与笑》，上海社会科学院出版社，1992 年，第 16 页。
② 陈元龙：《历代赋汇》卷十二唐无名氏《七夕赋》。

七圈，然后，在帐门前下马大哭，并用刀割破脸皮，血泪俱流，表示沉痛哀悼。"这比汉族丧仪中仅仅要求神情凄苦、形容枯槁、衣饰素朴，显然又深进了一层。[①]

　　丧葬事象的悲哀中也潜存着一种价值的认定，参加丧仪的人们要对死者一生的品行功德做一番审美评价。黎族人死人，其亲属按辈分称谓列坐遗体两旁，边呼、边哭，边唱悼歌，直至通宵。众亲邻边饮酒边追述死者功过。哈萨克族丧仪唱挽歌，从人弥留时开始，断断续续一直唱到埋葬后四十四天为止，音调哀伤。歌词内容主要缅怀死者的音容和颂扬其功德。生者为死者送行，拖着沉沉的步履，负荷深重的悲哀，他们没有忘记死者走过的路及功德，并对其人生价值的分量评估和论定。汉语中的"善终"一词恐怕也应含"善"他人之终这一层涵义吧。

　　应该说中国民俗的悲剧意识是"消解型"的，它的骨子里潜藏了乐观与信仰，往往构成由悲而喜、由哀而乐、由分而合、最终大团圆的逻辑演进模式。布依族传说，有个美丽的姑娘白妹和勇敢的后生查郎相爱。白岩寨头人野山猫害死查郎，抢娶白妹。白妹于六月二十一日夜晚用火点燃了野山猫的楼房，烧死野山猫，自己也为查郎殉情而死。后来查郎白妹的灵魂变为两只白仙鹤，凌空比翼，飞上九天，成了紫云歌仙。从此，六月二十一就成了布依族青年游方相爱的节日，叫查白歌节。

　　《周易·序卦》中有一段概括的话："家道穷必乖，故受之以睽。睽者，乖也。乖必有难，故受之以蹇。蹇者，难也。物不可以终难，故受之以解。"[②]这一句经典的表述很重要。它体现一层理性的观念。它把一切灾难看作终究会得到解救的。地狱的彼岸必然是天国。从而从根本上排除了悲剧不可扭转的观点，奠定了我们民族的反悲剧性的审美心理。

　　正是在民间反悲剧意识的作用下，出现了"暖孝"习俗。人死时，或唱戏、或宴客，造成热热闹闹的气氛。王棠《燕在阁知新录》卷十九云："暖孝之说，……宋时已有此言，宣仁上仙，东坡为礼部尚书与礼官及太常，关决诸礼事，忽有旨下，光禄供羊酒若干，欲为太后妃皇后暖孝。东坡上

----

① 《中华民族风俗辞典》，江西教育出版社，1988年。第273、266页。
② 丁易东《周易象义》卷十六释云："和则无灾，乖则有险阻之难，次之以蹇，所以忧其难也。物不可以终难，故受之以解，解者缓也，难极必散，急者缓矣。次之以解，喜其难之涣、且散也。"张栻《南轩易说》卷四云："物不可以终难故受之以解，解者脱于险，亦人情之所憪。"

疏，以暖孝出于俚俗，王后之举，当化天下……"史梦兰《全史宫词》卷十六也记此事："一朵巫云散晓烟，精灵应合上龙天。词臣议礼裁羊酒，省却宫中暖孝钱。"又，《咫尺录》讲"杭州（人）出殡前夕，大家唱戏宴客，谓之暖孝。"①中国人真有办法。用酒力的热度、用戏子的哼哈，来和"悲"唱对台戏，并压盖它。这种故意用欢庆气氛削减悲哀的暖孝习俗，在少数民族中也有类似反映。布依族丧俗，在麻袋中装一头小猪，用绳捆住，叫死者的大女婿解疙瘩取猪，妇女们就尽情地往他脸上抹烟灰，用响蒿抽他，直到绳头被解开。目的仅只为逗趣，为葬礼增添一些闹剧色彩。

"暖孝"习俗进一步发展，就是索性在上人去世时举行婚礼，以喜压悲，"红""白"并作。民间歌谣说，"树灯花烛两辉煌，月老无常各自忙。哭哭啼啼才入木，吹吹打打又催妆。新人扶去参新鬼，喜酒携来奠喜丧。不孝有三无后大，明年期服抱孙郎"。②

总之，在上述情形中，死者亲友及所有参加治丧者，凭着"非常愉快"的心情，超然于实际生活的悲剧之上，"不觉得其中有什么辛辣和不幸"，从主观上丢开死的悲寂。黑格尔讲这是"安稳的主体性……占着优势"，"头脑僵硬的人却做不到这一点"。③

从悲剧意识与文化外观的关系上来看，中国人要求一种与悲感相谐调的外在的民俗文化形式。这形式要朴素而不腴艳，要哀苦而不享乐，要各种感官都难受不适而不是舒服通泰。按照《礼记》的一整套规定，家有亲人亡故，应痛心疾首，口不甘味；料理丧事也一反平时礼仪活动的审美情调，服装上不能有华贵的装饰。美，在这里变得多余，所谓"非所以见美也"。安葬时要面带哀色，执绋不笑。和人进行交往，不必出现稍多的面部表情，说话言谈不要咬文嚼字的修辞。这也就是《孝经·丧亲》中所概括的丧仪准则："礼无容，言无文，美服不安，闻乐不乐，食旨不甘，此哀戚

---

① 袁枚《随园随笔》卷十二："古有䐹者，见《广韵》䐹字注，即暖孝意，秦人馈丧家食也。"翟灏《通俗编》卷九："暖丧与暖孝类，亦非礼之甚者。然其风煽延甚久，《盐铁论》世俗因人之丧以求酒食，幸与小坐而责办歌舞俳优连笑伎戏。汉时已如是矣。"
② 《中华民族风俗辞典》，江西教育出版社，1988年，第269、257页。
③ 黑格尔：《美学》卷三下册，商务印书馆，1981年，第291页。

之情也。"①传统的中国人就有如此独特细致的情感体验，觉得悲哀的情感与美服、甘食、美饰是不相配的；如果用了这些文化形式，悲哀者将有不安的感觉。只有"不笑""不歌""无容""不文""不饰"，才符合民俗观念对悲剧情感的艺术要求。

当人群中某一个人在生活中碰到悲哀之事的时候，中国人很讲究周围的人给予他同情和哀怜；否则就有点幸灾乐祸，缺少天良。《礼记·曲礼》讲，"邻有丧，舂不相；里有殡，不巷歌。"邻人逢丧事，痛哭哀号，邻居听到后，至少应停止那些喧闹声的作业和娱乐；以表对人家悲伤的同情。②《颜氏家训·风操篇》记江南丧俗，同住一个城池的友人，一家人丧事，另一家要在三天内来吊；不然的话，交情断绝，遇如路人："怨其不己悯也。"③据说，梁武帝遇到国丧，就很注意通过臣属的情感反应观察判定他们的德行。对那些肤色充腴、若无其事者，梁武帝往往"薄其为人"，抑退不见。有次有个叫裴政的官吏也来问丧，他的表情"乏瘦枯槁，涕洒滂沱"，梁武帝大为感动，目送久之，说"礼"在裴郎身上没有泯灭。④这种对他人悲伤（或悲丧）予以同情哀悯的观念是传统习俗的无形要求，也是作为人情美德来褒扬的东西。

儒家关于悲剧意识有一句经典的话，叫作"哀而不伤"，即对于悲的意识与情感是须节控、抑制的。这在各民族的丧葬礼俗中有具体体现。汉族丧葬即有"忌哭"的规矩，沉行于安徽寿县一带。这里的乡民认为，人死后第三天，死者的灵魂要登上望乡台，因此家人千万不能哭。因为死者并

---

① 李隆基《孝经注疏》卷七云："触地无容，不为文饰。不安美饰故服衰麻，悲哀在心故不乐也，旨，美也，不甘美味，故疏食水饮。"（清嘉庆二十年南昌斈学重刊宋本十三经注疏本）《论语·阳货》："宰我问三年之丧，期已久矣。君子三年不为礼，礼必坏，三年不为乐，乐必崩，旧谷既没，新谷既升，钻燧改火，期可已矣。子曰：食夫稻，衣夫锦，于女安乎？曰：安。女安则为之。夫君子之居丧，食旨不甘，闻乐不乐，居处不安，故不为也。今女安，则为之。宰我出。子曰：予之不仁也。子生三年，然后免于父母之怀，夫三年之丧，天下之通丧也，子也有三年之爱于其父母乎？"皇侃《论语义疏》卷九云："（孔子）为宰我说，三年内不可安于食稻衣锦也。言夫君子之人，哀亲丧者，心如斩截，故无食美衣锦之理。……故圣人依人情而制其粗之礼，不设美乐之具。"
② 卫湜《礼记集说》卷七："相谓送杵声，不相、不巷歌，所以助哀也。"（清通志堂经解本）"相"字或有另解，陈澔《云庄礼记集说》卷一："邻有丧，舂不相。王家为邻，相者，以音声相劝相盖，舂人歌以助舂也。相，去声，相劝之相，如字。里有殡，不巷歌。二十五家为里巷，歌，歌于巷也。"
③ 颜之推：《颜氏家训·风操篇》记，"江南丧哭，时有哀诉之言尔。山东重丧，则唯呼苍天，期功以下，则唯呼痛深，便是哀而不哭。江南凡遭重丧，若相知者在城邑，三日不吊则绝之，除丧虽相遇则避之，怨其不己悯也。有故及道遥者致书可也，无书亦如之。北俗则不尔。"
④ 颜之推：《颜氏家训·风操篇》记，"江左朝臣子孙彻释服朝见二宫，皆当涕泣，二宫为之改容，颇有肤色充泽无戚感者，梁武薄其为人，多被抑退。裴政出服，问讯武帝，乏瘦枯槁，涕泗滂沱。武帝目送之曰：裴之礼，不死也。"

不知道自己已经死了，及上望乡台，方知身已异类，不免默然神伤。这时家人再涕泣号哭，死者就更难舍亲人，不愿离去了。苗族人出殡，也是不准哭泣，到了第二年杜鹃叫春时，全家才放开压抑的悲怀，号啕大哭，并不停叨念："鸟犹岁至，亲不复矣！"普米族的女人死了，先是不哭。娘家人要手持刀棍，杀奔婆家。双方各出十二名男性，穿着古代服装，齐跳厮杀舞。一阵鸣枪敲锣打斗闹腾之后，双方亲友方抱头痛哭。不如此，娘家人要被耻笑为没骨气。[1]契丹人死后，也不准哭，尸体放在树上，三年后收骨焚葬。他们有自己的族风，认为谁在父母死时掉泪，谁就"不壮"[2]。如此种种对悲情的抑制，出发点和具体方式都参差不一，但在应有所节控这一点上是统一的。这表明，习俗活动中的悲痛意识，不是情感洪水的恣肆泛滥，它也受各种特定文化意识的限定、驾驭、支配与引领。

三、民俗事象与审丑

（1）"丑"的原初意义。审丑意识的原初意义与死有"关"，掺杂着人们对死的畏恶感。《潜夫论·德化》有一句话，叫作"美考终而恶凶短折"。意思是：在从《尚书》开始的人们的习俗观念中，长寿或寿终正寝是美的和值得称美的生命形态，而吞噬人们生命的灾凶或人的夭折、短命则是丑恶的形态了。汉代许慎又这样解释"丑"说："可恶也，从鬼。"他把"丑"同习俗观念中侵夺、害人生命的鬼魅搭上了勾。于是死连同导致死的事物、阴影都在人们的忌讳、厌恶之列，都难免不是"丑"的原初成分。（"丑"的原字即为"酉"字右边放个"鬼"字。）

（2）习俗事象中的"丑"带有社会性。实际上不丑的东西，由于特定社会风尚与民俗意识的作用，可能就成为"丑"的。中国妇女的缠足颇能说明问题，三寸金莲成为"美"的东西，正常健康的脚反成"不美"的东西。翻开《秦淮画舫录》或《续板桥杂记》，清代民间曲坊的美姬，多是"莲瓣纤纤"，"步步金莲"，或"素肌纤趾"。据载有一个女子叫马四娘，明眸善睐，肤如凝脂，就是一双大脚"不甚纤妍"，"常蹑小方鞋（拖鞋）作忙

---

① 《中国民俗辞典》，湖北辞书出版社，1987年，第423-428页。
② 叶隆礼：《契丹国志》卷二十三："今其地也，有七十二部落，不相统制。好为寇盗。父母死而悲哭者，以为不壮，但以其尸置于山树上，经三年后乃收其骨而焚之；因酌酒而祝曰：冬月时向阳食，我若射猎时，使我多得猪鹿。其无礼顽嚣于诸夷最甚。"

促状，掩其微疵"。在以金莲纤小为美的习俗审美观念的制约下，马四娘被弄糊涂了，她以为自己的脚是"丑"的，是女儿家的绝大憾事、白璧之瑕。所以，接待游客时浑身不自由，穿个拖鞋作忙促状，以为掩饰。[①]其实，从今天的审美观点看，马四娘并不丑。她的双足是自然健康的美；把她的双足视为不美（或丑）以致影响到她的心理，完全是社会风习强加给她的。

（3）"丑"在形式上的特征。民俗事象中的"丑"，体现在形式上的特征比较复杂，多因素、多方位都可以造成丑的效果。有的"丑"，是因为变形、失调或不成比例。如甲骨文中的"鬼"字，"形象为头大身小……的畸形人"，于是显得"形貌丑恶"。[②]有的"丑"，是因为超出了正常，或不能体现事物的独特性。在民间意识中，女人肚脐又大又深，表示能生孩子，那是漂亮的，但若她反常地有个凸出的肚脐，就会被看作"丑陋"或有病。有的"丑"，是因为搭配或拼凑杂乱，使事物不成体统，不成体统就是丑。迷信中的阴曹鬼卒牛头马面，一个牛头人身，一个马头人身，非人非畜，呲牙裂嘴，所以看上去叫人难受。有的"丑"是因为涉及情感的恐怖与生命的压抑。如为阎王老爷勾魂的黑白无常，高帽长发，口吐长舌，象个"老吊"，使人毛发耸然，不愿多看。有的"丑"，是因为不符合民族或地域的欣赏习惯，如大雄宝殿两侧供奉的十八罗汉，多深目长鼻，不似中原人面目特点，就觉得难看。有的"丑"，是因为含有滑稽因素，如江南大庙里常常站在过道上而北京却蹲在寺庙屋梁上的济公，身穿破衣，手拿破扇，歪鼻扭嘴，疯癫无常，半嗔半喜，一副丑态。总之，民俗事象中的丑，是形式外观上的乖张、荒谬、怪诞与扭曲；这些形式特点只能唤起人们轻蔑、好笑、不快、厌恶等消极的情感反应。这就是关于"丑"的感受了。

（4）丑的外形与美的本质。一般说来，美总是与真、善相联系，并作为真善的外在反映；丑总是与假、恶相联系，并作为假恶的感性显现。但世上的事不都是如此简单，往往丑（形式）也与真善粘合一体，并作为后者的外在形象出现。在这种情形下，丑中就有"美"了。民俗画中授经的伏生、尊者伽叶和鹤形的天台圣僧，容貌枯皱，四肢细瘦，外表上生命力枯竭，看似"丑"。但干瘪多皱和肢体细瘦正说明他们长寿、智慧，经历了

---

① 王书奴：《中国娼妓史》，上海书店影印本，1988 年　第 280 页。

② 马书田：《华夏诸神》，燕山出版社，1990 年，第 522 页。

许多难以忍受的忧患和磨难，具有坚韧的意志和顽强的气力，说明他们在生命的途程中已经将无数劫难成败的感性经验转化成了聪明睿智；因而受到人们的尊敬、信奉、崇仰、膜拜。他们又可说是"美"的了。

民间寺庙中的护法女神摩利支天，面孔也很难看，猪脸、獠牙、吐舌。但她的性格内涵是伸张正义，宁折不弯，维护着善懦的众生。所以民间百姓喜欢她，亲近她，为她塑像时同时给她一个温柔含笑的脸和一个童女的脸，使她成为"三面人"。江南民间供祭的老郎神（即犁园神）也是位丑神。头上生着尖尖的肉包，脸上有黑痣，额上布满皱纹，稀疏的头发只长在两侧，但他擅长优美动听、令人如醉如痴的歌舞，也令人肃然起敬。门神钟馗，生得黑丑吓人。外国学者索性称之为"面目狰狞的英雄"。然因能捉鬼啖鬼，翦除邪魅，使魔鬼盘踞的世界重新获得安宁，故在民间受到广泛的爱重，每至端阳节，他的形象都被敬贴在门上。

总之，当民俗活动中的丑陋形象与其内在美善的本质形成反差时，内秀的光焰会把外在形貌照得彤明，使整个形象"丑而不丑""丑中见美""虽丑亦美"。

（5）对"丑"的避忌与迎"丑"而上。丑，虽然是在外形上，但在民间观念中则深深地避忌。每个人都讨厌丑向自己走来，想方设法不和它照面。如："在中国民间思想中，谷物几乎具有神圣的性质"，"小孩如果不吃干净碗里的饭粒，那么将来的对象会是个麻子脸。"[1] "姜杞象指头，所以妇人怀孕时禁食，以免将来出生的孩子有五个以上的手指。""如果一个孕妇在怀孕期间吃兔肉，那么她生下的小孩将会是兔唇。"孩子换牙，忌用舌舔，否则牙齿外凸，"凸突的牙齿特别丑陋，它们被比作木屑"。[2] 人们信以为真地通过习俗事象来解释、杜绝麻脸、兔唇、骈指、龅牙等不雅观的现象，虽没有什么科学根据，但也反映了一种强烈的愿望——对"丑"的深所避忌。

"丑"和内在道德美也有联系。当人们以某种观念为美德时，其中的个体便对这美德的反面——丑行、秽行产生畏避与禁忌。《诗经·郑风·将仲子》："将仲子兮，无逾我里，无折我树杞。岂敢爱之，畏我父母。仲可怀也，父母之言，亦可畏也。……将仲子兮，无逾我园，无折我树坛。岂

---

① 张光直：《中国饮食文化面面观》，载《旅游科学》1988 年第 1 期。
② （美）爱伯哈德：《中国文化象征词典》，湖南文艺出版社，1990 年，第 137、149、23 页。

敢爱之，畏人之多言。仲可怀也，人之多言，亦可畏也。"这位女子无疑是爱她的意中人"将仲子"的，但她有所顾忌。顾忌她的行为成为习俗观念指责的"丑行"，习俗观念中的美德像一面无形的镜子照射、镇摄着她的心灵。她害怕"丑"，希望在人们所许可的美德规范中安稳地生活，不敢越雷池一步。

与对"丑"的避忌相反，习俗中又有一种故意与"丑"攀亲结缘、携手绑定的现象。汉族人爱给孩子取贱名，子女本长得俊俏，偏取名丑丑、二丑、丑姑、丑蛋；子女明明活泼可爱，偏取名小赖、二赖、赖狗、赖孩；子女已表现出机灵敏捷的天资，偏取名傻儿、呆子、老憨。在山西一带，往往对孩子越溺爱，取名越难听，什么大蛋、二蛋、扁头、狗头、秃子，不一而足。裕固族父母祝福儿子长命富贵，则取名"苏布吓尔"（意为臭奶子）或"苏黑尔"（意为臭脏水）。藏族人希望小儿长得结实，则取名"琪珠"（小狗），并在婴儿满月出门时，鼻尖上涂些黑灰；意思是孩子"丑"，魔鬼们别注意他。这些习俗事象从一个侧面透露着中国人的一种传统意识，即美好的漂亮的东西总是脆弱、短暂、不坚不牢、多灾多难的，所谓"彩云易散琉璃碎"，"红颜薄命"，"美物召尤"云云。而丑的、低贱的、笨拙的却反而经得起折打、摔碰，容易久长纳福；俗语曰"傻有傻福，赖有赖运"，"癫癫猴子顺地拐，有福只管来。"取贱名或故意把孩子叫"丑"的习俗方式，其实正基于上述文化意识大背景，是一种曲折、深沉的求得美好圆满心理的反映。

（6）美与丑转化。民俗事象中的"丑"在运演、承袭中可能变化属性，成为美的。朝鲜族传说中的女神阏英　出生时唇如鸡喙，极为难看。后来有位老妪带她到月城附近的北川，在水中沐浴，嘴上的鸡喙一下子拔落了（那个川也因而得名拔川）。从此，受族人奉祭的阏英变成了地地道道的美人胚子，赢得了世俗痴男子及多情风流男神们艳羡的眼光。

有些民俗事象在运演中则由美转丑。龟之话语即是一例。商周时代，朝野普遍重龟。《坚瓠集》记，"古代诸侯立国，皆有守龟，藏之太庙，与宝玉并重"。直到唐代，文人幕僚尚喜用"龟"字取名。如陆龟蒙、王龟龄、彭龟年、杨龟山，等等。宋代开始，龟就不太交好运了。有次苏东坡用"龟"

的典故打趣友人贪睡，友人极为"不悦"①。后来渐渐蜕遗，龟成了市井小民委巷俗人口中的骂詈之辞。梁同书《直语补证》讲，"俗称妻之外淫者，其夫为乌龟；盖乌龟不能交，纵牝者与蛇交也"。陶宗仪《南村辍耕录》也讲："妇女不夫而妊"，定有"缩头龟"。②于是，年荒月久下来，龟在习俗观念中，由神美之物转而成了辱骂娼妓及家有淫妇的讳语；变化的曲线恰像一个倒折过来的"V"字形。

---

① 胡仔《苕溪渔隐丛话后集》卷二十六："《东皋杂录》云：东坡善嘲谑……又尝谒（吕）微仲，值其昼寝，久之方见。便坐昌阳盆畜一绿龟，坡指曰：'此易得耳。唐庄宗时有进六目龟者，敬新磨献口号云：不要闹，不要闹，听取龟儿口号，六只眼儿睡一觉，抵别人三觉。'微仲不悦。"

② 陶宗仪：《南村辍耕录》卷二十八。翟灏《通俗编》卷二十二"鸡肋编"云：天下方俗各有所讳，楚州人乌龟头，言郡城象龟形常被攻，而术者教以击首而破也。此宋时讳龟之证，然仅属一方，亦无关于帷簿不修之事。惟《辍耕录》载嘲废家子孙诗：宅眷皆为撑目兔，舍人总作缩头龟。兔望月而孕，喻妇女之不夫而妊也。所云缩头龟者，正与委巷讪詈意合。然则以龟子目倡妓之夫，肇端在元世耳。"

装扮、摹仿、对象化：民俗活动的美学形态

一、民俗装扮

中国民俗文化中，充满了装扮性活动。有装扮神、装扮兽、装扮人、装扮鬼四种形式。前三种我们已在本书第一章中做了探究，这里仅就装扮鬼以及民俗装扮活动的规律予以考察。

（一）扮 鬼

象鬼是指民俗中对妖魔鬼怪的装扮。装扮的鬼怪不若神灵那样形象婀娜，姿色艳美，受到人的钟爱与膜拜，而是嘴脸吓人，颠狂无常，遭到厌恶、驱赶与打杀。所以，剿灭胜利一直是"象鬼"活动的主要母题。每年农历七月十四，夜幕降下以后，侗族人开始"撵鬼"。一群扮演各种鬼魔的人，披头散发，张牙舞爪，狂奔乱跳，整个祭场沙石飞扬，一片混乱。闹腾一阵后，法师率一批撵鬼人挥刀舞剑，敲锣打鼓，组成"反攻"态势。一鼓作气把鬼撵到河边，并脱下他们的"鬼皮"（装扮鬼魔所穿的衣服），一把火烧掉。法师的"部队"这才班师而回。为了成全剿鬼的"胜利"，装鬼的人不允许意气用事，和驱鬼的队伍坚持太长时间的打斗、抗衡，而应主动配合。作退却、逃跑、矢败状。侗族人每年大年初一，驱杀好在春天作祟的"押变鬼"，"押变鬼"由一群儿童以布袋蒙头化妆而成，或在村坪上蹦跳，或在草丛里嘶喊，有的学鬼哭，有的作鬼舞。大人们见如此"闹鬼"，一个个严阵以待，连放三枪，发出驱鬼信号，"鬼"们听到枪声争先恐后往山上跑，上山即脱下蒙头的布袋，奔回家中和大人们一道安安宁宁地过年。一场驱鬼战就这样轻轻巧巧地结束。[①]

民俗装扮中的鬼也不都是凶煞恶极，有时也透出一点人间情味。如景颇族丧仪：夕阳西下，一缕缕晕晕霞光消散后，四名成年男子纹身涂面，化妆成男鬼女鬼，头戴笋叶帽，在众人的遮掩下从坟地潜回到寨前空地。众人踩着"景"（祭仪乐器）的节奏舞蹈成圈。男鬼女鬼在圈内持花棍、盾牌做一些滑稽动作，表现互相思慕、寻找、恋爱、媾合一系列内容。这种

---

① 编审委员会：《中国各民族宗教与神话大词典》，学苑出版社，1993 年，第 107 页。

"象鬼"活动，就和风细雨，谐趣多味，或许男鬼女鬼之间还有些儿女情长、难分难解哩。

有些民俗活动中的象鬼，不仅"鬼"由人装扮，驱鬼者也由人装扮，构成较为完整的故事情节与有声有色的戏剧性。哈尼族传说，古时候有个魔王叫策德阿窝，专门吃人。古歌中讲他"早上吃了七个寡妇，晚上吃了七个孤儿"。哈尼人想了一个办法，许诺每年送两个最漂亮的姑娘给魔王为妻，要他不再吃人。好色的魔王同意了。届期，哈尼人艾玛的两个儿子装扮成少女，被送给魔王，魔王高兴之下喝得烂醉。半夜，两个化妆成少女的小伙子杀死了魔王。从此，哈尼人把艾玛立为寨神，每年进行祭祀。祭仪中有一段生动的表演：两名英俊后生饰扮美女走进莽苍的森林与魔王完婚。酒席宴上，"美女"拔刀向"魔王"猛然刺去，并作呐喊之声。寨子的人听到呐喊，也呼啸上场。与二"美女"共擒魔王。最后魔王在两个助祭者"埃突"的押解下走出森林，寨人手持木刀、木枪、木锤之类四处砍杀，以示荡灭妖魔。①这一"象鬼"活动有气势，也很热闹，美女由人装扮，魔王也由人装扮，整个参加祭祀的寨人都进入了角色场面以及戏剧化的气氛，有头有尾地表现了哈尼人传说中的宗教生活，简直就是一场小型戏剧了。

（二）装扮活动的规律性

（1）情感移入。装扮不仅仅是外在的化妆，不是挂个鬼或魔的脸谱就完了，装扮者的情感思维要移入，并体会所扮神鬼的情感思维。甚至情感思维陷得很深，出现精神反常和迷乱，侗族人的"降童子"即如此。有人生了病，法师从人群中选一人装扮驱遣邪魔、追回灵魂的"童子"。"童子"用一块大红布蒙头盖面，站在神坛中央。在法师技术的作用下，"童子"神魂入定，渐渐地似有神附身，全身抖动起来，发生特别超常的气力，狂跳着去追所谓的邪魔。虽然头上有巾幢遮盖，但登山、过桥、涉水动作自如，行速如驰，直到把病人的魂魄夺回，他才恢复安定。侗族人还在正月半或七月半请仙姑下凡。装扮仙姑的少女，坐在矮凳上唱着诱情的歌："七姐七妹快快来，莫在阴山背后挨，阴山背后有露水，打湿七姐绣花鞋……"往往一曲未了，少女就进入入定境界，成为"真正的仙姑"。平时少言寡语，

---

① 编审委员会：《中国各民族宗教与神话大词典》，第166页。

此时能问啥就说啥；平时不会唱歌，此时能对唱如流。问到周围山寨任何一家的祖辈往事，她能如数家珍，说得分厘不差。①这种民俗装扮中的情感移入，虽有宗教欺骗的意味，但在某种程度上则与戏剧艺术的审美本质有深层次的相通。

（2）性格化。即抓住所装扮对象的主要特征进行表现。满族人祭蟒神，由装扮蟒神的萨满在地上作巨蟒般蠕动，显示九尺大蟒的神力。祭祀熊神，扮熊的萨满则"折树枝，拔树桩、搬巨石"，"时而爬行，时而蹦跳，时而人立"，俨然一只蠢笨而顽皮的大熊。②胡朴安先生说，在这种萨满进入"角色"的情况下，他本人无性格（所谓"无本色"），他根据走来附在他身上的神灵，发出性格化动作。如"老虎神来狰狞，妈妈神来噢哦，姑娘神来腼腆，各因所凭而肖之"。③"各因所凭而肖之"，这个总结是精辟的。

（3）台词与对话。装扮者进入"角色"后，要与其他"角色"在情节中发生关系，进行对话，说出"角色"化、性格化的台词。如毛南族的"审虎"习俗：无论谁猎获了虎，都要抬放在村口，请村里德高望重的老者当判官，再请一个男青年身披红毯爬在审判台下面充当虎魂，代替放在一边的死虎说话。全村的老幼一齐围过来看热闹。审判开始，判官拍惊堂木："老虎，今天人把你打死，你服不服？""老虎"答："不服，我住在山上，跟他们无冤，与他们无仇，为何把我打死？"判官说："你咬他们的猪，吃他们的狗。""老虎"申辩道："天帝封我为山中之王，飞禽走兽，猪狗牛羊，皆属我管，我吃它们是天赐的福分！"判官说："你不配为山中之王。""老虎"问："为什么？"判官说："当年雷公闪电火烧山，你为什么逃跑？如果人不去扑灭山火，今天你哪有藏身之地？你遇险逃生。事后自享其福，不但不向人感恩致谢，反而妨害牲畜人命，该当何罪？""老虎"无话可答，露出理亏的神色。判官又拍起惊堂木："开膛破肚！"这时，猎手们便将真虎四脚朝天翻过来，一刀捅开腹腔。④在这里，"老虎"的喊冤叫屈和判官对老虎的驳斥，都得体、生动，符合各自的性格和民间传说的文化背景。很像演着一出精悍的活报剧。

---

① 编审委员会：《中国各民族宗教与神话大词典》，第105页。
② 编审委员会：《中国各民族宗教与神话大词典》，第339-400页。
③ 胡朴安：《中华全国风俗志》下卷，吉林人民出版社，2013年，第497页。
④ 编审委员会：《中国各民族宗教与神话大词典》，第410页。

二、民俗摹仿

（一）民俗摹仿产生的路径

（1）最早怂恿民俗摹仿登台表演的，要数原始时代的宗教情趣。这在人类早期的纹身习俗中有集中的体现。《淮南子·原道训》"九疑之南，陆事寡而水事众，于是民人剪发文身，以象鳞虫。"高诱注："文身，刻画其体，内墨其中，为蛟龙之状。以入水，蛟龙不害也，故曰以象鳞虫也。"《说苑·奉使篇》曰："彼越……外海垂之防，屏外藩以为居，而蛟龙又与我争焉，是以剪发文身，灿然成章，以象龙子者，将避水神也。"《汉书·地理志》应邵注："（越人）常在水中，故断其发，文其身，以象龙子。"所谓"象"，即图腾意味的艺术摹拟。越人带着虔诚的心情，把自己装饰成龙子龙孙的样子，祈求图腾护佑以及生命、生存的安全感。正如德国艾伦莱赫根据自己的观察，在《巴西恒河第二次探险记》中说的："始祖是保护自己的子孙的，因此将其图形刻在身上，这无异于是带着抵御各种危害的护符。"①

（2）生产、劳动与摹仿。除宗教意识外，原始时代的习俗摹仿则更多地与生产、劳动、娱乐有关。把它理解为一种生活的欢歌、文化的调节与劳动的旋律，也未尝不可。普列汉诺夫在《论艺术·再论原始民族的艺术》中说："看看遏斯基摩人的狩猎海豹罢。他爬近它去，他像海豹昂着头照样地，竭力抬了头，他摹仿它的一切举动，待到悄悄地接近它们之后，才下狙击的决心。摹仿动物的态度的事，是这样地成着狩猎之最本质底部分的。所以狩猎者发生欲望，要再来经验狩猎中由力的行使所得的满足的时候，则重复摹仿动物的态度。于是遂创造了自己的独创底的狩猎人的跳舞。"②捕获时劳动的兴致，劳动获得时的喜悦，构成了一种初步的艺术精神，从而诱动、引发了对劳动过程的复述与摹拟。此类现象，岩画学专家盖山林先生在他研究我国北方游牧民族生活的论著中曾多处论及。

阴山山脉狼山地区一崖画上，刻着"猎人对日常生产活动的表演"。"终日奔驰在深山老林中的猎民们""摹拟成鸟兽的样子而进行张弓戈射"，在

---

① 徐一青，张鹤仙：《纹身世界：信念的活史》，四川人民出版社，1988年，第25页。
② 鲁迅：《鲁迅译文集》第6卷，人民文学出版社，1958年，第568页。

磴口县托林沟北畔崖壁上的一幅典型的狩猎舞蹈图象中，"有四个人形，面向观众，他们的尾巴与长袖相连，手臂连在一起。正在作轻漫的舞蹈动作，看来正摹仿着野兽的姿态进行着精彩的表演。"①

"在西地里哈日也有类似的画面，身着长衣，头部仅留出了双眼，手中执弓搭箭，腰中佩刀，尾饰拖地，迎面也有一佩刀执箭的猎人。"②

古希腊美学家亚里斯多德曾给摹仿下过一个定义："摹仿方式是借人物的动作来表达。"③按照这个定义，处于狩猎经济生活形态的我国北方的原始先民，较早地接触了摹拟、摹仿的要领。他们已经懂得用舞蹈、用动作、用表演以及装饰来表达他们如何学着野兽的模样去捕捉、猎获野兽的过程，他们已经在诉说自己的生活、情绪以及劳动的快乐！

（3）民俗摹仿的生成，也不排除现实事物对人的文化意识的刺激，以及刺激之下的有意学效。《采兰杂志》载，甄后在魏宫，尝见一绿蛇，口中吐赤珠，不伤人，每日甄后梳掠，蛇亦作盘结姿态，甄后仿其形状挽成发式，竟然奇巧天成，雅致新颖。宫中称为"灵蛇髻"。④这里，蛇所盘曲的形态与发式的盘旋有共同点，使甄后得到了启发，摹仿创制出一种新的髻式。事物的天然形态成了民俗摹仿的具体动因与客观对象。

（4）一个民族历史生活中值得骄敖、纪念、回忆或具有荣耀、价值的重要事件、生活形式也可能诱导民俗摹仿的产生。台湾高山族阿美人追忆先祖开基的船祭，"祭前，在当年里漊始祖登陆的海滩搭建一大茅草棚、船屋及祭坛。……举行隆重的'试船祭'。即按六至八人编组，分批乘古船划桨出海，约百米之遥折回，如此往复。青年摹拟当年祖先登陆情景，操桨击水，齐唱古战歌"。⑤还有基诺族为庆典广泛使用铁器遗留下的"打铁节"："把铁匠房扫得干干净净，将炉子、风箱整理好，杀公鸡、母鸡各一只，将毛和血粘涂些在炉子、风箱、铁锤上，铁匠作个打铁动作。然后祭祀……"⑥这

---

①　盖山林：《从阴山岩画看我国北方游牧人的舞蹈艺术》，《中央民族学院学报》1981年第1期。

②　盖山林：《从阴山岩画看古代游牧人的经济生活》，《考古与文物》1981年第2期。

③　亚里士多德：《诗学》，人民文学出版社，1984年，第19页。

④　王初桐《奁史》卷七十一《梳妆门》一载："甄后既入魏宫，宫庭有一绿蛇，口有赤珠，不伤人。每日后梳妆，则盘结一髻形于后前。后异之，因效而为髻，巧夺天工，故后髻每日不同，号灵蛇髻。宫人拟之，十不得其一二。(采兰杂志)"史梦兰《全史宫词》卷八："王髻双垂湿绣巾，邺中不似故宫春。含情独绾灵蛇髻，珍重陈王赋洛神。"

⑤　编审委员会：《中国各民族宗教与神话大词典》，第341页。

⑥　编审委员会：《中国各民族宗教与神话大词典》，第349页。

种形态的民俗摹仿带有沉湎于往古的历史情思，参加祭祀的人都在内心体验属于整个氏族的骄傲与自豪，意识内容与情感轮廓比较开阔宽宏。活动的场面也多声势激扬，人情鼎沸。

（5）由纯审美心理导发的民俗摹仿。这是指那种主要为审美心理所支配而进行摹仿的民俗事象。发展到明清时期的纹身习俗就是最典型的例子。明代诗人汤显祖写黎族妙龄女子的刺涅："黎女豪家笄有多，如期置酒属亲至，自持针笔向肌理，刺涅分明极微细。侧点虫蛾折花卉，淡粟青纹绕余地。"（《黎女歌》）清代台湾竹枝词咏高山族姑娘纹身："胸背烂斑直到腰，争夸错锦胜鲛绡，冰肌玉腕都文遍，只有双蛾不解描。"这些姑娘本就冰肌玉颜，蛾眉婉转，天然姿质，秀色诱人，但她们不满足，还想更美些，更招人爱，于是按照习俗的美饰方法，摹仿虫蛾花卉的形状在肌肤上作满文饰图案，使整个玉体直若锦绣鲛绡一样的繁丽斑斓。在娇嫩的皮肤上刺纹，不怕痛吗？可想而知，多少是有点畏惧情绪的；但为了"美"，为了在人前"争夸"，一点痛又算什么。这不是求美求媚的心理给她们鼓足了勇气，撑了一把腰吗？

（二）民俗摹仿的特征

（1）民俗摹仿的基点是不脱离生活的。蔡元培先生曾指出，原始民族纹身行为的本质是摹拟自然，在自然中找形象。"譬如十字是一种蜥蜴的花纹；梳形是一种蜂巢的凸纹；曲屈线相联，中狭旁广的，是一种蝙蝠的花纹；双层曲屈线，中有直线的，是蝮蛇的花纹"。[1]生活中没有的东西，民俗摹仿无从做起，胡诌瞎编地"做起来"，也不会有什么美感效果。《虞书·益稷》记载，古代的圣贤是看到了日月星辰的光辉灿烂，色彩迷人，才受到启发，把各种色调用于服饰。《后汉书·服舆志》也说，圣哲们发现雄鸟的羽毛五彩流光、色泽富艳，于是效仿着浸染丝帛，又由于鸟兽的模样有冠、有角、有须，因此琢磨着创制了各种各样冠、髻及系冠的缨蕤；特别是南方有一种老水牛，颈部拖着垂弧形的松驰的皮，摇头昂首非常自如，所以人们在做衣服的时候就效法着发明了阔大的垂袖。这些文献记载，大抵想说明一个意思：装饰习俗的造型和施色植根于对生活、自然的摹仿。人们在观

---

[1] 蔡元培：《蔡元培美学文选》，北京大学出版社，1983年，第93页。

察现实事物时，把自然界的形态，当成了服饰裁制及其形、色、纹样的蓝本，使服饰创制既有实际现象为基础，又达到了审美与实用的双重目的。

（2）那么，民俗摹仿是否就是对生活现象或客观事物的静态反映与画影图形呢？不然！摹仿中会发生一种'质"的转化功能。普列汉诺夫就曾发现，那些土人的纹身图案虽然都是生活中的"一些非常具体的对象"，"大部分是动物的缩小"，但"随着这类图画成为故意摹拟的对象，他们就渐渐脱离了它们原来的形式了"。摹仿，到底是一种艺术的行为。它对生活中的事物以及事物形式不可能不做些形式修整、装饰、变化或剪辑，否则，就不称其为摹仿了。我们可以分析一个摹仿战争的民俗舞蹈，一群武装起来的带着原始气息、威胁表情的粗野人。如果出现在人们的实际生活中或冲到人们的面前，人们的感受无疑是惊恐的，至少它引起防御与警惕。但如若出现在民俗摹仿中，这群粗野人，大概不但不会使人害怕，反而能引起人们激扬、雄壮、刚勇与振奋的情感。何以如此？奥妙就在摹仿的功能。摹仿不是"中性"的，不是给某种生活内容穿上一件文化或审美的袈裟就得了，而是要对生活内容做"质"的变动。它把生活中的事实推远了，推到艺术观照、艺术欣赏（即只有怡悦、而无妨害）的方位上去了。于是乎，生活中引起不快情感的东西，经过民俗摹仿，就可转化成激起喜悦的东西；生活中粗野、恐惧的东西，通过民俗摹仿，也就化为威猛雄放、鼓舞人心的东西了。

（3）犹如艺术制作的过程，或者一个精巧的裁工缝做一件"百纳衣"，民俗摹仿要对现实中的事物、形象、现象加以综合，要把生活中非常分散的环节集中起来，把事件、活动的片断拼合成一个整体；同时，现实中一个事件的发生，处于广大空间的不同地点，时间上也可能经历数天、数星期或数月，民俗幕仿也要"把它集中在一个地点和较短的时间里"，造成一个闭合性的时空架。[①]

《后汉书·祭祀志》记载，汉王朝建立的第八年，有人告诉汉高祖，周王朝初建时，曾在"邑"这个地方祭祀农神后稷。高祖觉得理应效仿，下令兴立"灵星祠"，也来祭祀后稷。祭祀时，舞者（童男）十六人，表现后

---

① 卢卡契：《审美特性》，社会科学文献出版社，2015年，第250页。

稷如何教人农作（所谓"象教田"，这个"象"即关于摹仿的理论概括字眼）。开始是烧荒开田，其次是苅除耕种，继而是芸蓐驱雀，最后是获割舂捣。在这一祭奉、赞美农神后稷的完整的过程中，农事活动的各个程序、环节，各个不同季节的事情统统集中在一个闭合性时空环境中，以舞蹈的行为，摹拟的方式，集中、艺术化地展现了后稷"教人种百谷"的历史事实，所谓"象其功"。[①]这种集中、压缩、凝聚、突出本质的表现方式，接近于艺术学中常见的"典型化"原则，"对于摹仿形象的审美性质具有决定性的意义。"[②]

（4）民俗摹仿的美学效果。民俗摹仿说到底，还是在于拨动和敲击人们情感的音弦。由摹仿创造的民俗形象、审美情趣、俗事场景要影响、激发人们的情感生活，否则，就是"花木瓜，空好看"。就民俗摹仿的这种激发效果来说，又可分为即时效果与远期效果。即时效果是指摹仿动作与审美激发之间连接紧凑，不存在时间差。摹仿发生的同时，人们感受上即出现效果。摹仿当场兑现了它的价值。《新唐书·承乾传》载，贞观五年，太子承乾在宫中摹仿突厥人生活习俗，令数百个奴仆操着胡人语调说话，椎髻、彩衣作胡旋舞，通宵达旦。有时，就在庭院设穹庐，竖幡旗，杀羊烧烤，刀割而食。承乾自己摹仿大可汗的样子突然死去，令众仆剺面号哭，奔马来吊。玩完了，还对奴仆说，要是真的让我率部骑数万，到"金城"（胡地地名）去，当个大可汗，"岂不快邪"！多么天真烂漫的太子！他带着"快"（审美快感）的目的来摹仿、感受并体验胡人的生活习俗。在他感到"快"的时候，也正是他在摹仿的时候。摹仿的审美效果（"快"）与摹仿行为是同步的，没有间断与相隔。

远期效果是指民俗摹仿动作发生时，见不出多大的激发效力，仅仅培养了一种情绪、感受、心态、能力或意志，在以后的活动中产生蓄积后的爆发，如古代部族间的战争、部族成员的狩猎，进行之前往往有操练、血祭、摹仿杀敌擒兽的舞蹈。舞蹈声势激越，带着原始血性的冲动，激起战前战士或从猎族人的奋勇情绪。但这种情绪并非就是摹仿实际效

---

① 范晔《后汉书》卷九十九《祭祀志》："汉兴八年，有言周兴而邑立后稷之祀，于是高帝令天下立灵星祠，言祠后稷而谓之灵星者，以后稷又配食星也。……县邑令长侍祠，舞者用童男十六人，（服虔、应劭曰：十六人即古之二羽也）舞者象教田，初为芟除，次耕种芸蓐驱爵及获刈舂簸之形，象其功也。"

② 卢卡契：《审美特性》，社会科学文献出版社，2015年，第250页。

力，实际效力只有在战斗、厮杀、追猎展开以后才能揭晓或证实。战前或猎前血祭中的摹仿行为与真正的作战狩猎的实效之间，总是有一段时间距离的。

西方民俗文化学家弗雷泽先生在他的名著《金枝》中，还介绍了一种能够跨越空间距离收到激发效果的民俗摹仿。他说："许多民族在各种时代……通过伤害或消灭一个敌人的图像，就可以杀伤、加害或消灭这个敌人。"[①]这种情况在我们民族的史册中可以见到。《陈书·长沙王叔坚传》记，南朝皇帝陈高宗的第四个儿子陈叔坚，对他的哥哥陈叔宝（即后来的陈后主）不满。为了发泄，用木头刻了一具陈叔宝的偶像，给它穿上道士的衣服，装上"机关"，每天让它给自己行跪拜礼。这种"采用摹拟法，……制作一个与敌人相像的玩偶小人儿，然后虐待它"的行为，在今天看来不会有什么实效，但在那个愚昧的时代，凡是采用这种"高招"的人，大都煞有介事，洋洋自得，并相信他虐待了玩偶，玩偶所指的人"也会经受病苦"。后来鲁迅笔下阿Q的"精神胜利法"，与此也不能说没有一点干系。

（5）民俗摹仿的趋美性。有些民俗摹仿，意蕴、旨趣、内容等似乎不关涉审美，但它的外观、形式或者格调，却往往"呈现美学或艺术形式的特征"，《楚辞·九歌》的女巫，司职是迎神、事神并摹拟"神"的到来。然而，瞧瞧她的出台："疏缓节兮安歌，陈竽瑟兮浩倡。灵偃蹇兮娇服，芳菲菲兮满堂。"（《东皇太一》）"浴兰汤兮沐芳，华采衣兮若英。灵连蜷兮既留，烂昭昭兮未央。"（《云中君》）她浴兰沐芳，华衣若英，香馨满身，能不叫人心醉情迷么？加上她们缓节舒歌，竽笙浩唱，婆娑舞姿，更把人的感官受用引向无比淳美销魂的境界了。

民俗摹仿总是在内蕴上浸透着民间生活的晶莹露珠以及世俗理想，摹仿的取象总是热衷、倾心于那些美的事物或物象。胡朴安《中华全国风俗志》记江南人吃元宵一定要做成"团"的，通过"（取）象月圆"，以寄托"月白灯红，室家团圆"的情韵。傣族人遇到喜庆的日子，在场院、草坪、坡地或路旁，身着形似孔雀翅膀的布物，摹拟孔雀的出窝、下坡、起舞、

---

① 卢卡契：《审美特性》，第 266 页。

找水、照影、饮水、洗澡、展翅、飞翔。台湾高山族，爱在纹身图案中摹拟他们向往的亭台楼阁。董叔璥《台海使槎录番社杂咏》："绝岛中华古未通，生来惟斗此身雄。独余一面狰狞外，人鸟楼台刺自工。"满人六十七《番社采风图考》记："台番以针刺肤……遍体青纹，有如花草锦绣及台阁之状。"美丽的孔雀是傣族人心中的美善与吉祥，楼台琼阁则透示着高山族人想得到雅静的居住环境的希望；因而这些都成了被摹拟的对象。所以，如果说民俗摹仿是一种生活理想的颤音或者美好情感必然要到外在中寻找相称物象的对象化过程，大概是没有什么语病的。

民俗摹仿的"趋美"中，也有个浅薄的层次：那种对时髦的追求与摹拟。好像人总爱"在自己的行为举止中与某个重要的人物比较"，"并且摹仿他的方式"[1]。据说汉武帝因随手用了李夫人的玉簪搔头，后宫中女眷们都学摹追奉，皆以玉质的佩饰物搔头了[2]。蔡邕《独断》记，汉元帝额上长有"壮发"（发际外出发），很是不雅观；为了遮盖，他用巾帻包头。他的臣子不知怎的就以为这是美，一个个都裹上了巾帻。这些现象真比东施效颦还荒唐，因为这种"摹仿"，不是"美"的树干上必然生出的枝叶，而是社会等级观念作用下的骈肢，一种变态的审美心理，一种低等的人对在自己等级之上的人有仰视、企羡、崇拜心理的曲折反映。其中多少夹杂着一点"虚荣"的观念。康德曾鄙薄地讲，这种摹仿"动机里没有内在的价值"。[3]

（6）巫术摹仿中的迷狂。在一些宗教性的习俗活动中，摹仿的写实倾向碰见了一个对立的范畴：迷狂。在"迷狂"的状态下，活动者的情感越出了正常理智的轨辙，活动者的情感宣泄以及对宣泄的感受变得十分强烈，整个心境一改平素的状况，处于超越现实的境界，原始文化学者盖伦认为，这是一种在审美现象作用下的审美情感及感受的"过分提高"。1973年，长沙子弹库楚墓清理出来一幅"人物驭龙帛画"，"画的正中为一有胡须的男子，侧身直立，手执缰绳，驾驭着一条巨龙。龙头高昂，龙尾翘起，龙身

---

① 康德：《实用人类学》，上海人民出版社，2012年，第120页。
② 林越《两汉隽言》卷十四《后集》"玉搔头"条："李固传注：《西京杂记》曰，武帝遇李夫人，就取玉簪搔头，自此宫人搔头皆用玉。"汪灏等《佩文斋广群芳谱》卷四十七《花谱》"玉簪"条："汉武帝宠李夫人，取玉簪搔头。后宫人皆效之，玉簪花之名取此。"（清康熙刻本）王初桐《奁史》卷六十八"钗钏门"一："武帝过李夫人，就取玉簪搔头。自后宫人搔头皆用玉，玉价倍贵焉。"《杜诗发微》：玉搔头，今之抓头也。"
③ 康德：《实用人类学》，上海人民出版社，2012年，第120页。

平伏，略呈舟形"，"人头上方为舆盖，三条飘带拂动"。[①]这正是一个处于萨满似迷狂或想象境界中的巫师。他在作"乘龙升天"的摹仿活动。他的内在体验极其热烈而腾扬，似乎真的"乘龙兮辚辚，高驰兮冲天"(《大司命》)、"驾龙舟兮乘雷，载云旗兮委蛇"(《东君》)，翱游于仙云之上，与众神沟通了。在这里，巫师所追求的现实是和生活完全脱离的超验的现实，他可以完全不考虑所摹仿的现实生活的实际情况，包括人们对生活中实际事物的实际感受也可抛置不问的。因而在这个基点上，这种迷狂性的（对神仙世界）摹仿，就在基本的审美原理上，与主要依赖生活对象及人们实际感受为宗旨的摹仿背道而驰了。有的学者提出，民俗活动中"迷狂与摹仿是相互排斥的对立面"，不能说没有一点道理。

三、民俗活动的对象化

人，是实践的，人在实践中，会把自己的思想、观念、意志、智慧、才能，等等，转化、投注到自己所创造的一切对象中去，这种活动方式，用马克思主义的美学术语来讲，叫作"对象化"。它在民俗文化现象中有着生动而丰富的表现。

民俗作为一种社会性极强的文化现象，本身就是"人的本质力量的对象化"的产物。它直接或曲折地投了人们改造生活与支配人生的实践愿望、实践意志和实践情感，也深入而绵厚地层垒了人们驾驭理想风帆的强烈欲求。透视一下其中寄存的意蕴，好像从审美的角度打开了一本关于"人的本质的丰富性"的历史大典，咀嚼不尽其中的涵义与醇味。[②]

拿古代婚俗中合卺、交杯来说吧。前者用一个葫芦分剖两半，夫妇各执一半同饮合婚酒，后者以双杯连以彩丝，夫妇传饮杯中酒[③]。作为文化行为本身看起来不过是凑凑热闹的文化缀饰，并无深刻意义，但仔细琢磨，

---

① 《文物》，1973 年第 3 期，第 3 页。
② 马克思：《1844 年经济学—哲学手稿》，引自复旦大学文艺学美学研究中心编《美学与艺术评论》第 5 集，复旦大学出版社，2000 年，第 280 页。
③ 《礼记》卷二十《昏义》："妇至婿揖妇以入共牢而食合卺而酳所以合体同尊卑以亲之也"陆德明音义："卺，徐音谨，破瓢为厄也。"孔颖达疏"合卺而酳者，酳，演也，谓食毕饮酒演安其气。卺谓半瓢，以一瓢分为两瓢，谓之卺，婿之与妇各执一片以酳，故云合卺而酳。"钱绎《方言笺疏》卷五："瓢本为瓠之别名，剖有柄者以为勺即名勺为瓢，……其无柄者剖之以为尊，亦名卺。《士昏礼》云'实四爵合卺'郑注云：合卺，破匏也。《昏义》云共牢而食，合卺而酳。《太平御览》引《三礼图》云：卺取四升瓠中破，夫妇各一，其实皆瓠也。"王得臣《麈史》卷下《风俗》："四方不同风甚者，京师尤可笑。古者婚礼合卺也，以双杯彩丝连足，夫妇传饮，谓之交杯。媒氏祝之，掷杯于地，卺其俯仰以为男女多寡之卜，媒即怀之而去。"

原是一个对象化的喻象，是在借一个可以睹视的物体，暗指夫妇的和谐与情感的交合（交者胶粘也），并把男女相爱、相配、相合的实践情感放在一个对象的方位加以体现。这种方法，就是美学意义的对象化，而不同于一般的艺术表现。

云南永宁纳西族祈求生孩子，用柳枝编结一小房，房中坐上一位粘粑塑成的大腹便便的女人。她腹中常放一鸡蛋，蛋壳在阴部微微露出，呈坠坠欲下态。她受到敬奉与供养，鱼、肉、羊、水果等好吃的东西任其享用。这个被尊奉的"女人"就是助人多子的生殖女神"那蹄"[①]。她虽然不好看，却极有吸引力，能够画饼充饥地满足、宽慰人的生殖欲求。不然的话，求嗣的情感又怎么个寄托或投注呢？对象，哪怕是虚构的虚幻对象，对于人的情感抚慰也是极其有用、不可或缺的。

民俗活动的对象化，有哪些具体形态呢？

（1）物化。物化是将人们内心的民俗观念，那些美丑善恶吉凶的情感思想、幻觉、无意识，灌注于民俗事物，转化为外在的物态化的存在。这种倾向在少数民族的婚恋习俗中表现得尤为突出。黔东南侗族姑娘与小伙子定情，采上一把葱蒜，洗得干干净净放在竹篮里，等待情人来取。葱蒜代表什么呢？一片纯真洁白的爱。湖南江华的瑶族姑娘，用竹篮给情郎送上九双布鞋。她们的心意是：爱的长久。广西壮族男子若对一个女子钟情，就送与她一个布帕；女子如若也有情意，就在布帕上绣上花鸟虫鱼，回赠男子。景颇族男青年相中了他喜欢的姑娘，便用彩线扎一个蕉叶包相送；若包内有沙枝、野芥子叶、石根乃表示爱的忠贞不渝，姑娘会激动不已，并引以为骄傲。两人的爱情如果遭到父母反对，姑娘就用树叶包上含羞草、刺、火药给情郎；两人要是大胆地相约逃婚，那树叶包里一定还会有蕨菜尖或茅草。西双版纳傣尼人谈情说爱，男子送给女子一束鲜花，女子回送一束鲜花；回送花束的花朵呈单数，说明女子还没有男友，若是双数，就是已有男友或不喜欢送花的男子了。在这儿，爱的情感不是通过语言来说明或对歌来点破，而是转化到一种物态化的存在中去，由葱蒜、竹篮、布鞋、布帕、花束、草叶等"物质语言"

---

① 严汝娴，宋兆麟：《永宁纳西族的母系制》，云南人民出版社，1983年，第200页。

作信息传递、情思交流与心灵沟通的。

在"物化"的作用下，人与人之间的关系就常常被推移到"物"与"物"的关系上去了。民歌《破钱》描写侗族青年男女执破钱为信物的习俗说："一个铜钱四个印，铜钱拿来平半分；妹拿一半为证据，哥拿一半为把凭；妹见他人莫起意，哥见他人莫变心，莫变心呵莫变意，共个火塘做伴六十春。"好叫人困惑，一对情人唇齿相依、山盟海誓的情感关系，却交给一枚被分为两半的铜钱去证实；钱若有知，或许会理直气壮地敲他俩的竹杠，好好地打打牙祭的。

（2）对象化的意义之一：外化。人们的信仰情感与习俗观念仅仅锁闭在脑际游移是不可能的，它必然外渗，到海阔天高的自然世界寻觅物象，与物象团抱一体，形成输出与接收、浸渗与吸纳的关系。由于这个原因，一个民俗观念在外化、输入一个民俗物象时，往往可以"始乱终弃"，另觅新欢。生活在云南西双版纳基诺山下的基诺人，有一种古老的宗教仪式："叫谷魂"。腊月间，晴朗的日子，阳光显得温暖亲和，男女老少穿着新衣服，来到普天河边，把一只鸭子放入涓涓流水，象征过河去把谷魂带回来。领头的人立在河边朝着族人远祖迁徙而来的方向喃喃祷语，并从河边抢一块石头作为谷魂带回，交长老保藏。这里，作为谷魂的对象物品，开始是"鸭子"，但发展到后来，"石头"又成了"谷魂"的化身。谷魂这一信仰中的东西在一次俗事活动中竟选择了两个"对象"，民俗法庭完全可以定个"重婚罪"！

民俗观念灌注于民俗对象，有时，是一种神秘意味的浸染与传递。柯尔克孜人在送葬仪式结束后，都拿一把玉米粒大小的石子，念上一段《古兰经》，然后，把石子撒在坟堆上。他们是这样想的：经过如此一番处理，石子上已经沾染（即对象化地输入）了抵抗邪僻的魔力，似乎放射着金光，足以驱避各种精灵的骚扰侵凌，卫护死者灵魂的安宁了。其实念《古兰经》能给石子带来什么呢？想入非非而已。

（3）对象化的一个形态：人化在自然，或自然的人化。这不同于"物化""外化"，不是另起炉灶的创造、再造，而是因地、因境而宜，在原本存在的自然环境和事物中浸润审美寄托与民俗意识。蒙昧时代的人们，往往把洞穴、山谷、凹地或凹穴视为女性生殖器，把凹地或小龛作为生育婴孩母亲的象征。云南纳西族上者波村的居民，至今"还认为村上边那条峡谷就是女神的生殖器，两侧的山梁就是女神的双腿"。[①]在永宁长瓦村西南有一山洞，洞中的低处有水池，高处有钟乳石堆积。长瓦人说，这是女神"吉泽玛"美丽的乳房和私处。洞口平台上有一天然石柱，称作"久木鲁"，是女神情人的阴茎。"久木鲁"上凹坑有积水就是圣水精液，妇女们一接触即可怀孕。还有西藏墨脱，有个叫白马岗的地名，当地人说它是金刚女圣的身躯。这些想象性的理解有没有审美创造的成分呢？回答是肯定的。它是一种对环境的艺术加工，一种对自然资源的想象性开发与美化饰塑。它开辟了一个满足并符合人们爱欲心理的环境，使人面对的原始状态的自然，转化成了不与人生分隔阂而与人性爱心理融洽一体的审美化的自然。

马克思在《1844年经济学—哲学手稿》中指出："在社会中，对于人来说，既然对象的现实处处都是人的本质力量的现实，都是人的现实，也就是说，都是人的本质力量的现实，都是人的现实。那么对于人来说，一切对象都是他本身的对象化，都是确定和实现他的个性的对象，也就是他的对象，也就是他本身的对象。"马克思这段精湛的美学表述是说，人会把自己属于人的特性、思想、情感、烙印到他面对的所有社会对象上去。具体到人与自然对象的关系，也是同理。人会按照自身的"个性"使他的自然对象"人化"。善于联想而又富有情感的哈萨克人说，月亮和太阳原来是孪生姐妹，两人都是绝色佳人，但却互相嫉妒。一天，太阳抓破了月亮的娇面，月亮脸上留下黑斑。为了报复，月亮时常凑近太阳，可又担心姐姐的手长再抓着自己，所以又总不靠拢太阳。京族人的想象更有几分稚气，他们说太阳是哥哥，月亮是妹妹。为了争辩向日葵美丽还是人美丽，哥哥脸红耳赤，妹妹面青口蓝，兄妹俩赌气分了手，一个走白天的路，一个夜晚才露面。还有，傣族人传说，风神的名字叫叽鲁，他的性格喜怒无常，有时狂暴，求发泄，匆匆忙忙地和雨神"灭把拉"重温巫山梦，孕育出冬天，冻得大地发抖；有时温存可爱，和雾露神女寻欢作乐，产下春天，使得冰雪消融，柳絮飞扬。当他热情横溢的时候，爱跟太阳姑娘戏耍，生出夏天，

---

① 严汝娴，宋兆麟：《永宁纳西族的母系制》，云南人民出版社，1983年，第197页。

热得万物喘不过气来；他最愉快轻畅的时候，是与月亮仙女幽会，夜阑人静，好事做成，生下秋天，于是果穗坠实，喜得丰收。①显而易见，前两则传说，在用儿女辈的嫉妒争胜心理，来说明太阳月亮光焰清辉以及此起彼落的自然运行；后一则在用风神性格的乖戾多变解释了春华、秋实、夏热、冬寒的自然气候；作为自然现象的日月季节被人格化，即"人化"了。

（4）"异化"。有一种对象化的创造很绝妙，它带着讽刺色彩，讽刺着人们的一种愚拙可笑的"奉献"精神。那就是：在信仰的天地中，人总是按照自己的面貌来创造"超人"的神祇世界，使神人格化，并且把属于自己或自己向往的种种美好品性，正直、英武、智慧、善良，等等统统毫不保留、绝无吝啬地归诸神祇。民间信仰中，仁厚慈善、息事宁人的和事佬太白金星，赐寿降福、化险消灾的女仙西王母，祛邪卫正、善除水灾之患的真武帝，神威显赫、能驱魔降妖的马赵温关四元帅，护佑一方、惩恶劝善的城隍神，专司土地福惠人财的土地爷，等等，都是人把自己的美德交给神的典型。这种"对象化"叫作"异化"。大哲学家费尔巴哈曾用哲学的语汇对上述现象做过概括。他说："上帝是一切实在性之总和，也就是说，是本质性和完全性。"②

（5）对象化—可感受化。不能给人以感受性的东西，是不能飞翔于审美蓝空的。为使人领味美的滋味，要传达一种民俗审美观念，首先就要给人们的视听触觉感官提供摸得着、看得见、听得清的事物对象，使冥冥中的无具象的东西以视觉、听觉、触觉形象的面貌呈现出来。这也是"对象化"在民俗活动中承担的一项艰巨任务。例如，哈尼人崇拜水神，水神是什么样子、什么性别的神呢？他们把目光投向了清冽甘甜的泉水以及泉眼汩汩中的螃蟹。他们相信，泉水潺潺溢出，大概是由于螃蟹在里面做功开挖，所以螃蟹就是水神。为了醒目，他们砍下青翠欲滴的山竹，编织一只簸箕大小的螃蟹，用竹棍挑着，插在山泉旁表示祭奉。这么一来，竹螃蟹身上就对象化了哈尼人的水神观念，也使空渺无依的水神形象能够具体地诉诸崇拜者的感官了。又如古代汉族祭祀死去的亲人，因见不到亲人的躯容，悲哀之情飘浮无着。这就需要设置一个亲人的形象——古代的"尸"，

---

① 编审委员会：《中国各民族宗教与神话大词典》，第 183 页、354 页、87 页。
② 费尔巴哈：《费尔巴哈哲学著作选》（二卷），商务印书馆，1984 年，第 110 页。

由它接受家人的哀挽。《仪礼·士虞礼》"祝迎尸"郑玄注:"尸,主也。孝子之祭,不见亲人形象,心无所系,立尸而主意焉。"《礼记·曾子问》:"尸必以孙,孙幼则使人抱之。"由死者之孙做"尸",代替死者,使早已黄泉之下的死者获得了一种具象化的存在,成为祭奠中悲情寄托的视觉对象。这些方式,就本质来说,都是美学的。

(6)与民俗活动对象化规律相联系的是人的"对位效应"的心理要求。人很奇怪,主观上有什么,就会要求在客体上有什么引以为同调的东西。如果主观上的东西在客体上找不到对位、共鸣因素,就会感到环境的索寞、物情的不适,或者会幻造出一种对象来与之对应。鄂西土家族人生了女孩,希望长大后富丽华贵,就在院坝上栽上花中之王——牡丹。浙江余姚人在婴儿一落地即种下一棵琵琶树(谓之同龄树),树要培育得枝繁叶茂,果实累累,祝愿婴儿无灾无难,茁壮成长。广西壮族女子当了妈妈后,便在墙边立花婆神位,种下一棵野外摘来的有生命力的花果树;小儿有了病灾,即在象征小儿的花果上除虫淋水。据说,孩子的灾病也就消失了。这些习俗,大概都是人们"对位效应"的心理反映吧。

四、民俗象征

(一)民俗象征的类型与特征

(1)民俗象征的低级层次是"指代"。民俗活动充满着美丽而繁多的现象。它把那些子虚乌有或不在眼前的东西统统纳入翩翩飞舞、旋转流动的思绪。在这种场合下,"指代"就有用处了。它使那些并不存在或不能随心所欲拈来使用的东西有了文化象征意义的"替身",让"替身"虚与应酬、周旋敷演,帮助俗事活动中的联想、想象运转开来,完成俗事活动的整个程序,实现某种观念或情感的满足。侗族人有个习惯,生了病,便以为是灵魂出窍,要请法师把魂找出来。法师装模作样地点着红纸搓的油捻子,到枙树上苦苦寻找。若找到了蜘蛛,则如获至宝,捉下来,用事先准备好的纸筒装好,交待给病人家属说它就是病者的魂灵。病人家属会小心翼翼地把蜘蛛放进蓝布缝的一个袋子,里面再加上三片茶叶和七粒白米,封好后背在病人身上,这样就万事大吉了,认定病人的神魂已附体,病人也从此康复。①这里的蜘蛛即是个指代物，它充当了病者魂灵的代用品，为法师找魂灵这个故弄玄虚的活动或民间想象配制了一个关键性的、决定整个活动能否运转、能否成立的中轴，病人及家属也在这个掩人耳目的形式中，找到了一丝信仰意味的安慰。病人是否就因此百病消除没人追究，只有天晓得。

（2）民俗观念及活动中有一种简单的类比，也属象征范畴。它在两个不同的事物现象间，从属性、形态、发展程序等角度，找到类似性联系，作比附性的阐说。南京旧俗，新娘子下了彩桥，在进夫家门的时候，必须把头向上仰三下，据说这样"以后可以抬头"，不受婆婆或丈夫的气。六安旧俗，定亲的时候，男家要送一只公鹅给女家，女家当即选一只母鹅配成对子，再送回去。这对鹅任其老死、丢失或送人，但不准宰杀。"盖以预祝其夫妇偕老"。②这两个例子，前者把新妇入门昂首的动作与日后当家作主不受欺辱相比并，后者把不杀"礼鹅"与夫妇偕老相勾挂，其实究竟有什么实质性联系呢？不得而知。不过做一种类比象征，预求吉福而已。

《清稗类钞》介绍瑶人婚俗，农忙了，在望日蓝空之下，青年男女聚集在狗头庙。按照习惯男左女右，席地而坐，唱起相当刺激的情歌。少女若喜欢上哪个男子，就主动跑到他的身边促膝温存。这时便有类似"公证人"或"裁判"的长者前来，把他们两人的襟带合在一起，如长短相若，即令男子携少女去密林草茵幽会，婚事遂成。你瞧，男女襟带的长短相若与男女之间的情投意合，也成了类比关系，成了检核婚姻可否的标尺；如此"衡量法"，也不可谓不"新奇"。③

在传统的礼俗中，类比的审美意味更醇浓。《诗经》写那些佩玉的女子："有女同车，颜为舜华。将翱将翔，佩玉琼琚。彼美孟姜，洵美且都。""巧笑之瑳，佩玉之傩"。她们姿容诱人，微笑时还有迷醉的酒窝。佩戴的玉饰有节奏地摇晃，时而扬起如飞更映衬着她们的娴淑华美。于是女子的艳质

---

① 编审委员会：《中国各民族宗教与神话大词典》，第 107 页。
② 胡朴安：《中华全国风俗志》，下篇卷三 16 页 卷三 10 页。
③ 《清稗类钞》"婚姻类·瑶人婚嫁"条："瑶人之婚嫁也，每于仲冬既望，群集狗头王庙，报赛宴会，男女杂沓，凡一切金帛珠玉，悉佩诸左右，竞相夸耀。玉不尽者，贯以彩绳，而缀诸身之前后。宴毕，瑶目踞厅旁，命男女年十七八以上者，分左右席地坐，竟夕唱和，歌声彻旦，率以狎媟语相赠答。男意惬，惟睨其女而歌，挑以求凰意。女悦男，则就男坐所促膝而坐。既坐，执柯者以男女襟带絜其短长，如相若，俾男挟女去。越三日，女之父母操豚蹄一篚，清酒一瓢，往婿家，使之同牢合卺。否则互易其鬟，各系于腰以归，以为聘，踰一再岁，衣之短长同，则敦媒以导。"

雅态与佩玉的晶润高洁构成了美学的类比。

（3）象征中有一种谐音的方式。它"用和实物名称第一个字母同音的字来表达所要表达的意义"。[①]清代瓷器民俗画上即有芙蓉代表"夫荣"；七枝桂花，代表"妻贵"；官人牵鹿，意谓"加官受禄"；梧桐喜鹊，意谓"同喜"；豹和喜鹊，意谓"报喜"；梅蕊枝头落喜鹊，意谓"喜上眉梢"；一只鹭鸶站立在莲花荷叶之间，乃祝考生"一路连科"；一群鹌鹑立在落叶上，寓"安居乐业"；画三只缸边五人尝酒，暗"三纲五常"；画花瓶中插笙和三戟，乃指"平升三级"；等等。

民间婚俗也注意在"声音"这个媒介上作文章。男家与女家彩礼，"银一锭，金如意一支"，意谓"一定如意"。新妇下轿，男家以米袋铺地，新妇行走在袋上，走过的"袋"，传换铺其前。传袋，暗逗"传代"。新妇入门，与新郎对换鞋。鞋，偕老也。新妇嫁妆中有紫色衣服一套（五件），名曰"五紫衣"，紫、子谐音，寓多子多福。

西方人在接触中国民俗文化时也发现了谐音象征方式的奥秘，在于语词发音的相似性。英国学者文林士在他的汉学论著中，举蝙蝠为例做了细致的解说。他说："在中国，蝙蝠决不像其他国家那样让人生厌，而是幸福长寿之象征……，五只蝙蝠绘在一起的图案是个画谜，代表着五福，即寿、富、康宁、有好德和考终命。这是由于蝙蝠和幸福两词音上的相似，两者发音都有个 FU。"[②]

（4）以"形"为媒介的象征方式。"形"即形状、形式、形象，是视觉意义的传达途径。汉代人的服饰中，有一个颇具意思的细节，喜欢用绛红色在"心"字形的衣领上镶边，看上去像个红"心"字形状，用来象征对神教的信奉。《后汉书·服舆志》有明文交待："绛缘领袖……，示其赤心奉神也。"宋代妓女，未破瓜时，把她们的发型作成"螺髻"。张子野词："垂螺近额，走上红茵初趁和。"晏小山词："双螺，未学同心绾。"晁补之词："对舞春风，螺髻小双莲。"[③]这种"螺髻"，也是靠"形"来表现俗信观念的实例。因为"螺"之为"形"，呈蜷曲、萎缩、盘结、自守状，恰与少女

① 黑格尔：《美学》卷二，第73页。
② 文林士：《中国古代纹样释义》，载《美术译丛》，1988年第3期。
③ 晁补之：《晁无咎词》卷四《金盏倒垂莲，依韵和次膺寄杨仲谋观察》。

的含苞未放、自护贞操相吻合，正好无声而有意地表白着一个春风未度的处子的身份与价值。胡朴安先生曾经接触到事物"形状"对民俗活动审美意义的命题。他介绍皖南人对吃中秋月饼的理解，说："买月饼，合家分食。盖因月饼圆形。似中秋月圆，又表示合家团叙。"他看到，月饼的形状，既贴合于"物理（作为时令因素中的圆月），又连带着人情（合家团叙的世俗乐趣），因而，成了触发民俗联想的媒介。

事物"形状"能够引发人们对民俗象征意蕴的联想与思考，其原由也还有象征物与被象征物之间潜存的类似性。细思一下传统求子习俗为何爱以摸瓜、吃瓜为内容呢？无非是抓住了瓜的圆实形体。瓜的形体可"与子宫发生类似的联想"①，由此来暗寓作为女子生活本能与必然的瓜熟蒂落。在此起着根本作用的，除了类似性，还是类似性。

（5）民俗象征除了取"声"、取"形状"作媒介外，更主要的还是"取意"。"取意"是抓住象征物的内在属性使之服务于民俗审美意义的陪衬与显现。明人许次纾《茶疏》介绍古人以茶为聘礼的婚俗说，"茶不移本，植必子生。古人结婚必以茶为礼，取其不移置子之意也。"②许次纾悟出，婚礼用茶是"取意"。是在借茶树"不移本"的植物学特性，象征被嫁女贞守不移的节操和为人生子的妇德。还有古代婚礼中的"雁"，也是"取意"性象征。它扣住雁飞南北、不失其时等生活特点，来象征男大当婚、女大当嫁、嫁一而终、夫唱妇和的传统妇德观念。清人胡培翚解说说："案《白虎通》云，用雁者，取其随时南北不失其节，明不夺女子之时也；又取其飞成行、止成列，明嫁娶之礼长幼有序，不相逾越也。……江氏筠《读仪礼私记》云方氏苞独指为舒雁。夫雁不再偶，是以取之。盖《郊特牲》所谓一与之齐、终身不改之义也。舒雁则无所取矣。"③

犹如一个调皮的孩子吃苹果，把红的一半啃掉，青的一半就丢去不管，民俗象征中的取意，往往只取象征物内在属性的某一方面，象征物身上还会有与审美意义取意毫不相干的部分，它就扬弃不顾了。这种象征物内在属性与民俗活动所取意义之间的"部分协调""部分不协调"，

① 萧兵：《楚辞与神话》，江苏古籍出版社，1937年，第373页。
② 许次纾《茶疏》"考本"条，其下有云："今人犹名其礼曰下茶。南中夷人定亲，必不可无，但有多寡。礼失而求诸野，今求之夷矣。"（民国景明宝颜堂秘籍本）
③ 胡培翚《仪礼正义》卷三（清木犀香馆刻本）。

是民俗象征活动的重要特征。拿满族人祭祖来说吧，祭时，几个壮汉子擒住老"猪"，用酒灌它的耳朵，若猪耳朵摇动，是大好事，说明祖宗已领受了后人的祭情，享用了摆在那里的祭品。[①]殊不料到了祭祖的尾声，又冒出这么个细节：把猪杀掉，神人共享。这就形成了矛盾：在猪耳朵摇动表示领情这一点上，象征物与所取之"意"是切合的，猪就代表祖宗神灵；而就杀猪共享而言，猪仅为一般的享用之物，又不代表祖宗神灵了。就是说，在整个活动的后一部分，象征物与所取之"意"之间就不协调、不相通了。

取意是灵活的，也可有几分机变。旧时山西一带，当爹妈的要在"鬼日"（清明及清明前后两天），给孩子佩挂五色线带，说是"赶鬼驱邪"，"五色"是泛说，可以不止五色。一般有蓝、白、紫、黄、绿，象征蓝天、白地、红阳婆、紫阳影、黄芽或绿草。具体方法是将各种颜色的布剪成圆片片，红丝穿成串，挂在孩子右胸前，但须记清，鬼日过后，要丢在十字路口，丢了它，就是送了"灾"，谁若捡回了别人丢下的五色线带，谁就把灾祸带回了自己家。[②]细心的读者不难发现，五色红带在鬼日时象征着"驱邪"的意义，而鬼日过后弃在路边之时又象征着"灾祸"了。象征活动的前后"取意"可以是不一致的。

（6）"赋予"性的民俗象征。民俗象征向某种事物借取内在含义作象征用，有时可能"借"不到什么合用的东西。遇到这种情况，象征活动常常要弄一点"增予"的把戏，即把某种意义就交给某个事物，使之具有某种象征。如民间观念中，总把菖蒲花视作富贵之物。但若刨根究底，想从花的植物学属性中找依据，实难办到。因菖蒲花的寓贵之义根本不在其内因，而是在它的一个历史遗留的机缘。《梁书·太祖献后传》记载，太祖太后年轻时，一天在庭院里看到菖蒲开花。当时她的侍女也在身边，却什么也看不见，她惊异着，摘下花儿吃了，当月生下一个贵子，后即梁太祖。由此，菖蒲花遂产生了一种俗信，即一般人看不见其开花，能看见者则必大贵之人。所以，菖蒲花的富贵的象征寓义，与花本身的自然属性完全没什么联

---

① 编辑委员会：《民族词典》，上海辞书出版社，1987年，第1102页。
② 郑传寅，张健：《中国民俗辞典》，湖北辞书出版社，1987年，第10页。

系，寓义对于它来说，当是外在"赋予"的，是历史传闻遗留给它的。^①

（7）民俗象征的暧昧性。在民俗象征中有一对"情人"：感性形象及其象征的审美意义。"两人"的关系就似初恋，倾吐其情时，常常不"明白说出"，彼此之间总以依稀隐约的寓意方式，向对方投去一种暗示与沟通。于是就产生了一种暧昧性。景颇族习俗，青年男女爱情交流使用"树叶信"。写"信"的方式是将树叶或其他物件赋予固定含义，"以槟榔表示友好，以辣椒表示热衷，以树根表示想念，以藤叶表示永不分离，以并蒂花之叶表示常在一起，以苦果表示同甘共苦"；并按顺序把树叶与其他物件依次排列构成一个完整的意思，送与对方。^②这样，爱着的双方无论谁接到对方的"树叶信"，都可心领神会，情宕意驰，实现真率浓烈的爱的传达与情的联络。如此来看，民俗象征的暧昧，只要处理得好，不仅不会妨害人们的审美理解，而且还可使表达有诗意。

（8）民俗象征中又充满了漫无达际的"神格化活动"。它把神视为"世界的创造者"或灵魂，神无时不在，无处不有，"满布于万事万物"。使许多现象、事、物神格化，人呢，还"以欣喜爱戴的心情"对待神，与它和谐共处，听它的话，接受它颁布的世俗戒律，以及由神所赐予的神秘领悟。于是世间就为这种神灵感悟与泛神主义的审美心理笼罩了^③。近代学人张树候描述过这种现象。他说："吾国之习惯"，乃多神教，"山川有神，风雨有神，雷电无不有神，降而家宅坟墓，悉兴替之攸关；鹊噪鸦鸣，亦吉凶之朕兆……神之名多于尘沙，神之灵见于鸡犬。……虽学士大夫未能破除迷惑。"（《皈依耶教发愿文》）

（9）从艺术反映论的角度看，中国的民俗象征是表现与再现同体、抽象与具体相融。象征中有具体形象、感性经验，但也有感性经验的抽象或提升；有再现或摹拟，但也不是毫厘不差，照影描月。古俗法物"琮"，外形

---

① 姚思廉《梁书》卷七《太祖张皇后传》："太祖献皇后张氏，讳尚柔，范阳方城人也。……初，后尝于室内忽见庭前菖蒲生花，光彩照灼，非世中所有。后惊，谓侍者曰：汝见不？对曰：不见。后曰：尝闻见者当富贵。巫遽取吞之。是月产高祖。将产之夜，后见庭内若有衣冠陪列焉。"翟灏《通俗编》卷三十"菖蒲花难见"条："《梁书太祖献后传》：后见庭前菖蒲生花，异报侍者，云不见。后尝闻见菖蒲花者当富贵，遽取吞之，是月产高祖。《玉台新咏乌夜啼曲》'菖蒲花可怜，闻名不相识'，唐刘驾诗'菖蒲花可贵，只为人难见'，施肩吾诗'十访九不见，甚于菖蒲花'，陆龟蒙诗'情重不得见，却忆菖蒲花'，皆直用其事。又张籍诗'君恩已去若再返，菖蒲花开青月满'，赵牧诗'菖蒲花开鱼尾定，金丹始可延君命'，亦甚言其难得见也。"

② 编辑委员会：《民族词典》，第775页。

③ 黑格尔：《美学》卷二，商务印书馆 1979 年，第30页。

为方,内孔为圆,方象征着天,圆象征着地,"从孔中穿过的棍子就是天地柱","表示天地之间的沟通","巫师通过天地柱在动物的协助下沟通天地。"[①]这里就有表现,表现着人神交通、天地贯连的抽象观念;但同时也有再现,再现着(古人观念中)天方地圆的实际印象。民俗画中有一幅常见的"封侯挂印","图画中,有一个猴子栖在树上,(枫)树上有一个蜂巢(也谐音封)。猴子试图去拿一个挂在枝头上的布包裹,包裹里包着官印。"[②]这幅画总的基调是在表现,通过猴与侯、枫(或蜂)与封的谐音启示,祝福受封当官;但那个挂在枝上的官印则是原貌不改的再现。图画中,枝杆老苍的枫树、蜂儿萦飞的蜂巢以及左脚踩树丫伸右臂的猴,生动、具体、充满着感性的气息与兴味;总体思维把几种事物纳入一图,实现吉祥、祝愿的民俗主题,又不乏集中、凝炼的艺术抽象。还有,赫哲族送瘟神,"用旗子在病人身上扫一下,将窗户纸剪成长条形、三角形或方形扔到外面,象征送走瘟病。"[③]在这里,扔、扫的动作是感性的,集中体现人对病魔的深恶痛绝,而把窗纸剪成三角形、长条形、方形则有神秘、晦涩、与今已难理解的抽象意义,感性的表现与抽象的设定掺和在一起。

(二)民俗象征的功用

(1)民俗活动中的象征,像一个有弹力的搭钩,可松可紧、可伸可缩,它有一种"不确定"的力量,用来控制人际关系的和谐,保证生活情境的美感。尤其是那些"求爱"性的民俗活动,青年男女尤重微妙的有弹力的象征,因为求爱能否成功,是一个"未确定的因素"。为了不使"求爱"的美好"情境"闹出个难堪的场面,男女双方都控制自己的情感,使求爱的信号既鲜明、刺激、挑逗,又烟云模糊,似是而非,有伸缩的弹性。京族习俗,"男青年看中一个姑娘后,便向其步步靠近,用脚尖将沙撩向对方,或折一树枝,将树叶撕碎向姑娘抛撒,若女子亦有情意。即以同样方式回敬,表示愿意接受其求爱"。西双版纳傣族姑娘则杀鸡清炖,"盛于小盆中携至集市'出售'。姑娘若对来买者无情意,则加倍要钱;反之,则含羞与

---

① 张光直:《考古学专题六讲》,生活·读书·新知三联书店,2013年,第10页。
② 爱伯哈德:《中国文化象征词典》,湖南文艺出版社,1990年,第195页。
③ 《民族词典》,第1211页。

其对答，双方属意后，即携鸡肉隐至密林中共食，颂吐爱慕之情"。①在这些场境中，男女青年审慎地把脚伸进爱河，试试水深水浅，是温是寒，表达的方式模棱两可，含而不露，遂进退自由。无论成与不成，双方都不致丢了脸面或自尊。

（2）民俗象征说到底，是一种文化活动。象征形象虽然扮演了活跃的角色，促使了"剧情"的发展，但它本身倒不是爱出风头的自我表现，而是在充当"一个相似的替代品（analogical representative）"②，健全民俗活动中的主客体关系，成全民俗活动参与者的艺术想象。具体情形有三：

其一，民俗活动中，人们祭祀、崇拜、向往的对象，有些是"不在场"的，象征思维就来拉"壮丁"，用一个艺术替身，使这种"不在场转化为在场"。③鄂温克人实行鸟葬、树葬。出殡时，尸体早已不存在，"一般请萨满做一草人，上系线若干条，萨满和死者子女各拉一条，安葬后由萨满用法具'档士'将线一一打断，并把草人扔出，以示死者灵魂远去"。④草人的设置把死者尸体及灵魂的"不在场"转化为"在场"，建立了一个特殊的主体（安葬者）与对象（想象中的尸躯——草人）的关系。

其二，象征思维拉来的"壮丁"（艺术替身），也还管用，同样引发人们的情感反应。据说，这种"情感反应"与原物引起的"情感反应"近似，所以，西方学者分析，在这种情形下，人们所面对的实际上是一个"感情等价物（affetive equivalent）"。例如，赫哲族人死了，做一个"木人"，穿衣戴帽，接受祭奉。三天之后，"木人"放在雪橇上，由萨满自东向西射三支箭，把它送到西方极乐世界去。这里的"木人"即充当了一种"感情的等价物"，一方面萨满与家人面对它，会产生犹如面对祖先神灵一样的情感反应；另一方面，"木人"也和原物（祖先躯体与魂灵）一样承接、浸染了来自主体（萨满和家人）的悲哀、孝敬、肃恭与虔诚。

其三，替身毕竟是替身，靠象征创造出来的"替身形象"终究是"原来形象不在场"的补偿。"想象并不战胜事物虚无的实质"⑤。人们既然清

① 编辑委员会：《民族词典》，第 155 页。
② 王鲁湘：《西方学者眼中的西方现代美学》，北京大学出版社，1987 年，第 34 页。
③ 王鲁湘：《西方学者眼中的西方现代美学》，第 35 页。
④ 编辑委员会：《民族词典》，第 155 页。
⑤ 王鲁湘：《西方学者眼中的西方现代美学》，第 46 页。

楚地知道这一点，而又毫不介意，意味着什么呢？显然，人们对象征形象"非实存、不在场"的特点在持认可态度；在有意地借"借代品"假定对象的存在与在场。《论语·八佾》有句透底的大实话"祭如在，祭神如神在"。[①]一个"如"字即在指示"神"在场的假定性，也指示人们应该以假定的情感对待"神"（就像戏剧活动中观众持假定性观赏态度对待台上形象一样）。就审美学的角度来说，这种"假定"的观念就十分珍贵了。是在它的引渡下，民俗活动才迈进自由的艺术王国的。

① 皇侃《论语义疏》卷二："云祭神如神在者，此谓祭天地山川百神也，神不可测，而心期对之，如在此也。"黎靖德《朱子语类》卷第二十五："或问祭如在祭神如神在。曰：祭先主于孝，祭神主于敬，虽孝敬不同，而如在之心则一。""正甫问祭如在祭神如神在。曰：祭先如在，祭外神亦如神在，爱敬虽不同，而如在之诚则一。……祭如在，祭神如神在，此是弟子平时见孔子祭祖先及祭外神之时致其孝敬以交鬼神也。孔子当祭祖先之时，孝心纯笃，虽死者已远，因时追思，若声容可接，得以竭尽其孝心以祀之也。祭外神，谓山林溪谷之神能兴云雨者，此孔子在官时也，虽神明若有若亡，圣人但尽其诚敬，俨然如神明之来格，得以与之接也。"

原始巫人"戴羽""饰羽"与美之本义

上古时代，初民即有以鸟羽装饰仪容的习惯，原始宗教文化中神巫的戴羽、饰羽也常见。这种现象在考古学发现、先秦典籍及其注疏、我国民族学资料以及国外风俗中均有充分反映。中国汉字中"美"字的原始意义，当即此类"饰羽""戴羽"者形象。这表明当时的人们不仅视戴羽、饰羽为美观，且受原始宗教观念的影响，赋予鸟之翎羽以引神通灵的神秘功用。因此，把"美"之本义理解为"饰羽人"或"戴羽人"，而非冠戴羊头或羊角而舞的"大人"（祭司或酋长），从宗教人类学的视角看，更具有背景的广阔性及意义的典型性、普遍性。

（一）

神巫戴羽、羽冠或饰羽，是上古时代原始宗教中的典型形象。考古学发现中屡见不鲜。在良渚玉器中，反山 M12：98 号玉琮上的神人兽面图像尤其值得注意。神人圆目大鼻，头戴羽冠，羽翎呈放射状。神人身下刻一兽头，兽獠牙勾爪。此图像，考古学界称之为良渚"神徽"（图 1）。张光直先生曾认为，此戴羽冠者乃大巫形象。他正骑在他的脚力（虎）身上，作法迅驰，通达于阴阳与天地之间。[①] 也有学者认为，此"'神徽'，乃是巫师头戴木制面具及羽冠，（正）手持双璧主持巫术礼仪或祭祀"。[②] 这种羽冠神巫形象，也见于其他良渚玉器，如瑶山（M7：26）三叉形器、（M2：1）冠状器，以及反山（M12：100）玉钺、（M15：7）冠状器、（M22：20）玉璜，等等。[③] 被称作"鬼神面"的龙山文化玉人，亦是冠顶"两侧翼张羽丛"，一副"戴羽丛高冠"模样。[④] 另外，殷墟小屯村出土的"插羽玉人头像"、天津艺术博物馆藏战国青玉羽冠面饰、江西新干大洋洲商墓出土的羽冠玉人（图 2）、台湾故宫博物院藏羽冠雕面，等等（图 3），均属此类；[⑤] 与金

---

① 张光直：《濮阳三跷与中国古代美术上的人兽母题》，载《文物》1988 年第 11 期。
② 方辉：《商周时代的青铜面具及其相关问题探讨》，载山东大学历史系考古教研室编《纪念山东大学考古专业创建二十周年文集》，山东大学出版社，1992 年，第 255 页。
③ 徐湖平主编：《东方文明之光》，海南国际新闻出版中心，1996 年，第 404-405 页。
④ 宋镇豪：《夏商社会生活史》，中国社会科学出版社，1994 年，第 604 页。
⑤ 于明：《如玉人生：庆祝杨伯达先生八十华诞文集》，科学出版社，2006 年，第 171-172 页。

文中"斐"[①]、"翼"及"顶翎人"族徽，都呈戴羽形（图 4、5、6、7），颇近似。

戴羽或饰羽人形象，古代岩画有生动体现。1978 年，初仕宾等对嘉裕关黑山岩画进行了勘察摹记，情形是：S3 号，刻一人叉腰而立，"头上羽毛状饰物"；S4 号，两人叉腰立，"头上有羽状饰物"[②]；S18 号，一人"头上饰羽"；S31 号，刻两排舞蹈人，"头上有羽毛"[③]；S34 与 S31 号略同；S81 号刻二排舞人，下排之人"头饰羽毛状物"。他如 S94 号、S46 号均有形迹不明晰的羽角状头饰。

1988 年发现的新疆呼图壁康家石门子岩画中，女性人物胸宽腰细，臀部肥硕，头"戴插有两根翎羽的尖顶帽"[④]在裕民县巴尔达库尔山岩画中，有三个男子戴着"鸟首翎羽"形饰物；最上层有一男子头有五根羽饰，正与一女子交媾，女子也"鸟首翎羽"形貌。[⑤]伊犁特克斯县乔拉克热乡岩画中，有一块 3.5 米的巨石上"凿刻（着）一个插有两根翎羽的圆头形人"，[⑥]男性，生殖器粗壮下拖。这些明显与生殖祈祝有关。据李祥石说，宁夏贺兰山岩画中有特别醒目的"人面像"。它是"祖灵"符号，是祈祷者拜祭的焦点。这些"人面像"上均"插羽毛"，而且"有的人面像上（是）以写实的手法刻出插羽毛"的。[⑦]

云南沧源崖画中，羽饰现象突出。在专家分剖的第 1 点 2 区的"巨人"足下，有一人臂上画许多短线，表示身著"羽毛之衣"（图 8）。第 7 点 4 区中有"太阳人"图像，其右一人"头戴长羽冠饰"（图 9），在进行"祀日活动"或"迎祭日出"。[⑧]在崖画第三点中部，有一"神龛"轮廓，下有一人着宽大肥阔羽衣，正两腿交叉作舞（图 10）。肖兵先生说，这"是作法招魂的'羽衣'巫师"。[⑨]广西左江岩画亦多表现"祭祀娱神"的"头插

---

① "斐"之"非"字，本义指羽，指鸟翅相背，《说文》云"从飞下裰"。（王筠：《说文句读》，中华书局，1988 年，第 461 页。）

② 周菁葆：《丝绸之路岩画艺术》，新疆人民出版社，1993 年，第 387 页。

③ 周菁葆：《丝绸之路岩画艺术》，第 389-390 页。

④ 周菁葆：《丝绸之路岩画艺术》，第 150 页。

⑤ 李肖：《巴尔达库尔山岩画》，载《新疆文物》1989 年第 3 期。

⑥ 周菁葆：《丝绸之路岩画艺术》，第 285 页。

⑦ 周菁葆：《丝绸之路岩画艺术》，第 15 页。

⑧ 徐康宁：《推原神话与沧源崖画中的解释性图形》，载《云南美术通讯》1987 年第 2 期。

⑨ 肖兵：《楚辞的文化破泽》，湖北人民出版社，1997 年，第 1058 页。

羽翎"像，或曰"乐神图"。①考古工作者析为三类：一种头插羽毛，以正面人像居多，一般头顶画一根或两根粗阔鸟羽，犹后来少数民族景颇族祭司（图 11）。另一种头戴羽冠，冠顶二三根羽毛不等。再一种是身缀羽毛，和沧源岩画第 6 点 3 区"羽饰"人近似（图 12），左江岩画中仅宁明花山"区块"见到数例。②这些岩画戴羽像与古籍中记滇桂土人"鸡尾羽为顶饰"③"首戴骨圈，插鸡尾"④"蒲蛮首插雉尾"⑤"獏喇男插鸡尾"⑥云云，正相合。

值得注意的是，国外岩画同样有戴羽、饰羽之表现。印度皮摩特卡岩画主要刻画舞蹈人，舞人两排，二排第三人"鸟首羽翎"头饰，下排人像头上划"短线"，以示"饰羽"。印度博帕尔地区卡托武阿岩画里，有夫妇媾会图，图上女子戴鸟羽，这也是求嗣用的。⑦美国犹他州岩画上，巫师身躯高大，胸前有"圆形巫符"，左手掐蛇，头饰双"翎羽"，羽毛左右分披。夏威夷岩画上的巫师，两臂作"冖"形，头上竖一根"竿羽"，很像云南沧源岩画中的"头顶竿羽"人物。在密克罗尼西亚，岩画上巫人戴羽冠，羽冠分作八块，线条粗犷。另外，如北美海岸岩画中有"竖角发"的人像，西南岩画中有"羊"形人，都或多或少与"羽冠头饰"有关。⑧

（二）

从唐以前的典籍及学者注疏材料看，上古中国即有以鸟羽装饰仪容的习惯。象翟鸡、鹝鸟、鹝鸟等翎羽尾羽，都是极珍贵的美饰品。《尔雅注疏》卷十"鹝雉"条引陆机云：鹝，小于雉，"其尾长"，"林木山人语曰：'四足之美有麏，两足之美有鹝。'"⑨《诗经·鄘风·君子偕老》云："玼兮玼兮，其之翟也。鬓发如云，不屑髢也。"翟即山雉，诗说卫宣公夫人宣姜以

---

① 陈丽梅，等编：《广西当代艺术理论研究丛书·音乐卷》，广西民族出版社，1993 年，第 113 页。

② 王克荣：《广西左江岩画》，文物出版社，1988 年，第 191 页。

③ 陈文：《景泰云南图经志书》，《续修四库全书》651 册，上海古籍出版社，2002 年，第 101 页。

④ 刘文征：《天启滇志》，载方国瑜《云南史料丛刊》第 7 卷，云南大学出版社，2001 年，第 82 页。

⑤ 郭松年，李京：《大理行记·云南志略》，云南民族出版社，1986 年，第 96 页。

⑥ 杨慎：《南诏野史》，中国方志丛书本，台北成文出版社，1968 年，第 160 页。

⑦ 陈兆复：《原始艺术史》，上海人民出版社，1998 年，第 380-381 页。

⑧ 周菁葆：《丝绸之路岩画艺术》，第 691 页。

⑨ 郭璞，邢昺：《尔雅注疏》，北京大学出版社，1999 年，第 318 页。

雉羽饰衣。"毛传"云："褕翟，阙翟，羽饰衣也。"①《左传》昭公十二年记载"楚子……翠被豹舄"，杜预注："以翠羽饰被。"孔颖达《疏》云："《释鸟》云'翠，鹬。'樊光云'青羽，出交州。'李巡曰：'其羽可以饰物。'"②被，即披氅，意思是楚子的披氅乃以鹬鸟的青色羽毛为装饰。

翡翠鸟的彩羽也是人们饰衣的好材料。《说苑·善说篇》记："襄成君始封之日，衣翠衣，带玉剑。"③这里的"翠衣"，指翠鸟羽毛所饰之衣。《周礼·乐师》"有皇舞"，郑司农云："皇舞者衣饰翡翠之羽。"④《古文苑》卷二宋玉《讽赋》"主人之女……披翠云之裘"，宋人章樵注曰："辑翠羽为裘"也⑤。宋人文同《翡翠》诗云："为报休来近岸，有人爱汝毛衣。"⑥又《苏子》云："翠以羽殃身，蚌以珠致破。"⑦刘昼《新论·韬光》说："翠以羽自残，龟以智自害。"⑧《金缕子·杂记》载："翠所以可爱者，为有羽也。而人杀之，何也？为毛也。"⑨江淹《翡翠赋》讲："彼一鸟之奇丽，生金洲与炎山。……赪翼与青羽，终绝命于虞人。"⑩此皆叹翠鸟因美羽而丧身也。

上古人戴羽、饰羽，非徒为美观，其功用主要在"祭"。祭时要诱悦导引神祇鬼灵下降。被迎祈的神鬼看见五色彰明的羽，就找到了"凭依物"，即可临享并遣送回。故古有"三年之丧者戴羽缨"⑪"鸟羽送死……欲使死者飞扬"⑫"丧吊者头插鸡尾"⑬之语。《礼记·王制》亦云："有虞氏皇而祭。""皇"，即头上冠饰鸟羽，⑭此句意思是有虞氏戴羽冠而祭。张明华

---

① 孔颖达：《毛诗正义》，北京大学出版社，1999年，第186页。
② 孔颖达：《春秋左传正义》，北京大学出版社，1999年，第1304页。
③ 刘向撰，向宗鲁校证：《说苑校证》，中华书局，1987年，第277页。
④ 郑玄，贾公彦：《周礼注疏》，北京大学出版社，1999年，第596页。
⑤ 《古文苑》卷二，《丛书集成新编》第54册，（台湾）新文丰出版公司，1985年，第679页。
⑥ 贾祖璋：《鸟与文学》，开明书店，1931年，第117页。
⑦ 李昉等编：《太平御览》卷九八三《香部三》引，中华书局，1960年，第4351页。
⑧ 刘昼著，傅亚庶校释：《刘子校释》，中华书局，1998年，第28页。
⑨ 萧绎：《金缕子》，《百子全书》本，岳麓书社，1993年，第3071页。
⑩ 俞绍初，张亚新：《江淹集校注》，中州古籍出版社，1994年，第211页。
⑪ 徐珂编：《清稗类钞》第13册，中华书局，2003年，第6194页。
⑫ 《三国志》，中华书局，1979年，第853页。
⑬ 檀萃：《滇海虞衡志》，《丛书集成》本，商务印书馆，1936年，第102页。
⑭ 郑玄注："'皇'，冕属也，画饰鸟。"（《礼记正义》，北京大学出版社，1999年，第426页。）1961年，陕西张家坡出土大批铜器，其一为师旂簋（乙），有"盾生皇画内"一语，郭沫若释文云："古人当即插羽于头上而谓之'皇'。原始民族之酋长头饰亦多如此。故于此可得'皇'字之初意，即是有羽饰之王冠……后由实物的羽毛变而为画文，亦相沿而谓之'皇'……酋长头上的羽饰既谓之'皇'，故盾牌头上的羽饰亦谓之'皇'。"（张岂之主编《中国思想学说史·先秦卷》上，广西师范大学出版社，2008年，第117页。）

在讨论戴羽玉人像时曾指出羽饰的悦神目的：巫觋与"先祖沟通，所以……会用漂亮的羽毛……取悦于天地神祖。"[①]诚然。郑玄在《周礼·内司服》注中谈到王后所穿祭服"翟衣"时，结合《诗经·君子偕老》记述宣姜所穿"翟衣"的实例分析说："（王后）从王祭先王则服袆衣，祭先公则服揄翟，祭群小祀则服阙翟。今世有圭衣者，盖三翟之遗俗。《诗国风》曰：'玼兮玼兮，其之翟也。'下云'胡然而天也，忽然而帝也。'言其德当神明。"[②]郑玄的语意是，宣姜身穿祭神的"翟衣"，翟羽外观色彩光鲜（玼兮），宣姜时而奉敬在天的"祖灵"，时而呼祈天帝之灵，她的容貌及翟羽服饰正可以取悦于神明，并与"神灵"相沟通（当，兑对、交流之义。王先谦说："当之为言对也。当神明即对越之义。"[③]），所谓"其德当神明也"。不难发现这个"德"的内涵是在指以翟衣为表、以悦神为用的"巫灵化"的礼神形式。

贾公彦则从另一个角度透示了宣姜翟衣的"依神"内蕴。他说："《鄘风》刺宣姜淫乱，不称其服之事。……（其）服翟衣，尊之如天帝，比之如神明。此翟与彼翟，俱事神之衣服。"[④]贾的意思是：宣姜所服之翟衣（"此翟"）与《内司服》规定的祭神翟衣（"彼翟"）都是祭典中尸、祝、祭者与"神"交流时用的，均是礼神的神圣器物。宣姜穿上"翟衣"，俨然"天帝之尸"，俨然有"神明凭托"于她。她受到人们的尊奉；然而，她却是个淫乱的女子！她不配穿"翟衣"，也不配为"天帝之尸"，更不配为神灵所依凭；所谓"不称其服也"。可以看出，在贾公彦的理解中，宣姜被人们虚拟为"天帝之尸"，也即她是承担天帝神灵降下的"中介躯壳"。所以，从这个意义上说，祭祀中"尸"穿的翟羽之衣，那就明显具有导灵接神的功用了。

除了鸟羽饰衣外，古之巫舞者的执具或顶戴，也离不开"羽"。《诗经·君子阳阳》第二章唱："君子陶陶，左执翿，右招我由敖。其乐只且。"诗写一男子持雉羽做成的舞具（翿）作舞，并招诱着他意中的女子（"我"）入列。舞具"翿"，朱熹《诗集传》以为是拿于手中之具："翿，舞者所持羽旄之属。"[⑤]另一种看法是戴在头上的"羽饰"。闻一多《风诗类钞》亦云："翿，

① 张明华：《玉傀偶初识》，《如玉人生：庆祝杨伯达八十华诞文集》，第 170-181 页。
② 《周礼注疏》，北京大学出版社，1999 年，第 202 页。
③ 王先谦：《诗三家义集疏》，中华书局，1987 年，第 227 页。
④ 《周礼注疏》，北京大学出版社，1999 年，第 204 页。
⑤ 朱熹：《诗集传》，岳麓书社，1994 年，第 51 页。

舞师拿着的一把五彩羽毛，跳舞时自己盖在头上，藉以装扮鸟形。"[①]

《诗经·简兮》则写到跳"万舞"之执羽："硕人俣俣，公庭《万舞》。有力如虎，执辔如组。左手执籥，右手秉翟。赫如渥赭，公言赐爵。"[②]"万舞"中有文饰、武具，《礼记·月令》所谓"执干戚戈羽"[③]、《书·大禹谟》所谓"舞干羽于两阶"也[④]。诗中男子在宗庙前作舞，其手所执籥（三孔笛）与翟（雉羽），即文饰也。鄂西沙市出土铭刻"大武"的铜戚上有头插长羽的人物造型，显然与巴人万舞所执武具有关[⑤]。又，殷墟武官村殉葬墓中出有乐器及包裹绢帛的铜戈，其中一件戈有鸟羽残迹，郭宝钧先生考证此戈当也是祭舞所执之"干"[⑥]。

《诗经·宛丘》写到女性巫舞者执羽："子之汤（荡）兮，宛丘之上兮。洵有情兮，而无望兮。坎其击鼓，宛丘之下。无冬无夏，值其鹭羽。坎其击缶，宛丘之道。无冬无夏，值其鹭翿。"[⑦]陈地在河南淮阳、柘城及安徽亳州一带，巫风浓重。《汉书·地理志》云："周武王封舜后妫满于陈，是为胡公，妻以元女大姬。妇人尊贵，好祭祀，用史巫，故其俗巫鬼。"[⑧]诗中的"子"即"巫鬼"之流，为女子，长年在宛丘（祭坛）跳祈祷舞，头插鹭鸶羽毛或手执鹭羽之具，伴着鼓缶，无休无止。孔颖达《疏》云："无问冬，无问夏，常持其鹭鸟羽，翳身而舞也。""鹭鸟之羽，可以为舞者之翳，故持之也。"[⑨]以鹭鸟羽为舞具的，又见于《鲁颂·有駜》篇，云："振振鹭，鹭于下。鼓咽咽，醉言舞。于胥乐兮。……振振鹭，鹭于飞。鼓咽咽，醉言归。于胥乐兮。"[⑩]此乃鲁国臣工获丰后的报谢舞，舞者将鹭羽执之手、戴之首。

由于古之巫舞用鸟羽，故舞字或写作"翌"。《周礼》"乐师""舞师"两篇中对巫舞执羽、饰羽也有交代，大致有"帗舞""羽舞""皇舞"三种。

[①] 闻一多：《闻一多全集》第4册，三联书店，1982年，第19页。
[②] 《毛诗正义》，北京大学出版社，1999年，第163页。
[③] 《礼记正义》，北京大学出版社，1999年，第500页。
[④] 《尚书正义》，北京大学出版社，1999年，第99页。
[⑤] 王志友：《论城洋铜器群中青铜泡、人面与兽面饰及弯形器的用途》，《西部考古》第3辑，三秦出版社，2008年，第99页。
[⑥] 张国安：《武王〈武〉乐及其文化渊源》，载《广西民族学院学报》2006年第1期。
[⑦] 《毛诗正义》，第439页。
[⑧] 《汉书》，中华书局，1962年，第1318页。
[⑨] 《毛诗正义》，第439页。
[⑩] 《毛诗正义》，第1393页。

帗舞之"帗"又作"羿"，是月"大羽"（"全羽"）放于执竿上，挥动以舞，祭祀对象乃"社稷"。《说文·羽部》"羿，乐舞，执全羽以祀社稷也。"①有学者认为，三星堆出土"次"形器上刻划的就是祭仪中的巫舞者跳帗舞②。羽舞是"析羽为旌"，相对帗舞"全羽为帗"而言③，且所用乃白色鸟羽，祭的对象是四方之神。《周礼·舞师》："教羽舞，帅而舞四方之祭祀。"郑玄释云："羽，析白羽为之，……四方之祭祀，谓四望也。"④皇舞之皇又作"翌"，是将类似凤凰的五彩之羽编组起来蒙在头上作舞，目的在祈雨。《周礼·舞师》："教皇舞，帅而舞旱暵之事。"郑玄云："旱暵之事，谓零也。……郑司农云：'皇舞，蒙羽舞。'……玄谓皇，析五彩羽为之。"⑤故我们看到《说文》"零"字又作"翌"，亦皇舞用羽求雨之证。在《周礼·乐师》"有皇舞"处，郑玄亦引郑司农说："皇舞者，以羽冒覆头上。"又自云："旱暵以皇。"⑥再申皇舞救旱之意。另外，皇舞中如果所采鸟羽达不到雉、凤羽毛的光彩，还可以染一下来用。孙诒让《周礼正义》卷二十三云："翌，赤皋染羽为之也……用假色。""《掌次》'皇邸'注云，'染羽象凤凰色以为之。'此皇舞所持，盖亦染羽也。"⑦

（三）

在民族学领域，巫人戴羽、饰羽更常见。景颇族人祭祀木代神，"斋瓦"（祭司）们皆戴羽帽，故祭词中说："生育了顶着羽冠，戴着羽帽的，这是谁？"⑧云南中甸纳西巫师料丧，先是夸饰一番他的"次巴拿"（法帽）的法力；其实，帽极简单，仅有苍鹰翎羽或雉尾而已。滇桂古代铜鼓上，常有划船送灵图，船人多戴长羽（图13）。广西西林八达乡出土过一铜鼓，实为葬具，因里边盛有一男性遗骨，鼓上刻着"羽人划船"⑨，显然在进行水上招魂或遣魂活动。浙江鄞县甲村出土越人铜钺，钺上也铸有戴羽人行

---

① 段玉裁注：《说文解字注》，凤凰出版社，2007年，第250页。
② 胡昌钰、耿宗惠：《广汉三星堆遗址出土"铜'次'形器"研究》，载《四川文物》2002年第5期。
③ 《周礼注疏》，第597页。
④ 《周礼注疏》，第319页。
⑤ 《周礼注疏》，第319页。
⑥ 《周礼注疏》，第596页。
⑦ 《周礼正义》，中华书局，2000年，第913页。
⑧ 石锐：《景颇族传统祭词译注》，云南民族出版社，2003年，第94页。
⑨ 《中国原始宗教百科全书》，四川辞书出版社，2002年，第859页。

船遣灵形象（图14）。南越王墓所出铜提筒，上刻大船四艘，船人"饰长羽冠"，另有"裸体俘虏"及"执首级"者；这当是杀馘祭灵。①据郭淑云研究，满族胡姓、赵姓萨满有神谕说："一只母鹰从太阳里飞过，抖了抖羽毛，把火和光装进羽毛里头，然后飞到世上。"②因此萨满的神帽、神衣上都装有翘立的鹰羽，以为有此即可以擒捉凶煞。又，满人择婚插羽于女首（民歌唱"插羽毛哟定情着，……飞东飞西永不离"），也寄寓了神允毋弃之意③。高国藩介绍，台湾高山族排湾人有求丰求嗣的"猎头巫术"，大酋长家里藏有反映这种行为的雕刻画，画上刻"猎头"的土人是"持刺枪，头戴羽"，或者"戴羽直立……猎获敌首，抓发提首"，连参加行动的"儿童（也）戴羽饰"。④

在藏族民间，巫师出场除了颈上必套"大自在天人头骨项珠"外，还要"戴上黑鸟毛的羽冠"。⑤跳大神的巫，则头盔上竖鸡毛，以为能"逐鬼"。⑥祭司们参加火祭都穿 "垛来"，即一种以"藏地最大的鸟（兀鹰）的羽毛用来装饰"的法衣⑦，类似通古斯萨满的"羽篷"，具有镇魅意义。格勒·安才旦等在对藏北那曲卓巴民间宗教进行调查时发现，"拉巴"（巫人）在为人治病时，帽子上"插上老鹰胸部的白羽毛"，用意是驱逐病人身上的魔影，使之病好。⑧

蒙古族《请祖先》祭歌中唱："在内五旗草原啊，有阿塔萨满祖先，有鸢鸟的帽子，有牛羊的'书色'。有烧松枝的烟灶，有牧羊姑娘的母亲，阿塔萨满的祖先，住在遥远的北边。"⑨这表明阿塔萨满请邀祖灵时，巫帽上有鸢鸟羽饰。科尔沁草原还有一首《叫魂曲》云："回来吧，宝贝的灵魂，年迈的'博'（巫人）为你驱走了恶魔。白鸢的翅膀是一双，地狱的大门只一个。回来吧，宝贝的灵魂，花衣博为你把一切担着。"⑩萨满让迷走的魂

---

① 广州市文化局编：《海上丝绸之路：广州文化遗产·考古发现卷》，文物出版社，2008年，第102页。
② 郭淑云：《满族古文化遗存探考》，载《满族研究》1991年第3期。
③ 黄礼仪，石光伟编：《满族民歌选集》，人民音乐出版社，1999年，第119页。
④ 高国藩：《中国民俗探微——敦煌巫术与巫术流变》，河海大学出版社，1993年，第209页。
⑤ 《格萨尔王传·卡契篇》，王沂暖译，甘肃人民出版社，1986年，第233页。
⑥ 吕大吉编：《中国各民族原始宗教资料集成·藏族卷》，中国社会科学出版社，1999年，第824页。
⑦ 内贝斯基：《关于对西藏萨满教的几点注释》，谢继胜译，《国外藏学研究译文集》第4辑，西藏人民出版社，1988年，第121-140页。
⑧ 吕大吉编：《中国各民族原始宗教资料集成·藏族卷》，第826页。
⑨ 吕大吉编：《中国各民族原始宗教资料集成·蒙古族卷》，中国社会科学出版社，1999年，第717页。
⑩ 吕大吉编：《中国各民族原始宗教资料集成·蒙古族卷》，第721页。

灵乘坐他的法器"鸢鸟翅羽"返回，别执迷不悟地走入地狱。在萨满的想象中，鸢鸟翅羽能引渡亡魂。所以我们见到《阿萨喇克其史》中蒙古瓦剌士兵死时还"饰羽毛、插羽翎"。[①]今藏台北故宫博物院元世祖皇后彻伯尔影像也"戴蒙古特有之高冠……并插羽为饰"。[②]

有些戴羽、羽饰大概是图腾的传承。鄂温克人以天鹅为"嘎勒布尔"（即图腾）。婚仪上，女子披天鹅迤膀形白布，以红布折成天鹅羽冠罩于首。鄂温克萨满"过阴"时，将六鹅翅羽排在"神衣"的前胸，以示得到"嘎勒布尔"的助护。[③]女真人与之近似。跟随金章宗的赵秉文《春水行》诗写道："光春宫外春水生，驾鹅飞下寒犹轻。绿衣探使一鞭信，春风写入鸣鞘声。……初得头鹅夸得隽，一骑星驰荐陵寝。欢声沸入万年觞，琼毛散上千官鬓。"[④]此写女真人寻捕天鹅荐献陵庙，众官皆以天鹅羽插鬓。另，连云港岩画中刻有"头上有羽毛状饰的人面"，似亦东夷少昊氏鸟图腾的遗留。[⑤]

（四）

国外风俗中的戴羽、羽饰往往亦和巫灵交感相联系，即"羽"有灵力感发作用。贾芝先生说他在冰岛博物馆看到格陵兰爱斯基摩人的生活图示，"萨满跳大神，不仅手执抓鼓，头上也戴着饰有鸟羽的神帽，甚至全身的长衣也全部是鸟羽连缀而成的，可见鸟（羽）在萨满的心目中是法力的来源"。[⑥]列维·布留尔讲，北美曼丹人供奉一种粘有"鹰羽"的盛水皮囊。巫医解释，它可飞往四方取东西南北的水[⑦]。在加拿大，猎人捕鹿前，都"在自己的头发里插上两只鹰尾羽"，他们以为这可使"爬山省劲"。[⑧]墨西哥人祈年，祭司穿人皮衣，"手拿插了羽毛的玉米棒子"跳舞，"表明她是扮演谷精"者；这样，来年谷物会丰产。[⑨]列维·斯特劳斯提到过墨西哥祖尼人的羽毛

① 乌云毕力格：《〈阿萨喇克其史〉研究》，中央民族大学出版社，2009 年，第 112 页。
② 蒋文光：《中国历代名画鉴赏》上，金盾出版社，2004 年，第 1138 页。
③ 吕大吉编：《中国各民族原始宗教资料集成·鄂温克族卷》，中国社会科学出版社，1999 年，第 179 页。
④ 薛瑞兆、郭明志编：《全金诗》，南开大学出版社，1995 年，第 407 页。
⑤ 北京大学韩国学研究中心编：《韩国学论文集》第 6 辑，新华出版社，1997 年，第 214 页。
⑥ 宋和平：《满族萨满神歌译注》，社会科学文献出版社，1993 年，第 5 页。
⑦ 列维·布留尔：《原始思维》，丁由译，商务印书馆，1986 年，第 207 页。
⑧ 列维·布留尔：《原始思维》，第 224 页。
⑨ 弗雷泽：《金枝》下，徐育新等译，新世界出版社，2006 年，第 556 页。

巫术。巫者说他能做奇事是因他有"有魔力的羽毛","羽毛使他和他的亲属变成非人的形体"。当人们要他出示羽毛时,他便砸墙,"一小时之后,泥灰中露出一片陈旧的羽毛。他急切地抓起羽毛,把它作为他所说的施巫术的工具"交出。①鲁蒙霍尔茨发现,在南美印第安人的观念中,"羽毛赋有完全特殊的神秘属性","巫师们靠羽毛的帮助,能听见从地下、从世界各地向他们说的一切话,他们借助羽毛来完成巫术的功绩。"②黄惠焜介绍,在圣塔菲,印第安人巫舞时也"戴羽帽,执弓箭,绘面谱"。③

在澳大利亚,摩轮特土人祭神戴白鹦鹉之羽。被祭的神偶是用野草、芦苇、袋鼠皮制成,上束"一大丛羽毛,伸出上端的代表头部,两边有两根束着红色羽毛的棒,代表(神偶)两手"。很明白,"神偶"是躯壳,祭祀时神灵降附其上;而祭舞者头上及偶像本身扎粘的羽毛则有导引"巫灵"的作用。澳大利亚土人还接祭一种"魅帝"。祭时也提供木雕粘羽偶像。男子妇女所持"杖上装着一束羽毛",排成单列拜舞于偶像前。澳大利亚好几个地区的土人,尤其是麦累河下游的妇女,多打通鼻膈插入雕羽。她们便以为自己有了巫人的嗅觉,能随时察知接近自己的恶灵了④。

在希腊克里特岛王宫遗址发现的著名的菲斯托斯陶盘,是克里特新王朝的典型器物(藏克里特伊拉克林博物馆),直径约 17 厘米,印有"戴羽毛头饰"的图案及象形文字,组合成一首"献给神的"颂歌。据考证,是"宗教祭祀活动"用器。⑤日本北海道余市町奋部洞窟壁画上有早期巫人像,巫人"双臂装饰成翅膀",且以"鸟羽作成头饰"。又,鸟取县稻吉角田遗址出土陶片上绘有祭祀场面:"用羽冠装饰的巫人或氏族的成员,划船到海的彼岸,爬上长长的梯子,登上高高的建筑的顶端,去祭祀高悬天空的太阳神。"⑥

(五)

《说文》"羽"部字也向我们透示了一些古人视羽为美、以羽为饰以及

---

① 列维·斯特劳斯:《结构人类学》,陆晓禾等译,文化艺术出版社,1989 年,第 7 页。
② 列维·布留尔:《原始思维》,第 118 页。
③ 云南省民族研究所编:《祭坛就是文坛》,国际文化出版公司,1993 年,第 198 页。
④ 格罗塞:《艺术的起源》,蔡慕晖译,商务印书馆,1987 年,第 168-169 页。
⑤ 施宣圆:《千古之谜:世界文化 1000 疑案·乙编》,中州古籍出版社,2004 年,第 550 页。
⑥ 王金林:《日本人的原始信仰》,宁夏人民出版社,2004 年,第 120 页。

巫仪化用羽的信息。在古人的观念中，鸟之舒翼，其羽斑斓，是美的。故段氏引《释鸟》释"翔""翚"二字云："鸢之丑，其飞也翔。"[1]"鹰隼丑，其飞也翚。"[2]这里，他将"翔""翚"与"丑"字相对，是翔、翚已含美之义矣。"羽"部中有"翳"字，段注云："蔡邕曰：'凡乘舆车皆羽盖金华爪。'张衡赋曰：'树翠羽之高盖。'薛综注：'羽盖，以翠羽覆车盖也。'"[3]按此，古人或用鸟羽饰车舆。"羽"部有"翣"字，许慎说："翣"是棺之"羽饰"。段注云："翣者下垂于棺两旁，如羽冀然，故字从羽，非真羽也。"[4]段氏所云应是后来的情形了，从《礼记·檀弓》"饰棺墙，置翣"[5]、《庄子·德充符》"战而死者，其人之葬也不以翣" 看[6]，上古棺饰当用羽翣，起鸟灵导魂作用。"羽"部又有一"翊"字，段释云："飞兒。《汉郊祀歌》：'神之来，泛翊翊。'……翊字本义本音仅见于此。"[7]这是说祭享中神降临，其飞泛虚空，犹羽人貌。

"羽"部里有一"翟"字，许慎解为"鸟之彊羽"，段玉裁曰："猛鸟也，彊羽。《周礼·翟氏》'掌攻猛鸟，以时献其羽翮。'……猛鸟羽必彊，故其字从羽。"[8]可见上古即专有司职者专献鸟羽供邦国之所饰用，此俗甚是悠远，《周礼》记之，不过沿其旧习耳。又"翰"字下许慎引《逸周书》云："文翰若翚雉，……周成王时蜀人献之"，亦提到献羽事；因"翰"即所谓山鸡，有漂亮之"赤羽"，乃"鸟有文彩者"。[9]"羽"部还有"翱""翭""翬"诸字，已见前述，不赘言。

＊　　　　　＊　　　　　＊　　　　　＊　　　　　＊

总之，从上面的叙述看，戴羽、饰羽是世界上许多民族中都流行过的原始俗信现象。它的内涵极复杂，涉及审美妆饰、引神接灵、厌胜辟邪、巫术感发、图腾信奉诸多方面。或是巫者戴羽、饰羽而舞，与神灵交通，诱其降临；或是原始巫法中以"羽饰"为巫灵符号去压制邪魅，或如赵国

① 段玉裁注《说文解字注》，第 249 页。
② 段玉裁注《说文解字注》，第 248 页。
③ 段玉裁注《说文解字注》，第 250 页。
④ 段玉裁注《说文解字注》，第 250 页。
⑤ 《礼记正义》，第 210 页。
⑥ 郭夫藩：《庄子集释》，中华书局，2013 年，第 1 页。
⑦ 段玉裁注：《说文解字注》，第 249 页。
⑧ 段玉裁注：《说文解字注》，第 246 页。
⑨ 段玉裁注：《说文解字注》，第 246 页。

华先生所云戴羽诵蹈乃祈求生育[①]……无论从哪个角度去理解，所饰、所戴之"羽"，都应是一种与宗教巫仪想象密切结合的媒引与佐具。原始意义的"美"字，当主要基于此类背景之上。王献唐《释每、美》中讲，甲骨文"每"字，"皆象毛羽斜插女首"，"以毛羽饰加于女首为'每'，加于男首为'美'。"[②]二十世纪四十年代，陈独秀先生曾疑"美"字原义为"人戴羽"。他这样说："美、義均非从羊。""美爵"的"美"字"像人戴毛羽美饰之形。"[③]古文字学家康殷也认定"美"字是舞人戴羽，云："古'美'字，像头上戴羽毛装饰物（如雉尾之类）的舞人之形……饰羽有美观意"。[④]何新先生有类似看法："美字并非羊、大的合体字。其字形乃是一个头戴羽饰的人形。……翌舞是祭祀太阳神而使用的。舞者头上装饰羽毛帽，手中也持着羽毛，都是为了模仿作为太阳神象征的凤凰。……美的本义来自以羽毛为装饰的舞蹈。"[⑤]白剑则进一步认定此种戴羽舞人即巫人，云："由于巫头上饰的鸟羽为'五彩神鸟'之羽，饰在头上之后即可与神灵沟通，因而，头顶饰羽在古代便成了一种神圣装饰，继而成了一种人人崇尚的美饰，……汉字的'美'字就以此构形。"[⑥]又，白冰从"艺术模仿说"的角度谈了这一问题，云："先民狩猎，为了迷惑其他动物，往往在头上戴上兽角或长长的羽毛做成的装饰，……获得猎物后，高兴得手舞足蹈。后来这种兽角或羽毛逐渐成为装饰品，戴在头上成为美的标志。这就是甲骨文和早期金文美字的来历。"[⑦]（图 15、16、17）季旭升先生考证：甲文中的美字，开始是"从大，上象毛羽饰物，故有美意"；后"羽毛饰物讹变为羊形，因此《说文》以为'羊大为美'，段注申之曰'羊大则肥美。'其实，甲骨文从'大'，都表示正面站立的人形，没有用'大'表示'大小'之'大'的意义的，因此，《说文》、段注的说法并不可从"。按他的见解，美的最古义是人头顶饰"羽毛物"，后来才衍变成了人顶羊头形的。[⑧]所有这些理解，细节上有

---

① 赵国华：《生殖崇拜文化论》，中国社会科学出版社，1990 年，第 252 页。
② 王献唐：《释每、美》，《中国文字》合订本第九卷第 35 册，台湾大学文学院中国文学系 1970 年（内部资料），第 3934-3935 页。
③ 陈独秀：《小学识字教本》"美"字条，巴蜀书社，1995 年，第 107 页。
④ 康殷：《文字源流浅说》，荣宝斋出版社，1979 年，第 131 页。
⑤ 何新：《诸神的起源》，时事出版社，2007 年，第 248 页。
⑥ 白剑：《文明的母地：华夏文明的起源及其裂变的考古报告》，四川人民出版社，2002 年，第 188 页。
⑦ 白冰：《中国金文学史》，学林出版社，2009 年，第 292-293 页。
⑧ 季旭升：《说文新证》，福建人民出版社，2010 年，第 303 页。

些差异，但从主体倾向看，和我们上面叙说的俗信中的"饰羽"之风以及
原始宗教领域古巫人戴羽、饰羽的习惯，都是十分拍合、并相映照的。所
以，我们认为，美学界长期占主流地位的"羊人为美"的"美"字起源论
（"大人"——祭司或酋长，冠戴羊头或羊角而舞），或可改写为"巫人戴羽"
的"羽人为美"的"美"字起源论；也即："美"之本义当为"饰羽人"或
"戴羽人"，从宗教人类学的视角看，这种理解更具其背景的广阔性及其意
义的典型性、普遍性。

图 1. 良渚玉器"神徽"

图 2. 江西新干大洋洲商墓玉羽冠人

图 3. 台湾故宫博物院藏玉羽冠人

图 4. 金文"斐"字人头饰羽

图 5. 中山王厝壶"翼"字

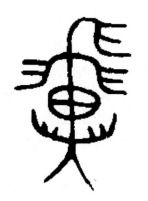
图 6. 秦公镈"翼"字

图 7. 父辛觚"顶翎人"族徽

图 8. 沧源岩画第 1 点 2 区

图 9. 沧源岩画第 7 点 4 区

图 10. 沧源岩画第 3 点局部

图 11. 景颇族祭司戴羽

图 12. 沧源岩画第 6 点 3 区

图 13. 云南铜鼓上戴羽人

图 14. 浙江鄞县铜钺上船祭之羽冠人

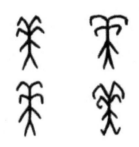

图 15. 甲骨文美字呈羽毛分披状　　图 16—17. 金文中"饰羽人"族徽

参 考 文 献

[金]董解元. 董解元西厢记. 北京：人民文学出版社，1962.

[元]白朴著，王文才校注. 白朴戏曲集校注. 北京：人民文学出版社，1984.

[元]关汉卿. 关汉卿全集. 广州：广东高等教育出版社，1988.

[元]柯丹丘. 荆钗记. 上海：中华书局上海编辑所，1959.

[元]刘时中、薛昂夫. 刘时中薛昂夫散曲. 上海：上海古籍出版社，1989.

[元]马致远. 东篱乐府. 上海：上海古籍出版社，1989.

[元]乔吉. 梦符散曲. 上海：上海古籍出版社，1989.

[元]施惠. 幽闺记. 上海：中华书局上海编辑所，1959.

[元]王伯成. 天宝遗事诸宫调. 天津：天津古籍出版社，1986.

[元]王实甫著，[清]金圣叹评. 贯华堂第六才子书西厢记. 兰州：甘肃人民出版社，1986.

[元]杨朝英. 朝野新声太平乐府. 北京：中华书局，1958.

[元]杨朝英. 新校九卷本阳春白雪. 北京：中华书局，1957.

[元]佚名. 类聚名贤乐府群玉. 上海：上海古籍出版社，1982.

[元]佚名. 梨园按试乐府新声. 北京：中华书局，1958.

[元]张可久. 小山乐府. 上海：上海古籍出版社，1989.

[元]钟嗣成. 录鬼簿（外四种）. 上海：上海古籍出版社，1978.

[元]钟嗣成. 天一阁蓝格写本正续录鬼簿（全二册）. 上海：中华书局上海编辑所，1960.

[明]陈铎. 陈铎散曲. 上海：上海古籍出版社，1989.

[明]陈所闻. 南北宫词纪. 上海：中华书局上海编辑所，1959.

[明]陈所闻. 南北宫词纪校补. 上海：中华书局上海编辑所，1961.

[明]词隐先生. 南词新谱（全二册）. 北京：中国书店，1985.

[明]冯梦龙. 挂技儿. 上海：中华书局上海编辑所，1962.

[明]冯梦龙. 墨憨斋定本传奇. 北京：中国戏剧出版社，1960.

[明]冯维敏. 海浮山堂词稿. 上海：上海古籍出版社，1989.

[明]高濂. 玉簪记. 上海：中华书局上海编辑所，1959.

[明]高明. 琵琶记. 北京：中华书局，1958.

[明]胡文焕. 群音类选（全四册）. 北京：中华书局，1980.

[明]胡文焕. 新刻群音类选. 北京：中华书局，1980.

[明]金銮. 萧爽斋乐府. 上海：上海古籍出版社，1989.

[明]李开先. 一笑散. 上海：文学古籍刊行社，1955.

[明]梁辰鱼. 浣纱记. 上海：中华书局上海编辑所，1959.

[明]梁辰鱼. 江东白苎. 上海：上海古籍出版社，1989.

[明]吕天成著，吴书荫校注. 曲品校注. 北京：中华书局，1990.

[明]毛晋. 六十种曲. 北京：中华书局，1958.

[明]孟称舜. 娇红记. 上海：上海古籍出版社，1988.

[明]潘之恒. 潘之恒曲话. 北京：中国戏剧出版社，1988.

[明]阮大铖. 燕子笺. 上海：上海古籍出版社，1986.

[明]沈泰. 盛明杂剧（初集，二集）. 北京：中国戏剧出版社.1958.

[明]沈自晋. 鞠通乐府. 上海：上海古籍出版社，1989.

[明]施绍华. 秋水庵花影集. 上海：上海古籍出版社，1989.

[明]孙仁孺. 东郭记. 上海：中华书局上海编辑所，1959.

[明]汤显祖. 邯郸记. 上海：中华书局上海编辑所，1960.

[明]汤显祖. 牡丹亭. 上海：上海古籍出版社，1978.

[明]汤显祖. 南柯记. 上海：中华书局上海编辑所，1960.

[明]汤显祖. 汤显祖戏曲集（全二册）. 上海：上海古籍出版社，1978.

[明]唐寅. 伯虎杂曲. 扬州：广陵古籍刻印社，1980.

[明]王济，佚名. 连环记·金印记. 北京：中华书局，1988.

[明]王骥德. 曲律. 长沙：湖南人民出版社，1983.

[明]王九思. 碧山乐府. 扬州：广陵古籍刻印社，1986.

[明]王世贞. 鸣凤记. 上海：中华书局上海编辑所，1959.

[明]王玉峰，[清]秋堂和尚. 焚香记·偷甲记. 北京：中华书局，1989.

[明]吴炳. 绿牡丹. 上海：上海古籍出版社，1985.

[明]吴炳. 暖红室汇刻粲花斋五种. 扬州：广陵古籍刻印社，1982.

[明]徐复祚，[清]袁于令. 红梨记·彩楼记. 北京：中华书局，1988.

[明]徐渭. 暖红室汇刻传奇四声猿（全二册）. 扬州：广陵古籍刻印社影印，1982.

[明]姚茂良，佚名. 双忠记·高文举珍珠记. 北京：中华书局，1988.

[明]姚茂良. 精忠记. 上海：中华书局上海编辑所，1959.

[明]佚名. 白兔记. 上海：中华书局上海编辑所，1959.

[明]佚名. 彩楼记. 上海：中华书局上海编辑所，1960.

[明]臧懋循. 元曲选. 隋树森校. 北京：中华书局，1979.

[明]张楚叔. 吴骚合编. 北京：中国书店，1991.

[明]张凤翼. 暖红室汇刻传奇红拂记（全二册）. 扬州：广陵古籍刻印社，1982.

[明]赵南星. 芳茹园乐府. 扬州：广陵古籍刻印社影印，1980.

[明]周朝俊. 红梅记. 上海：上海古籍出版社，1985.

[明]周履靖. 鹤月瑶笙. 上海：上海古籍出版社，1989.

[明]朱有燉. 诚斋乐府. 上海：上海古籍出版社，1989.

[清]洪升. 长生殿. 北京：人民文学出版社，1958.

[清]华广生. 白雪遗音. 上海：中华书局上海编辑所，1959.

[清]蒋士铨. 冬青树. 上海：上海古籍出版社，1988.

[清]蒋士铨. 临川梦. 上海：上海古籍出版社，1989.

[清]焦循. 剧说. 上海：古典文学出版社，1957.

[清]孔尚任. 桃花扇. 北京：人民文学出版社，1958.

[清]孔尚任. 小忽雷传奇. 济南：齐鲁书社，1988.

[清]李渔. 风筝误. 上海：上海古籍出版社，1985.

[清]李渔著，陈多注释. 李笠翁曲话. 长沙：湖南人民出版社，1980.

[清]李渔著，黄天骥、欧阳光选注. 李笠翁喜剧选. 长沙：岳麓书社，1984.

[清]李玉. 清忠谱. 上海：中华书局上海编辑所，l959.

[清]李玉. 一捧雪. 上海：上海古籍出版社，1989.

[清]邱心如. 笔生花. 郑州：中州古籍出版社，1984.

[清]邱园、叶稚斐. 党人碑·琥珀匙. 北京：中华书局，1988.

[清]任璇. 梅花缘. 贵阳：贵州人民出版社，1988.

[清]唐英. 古柏堂戏曲集. 上海：上海古籍出版社，1987.

[清]王廷绍. 霓裳续谱（全四册）. 上海：中华书局上海编辑所，1959.

[清]吴伟业. 暖红室汇刻传奇通天台·临春阁·秣陵春（全四册）. 扬州：广陵古籍刻印
    社，1984.

[清]徐大椿著，吴同宾、李光译注. 乐府传声译注. 北京：中国戏剧出版社，1982.

[清]徐子超、朱雏. 千钟录·未央天. 北京：中华书局，1989.

[清]杨潮观. 吟风阁杂剧. 上海：上海古籍出版社，1983.

[清]佚名. 描金凤. 郑州：中州古籍出版社，1989.

[清]张怡庵. 增辑六也曲谱. 上海：朝记书庄，1922.

[清]钟璧苍. 金锁鸳鸯珊瑚扇. 武汉：群益堂，1987.

[清]朱素臣. 翡翠园. 北京：中华书局，1988.

[清]朱素臣著，张燕瑾、弥松颐校注. 十五贯校注. 上海：上海古籍出版社，1983.

[清]邹式金. 杂剧三集. 北京：中国戏剧出版社. 1958.

阿英. 晚清文学丛钞·传奇杂剧卷. 北京：中华书局，1962.

编辑委员会. 古本戏曲丛刊初集. 上海：商务印书馆，1954.

编辑委员会. 古本戏曲丛刊二集. 上海：商务印书馆，1955.

编辑委员会. 古本戏曲丛刊九集. 上海：商务印书馆，1964.

编辑委员会. 古本戏曲丛刊三集. 上海：文学古籍刊行社，1957.

编辑委员会. 古本戏曲丛刊四集. 上海：商务印书馆，1958.

编辑委员会. 古本戏曲丛刊五集. 上海：上海古籍出版社，1986.

蔡毅. 中国古典戏曲序跋汇编（全四册）. 济南：齐鲁书社，1989.

蔡运长. 元代戏曲曲词选. 银川：宁夏人民出版社，1984.

董康. 曲海总目提要（全三册）. 北京：人民文学出版社，1959.

董康. 诵芬室读曲丛刻（一函四册）. 北京：中国书店，1985.

杜桂萍. 清初杂剧研究. 北京：人民文学出版社，2005.

冯沅君. 古剧说汇. 北京：商务印书馆，1947.

傅谨. 京剧历史文献汇编（清代卷）. 南京：凤凰出版社，2011.

傅惜华. 北京传统曲艺总录. 上海：中华书局上海编辑所，1962.

傅惜华. 清代杂剧全目. 北京：人民文学出版社，1981.

傅惜华. 水浒戏曲集（第二集）. 上海：上海古籍出版社，1985.

傅惜华. 水浒戏曲集（第一集）. 上海：古典文学出版社，1957.

顾学颉. 元人杂剧选. 北京：作家出版社，1956.

关德栋，车锡伦. 聊斋志异戏曲集（全二册）. 上海：上海古籍出版社，1983.

关德栋，周中明. 子弟书丛钞（全二册）. 上海：上海古籍出版社，1984.

郭汉城. 中国古典十大悲喜剧集. 上海：上海文艺出版社，1989.

郭英德. 明清传奇史. 南京：江苏古籍出版社，2000.

胡忌，刘致中. 昆剧发展史. 北京：中国戏剧出版社，1989.

胡忌. 古代戏曲选注. 北京：中华书局，1959.

胡忌. 宋金杂剧考. 北京：中华书局，1959.

胡忌. 元代戏曲选注. 上海：上海古籍出版社，1983.

霍松林. 西厢汇编. 济南：山东文艺出版社，1987.

季国平. 元杂剧发展史. 石家庄：河北教育出版社，2005.

李昌集. 中国古代曲学史. 上海：华东师范大学出版社，1997.

李春祥. 元代包公戏曲选注. 郑州：中州书画社，1983.

李东野. 孤鸿影. 郑州：中州古籍出版社，1987.

李福清，李平. 海外孤本晚明戏剧选集三种. 上海：上海古籍出版社，1993.

李世瑜. 宝卷综录. 上海：中华书局上海编辑所，1961.

李啸仓. 宋元伎艺杂考. 上海：上杂出版社，1953.

李修生. 元杂剧史. 南京：江苏古籍出版社. 1996.

廖奔. 宋元戏曲文物与民俗. 北京：文化艺术出版社，1989.

林叶青. 清中叶戏曲家散论. 南京：江苏古籍出版社，2002.

刘烈茂. 车王府曲本选. 广州：中山大学出版社，1991.

刘念兹. 南戏新证. 北京：中华书局，1986.

刘永济. 宋代歌舞剧曲录要. 上海：古典文学出版社，1957.

卢前. 饮虹簃所刻曲（全四十册）. 扬州：广陵古籍刻印社，1980.

陆萼庭. 昆剧演出史稿. 上海：上海文艺出版社，1980.

孟繁树，周传家. 明清戏曲珍本辑选. 北京：中国戏剧出版社，1985.

钱南扬. 汉上宦文存. 上海：上海文艺出版社，1980.

钱南扬. 梁祝戏剧辑存. 上海：古典文学出版社，1956.

钱南扬. 宋元戏文辑佚. 上海：古典文学出版社，1956.

钱南扬. 戏文概论. 上海：上海古籍出版社，1981.

钱南扬. 永乐大典戏文三种校注. 北京：中华书局，1979.

任半塘. 唐戏弄（全二册）. 上海：上海古籍出版社，1984.

山东省艺术研究所. 古本戏曲西游记. 济南：山东文艺出版社，1991.

上海博物馆. 明成化说唱词话丛刊（全十二册）. 北京：文物出版社，1979.

邵曾祺. 元人杂剧. 上海：春明出版社，1955.

隋树森. 元曲选外编. 北京：中华书局，1980.

孙崇涛，黄仕忠. 风月锦囊笺校. 北京：中华书局，2000.

谭帆. 优伶史. 上海：上海文艺出版社，1995.

谭帆. 中国古典戏剧理论史. 北京：中国社会科学出版社，1993.

谭正璧. 弹词叙录. 上海：上海古籍出版社，1981.

谭正璧. 话本与古剧. 上海：上海古籍出版社，1985.

汪协如校. 缀白裘. 北京：中华书局，1955.

王古鲁. 明代徽调戏曲散出辑佚. 上海：古典文学出版社，1956.

王国维. 王国维戏曲论文集. 北京：中国戏剧出版社，1984.

王季烈，刘富梁. 集成曲谱. 上海：商务印书馆，1925.

王季烈. 孤本元明杂剧（全四册）. 北京：中国戏剧出版社，1958.

王季烈. 孤本元明杂剧. 北京：中国戏剧出版社，1957.

王季思，董上德. 元曲精品（附明杂剧）. 长春：时代文艺出版社，1995.

王季思. 全元戏曲（十二卷）. 北京：人民文学出版社，1999.

王季思. 全元戏曲. 北京：人民文学出版社，1999.

王季思. 元杂剧选注. 北京：北京出版社，1980.

王季思. 中国古典十大悲剧集. 上海：上海文艺出版社，1982.

王季思. 中国古典十大喜剧集. 上海：上海文艺出版社，1982.

王宁. 宋元乐妓与戏剧. 北京：中国戏剧出版社，2003.

王起. 中国戏曲选. 北京：人民文学出版社，1985.

王秋桂. 善本戏曲丛刊（第一至第六辑）. 台北：学生书局，1984-1987.

隗芾. 元明清戏曲选. 长春：吉林人民出版社，1981.

吴白. 古代包公戏选. 合肥：黄山书社，1994.

吴梅. 顾曲麈谈. 长沙：岳麓书社，1998.

吴梅. 奢摩他室曲丛（初集、二集）. 上海：商务印书馆，1928.

吴梅. 中国戏曲概论. 长沙：岳麓书社，1993.

吴毓华. 中国古代戏曲序跋集. 北京：中国戏剧出版社，1991.

萧善因. 清代戏曲选注. 上海：上海古籍出版社，1985.

徐沁君，陈绍华，熊文钦. 元曲四大家名剧选. 济南：齐鲁书社，1987.

徐沁君. 新校元刊杂剧三十种（全二册）. 北京：中华书局，1980.

徐朔方. 元明清戏曲经典. 上海：上海书店出版社，1999.

徐子方. 明杂剧史. 北京：中华书局，2003.

俞为民. 历代曲话汇编. 合肥：黄山书社，2008.

俞为民. 宋元南戏考论. 台北：台湾商务印书馆，1994.

俞为民. 宋元南戏考论续编. 北京：中华书局，2004.

俞为民. 宋元四大南戏读本. 南京：江苏古籍出版社，1988.

张次溪. 清代燕都梨园史料正续编（全二册）. 北京：中国戏剧出版社，1988.

张发颖. 中国戏班史. 沈阳：沈阳出版社，1991.

张庚，郭汉城. 中国戏曲通史. 北京：戏剧出版社，1980.

张桂喜. 五大南戏. 长沙：岳麓书社，1998.

张雪静. 元曲四大家名剧选注. 太原：书海出版社，1994.

张月中. 古代戏曲名著选读. 石家庄：河北人民出版社，1982.

赵景深. 明清传奇钩沉. 上海：古典文学出版社，1956.

郑振铎. 清人杂剧初集. 长乐郑氏影印本，1931.

郑振铎. 清人杂剧二集. 长乐郑氏影印本，1934.

郑振铎. 中国俗文学史. 北京：东方出版社，1995.

中国戏曲研究院. 中国古典戏曲论著集成（十册），北京：中国戏剧出版社，1959.

周传家. 中国古典戏曲经典丛书·元杂剧爱情卷. 北京：华夏出版社，2000.

周传家. 中国古典戏曲经典丛书·元杂剧公案卷. 北京：华夏出版社，2000.

周贻白. 戏曲演唱论著辑释. 北京：中国戏剧出版社，1962.

周贻白. 中国戏剧史长编. 上海：上海书店出版社，2004.

周尊宇. 元曲菁华. 贵阳：贵州人民出版社，1992.

朱平楚. 金诸宫调. 兰州：甘肃人民出版社，1987.